SANGRE MALDITA

Título: Sangre Maldita

Corrección y maquetación: Nicole Figueroa

Portada: Mar Espinosa

Primera edición, noviembre 2022

SANGRE MALDITA

ALICE KAZE

Los padres son los huesos con los que los hijos afilan sus dientes.

-Peter Ustinov

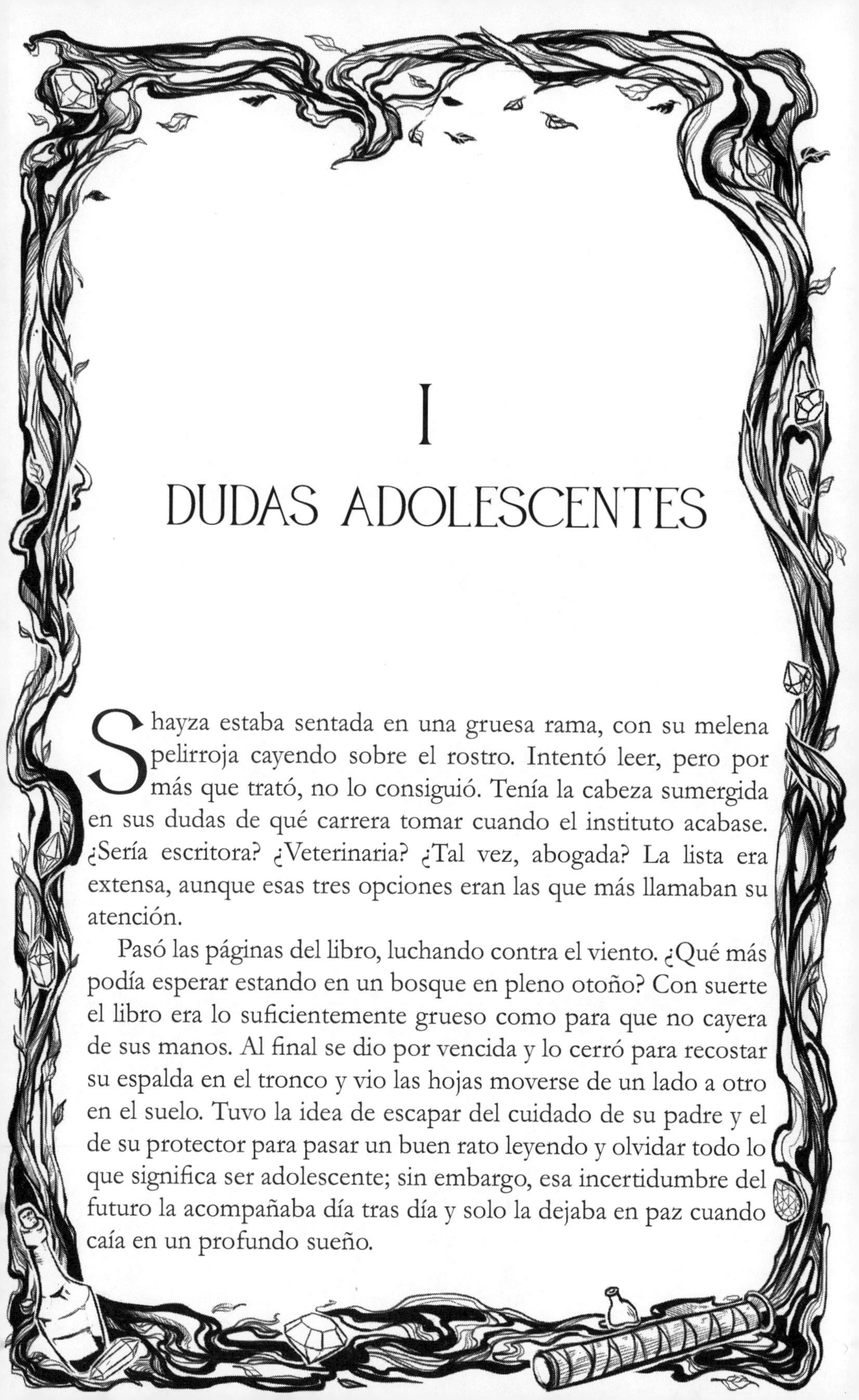

I

DUDAS ADOLESCENTES

Shayza estaba sentada en una gruesa rama, con su melena pelirroja cayendo sobre el rostro. Intentó leer, pero por más que trató, no lo consiguió. Tenía la cabeza sumergida en sus dudas de qué carrera tomar cuando el instituto acabase. ¿Sería escritora? ¿Veterinaria? ¿Tal vez, abogada? La lista era extensa, aunque esas tres opciones eran las que más llamaban su atención.

Pasó las páginas del libro, luchando contra el viento. ¿Qué más podía esperar estando en un bosque en pleno otoño? Con suerte el libro era lo suficientemente grueso como para que no cayera de sus manos. Al final se dio por vencida y lo cerró para recostar su espalda en el tronco y vio las hojas moverse de un lado a otro en el suelo. Tuvo la idea de escapar del cuidado de su padre y el de su protector para pasar un buen rato leyendo y olvidar todo lo que significa ser adolescente; sin embargo, esa incertidumbre del futuro la acompañaba día tras día y solo la dejaba en paz cuando caía en un profundo sueño.

Mordió su labio inferior e hizo el rostro a un lado, por fin viendo al otro pelirrojo; su protector. Maldijo en un susurro y aferró el libro cuando este estuvo a punto de caer y revelar su escondite. Se quedó inmóvil por un instante mientras Castiel trataba de dar con ella. Enterró las uñas en el tronco del árbol e intentó ponerse en una mejor posición, para no caerse.

Así permaneció observando desde la altura al hombre que la buscaba entre los arbustos y detrás de los troncos. En una ocasión él miró a las copas de los árboles y eso la obligó a cambiar de rama para quedar de pie sobre esta y ocultarse. Inhaló suave, sin hacer mucho ruido, y contuvo el aire en sus pulmones. Cerró los ojos y se concentró en oír los pasos de Castiel sobre las hojas y tierra mojada.

Los minutos pasaron y ella ya no podía verlo o escucharlo, pues él se había ido a la profundidad del bosque. Pero los arbustos delante de ella comenzaron a moverse. Por un momento creyó que se trataba de su protector, solo que Castiel era demasiado alto como para esconderse en un lugar tan pequeño.

Bajó del árbol, colgándose de la rama y dejándose caer, mientras sostenía el libro entre los dientes.

—¿Hola? —dijo, después de quitarse el libro de la boca. Por más que lo intentó, no pudo disminuir el temblor en la voz.

Era valiente para esconderse en el bosque y pasar desapercibida si de animales pequeños se trataba. Aunque, si la criatura no huyó con solo oírla acercarse o hablar, ¿qué era?

Miró sobre su hombro. A la lejanía podía ver el sendero de gravilla que conducía a la salida del bosque y el arco de ramas delgadas y entrelazadas. Pasó la lengua por la punta de los dientes, probando el ligero gusto a papel tinturado del libro, y volvió a ver hacia aquello que tanto se estremecía.

Comenzó a sentir que sus piernas temblaban, que los oídos le latían, cuando se concentró en el ruido de las hojas del arbusto y en cómo las manos se ponían frías por tanto sudar. El movimiento de sus extremidades era tenso, igual que una cuerda apretada hasta su punto máximo.

La cabeza le daba vueltas al crear varias historias de lo que pudiera haber detrás; nadie podía decir que ella no sería la primera en descubrir un animal pequeño pero peligroso.

No hubo respuesta y el arbusto dejó de moverse cuando, bajo los pies de Shayza, crujió una rama. Quedó frente a él, examinándolo para ver si entre las hojas podía distinguir al causante. Pero al notar que no pasaba nada, se agachó y acercó su mano.

No había nada de inusual en él.

—Señorita, ¿qué está haciendo? —preguntó Castiel a sus espaldas, con aquel característico acento ruso.

Shayza gritó, llevándose una mano al pecho, y luego volteó hacia la voz, molesta.

—¡Castiel! —exclamó, y no tardó en volver hacerlo, ya que un pequeño conejo gris salió de su escondite—. Casi me sacas el corazón por la boca... y él también. —Señaló al pobre conejo que se perdía en la maleza.

—Perdóneme. —Castiel juntó las manos a forma de disculpa y no tardó en cambiar su expresión al buscar la mirada de Shayza—. ¿Sigue...? ¿Sigue pensando en qué va a estudiar en cuanto termine el instituto? —Su gruesa voz disminuyó a medida que terminaba la pregunta.

Shayza se frotó el brazo sin querer mirarlo a los ojos y bajó la cabeza.

—No... —mintió; y él lo sabía, por lo que sonrió y posó la mano en su hombro para animarla.

—Todavía queda tiempo para ello. —Masajeó, con movimientos circulares, la espalda de la chica. Ese gesto y el calor de la mano de Castiel hacían que se relajara. Siempre fue así, pero eso no quitaba el hecho de que su corazón seguía latiendo desenfrenado y pareciera que iría a caer al otro lado del mundo—. Debo decirle algo, katyonak —añadió un poco triste, aunque trató de aligerar el ambiente con ese apodo.

—No me llames así —pidió, con una sonrisa amarga.

Shayza levantó la cabeza y enarcó ambas cejas; esperaba la noticia. Sin embargo, al Castiel no decir nada por unos segundos, ella habló:

—¿Sobre... qué? —insistió. Meneó la cabeza para que le prestara atención.

—Su padre desea hablar con usted, *katyonak*.

Ella alzó el puño mientras apretaba los labios y sacudía la cabeza. Al final, lo golpeó en el brazo. Él sonrió. Solo lo hacía para molestarla: le gustaba verla así.

—¿Tanto misterio para eso? —bromeó—. A veces pareces sacado de un libro.

—¿Qué tal si no se equivoca? —replicó Castiel.

Él rio y empezó a caminar hacia el interior del bosque, guiándola hasta donde su padre se encontraba.

Shayza, aunque estuviera con él, sentía cierto temor. Nunca pasaba de unos cuantos metros de la entrada, pues creía que un oso, lobo, o cualquier animal más grande y fuerte, sería capaz de comerla de un bocado. Cuando su mente se hallaba lejos de las preocupaciones, esta se volvía un bolso lleno de imaginación.

Durante el camino, sintieron el olor a lodo que dejó la llovizna de unas horas atrás y el sutil canto de las aves que salían de sus nidos. Shayza se frotó los brazos y se estremeció al pasar bajo un arco de enormes flores con colores llamativos; las cuales le despertaron un cierto interés por mantenerse lejos de ellas.

El bosque ahora se veía diferente –y mucho– más limpio, por lo que miró a todos lados. Dio una vuelta en su lugar, sin dejar de caminar, y se detuvo.

—¿Adónde me llevas? —preguntó, y frenó el paso de Castiel.

—Donde su padre.

—Vale, ¿no es más lógico salir del bosque a seguir entrando en él? —replicó, y frunció el ceño.

—Señorita... —no pudo evitar reír. La actitud de la chica siempre le había parecido tierna y le recordaba a él en sus años de juventud—... su padre está en la casa de un amigo. Cálmese, sabe que mi deber es protegerla.

No esperó réplica por su parte, por ende, siguió el recorrido, hasta que ambos llegaron a un riachuelo rodeado de pequeñas flores en todos los colores y tamaños.

La joven no sabía que dentro de ese bosque existían cosas tan bonitas. Era como estar dentro de uno de sus tantos libros y habérselo perdido durante años. Quiso volver a mirar a todos lados para tener un recuerdo más concreto; porque por lo regular la ciudad era un lugar sucio y maltratado por los mismos habitantes.

De pronto, se detuvo al ver dos ojos amarillos escondidos en una montaña de hojas; estos parecían sobrenaturales, pues no tenían dueño, solo flotaban. Shayza se talló el rostro con ambas manos y volvió a mirar, incrédula. Eran como los ojos de un gato, aunque mucho más grandes, penetrantes e hipnóticos debido al color tan llamativo.

Los rodeó un aura fuera de su comprensión. Parecían más grandes, tanto que, si los seguía viendo, poco a poco su alrededor se desenfocaba. Espantada y con ganas de llamar a Castiel a gritos, las palabras quedaron atrapadas en su garganta, como si la estrangularan. Cuando pudo recuperar el aliento, corrió tras su protector. Él estaba esperándola con los brazos cruzados y viendo a otro lado.

—Ha-hay algo ahí —avisó, y señaló con gestos exagerados hacia el montón de hojas.

—Debe ser un animal del bosque —intentó calmarla.

—No, no, eso no —aseguró ella—. Me da escalofríos. —Se estremeció y dobló los dedos para demostrar que la intimidaba de solo recordarlo.

—¿Cree que sea un oso? —se burló él, fingiendo que sus dedos eran gigantes zarpas y parándose de puntillas sobre ella, lo que provocaba que él llegase a los dos metros de altura.

Shayza lo quedó viendo desde abajo, pues era muy pequeña en comparación a él.

—Hablo en serio, Cass. —Asintió con los ojos cerrados.

—Luego de que la lleve con su padre, y si eso la tranquiliza, revisaré los alrededores.

Shayza masculló un ligero «Gracias» y esperó a que él volviera a retomar su rumbo. Se acomodó el libro bajo el brazo y se abanicó con la mano. No comprendía cómo demonios sentía tanto calor si apenas estaba abrigada y en su ciudad hacía demasiado frío; siempre había sido así, por lo que algunas veces parecía extraño cuando se comparaba con los habitantes.

Castiel estaba tranquilo y silbando. A él nada parecía perturbarlo o molestarlo más de la cuenta.

«Estoy un poco loca», pensó Shayza. Se mordió la uña del pulgar, reprimiendo el deseo de ver hacia el montón de hojas donde vio los místicos ojos de gato.

Intentó calmarse. Necesitaba repetirse que estaría bien con solo tener a Castiel a su lado, que nada podía pasar. Después de todo, para eso lo contrataron; algo que tampoco tenía mucha lógica debido a la escasez de dinero. Era difícil mantener tres bocas, y ahí estaba él.

Hubo un tiempo en que creía que Castiel y su padre eran pareja pero que tenían miedo de ser juzgados. La gente de la ciudad era muy... chismosa y fanática de Dios.

Ella no lo veía mal, ¡al contrario!, los amaba tanto que estaría encantada de tenerlos a ambos como padres.

En un momento volvió a distraerse con sus preocupaciones del futuro y sacudió la cabeza para disiparlas. Ya no era un «quiero», sino un «necesito paz». Debía pensar en otra cosa que no estuviera vinculada con el instituto. Tal vez optar por un pasatiempo, como pescar, dibujar o alimentar animales callejeros podría ayudarla a tener la cabeza en otro lado.

Ella se imponía presión, quería estudiar algo que le diera el dinero suficiente para sacar a los dos hombres más importantes en su vida de las malas condiciones que tenía la ciudad; por ejemplo, llevarlos a Dandelion, un lugar próspero de la isla.

Revolvió su cabello con las manos, despeinándolo todavía más. Unos cuantos mechones rebeldes le cayeron en la cara, y los apartó hacia atrás con el brazo. No obstante, lo único que consiguió con eso fue volver a ver aquellos ojos amarillos detrás de un arbusto. Ahora Cass no podía decir que seguramente fue un animal del bosque. No, no. Estaba segura de que algo los acechaba.

Abrió la boca y tomó la muñeca de Castiel. Este giró abruptamente hacia ella.

—¡Te lo he dicho, te lo he dicho! —gritó, y lo sacudió y señaló hacia los ojos amarillos.

—No hay nada —respondió Castiel, tranquilo—. Pero hemos llegado.

Ella apretó los labios sin apartar la mirada de donde había visto al supuesto gato. Solo que, en cuanto Castiel la sostuvo por los hombros y la hizo girar, quedó boquiabierta al ver la enorme cabaña de diseño victoriano que se alzaba frente a ellos. No sabía por qué, pero la vivienda, rodeada de tantos árboles semidesnudos, no le daba buena espina, así creyese que fuera un hogar bonito y tranquilo.

—Yo también quiero amigos como estos —susurró Shayza, y caminó hasta la entrada.

Aunque detrás de ella solo estuviera Castiel, creía sentir ese cosquilleo en la nuca que solo significaba una cosa: alguien tenía puesta su mirada en ella.

Volvió a estremecerse y en ningún momento optó por dar la vuelta.

De la cabaña salió Aitor: su padre. El hombre, tan alto como Castiel, bajó los escalones con los brazos extendidos, y Shayza corrió hacia él. Lo abrazó sin importar que la prominente panza se interpusiera; le acarició la barba oscura con un mar de canas y, una vez hecho eso, se apartó. Aitor sonrió hasta que se notaron sus patas de gallo.

—Castiel ha dicho que quieres hablar conmigo —mencionó ella.

—Así es, pequeña —respondió, y la acarició tratando de peinarle la melena pelirroja.

Shayza trató de esconder su descontento ante aquel apodo cariñoso. Nunca le había gustado, pero él se lo decía casi siempre.

—Y bueno, ¿por qué estamos en casa de tu amigo y no en la nuestra? —Se alejó de los brazos de su padre y, aunque él tratara de mantener una sonrisa, notó algo que no le gustó.

—Vamos a entrar —pidió—. Hay alguien que desea conocerte.

Ella frunció el entrecejo. Primero que nada, era extraño que su padre la fuera a presentar con un amigo. Además, ella jamás fue muy sociable, de cierto modo, la mantuvieron alejada de las personas y, por ende, ellos también la evitaban.

¿Quién demonios quería conocerla?

¿Y si revelaban la verdadera pareja de su padre, lo que demostraría que estuvo equivocada durante tantos años?

En sus ojos se reflejó una chispa de curiosidad, también una de preocupación: esto dispondría de un nuevo cambio en su vida.

Buscó a Castiel mientras subía al porche, pero él ya no estaba.

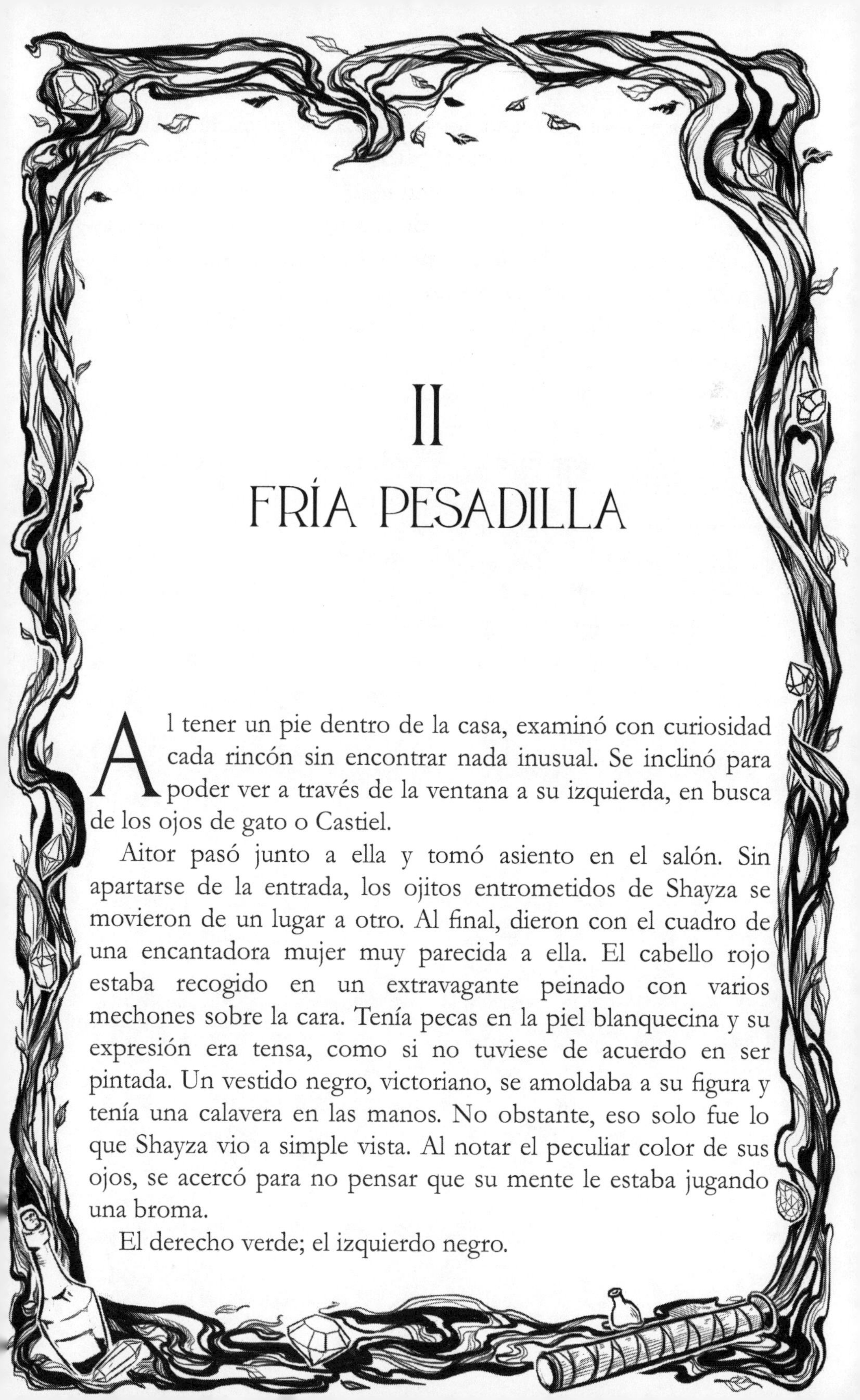

II

FRÍA PESADILLA

Al tener un pie dentro de la casa, examinó con curiosidad cada rincón sin encontrar nada inusual. Se inclinó para poder ver a través de la ventana a su izquierda, en busca de los ojos de gato o Castiel.

Aitor pasó junto a ella y tomó asiento en el salón. Sin apartarse de la entrada, los ojitos entrometidos de Shayza se movieron de un lugar a otro. Al final, dieron con el cuadro de una encantadora mujer muy parecida a ella. El cabello rojo estaba recogido en un extravagante peinado con varios mechones sobre la cara. Tenía pecas en la piel blanquecina y su expresión era tensa, como si no tuviese de acuerdo en ser pintada. Un vestido negro, victoriano, se amoldaba a su figura y tenía una calavera en las manos. No obstante, eso solo fue lo que Shayza vio a simple vista. Al notar el peculiar color de sus ojos, se acercó para no pensar que su mente le estaba jugando una broma.

El derecho verde; el izquierdo negro.

Lo había visto bien, pero de todas formas, parpadeó una vez más.

—Es encantadora —dijo una voz tranquila aunque inquietante con acento italiano, en su oído—. Una lástima su partida —añadió el hombre, y se irguió, tan alto como los otros dos hombres. Llevó las manos a su espalda para entrelazarlas.

La chica, asustada por la inesperada voz, se hizo a un lado y lo vio con el ceño fruncido. Oyó los pasos de aquel hombre tan enigmático, pero creyó que se trataba de Aitor, así que no le había dado importancia.

—Eeeh… sí; es encantadora —reafirmó ella, y lo miró de arriba abajo. No le daba mucha confianza, pero trató de calmarse—. ¿Eres quien quiere conocerme?

—Mis disculpas —dijo él, y le extendió la mano a forma de presentación. Sin embargo, sonreía con cierto descaro—. Me llamo Ezequiel. Soy amigo de Aitor y Castiel.

Ella estrechó su mano con inseguridad y vio a Aitor. No estaba acostumbrada a un buen trato que no viniera de su padre o Castiel.

—Encantada de conocerlo, Ezequiel —dijo con voz temblorosa. Le parecía raro ser tan cortés, aunque así la hubiera educado Aitor.

—¿Le interesaría saber quién es la…? —trató de preguntar Ezequiel.

—Ahora no, Ezequiel —lo interrumpió Aitor—. Ya llegará su momento. Cariño, ven, siéntate —la invitó, y señaló el sillón frente a él.

Shayza no dudó ni un segundo en alejarse de aquel hombre de cabello oscuro y de fríos ojos azules. Los tres estuvieron callados, hasta que Ezequiel se sentó en otro de los sillones con tanta calma que llegó a ser un poco desesperante para la joven. Los gestos de ese hombre eran mecánicos, parecía que los había ensayado durante mucho tiempo. Él observó a Shayza y le regaló una sonrisa un poco... inusual. Ella desvió la mirada hacia Aitor, que permanecía cabizbajo y golpeteando la alfombra con un pie, con las manos entrelazadas sobre la pierna.

—¿Qué te preocupa, papá? —rompió el silencio, y eso provocó que Ezequiel por fin dejara de verla y se centrara en Aitor.

—No tenemos todo el día, Aitor —insistió Ezequiel, y tamborileó los dedos sobre el reposabrazos. Sin embargo, su sonrisa no se borró.

—Ya lo sé, ya lo sé. —Levantó una mano para calmarlo y, por fin, miró a Shayza a los ojos mientras los suyos estaban cristalizados por las lágrimas.

Ella no entendía nada, pero comenzó a exasperarse por esa tensión en el ambiente que emergió como neblina. Se inclinó en el asiento y su mirada pasó de su padre a Ezequiel, y de él a la pintura de la dama desconocida.

—Escúpelo —dijo Shayza—. ¡Escúpelo!

El no entender por qué estaban en la casa de ese tal Ezequiel y ver a su padre de aquella manera, no la hizo reaccionar del todo bien. Descartó la idea de que pudieran ser pareja, porque de ser así Aitor no estaría dispuesto a llorar. La mirada que Shayza le dio a su padre estaba cargada de ira. Era de esperarse, no cualquiera soporta desconocer un secreto que ya todos saben.

Aitor torció la boca y rompió en llanto; se puso una mano sobre la frente.

La joven tomó aire. Le dolía verlo de esa manera, pues era evidente que lo que diría no iba a ser de su agrado.

—Mira, papá, si eres gay… —empezó ella, con la esperanza de retomar algo que había descartado.

La risa de Ezequiel estalló sobre el llanto de Aitor, pero recobró la compostura.

—Mis disculpas —dijo Ezequiel—. Dile ya, Aitor, esto no es algo de lo que yo pueda hablar con ella.

Aitor respiró, se secó las lágrimas y tomó asiento al lado de su hija. Sostuvo sus manos y la miró a los ojos; le ardía la garganta. Y en cuanto quiso hablar, se le dificultó. Shayza apretó las manos de Aitor. Con los ojos le exigió que acabara con ese misterio.

—Yo… no soy tu verdadero padre.

La bomba cayó y explotó a los pies de todos en el salón. Shayza alejó sus manos, con el estómago revuelto. Guardó silencio y vio hacia la alfombra. Su rostro hizo diferentes muecas mientras la noticia se repetía en su cabeza igual que un disco rayado.

Era insólito. Un secreto que estaba por cumplir dieciocho años. Todo salió a la luz cuando ella solo creía que volvería a su hogar para dormir e ir al instituto como de costumbre, preocuparse de nuevo por sus cosas y esquivar a los habitantes de la ciudad de regreso a casa junto a Castiel. Eso era lo que tenía en mente, hasta que cambiaron la ruta y todo se fue al demonio. La vida le aplicó el dicho «Todo puede cambiar de un momento para otro».

Aitor buscó la mirada de Shayza, que seguía fija en el suelo. Ya no tenía nada más que decir, por lo que se limitó a callar y esperar. Aunque lo que quisiera era demostrarle que ella no estaba sola; al fin de cuentas, Aitor siempre la cuidó como su propia hija. Ezequiel contempló la escena con cierto aire de distancia. No creía que fuera su problema, solo estaba ahí para cuidar de la chiquilla hasta que la orden le fuera revocada.

Ella comenzó a sentir que su cuerpo ardía en llamas. Se paró del asiento y caminó para quedar al lado de la pintura. Ahí estuvo hasta que consiguió el coraje para darse la vuelta y enfrentar a Aitor. Apretó los puños, igual que la mandíbula.

—¿En serio esperasteis diecisiete años? —preguntó entre dientes, e intercambió miradas con ambos hombres—. Casi cuando estoy por entrar a la universidad, ¿venís con este cuento? ¿Qué demonios esperabais? ¿Qué Dios bajara del cielo y me lo dijera mientras los ángeles tocaban trompetas? —La mención de Dios perturbó a Aitor y a Ezequiel. Shayza pareció no percatarse. Al no recibir respuesta, se vio obligada a hablar de nuevo—: ¡¿AH?! Tal vez, con menos edad, me lo hubiera tomado mejor, ¿no os lo parece?

—Es lo que dije —intervino Ezequiel—: que no era buena idea seguir esperando. —Cruzó las piernas y recostó la espalda en el sillón.

—Ezequiel, ¿puedes dejarnos a solas? —pidió Aitor.

Ezequiel, sin borrar su sonrisa, observó a Aitor, con una mano a la altura del rostro y frotándose los dedos. Al final, asintió no muy convencido y desapareció por la puerta detrás de él. Aitor también se levantó, caminó hasta Shayza, pero ella lo mantuvo lejos al notar lo que se proponía.

—No te quiero cerca de mí —pidió; interpuso una mano entre ellos—. No lo puedo creer, de verdad. ¿En serio, papá?

—No me dio tiempo de asimilarlo o prepararme. Me llamó esta mañana y solo lo quiso.

—Ah —ella asintió, con las cejas enarcadas—, solo lo quiso y a mí me mueven de un lugar a otro como a una muñeca... —Calló, pero negó con la cabeza al darse cuenta de algo—. Aprovechó su autoridad sobre mí para hacer conmigo lo que quisiera. ¡Es un hijo de puta!

—¡Shayza! —la reprendió Aitor.

—Imagino que me vas a dejar aquí con... —señaló la puerta por la cual Ezequiel entró—... ese hombre. ¿O ese tipo es mi padre?

—No, tu padre está lejos de aquí. —Aitor contuvo las lágrimas. Sufría al ver cómo tenía que separarse de la chiquilla, quien lo hizo sentir algo después de tantos años, como si aquello no fuera a dejarle represalias.

—Encima es un irresponsable —concluyó ella, incrédula—. No estuvo conmigo durante gran parte de mi vida y tampoco lo está para ser él quien me dé la mala noticia. —Negó con la cabeza.

—Te voy a llevar a tu habitación —dijo; trató de tomarla del brazo, pero Shayza se zafó a tiempo y alzó el puño.

—Iré, pero no me toques —dijo entre dientes.

Quería golpearlo, en serio lo quería. A él, y a Castiel, puesto que su protector también era cómplice.

Avanzaron por un largo pasillo que se iluminaba gracias a las ventanas abiertas. Shayza miró por cada una de ellas, pero no se percató de que Castiel regresaba. Aitor adelantó unos cuantos pasos, abrió la última puerta del pasillo y bajó la cabeza. Volvía a no tener el coraje de verla a los ojos. Ella se mantuvo inmóvil a su lado y examinó el interior de la habitación, que estaba decorada al mismo estilo victoriano de la cabaña. Sobre la cama yacía una maleta con sus cosas.

El pecho se le encogió con el paso del tiempo, y eso hizo que ella respirara profundo, para luego darle un ligero golpe al umbral de la puerta. Aitor, sin nada más que decir y con la esperanza de que Castiel pudiera calmarla, cerró la puerta tras ella y se fue, dejándola sola con la sensación de traición.

Shayza paseó entre las cuatro paredes y observó el escritorio en una esquina. Sobre él se hallaba un libro de tapa dura y con letras doradas en relieve. Al acaparar su atención, se acercó a él para pasar los dedos sobre la cubierta: era el libro que Aitor y Castiel le leían de niña.

«Gracias por el recuerdo, papá», dijo con cierta arrogancia, y dejó el que traía sobre este con un fuerte golpe.

Cerró las cortinas del cuarto y encendió la luz.

Sentía ganas de acostarse en la cama y llorar todo el día, pero su orgullo, mucho más fuerte que ella, le gritó que no lo hiciera así las lágrimas ya emprendieran su recorrido. Debía obligarse a ser dura, una chica con carácter, ese que adoptó cuando hubo varias desapariciones en su escuela.

No obstante, al ver la maleta, suspiró y creyó que le vendría bien idear un plan para salir de ahí y visitar a sus únicos dos amigos.

Alguien llamó a la puerta con un sutil golpe de nudillos. A los segundos oyó la voz de Castiel.

—Pasa —dijo Shayza, desinteresada por lo que pudiera decirle.

—Lo siento —se disculpó una vez cerró la puerta—, pero también he sido informado esta mañana.

—Tú y papá sois unos mentirosos. —No volteó a verlo, sin embargo, tomó una almohada y se la arrojó sin ningún blanco en particular—. ¡Lo supiste todo este tiempo y no dijiste nada! ¡Oh, sí, vamos a verle la cara a la niña!

Castiel esquivó la almohada, que terminó dando contra la puerta con un golpe seco. Shayza tenía razón para estar enfadada, pero no esperaba ese ataque. Él se la quedó viendo con los ojos bien abiertos.

—Cumplimos órdenes, es todo —respondió Castiel, avergonzado—. Sé que mis disculpas no significarán nada para usted...

—Ah, ¿tú crees? —lo interrumpió—. Sabíais mis preocupaciones, ¿y ahora qué? ¿Seguiré en el instituto o me obligareis a estudiar en casa? —Se hizo a un lado el cabello, que cayó sobre el rostro—. ¿Alejarme de mis únicos dos amigos, aparte de ti, como si mi vida no fuera lo suficientemente solitaria?

Castiel guardó silencio por un rato que pareció una eternidad.

—No estoy autorizado a hablar sobre ello.

—Genial... Y dime algo, Cass, ¿hay más que deba saber? ¿Qué tal sobre mi madre?

Castiel se estremeció. Apenas fue visible y Shayza estaba enfocada en la respuesta y no en sus reacciones.

—¿Qué le digo que no sepa? Ella murió al darla a luz.

—Bueno —cruzó los brazos sobre el pecho—, si el hombre que me cuidó desde que yo era una cría no es mi padre, y ahora, después de tanto tiempo, mi padre biológico regresa, pues, no me sorprendería que la muerte de mi madre también fuera mentira.

—Sé que está cabreada... —Shayza sonrió amargamente; lo que dijo era más que obvio—... pero vamos a sentarnos.

Caminó hasta la cama y apartó la maleta, lo que daba a entender que la invitaba a tomar asiento a su lado.

Ella suspiró y trató de calmarse. No porque quisiera dejar de estar tan enojada, sino porque si no lo hacía empezaría a llorar delante de él. Hizo lo que pidió y esperó, tratando de ser paciente consigo misma.

—Dime su nombre —pidió ella—, el de mi madre y padre.

—El de su madre ya lo sabe... —le recordó—. Su padre es Gideon.

—¿Quién demonios se llama Gideon?

—Su padre.

—Ay, por favor... Mi padre... —dijo con sorna—. Vale, ¿y a qué se dedica?

—Negocios en el extranjero.

Shayza sentía que las respuestas eran demasiado precisas –ya las tenían memorizadas, claro– y decidió no buscarle la quinta pata al gato.

—Negocios en el extranjero —repitió pensativa—. Igual que una novela. ¿Y de qué, si se puede saber? —Al ver que Castiel no contestaba, lo empujó con el codo.

—Bienes raíces.

—¿Fuera de aquí? —dudó, y torció el gesto.

Castiel asintió y se levantó con la intención de irse antes de ser reprendido por su jefe.

—Oye, espera. —Lo detuvo al tomar su mano—. ¿Vas a seguir cuidándome?

—Sí, señorita —contestó sin verla—. Seguiré con usted hasta que ya no me necesite. —Entonces la miró con sus ojos color zafiro.

—¿Y si eso significa hasta que sea vieja? —quiso saber ella.

—Ahí voy a estar. —Quería ocultar la sonrisa que eso estaba provocando en él, ya que sería mal visto o daría un giro a sus palabras.

Ella lo soltó y él no tardó en marcharse.

En cuanto Shayza supo que ya estaba del todo sola, respiró. Las lágrimas que tanto había reprimido se escaparon con sigilo. No obstante, Castiel seguía apoyado detrás de la puerta, escuchándola sollozar.

Cuando ella se detuvo, ya no sabía cuánto tiempo llevaba llorando en posición fetal sobre la cama. La luz apenas se colaba entre las cortinas de la ventana a su lado. Apoyó una mano en el colchón una vez tomó asiento. Limpió su cara con el cuello de la blusa y se dispuso a salir por la ventana sin hacer mucho ruido.

Claro que lo que hizo estuvo mal y le traería problemas; aunque procuró quitarse los zapatos para que sus calcetines amortiguaran el sonido de las pisadas sobre el césped. Y con eso, caminó hasta la salida del bosque, sin temor por los ojos de gato o cualquiera de los peligros que abundaran por ahí.

El coraje la guio bajo el cielo casi negro.

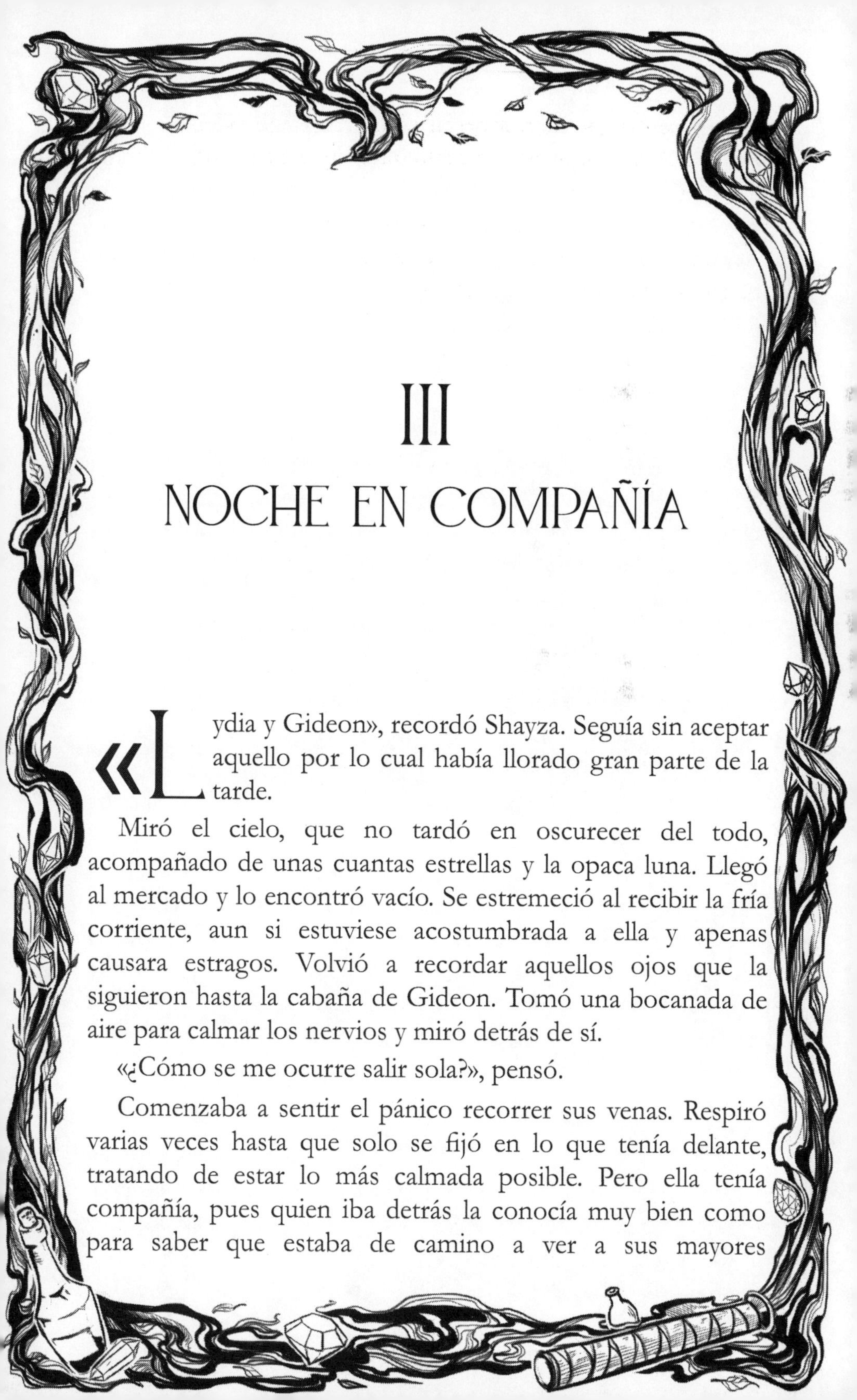

III
NOCHE EN COMPAÑÍA

«Lydia y Gideon», recordó Shayza. Seguía sin aceptar aquello por lo cual había llorado gran parte de la tarde.

Miró el cielo, que no tardó en oscurecer del todo, acompañado de unas cuantas estrellas y la opaca luna. Llegó al mercado y lo encontró vacío. Se estremeció al recibir la fría corriente, aun si estuviese acostumbrada a ella y apenas causara estragos. Volvió a recordar aquellos ojos que la siguieron hasta la cabaña de Gideon. Tomó una bocanada de aire para calmar los nervios y miró detrás de sí.

«¿Cómo se me ocurre salir sola?», pensó.

Comenzaba a sentir el pánico recorrer sus venas. Respiró varias veces hasta que solo se fijó en lo que tenía delante, tratando de estar lo más calmada posible. Pero ella tenía compañía, pues quien iba detrás la conocía muy bien como para saber que estaba de camino a ver a sus mayores confidentes. Castiel hizo todo lo posible para ser sigiloso, para camuflarse con el viento; su único deber era protegerla de todo mal, estando junto a ella o lo suficientemente lejos para darle su espacio.

Shayza recorrió largas calles con farolas parpadeantes, escuchó a los pocos coches que por allí transitaban y se escondió de ellos, por simple precaución. Uno nunca sabe qué costumbres tendrán los desconocidos, y en un lugar como Carnation... todo era posible.

Pasó casas que parecían deshabitadas –si no fuera por las luces que iluminaban las ventanas–, calles llenas de basura, otras más oscuras que la boca de un lobo y edificios al borde de la colisión. Si en ese momento un perro aullaba, Shayza comenzaría a correr despavorida con el vello de la nuca erizado.

Tras un largo camino, con la mente llena de ideas disparatadas, otras un poco confusas y unas más complejas, y con lágrimas secas en el rostro, llegó a la casa de sus amigos. Avanzó hasta la ventana del cuarto que compartían ambos hermanos y, tras pensarlo, la golpeó con los nudillos mientras veía a la calle para confirmar que nadie estuviera detrás de ella.

—¡Shay! —dijo Alan al abrir—. ¿Qué pasó contigo? Vimos llegar a Aitor sin ti y parecía muy triste.

Ella no respondió. Los ojos de Alan pasaron del café al marrón oscuro. Shayza estaba acostumbrada a verlo de esa manera cuando no respondía sus preguntas al instante. Entró una vez Alan se apartó de su camino. Alex, el gemelo de Alan, dormía profundamente en la litera y no tardó en oírse su respiración calmada.

—¿Y? —insistió Alan.

Shayza ya había pensado cómo explicarle su situación actual, pero aflojar la boca era todavía más difícil.

—Aitor no es mi padre —susurró ella, cabizbaja y frotándose el brazo con la mano. Si de por sí todo estaba de lo peor, ¿qué importaba por dónde empezar?

—¿Dónde está Castiel?

—Me escapé. Él se quedó en la otra casa. —Shayza hizo un gesto como si la cabaña estuviera en esa misma calle—. Por favor, Alan, no me veas así. He venido a hablar con vosotros porque no me siento bien, así que tranquilo.

Alan asintió y agarró sus lentes, que reposaban en una mesa al lado de la litera. Shayza se sentó en el suelo, con la espalda recostada en la pared; él hizo lo mismo y esperó por ella.

El tiempo corría sin que soltasen una mísera palabra. Shayza jugó con los cordones de sus zapatos mientras las lágrimas se escapaban silenciosas y su amigo le acariciaba el hombro. Ellos se conocían desde muy pequeños, ya sabían más del otro que de ellos mismos, por lo que Alan intuía que su amiga lloraba en silencio al no ser capaz de continuar. El hecho de que el otro gemelo estuviera en un profundo sueño tampoco ayudaba demasiado: los tres eran como uña y mugre; se habían apoyado en las buenas y en las malas, guardado secretos y hecho promesas.

Ella suspiró dispuesta a relatar lo que pasó desde que salió del instituto, pero alguien puso los pies sobre el suelo de madera.

—Despertadme la próxima vez —dijo Alex, adormilado.

Nadie habló, pero Shayza y Alan hicieron señas para que él tomara asiento.

—No me digáis que os habéis enamorado y yo soy un estorbo —replicó, y se talló los ojos.

Los otros dos rieron por lo bajo, aunque la chica lo hizo un poco a la fuerza.

—Alex, no digas estupideces. Shayza es como mi hermana —dijo Alan.

—Bueno, ¿entonces, Shay, por qué no te hemos visto desde que te escabulliste de casa? —preguntó Alex.

Ella se frotó las rodillas. Enderezó la espalda y comenzó a contar todo entre pausas. Los gemelos abrían y cerraban los ojos, al igual que la boca, mientras la historia transcurría y a Shayza se le exprimía el corazón. Alan y Alex se pasaron la mano por el rubio cabello o por el rostro, incrédulos. Les costó creer que aquellos dos hombres honestos y bien parecidos fueran capaces de construir una enorme mentira. Y también creyeron que había más detrás de aquel giro tan extraño en la vida de Shayza. Algo retorcido, claro está.

Alan se quitó los lentes y restregó los ojos para espantar el sueño. Mientras, Alex se llevó la mano a los labios y luego se frotó la barbilla.

—Después de todo, ¿tu padre real es un hombre misterioso del que no te dicen nada? —preguntó Alan, y analizó sus propias palabras.

—Castiel me dijo que su nombre es Gideon. —Se encogió de hombros—. Es lo único que sé, además de que vende casas en el extranjero —dijo con burla—. Da igual, ya debo irme. Castiel no debe tardar en venir por mí y no quiero daros problemas. Eso sí, no podéis contar nada de lo que os he dicho. —Los señaló a ambos.

—¿Mañana irás a estudiar? —preguntó Alex.

—Mañana, cuando me despierte, lo sabré —respondió ella.

Salió por la ventana cual ladrón, haciendo que no siguieran perdiendo su valioso tiempo para dormir. Levantarse con unas cuantas horas de sueño no es nada fácil: eso lo sabía ella por mano propia.

Shayza subió el pequeño muro que dividía la casa de sus amigos con la de los vecinos y miró hacia la suya, justo en frente. Las luces estaban apagadas y las cortinas cerradas. Todos dormían desde muy temprano, puesto que de noche no había mucho por hacer.

Dio un paso sin despegar la vista de su antiguo hogar y tropezó contra el duro cuerpo de alguien. Asustada y reprimiendo un grito, vio de quién se trataba.

—Ya es la segunda vez, Castiel. Una más y me matarás de un paro cardiaco —se quejó, y se sobó el pecho; el corazón volvía a parecer que saldría de su lugar—. ¿Me-me seguiste todo este tiempo? —inquirió, un poco apenada por cómo lo había tratado por el día.

—Nunca le quito el ojo de encima, señorita.

—Eso no sonó del todo bien —observó ella—. Eres como un acosador al que le pagan por ello.

—Lo reconozco. Pero no fue mi intención que fuera de esa forma. Me discu...

—Tranquilo, estoy bromeando —lo interrumpió cuando él ya empezaba a creer que había metido la pata hasta el fondo. Sin embargo, suspiró aliviado—. Como sea, iba a llamarte —avisó, y sacó su celular del bolsillo trasero.

—¿Está segura, señorita? No me parece que haya pensado lo mismo cuando entró al bosque para leer —intentó camuflar la broma.

—Me duele que desconfíes de mí, Cass —replicó ella, fingiendo indignación, pero al final rio—. Lo digo en serio. Necesitaba hablar con alguien.

—¿Y no pudo hacerlo conmigo?

—Estaba cabreada... sigo cabreada. Peeero un poco más tranquila. No voy a arrojarte otra almohada, puedes estar seguro de eso.

—¡Oh, qué alivio saberlo! —respondió Castiel, y puso una mano sobre el pecho, comenzando a caminar junto a ella; pues Shayza se había adelantado.

Ella lo vio de soslayo y rio. Cubrió su boca para no hacer tanto ruido, ya que la calle estaba tan silenciosa que se podía escuchar caer un alfiler. Castiel la miró de reojo y notó sus mejillas húmedas por las lágrimas.

—No tiene porqué llorar, señorita —comentó.

—Es un sentimiento normal, Cass —se defendió, y recordó que nunca lo había visto hacerlo.

Preocupado, angustiado y feliz, sí, pero nunca triste. Si alguna vez lo estuvo, supo cómo esconderlo.

«A no ser que sea un robot», dijo para sí misma. Al contemplar una ligera curva en los labios de su acompañante, enseguida lo descartó. Shayza sonrió ante la idea de un Castiel robótico.

—Me alegra verla un poco mejor —reveló, haciendo que ella borrara su sonrisa—. Y le tengo una buena noticia.

—¿Ah, sí? ¿Mi padre ha llegado? —Hizo una mueca.

—Mucho mejor, señorita: su padre dijo que podía seguir yendo a su actual instituto —dijo orgulloso—. Ya que le gusta tanto escaparse de casa, imagino que ocho horas en un instituto es el paraíso.

Shayza no contestó después de hacer un raro gesto con la boca. Por dentro se sentía bien ante la noticia, pero eso significaba que ahora su mente había abierto el cajón que llevaba horas cerrado. Puso los ojos en blanco e intentó volver a restarle importancia; debía hacerles caso a las palabras de Castiel: tenía tiempo para pensar quién quería ser; a no ser que la llegada de su padre influyera un cambio drástico, como el tener que irse de la isla por algún asunto ilegal en el que Gideon estuviese envuelto, o verse enredada en una pelea de bandas. Se estremeció por culpa de sus locos pensamientos.

—Me parece bien. También tengo que pedirle disculpas a mi padre… a Aitor —se corrigió, pero decir su nombre le dejó un mal sabor de boca—. He sido muy cruel mientras él lloraba.

—Lo entenderá —aseguró Castiel—. Por algo lo eligieron para cuidarla, señorita.

—No sabía que habíais hecho una entrevista para saber quién se convertiría en mi padre falso. —Giró el rostro hasta Castiel y abrió los ojos.

Él se lamió los labios y alzó las cejas. Cuando iba a abrir la boca para agregar algo más, lo pensó mejor y prefirió no hacerlo.

La vuelta a la cabaña en el bosque pasó más rápido de lo que imaginaron, pero Castiel así lo planeó. Quería que ella olvidara cualquiera de sus preocupaciones y por ello se mostraba tan payaso cuando estaban juntos. Necesitaba hacerla reír, escucharla hacerlo; eso alegraba su día, pues él ya no tenía mucho por lo que maravillarse o preocuparse: su vida era muy monótona.

Shayza, al entrar en su nuevo hogar, se dio cuenta de que todo estaba sumamente oscuro y oyó a Castiel cerrar la puerta, percatándose de que lo único que debía hacer era tomar una ducha e ir a la cama.

Castiel se detuvo a mitad del pasillo y volteó hacia ella.

—¿No irá a su habitación?

—No voy a volver a escaparme —aseguró Shayza, y le restó importancia con un ademán.

Sin embargo, su mirada no estaba sobre la de él, sino en la pintura de la mujer idéntica a ella. Castiel confió en sus palabras y caminó hasta su propia habitación. Por otro lado, Shayza se acercó al cuadro colgado en la pared junto al pasillo. La contempló con cierta fascinación y se fijó en cada detalle. La curiosidad la llevó a levantar la mano para tocar el lienzo, aunque no lo consiguió.

Una extraña y escalofriante aura envolvió la pintura, creando un escudo que Shayza era incapaz de ver y solo le daba la sensación de que algo acariciaba sus dedos y le advertía que se alejara. Esto no sucedió hasta que vio los ojos gatunos en los que deberían estar los de la mujer; miraban un punto fijo en la nada.

Shayza parpadeó varias veces para adaptar mejor la vista en la oscuridad, pero al fijarse por mucho tiempo en los orbes amarillos, se dirigieron a ella. Sobresaltada, tropezó con el sillón a sus espaldas. Sin duda su grito recorrió cada rincón de la casa, alertando a Castiel y Ezequiel.

En cuanto escuchó que dos puertas se abrían a la vez, asomó la cabeza al pasillo.

—Solo fue una cucaracha —avisó, carcajeando—. Solo fue una cucaracha —repitió, pero en voz baja mientras ellos volvían a entrar a sus habitaciones—. Estoy enloqueciendo…

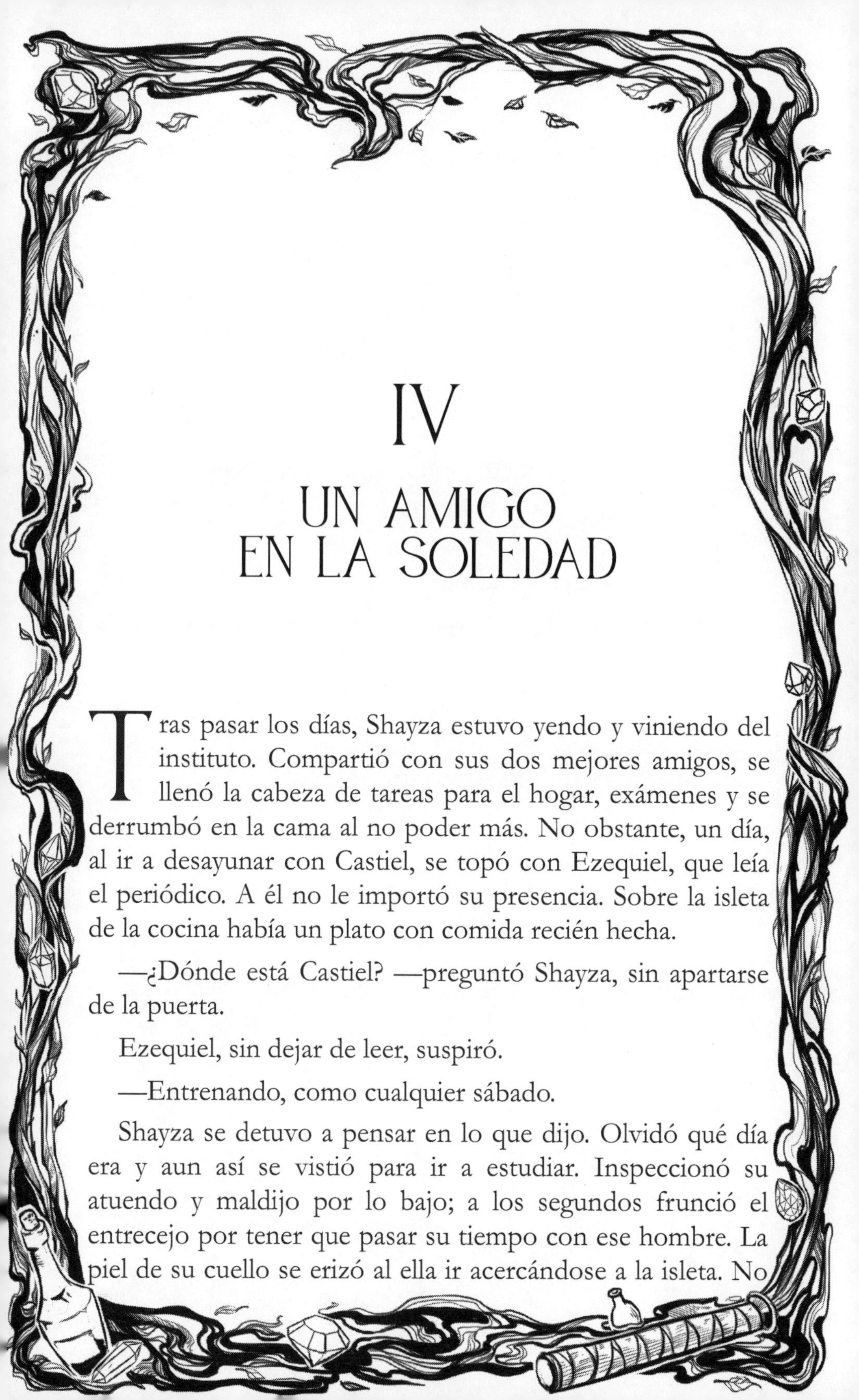

IV

UN AMIGO EN LA SOLEDAD

Tras pasar los días, Shayza estuvo yendo y viniendo del instituto. Compartió con sus dos mejores amigos, se llenó la cabeza de tareas para el hogar, exámenes y se derrumbó en la cama al no poder más. No obstante, un día, al ir a desayunar con Castiel, se topó con Ezequiel, que leía el periódico. A él no le importó su presencia. Sobre la isleta de la cocina había un plato con comida recién hecha.

—¿Dónde está Castiel? —preguntó Shayza, sin apartarse de la puerta.

Ezequiel, sin dejar de leer, suspiró.

—Entrenando, como cualquier sábado.

Shayza se detuvo a pensar en lo que dijo. Olvidó qué día era y aun así se vistió para ir a estudiar. Inspeccionó su atuendo y maldijo por lo bajo; a los segundos frunció el entrecejo por tener que pasar su tiempo con ese hombre. La piel de su cuello se erizó al ella ir acercándose a la isleta. No comprendía por qué no le caía bien, aunque tampoco es que lo estuviera juzgando sin conocer: solo era su instinto.

—Come —ordenó Ezequiel—. Él lo hizo para usted antes de irse.

—Entonces no se fue hace mucho, ¿verdad?

Ezequiel pasó la página de su lectura. Ella, sin deseos de replicar o seguir con la conversación, se sentó a la isleta en silencio. Si al estar callados por mucho tiempo se volvía cada vez más incómodo, esa mañana no sería la excepción. Shayza trató de masticar sin hacer ruido, pues, aparte de su mandíbula y respiraciones, se oía el pasar de las páginas y el viento frío al otro lado de la ventana.

A la joven le llamó la atención que, mientras Ezequiel leía, una sonrisa separaba sus finos labios.

«¿Qué lo divierte tanto?», se preguntó.

Vio el encabezado de la portada: «Se halla joven mutilada por su novio a las afueras de la ciudad». Se estremeció de pies a cabeza, pensando que pudo haber sido ella. No continuó leyendo, por lo que apartó la mirada y frunció cada centímetro de su cara. ¿Estaba delante de un demente?

Todavía perturbada, volvió a pensar en los dichosos ojos de gato. ¿Y si en realidad fue la criatura quien mutiló a la chica? Inclinó la cabeza y descartó la idea. Aquello había sido un caso aparte, y era absurdo que una criatura misteriosa, algo que podría ser producto de su imaginación, hiciera eso.

Ezequiel la observó y analizó sus movimientos. Shayza lo quedó viendo incómoda al no saber qué decir para que dejara de hacerlo.

—¿Algo la molesta? —preguntó, y sus ojos brillaban de una manera extraña.

—No, nada —aseguró; agitó la cabeza y dirigió el tenedor a la boca—. Castiel cocina muy bien. Yo envidiaría a su pareja —intentó desviar el tema con una broma, pero lo dicho le supo amargo. Solo esperaba que Castiel no malinterpretara sus palabras.

—Me sorprendería que no lo hiciera.

Shayza se ahogó con la comida y empezó a toser. Ezequiel acercó un vaso con agua. En cuanto ella pudo recuperarse, le dirigió una mirada.

—¿Qué quiere decir? —curioseó.

No sabía nada sobre Ezequiel, así que bien podría haber salido con un comentario extraño.

—Sois muy unidos. —Él la contemplaba para examinar hasta la más mínima reacción—. Es normal que, si Castiel fuese casado, su mujer estaría muy celosa de usted.

Ella se quedó inmóvil: su comentario no tenía sentido; de ser así, jamás haría algo como para arruinar el matrimonio de alguien. Era cierto que se había sentido atraída en ocasiones por los gemelos o el mismo Castiel, aunque al oír a Alan y a Alex hablar de mujeres la hacían creer que también le gustaban. Pero todavía no podía imaginarse al lado de un hombre o una mujer; formar una relación, o familia, estaba muy lejos de sus planes.

Terminó de desayunar. Sacó una pastilla para su tiroides del bolsillo y bufó. Había cometido el error de comer antes de tomarla.

En cuanto se dispuso a salir de allí, Ezequiel la detuvo:

—¿No siente curiosidad por saber quién es la mujer de la pintura?

Ella paró en seco, recordando lo ocurrido unas noches atrás y el grito que salió de su boca. ¿A eso venía la pregunta? ¿Quería atraparla en el momento adecuado para saber por qué estaba en el salón y de la nada los hizo salir de sus habitaciones?

«¿Qué tan cínico debe ser para esperar tanto por un castigo?».

—De no ser que sea una hermana gemela perdida... solo puedo pensar que es una pintura de cómo me vería de mayor. —Giró hacia Ezequiel—. Siento mucho no tener el cuerpo de una modelo.

—Eso es muy egocéntrico —observó él—. El creer que hay un dibujo de usted porque sí, quiero decir. —Se levantó, quedando al lado de ella, y la miró, todavía con aquel inquietante brillo en sus ojos. Shayza retrocedió unos pasos hasta que llegó al salón; él pasó por su lado y señaló la pintura—. ¿No puede notarlo? Es su madre. Nunca la había visto, ¿no? Usted es una réplica casi exacta de esta *belladonna*.

Belladonna. Reprimió una mueca al saber lo que significaba.

No es que pensara que la mujer… –que su madre– fuera fea. No, no. Sino que ese comentario le parecía fuera de lugar, y más cuando los ojos de Ezequiel ahora brillaban con cierto morbo al verla.

Shayza torció el gesto, pero agradeció a la suerte al ver que Castiel llegaba a casa. Casi quería correr a esconderse detrás de él para alejarse del rarito, así fueran unos metros.

—Buenos días, señorita. —Hizo una reverencia con la cabeza—. Ezequiel.

—Hola —respondió ella; hizo un ademán y forzó una sonrisa para no hacer visible su desagrado hacia Ezequiel—. Olvidé que era sábado, ¿puedes creerlo? —Por más que tratara, su voz la delató.

Caminó hasta Castiel y vio cómo pequeños mechones rojos se adherían a su frente sudada. En cuanto el olor a sudor llegó a Shayza, esta se cubrió la nariz e hizo la cara a un lado.

—Me vendría bien una ducha —comentó Castiel, despegándose el cuello de la camisa.

—Sí. No te haría daño —habló Ezequiel, desinteresado—. Castiel, necesito que vayas al mercado. No quiero ningún inconveniente. —Aunque la oración lucía incompleta, el asentimiento de cabeza por parte de Castiel dejó confundida a Shayza. Una vez más, estaban ocultando algo.

De Ezequiel no esperaba nada, pero Castiel estaba ganando demasiados puntos de desconfianza.

—¿Quiere venir conmigo, señorita?

Shayza ladeó la cabeza y fingió que lo consideraba. Era fácil de adivinar, por eso Castiel sonrió y fue a su habitación. La joven giró hacia Ezequiel, dándole una expresión incómoda, y salió para quedarse en el porche.

Sacó el móvil de su bolsillo trasero mientras caminaba de un lado a otro, haciendo rechinar la madera bajo sus pies. Debía disculparse con su padre, con Aitor; llevaba días en ese nuevo hogar y no había tenido tiempo de ir a su antigua casa o tan siquiera llamarlo. Castiel no traía nuevas noticias sobre él, y no podía ir luego de la escuela.

Los minutos transcurrían y ella se golpeaba, con suavidad, la frente contra una comuna. Revisó el móvil para comprobar la hora, bufando.

—Castiel, ¿cuánto te falta? ¡Joder, que solo es una ducha! —dijo desesperada.

A ese punto ya solo pensaba que ir con él al mercado servía para que la llevara a ver a Aitor y a los gemelos, y eso la puso ansiosa.

—No tiene razón para gritar, Shayza —la regañó Ezequiel, por la ventana frente a ella. Recostó los brazos sobre el umbral de esta y la miró con la cabeza a un lado y con el mismo brillo en los ojos cuando veía la pintura del salón. Shayza sintió escalofríos ante aquellos penetrantes ojos azules—. ¿Segura de que se siente bien? Aquí siempre velaremos por su bienestar.

El rostro de Shayza se contrajo. ¿Cómo tenía el descaro de decir eso cuando nunca pensaron qué ocurriría con obligarla a irse a la casa del padre que no conocía?

—Hace un rato me hizo la misma pregunta, señor Eze… —Apretó el puño alrededor del móvil.

—Las formalidades no le quedan con esa actitud, Shayza.

Shayza hizo una mueca y tomó sus palabras como una broma, así que resopló.

—Lo sé —aseguró, rascándose la nuca.

Tragó en seco al sentir que Ezequiel volvía a quedarse viéndola. Sin embargo, Castiel por fin salió de la cabaña; sujetó desprevenidamente el brazo de Shayza y, casi arrastrándola consigo, la sacó de allí.

A una distancia en que solo ellos pudieran oírse, ella abrió la boca:

—Viste cómo me miraba, ¿verdad?

Él la soltó.

—Así es, por eso hubiera preferido notarlo desde antes para no dejarla sola con él.

—Me da escalofríos estar a solas con ese tío, pero a veces parece fingir que no existo... y otras veces me toma muy en cuenta. ¿Os conocéis de antes? —Castiel no respondió al instante y, cuando lo hizo, negó con la cabeza—. No me sorprende que mientas.

—No le miento, lo aseguro —se defendió, y pasó por el arco del bosque—. Si desea preguntar algo, hágalo.

—¿Y que así sigáis mintiendo? Mejor me quedo callada.

—Sabe que eso es imposible para usted —espetó él, incitándola a que soltase lo que tanto la molestaba.

Shayza frunció la boca hasta formar una trompa y entrecerró los ojos. Castiel la conocía demasiado bien.

—¿Seguro que... Gideon no está metido en asuntos ilegales? Porque eso de vendedor de bienes raíces no me cuadra del todo. Mira cómo me ha dejado a cargo de dos hombres. O sea... —Hizo trompetillas y giró una mano.

Él suspiró antes de hablar.

—Prefirió que fuera así en vez de ser un padre ausente.

—¿No es lo mismo? —replicó ella, consiguiendo ver el mercado.

—Es mejor no hablar de ello mientras estemos rodeados de personas.

—Por fin coincidimos en algo —dijo, y se aferró al brazo de Castiel.

De niña se había perdido entre el gentío que llenaba el mercado como si las personas no tuvieran nada que hacer en sus hogares. El lugar era casi lo mismo que un club nocturno, pero sin techo y sin la poca luz. No obstante, el hecho de que los habitantes de Carnation la odiaran hasta el punto de ponerle apodos hirientes como «La hija del diablo» o «La niña maldita», escupirle a los pies, lanzar plegarias al cielo, casi parecía que estuvieran en la época en que sacrificaban mujeres inocentes con acusaciones falsas de brujería; la hacía no desear pasar mucho tiempo allí. Tenía suerte de que las leyes no fueran como antes, si no, ella hubiera muerto el mismo día en que nació. A diferencia de otros bebés, Shayza al abrir los ojos ya tenía su heterocromía.

Se lamentó de aceptar la invitación a salir al notar cómo dos señoras de avanzada edad empezaron a rezar y otros se hacían a un lado cuando los veían abrirse paso. Era una exageración lo que provocaba con solo caminar cerca de ellos, muchas veces sin mirarlos o dirigirles la palabra. Los profesores huían de ella, pero los gemelos se encargaban de ayudarla en sus deberes. Así no quisiera aceptarlo, muy en el fondo, ese trato la hacía sentir mal. Una cosa era ser despreciada por una persona, otra muy diferente, por todos en Carnation.

Todo lo que estaba viviendo poco a poco se volvía un fiasco. Estaba enfadada y, por más que lo estuviera con Aitor, eso solo era una fachada para no llorar por el hecho de extrañarlo. Le arrebataron un pedazo de lo que fue alguna vez y la obligaron a amoldarse a una vida que no era suya.

Castiel se detuvo junto a una carpa, cuyo dueño no tardó en mirar de mala manera a la joven. Ella soltó a Castiel y se hizo a un lado; caminó hacia el desvío del instituto soportando los murmullos de los extraños. Pateó piedrillas mientras esperaba que Castiel terminase de hacer las compras. Permaneció cabizbaja, hasta que vio un hermoso gato amarillo con blanco sobre un bote de basura.

El animal inclinó la cabeza a un lado, viéndola curioso con sus enormes ojos amarillos. Agitó la cola y alzó las orejas cuando ella se dispuso a acariciarlo.

—Tran... —le levantó la cola para saber si era gato o gata—... quilo, no te voy a hacer daño.

Lo tomó en brazos y lo alzó contra luz. El gato movió las patas, y una de las almohadillas le tocó la nariz a Shayza, y con eso se dio cuenta de que el pobre animalito estaba herido. Rápidamente buscó a Castiel para encontrar la forma de ayudarlo. Y sin embargo, el gato bufó al ver una serpiente sobre la mesa de la carpa donde Castiel hacía su compra. Consiguió escaparse de los brazos de Shayza y huyó cojeando por el desvío.

—Creo que ya no habrá que ayudarlo... —comentó Castiel, y miró a la serpiente, que siseó y agitó el cascabel.

—Esa serpiente es acojonante —replicó Shayza, y la vio con desafío.

Corrió tras el gato, ignorando el llamado de su protector.

No lo vio por ningún lado, incluso cuando buscó detrás de los botes de basura que se topaba. Castiel la sujetó del brazo.

—No puede irse así —la reprendió con severidad, y ella abrió los ojos con sorpresa; hasta él se había asustado—. Y mucho menos por un gato.

—Joder... —gimoteó indignada.

—Sin objeciones. —Suspiró para calmarse—. Pensaba llevarla con su padre… pero ahora ya no lo sé.

—En serio, perdón, Cass —se disculpó al juntar ambas manos—. Ya sabes cómo me encantan los animales. ¡Los amo hasta la locura!

—Lo de demente sí lo ha dejado muy claro.

Ella puso los ojos en blanco mientras encorvaba la espalda y era obligada a caminar junto a él para salir del mercado. Rogó que la llevara con su padre, pues si no, solo le quedaba escaparse en mitad de la noche. No lo volvería a hacer, aunque a veces no descartaba la manipulación, así no estuviera bien hacerlo.

—¿Está demen…? —Calló al notar lo que estaba por decirle a su protegida—. ¿Acaso no leyó el periódico?

Guardó silencio ante la pregunta. Claro que lo había leído, al menos el título de la primera plana, que era lo más importante.

Castiel la quedó viendo, considerando llevarla con Aitor, pues hacerlo quería decir que la consentía o se dejaba manipular por una chiquilla. Su jefe no estaría muy contento si se llegaba a enterar.

—Por favor… —dijo ella, y esperó a que él cediera ante su cara de perrito abandonado—. Por favor, Cass… ¡Hala! ¡El gato! —gritó, sobresaltando a Castiel, y corrió para atrapar al felino—. Ahora sí deberíamos ir donde papá para curarle la pata a este pequeñín.

Posó la mejilla sobre la cabeza del gato. Este maulló y empezó a ronronear.

Castiel tardó en darse por vencido.

Él dio la vuelta pidiéndole que no se alejara. Ella corrió hasta él, igual que un crio cuando ve el árbol de Navidad lleno de juguetes, y le arrebató la bolsa donde llevaba lo que había comprado.

Él dio una última mirada a su protegida y luego se fijó en el camino. Shayza, con una sonrisa y acariciando al gato, decidió ver qué había dentro de la bolsa. No terminaba de comprender aquellos polvos de distintos colores y texturas, o siquiera los frascos de cristal con líquido transparente; agua no era, alcohol tampoco. Abrió uno con dificultad y lo olfateó igual que el gato rubio. Este estornudó y ella frunció el gesto. El olor era agrio, tan fuerte que se frotó la nariz para intentar quitárselo.

—Cass, ¿qué rayos compraste? —Dejó las cosas en la bolsa y se la extendió.

Él giró hacia ella, tratando de descifrar el significado de sus palabras.

—A Ezequiel le gusta la química —explicó.

—¿Le gusta la química o fabricar drogas?

—Señorita, baje la voz, que son acusaciones graves —pidió.

—¡Por favor!, aquí no hacen nada por ese tipo de cosas. Los primeros en comprarlas son los policías y gente con mucho dinero.

Él hizo un ademán para que callara. El gato movió las orejas como si hubiera escuchado algo al igual que Castiel. Sin embargo, tras unos segundos, el pelirrojo tomó a Shayza del brazo y la arrastró hasta la casa de Aitor, la cual todavía estaba bastante lejos.

—Oye, ¿qué sucede? —quiso saber, con las cejas alzadas y expresión confundida.

—Parece que alguien nos está siguiendo. Por favor, le pido que guarde silencio mientras llegamos a la casa de Aitor.

Shayza, empezando a preocuparse, miró atrás sin notar alguna anomalía. Después de todo, sí confiaba en Castiel, por lo que optó en callar y asentir. Un cosquilleo le recorrió la punta de los dedos y su estómago se revolvió.

Abrazó al gato para intentar calmarse a la vez que murmuraba palabras de aliento pasa sí misma.

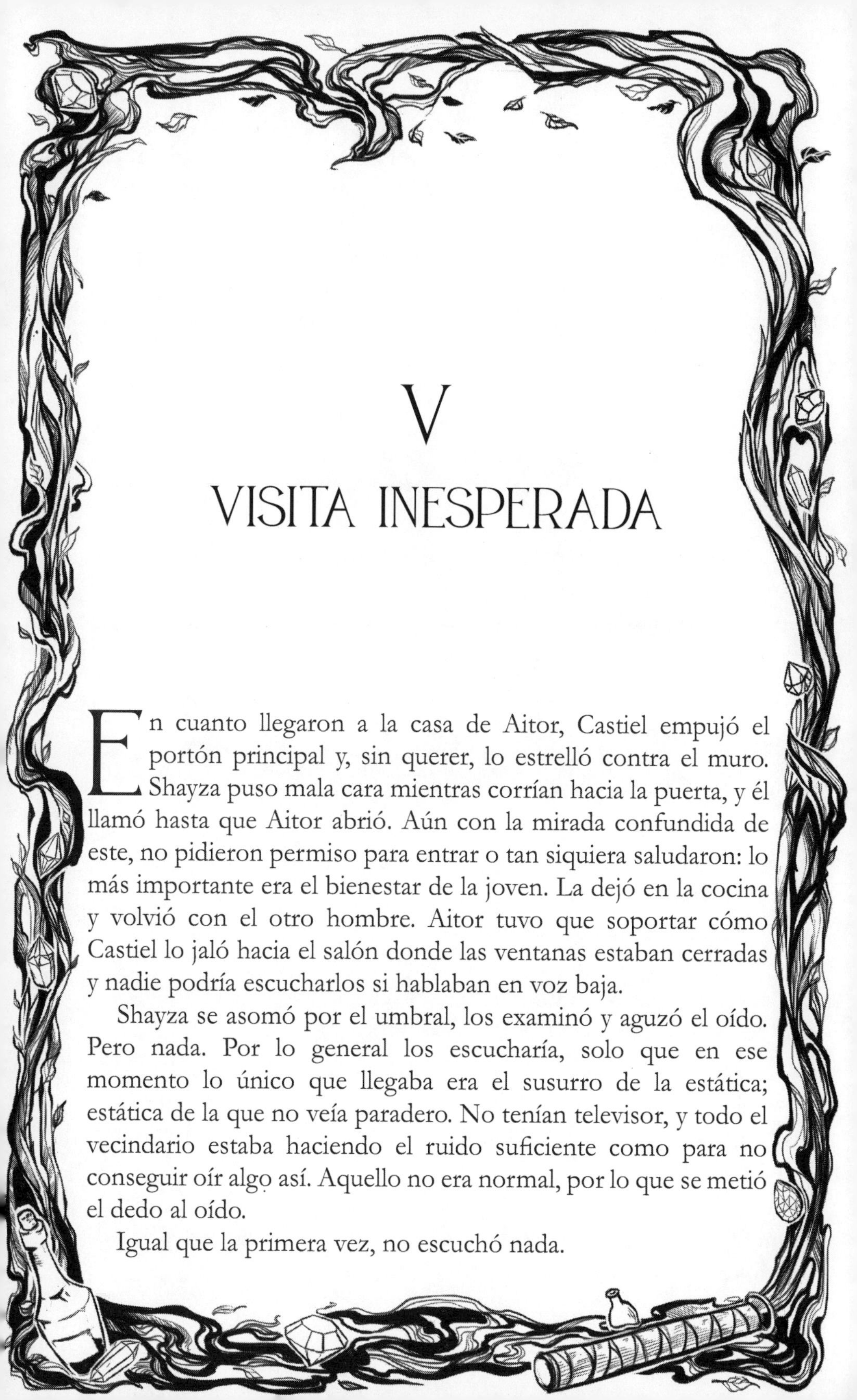

V
VISITA INESPERADA

En cuanto llegaron a la casa de Aitor, Castiel empujó el portón principal y, sin querer, lo estrelló contra el muro. Shayza puso mala cara mientras corrían hacia la puerta, y él llamó hasta que Aitor abrió. Aún con la mirada confundida de este, no pidieron permiso para entrar o tan siquiera saludaron: lo más importante era el bienestar de la joven. La dejó en la cocina y volvió con el otro hombre. Aitor tuvo que soportar cómo Castiel lo jaló hacia el salón donde las ventanas estaban cerradas y nadie podría escucharlos si hablaban en voz baja.

Shayza se asomó por el umbral, los examinó y aguzó el oído. Pero nada. Por lo general los escucharía, solo que en ese momento lo único que llegaba era el susurro de la estática; estática de la que no veía paradero. No tenían televisor, y todo el vecindario estaba haciendo el ruido suficiente como para no conseguir oír algo así. Aquello no era normal, por lo que se metió el dedo al oído.

Igual que la primera vez, no escuchó nada.

Castiel trataba de lucir calmado con Aitor, pero ciertos gestos con las manos le hacían creer a Shayza que en realidad estaba muy angustiado. Y la expresión de su padre… tampoco ayudaba.

Algo ocurría y de nuevo no querían decirle. Ella, con el entrecejo fruncido, dejó al gato sobre un asiento y aguardó a que su padre adoptivo quisiera verla, golpeando el suelo. Mientras ellos continuaban en su rollo misterioso, Shayza miró al gato que se lamía la herida, ajeno a lo que pasara a su alrededor. Rebuscó entre los cajones de la cocina para dar con qué limpiarle el corte y luego vendarlo. Estaba dispuesta a cuidarlo y alimentarlo sin importar lo que dijeran sus cuidadores. Al final, era solo un gato; no podía causar más problemas que vomitar una bola de pelos sobre la alfombra.

Al terminar de curar al animal, lo alzó, contempló su enorme cabeza y mirada curiosa y sonrió satisfecha por su labor. No podía imaginar el inmenso placer que le causaría ayudar a las personas con sus mascotas o los animales de la calle si se convirtiera en veterinaria.

—Hija mía… —la saludó Aitor, pero rápidamente se detuvo para darse cuenta de que traía un gato—. Has traído un gato —añadió no muy a gusto—. Otra vez.

—El corazón no me da para dejarlo en la calle —exageró ella.

—Siéntate, te voy a dar algo de comer. Pero… ¿tomaste tu medicación?

Shayza negó con la cabeza.

—Lo he olvidado. Y con prepararme algo de comer no vas a conseguir que olvide cómo habéis estado cuchicheando —dijo, refiriéndose a la escena en el salón.

—Con que muy cotilla, ¿eh? Son cosas de adultos —cortó él.

Shayza miró hacia el salón donde pensó que encontraría a Castiel, pero lo único que notó es que la puerta volvía a cerrarse. Él se había ido.

—Cosas de adultos. Vale. —Giró hacia Aitor—. Estoy a pocos meses de cumplir los dieciocho, creo que eso no me hace menos adulta.

—Shay, ¿puedes dejar de actuar como abogada defensora y sentarte? —Aitor parecía realmente alterado por lo que sea que Castiel le dijo—. Discúlpame…

—Tranquilo. —Tomó asiento a la mesa, dejando al gato en el suelo—. Solo vine a pedirte disculpas por cómo me comporté el día en que… me enteré de la verdad. Pero ahora que Cass salió, no puedo irme.

—Entiendo cómo te sientes, pequeña. —Sostuvo sus manos al sentarse frente a ella—. No es fácil lo que estás pasando y es normal que reacciones a la defensiva. Te sientes traicionada por todos nosotros.

—No es solo eso, papá. —No era capaz de verlo. La garganta empezaba a cerrársele y las lágrimas se acumularon en los ojos—. Me ocultáis cosas. Todavía no he podido adaptarme a mi nueva rutina como para que parezca que soy la hija (la cual, como dato insignificante, corre peligro) de un traficante. —Apartó las manos de Aitor y enjuagó sus ojos. Solo lloraba delante de algunas personas, y él era una de ellas. Al fin de cuentas, era su padre, el único que la crio como tal—. Ni siquiera Castiel quiere decirme la verdad.

—No es un asunto de querer o no, mi niña, son reglas que cumplir.

—¿Qué más da si lo reveláis ahora o en dos semanas? Va a ser lo mismo: me cabrearé y lloraré de rabia.

—Trata de tener paciencia —sugirió mientras parpadeaba—. Es lo único que puedo decirte.

—Ve a Castiel, parece que está tratando de protegerme de alguien —espetó Shayza, gimiendo, y apuntó hacia la nada—. Después habláis en murmullos, así que no me pidáis que tenga paciencia. —Colocó ambas manos en sus sientes y cerró los ojos—. Joder, papá. Esto pudo haberse evitado con decírmelo antes o al terminar la universidad.

En la ventana tras ella apareció una figura con el rostro cubierto, haciendo que Aitor retomara su compostura y su rostro se endureciera. Shayza no fue capaz de notarlo, solo sintió una corriente que la estremeció al oír que Castiel regresaba. Este entró a la habitación y cerró las cortinas, dejándolos solo con la luz del interior. Esto llamó la atención de la joven y se giró para comprender el porqué su protector actuaba así. La luz parpadeó igual que el reloj de cada electrodoméstico; sin embargo, Shayza nada más se percató de la luz sobre su cabeza.

—¿No lo he dicho? —expresó ella—. Todos sois ra...

Castiel le cubrió la boca.

Shayza puso mala cara ante su atrevimiento. Cuando trató de apartarse, él la aprisionó contra su cuerpo. Ella se sacudió para librarse, pero sentía que él era una gran anaconda que la enrollaba.

Aitor se quedó inmóvil en su lugar, atento a cualquier ruido. Shayza quiso ver qué demonios había allí como para que ellos tuvieran tal actitud. Al no poder hacer nada, relajó su cuerpo, desganada y poniendo los ojos en blanco. Esperó y esperó, aunque no parecía que algo fuera a cambiar.

De pronto la puerta principal se abrió, y varias pisadas hicieron crujir el suelo de madera.

—Siempre tengo que limpiar vuestras cagadas. De verdad que sois descuidados —avisó un hombre con acento americano. El dueño de aquella voz dejó ver su larga melena rubia y ojos oscuros—. ¿Esa es la hija del jefe?

Todos se quedaron viendo al chico, hasta que Shayza consiguió librarse y empujó a Castiel. Entre los tres hombres y de espaldas contra la estufa, dijo:

—¡¿Qué coño os pasa?! ¿Y quién es este tío?

El americano sacó un cigarrillo del bolsillo interior de su chaqueta y lo encendió, restándole importancia a que hablara sobre él.

—Es Eliot, señorita —respondió Castiel, y la obligó a sentarse.

—Imagino que si no hubiera aparecido… de improvisto, vosotros no me habríais dicho nada —reprochó Shayza, e intercambió miradas con Castiel y su padre adoptivo—. Vosotros estáis…

—¿Dementes? —completó Eliot, y exhaló el humo por la nariz.

—No consumas esa porquería aquí —pidió Castiel.

—¿Por qué? Para vosotros esto no es nada. —Eliot salió de allí, mientras Shayza se dirigió a Castiel.

—¿Qué dice? —inquirió ella, pero igual que siempre, no recibió respuesta al instante; y llegó a la conclusión de que se vería forzada a buscar las respuestas por sí sola.

«Algo tiene que haber en la cabaña. Algo que me diga qué demonios esconden estos capullos», se dijo.

—Es hora de irnos —avisó Castiel, y capturó la atención de Aitor y Shayza.

—De vuelta a la cabaña de los secretos —refunfuñó ella, y tomó al gato.

Eliot observó cómo ella salía de la casa sin hacer algo para impedirlo, esto provocó que Castiel lo mirara de mala manera antes de ir tras la joven.

—Oye, no me pagáis para cuidar de una cría. Ese es tu trabajo —replicó Eliot, y lo señaló con el dedo.

—Sí, sí. Perdón por arruinar vuestras vidas —dijo Shayza. Giró hacia ambos hombres sin dejar de caminar—. Es un honor poder daros un empleo.

—Señorita, no puede irse así —dijo Castiel.

—¿Porque puede matarme alguien que conozca a mi padre? ¡¿Pegarme un tiro entre ceja y ceja?! —Señaló el lugar antes mencionado—. ¡Podéis iros al infierno!... —Su voz se quebró.

Shayza volvía a sentir que no podía confiar ni en su propia sombra si de esos hombres se trataba, eso la enfurecía y entristecía de sobremanera; o tal vez solo exageraba al dejarse llevar por sus emociones. Pero ¿qué podía hacer una joven que todavía dependía de un adulto? Sin dinero, sin lugar donde encontrar paz para su revoltosa cabeza, solo le quedaba una cosa que hacer: escapar.

El trayecto hacia la cabaña en el bosque tardó más de lo que hubiera querido. No obstante, los llamados de Castiel no cesaron en ningún momento, ni cuando Eliot aminoró el paso para poder fumar tranquilo.

Shayza entró a la casa e hizo que la puerta golpeara la pared y que Ezequiel saliera a ver qué estaba pasando. Cerró de un portazo su habitación y puso llave. Castiel llamó y golpeó la puerta.

—¡Dejadme en paz! —Tenía los ojos cristalizados y la nariz roja.

Abrazó al gato, dejando caer lágrimas sobre su pelaje. Lo acarició, jugó con su naricita y lo besó. Se sentó en la cama y lo alzó. El gato, con la mirada fija en ella, lamió las lágrimas de sus mejillas. Shayza sonrió aunque Castiel siguiera dando golpes en la puerta. Era como si ese pequeño animal la transportara a un lugar mucho más tranquilo, y hasta la hizo olvidar todo mal dentro de su cabeza.

La puerta dejó de estremecerse tras un último golpe: la frente de Castiel dando contra la madera.

La joven suspiró al apartar su peludo amigo, giró hacia la puerta y esperó oír los pasos de Castiel alejándose.

—Me quedaré aquí hasta que decida abrir —avisó él con voz cansada.

Le dolía que su protector tuviera ese detalle con ella, pero Shayza sentía que estaba entre la espada y la pared. Había que admitir que se dejaba llevar por los impulsos, aunque no hay forma de saber cómo reaccionar ante una situación como la suya. Enojo, tristeza, depresión o negación. Todo era posible.

Ya más tranquila, respiró profundo. Alejó los malos pensamientos y preocupaciones. ¿Debía dejarlo entrar? ¿Exageraba su desconfianza? Es decir, después de todo, Castiel y Aitor siempre se encargaron de su bienestar y la trataban con amor y cariño cuando tuvieron la opción de hacer lo contrario. Si una decisión así la hacía dudar por donde quiera que tomara los cabos, ¿qué demonios iba a hacer al dar el agigantado paso a la adultez? Solo debía lidiar con una cosa, y eso era dejar que Castiel entrase o se quedara en el pasillo. Pero eso la hacía correr el riesgo de que no la dejara investigar la cabaña.

«Debo dejar de comportarme como una cría», se dijo, animándose a caminar hasta la puerta. En cuanto lo hizo, Castiel se deslizó hacia atrás, pero gracias a sus reflejos, logró sostenerse del marco de la puerta. Se había quedado dormido.

Ninguno dijo nada por un rato. Solo se observaron a la espera de que el otro diera el primer paso.

—Pude salir por la ventana —comentó Shayza, volviendo a la cama para recargar su móvil. La huida seguía en pie.

—Confío en usted más de que lo que usted confía en mí —le hizo saber, y al notar rasposa su voz, carraspeó—. Fue poco profesional quedarme dormido. Lo lamento, señorita.

Ella hizo un ademán para restarle importancia.

—Sería curioso que no te quedaras dormido al siempre tener un ojo sobre mí —mencionó, con la idea de recordarle lo que dijo tiempo atrás.

Castiel tardó en darse cuenta de la referencia y se sonrojó hasta las orejas. Giró hacia otro lado y pasó la mano por su pelo.

—Le pido que olvide ese incidente —habló sin verla.

—Como quieras, Cass. —Aunque sus palabras parecieron distantes, una sonrisa maliciosa se dibujó en su rostro pecoso. A él le gustaba molestarla de vez en cuando. Y a ella también. Ojo por ojo, diente por diente.

—Siento no poder decirle nada por el momento, pero tenga paciencia. El señor Gideon pronto vendrá a contarle lo que usted quiere saber.

—Paciencia es lo que me falta. —Se encogió de hombros y estrujó su nariz con la palma, aspirando—. Pero voy a tratar de tener mi cabeza ocupada hasta que mi padre llegue.

Patrañas. Ella mintió de forma descarada, viéndolo a los ojos y con una sonrisa inocente. Era la mejor manera de despreocuparlo, aunque también una pequeña voz le sugería que lo hiciera. Mentir venía en la sangre.

Pasaron las horas necesarias hasta que Castiel decidiera que ya era demasiado para él y para su protegida, por lo que, luego de una larga charla, donde le confesó que apenas podía dormir por estar al tanto de ella, le dio las buenas noches y cerró la puerta al salir. Eso la conmovió, solo que no bastaba para quedarse sin hacer nada.

Aguzó el oído para poder concentrarse en el sutil caminar de Castiel sobre la larga alfombra del pasillo. Una puerta se abrió en la distancia y no tardó en cerrarse, creando unas cuantas pisadas más y el canto de los grillos.

Shayza esperó un poco hasta estar lo suficientemente segura de no ser atrapada con las manos en la masa; al final agarró su móvil para usar la linterna.

A sus pies cayó el gato sobre las cuatro patas y se estiró, para luego sacudirse. Shayza le hizo un gesto para que no hiciera ruido, y este la observó con curiosidad. Podría decirse que ese animal tenía más actitudes humanas que las de su clase, pero ella solo pensó que era una criatura muy inteligente. Los gatos siempre lo han sido, que algunos sean orgullosos es harina de otro costal.

Avanzó de puntillas por el pasillo. Nunca tuvo en cuenta qué tan ligero era el sueño de Castiel, y mucho menos el de Ezequiel o Eliot; porque sí, Eliot también se convirtió en un huésped de ese lugar. Dio la vuelta hacia la izquierda y notó cómo su sombra y la de su pequeño compañero se estiraban sobre las paredes. Examinó el lugar con la linterna y apretó los labios al no encontrar otra decoración. En la cabaña solo había una pintura y esa era la de su madre –con la que, mientras entraba enfurecida al salón, notó que su apellido real era Campbell, no Hoffman–, cosa que se detuvo a pensar. Antes no le había prestado atención a ese detalle, y lo mismo ocurrió con la sombra que pasó veloz por la ventana. No obstante, sí sintió la necesidad de voltearse y enfocar con la luz hacia afuera, donde solo encontró árboles y arbustos.

El gato se detuvo ante una puerta, puso las almohadillas sobre ella y se estiró, indicándole adónde ir. Bajo ella no se veía ningún tipo de luz, por lo que ahí podría no haber nada ni nadie. Shayza apoyó la oreja en la madera y esperó a que algo se moviese al otro lado; intentó abrirla.

Otra sombra corrió por las paredes a su espalda. El gato se erizó hasta la cola y bufó, esto alertó a la joven. Ella no vio nada que no fuera su propia sombra y la del felino. El gato insistía con sus bufidos y maullidos fuertes, viendo algo que Shayza no captaba, hasta que la puerta cedió.

La habitación se iluminó con el destello de un rayo, pero ni siquiera estaba lloviendo o tronando. Después vio la cabellera rubia de Eliot, que danzaba en el aire igual que apéndices.

Dejó caer el móvil con la suerte de que su linterna quedara sobre la alfombra. Se restregó los ojos al no ser capaz de procesar lo que acababa de ver. Y menos mal que lo hizo, pues lo único que notó fue a Eliot voltear con una linterna de pilas en la mano, con sus cabellos sobre los hombros como se supone que fuera. Esto la tranquilizó considerablemente, pero de igual forma no hizo ademán de moverse; debía permanecer en la oscuridad.

Se agachó, arrastró el móvil que iluminó al gato escondido en una esquina con cada pelo erizado y apagó la linterna. Al estar oscuro, parpadeó. Cuando trató de tomar al gato para volver a curiosear la casa, este retrocedió. De pronto se iluminó parte del pasillo a la vuelta. Supuso que era Eliot, pero ¿cómo entró a la casa tan rápido? ¿Había una puerta que ella todavía no descubría?

Shayza agarró al gato, aunque este quiso morderla y se escondió tras la isleta de la cocina, a espaldas de las puertas corredizas que llevaban al patio.

Un haz de luz recorrió el salón, deteniéndose en cada esquina para tratar de encontrar a la joven.

Shayza vio hacia las puertas y pensó que podría salir por allí si la idea de rodear la isleta con Eliot en la cocina no funcionaba. Sin embargo, no tardó en prendérsele el foco con una nueva idea. Miró al gato rubio y creyó que él podría ayudarla; mas, cuando trató de llamarlo, se dio cuenta de que todavía no le había puesto un nombre.

—Wilson —susurró ella. El gato... o mejor dicho, Wilson, sacudió una oreja y la miró atento—. Wilson, en cuanto puedas...

No pudo explicar su plan, pues la puerta principal se abrió y hubo nuevos pasos.

—¿Estás seguro de que nadie nos va a interrumpir? —inquirió una mujer de voz cristalina.

—Estoy seguro —respondió Eliot.

—Oh, vale.

La mujer se abalanzó sobre Eliot y él apagó la linterna.

A la cocina llegó el sonido de los besos, el roce de telas y los pasos hacia un sillón cerca del umbral. Shayza no era del todo inocente, por lo que no tardó en comprender lo que esos dos harían. Hizo un gesto de asco por el descaro que tenía Eliot al traer una mujer a la casa de su jefe. Su plan de investigar la cabaña cambiaria para arruinarles la noche a la pareja y poder volver a su habitación.

—¿Wilson, puedes saltar sobre esos dos... y asustarlos?

Wilson se sacudió y trotó fuera de la cocina. Shayza, sonriendo traviesa, aguardó a que los gritos de ambos despertaran a Castiel y a Ezequiel.

El gato no tardó mucho en hacerlo.

—¡Maldito gato! —masculló Eliot, bajo el grito de la mujer—. Darla, vete. Vete antes...

—¿Qué demonios haces, Eliot? —preguntó Castiel, encendiendo la luz del salón. Shayza se asomó y contempló la escena, pero le resultó curioso que Castiel hubiera dicho aquella palabra, él nunca había usado un lenguaje así—. ¿La señorita sigue en su habitación?

—Perdón, perdón —se disculpó la mujer, antes de cerrar la puerta y salir corriendo.

—Eliot, tienes prohibido traer mujeres —dijo Ezequiel, asqueado.

—Sois aburridos —replicó Eliot, volviendo a recostarse en el sillón—. No sé dónde está la cría del jefe, pero estuve merodeando los alrededores...

—Si no sabes dónde está, mejor no digas nada —lo interrumpió Castiel—. Al menos sigue dentro de la casa, puedo sentirlo. —Avanzó hasta la cocina.

—¿Puedes sentirla o lo deduces por este maldito gato? —cuestionó Eliot. Después lo levantó por el lomo y el gato bufó.

Shayza, sin tolerar el trato que él le estaba dando a Wilson, salió de su escondite.

—¡Suéltalo, gilipollas! —ordenó ella, recibiendo la atención de los tres hombres.

Eliot dejó caer a Wilson, y este corrió hasta los pies de su dueña.

—¿Qué hace despierta? —quiso saber Castiel.

Shayza no supo qué responder y se encogió de hombros. No iba a decirles que estuvo buscando respuestas que ellos no le daban o que se había perdido cuando quiso ir al baño, pues eran excusas muy estúpidas.

Castiel, un poco molesto, la envío a su habitación y Shayza se sintió bien por no ser descubierta. Pero algo le daba vueltas en la cabeza. «Puedo sentirlo» y «Para vosotros esto no es nada», eran frases extrañas, algo que una persona normal no diría, y, si le agregáramos los místicos ojos de gato, esto empezaba a oler peor.

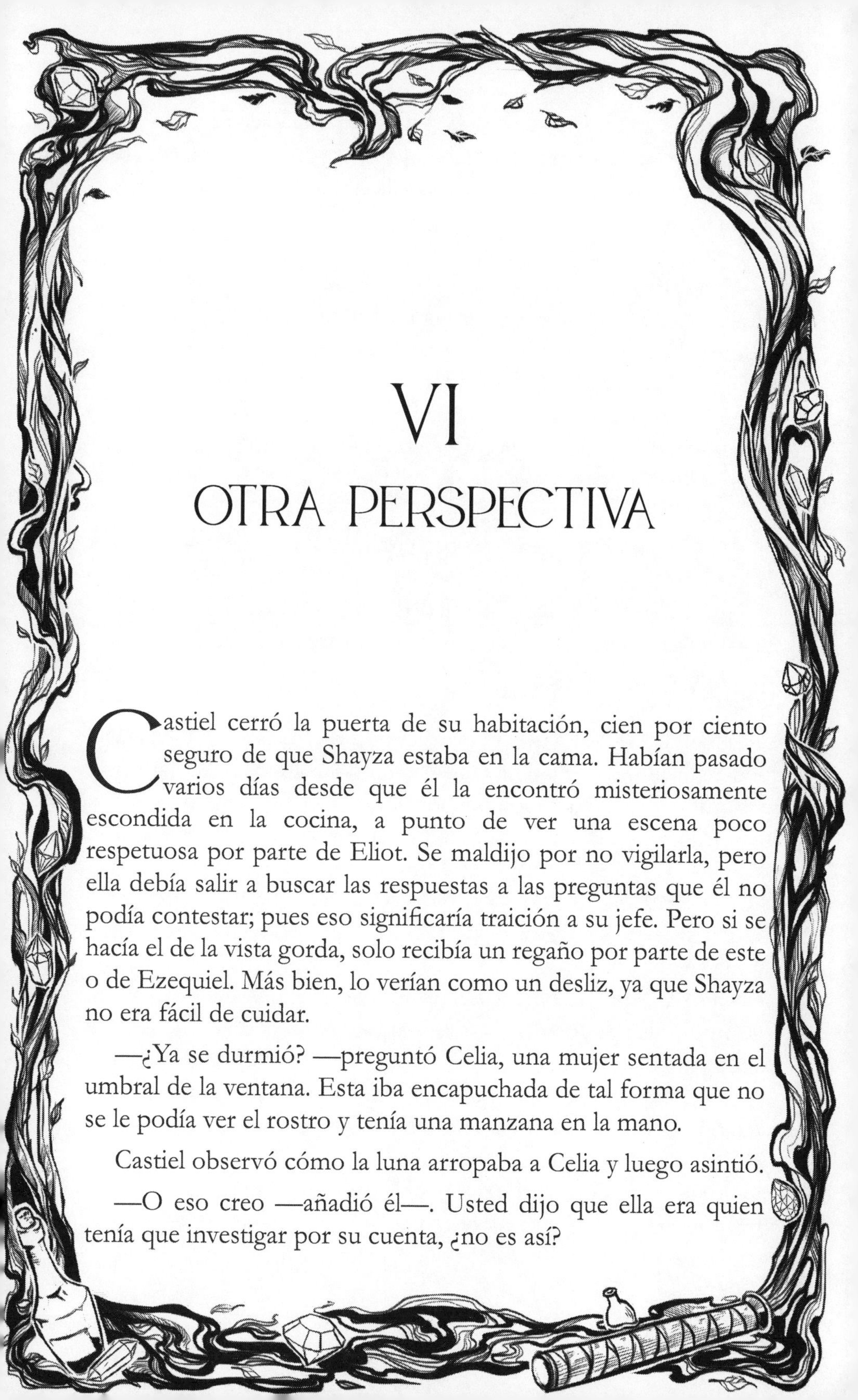

VI
OTRA PERSPECTIVA

Castiel cerró la puerta de su habitación, cien por ciento seguro de que Shayza estaba en la cama. Habían pasado varios días desde que él la encontró misteriosamente escondida en la cocina, a punto de ver una escena poco respetuosa por parte de Eliot. Se maldijo por no vigilarla, pero ella debía salir a buscar las respuestas a las preguntas que él no podía contestar; pues eso significaría traición a su jefe. Pero si se hacía el de la vista gorda, solo recibía un regaño por parte de este o de Ezequiel. Más bien, lo verían como un desliz, ya que Shayza no era fácil de cuidar.

—¿Ya se durmió? —preguntó Celia, una mujer sentada en el umbral de la ventana. Esta iba encapuchada de tal forma que no se le podía ver el rostro y tenía una manzana en la mano.

Castiel observó cómo la luna arropaba a Celia y luego asintió.

—O eso creo —añadió él—. Usted dijo que ella era quien tenía que investigar por su cuenta, ¿no es así?

—Efectivamente. —Lanzó la manzana hacia arriba y la volvió a atrapar, para después morderla—. Solo espero que no tarde más. De lo poco que me he acercado, solo la he visto llorar y armar una rabieta tras otra.

—Es una reacción natural.

—Para un humano —intervino la chica de voz aguda y acento extraño—. No hay que apurar las cosas, pero... preferiría que tú, que eres el único físicamente en esta isla, le dieras ese empujón que hace falta. Mi madre está desesperada por volver a verla. No sería una sorpresa que, cuando encuentre una grieta, haga una extravagante entrada. Un golpe por aquí, sangre por allá. —Ella se encogió de hombros—. Al final, el odio y la avaricia es lo que nos mueve... Y el mal temperamento.

—Usted sabe bien que me costó mucho encontrarla —recordó Castiel.

Caminó hasta la chica y se quedó a una distancia considerable.

—Por eso Layla te dio esta misión, Castiel. Porque confía más en ti que en sus hijas o su propia sombra. Y es sorprendente el aprecio que te tiene.

Castiel dio varios pasos más hasta poder colocarse de cuclillas y quedar a la altura de ella. La chica se quitó la capucha, revelando su corto cabello blanco y ojos púrpuras, y lo vio profundamente.

—Tiene las razones suficientes para hacerlo —respondió Castiel—. Ustedes son jóvenes e inexpertas.

Celia frunció el entrecejo. Castiel tenía un puesto muy importante para ser hombre, pero eso no quitaba que ella fuera hija de una reina.

—¡Por Lilith! Me he esforzado mucho, aunque no lo parezca. —Empujó la frente de Castiel para hacerlo a un lado—. Te extrañamos.

—Lo sé —se limitó a contestar, con un profundo dolor en el corazón—. También extraño mi labor como profesor.

Ella rio a la vez que se cubría la boca.

—Que no se note. —Hizo un ademán con la mano—. Bajo esa coraza existe un hombre blando, y eso no lo puede ver Gideon o cualquiera de estos imbéciles. Por cierto, ese rubio... ¿Eliot?, intervino con la conexión y tuve que irme. —Bufó malhumorada—. Odio tener que hacer las cosas dos veces.

Él hizo una mueca. Celia se levantó y se posó a su lado; parecía unos milímetros más alta que él por las botas con tacón. Extendió el brazo derecho igual que si pudiera acapararlo todo y tomó aire.

—Imagina una vida tranquila después de tener de regreso a Shayza, encarcelar a Gideon y a Bram por sus delitos y quitarles sus poderes.

—No me interpondré en lo que hagan con Gideon o Bram. —Se apartó de ella.

—Bueno, bien sabemos que Layla es quien más lo disfrutará. —Suspiró, cruzó los brazos y lo vio con calma—. Ya es hora de irme. Si Layla me encuentra inmóvil en la cama, no sé quién pueda levantarme con un beso del verdadero amor. —Rio antes sus palabras y usó el puño para darle un ligero golpe en el mentón a Castiel.

Antes de irse, él la detuvo.

—Cuando dice que ha visto a Shayza, ¿quiere decir que ha sido usted la culpable de los ojos de gato que ella ha visto?

Celia lo miró dubitativa y arrugó la frente. Guardó silencio por varios segundos y trató de buscar en sus recuerdos si había hecho algún tipo de travesura.

—No —dijo—. Estoy segura de que no he hecho nada.

—Shayza no se ha incomodado, sino asustado. Y con todo esto que está viviendo, la he notado con la cabeza en las nubes. Creo que se ha querido respaldar en el instituto... Un momento... ¿usted está sola en esto?

—Te lo puedo asegurar, Castielito. Pero debemos esperar. Cuídala y no la pierdas de vista como la última vez. Nos vemos pronto. —Desapareció antes de que él pudiera replicar.

Dio justo en la herida. Un desliz que seguía perturbándolo por las noches y que por eso era tan duro con Shayza cuando la situación lo ameritaba. Su vida y la de su protegida estuvieron en peligro, y él tuvo que encargarse de la situación.

Había otra cosa que lo incomodaba: no podía decirle a Shayza que no iba terminar el instituto con los humanos. Ella no necesitaría nada de eso por ser la hija menor de una reina. El dinero nunca le haría falta.

Castiel no deseaba que Shayza viviera las mismas vicisitudes que él en su juventud; una vida de callejones oscuros, de ambientes llenos de humo y gemidos, donde el dinero apenas daba para poder comprar una hogaza de pan. Por lo visto, era la vida que le esperaría ella si se hacía mayor en el Mundo Humano, no volviera con su madre y decidiera escapar de Gideon.

Revolvió su cabello y trató de no tener esos sombríos recuerdos. Ya había pasado demasiado tiempo como para preocuparse. Tenía nuevas prioridades: mantenerse bajo perfil mientras la señorita se dedicaba a responder sus preguntas.

Aparentar que no sabía lo que corría por la cabeza de Shayza sería sencillo. Eliot solo paseaba por la ciudad en busca de mujeres para pasar el rato, lo que impedía que interviniera; y Ezequiel era capaz de pasar días enteros dentro del laboratorio secreto bajo la cocina.

Shayza aprovechó que salió temprano del instituto para buscar a Wilson, que llevaba días desaparecido, lo cual era extraño. De todas las oportunidades que tuvo para irse, ¿por qué eligió el día siguiente al que Eliot lo tratara como basura?

—¡Wilson! —gritó ella, y buscó entre las hojas secas con temor de encontrarlo en mal estado… o peor.

—¡Señorita!

Shayza, desde muy lejos, lo oyó como si estuviese a su lado, por ende, levantó la cabeza hacia donde provenía su voz. Retrocedió unos cuantos pasos para poder dar con Castiel entre los árboles. Al verlo, se cruzó de brazos y golpeó el suelo con la punta del pie. No obstante, cuando bajó la mirada, una sombra corrió ágilmente y en silencio detrás de ella. Aunque esta lo hubiera deseado, ninguno la habría visto. Shayza levantó la cabeza al presenciar cómo un escalofrío le recorrió cada centímetro de piel, haciendo que se frotara los brazos y manos.

—¿Usted no aprenderá? —la reprendió Castiel al llegar a su lado. Vio sobre el hombro y luego volvió hacia la joven—. Si desea salir, tiene que avisarme para acompañarla.

—Bueno, no me he ido en bus a otra ciudad —se defendió, y se zafó del agarre de su protector. Para Castiel, sostenerla de esa manera era un acto reflejo—. Puedo buscar a Wilson sola.

—¿En qué idioma se lo explico, señorita?

—Supongo que lo puedes hacer en ruso, pero de igual forma no te entendería —contestó con burla. Después avanzó y empujó las hojas en el suelo con los pies—. ¡Wilson! —Con las manos hizo un cono alrededor de la boca, como si eso fuera a subir el volumen de su voz.

Castiel apretó los puños y cerró los ojos. La segunda vez que vio a ese gato supuso que no era un animal común y corriente, así que le pidió a Eliot que se deshiciera de él. Shayza no lo encontraría por más que quisiera. Lo que era una lástima, ella empezaba a considerarlo un amigo, pero nadie podía correr el riesgo de que fuera una criatura dispuesta a hacerle daño.

Ya llegando a su límite, Shayza comenzó a patear las hojas en el suelo. Luego se dejó caer sobre ellas y buscó el móvil para enviarles un mensaje a Alan y Alex.

—Los gatos siempre vuelven a casa —dijo Castiel—. Tal vez sí tenía un hogar al que pertenecía.

Shayza suspiró y se colocó el móvil sobre los labios y vio hacia lo lejos, donde un gato igual a Wilson jugaba con la tapa de una botella.

—¡Wilson! —exclamó al verlo, y salió corriendo para estrecharlo entre sus brazos.

Castiel no comprendía cómo ella podía reaccionar así ante un animal. No es que le desagradaran los mininos, pero los veía como lo que son para él: una amenaza oculta. Aunque, después de todo, parecía que por ese no debía preocuparse, pues volvió sin importar que Eliot hubiera hecho su parte del trabajo. O tal vez solo lo espantó con una escoba. De ese hombre no se podía esperar nada.

—Cass, mira a Wilson —pidió Shayza, y le acercó el gato a la cara.

Castiel acarició la cabeza del animal. Este empezó a ronronear y a mover sus bigotes. Y, al darse cuenta, su protegida parecía muy feliz al encontrado a salvo. Llevaba tiempo que no la veía de esa forma, así que él ya podía relajarse un poco. Pensó que Shayza estaba pasando por una fuerte depresión; pero analizándolo con detenimiento, ella solo necesitaba algo para acoplarse a su nueva rutina.

El móvil de Shayza sonó, y esto llamó la atención de Castiel. Este observó cómo ella leía el mensaje en su pantalla y fruncía el entrecejo; reprimió la verdadera expresión que venía con las letras del remitente.

—¿Sucede algo? —curioseó él al notar que ella se lamía el labio superior.

Shayza negó con la cabeza y guardó el aparato en el bolsillo de su pantalón.

«¿Ahora también guarda secretos?», se preguntó Castiel.

Pero ¿qué tipo de secretos puede tener una adolescente? ¿Se escaparía otra vez para ver a los gemelos, que eran sus mejores amigos?

—Puedo llevarla donde los gemelos, si así lo quiere —sugirió.

—Nah, estoy bien. Voy a ver cómo está la pata de Wilson. —Caminó de regreso a la cabaña—. ¡Si no sientes mareos al ver sangre y suciedad de una herida, puedes venir conmigo!

Castiel había visto cosas peores que una simple herida en un animal, que no quisiera hablar de ello era un tema aparte.

Dentro de la habitación de Shayza, Castiel la observó desde una esquina. Se fijó en cada uno de sus movimientos: en el rostro concentrado y la dulzura con la que veía a Wilson. Hizo la cabeza a un lado y posó sus ojos azules sobre el libro que le leía a la señorita cuando era una niña.

—He sido quien trajo el libro —comentó él, y ella levantó la cabeza.

—Un recuerdo amargo —dijo—; pero agradezco el detalle.

—Señorita, ¿no ha vuelto a ver aquellos ojos?

—No. Pudo ser por no dormir bien, o yo qué sé.

Shayza hizo un ademán con la mano. Mientras, Castiel ojeó el interior del libro, leyendo oraciones al azar y acariciando las imágenes de la historia de brujos en la época victoriana. Uno de los dibujos era de dos caballeros en una persecución de carruajes; la escena favorita de Shayza.

Lo cerró y giró la cabeza hacia Wilson y observó la herida casi sana. Por unos segundos recordó su vida en el pasado, pero no tardó en regresar al presente cuando fijó la mirada en la joven que casi había criado como su hija; aunque no la veía de esa forma.

—Y ya he acabado —avisó Shayza. Colocó las manos sobre la cintura y vio cómo Wilson se lamía la venda.

De repente, Castiel sintió la necesidad de contarle toda la verdad a Shayza. Las palabras subieron desde el estómago y ahora estaban trabadas en su garganta. Se sobó el cuello y bajó la cabeza.

—¿Te pasa algo? —inquirió la chica.

Castiel negó con la cabeza y salió de allí antes de volver a meter la pata. Shayza gritó su nombre desde el umbral de la puerta, pero él siguió avanzando sin prestarle atención.

Tenía que salir de ahí. Debía tomar aire.

Al llegar al porche, colocó una mano en una de las columnas. Sentía que la garganta lo quemaba, ardía en temperatura, y por un momento creyó que se desvanecería. No obstante, la figura encapuchada que lo visitó la noche anterior reapareció para tomar su mano y sacarlo de ahí. Celia y Castiel desaparecieron por arte de magia, justo antes de que Shayza abriera la puerta principal.

La joven examinó el perímetro y consiguió ver cómo las hojas teñidas de naranja volaban sobre el suelo mientras todo permanecía callado. Dio unos cuantos pasos hasta llegar al borde de las escaleras.

—¿Cass? —murmuró, pero el viento se tragó sus palabras.

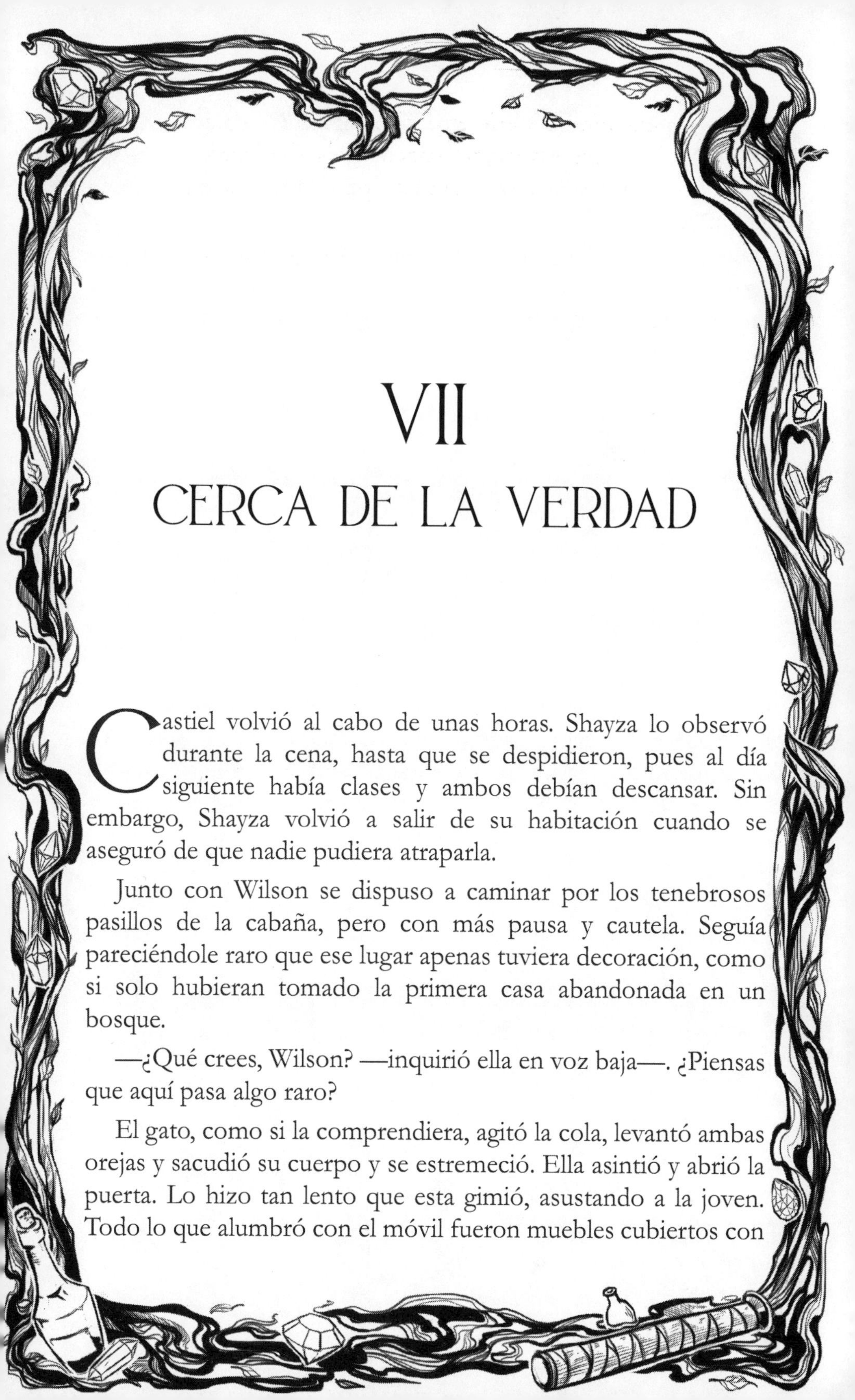

VII
CERCA DE LA VERDAD

Castiel volvió al cabo de unas horas. Shayza lo observó durante la cena, hasta que se despidieron, pues al día siguiente había clases y ambos debían descansar. Sin embargo, Shayza volvió a salir de su habitación cuando se aseguró de que nadie pudiera atraparla.

Junto con Wilson se dispuso a caminar por los tenebrosos pasillos de la cabaña, pero con más pausa y cautela. Seguía pareciéndole raro que ese lugar apenas tuviera decoración, como si solo hubieran tomado la primera casa abandonada en un bosque.

—¿Qué crees, Wilson? —inquirió ella en voz baja—. ¿Piensas que aquí pasa algo raro?

El gato, como si la comprendiera, agitó la cola, levantó ambas orejas y sacudió su cuerpo y se estremeció. Ella asintió y abrió la puerta. Lo hizo tan lento que esta gimió, asustando a la joven. Todo lo que alumbró con el móvil fueron muebles cubiertos con sábanas llenas de polvo. Bueno, ahora entendía dónde estaba la decoración que hacía falta para llenar un poco el lugar.

Shayza se mordió el labio superior y entró. Miró los alrededores con detenimiento hasta que dio con un espejo. Por un segundo se detuvo a pensar en esas historias donde la protagonista encontraba uno y caía por él, o era tragada por el mismo, o al darse vuelta había alguien detrás. Wilson se paseó entre los muebles, trepó por ellos ágilmente y terminó en el umbral de la ventana, abriéndola con la cabecita.

—Wilson —dijo entre dientes—, baja de ahí.

Él la miró y se sentó.

La joven se dispuso a tomarlo y salir de ahí, pues no es que hubiera mucho para aclarar sus dudas. No obstante, tropezó con una protuberancia en el suelo; consiguió mantenerse de pie, pero se le cayó el móvil. Ella oyó que Wilson bajó de donde estaba y sus patitas avanzaron hacia ella. Shayza palpó el suelo hasta poder dar con su móvil y apuntar con lo que había tropezado: una trampilla. Revisó el candado de esta.

—Creo que tenías razón —comentó.

De pronto escuchó un sutil siseo de cadenas tras la trampilla. No le gustaba nada de lo que estaba pasando, pero algo debía hacer. Buscar la forma de abrir esa pequeña puerta o volver por donde había llegado y aparentar que no vio nada hasta que apareciera Gideon.

Eso último no era una opción.

Wilson se frotó contra la pierna de Shayza. Ella tomó ese acto como un «Vamos, ábrela».

—Entonces, ¿dónde está la llave? —murmuró para sí, y buscó bajo los muebles y sobre las sábanas que los cubrían. Wilson comenzó a rasguñar desesperado la trampilla—. Bueno, Wilson, si estás tan desesperado, ayúdame a buscar la llave.

El gato trotó hasta un reloj colgado de la pared y empezó a maullar.

Shayza juró que si la llave estaba ahí dentro Wilson no podía ser un gato real. ¿También sería producto de su imaginación? Imposible. Castiel lo acarició frente a ella.

Se encaminó y buscó la manera de abrirlo, pero se dio cuenta de cómo Wilson supuso que ahí estaba la llave, pues esta colgaba de las agujas, brillando gracias a la luz del móvil. Antes de tomarla, se sujetó la cabeza al sentirse mareada. Se frotó los ojos y volvió hasta la trampilla para abrirla.

Observó el interior de esta: húmedo y oscuro. Y el olor proveniente desde lo más bajo le revolvió el estómago. Wilson se lanzó directo al conducto. Shayza trató de agarrarlo por donde fuera, pero él consiguió escaparse de entre sus dedos, llevándose consigo el móvil de su dueña.

—¡Muy bonito! —masculló—. Según los libros, no me queda de otra, ¿verdad? Tengo que ir directo al peligro. —Mientras hablaba, colocó los pies dentro de la trampilla—. Pero es que no quiero… —lloriqueó, y se encogió en su lugar.

«Huele a que voy a morir», pensó.

Escuchó el maullido de Wilson, seguido de un bufido. Volvió a batallar entre si dejarse caer o no, pero al haber otro maullido, esta vez lastimero, se dejó caer sin pensarlo más.

Gritó a la vez que caía. Enterró las uñas en el metal mohoso, intentó detenerse con los talones, pero mientras lo hacía, daba vueltas por aquellas asquerosas paredes, aumentando la velocidad. No podía ver nada, no había ni un punto de luz. Y si respiraba, solo conseguía diferenciar el hierro húmedo del aire mohoso.

Parte de su ropa se desgarró por las imperfecciones del tobogán y algunas de ellas llegó a lacerar su piel, haciendo que se sostuviera el área herida, aunque esto no la hizo dejar de gritar hasta que le doliera la garganta. En un extremo logró aferrarse a un borde que conectaba los tubos, pero no tardó en seguir cayendo. En ese momento, sus brazos no fueron lo suficientemente fuertes como para sostener su peso con una sola mano.

Al llegar al final, salió disparada y cayó a metros sobre su espalda. Inhaló sintiendo un dolor agudo en la espina dorsal. Pasó un rato hasta que por fin consiguió susurrar el nombre de Wilson con voz ronca. Cerró los ojos al sentir que el mundo le daba vueltas, parpadeó tres veces y oyó el siseo de cadenas acercándose.

Y si hubiera aguantado un poco más, habría visto a la figura encorvada y sucia, con el cabello largo sobre el rostro, que caminaba a cuatro patas en su dirección.

La extraña figura se posicionó al lado de Shayza, la examinó y luego tocó su muñeca para cerciorarse de que estuviera viva. Minerva, la rara figura, sabía que tarde o temprano Shayza llegaría a ese lugar y que no reaccionaria de buena manera, así que conjuró un hechizo capaz de dormir a todo aquel que bajase por el tobogán. Se acomodó las cadenas para poder tomar a la pelirroja al hombro y cargarla hasta un mejor lugar, uno más cálido y acogedor.

Wilson salió de la penumbra dando saltos y fue tras la figura encorvada agitando la cola cual látigo. Minerva lo observó.

—*Good job* —felicitó al felino, revelando su dulce voz femenina y acento tintineante; algo muy inusual para su tenebrosa apariencia.

Minerva recorrió un largo camino entre túneles –o mejor dicho, cloaca–, hasta llegar a un rincón iluminado por una hoguera. Puso a Shayza sobre un maltratado colchón, y Wilson se acostó al lado de ella y colocó la cabeza sobre ambas patas delanteras.

—*Minerva, are you awake?* —preguntó Ezequiel, bajando por las escaleras del laboratorio y alertando a la antes mencionada.

Minerva miró a todos lados y buscó un lugar donde esconder a Shayza y a Wilson; pero al no hallarlo, solo se aproximó a Ezequiel. Conservando una actitud calmada, seria y desganada, avanzó cabizbaja.

—*I'm here*—avisó ella, a la espera de que Ezequiel por fin apareciera por la puerta ante Minerva.

—*Take it.* —Le extendió una bandeja de comida y olisqueó el aire como un perro—. *A shower wouldn't hurt you.*

—*I'll do it when you go away, master* —respondió.

A él no le gustaba que una mujer como Minerva le dirigiera la mirada, y ya lo había dejado claro en más de una ocasión. Ezequiel dio un paso hacia ella, sin embargo, puso freno cuando pisó el cuerpo inmóvil de una enorme rata. Volvió hacia el laboratorio, no sin antes verla sobre el hombro. Minerva deseaba con todas sus fuerzas encerrarlo en ese cubículo, invocar a las ratas y hacer que lo devoraran hasta los huesos, pero Celia le había dicho cuál era su misión, y tenía estrictamente prohibido el causar un inconveniente que la atrasara.

Minerva dejó en el suelo la bandeja y se acuclilló junto a Shayza. Le quitó el cabello del rostro para poder tocarle la frente; no ardía en fiebre ni sudaba frío, así que no había de qué preocuparse.

Le dio la vuelta, le masajeó la espalda, consiguiendo que sus manos destellaran con tonalidad violácea. Minerva empezó a cantar en voz baja, pero a medida que continuaba ayudando a Shayza, la melodía aumentó en tono y se volvió cada vez más triste. Notas bajas y largas, llenas de melancolía y sufrimiento. Ella tomaba el punzante dolor en la espina dorsal y heridas para que Shayza pudiera despertar en los próximos minutos sin ningún malestar. Un método muy antiguo y bastante eficaz, solo que muy pocos eran dignos de manejarlo a la perfección.

Sin embargo, sabía que la reacción de Shayza no sería la mejor al ver que estaba en las cloacas de la ciudad. Y mucho menos si la veía a ella, a una desconocida con la que compartía parte de su sangre.

Al terminar, se sentó a su lado y cruzó las piernas. Wilson se hizo un ovillo en su regazo y comenzó a ronronear cuando esta lo acarició.

—*Don't worry, she won't take long to wake up.*

En los próximos minutos, Minerva dedujo que no sería buena idea estar ahí para cuando Shayza despertara, por lo que tomó la bandeja de comida y se fue mucho más adentro en las cloacas.

Wilson se quedó junto a su dueña. Al ver que esta tardaba en despertar, se trepó en su pecho y lamió su rostro. Shayza se estremeció, movió los dedos de las manos y de los pies. Arrugó la nariz, apretó los dientes. Wilson maulló. Ella, sin ser del todo consciente, llevó una mano hacia el lomo del gato para acariciarlo.

—T-t-te encontré.

Todavía con los ojos cerrados, pues le pesaban, ladeó la cabeza, buscando algún sonido que le dijera dónde estaba. Y no fue hasta que se obligó a abrir los ojos que vio la hoguera a unos metros, a Wilson examinándola con curiosidad y las orejas alzadas, una habitación improvisada y un molesto goteo en la distancia.

Intentó levantarse con lentitud, apoyó los codos sobre el colchón e hizo a un lado a Wilson.

«¿Me he dado una hostia en la cabeza o en serio estoy en una cloaca?», pensó aturdida.

La jaqueca estaba matándola y solo estaba ahí por no querer quedarse sin su fiel amigo gatuno. Pero era como haber caído en otro mundo. ¿Cómo una cabaña en medio del bosque tenía una trampilla hacia ese lugar? ¿Cómo y por qué? La cabaña era un vejestorio, eso sin dudas, lo que podría significar que el que ella llegara hasta ahí haya sido porque su padre biológico usaba ese camino como una vía de escape.

No tardó en darle vueltas al asunto y se puso de pie en cuanto sus piernas tomaron fuerzas. Agarró su móvil –que estaba en el suelo– y lo revisó, comprobando que nada más tenía una grieta en la pantalla pero que la linterna todavía funcionaba.

—Vendedor de bienes raíces, claro, claro —dijo burlona—. *Tin piciincii.*

Cubrió su boca y nariz con el cuello del abrigo y miró de un lado a otro para elegir adónde ir. No era factible volver por trampilla, así que le tocó seguir el camino contrario y ver si se topaba con quien vivía ahí; porque nada de lo que había pudo llegar por sí solo.

A diferencia de la superficie, la cloaca parecía un horno, por lo que Shayza no tardó en quitarse el abrigo, usarlo de cubrebocas y subirse las mangas de la camisa. Wilson iba delante de ella como un guía, agitando la cola y tensándola al escuchar un fuerte ruido en la distancia.

A veces se oían pasos y sombras se alzaban en las paredes, haciendo que Shayza se encogiera en su lugar o apurara el paso. Y lo peor de todo es que se sentía observada, llegando a recordar los ojos de gato. Agitó la cabeza en negación. Esos místicos ojos habían desaparecido hacía un tiempo, era imposible que regresaran de la nada. Alzó la vista al techo y buscó al causante del escalofrío con su linterna. Nada. Murciélagos que se cambiaban de lugar.

Por otro lado, Minerva correteaba por las paredes, las vigas y el techo, usando la penumbra y el sigilo a su favor. No obstante, lo único que la podía delatar eran sus ojos de gato si no los ocultaba a tiempo. Wilson lo sabía, sentía y escuchaba a la perfección la piel de Minerva siendo raspada por el viejo metal y las paredes húmedas, o el simple chirreo de la madera vieja con un peso inusual sobre ella.

Shayza alumbró las aguas negras: había ratas muertas flotando. Y eso, junto a la pestilencia, le dio ganas de vomitar; aunque, con dificultad, consiguió reprimirlas pensando en otra cosa. Wilson se desvió del camino, esta vez corriendo y obligando a su dueña a hacer lo mismo.

—¡Wilson!

Su grito hizo que más murciélagos salieran y volaran por su lado. Recordó lo que tanto Aitor le decía sobre ellos: «Cuídate de los murciélagos. Un día uno se te enredará en la cabeza y Castiel tendrá que cortarte el cabello como niño». Al apretarse el cabello contra la cabeza y cerrar los ojos, evitó que eso pasara. ¿O es que ellos le indicaban por dónde ir? Shayza abrió un ojo para cerciorarse de que no hubiera ninguno y siguió avanzando por aquel oscuro pasillo.

Wilson apareció con un pergamino en la boca y se lo dejó a los pies de Shayza.

—¿Ahora traes la pelota? —preguntó, y se agachó para tomar el papel—. No eres normal, Wilson.

Desplegó el pergamino, pero lo que tenía escrito estaba en un idioma que ella no conocía. No obstante, tras Shayza cayó algo como si fuera un costal de harina, haciendo que se sobresalta sin querer girase. Tragó en seco y apretó el pergamino, arrugándolo todavía más.

—The doom of the Human World will be the product of the heiress of a powerful witch. The arrival will bring chaos to the two worlds classified as evil, while the only one in peace will be the reign of God", that's what the scroll says —dijo Minerva.

—¿Q-qué dices? —logró formular Shayza, y giró a ver de soslayo a Minerva.

Con los ojos bien abiertos, contempló la apariencia de aquella mujer; bajo esa escasa luz, fácilmente podía arrebatarle un grito a cualquiera. Shayza chilló con todas sus fuerzas, se puso de pie y empezó a correr. Minerva, consciente de que no podía esperar otra reacción por parte de su hermana menor, se quedó inmóvil y la observó. No dio un paso más, pues ya había completado su misión.

No obstante, el grito de Shayza llegó hasta los oídos de Ezequiel, tan fuerte como si él hubiera estado en el mismo lugar. Usó su magia para teletransportarse a la cloaca y vio a Minerva fuera de su área.

—*You!* —rugió Ezequiel.

Minerva se giró para verlo y conjuró –con un hechizo en un idioma irreconocible para el oído humano– un escudo transparente para protegerse. Ezequiel movió su brazo de un lado a otro mientras usaba un hechizo en italiano, lanzando un destello azul. Este se quebró al hacer contacto con la protección de Minerva, y ella trepó por la pared a su lado cual araña. Ezequiel siguió atacándola, pero ella solo esquivaba o bloqueaba los ataques, haciendo que él gastara sus energías miserablemente. Por un momento pensó su próximo ataque, alzó el puño y lo estampó contra la pared en que estaba Minerva, destruyéndola. Minerva saltó a una viga, pataleteó para subirse a ella y corrió estirando los brazos para mantener el equilibrio. Detrás, Ezequiel quebraba una viga tras otra, hasta que Eliot lo detuvo y lo hizo entrar en razón.

—¿Qué haces, pedazo de mierda? —habló entre dientes—. ¡Vas a hacer un hoyo y la cabaña nos caerá encima!

Ezequiel, todavía hecho una furia, lo empujó y estampó contra una pared.

—¡No vuelvas a tocarme, humando inmundo! —zanjó con su acento italiano. Sus ojos cambiaron del azul al rojo en segundos, los dientes se les hicieron puntiagudos y sus sentidos estaban más despiertos que hacía un momento—. ¡Por una vez en tu vida, haz bien tu trabajo como cazador y atrapa a la estúpida hija de nuestro jefe! —Su voz se distorsionó con cada palabra, adoptando una apariencia bestial.

Eliot sacudió la cabeza, se sobó la nuca y se puso de pie, dispuesto a cumplir las órdenes de su superior, o mejor dicho, de su dueño. Trastabillando, avanzó por el lugar que le señaló Ezequiel, donde al final del camino se veía la luz danzarina del móvil de Shayza.

Shayza corría sin mirar atrás, siempre atenta a lo que tuviera enfrente. Ni si quiera se dio cuenta de que Wilson no estaba con ella, pero eso no importó cuando empezó a oír un par de pasos que la perseguían. Ella tenía en cuenta que mirar hacia atrás, según los libros, lo único que provocaría era que tropezara con algo que no hubiera visto, y en los peores casos, eso llevaba a la muerte.

Mientras corría por la laberíntica cloaca, Shayza pasó de largo un cubículo, donde de reojo vio escaleras. Paró en seco, se aseguró de que nadie la seguía tan de cerca y retrocedió para subir por ellas. La trampilla se abrió y ella palpó el suelo del otro lado. Al cerrarla, Shayza le aplastó tres dedos a Eliot y supo que era él al oír una maldición en inglés.

Ella colocó varios bancos, sillas y una mesa encima de aquella puerta. Eliot golpeaba la trampilla, asustándola; parecía que iba a romperla antes que abrirla. Shayza parpadeó y dejó de lado el ruido y los llamados de Eliot para ver dónde demonios había llegado a parar.

Todo blanco, esterilizado, y olía a líquido de limpieza.

—¿Un… laboratorio? —dijo, en voz baja y jadeante.

Apagó la linterna mientras Eliot seguía tratando de entrar. Observó con inquietud los instrumentos quirúrgicos que había sobre una mesa, las jarras con animales embalsamados, jeringuillas que le erizaban la piel; sin embargo, no percibió a la alta sombra que se escondía detrás de ella. No se dio cuenta de que Castiel estaba ahí, dispuesto a hacerla olvidar todo lo que vio esa noche. Todo se estaba saliendo de control.

—Perdóneme —dijo dolido, antes de rodearla con un brazo e inyectarle un somnífero especial para ella.

Castiel, con un hechizo en ruso, apartó todo lo que impedía que Eliot entrara al laboratorio de Ezequiel. Eliot, a regañadientes y sujetando sus tres dedos rotos, se detuvo al lado de Castiel y vio que este traía a Shayza dormida entre sus brazos.

—Ezequiel se hará cargo de tus dedos —aseguró Castiel.

Él podía hacerlo, pero en ese momento lo único que quería era arrancarle las uñas, quebrarle los dedos faltantes y torturarlo por largas horas, igual que a Ezequiel. Y a sí mismo. En ese instante los odiaba… se odiaba, más de lo que le hubiera gustado aparentar. Debía fingir por unos días más, así que llevaría a su protegida a la cama para seguir con la absurda mentira.

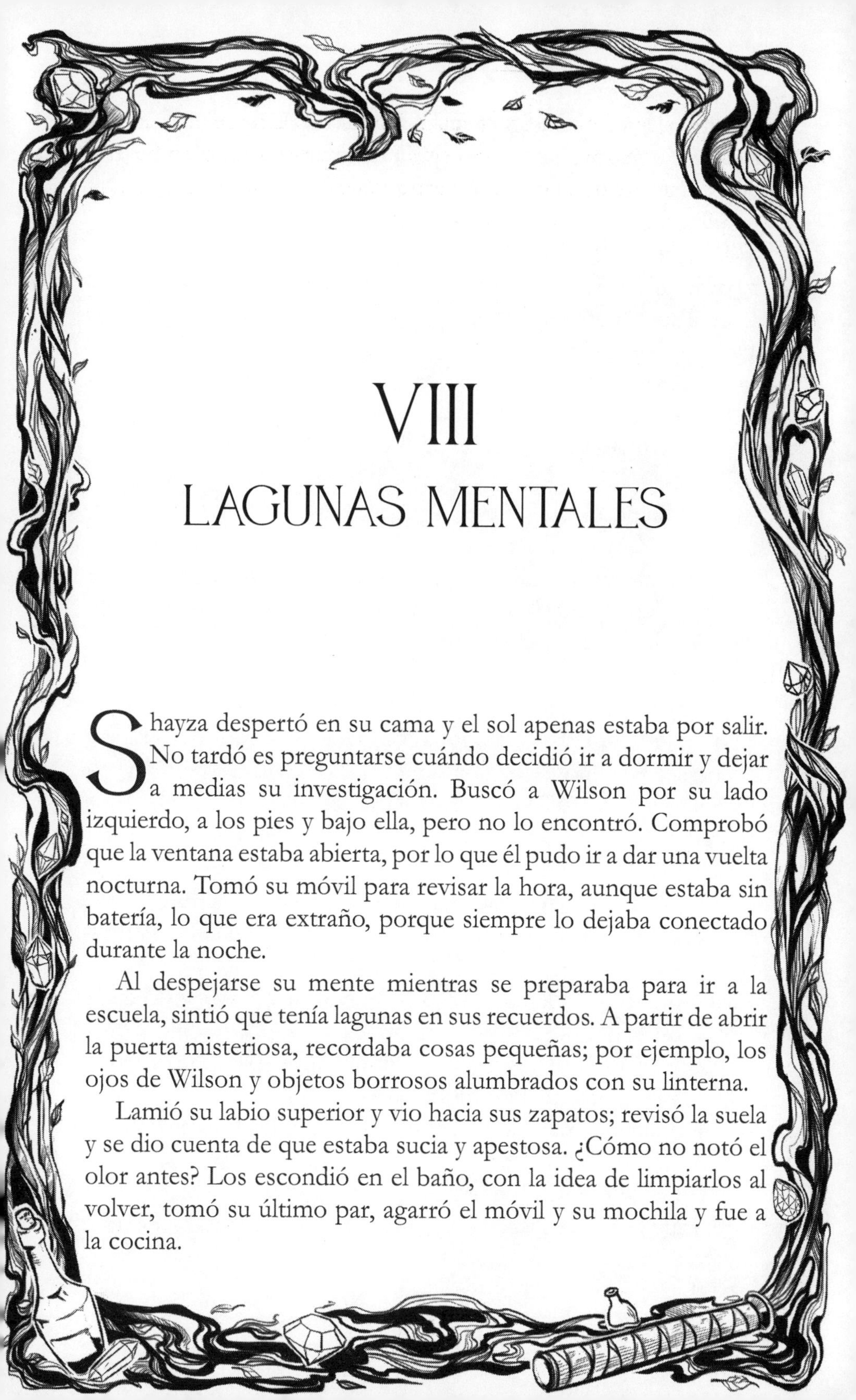

VIII
LAGUNAS MENTALES

Shayza despertó en su cama y el sol apenas estaba por salir. No tardó es preguntarse cuándo decidió ir a dormir y dejar a medias su investigación. Buscó a Wilson por su lado izquierdo, a los pies y bajo ella, pero no lo encontró. Comprobó que la ventana estaba abierta, por lo que él pudo ir a dar una vuelta nocturna. Tomó su móvil para revisar la hora, aunque estaba sin batería, lo que era extraño, porque siempre lo dejaba conectado durante la noche.

Al despejarse su mente mientras se preparaba para ir a la escuela, sintió que tenía lagunas en sus recuerdos. A partir de abrir la puerta misteriosa, recordaba cosas pequeñas; por ejemplo, los ojos de Wilson y objetos borrosos alumbrados con su linterna.

Lamió su labio superior y vio hacia sus zapatos; revisó la suela y se dio cuenta de que estaba sucia y apestosa. ¿Cómo no notó el olor antes? Los escondió en el baño, con la idea de limpiarlos al volver, tomó su último par, agarró el móvil y su mochila y fue a la cocina.

Al entrar, vio a Castiel y no había rastro de Ezequiel o Eliot.

—Dime una cosa, Cass. —Dejó la mochila en el suelo y esperó paciente a que él volteara—. ¿Dónde están los demás?

—Salieron.

—Perfecto. —Respiró hondo—. ¡¿Me puedes decir qué carajo está pasando?!

Castiel se sobresaltó, dejó de preparar el desayuno y giró a verla, con los ojos bien abiertos.

—Tú sabes todo lo que pasa aquí —lo incriminó, señalándolo con el dedo, y caminó amenazante hacia él—. Y vas a decírmelo de una buena vez. Esto de jugar al gato y al ratón me está colmando la paciencia.

—No entiendo lo que quiere decir, señorita —intentó defenderse, y se alejó—. Y ya le he dicho: su padre es quien debe contarle todo.

—Gideon no es mi padre, mi padre es Aitor. Y si él pudo contarme que en realidad era mi padre adoptivo, pues, cualquiera de vosotros podéis decidme lo mismo que dirá Gideon.

—Señorita…

—¡Llámame por mi maldito nombre! —gruñó angustiada, y golpeó la isleta—. Tengo recuerdos confusos —dijo entre dientes—. Como hace tres años. En ese momento no le di importancia, pero ¿que vuelva a pasar? ¿Tengo anestesia selectiva o qué?

—Creo que quiere decir «amnesia selectiva» —la corrigió en voz baja.

—¡Da igual! Me entendiste, ¿no? —Castiel asintió como respuesta—. El punto es que algo sucede aquí, Castiel. Lo sabes y estoy a punto de averiguarlo. ¿No es mejor decírmelo ya?

Castiel se acercó a ella, sostuvo la mano que Shayza posó en la isleta y la estrechó, buscando su mirada.

—He querido decirle —reveló, con el corazón a punto de salir de su pecho—, créame. Pero no puedo.

—¿Te obligan a trabajar aquí? Dime y vámonos. Buscamos a mi papá…

—No hay adónde ir, de ser así, ya lo hubiéramos hecho hace mucho, mucho tiempo —aseguró—. Ahora, por favor, coma, que la llevaré al instituto.

Sus palabras la inquietaron todavía más. Ahora ella apretaba los puños, enterrándose las uñas en la piel, y no es que estuviera molesta desde un inicio, es que la ansiedad la carcomía; sus búsquedas no daban frutos. Castiel era al único que no ponía una pared entre ellos, por lo que desconfiar de él había sido estúpido.

—Castiel —habló Shayza, después de tener el plato servido ante ella y a Castiel mirándola—, jura que no estás mintiéndome.

Una criatura como Castiel no podía jurar, estaba contra las leyes de su mundo. Más que eso, jurar lo haría sentir igual que si se ahogara en un inmenso mar, por ende, después de estremecerse y mover sus tensas extremidades, se rascó la nuca y asintió, tembloroso. El solo pensarlo erizaba su piel y lo hacía actuar de esa manera.

—L-l-o-o... —trató de tragar saliva; cosas peores había vivido— ... ju-ju-ro...

Y como era de esperar, Shayza lo examinó y notó que su actitud era inusual. «¿Qué le pasa?», se preguntó. Mientras, él seguía estremeciéndose con la intención de reprimir la sensación de ahogamiento.

—¿Estás bien? —le preguntó por fin.

Castiel dejó caer la cabeza encima del brazo que tenía sobre la isleta, guardó silencio hasta que pudo volver a respirar con normalidad. Por un momento Shayza creyó que él había muerto.

—Voy a llamar una ambulancia —dijo, y buscó la manera de poner a cargar su móvil.

—¡No! —Castiel se levantó de golpe, y Shayza se asustó—. No. Estoy bien, se lo prometo.

—Y después no quieres que me haga ideas —le reprochó, mirándolo con una ceja alzada y el móvil todavía en la mano—. ¿Estás seguro de no querer que llame una ambulancia?

—Estoy seguro, señorita. —Suspiró—. Termine de comer, ahora regreso.

Shayza vio cómo él salía de la cocina, desconcertada. Definitivamente, la gente de su alrededor estaba actuando extraño, o ya lo hacían, pero ella no lo había notado hasta ese momento.

Aflojó la corbata de su uniforme.

«Otro día de mierda», murmuró para sí.

—¿Qué tal, hija del diablo? —preguntó Alex, burlón. Era uno de los que la llama así para burlarse de quienes lo hacían con malicia y sinceridad. A Shayza no le molestaba—. Anoche desapareciste y no nos dijiste nada.

—Sí… Es que me quedé dormida y no puse a cargar el móvil. Apenas lo he mirado antes de salir de casa.

—¿Cómo lo llevas? —quiso saber Alan, quien se sentó en el pupitre de atrás.

—Normal. Podría ser peor. —Abrió la boca para contar algo más, pero no estaba segura, primero debería revisar qué había hablado con los gemelos.

No obstante, el silencio en su conversación los rodeó y decidieron prepararse para la primera clase. La profesora de Matemáticas entró al salón con una carpeta en mano y expresión de cansancio mezclada con apatía. Dejó sus cosas sobre el escritorio, se apoyó con una mano sobre la carpeta, cruzó los pies y observó a cada uno de sus estudiantes mientras le daban la bienvenida. Como era habitual, Shayza se acomodaba de tal forma que su profesora no la pudiera ver al cien por ciento; esa mujer tenía algo en su contra.

La profesora detuvo su mirada sobre Shayza y masculló una plegaria, hubiera preferido que no se presentara, pero para su suerte, ella era la más puntual comparada con sus compañeros. Dio la vuelta y comenzó a escribir en la pizarra.

Shayza suspiró aliviada. Prefería ocultarse de esa mujer, pues al ser ya de la tercera edad y fanática religiosa, siempre la veía con desprecio. Y no sabía con qué cosa podría salir una persona como ella. ¿Qué tal si solo la hacía reprobar por no tolerarla?

El día avanzó lento cual tortuga, mientras Shayza se mantenía aislada de cada palabra que dijeran sus profesores, dibujando y escribiendo cualquier cosa en las páginas traseras de sus cuadernos. En el descanso, Alan la tomó del brazo y la jaló hasta llegar al patio trasero. Miró a todos lados y fueron a su escondite secreto, aquel que habían hallado cuando solo eran unos niños.

—Ahora, dime qué encontraste —quiso saber él.

Shayza no respondió en el momento, más bien buscó su móvil y le dio una ojeada a los mensajes del grupo con los gemelos. Lo último que decía era que por la noche iría a investigar la cabaña, luego se escaparía para irlos a ver y contarles lo que había visto o encontrado. Y ahí estaba el problema: no recordaba lo que sucedió después de entrar a la habitación.

—Tengo lagunas —respondió Shayza—. No recuerdo haber visto algo peculiar en el cuarto que entré, pero por algún motivo desperté de nuevo en mi cama y no recuerdo el viaje de vuelta.

El rostro de Alan se frunció, confundido.

—Y no solo eso, esta mañana discutí con Castiel y actuó extraño. Me dijo algo que me hizo pensar que mi padre es un traficante y que corremos peligro. Y es que no es solo eso, Alan, si yo estoy en peligro, también la gente que conozco.

—¿Dices que Castiel sabe algo pero no puede decir ni pio?

—¡Sí! —Shayza asintió repetitivamente—. Aunque no lo parezca, estoy asustada. —Tragó en seco y se estremeció. Alan la rodeó con su brazo, animándola, y mientras, Alex apareció.

—Buenoooo… —expresó sorprendido—... no me habíais dicho que estabais juntos.

Shayza y Alan se miraron con los ceños fruncidos, sin alejarse, y volvieron a ver a Alex.

—No estamos juntos —aseguró Shayza—. Tengo que irme, Castiel debe estar preocupado por mí.

—Es por eso por lo que estoy aquí —dijo Alex.

Castiel apareció detrás de él.

Shayza abrió los ojos con sorpresa al ver que Castiel tenía una expresión afligida. Nadie dijo nada cuando ella caminó hasta el otro pelirrojo, cabizbaja.

Durante el camino, Castiel posó su mano sobre la nuca de Shayza y se detuvo al estar afueras del mercado, casi entrando al bosque. Shayza también se detuvo. Él se lamió los labios, buscando las palabras precisas para comunicarle la mala noticia.

Ella lo observaba con tranquilidad, estaba conteniéndose, sabía que no era bueno dejarse llevar por los impulsos, pero ¡qué difícil era!

Castiel se rascó la nuca y la vio a los ojos; suspiró y relajó sus músculos.

—Me encargaron una misión junto a Eliot —comunicó con una voz más ronca de lo habitual. Se acomodó el cuello de la camisa al sentir que se ahogaba y carraspeó—. Tendrá que quedarse con Ezequiel.

Shayza no fue capaz de formular palabra alguna. Su expresión cambió de una a otra en segundos; estaba procesando el hecho de quedarse sola con alguien que no le daba confianza y el hecho de cómo reaccionar ante ello. Al final, frunció el ceño y apretó los labios. Llevó una mano a la cabeza, comenzando a caminar de un lado a otro, pensativa. Quería gritar, pero debía contenerse para ser tomada en serio. Pensó sus palabras, las analizó una y otra vez hasta que dejó de caminar, dándole la espalda a Castiel.

«Una misión», musitó con amargura en cada letra. Sin embargo, cuando iba a volver a hablar, Castiel la abrazó por la espalda.

—Usted deje que me encargue de todo esto —susurró, y cerró los ojos al sentir el calor de la chica—. Prometo sacarnos de aquí cuanto antes. Pero necesito que coopere y no se meta en problemas; recuerde que no estaré aquí para protegerla.

«¿Solo debo confiar en ti?», se preguntó ella, con los ojos llorosos. Sería la primera vez que estaría del todo lejos de Castiel, y empezaba a sentir una dolorosa punzada en el pecho, como si le estuvieran arrancando el corazón.

—Aunque lo haya dudado, eres en quien más confío. Estás por sobre Aitor —hizo saber a duras penas; parecía que a su garganta le había crecido púas.

Él sonrió gustoso. Castiel sabía toda la verdad que rodeaba a Shayza, por eso lo aliviaba que, después de todo, ella confiara más en él que en cualquiera de los otros mentirosos. Claro, sin duda Castiel también lo era, pero solo para protegerla.

Dolido, se obligó a apartarse. Shayza se dio la vuelta después de limpiarse los ojos, suspiró e intentó darle una sonrisa para calmarlo. Lo conocía, y él no la hubiera abrazado de aquella forma si no le afectara el estar lejos. Castiel le acarició los hombros igual que un amigo para subirle el ánimo. Y de pronto ambos retomaron su camino de vuelta a la cabaña de Gideon.

Shayza lo vio de reojo, luego su mirada bajó hasta la mano de Castiel; recordó las veces en que la había rozado, el sentimiento que aquello le provocó: seguridad. Quiso volver a tomarla, pero ya habían pasado un par de años –o una década– desde la última vez que lo hizo, por lo cual imaginó que sería imprudente.

Castiel se sentía demasiado tenso como para entablar una agradable conversación con Shayza, así que ambos solo guardaron silencio.

Incómodos y sin nada que decir, llegaron a la cabaña donde Eliot ya los esperaba en el porche, cruzado de brazos y con el ceño fruncido. El rubio cabello del americano estaba amarrado en un moño mal hecho, dejando a simple vista las marcadas facciones de su rostro como la porcelana y los profundos huecos en sus mejillas. Eliot hizo una mueca de disgusto.

—¿Os apuráis? —preguntó, y miró a Castiel e ignoró a Shayza en la medida de lo posible—. Gideon nos ha impuesto una hora. Y nos tenemos que ir ya. —Chasqueó los dedos, bajó los escalones y añadió—: Iré por el coche.

Shayza vio a Eliot salir del bosque, y le estuvo extraño que de estar apurados él no hubiera esperado a Castiel en el coche; esto la llevó a ver a Castiel con una mirada inquisitiva. Él supo que Shayza se había dado cuenta, así que negó con la cabeza. Ella asintió y comprendió que no era buen momento para interrogarlo, que hiciera lo que él le pidió momentos atrás.

Shayza calmó su mente, se comportaría y trataría de no darle vueltas a todo lo que pasara por delante de su nariz. Ella se acercó a Castiel y, sin previo aviso, lo abrazó, hundiendo su mejilla en el pecho de él.

—Prométeme que vas a cuidarte —exigió ella, una vez que se separó y lo vio directo a los ojos.

Castiel embozó una ligera sonrisa y asintió.

De pronto, a espaldas de Shayza, se oyó el derrape de las llantas de un vehículo a todo terreno. Ella se giró y miró a Castiel, que pasó por su lado con la cabeza agacha. Shayza sintió que el tiempo se detenía mientras lo veía subirse al auto y que le faltaba el aire. Ella llevó ambas manos a la altura del corazón, deseando que volviese sano y a salvo. Pero tenía claro que un pedazo de ella estaba yéndose junto a él, y quiso creer que de esa forma lo protegería en la distancia, aunque él pudiera valerse por su cuenta.

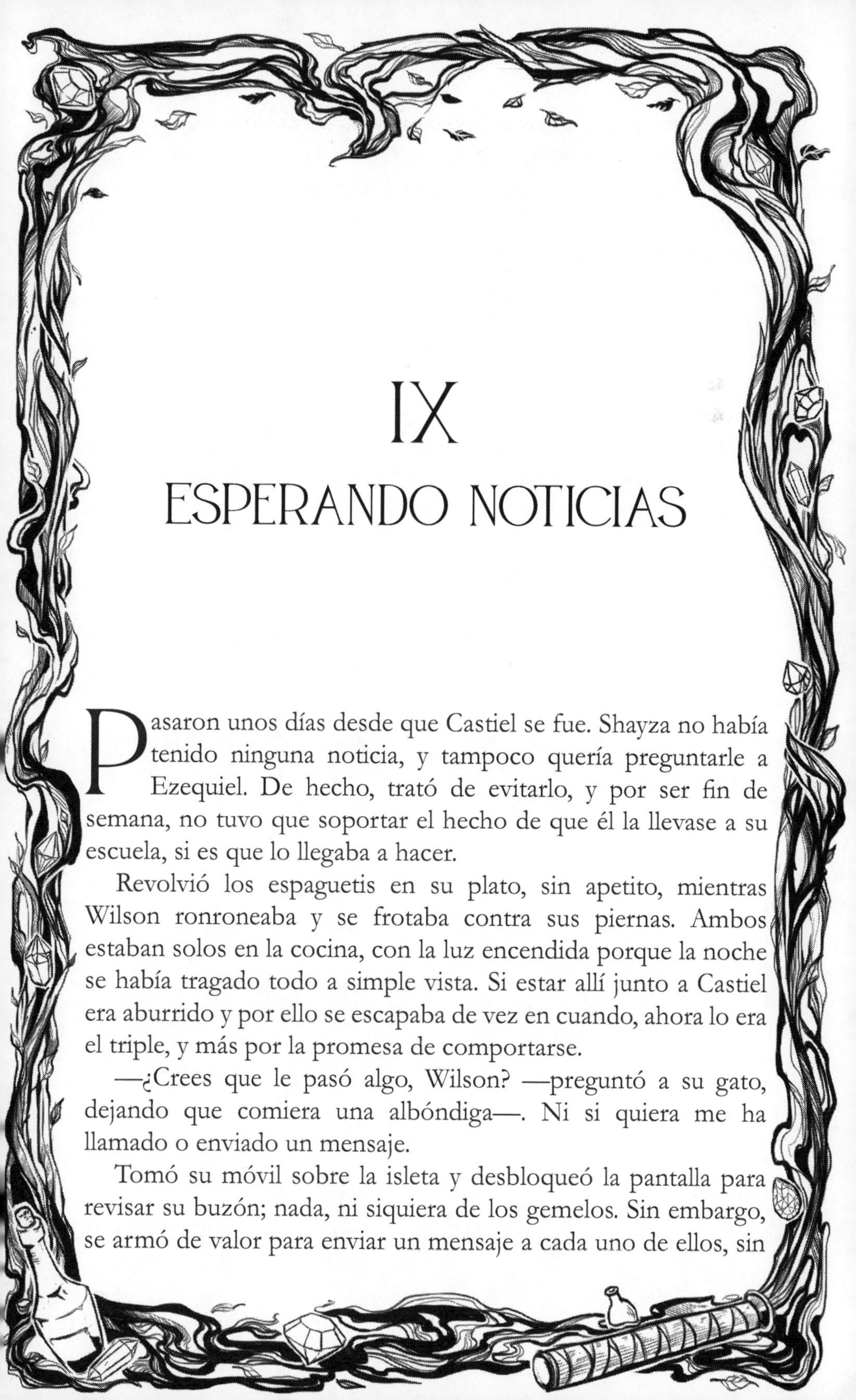

IX
ESPERANDO NOTICIAS

Pasaron unos días desde que Castiel se fue. Shayza no había tenido ninguna noticia, y tampoco quería preguntarle a Ezequiel. De hecho, trató de evitarlo, y por ser fin de semana, no tuvo que soportar el hecho de que él la llevase a su escuela, si es que lo llegaba a hacer.

Revolvió los espaguetis en su plato, sin apetito, mientras Wilson ronroneaba y se frotaba contra sus piernas. Ambos estaban solos en la cocina, con la luz encendida porque la noche se había tragado todo a simple vista. Si estar allí junto a Castiel era aburrido y por ello se escapaba de vez en cuando, ahora lo era el triple, y más por la promesa de comportarse.

—¿Crees que le pasó algo, Wilson? —preguntó a su gato, dejando que comiera una albóndiga—. Ni si quiera me ha llamado o enviado un mensaje.

Tomó su móvil sobre la isleta y desbloqueó la pantalla para revisar su buzón; nada, ni siquiera de los gemelos. Sin embargo, se armó de valor para enviar un mensaje a cada uno de ellos, sin importar que ya fuera tarde. Revisó ambas conversaciones, viendo por último los mensajes de Alan y Alex, donde preguntaban sin parar qué había pasado con ella la noche en que olvidó todo. Le echó una rápida mirada al de Castiel, cuya hora de conexión fue el último día que hablaron.

Shayza quería llorar por eso. Le apretaba el pecho por la angustia, y se puso ansiosa imaginando cientos de eventos donde a Castiel le hubiera pasado algo desagradable. Hizo a un lado el plano de la cena, dejó caer su cabeza en la isleta y reprimió las ganas de llorar.

Wilson se subió al regazo de Shayza, acariciándole el pecho con la cabeza, y el ronroneo aumentó. Ella, dejando que las lágrimas cayeran, comenzó a sobarle la cabeza.

—No tiene razón para llorar —comentó Ezequiel, y apoyó el brazo en el umbral de la cocina—. Él va a volver. Ellos van a volver.

Shayza no levantó la cabeza. Él, sin la necesidad de verla, ya sabía que estaba llorando a moco tendido, y eso hacía que Shayza se sintiera miserable. En cambio, Wilson le bufó a Ezequiel cuando vio que este se acercaba a la isleta, y se erizó hasta la cola. Shayza se enderezó y limpió su rostro.

—Como sea me angustio, ¿entiende? —dijo ella, pero no le despegó los ojos a Wilson, hasta que se calmó.

Ezequiel la observó con morbo, luego vio al gato y frunció la nariz, asqueado. Si tenía un comentario que hacer sobre su desagrado sobre el animal, debía guardárselo, pues él estaba recibiendo una buena fortuna por cuidar a esa chiquilla. Pasó la mirada de un lugar a otro, como si comprobara sus alrededores, con el rostro inexpresivo.

—¿Qué lo mandó a hacer Gideon? —preguntó Shayza, forzando la voz para no titubear—. ¿Dónde están?

Ezequiel se encogió de hombros.

—Si estoy aquí es porque él no me quiso con ellos —dijo con obviedad, igual que si Shayza fuera imbécil.

Ella se dio cuenta de cómo Ezequiel la veía (bueno, tampoco es como que fuese discreto); se levantó, dejó el plato en el fregadero y, con largas zancadas, fue rumbo a su habitación. Apretó los puños durante todo el trayecto, hundiendo las uñas en la palma. Por culpa del enojo mezclado con tristeza que trataba de controlar, no vio que la densidad del aire estaba cambiando. Afuera ya no cantaban los grillos, no se escuchaban búhos en lo profundo del bosque y la luna había desaparecido junto a las estrellas. Wilson sí se percató de ello, por lo que miró a través de la ventana, notando cómo Minerva subía por la pared del otro lado; él apuró el paso hasta la habitación. Seguido de ello, Shayza entró y cerró de un portazo. Se dejó caer sobre la cama, con el rostro contra la almohada y las manos bajo ella; su cuerpo se sacudió por culpa de los sollozos.

Wilson saltó sobre la espalda de Shayza y maulló. Ella agitó el brazo para alejarlo, pero él la esquivó, mirando la sombra que se dibujaba en la pared por culpa de la lámpara sobre la mesita. Wilson, al ver que la joven no prestaba atención, echó las orejas para atrás y le mordisqueó el rebelde cabello.

Shayza se quejó, por fin levantándose hacia el felino. Tardó unos segundos en darse cuenta de que la sombra en la pared no era de ninguno de los dos; abrió la boca dispuesta a gritar por el temor que ahora corría por su cuerpo, pero solo consiguió graznar. Era imposible lo que sus ojos estaban viendo, de lo que ella era testigo. Quedó petrificada por el horror que la carcomía, y sus ojos heterocromáticos parecían que se saldrían de las cuencas. Incluso llegó a pensar que el corazón se le detendría si no apartaba la mirada de allí, y aunque era imposible hacerlo, sentía una fuerza sobrehumana que la obligaba a saber qué demonios era aquella figura. La silueta con cabello largo, garras y cuencas vacías se alargó hasta llegar al techo.

La luz parpadeó y se apagó. Entonces Shayza tomó aire para gritar con todas sus fuerzas, aprovechando ese segundo. Sin embargo una enorme mano le cubrió la boca. Sintió cómo alguien respiraba en su oreja y le decía en un susurro:

—*Be quiet*—dijo una voz dulce, delicada, pero aun así se notaba que era masculina.

La joven sollozó contra la mano del chico, buscando la manera de verlo. Ella comenzó a sentirse indefensa, y odió encontrarse en esa situación tan confusa y espantosa. En cuanto cerró los ojos, con las lágrimas brotando de ellos, volvió a pensar en todo lo extraño que había vivido desde que se mudó. En los ojos de gato, la noche en que creyó que a Eliot le levitaban los cabellos, las lagunas en sus recuerdos.

Las lágrimas cayeron sobre la mano del hombre a su lado. Este se apartó mientras veía cómo ella lloraba; juntó las cejas y apretó los labios, formando una delgada línea. No era su intención asustarla de tal manera, por lo que se levantó y encendió la luz.

Shayza se obligó a abrir los ojos y, jadeante, vio al chico desnudo a unos metros de ella. Parpadeó varias veces sin creerlo, su cabeza seguía confundida y lo único que hizo fue dejar de lado la sumisión. Se levantó de la cama, tomó la lámpara de la mesa y se la lanzó al muchacho. Este habló y con eso la detuvo en el aire. Del espacio entre su mano y el objeto, el aire parecía brillar. La lámpara flotó hasta él, dejando que la tomara entre sus manos y la apartara. El chico alzó las manos en señal de calma.

—*You don't have to fear me* —dijo, y trató de acercarse; su acento era extraño, lo que complicaba suponer su nacionalidad.

Ella le arrojó todas las almohadas que estaban sobre la cama. En cuanto se acabaron, lanzó cualquier cosa que encontró. Si Wilson hubiera estado allí, seguro lo hubiera usado para defenderse.

El muchacho se cubrió con un contrahechizo mientras usaba otro para vestirse con trozos de tela que se adherían a su piel cual enredaderas. Shayza hiperventiló; eso no estaba pasando, eso no era real, ella estaba dormida y todo era un sueño; o eso corría por su cabeza a la vez que intentaba salir de allí. No le importaba cómo él había conseguido entrar, lo único que quería era huir para que no le hiciera daño, pero obvio que no se lo pondría fácil.

Agarró el cepillo que estaba sobre el escritorio y apuntó al muchacho de cabello oscuro. Él la quedó viendo; no estuvo bien la forma en que se presentó, y si eso continuaba así, Ezequiel aparecería.

—*Listen to me: we have to get out of here* —habló él, antes de que la puerta de la habitación se abriera y entrara Ezequiel.

El muchacho, con una velocidad impresionante, lo haló del brazo y golpeó el rostro de Ezequiel con el codo. Ezequiel cayó de espaldas, y el otro chico salió volando hasta quedar junto a Shayza, rompiendo el escritorio, donde quedó esparramado. No obstante, Shayza vio cómo él se teletransportaba de izquierda a derecha y después corría velozmente hacia Ezequiel. Mientras, a lo lejos, se escuchó una explosión. Shayza se agachó en su lugar y gritó.

Ezequiel y el chico estaban agarrándose a golpes en mitad del pasillo; cuando se alejaron lo suficiente, empezaron a lanzarse hechizos con palabras extrañas y que Shayza no podía identificar. Corrían por las paredes como si la física y gravedad no existieran y hacían acrobacias para esquivar sus ataques; golpearon sus rostros hasta magullarlos y hacerlos sangrar. Ezequiel recibió golpes por todos lados; su oponente era ágil y veloz como un felino, mientras que él era lento y pesado. Pero, si lo atrapaba en el momento exacto, podía dejarlo inconsciente.

—*Yokia, hurry up!* —gritó Minerva desde el exterior.

Yokia no se distrajo con aquel grito, tomó a Ezequiel de su larga melena y lo estampó contra la pared varias veces, hasta que este hizo que Yokia volara por los aires como si hubiera sido impactado por un enorme camión de carga. Ezequiel intentó levantarlo una vez más en el aire para arrojarlo por la entrada principal, pero él consiguió protegerse con un muro mágico. Movió el brazo de un lado a otro, sacando de la palma un rayo de energía azul al tiempo que hablaba en otro idioma. Ezequiel lo hizo a un lado, desviándolo hacia una de la pared del pasillo.

Mientras Yokia y Ezequiel luchaban, Shayza vio por la ventana para saber qué había sido aquella explosión; sin embargo, vio dos personas encapuchadas. Miró a todos lados para ver si ya era capaz de salir de allí y se asomó al pasillo a la vez que luces de diversos colores se reflejaban desde el salón y al otro lado de la ventana había una cúpula rodeando la cabaña; esta tenía miles y miles de líneas que se estremecían igual que un gusano. Hubo otra explosión y esta sacudió la tierra. Shayza tuvo que apoyar ambas manos en otra pared para no caerse.

Un rayo vino disparado hacia ella, y se detuvo sin apartar la vista de él e inhaló, sorprendida y con los ojos bien abiertos. Pero Minerva salió de la nada, desintegrando el rayo con cruzar los brazos cual escudo y pronunciar un hechizo; su cabello flotaba mientras que todo su cuerpo era rodeado con una fina silueta y humo, ambos de color celeste.

Antes de que Minerva pudiera prestarle atención a su hermana, un hombre de cabello castaño rojizo emergió de entre las sombras, sujetando a Shayza del vientre, y, con solo pasar la palma por sus ojos, ella cayó en un profundo sueño.

—*Oh… Minerva* —dijo él, saboreando su nombre. Su voz era encantadora e hipnótica—. *You can't do anything without my consent.*

Minerva se dio la vuelta y trató de atacarlo, pero este hizo flotar a Shayza y sostuvo a Minerva del cuello; apretó tan fuerte que el rostro de la chica empezó a cambiar de color. Ella, aunque fuese más alta que el promedio, pataleteó en el aire; quería respirar. Le clavó las uñas en la mano y sintió que sus ojos se iban a reventar, que su cabeza estallaría creando una fuente con su sangre.

El hombre bien vestido la miró con la cabeza inclinada a un lado y buscó en ella algo especial. Pero nada. Solo era otra bruja más del montón, aunque sus profesoras dijeran lo contrario y dominara los dos tipos de magia. Ya inconsciente, la tiró sobre la alfombra, no sin antes alzar ambas manos y expulsar a todos los brujos de sus dominios sin la necesidad de pronunciar un hechizo. Se teletransportó hasta la parte delantera de la cabaña mientras Shayza levitaba detrás de él dentro de una burbuja.

Observó a cada uno. Yokia, Ezequiel, Minerva y las figuras encapuchadas que estaban en el césped –la fuerza del extraño era mayor a las de ellos– lucían como si estuvieran atados a la tierra.

Castiel apareció junto a Eliot, derrapando el coche ante la pared transparente que el hombre castaño había creado. Castiel bajó de un salto y Eliot sacó parte de su cuerpo por la ventana para poder tener una mejor vista de lo que sucedía.

Ezequiel fue liberado, y este rápidamente se arrodilló ante su señor, ante Gideon. Pidió disculpas, y Gideon levantó la mano para mandarlo a callar; no le importaba nada de eso. Buscó a Castiel y a Eliot y les hizo una señal para que avanzaran. Mientras Castiel pasaba por el lado de las encapuchadas, pudo identificarlas, pero se forzó a parecer apático.

—Creo que esto ha sido culpa mía —habló Gideon a la vez que veía a los cuatro que estaban aprisionados en el suelo. Giró el rostro hasta Castiel: su hombre más obediente—. Iremos a Londres —dijo—. Y asegúrate de usar el mejor hechizo para mantenerla lejos de esta mujer —expresó tranquilo, pero en su voz se notaba el desprecio hacia una de las encapuchadas.

Después de eso, Gideon desapareció junto a Ezequiel, Castiel y Eliot.

Yokia pudo soltarse del hechizo de Gideon, quedando sentado de repente. Por otro lado, una de las encapuchadas, la de la túnica verde oscuro, se levantó para acuclillaste tras la cabeza de Minerva. Y la otra, la de túnica vino tinto, se retorció en su lugar, golpeando y pataleteando el suelo como si con eso pudiera conseguir su objetivo.

—*Deja de actuar como una niña, Celia* —ordenó la de verde oscuro en su idioma natal: krevaztek. Se quitó la capucha con una mano y dejó a la vista sus rizos rubios y labios rojos.

La mujer posó tres dedos sobre la frente de Minerva, pronunció un hechizo con voz fuerte y clara, y esta despertó de golpe, aturdida. Sus ojos se movían de un lado a otro, tratando de recordar lo ocurrido. Vio a la mujer de rizos rubios, abrió y cerró la boca sin encontrar cómo disculparse.

—*Pe-pe-perdón, madre* —balbuceó Minerva en krevaztek.

Su madre, Layla, la acarició con una sonrisa en labios, pero Minerva sabía que sería castigada por su despiste con el padre de su hermana menor. Minerva, asustada, giró hacia la mano que le extendía Yokia. Celia se levantó de golpe y se quitó la capucha, mostrando sus ojos, ahora rojos como la sangre.

—*¡Se nos fue de las manos!* —exclamó Celia, usando el mismo extraño idioma—. *Castiel está con ellos, y no creo que sobreviva esta noche.*

La rubia entrelazó los dedos sobre la falda de su túnica y vio a los jóvenes ante ella; todos esperando sus órdenes.

—*Confío en Castiel; ha pasado desapercibido por catorce años* —mencionó la mujer—, *y él es uno de mis protegidos. Me debe la vida.*

A los otros tres no les gustó cómo sonaron aquellas palabras, pero tampoco hicieron algo para hacerla cambiar de opinión. Celia buscaría una forma de comunicarse con Castiel, pues ella, por el momento, era su única conexión con el Mundo Mágico.

—*Entonces, ¿por qué estamos aquí? ¿Hemos fallado?* —indagó Celia, y dio varios pasos hacia Layla.

Minerva la tomó del brazo para evitar una confrontación.

—*No hemos fallado, Celia* —dijo Layla con una voz tan suave como la brisa aunque el krevaztek fuese un idioma de difícil pronunciación. Sus dos hijas y Yokia sabían lo que eso significaba: sanción—. *Castiel solo necesita una señal para traer de vuelta a Shayza.* —Mientras hablaba, no apartó la mirada de Celia.

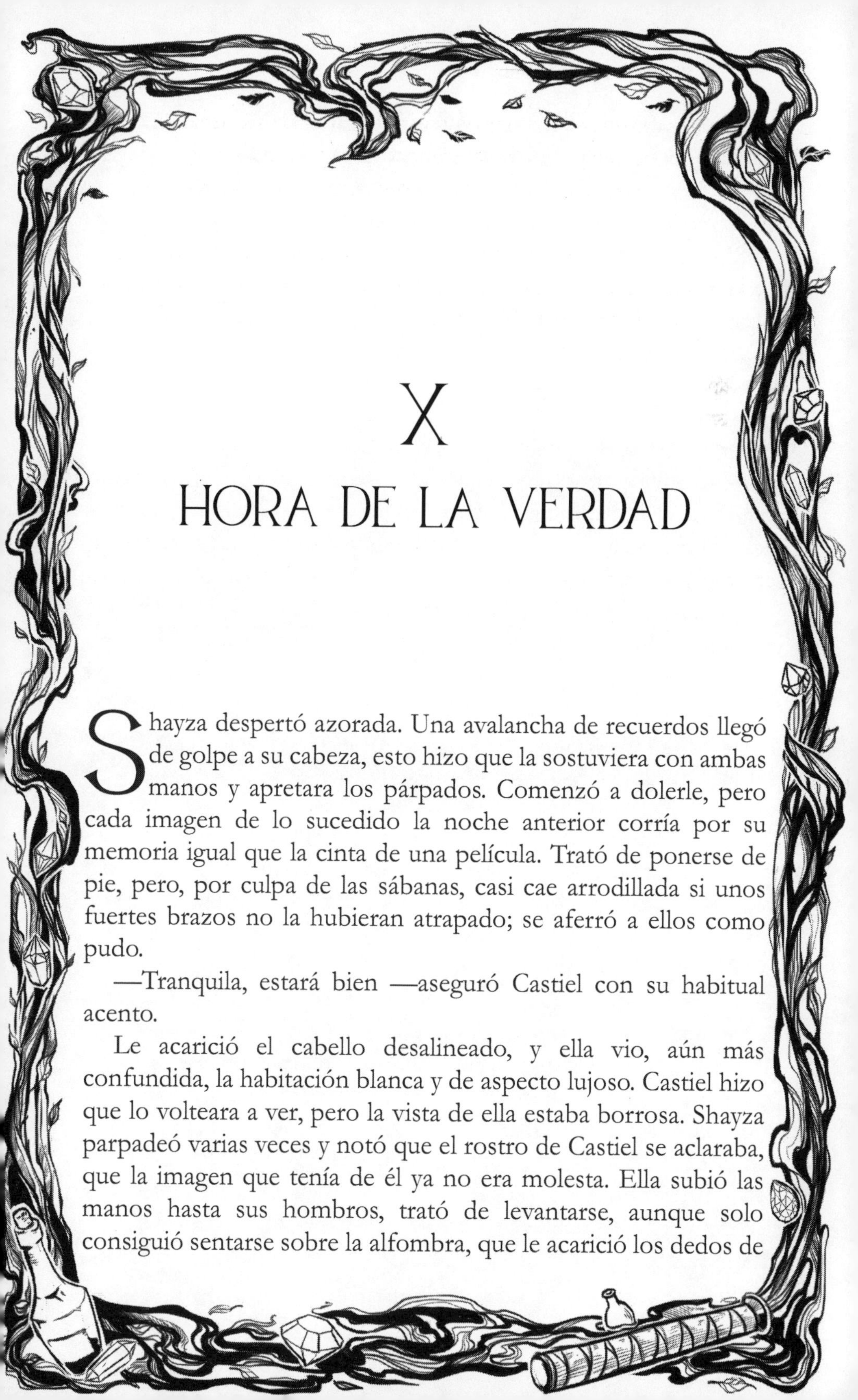

X

HORA DE LA VERDAD

Shayza despertó azorada. Una avalancha de recuerdos llegó de golpe a su cabeza, esto hizo que la sostuviera con ambas manos y apretara los párpados. Comenzó a dolerle, pero cada imagen de lo sucedido la noche anterior corría por su memoria igual que la cinta de una película. Trató de ponerse de pie, pero, por culpa de las sábanas, casi cae arrodillada si unos fuertes brazos no la hubieran atrapado; se aferró a ellos como pudo.

—Tranquila, estará bien —aseguró Castiel con su habitual acento.

Le acarició el cabello desalineado, y ella vio, aún más confundida, la habitación blanca y de aspecto lujoso. Castiel hizo que lo volteara a ver, pero la vista de ella estaba borrosa. Shayza parpadeó varias veces y notó que el rostro de Castiel se aclaraba, que la imagen que tenía de él ya no era molesta. Ella subió las manos hasta sus hombros, trató de levantarse, aunque solo consiguió sentarse sobre la alfombra, que le acarició los dedos de los pies. Castiel también se sentó sin soltarla; debía velar que ella estuviera bien, que el sedante fuera extraído con su magia.

Shayza no podía verlo porque su atención estaba enfocada en poner acorde su cabeza, pero de la mano de Castiel, por haber usado un hechizo simple, emanaban llamas verdes que la rodearon por la espalda sin quemarla. Él extraía –en tiras casi transparentes– el suero que Gideon le había inyectado, aprovechando que ella aún era incapaz de protegerse por sí sola de los brujos. Castiel la trataba de calmar igual que a un bebé cuando llora por hambre o alguna necesidad. Shayza recostó la mejilla sobre su pecho y escuchó sus latidos.

—No le he borrado los recuerdos —comentó él, después de un rato—. Pero debe asegurarse de fingir que sí. Esto la ayudará a mantenerse alejada de quienes son sus enemigos. ¿Me entendió, señorita? —preguntó en un susurro, acunando el rostro de la chica.

Ella parecía tener la mirada perdida, pero eso cambiaría en los próximos minutos. Shayza asintió; volvió a recostarse en el pecho de su protector y se quedó viendo un punto fijo en la pared. Castiel susurró palabras en ruso, como si recitara poesía; pero Shayza las escuchaba lejanas, pesadas. Lo oía arrastrar las silabas una por una, alargar las frases y luego pronunciarlas con fuerza. Y aunque quiso esforzarse para saber lo que decía, no pudo.

Sin embargo, Shayza volvía a sentirse fuerte y su cabeza comenzaba a aclararse. Tragó saliva, acomodó su cuerpo lejos del torso de Castiel, oyó que él dejaba de hablar y se sostuvo la cabeza; todavía le palpitaban las sienes.

—Perdone que no estuviera para protegerla de su prop… —trató de decir, pero Shayza le tapó la boca con la mano mientras hacía un sonido molesto para callarlo.

Así se quedaron por unos segundos, hasta que Shayza abrió los ojos y lo miró entornándolos. No quería creer que había vivido una pelea entre seres fantásticos y lo que eso la hacía sentir. Culpó al frío por el temblor de su cuerpo, no al miedo.

—¿Entonces... —dijo ella. Apartó la mirada y trató de contener sus emociones jugueteando con las hebras de la alfombra—... cómo demonios me tomo esto, Cass? O sea, tengo que fingir que no vi gente desnuda que lanzaba rayos con sus manos, escuchar explosiones y… ¡y! ¡Pero ¿qué carajos?! —Aunque lo haya visto, no podía darle crédito, y que Castiel asegurara el hecho de que todo era real empeoraba las cosas. Ni siquiera podía formular una pregunta que no se atascara en la garganta. Suspiró con pesadez, llevó una mano a la frente y la estrujó.

—Solo aguarde a que… su madre llegue y nos saque de aquí —titubeó él, y Shayza abrió los ojos al enterarse de que su madre no estaba muerta. La tomó de la mano e hizo que volteara en su dirección—. Mantenga la calma, no piense que es fruto de su imaginación. La conozco y debe estar dándole mil vueltas a lo que sucedió anoche. —Y no se equivocaba.

Ella negó con la cabeza.

—Cass, ¿tuve una vida de mentira?, ¿es eso? ¡Por un demonio! —Golpeó la alfombra y estiró las piernas—. Estaba pensando en un futuro, Cass —gimoteó, y allí quedó su intento de reprimirse—. En una forma de sacar a Aitor y a ti de esa porquería donde vivíamos. Y… y ahora resulta que nada es como creía.

A Castiel se le volcó el corazón.

—La entiendo, pero controle el tono de voz. Por favor.

Shayza chasqueó la lengua y giró el rostro para no verlo. Castiel sonrió al percibir ese gesto y le soltó la mano. Ella encorvó la espalda, colocó los codos sobre sus piernas ahora cruzadas y se cubrió los ojos: estaba llorando en silencio. Castiel solo podía masajearle la espalda, mientras que a ella le ardía la garganta y los ojos. Estuvieron allí abrazados, hasta que escucharon pasos cerca de la habitación. Castiel, con su magia, la ayudó a acostarse en la cama para que fingiera que todavía estaba dormida, y él se teletransportó hasta el asiento junto a la cama, con expresión aburrida.

—¿Todavía no despierta? —preguntó Eliot, hastiado, abriendo la puerta.

—Intuyo que el jefe se ha pasado con la dosis —respondió Castiel, e inclinó la cabeza hacia atrás para ver a Eliot.

Eliot resopló por la nariz, entrando a la habitación, y de pronto Shayza oyó que los pasos se acercaban; ahora él estaba detrás de ella. Sintió las manos callosas sobre su piel, y tuvo que forzarse a no hace ningún movimiento que la delatara. Quería contraerse sobre sí, saltar fuera de la cama, pues el tacto de Eliot era torpe y trataba de pasar desapercibido. Y aunque ella estuviese dormida, seguro que se hubiera despertado de golpe por su torpeza.

Castiel se revolvió en el asiento y adoptó una pose más serena y precavida. Estaba cruzando los dedos en su mente con la esperanza de que Shayza actuara bien su papel. Sin embargo, ella sacudió el brazo, haciendo que Eliot se quedara quieto y Castiel abriera los ojos.

—Está viva —avisó Eliot como si fuera una desgracia, y salió del cuarto, cerrando la puerta con delicadeza.

Shayza se acomodó y vio a Castiel con el ceño fruncido. Puso los ojos en blanco, apartando las sábanas, y buscó sus zapatillas. No sabía lo que haría después de ponérselas, pero quedarse allí no sería una opción.

—Bueno, ¿quieres que me haga la desentendida? Vale, Vale. —Hizo un gesto con las manos para mantenerlo calmado—. Voy a tratar de tomar todo relajada y… —Empezó a reírse—. Es imposible —tajó entre dientes, viéndolo fijo a los ojos. Posó una mano en su cadera y bajó la mirada—. Sal de aquí, Cass. No deseo verte por unas cuantas horas.

Castiel la comprendió, por ende, se fue sin siquiera despedirse. Si con eso ella trataría de mantener un perfil bajo, lo haría sin reproches.

Shayza caminó hacia la ventana que seguía con la cortina transparente cubriéndola, como si su intensión nunca hubiera sido mantener fuera los rayos de sol. Se rascó el puente de la nariz, echó la cabeza hacia atrás, se abrazó, se encorvó en su lugar y volteó hacia la puerta.

La aterraba el hecho de que estaba rodeada de criaturas místicas. ¿Cómo pasó? ¿Cuándo ocurrió? La habían criado como una humana para después parecer que la estaban salvando del bando enemigo. Si aquellos hombres, excluyendo a Castiel, no era humanos, ¿qué eran? ¿Brujos? ¿Demonios?... ¿Vampiros?

Por un momento recordó la sombra que se elevó por la pared de su habitación, al hombre desnudo que apareció y a Wilson. Sus ojos se movían de un lado a otro mientras comprendía lo que había pasado. Wilson era demasiado inteligente para ser un gato común, y en el mismo instante que apareció aquel hombre, él desapareció. El pensarlo era peor que querer confirmar si estaba en lo correcto.

—Ay, santa mierda —gimoteó, y caminó de un lugar a otro cual demente.

Su pecho subía y bajaba, acelerando su ritmo cardíaco y la respiración. Se abanicó con una mano cuando empezó a sentir que su piel ardía y hormigueaba. ¿Y ahora qué? Por lo que había visto, estaba demasiado alto para saltar y huir por la ventana. Estaba encerrada con dos bestias a las que no podría enfrentar ni con uñas o dientes. Castiel parecía muy seguro cuando le dijo que ella no debía preocuparse por nada, y eso no sabía de qué forma tomarlo. Confiaba en él, así haya habido deslices, pero esa actitud era extraña al fin de cuentas.

Rápido buscó el baño, y en cuanto entró en él, se lavó el rostro para despejarse. Jadeante, se vio al espejo, observó su aspecto demacrado en todos los sentidos y trató de alinearse la rebelde cabellera rojiza. Saldría de allí haciendo parecer que solo estaba confundida por el hecho de no saber cómo llegó.

Abrió la puerta y se asomó y susurró el nombre de su protector. Su llamado se oyó revotar entre las paredes del pasillo inmaculado, pero no tardó en oír los pasos de alguien.

—La bella durmiente ha despertado —comentó Eliot. Sujetó un cigarrillo entre los labios y se oyó el clic del encendedor.

Shayza no reprimió su desagrado al alzar el labio superior.

—¿Dónde está Castiel? —preguntó ella, y se enderezó.

Eliot le dio más importancia a su cigarrillo, exhaló el humo y avanzó por su lado.

—Salió. No tarda en volver —respondió, y bajó por la escalera que llevaba al salón.

Desde el primer piso llegó la voz de Ezequiel, quien se dirigía al rubio. Shayza no les dio importancia y miró por la ventana al final del pasillo: al otro lado, bastante lejos, estaba el Big Ben. Abrió los ojos con sorpresa, se encaminó hasta allí y apoyó ambas manos en el cristal. Sintió que se mareaba al ver hacia abajo, por lo que tambaleó. Retrocedió vacilante y se pegó contra la pared.

—Estamos en Londres… Creo que me dará un paro cardíaco —dijo a media voz; llevó una mano al pecho y apretó su blusa.

Avanzó apoyada de la pared y tuvo cuidado a la hora de dar un paso, pues sus pies se cruzaban entre sí. Al llegar al salón, vio a Ezequiel y a Eliot en el sillón.

—¿Có-cómo? —formuló ella; le faltaba el aire. Caminó hasta el espaldar del sillón en forma de L y se apoyó en él—. ¿Cómo?... No. No importa. Estoy hasta las narices de vosotros —dijo, sin aliento y señalándolos— y de mi padre.

Se dirigió a la puerta principal, sin embargo, cuando se dispuso a tomar la manija, Castiel la abrió, encontrándose cara a cara.

—Oh, señorita, ya despertó —saludó él, animado.

Un tic apareció bajo el ojo de Shayza.

—Eliot, llévala a comer —dijo Ezequiel, sin mirar a ninguno de los dos.

Eliot había sacado el móvil para revisar sus redes sociales y levantó la cabeza después de enviar un mensaje; miró a Ezequiel –todavía con el cigarrillo entre los labios– y a Shayza. Caminó hasta ella y Castiel se apartó para que ambos pudieran salir. Este le apretó el hombro a Shayza y le entregó un abrigo, animándola. Ella trotó hasta quedar al lado de Eliot, quien seguía fumando aunque hubiera un letrero que lo prohibía.

«El malote del pueblo», se dijo Shayza, escondiendo las manos en los bolsillos.

Mientras caminaban hasta el elevador al final del pasillo, una pareja de ancianos se disponía a ir a su habitación cuando la nube de humo los rodeó e hizo toser.

—Apaga esa porquería —pidió Shayza. Tomó su brazo y lo obligó a detenerse—. Por favor.

Eliot la vio como si no fuera nada, pues después de todo, así veía a las mujeres igual que ella; era lo que le enseñaron desde niño. La ignoró. Los ancianos mascullaron una protesta, y él los vio de soslayo, espantándolos con su profunda y penetrante mirada verde.

Shayza puso los ojos en blanco y se cruzó de brazos. No estaba para soportar a un estúpido que no conocía pero que había conseguido odiarlo en poco tiempo. Y es que ella solo necesitaba un tiempo a solas, con tranquilidad y sin ningún tipo de ruido. Debía poner su cabeza en orden y no creía que llenando su estómago, el cual comenzó a gruñir, lo solucionaría.

—¿Cómo llegamos aquí? —quiso saber ella, una vez dentro del elevador y mientras veía los números rojos que bajaban.

—En avión —se limitó a responder el rubio, exhalando el humo que le irritaba los ojos a Shayza.

Ella apretó los labios, golpeteó el suelo con su zapato y no lo soportó más al detenerse en el piso nueve. Le arrebató el cigarrillo de la boca al tiempo que las puertas se abrían para dejar paso a tres chicas, haciendo que Eliot no tuviera tiempo de protestar cuando ellas se interpusieron entre ambos. Lo retó con la mirada, mientras las chicas se reían de sus propios chistes, y lo arrojó al suelo para después apagarlo con un pisotón.

Una de las chicas, la morena, observó a Eliot con su expresión de enfado y le susurró a su amiga. Shayza vio hacia el techo del elevador, no podía creer que de tantas personas en ese edificio le hubiera tocado con tres que comentaban lo guapo y candente que era Eliot, o eso traducía con su inglés de principiante. Estaba desesperada por bajar de ese minúsculo cuarto, y eso que solo faltaban tres pisos, pero ella los sintió como dos horas en el infierno.

Por otro lado, Eliot tampoco se veía muy contento con los comentarios de las tres mujeres. Aunque no quisiera aparentarlo, estaba incómodo, por ende, las ignoró. Shayza notó eso y le pareció extraño, pues, después de todo, ella había interferido en su encuentro con aquella mujer de Carnation.

«Qué tipo tan raro», comentó para sí cuando las puertas volvieron a abrirse y Eliot salió tan rápido como un cohete.

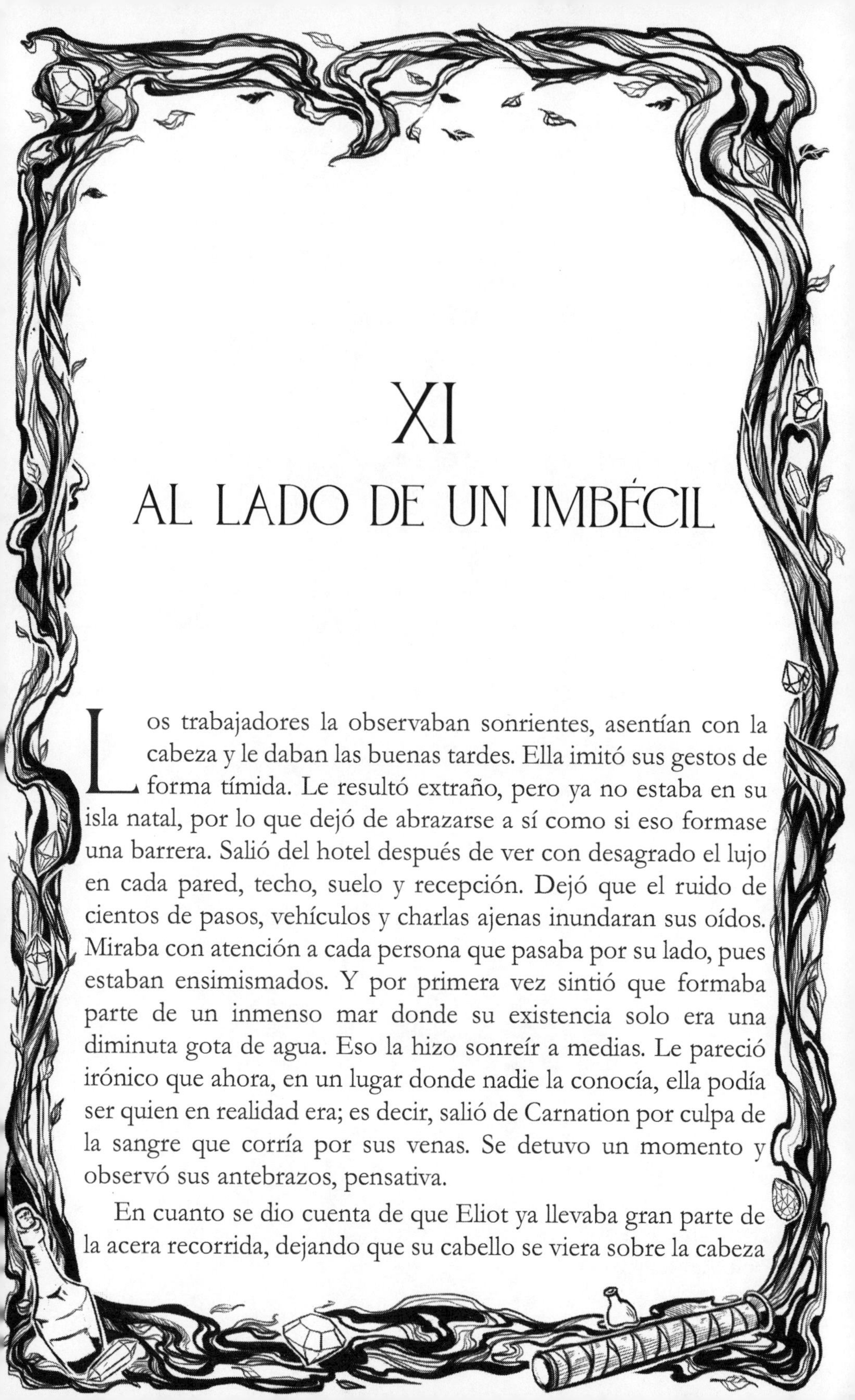

XI
AL LADO DE UN IMBÉCIL

Los trabajadores la observaban sonrientes, asentían con la cabeza y le daban las buenas tardes. Ella imitó sus gestos de forma tímida. Le resultó extraño, pero ya no estaba en su isla natal, por lo que dejó de abrazarse a sí como si eso formase una barrera. Salió del hotel después de ver con desagrado el lujo en cada pared, techo, suelo y recepción. Dejó que el ruido de cientos de pasos, vehículos y charlas ajenas inundaran sus oídos. Miraba con atención a cada persona que pasaba por su lado, pues estaban ensimismados. Y por primera vez sintió que formaba parte de un inmenso mar donde su existencia solo era una diminuta gota de agua. Eso la hizo sonreír a medias. Le pareció irónico que ahora, en un lugar donde nadie la conocía, ella podía ser quien en realidad era; es decir, salió de Carnation por culpa de la sangre que corría por sus venas. Se detuvo un momento y observó sus antebrazos, pensativa.

En cuanto se dio cuenta de que Eliot ya llevaba gran parte de la acera recorrida, dejando que su cabello se viera sobre la cabeza de los demás, trotó y se abrió paso entre la gente junto con torpes disculpas. Hasta el momento se había distraído con sus alrededores, pero de pronto sintió que se ahogaba mientras veía que él se alejaba sin darse cuenta. Era un problema estar con Eliot, porque según lo que entendió, Castiel insinuó que ellos eran sus enemigos, pero prefería estar junto a Eliot; parecía dispuesto a cuidarla –a su manera– de cualquier peligro.

Tropezó con sus pies y golpeó a Eliot, haciendo que avanzara unos cuantos pasos y su móvil se deslizara entre los pies del gentío.

—¡¿Estás loca?! —gruñó él, y apretó los puños.

Shayza levantó las palmas en señal de paz. Mientras, ambos aguardaron a que la última fila de personas pasara. Eliot negó con la cabeza cuando vio su móvil destrozado y agarró todas sus partes para después meterlo en el bolsillo del abrigo. Le dio una rápida mirada molesta a Shayza y retomó su camino. Pero Shayza se quedó inmóvil en su lugar y, después de unos segundos, sus pies recibieron la orden de seguir al rubio.

Castiel le dijo que actuara natural, como era siempre, o al menos, como se había comportado desde que comenzó su nueva vida. Pero ¿cómo sería con Eliot si no supiera que él no es humano? Seguiría pensando que era un cretino, aunque en la medida de lo posible, lo evitaría, igual que a Ezequiel. Y ahí estaba, entrando en un local de comida luego de destruirle el móvil; por lo que ella sabía, esa era su única fuente de entretenimiento. Ahora tendrían que conversar o soportar el silencio incómodo rodeado de conversaciones y ruidos ajenos.

Shayza observó la hamburguesa recién hecha sobre la bandeja que Eliot había traído, pero en vez de despertar su apetito, le revolvió el estómago. El olor de la comida le llegaba como si tuviese a milímetros de ella. Tragó grueso y se frotó la nariz con el dorso de la mano.

Eliot le dio un rápido vistazo antes de meterse un puñado de patatas fritas a la boca.

—Tienes que comer —dijo con la boca llena.

Shayza agitó la cabeza, colocó el puño sobre la mesa e hizo su mejor intento para no vomitar.

—¿Quieres decirme cómo llegamos? En avión, es obvio, pero ¿cómo no me di cuenta? —Pensó que sería una buena pregunta debido a su personalidad y el cansancio que demostró otras veces cuando le ocultaban las cosas. Debía tener cuidado y pensarlo todo.

—Castiel intentó despertarte —habló al fin, y suspiró—, pero tienes el sueño pesado. El jefe decidió que hoy hablaría contigo, que responderá cada pregunta. —Sonaba amable, solo que en sus ojos se veía un odio inexplicable hacia Shayza.

Le pareció extraño que después de… ¿qué, dos semanas?, su padre hubiera tomado el tiempo de aparecer ante ella y por fin decirle lo que ya había visto con sus propios ojos. Se revolvió en su lugar y se obligó a comer la hamburguesa con tal de salir de allí y regresar con Castiel; que, por lo visto, era el único que empezaba a decirle la verdad.

¿O solo se trataba de su versión de los hechos?

De regreso a casa comenzó a llover. Y ambos tuvieron que refugiarse bajo una parada de autobús. Eliot temblaba más que Shayza, y ella no tardó en darse cuenta.

—Hace más frío en Carnation —comentó ella, con cierta burla.

Él la miró, pero no pudo replicar por qué le tiritaban los dientes; aunque le bastó con una de sus miradas para borrarle la sonrisa. Shayza tomó asiento en el banco, después de revisar si estaba seco, y bufó.

—Eres como uno de esos chicos lindos en los libros, el chico malo —dijo ella.

—¿La hija de mi jefe cree que soy lindo? —respondió sin voltearla a ver, pero embozó una sonrisa, pues el comentario de Shayza le parecía estúpido.

—No creo que lo seas, eres…

—¿Un grano en el culo? —Ahora sí la estaba viendo—. No me juzgues, porque, entonces, somos iguales.

—¿Yo? —replicó ella, perpleja—. Todos vosotros sois como un grano en el culo; incluyendo a mi padre con su ausencia y creyendo que puede zarandearme como le dé la gana —explotó igual que si no recordara nada, por lo que, para darle más credibilidad, huyó bajo la lluvia.

Eliot maldijo por lo bajo al ver la reacción de la chica. Corrió tras ella e igualó su paso; no iba a disculparse, pero no la podía dejar sola, no después de que Layla los ubicara sin importar que los hechizos para ocultarse fueran los más poderosos. Eso le hizo pensar a Ezequiel que el poder de Layla aumentó, pero por el momento no había motivo por el que preocuparse: Gideon llevó a cabo un ritual donde el alma de un inocente se consumió para su beneficencia... o eso dijo él.

Al regresar al hotel, Shayza trastabilló con el suelo mojado y quedó a cuatro patas. En sus oídos se repetía el chillido de sus zapatillas y luego el golpe seco de la caída, seguido del dolor en ambas piernas. Se sentó y rechazó la ayuda del botones. Quería agarrar del pie a Eliot y hacerlo caer cuando pasó por su lado y ni siquiera le extendió una mano para ayudarla. No se equivocó al decir que era igual que un chico lindo de los libros, solo olvidó agregar que también era igual de imbécil.

«Qué bueno que no hay nadie», dijo para sí misma mientras se levantaba y caminaba hacia el elevador. Tenía las mejillas rojas por la vergüenza y fingía mascullar por su arrebato y la caída, pero por su mente seguía la petición de Castiel. Abrió y cerró la mano y la otra la metió en el bolsillo de su pantalón.

Los números rojos en el rectángulo del elevador iban subiendo a la vez que Shayza volvía a escuchar cómo Eliot temblaba de frío. Ella no lo soportó más y se quitó el abrigo para dárselo. Eliot entornó los ojos hacia la mano de Shayza.

—Está mojado, lo sé —dijo ella—, pero el golpeteo de tus dientes me molesta. —Oír el tiritar de Eliot era como si estuvieran tocando tambores en el interior de sus oídos.

Al ver que no decía o hacia nada, se acercó vacilante y lo abrigó. Mientras, Eliot parecía que en cualquier momento la mordería para defenderse. En ese instante a Shayza le quedó claro que él no era ningún monstruo o demonio; tal vez era un humano forzado a estar allí, lo que explicaría el porqué se veía tan a la defensiva. Shayza se apartó e hizo una señal de paz con los dedos de cada mano. Eliot siguió arrinconado, hasta que el elevador se detuvo en su piso.

Ambos levantaron la mirada y lo primero que vieron fue a Castiel cruzado de brazos.

—Estuvieron mucho tiempo fuera —dijo Castiel.

—La chiquilla rompió mi móvil —mascculló Eliot, abrigándose al salir.

Shayza se quedó al lado de Castiel viendo cómo Eliot caminaba hasta la puerta de su habitación.

—¿Y ahora qué? —susurró Shayza a Castiel.

—Su padre está aquí, señorita —respondió él, y cambió su expresión facial—. No levante sospechas, ¿vale?

—Lo haré, pero debes decirme cómo vamos a salir de aquí. —Ella se colocó frente a él.

Quería tomarlo de la mano, sentir su calor reconfortante de alguna manera, pero no se atrevía a pedirlo. Castiel sonrió porque sabía lo que ella deseaba. La abrazó con la fuerza suficiente para no lastimarla y susurró en su oreja:

—Esta noche huiremos. —Tomó distancia y acunó el rostro de su protegida; luego le dio una palmadita en el hombro.

Shayza, al entrar en la habitación, se quedó de pie en la puerta, con la mirada sobre la ancha espalda de Castiel. En ese salón había otro hombre: uno castaño y bien vestido que de pronto se dio la vuelta, sonriente. Los ojos se le achinaron al hacerlo y las arrugas de expresión marcaron el contorno de su boca.

Gideon poseía rostro de ángel, pero un aura oscura lo rodeaba.

«Demasiado joven para ser mi padre», pensó ella sin apartarse de la puerta. No creía que un hombre con apariencia de veintitantos pudiera ser su padre. De no ser que, ahora que sabía que la fantasía no solo era una verdad en los libros, él hubiera encontrado la manera de viajar en el tiempo. Pero hasta para su mente tan creativa, eso era una locura.

Gideon se puso de pie apoyándose de un bastón. Algo con lo que Shayza no pudo evitar hacer la cabeza a un lado por la curiosidad.

—¿Esto? —preguntó Gideon, y señaló su apoyo—. Esto no es nada, querida mía. Ven, acompáñame. —Señaló el sillón donde había estado.

Castiel, quien estaba parado a unos metros, le dio una mirada fingiendo duda. Ella entendió la señal y se sentó. Gideon giró hacia Castiel y, sin decir nada, el pelirrojo supo que su presencia sobraba.

Shayza se sobresaltó cuando escuchó cerrarse la puerta. Ya no tenía adónde ir, y era consciente de ello. Era casi imposible actuar con naturalidad ante aquel hombre exageradamente joven que decía ser su padre. No solo eso, su rostro lucía muy amigable como para tratarse de una buena persona; eso provocó que Shayza se erizara.

—Eres demasiado joven —comentó Shayza. Temió que si no hubiera dicho nada, él siguiera frente a ella sonriéndole de oreja a oreja.

Gideon carcajeó y golpeó con la palma la cabeza de venado de su bastón.

—Es… lo que tiene la sangre de nuestro linaje —dijo sin mirarla. Solo examinaba el salón y miraba por el enorme ventanal, donde se podía ver con claridad la torrencial lluvia—. Sé que debes hacerte muchas preguntas, querida mía: «¿Por qué mi padre no me crió cómo debería?», «¿Por qué las mentiras?», «¿Por qué…? ¿Por qué…?». —Fijó sus ojos en los de Shayza.

Ella sintió un cosquilleo al ver aquellos ojos oscuros y vacíos. No quedaban con su aspecto. Y la forma en que la había llamado, no le agradó.

—Entiendo que estés asustada. —Hizo un ademán con la mano—. Yo también lo estaría en tu situación. Primero que todo, me disculpo por no estar presente en toda tu vida, pero debes entender, querida mía, corrías peligro. —Frunció las cejas, preocupado—. Es la razón por la que estamos en Londres; en uno de mis hoteles, para ser exactos. Hay una mujer que quiere… matarte —agarró un adorno de la mesa a sus pies y le dio vueltas en la mano, mientras que Shayza abría los ojos sorprendida—, robar tu esencia.

«¿"Uno de mis hoteles"?», «¿Matarme? ¿Mi esencia?», pensó. Menos mal ya sabía parte de la verdad. Era cierto que la noche anterior vio a una mujer, pero ¿se refería a ella?

—He estado todos estos años manteniéndola alejada de ti. Pero ella no es estúpida: aprovechó el momento exacto en que Castiel y Eliot fueron a retenerla. Te ubicó. Y por eso estamos aquí.

Shayza lo vio de reojo. La voz de Gideon sonaba venenosa. Oscura. Maligna. Así que ella no necesitó aquella palabrería para saber el otro lado de la verdad; pero ahora se enfrentaba a la decisión de irse con Castiel con aquellas criaturas o quedarse ahí con Gideon y sus mentiras. Ella estaba hambrienta de la verdad y ya estaba más que claro que con su padre jamás la obtendría.

—Querida mía, ¿me estás escuchando? —preguntó él, haciéndola volver en sí—. Es sumamente normal que tardes en procesar todo lo que he dicho, por eso deberías descansar.

Sostuvo su mano sin previo aviso, y ella se sobresaltó ante aquel tacto tan asqueroso. Su callosa piel le daba náuseas y una necesidad tremenda de salir corriendo. Shayza jadeó y su padre ladeó la cabeza.

—¿Te comió la lengua el ratón? —bromeó—. Oh, vamos, déjame escuchar más de tu encantadora voz.

Ella abrió y cerró la boca sin saber qué decir.

—Sé lo que piensas. Crees que soy algún tipo de narcotraficante. —Apoyó una rodilla sobre el sillón y luego se sentó sobre esa pierna y dejó la otra rígida como un tronco. Se quedó observándola, incomodándola cada vez más, y recostó la mejilla sobre el puño—. Nada de eso es cierto, querida mía. Solo vendo mansiones de unos cuantos millones. Ahora, cuéntame algo sobre ti.

Shayza suspiró, despejando su cabeza. «Fingir, fingir», pensó, y se agarró a la idea con uñas y dientes.

—¿Qué te digo? ¿Mi color favorito? ¿Mi comida favorita? ¿Algo significativo? ¿Algo irrelevante? —habló ella, con expresión de molestia—. ¿Lo que he sufrido porque, por tu culpa, me halaron de un brazo y después del otro? —Ella se levantó de golpe, apretó los puños e inhaló. Gideon la vio pasmado—. ¡¿Quién te crees para venir aquí como si nada pasara?!

Él rio.

—El mismo carácter de tu madre —reveló. Por lo visto, no tuvo intensión de levantarle la voz después de que ella lo hiciera. Sin embargo, también se puso de pie, haciendo evidente la diferencia de alturas; la sostuvo por el brazo y forzó a que lo viera a los ojos—. ¿Quién me creo para actuar como si nada? Tu maldito padre. —Era tan alto como Castiel, tan grande que conseguía hacer insignificantes el metro con sesenta y cinco de Shayza.

La última frase se repetía en su cabeza igual que un bucle. La maldad que vio en sus ojos la congeló y por un instante olvidó cómo respirar. Se sintió pequeña y atemorizada por el tono distorsionado de su voz. No había ni una pizca de falsa amabilidad, ella lo sacó de su actuación y ahora estaba arrepentida. Era mejor cuando la fiera dormía muy en el fondo del corazón de Gideon.

—¿Te conformas con eso o me forzarás a castigarte sin llevar quince minutos hablando?

¿Debía asentir o negar con la cabeza?

Shayza frunció el rostro, atemorizada, y Gideon sonrió al notarlo. Dejó en evidencia lo que ella había pensado desde que lo vio. No obstante, Shayza se obligó a no verse igual que un animal inocente, por lo que borró su cara de niña asustada.

—Estamos bien así —dijo.

Estar delante de su padre era casi como estar ante una persona de su ciudad, solo que esta se veía dispuesta a lastimarla si no se andaba con cierto cuidado.

Pero Castiel iba a sacarla de allí, y eso la hizo sonreír internamente.

—Así me gusta, querida mía. —La liberó de sus largos y flacuchos dedos—. Ya puedes quedarte jugando con tu protector.

Su intención era que fuera en doble sentido, eso sin dudas. A Shayza le disgustó el comentario, pero mordió su lengua y lo vio marcharse cojeando; lo que era extraño al ver su físico. Y, por más que no estuviera bien, se alegró de ello.

Castiel entró después de que Gideon se fuera con la excusa de que tenía asuntos pendientes con compradores importantes.

—Es un… imbécil —farfulló Shayza—. Era mejor no conocerlo.

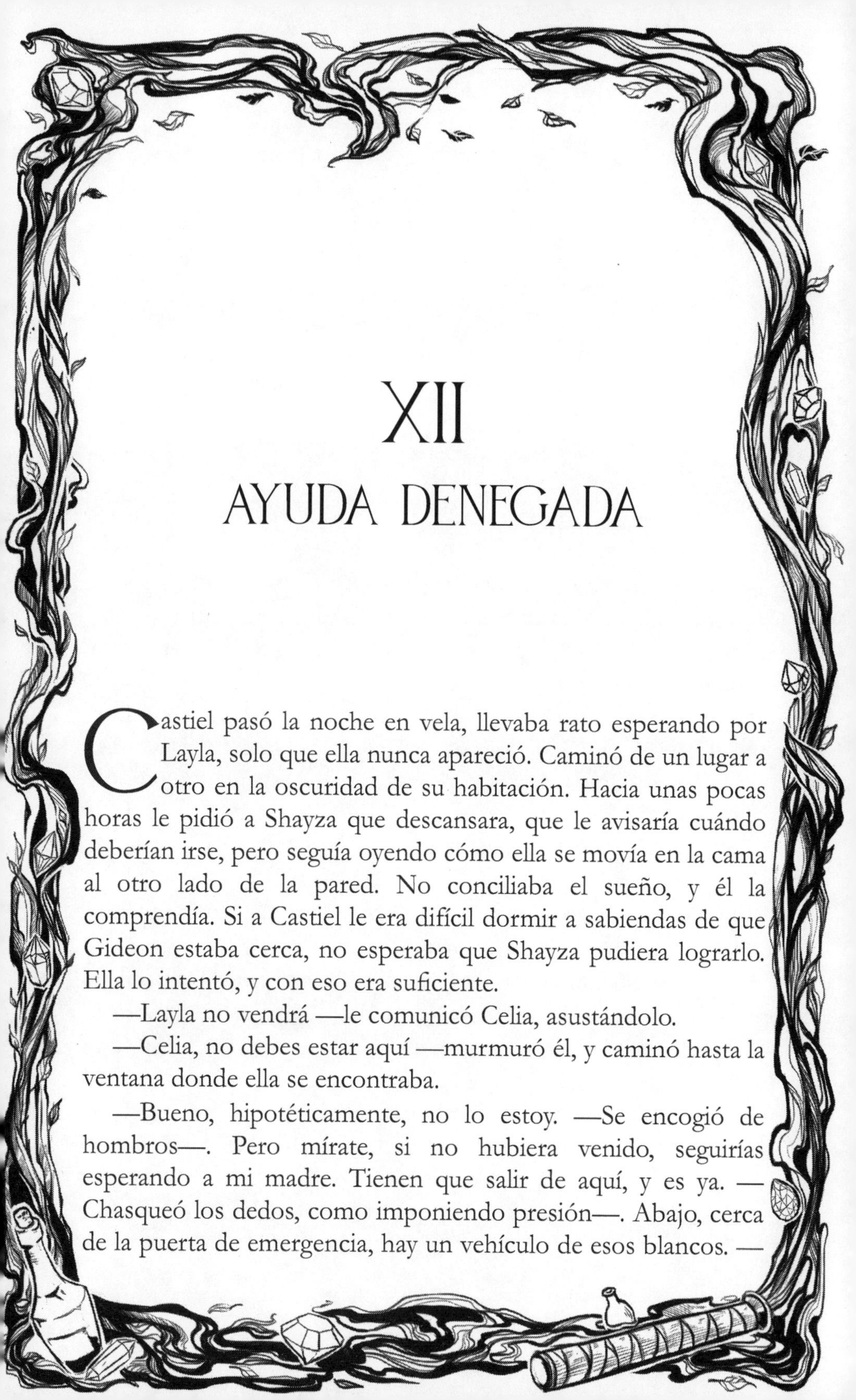

XII
AYUDA DENEGADA

Castiel pasó la noche en vela, llevaba rato esperando por Layla, solo que ella nunca apareció. Caminó de un lugar a otro en la oscuridad de su habitación. Hacia unas pocas horas le pidió a Shayza que descansara, que le avisaría cuándo deberían irse, pero seguía oyendo cómo ella se movía en la cama al otro lado de la pared. No conciliaba el sueño, y él la comprendía. Si a Castiel le era difícil dormir a sabiendas de que Gideon estaba cerca, no esperaba que Shayza pudiera lograrlo. Ella lo intentó, y con eso era suficiente.

—Layla no vendrá —le comunicó Celia, asustándolo.

—Celia, no debes estar aquí —murmuró él, y caminó hasta la ventana donde ella se encontraba.

—Bueno, hipotéticamente, no lo estoy. —Se encogió de hombros—. Pero mírate, si no hubiera venido, seguirías esperando a mi madre. Tienen que salir de aquí, y es ya. —Chasqueó los dedos, como imponiendo presión—. Abajo, cerca de la puerta de emergencia, hay un vehículo de esos blancos. —

Hizo gestos con sus manos porque no recordaba el nombre—. Usa uno para escapar, que te espero en las alcantarillas para abrir el portar.

En cuanto terminó de dar las instrucciones, desapareció. La expresión de Castiel cambió, y se dio cuenta de que debía planificar en poco tiempo la ruta de escape y cómo burlaría a Eliot y a Ezequiel. Caminó hasta la pared que dividía su habitación con la de Shayza y colocó su mano sobre ella. Cerró los ojos, murmuró un hechizo en ruso para abrir un portal; al otro lado, la chica lo quedó viendo con una ceja alzada.

—¿Siempre pudiste hacer eso? —susurró—. Es un poco... extraño.

Por la forma en que lo miraba, él dedujo que comenzaba a hacerse ideas erróneas.

—No sé lo que está pensando, pero no es para nada eso —se apresuró a decir. Y si hubiera habido una luz encendida, Shayza habría visto cómo él se ruborizaba—. Ya es hora de irnos. Tome mi mano y jamás la suelte.

Shayza miró la mano que él extendía y la sostuvo con cierta pena. Castiel activó el hechizo de teletransporte, y de pronto Shayza sintió cómo un escalofrío recorría su espalda, seguido de los mareos que la hicieron aferrarse al brazo de su protector. Él la cargó, porque sabía lo que iba a ocurrir; forzó la puerta de emergencia y ambos salieron al frío infernal de la noche.

—Esto es una maldita locura —masculló ella, sintiéndose lo suficientemente estable para correr detrás de él.

—Lo sé, señorita —respondió Castiel, y rompió el candado de una verja con solo apretarlo—. No se aleje de mí, ¿entendido?

El puño de Castiel, tras pronunciar un hechizo, lo rodeó una luz verde y provocó que las farolas que iluminaban el estacionamiento vecino se fundieran en reacción cadena. Esto hizo que ya no estuvieran tensos con la idea de ser descubiertos por otro humano.

Ambos llegaron hasta la camioneta que había mencionado Celia.

—¿Sabes conducir? —preguntó Shayza, y vio cómo él hacía desaparecer el cristal de la ventana para abrir las puertas y así robar el vehículo—. ¿O usas un hechizo como ese de ahora?

Él sonrió y le indicó con la cabeza que subiera.

—Claro que sé manejar, señorita. —Abrió la boca para decir algo más, pero calló. No quería revelarle su verdadera edad.

Puso el vehículo en marcha al conectar los cables bajo el volante y ambos huyeron de allí a la velocidad de un rayo, derrapando por la calle. Shayza se sostuvo de donde pudo y miró a Castiel sin decir nada, solo alzando ambas cejas.

—Tenemos que salir de aquí antes de que su padre se entere, comprenda —explicó.

—Creo que sigo siendo mortal, Cass.

—Por lo que veo, se ha tomado bien…

—¡No! No, no, no… —Y así siguió hasta que se quedó sin aire. Castiel rio—. ¡No es gracioso! ¿Sabes lo que dicen del giro de ciento ochenta grados? Bueno, yo acabo de dar uno y volar al espacio… por no decir otra cosa.

Se recostó denle el asiento con una mano en la frente; trataba de calmarse. Después estrujó su rostro con ambas manos, mientras que Castiel intercalaba el verla y prestar atención a la solitaria calle.

—¿Adónde vamos? —quiso saber Shayza, todavía sin descubrirse el rostro.

—A las alcantarillas —respondió, llamando su atención.

Ella soltó una risa seca.

—¿Nos meteremos en las cloacas como las ratas? Creo haber visto una hace unos metros atrás —agregó refiriéndose a una alcantarilla, y trató de ver por una de las ventanas traseras. Se estremeció al notar la oscuridad (a excepción de las farolas) y neblina que rodeaba la calle—. ¿Es normal que no haya ni un auto o si quiera un animal? ¿Y la policía? ¡Estoy muy segura de que cualquier otra parte del mundo es mucho más segura que Carnation!

Shayza apoyó la mejilla en el cristal cual niña y, mientras veía pasar los edificios, quiso bajar la ventanilla. Castiel se percató de ello, posó su mano sobre el hombro de la chica e hizo que se volviera a acomodar en el asiento. Shayza se quedó mirándolo, sorprendida. Jamás habría imaginado que su fuerza fuera como la de una maquinaria pesada.

—A todo esto, ¿qué se supone que eres? —Ella seguía apretada contra el asiento, de nuevo, siendo rodeada por el temor.

Castiel volvió a aferrar el volante con ambas manos.

La pregunta hizo que él apretara los labios hasta formar una delgada línea. Tarde o temprano tendría que decírselo y aún estaban lejos como para darle la excusa de que Layla le diría todo.

—Un brujo —susurró al fin.

—¿Como la gente de anoche? —inquirió ella, perpleja. Giró el rostro hacia la guantera, con la mirada perdida—. ¿Qué es mi padre? ¿Eliot, Ezequiel, Aitor? ¿Por qué me necesitáis?

Castiel continuó cambiando el gesto de sus labios y tensando la mandíbula. Era evidente su incomodidad al revelar las identidades, pues su único deber había sido encontrar a la hija de la reina del clan y cuidar de ella. Encariñarse no era parte del plan, y eso impedía darle una explicación de todo lo que giraba a su alrededor. Tampoco es como si fuera algo fácil. No era algo que se entendiera a la primera o se pudiera resumir en la media hora que quedaba de viaje.

Castiel estiró una mano para encender la radio en cualquier emisora disponible. Y de pronto empezó a oírse la voz –en inglés– de un hombre alegre hablando sobre la historia de una persona anónima. Shayza pestañeó lentamente, molesta. Le quedó claro que él quería evitar hablar sobre el tema.

—Cass, por favor… —pidió en un hilo de voz—. Ya estamos lejos de mi padre. Ya no hay peligro, ¿no?

—Solo no quiero problemas, señorita.

—Eres demasiado correcto para mi gusto —mascculló.

Él abrió la boca para replicar, pero al final se limitó a no apartar la mirada de la calle cuando dobló en una esquina. Sin embargo, de cierta forma sentía que, más que traicionar a Layla, traicionaba a la muchacha junto a él. Su lealtad se dividía en cada intrigante del clan Viktish, y eso a veces… era un problema.

Tamborileó el volante, llamando la atención de la chica, quien entonces lo miró y frunció el ceño.

—Gideon es un brujo poderoso, se puede decir que de los primeros en existir, pero no es parte de los cuatro clanes; nadie sabe de dónde salió o de dónde viene. Eliot fue un cazador de brujas… Ezequiel es…

—¿Ese enclenque? —intervino ella, haciendo reír a Castiel—. Entonces, ya entiendo por qué me miraba con tanto odio.

Él asintió dándole la razón.

—Ezequiel también es como yo… Aunque usted lo conoce poco, yo lo conozco desde que la encontré a usted. Fue secuestrada cuando tenía días de nacida, y su padre cree que usted es la pieza clave de una profecía.

—Y si soy una bruja, ¿por qué no lanzo rayitos?

—Seguramente ha desarrollado otras cualidades… Un buen olfato, buena audición. Lo he notado, en todo caso. He visto cómo fruncía la nariz al percibir un mal olor a kilómetros. Pero no es del todo importante, su magia está dormida y en el instituto de su madre le enseñarán cómo manejarla sin ser un peligro para sí misma —explicó él.

Shayza calló. Se sentía como si fuera una especie de Harry Potter.

Escuela de magia. Brujos. Hechizos. Criaturas sobrenaturales. Todo era una locura, pero más real que cualquier cosa que pudiera tocar en ese momento. Si ella abría la boca para decir algo, seguro balbucearía.

—La razón por la que no hay ni un alma en la calle es porque… señorita, es de madrugada. Podríamos toparnos con una mujer de la noche o vendedores de droga. —Aquellas palabras erizaron su piel, recordándole su pasado tormentoso. Agitó la cabeza para espantar esos pensamientos y le dirigió una sonrisa a la joven—. No se tiene que preocupar por nada, ¿vale?

Él trató de mantenerla calmada. Podía hacerse una idea de cómo Shayza se sentía y cómo actuaria en su nuevo hogar, pero iba a estar segura. Aunque la chica era de evidente mecha corta, en ese momento agradeció que ella mantuviera la compostura.

—Quienes entraron a la cabaña de Gideon son…

—Yokia y Minerva —lo interrumpió Shayza, y se sostuvo la cabeza; había recordado uno de los momentos donde estuvo consciente—. Lo recuerdo. Y Yokia… ese tipo siempre ha sido Wilson. —Se abrazó a sí misma, con expresión asqueada—. Me ha visto hasta en la ducha.

Castiel la vio de reojo y apretó la mandíbula y el volante. Yokia era su hermano menor, y aunque sabía de sus preferencias sexuales, sintió que estaba de más haberse escondido de él e invadir la privacidad de Shayza.

—Yokia es mi hermano menor —reveló.

Shayza, que para entonces había alzado las manos en protesta, se quedó perpleja y poco a poco se encogió de hombros.

—Bueno, es lo de menos que tu hermano me haya visto en paños menores. —Golpeó su frente con la mano abierta—. Dime que es gay.

—Lo es. Pero estuvo de más que se involucrara así y que yo no me hubiera dado cuenta de que era él; sin dudas le pidió ayuda a Minerva. —Tamborileó los dedos en el volante, queriendo golpear a su hermano.

No obstante, cuando se relajó, creyó que el motivo era para no cargarlo con más secretos. Ya Celia lo había reprendido por casi soltar la verdad de golpe ante Shayza, pues fueron unos largos catorce años de secretos; y lo que sucedió dos años atrás no ayudaba a hacer más fácil la carga, porque era imposible que no llegara el momento en que Shayza lo supiera todo.

—¿Y Minerva quién es?

Volvió a darle una rápida mirada a Shayza, callado.

—Lo sabrá por su madre, no por mí.

—Sí, creo que es el mejor momento para dejar de hacer preguntas —comentó ella, y pasó la lengua sobre sus dientes—. Bueno, la última: mi madre, ¿cómo se llama?, porque imagino que Gideon me mintió.

—Layla. Layla Viktish.

—¡Y yo creía que Hoffman era un apellido raro! —exclamó sarcástica—. ¿Es ruso?, ¿alemán?

—Dijo que no haría más preguntas. —Rio.

—Sufrí una crisis existencial. ¡Estoy sufriendo una crisis existencial! —se corrigió—. Creo que lo menos que puedo hacer es preguntar sobre mí misma, porque al final no sé quién soy.

—Sí sabe quién es, lo que no conoce es de dónde viene. —Suspiró cansado—. Lamento que esté pasando por todo esto, pero estuvimos buscándola durante años, y en este momento hemos encontrado la manera de llevarla de vuelta donde pertenece, ¿comprende?

—No entiendo por qué Gideon me alejó de ella. ¿Qué quiere de mí? Entiendo la cuestión de la profecía, pero ¿qué quiere decir esa cosa? —preguntó Shayza. Se giró casi por completo hacia Castiel; buscaba la manera de insistirle con la mirada—. ¿Dice que soy sobreviviente de un ser oscuro al que nadie nombra, que debo destruirlo? ¿Que soy la elegida para salvar el mundo?

Castiel no respondió, ya que estaba pensando en dónde había leído tramas con esas similitudes.

—Nada de eso —dijo él—. La profecía fue dicha por su abuela, Grace Viktish, antes de morir… —Calló de golpe al recordar cómo fue aquella muerte—. Dice así: «La perdición del Mundo Humano será producto del heredero de una poderosa bruja. Su llegada traerá caos a los dos mundos clasificados como el mal, mientras que el único en paz será el reinado por…», es lo que recuerdo.

Shayza sintió una fuerte punzada en la sien, haciéndola quejarse. Ya había oído aquellas palabras –en inglés–, pero la voz que recordaba estaba distorsionada entre notas altas y bajas; apenas las comprendía. El dolor aumentó. Ella se aferró fuerte la cabeza y recordó momentos en un lugar ligeramente oscuro y mal oliente, donde estaba con Wilson. Recordó una demacrada figura humana, luego cómo era perseguida y cómo llegaba a una habitación fría y de paredes blancas.

—Oiga —murmuró Castiel, quien había detenido el vehículo a un lado del camino, y tocó el ante brazo de la joven, sobresaltándola—, hemos llegado —avisó, y se apartó al ver la reacción de la chica.

Shayza miró a través de todas las ventanas y se topó con la tan ansiada alcantarilla a unos metros. Ella asintió y ambos bajaron, sin apartarle la mirada a la cubierta oscura en mitad de la calle. Todo estaba sumido en silencio, oscuridad y frialdad. Una brisa revolvió sus cabellos, y Castiel vio hacia el otro extremo de la carretera por el cual habían llegado. Trotó hasta la alcantarilla y la alzó sin ningún problema, examinando las oscuras escaleras mohosas. Castiel invocó una sutil pero brillante llama verde en la palma de su mano y con la otra le hizo una señal a Shayza para que se acercara. Ella avanzó hacia él sin poder quitarle los ojos de encima a aquel fuego que flotaba sin hacer del todo contacto con la mano del hombre.

Shayza, ahora abrazándose a sí misma, trató de ver qué había más allá de las escaleras que podían transmitirle tétano. Después giró hacia Castiel.

—Debe hacerlo, su padre ya ha notado que usted no está donde debería —mencionó él, casi parecía suplicarle que bajara las escaleras.

Por su mente pasaron las imágenes de cuando se dejó caer por el tobogán tras la trampilla en la cabaña y el horror que sintió. Retrocedió y negó con la cabeza. Castiel apagó la llama y le extendió la mano para darle confianza. Sin embargo, un fuerte rugido vino del extremo contrario de la calle.

El viento se transformó en una fuerte ventisca que revoloteó todo a su alcance, incluida la ropa y el cabello de ambos pelirrojos. Castiel se enderezó y miró al otro lado de la carretera. Un sinfín de sombras aparecieron entre murmullos y chillidos zumbando por todos lados como un inmenso enjambre de abejas furiosas. De entre ellas emergió Gideon apoyado de su bastón y con una mueca de burla.

Shayza se quedó inmóvil, con los ojos bien abiertos e, inconscientemente, hundió las uñas en su piel. Si por ella fuera, y si sus piernas lo permitieran, se habría lanzado al hoyo.

Castiel se vio obligado a forzarla a entrar allí. Tiró de ella y ambos desaparecieron en la oscuridad del fétido lugar, dejando caer la tapa con un sonido pesado y metálico.

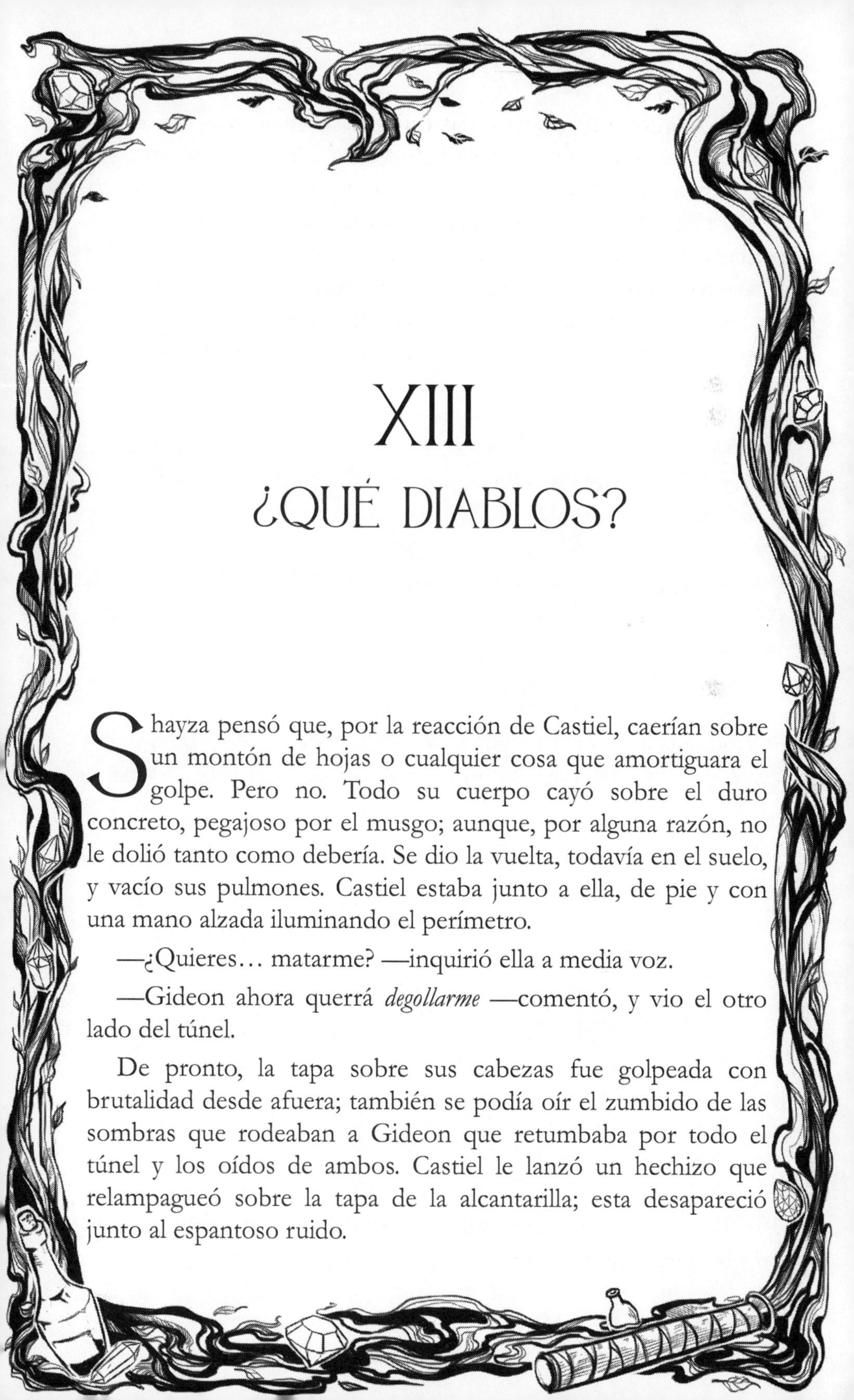

XIII
¿QUÉ DIABLOS?

Shayza pensó que, por la reacción de Castiel, caerían sobre un montón de hojas o cualquier cosa que amortiguara el golpe. Pero no. Todo su cuerpo cayó sobre el duro concreto, pegajoso por el musgo; aunque, por alguna razón, no le dolió tanto como debería. Se dio la vuelta, todavía en el suelo, y vacío sus pulmones. Castiel estaba junto a ella, de pie y con una mano alzada iluminando el perímetro.

—¿Quieres… matarme? —inquirió ella a media voz.

—Gideon ahora querrá *degollarme* —comentó, y vio el otro lado del túnel.

De pronto, la tapa sobre sus cabezas fue golpeada con brutalidad desde afuera; también se podía oír el zumbido de las sombras que rodeaban a Gideon que retumbaba por todo el túnel y los oídos de ambos. Castiel le lanzó un hechizo que relampagueó sobre la tapa de la alcantarilla; esta desapareció junto al espantoso ruido.

Shayza apoyó su cuerpo sobre ambos brazos y se ayudó del barandal a su lado para ponerse de pie. Parpadeó varias veces para adaptarse a la penetrante peste y las moléculas de polvo. Ambos comenzaron a caminar y la chica supo que seguir tocando el barandal hecho un asco era mala idea, por lo que limpió las manos en sus pantalones y terminó por subirse el cuello de la blusa hasta la nariz. Castiel volteó para ver cómo estaba y rio.

—Bueno, si hubiera tenido tiempo, no dudaría en haber traído una máscara de gas —comentó ella.

—Pronto se acostumbrará —aseguró él.

Shayza arrugó más la nariz cada vez que la llama de Castiel iluminaba una esquina digna de un asesinato.

Ella vio el camino que había recorrido y ahora estaba tan oscuro como la boca de un lobo, pero eso no la asustó. Aunque era sorpresivo que tuvieran que bajar a un lugar como aquel, comprendía el hecho de estar obligados a esconderse de los humanos por las cacerías de brujas, pero ¿su madre no podía esconderse sobre una montaña? ¿Usar un hechizo para que se mantuvieran ocultos del ojo humano?

Shayza miró con curiosidad a Castiel, pero no quiso preguntar nada. Si él dijo que Layla le contaría todo, entonces debía creerlo y enfocarse en no agarrar una enfermedad respiratoria… o cualquier cosa, al estar allí. Pero un vago recuerdo le llegó: el día en que conoció al estúpido de Eliot y cuando dijo que el cigarrillo no podía hacerles nada. Se revolvió el cabello.

—Tranquila, ya estamos cerca —avisó Castiel, y comenzó a toquetear una pared.

—Cuidado con infectarte con algo.

Él rio y consiguió lo que tanto estaba buscando. Empujó la pared y esta se hizo a un lado como si fuese una puerta corrediza.

—Imposible. Somos inmunes a las *infecciones* humanas. Pero que eso no la haga bajar la guardia —levantó el dedo firmemente, y giró hacia ella—, tenemos las de nuestro propio mundo, y son mortales para los humanos.

Ella lo miró extrañada, hasta que la luz que salía de la puerta la obligó a entrecerrar los ojos.

—Bienvenida de vuelta, señorita —dijo sonriente, y la haló de la muñeca.

Ambos entraron por la puerta, y la luz era cegadora, por lo que Shayza terminó cerrando los ojos. Luego, oyó que la roca se deslizaba para recolocarse.

—Tengo miedo de abrir los ojos —comentó.

—No lo tenga, señorita. Vamos, ábralos y respire hondo.

Shayza ladeó la cabeza, haciendo un puchero y encogiéndose en su sitio.

—*Nu lu sé*… —gimoteó ella.

—Señorita…

—Ya. Ya. —Levantó la mano libre para hacer una señal de rendición.

Inhaló hasta que no pudo más y, al volver a respirar con normalidad, giró el rostro con el ceño fruncido. Olía a árboles de cerezos y agua. Poco a poco abrió los ojos y se quedó boquiabierta.

—¿Qué… demonios, Cass? —fue lo único que pudo salir de su boca a la vez que lo veía con los ojos bien abiertos.

Quiso replicar, pero su mente estaba vacía; volvió a mirar sus alrededores. Dentro de una alcantarilla, al otro lado de una mugrienta pared, se encontraba el paraíso de Alicia, un mundo místico, aunque solo faltaban los personajes exóticos. Un camino de cerezos se abría ante ellos, con un río entre ambas filas en el que había una canoa y una chica que estaba esperando que Shayza dejara de poner aquella cara y subiera.

Castiel la haló hasta donde Celia los veía entornando los ojos.

—Suéltale la mano, Castielito. Si Layla te ve, te la corta de cuajo —dijo con un acento extraño, e hizo parecer que una de sus manos era un arma filosa y la dejó caer sobre la otra. Rápidamente Castiel hizo caso—. Y apúrense, que no tenemos tiempo que perder.

Mientras ambos pelirrojos subían a la canoa, Shayza miró hacia lo lejos, casi al final del río. Había una enorme montaña y encima de ella un castillo digno de un cuento de hadas, con sus murallas y columnas que acariciaban el cielo azuleado. Shayza vio de reojo a Castiel y se acercó para susurrarle al oído:

—¿Quién es ella? —preguntó mirando a Celia.

Y Celia posó su mejilla sobre el hombro: la oyó, y eso hizo que sonriera.

—Ju, ju, ju, Shaycita. —Negó con la cabeza sin borrar su sonrisa—. Soy alguien especial, alguien con quien vas a pasar la mayoría del tiempo.

Shayza se apartó de Castiel. Este le sonrió sin deseos de añadir algo, después de todo, no quería meterse en problemas el mismo día de su regreso. Shayza observó el agua y notó los inusuales pececillos que vivían en ella: coloridos, de todos los tamaños, con colas largas y sin ellas, con un solo ojos o diez de ellos. Ella se volteó hasta ver el lugar por el que vinieron; no sabía por qué esperaba ver una enorme roca u otra montaña –quizás más castillos–, pero en realidad se topó con un campo lleno de cerezos y cosechas; había criaturas sobrenaturales trabajando en la lejanía.

En un momento del trayecto, Shayza sintió que estaban demasiado lejos para como lo vio rato atrás. Sin embargo, la brisa se coló entre los tres, trayendo consigo las hojas de las copas y del suelo. Ella se estremeció. Giró hacia la dirección del viento y, a lo lejos, casi teniendo que entornar los ojos, vio un arco de ramas como el que había en el bosque de Carnation. Por alguna razón verlo le dio un mal presentimiento. Pero se suponía que ya estaba a salvo, ¿no? Entonces, ¿qué se podía encontrar al otro lado?

—¿Eso es un portal? —habló sin querer, y después, asustada, vio a Castiel y a Celia.

—Sí. Es la plaza del mundo mágico, pero es algo que Layla te explicará en su debido momento o irás para presentarte ante las otras reinas —respondió Celia.

«¿Reinas? —se dijo así misma, y frunció el ceño—. ¿Viaje en el tiempo, a un universo paralelo o qué?». Según recordaba, dejándose llevar por los libros de fantasía que había leído, la mayoría del tiempo quienes reinaban eran hombres, por ende, le estuvo curioso ese hecho.

Tamboreó los dedos sobre sus pantalones por querer descubrir más, aunque también temblaba por presentarse ante su madre, quien se suponía que estaba *muerta*.

Aunque consideraba a Aitor como su padre biológico, la sorprendía saber quienes sí eran los suyos. Pos sus venas corría sangre mágica.

Todo era tan místico e hipotónico. Y muy dentro de ella, eso la hacía feliz. Pensaba que era una especie de lugar donde podría considerarse *normal*, quizás nadie la volvería a ver de mala manera. Aunque esto la llevó a otro pensamiento: ¿qué pasaría con Alan y Alex? Ella desapareció sin más. Se mordió la punta del dedo pulgar mientras barría con la mirada el perímetro.

—Tranquila —susurró Castiel al tiempo que Celia usaba un hechizo para mantener segura la canoa sobre la tierra húmeda.

Shayza alzó la cabeza. Desde allí abajo, el castillo parecía estar flotando en el cielo y era muchísimo más grande de lo que hubiera imaginado. Las murallas estaban llenas de enredaderas tan gruesas como el brazo de un luchador y tan largas que caían cual cascada. Las mismas paredes recorrían la montaña en ángulos antinaturales con tal de mantener protegido el interior, y las torres que antes se veían solo altas ahora desaparecían entre las nubes.

De pronto, un trueno retumbó por los alrededores, haciendo temblar el suelo y los árboles. Shayza, asustada, tomó por accidente la mano de Castiel, pero con la misma velocidad la apartó al recordar la advertencia de Celia. Ambos fingieron que nada pasó, quedándose con la misma pose que un soldado. Celia lo vio de soslayo, negó con la cabeza y bufó. Ella hizo a un lado ambas manos sobre su cabeza, junto a un hechizo, y las enredaderas se separaron crujiendo.

Hubo otro trueno.

—Layla ya sabe que estamos aquí —comentó Castiel.

—Y no parece feliz por la cercanía que ustedes tienen —replicó Celia, y colocó los brazos cual jarra—. Pero yo los entiendo; durante estos años solo se han tenido ustedes dos.

Shayza enarcó ambas cejas. ¿Qué quería decir? ¿Es que acaso estaba insinuando que tenían algo más que una amistad? La idea no le gustó para nada, por lo que arrugó la frente y se cruzó de brazos. Quiso replicar, pero no estaría bien caerle mal a su madre el mismo día en que la conocería. Bufó y dejó caer los brazos, mirando a otro lado.

—Tampoco la tengas muy en… —Otro trueno la interrumpió—. Sí, sí. No la hagas enojar, Shaycita.

Todos avanzaron al interior de la montaña. Una larga escalera de piedra grisácea se levantaba ante sus ojos, mientras que las antorchas se encendían una tras otra. Más arriba había un umbral en forma de U invertida, iluminada por más antorchas; y gracias a ello, se podían apreciar dos enormes sombras con lanzas.

Shayza aguzó la vista para tratar de verlos mejor, sin embargo, su mente la hizo creer que esos guardias debían ser monstruos capaces de aplastar una persona de un solo golpe.

Castiel, al ver que ella seguía unos cuantos escalones atrás, dio la vuelta e hizo una seña para que saliese de su ensimismamiento. Mientras, Celia subía de dos en dos, casi parecía que bailaba con algo que nadie podía oír.

Shayza no reparó en aquello, pues la chica lucía extraña. Con su cabello platinado, ojos púrpuras y capaz de usar magia, ¿qué más podía esperar de alguien así?

Al llegar arriba, Shayza se sacó un poco de lugar al tener en frente a los guardias con sus cabezas de jabalí y cuerpos musculosos; al fin de cuentas, no se equivocó con su imagen mental. Estos resoplaron por la nariz e hicieron salir vaho de ellas. Shayza sintió el calor en su rostro y entornó un ojo, arrugando el gesto. Castiel volvió a hacerla caminar, pero esa vez procuró que ella estuviera entre ellos, así no tendría que estar vigilándola a cada tanto.

De pronto, los tres oyeron gemidos, pero Shayza no podía diferenciar si eran por dolor… o placer; por ende, se detuvo, y Castiel apoyó sus enormes manos en los hombros de ella, como pidiendo que no se detuviera. Ella comenzó a ruborizase con imaginar otra cosa. Sin embargo, cuando Celia abrió una puerta que llevaba a un largo pasillo, el zumbido de un látigo viajó de un extremo a otro.

«¿Están torturando… a alguien?», se preguntó Shayza mientras miraba de un lugar a otro, con los brazos rodeando su cuerpo.

Todo estaba oscuro, hasta que pasaron junto a una antorcha y esta se encendió, igual que el resto. El lugar lucía mejor de lo que imaginó la chica; habría esperado que las paredes estuvieran corroídas por los años, la misma cantidad de enredaderas del exterior, musgo o cualquier cosa, pero el castillo estaba reluciente. Los pisos de mármol blanco reflejaban el rostro asustadizo de Shayza al tiempo que del pequeño patio a su lado venía una sutil brisa.

Shayza miró por el hueco de esa estructura y vio las docenas de pisos con sus respectivos balcones, y el techo con una enorme lámpara, cuyas velas se encendieron con un chasquido. Ella creyó que ese lugar tenía más decoración que la cabaña de su padre, por lo tanto, eso le daba a pensar que no lo usaban como fachada. Y al menos, se relajó un poco. Puede ser tonto, pero ese detalle para ella era significativo. Nadie decora un lugar en el que no quiere vivir.

—A partir de aquí, deberá ir con Celia, señorita —comunicó Castiel, haciendo que Shayza le prestara atención a ambos.

Shayza tenía los labios ligeramente separados y su mirada estaba perdida, por lo que bajó la cabeza, acomodó sus ideas y asintió. En cuanto entró a la oficina junto con Celia, contempló las enormes repisas y el papeleo por los suelos; ese lugar, comparado con el exterior, era un completo desastre. Celia hizo una grácil reverencia a la otra mujer que estaba allí. Sin embargo, Shayza pestañeó varias veces al ver que su supuesta madre estaba torturando a latigazos a una mujer arrodillada en el suelo y sujeta de ambas muñecas con cadenas y magia. Retrocedió y notó cómo la sangre escurría de aquella espalda desnuda. Debía de tener más de cincuenta cortes, pues había trozos de piel expuestos en tiras, incluso se veían algunos músculos.

Shayza quiso vomitar, y no puedo evitarlo.

Layla se volteó para ver la visita, todavía con el látigo en el aire y con sudor en su frente.

—Madre, su hija ha vuelto a casa —reveló Celia, sin deshacer la reverencia.

Shayza no pudo creer lo que oyó y, con los ojos bien abiertos, tuvo la equivocación de mirar de reojo a aquella mujer; y se quedó inmóvil, con el dorso de la mano cerca de la boca. Layla, su madre, tenía un aura que imponía miedo y respeto, sus ojos eran vacíos, como si lo que estuviera ante ella solo fuera un cuerpo sin alma, el títere de una fuerza superior; pero no solo eso, también había un deje de tristeza. Todavía había algo más, algo oscuro y tenebroso, lo que provocaba que Shayza quisiera estar lo más lejos de ella.

—*T-slitimuquimtimulipuj-r-u puti quimioutieixoj-r-u, clalituj-r-u nulij-r-u* —saludó Layla en krevaztek, que significaba: «Bienvenida de vuelta, hija mía».

Shayza tembló cuando oyó la voz de su madre y aquellas extrañas palabras, pero no quiso volver a mirarla; al contrario, se hizo a un lado del charco de vomito y se quedó acuclillada en el suelo. La voz de Layla estaba llena de vida, y era algo macabro teniendo en cuenta la situación en que estaba: pisando un charco de sangre, su cabello rubio con diminutos puntos rojos, y bajo todo eso, resaltaban sus gruesos labios de color rojo.

Layla bajó el brazo y, con un hechizo, desapareció el látigo en el aire junto a las cadenas e hizo una señal a Minerva para que se fuera. Esta murmuró algo en un hilo de voz y se esfumó como si fuese polvo.

—Celia, puedes irte —le dijo Layla con el mismo extraño acento de Celia, y se quitó la camisa de estilo victoriano—. Tú, Shayza, ven y siéntate —ordenó; señaló un sillón delante del escritorio.

Celia le dio un último vistazo al charco de sangre, a su madre y a Shayza.

—Estarás bien —aseguró Celia, antes de irse y ayudar a Minerva.

Shayza caminó hasta donde su madre le ordenó y dudó unos segundos antes de por fin sentarse.

—Le di una misión y no la cumplió cómo era debido —explicó Layla—. La misión era sacarte de la casa sin que Gideon se diese cuenta, y de yo no estar ahí, la hubieran matado. Y eso conlleva un castigo, ¿entiendes?

Shayza asintió.

Layla terminó de cambiarse e hizo que un trapeador, un cepillo y un cubo de agua con jabón limpiaran el desastre que había hecho su hija nada más llegar.

—Entiendo que tu padre te haya cuidado fuera de los límites de la magia, así que pasaré por alto todo lo que hagas en este primer año. Comprendo que tengas miedo, pero ya has pasado lo peor. —Rodeó el escritorio y se sentó sobre él, cruzando las piernas—. Si crees que verme castigar a tu hermana por un error ha sido horrible, créeme que peor es morir a manos de Gideon o cualquier criatura en el mundo mágico. Esto —señaló el charco de sangre cuando Shayza levantó la cabeza al mencionar que esta tenía otra hermana— no es nada.

Shayza parpadeó, muda y perpleja.

—Pareces un animal indefenso y asustado —comentó Layla—. ¿Siempre has sido así? ¿Incluso con los humanos? —Layla suspiró al ver que su hija volvía a asentir—. Háblame, por favor. Pregunta lo que quieras, pero no tengas miedo de mí.

¿Cómo no iba a tenerle miedo? La primera impresión que le dio no fue la más grata. Shayza temía que hubiera una respuesta incorrecta y que eso la hiciera sufrir algún castigo. Ella terminó por frotarse más los brazos, sin querer mirar a su madre.

—¿Cómo me secuestraron? —preguntó, cuando encontró una pizca de valentía—. No negaré que tengo miedo. Hasta el momento todo esto para mí era producto de un libro. O sea, estoy aquí, te veo, huelo tu perfume y veo aquella… aquella escena y se me erizan los pelos. Pero me cuesta creerlo, siento que estoy pasando por algún efecto de hongos alucinógenos.

Los labios de Layla temblaron, casi queriendo formar una sonrisa.

—Un brujo llamado Bram Loffom te arrebató de la cuna mientras todos dormían. Tu padre le pagó para llevarte, y Bram hace cualquier cosa por dinero. Ha matado a muchos de su sangre y sigue libre con su magia a rebosar, cambiando de apariencia cuando lo ve conveniente —reveló, como si ya hubiese sido ensayado—. Respecto a lo demás, ¿en serio sigues pensando eso después de todo lo que has visto?

—El valle por el que vine es digno de un cuento para niños. —Señaló la ventana tras Layla.

—¿Eso crees? —Dejó la pregunta en el aire, esperando que Shayza quisiera curiosear—. ¿Y qué me dices del gato que tenías? ¿Del día en que descubriste una trampilla con un tobogán?

—¿Cómo sabes eso?

—Wilson, quien en realidad se llama Yokia, te vigiló desde el momento en que pudo dar contigo; Minerva también. ¿Sabes los ojos que te perseguían de un lugar a otro? Era ella.

Shayza arrugó la frente.

—Estuve bastante tiempo en esa cabaña... y Castiel no quiso decirme nada.

—Él sigue las órdenes. Y casi te dice todo antes de tiempo, pero supo manejar la situación. Pobrecillo. —Negó con la cabeza.

Después de todo, la mujer sí sentía compasión, aunque de una forma extraña. Según lo que Shayza sabía de los castigos, Castiel se salvó por los pelos. Shayza volvió a bajar la cabeza, pensativa, pues existía la posibilidad de que él portase una espantosa cicatriz como la que seguramente le quedaría a aquella chica llamada Minerva. Además, ¿Layla habrá obtenido uno por dejar que secuestraran a su hija? ¿Los castigos eran al azar? ¿Había quien se libraba de ellos por favoritismo?

La joven no lo sabía con exactitud, pero la idea le revolvía el estómago y la angustiaba.

—Castiel te habló de la profecía, ¿no? —dijo, pero no esperó respuesta—. Bueno, solo te la habrá recitado, pero quiero hablarte a profundidad de ella. Ponme atención. —Empezó a caminar por la oficina, esquivando los papeles y libros desperdigados en el suelo; también hizo que el trapeador limpiase el desastre de sangre ante la gran ventana—. Fue dicha segundos antes de que tu abuela, Grace Viktish, antigua primera reina del mundo mágico muriera, heredando yo sus poderes. ¿De qué murió? Por culpa de Bram Loffom. También mató a tu abuelo, Dorem Viktish, pero con suerte conseguí encerrar sus almas en un anillo y la otra en un puñal, los cuales permanecerán escondidos hasta que yo lo decida, pues se consideran reliquias de nuestro clan; armas tan poderosas que no deberían tocar las manos equivocadas. Y bueno, la profecía dice que una gran bruja tendrá un hijo, lo que se podría llamar el Anticristo, por lo que mis hijas: Minerva, Celia y tú tienen estrictamente prohibido tener vida sexual.

Fue evidente el comentario de Celia cuando estaban en la canoa. Shayza supo que eso sería un problema, pues Castiel y ella tenían una relación muy cercana, lo que significaba que no iba a ser del agrado de Layla. Pero ¿qué se pude hacer? Como había dicho Celia: Castiel era lo único que tenía Shayza mientras estuvo en el Mundo Humano. ¿Layla sería igual de comprensiva que Celia?

Layla le otorgó una mirada fría y filosa.

—¿Eso significa que no puedo tener una amistad con un hombre por riesgo de que una cosa lleve a otra? —quiso saber Shayza, preocupada.

—Yo tú me enfoco en hacer una fuerte amistad con tus hermanas y ver a Castiel como lo que es: tu profesor de Combate.

Shayza se relamió los labios secos, viendo a uno de los libreros a su lado.

«Tu profesor de Combate», eso dolió. Pasar gran parte de su vida junto a un buen amigo y, que de la nada, por una profecía que traería al Anticristo fuera obligada a separarse de él; le costaba creerlo. Arrastrada a un mundo del que no conocía nada, obligada a aceptar su nueva identidad, empezar a vivir en un hogar donde solo conocía a una persona, pero con la que ya no podía hablar, todo eso era inaudito.

—Has dicho que es una profecía —intervino Shayza, y se puso de pie y reprimió su miedo, pues el enfado era mayor—, y por más que quieras, se cumplirá.

—Tu padre cree que eres esa bruja —aclaró Layla, y se puso de pie ante ella, haciendo evidente la diferencia de alturas. Layla era más alta que Shayza, o ya que estamos, todos los brujos que había visto hasta el momento eran más altos que ella—, por eso te secuestró. Es un brujo muy viejo y malvado que se dedica al contrabando, a matar, robar y extorsionar. Y solo lo hace por diversión, que el hecho de que apenas hable no te confunda.

Shayza enarcó una ceja. En su primera y única conversación, Gideon no paró de hablar y hasta llegó a amenazarla. ¿Entonces en realidad hablaban de la misma persona?

—Y con mayor razón debo de alejarme de Castiel, ¿no? —inquirió—. Esto es una mierda. —Negó con la cabeza—. Una completa mierda.

—Tal vez, pero es mejor que ver cómo empezamos a vivir en la miseria mientras que un dios se libra de todo mal.

«Claro, si hay brujos, hay dioses», pensó Shayza.

—Pero bueno, me alegro de poder volver a tenerte en mis dominios. —Levantó los brazos refiriéndose al castillo—. Espero que en este colegio te lleves bien con tus compañeros y profesores, en especial con tus hermanas. Que aprendas a controlar tus poderes, los cuales, créeme, son inigualables. Dentro de unos siglos serás capaz de borrar a los humanos de la faz de la Tierra, pero por obvias razones, no está permitido. El clan Viktish te da la bienvenida al Colegio Enchanted para jóvenes brujos.

Después de eso, Layla la invitó a salir. Shayza no dudó en apurar el paso; sin embargo, al estar en el pasillo, seguía sin haber un alma.

Ni Castiel ni Celia estaban por los alrededores, por lo que se quedó de pie, sin hacer nada, hasta que oyó unos pasos aproximarse a ella.

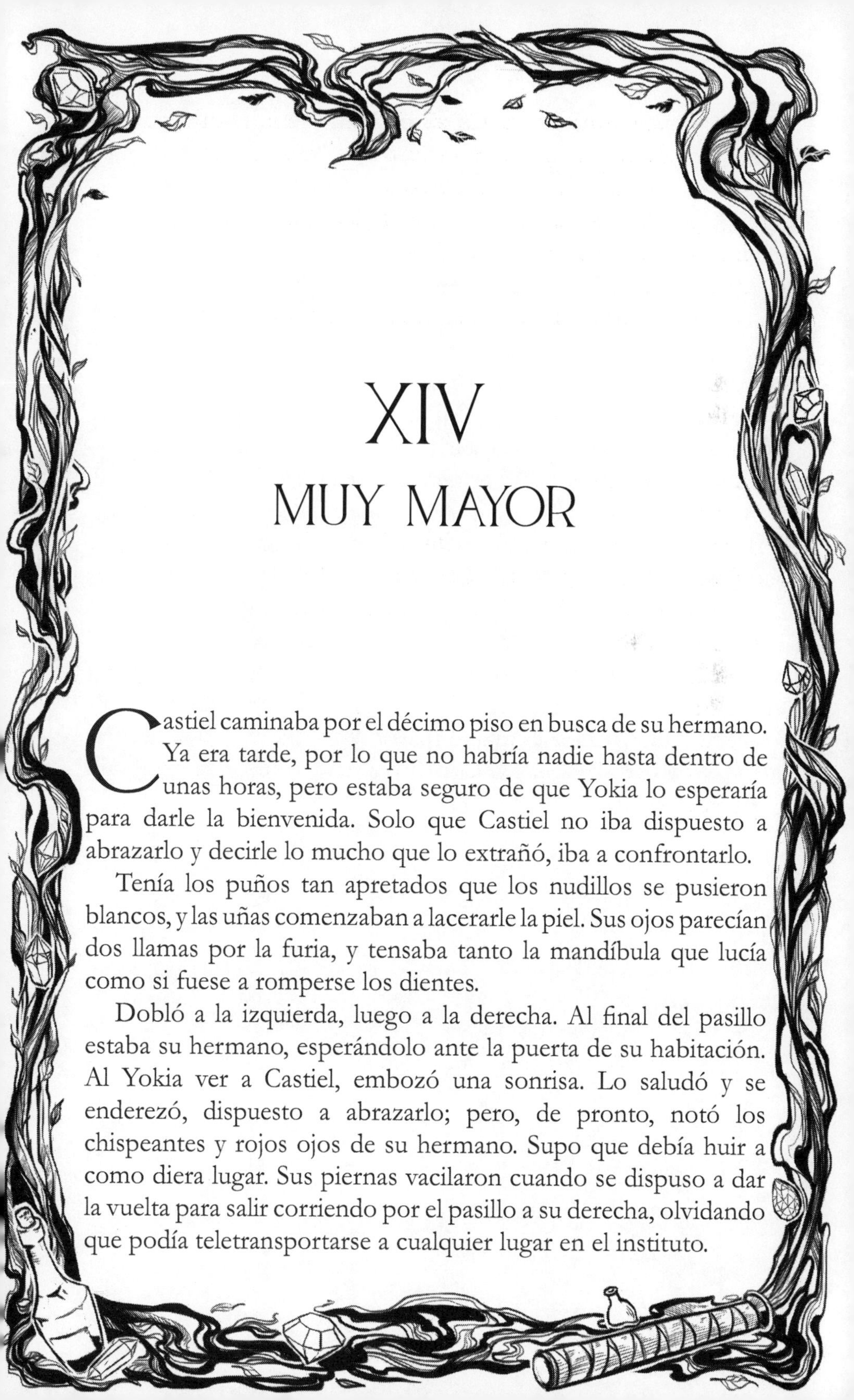

XIV
MUY MAYOR

Castiel caminaba por el décimo piso en busca de su hermano. Ya era tarde, por lo que no habría nadie hasta dentro de unas horas, pero estaba seguro de que Yokia lo esperaría para darle la bienvenida. Solo que Castiel no iba dispuesto a abrazarlo y decirle lo mucho que lo extrañó, iba a confrontarlo.

Tenía los puños tan apretados que los nudillos se pusieron blancos, y las uñas comenzaban a lacerarle la piel. Sus ojos parecían dos llamas por la furia, y tensaba tanto la mandíbula que lucía como si fuese a romperse los dientes.

Dobló a la izquierda, luego a la derecha. Al final del pasillo estaba su hermano, esperándolo ante la puerta de su habitación. Al Yokia ver a Castiel, embozó una sonrisa. Lo saludó y se enderezó, dispuesto a abrazarlo; pero, de pronto, notó los chispeantes y rojos ojos de su hermano. Supo que debía huir a como diera lugar. Sus piernas vacilaron cuando se dispuso a dar la vuelta para salir corriendo por el pasillo a su derecha, olvidando que podía teletransportarse a cualquier lugar en el instituto.

—*¡Minerva, ayúdame!* —gritó Yokia en krevaztek al pasar junto a Celia y Minerva.

Ambas lo quedaron viendo mientras desaparecía al doblar la esquina, y a los segundos apareció Castiel, caminando con pasos firmes. Ellas lo miraron sorprendidas.

Minerva ya estaba mejor, pues las heridas de los latigazos ahora las sentía igual que la picadura de un mosquito.

—*¿Cuánto apuestas a que tienen una pelea?* —inquirió Celia; se cruzó de brazos y sonrió maliciosa.

—Por favor. —Suspiró Minerva—. Creo que es mejor mantenernos a distancia —sugirió.

Celia le hizo un puchero a su hermana.

—*No hagan apuestas, solo hablaré seriamente con él* —aclaró Castiel.

Las hermanas se miraron entre sí y no lo dudaron; después de todo, siempre había sido así con ese par.

Castiel seguía viendo cómo su hermano se teletransportaba a tropezones y a veces se enredaba con sus pies, casi perdiendo el equilibrio. El pelirrojo no quería usar su poder, pues Yokia estaría en desventaja. Y, aunque estuviese molesto, terminaba por ser justo. Al final, él era el hermano mayor.

—*¡No sé qué hice!* —aseguró Yokia, y miró sobre el hombro sin detenerse.

No obstante, eso hizo que su tobillo se doblara, cayera de hocico a tres metros y se golpeara la espalda contra al balcón del otro lado. Agitó la cabeza, aturdido. Trató de ponerse de pie, pero Castiel aprovechó y apuró el paso. Este lo levantó y arrinconó contra un pilar. A Yokia la cabeza le daba vueltas, comenzando a ver dos versiones de su hermano. Castiel se dio cuenta de eso y usó un hechizo para ayudarlo.

—*¿Por qué no tuviste cuidado con Shayza?* —preguntó Castiel en ruso, y retrocedió.

—*No entiendo de lo que hablas…* —Yokia entornó los ojos y trató de recordar qué puedo haber hecho mal para que él reaccionara así—. *Oh…*

—*Oh…* —repitió Castiel, irónico.

—*¿Fue por la trampilla que llevaba a las cloacas?*

Castiel pasó una mano por su rostro y negó con la cabeza, alejándose. Yokia no veía el problema.

—*Me contó que pasaba tanto tiempo contigo que al final la llegaste a ver…* —aquellas palabras se le atoraron en la garganta. Para la edad que tenía, seguía teniendo pudor—… *mientras se… ya sabes.*

Yokia seguía con los ojos entornados; buscó y buscó en lo más profundo de sus recuerdos. Al final sonrió y se rascó la nuca.

—*Estaba comportándome como un gato de los humanos. Y los gatos se meten en el baño y vigilan a los humanos, o así leí* —explicó, alzando un dedo—. *Pero es…*

—*Fue una falta de respeto, Yokia* —espetó Castiel—. *También estuvo mal que no me dijeran lo que estuvieron planeando. ¿Y si salía mal? ¿Layla lo sabía?*

—*¿Sabías que tenían secuestrada a Minerva?* —replicó Yokia—. *Reprimían su poder, y lo poco que tenía lo usó para que yo pudiera mantener un bajo perfil y guiar a Shayza hacia la verdad. Tú solo esperabas que ella, por cuestión del destino, encontrara todo.*

—*Porque fueron mis órdenes, Yokia.* —Dio un paso hacia él, serio—. *No soy como ustedes, soy muy mayor como para ser castigado a latigazos. Ninguno de ustedes sabe lo que tuve que hacer para dar con Shayza.* —Levantó las manos y apartó la mirada—. *Las barbaridades que cometí.*

—*Las mismas por las que te buscan y Layla te protege. Todos en este instituto sabemos a lo que nos enfrentamos si Lotto y los Mantha saben que has vuelto.* —Suspiró desganado—. *Ya, olvídalo, solo mantente entre las sombras.* —Hizo un gesto con las manos para calmarlo—. *¿Por qué no esperas a Shayza? Eres el único al que conoce y no le ha aventado una lámpara.*

—*Pero sí un cojín* —bromeó Castiel.

—*Ah, con que así es con todos.*

Castiel asintió.

—*Los mundanos de Carnation la han tratado como si fuese una escoria* —comentó Castiel, todavía en ruso, pues nunca aprendió el idioma de las criaturas de ese mundo.

Sin embargo, al tiempo que recordaba las veces en que Shayza llegaba a la casa llorando, con chicles en el cabello, o los libros mojados, sintió una punzada en el pecho. Agitó la cabeza para alejar los recuerdos y cerró los ojos.

—*Iría por ti, pero no quiero que vuelvas a corretearme.* —Sonrió cual niño travieso.

—*Layla no va a quererlo por la profecía. Hay una gran posibilidad de que Shayza sea la bruja…*

—*Ni asesinando a la chica se podrá detener la profecía. Eres el primer hijo, y has estado en la profecía anterior; la que hablaba sobre lo que Layla haría* —dijo Yokia.

—*Sí. Aunque la viví desde el otro lado de las murallas.*

Yokia miró al techo, pensativo; después asintió.

—*Le pediré a Minerva que hable con Shayza* —susurró Castiel, alejándose.

—*Lo siento, solo estaba cumpliendo mi papel* —explicó Yokia, y jugueteó con sus dedos.

Castiel no se volteó, pero sí hizo un ademán con la mano para restarle importancia a sus palabras.

Shayza lo miró desde lejos. No deseaba meterlo en problemas solo porque no se sentía con ánimos de hacer amigos o conocer a sus hermanas. Estaba… perdida, y prefería pasar más tiempo así. Por otro lado, Castiel se acercó cruzado de brazos y sin saber qué decir al respecto, y aunque lo supiera, tenía que empezar a alejarse de ella. Ambos permanecieron callados y aprovecharon su compañía.

—Imagino que yo me iré por mi lado y tú por el tuyo —comentó Shayza.

Dejó caer los brazos y avanzó hasta una columna que separaba el pasillo del patio.

Castiel la observó. Bajo aquella luz amarillenta, apenas se podían apreciar las facciones de Shayza, pero por la energía que emanaba de ella, él sabía que solo deseaba echarse a llorar para después levantarse y seguir adelante.

—Puede desahogarse con sus hermanas.

Shayza rio forzosamente.

—Hermanas que ni sabía que tenía. —Negó con la cabeza—. Dejé a mis amigos atrás…. Mi futuro… —Estrujó su rostro y echó hacia atrás los mechones rojizos que cayeron sobre él—. Son adultos y ninguno pensó en un plan a futuro. Por lo visto, Gideon y Layla, al ser tan poderosos, eso les nubló el juicio, haciéndolos creer que nadie puede contra ellos. Y si hay una enfermedad, también hay una cura.

—La entiendo —dijo él, y siguió manteniendo la distancia.

—¿Sabes qué entiendo ahora? La razón por la que siempre me tratas de «usted». Pero aun así, queriendo formar una pared entre nuestra amistad, ambos la hemos rebasado y somos demasiado unidos como para que venga alguien a decirnos que esto está mal. Que vengan a decirnos que tenemos que dejar de hablarnos, porque, ¡uy!, no es que nos vayamos a enamorar por arte de magia. —Al terminar de hablar, jadeó. Todo el aire de sus pulmones se esfumó con aquellas palabras.

—Fue mi culpa permitir que el trabajo se mezclara con mi vida personal —respondió Castiel.

Shayza se dio la vuelta, con los ojos inyectados de rabia.

—¿Eso soy para ti? ¿Un trabajo?

Él frunció el ceño. Esas preguntas eran fáciles de malinterpretar, pero era el momento de cortar el lazo, así fuese sin anestesia. Aunque le costó hablar y de nuevo se fundieron en el silencio. Shayza volvió la vista al patio; ya se había negado a escuchar su respuesta, y si supiera dónde estaba su habitación, ya se habría ido.

Castiel por fin tuvo la valentía de enderezarse y ver a Shayza, decidido a repetir las palabras que estudió en los últimos minutos, que parecieron eternos a comparación de su misteriosa edad. Caminó hasta ella, camuflando sus pasos vacilantes. Si iba a hacerlo, lo haría bien y no importaría que ella se enfadara. ¿Y qué si pasaba? Así las cosas serían más fáciles para ambos. Estiró el brazo para posar su mano sobre el hombro de ella, pero se retractó. Aquello debía ser cara a cara. Y cuando estuvo dispuesto a mirarla a los ojos, notó que estos estaban aperlados; iba a llorar.

Shayza deseaba con todas sus fuerzas que Castiel decidiera seguir su amistad a escondidas. No importaba si el único momento en que pudiera hablar con él fuera en las clases de entrenamiento, pero lo prefería en vez de fingir que no lo conocía desde niña.

—Sí, siempre has sido un trabajo para mí, señora Viktish.

Shayza cerró los ojos, y dos lágrimas descendieron por sus mejillas. Se sentía pesada, a punto de caer sobre el césped. Y la cosa no fue a mejor cuando oyó que Castiel tuvo el descaro de dejarla allí tirada luego de apuñalarla.

Lo que ella no sabía era que Castiel también lloraba.

Este se cubrió la boca para que nadie pudiera escuchar sus sollozos y seguir poseyendo aquella actitud de hombre duro. Pero Celia lo había dicho: Castiel bajo su caparazón era un hombre blando y con sentimientos. Eso en algún momento tenía sus desventajas.

A Castiel le dolía tanto el pecho que tuvo que teletransportarse a su habitación, donde se sentó sobre la cama y liberó el mar de lágrimas. Quería a Shayza más de lo que se suponía, y él se repitió una y otra vez que quererla, así fuese como una amiga o una hermana, estaba mal; encariñarse con la chica de una profecía no era su misión. Y eso también le pasaba a los humanos, por lo que en ese momento empezaba a entender que el corazón no sabía de lo prohibido; mucho menos si era obligado a arrancar de raíz lo que sentía y actuar como si nada hubiera pasado y mantener el porte que todos en el castillo conocían.

«Buscarás a mi hija y no importa lo que debas sacrificar para hallarla. Mata si es necesario. Engaña, roba y revuélcate con quien sea, pero no vuelvas con las manos vacías», recordó. Layla en ese entonces quiso sonar dura con él, aparentar que todavía podía mantenerse de pie después de que Shayza fuera secuestrada con dos días de nacida. Aunque esa situación la tenía rota por dentro, era un frágil cristal, y con el tiempo pareció drenar todos los sentimientos que tenía. Tuvo que hacer un buen trabajo, pues, gracias a ella, tenía uno que ningún hombre hasta la fecha había conseguido: ser la mano derecha de una reina.

Castiel se enjuagó las lágrimas con ambos dorsos. Contempló su habitación, todo estaba como lo había dejado, solo que ahora sus cosas tenían polvo. Se quedó mirando un pisapapeles con la forma de una esfera de nieve tan pequeña que podía ocultarla en su mano. Pensó en limpiar para olvidar lo que hizo; y en cuanto agarró el plumero, este cayó. Perdió su magia cuando Castiel decidió que era mejor dormir; apenas quedaban unas horas para que su rutina como profesor regresara.

No obstante, metido bajo las sábanas, con ambos brazos tras la cabeza y la mirada en el techo rocoso, siguió pensando. Ya no lloraba, sino que tenía un molesto nudo en la garganta. Giró a la izquierda y luego a la derecha, sin conciliar el sueño.

Cerró los ojos para concentrarse en aguzar el oído y buscar a Shayza entre la penumbra. No tardó mucho en dar con ella, pues su aroma también lo ayudaba a encontrarla; era la única que no olía a lavanda, tierra húmeda o cenizas –o por lo menos, eso decían los vampiros sobre los brujos–, ella olía dulce, como piruletas con sabor a cereza. Oía el palpitar de su corazón. Su sutil respiración. La imaginó con lágrimas secas sobre las mejillas, y eso fue igual que intentar cercenarse la cabeza con un chuchillo sin filo. Pero procuró concentrarse en que Shayza ya estaba en un estado en el que no sentiría nada. O, al menos, eso esperaba. De no ser así, él pronto prepararía una pócima para evitarle pesadillas.

Aunque no pudiera estar con ella, procuraría vigilarla desde la distancia como hacía cuando se escapaba de su hogar, solo que al final nunca aparecería para atraparla con las manos en la masa.

Al despertar, todo lo pasado la noche anterior parecía un mal sueño, hasta que su mente se aclaró. Castiel tuvo una pesadilla que lo hizo despertar varias veces: veía a Shayza siendo devorada por las criaturas que habitaban el Mundo Mágico, después pasaba a ver que Lotto sabía que ella era su debilidad y de la nada aparecía la reina Muya diciendo que él nunca debió haber nacido.

Maldijo por lo bajo, volviendo a olvidarse de esa mujer o cualquier cosa que hubiera pasado hacía tantos años. No era bueno vivir en el pasado, pero siempre es mejor buscar la manera de desvincularse pausadamente. No como quería Layla: de un instante a otro.

Castiel comenzó su rutina apenas la luna se acomodó en su lugar, pues las clases en Enchanted empezaban a partir de las ocho de la noche. Esta vez le tocó entrenar a un nuevo grupo de brujos novatos y agradeció a Lilith que Shayza no estaría allí hasta el próximo mes. Necesitaba hacerse a la idea y ella todavía debía aprender lo básico de ese mundo: sus costumbres, cómo eran las leyes, las criaturas que vivían allí, etcétera.

—Buenas noches, jóvenes novatos —saludó, con voz firme y rostro inexpresivo—. Por los próximos siglos, seré su profesor de Combate, Castiel Muya.

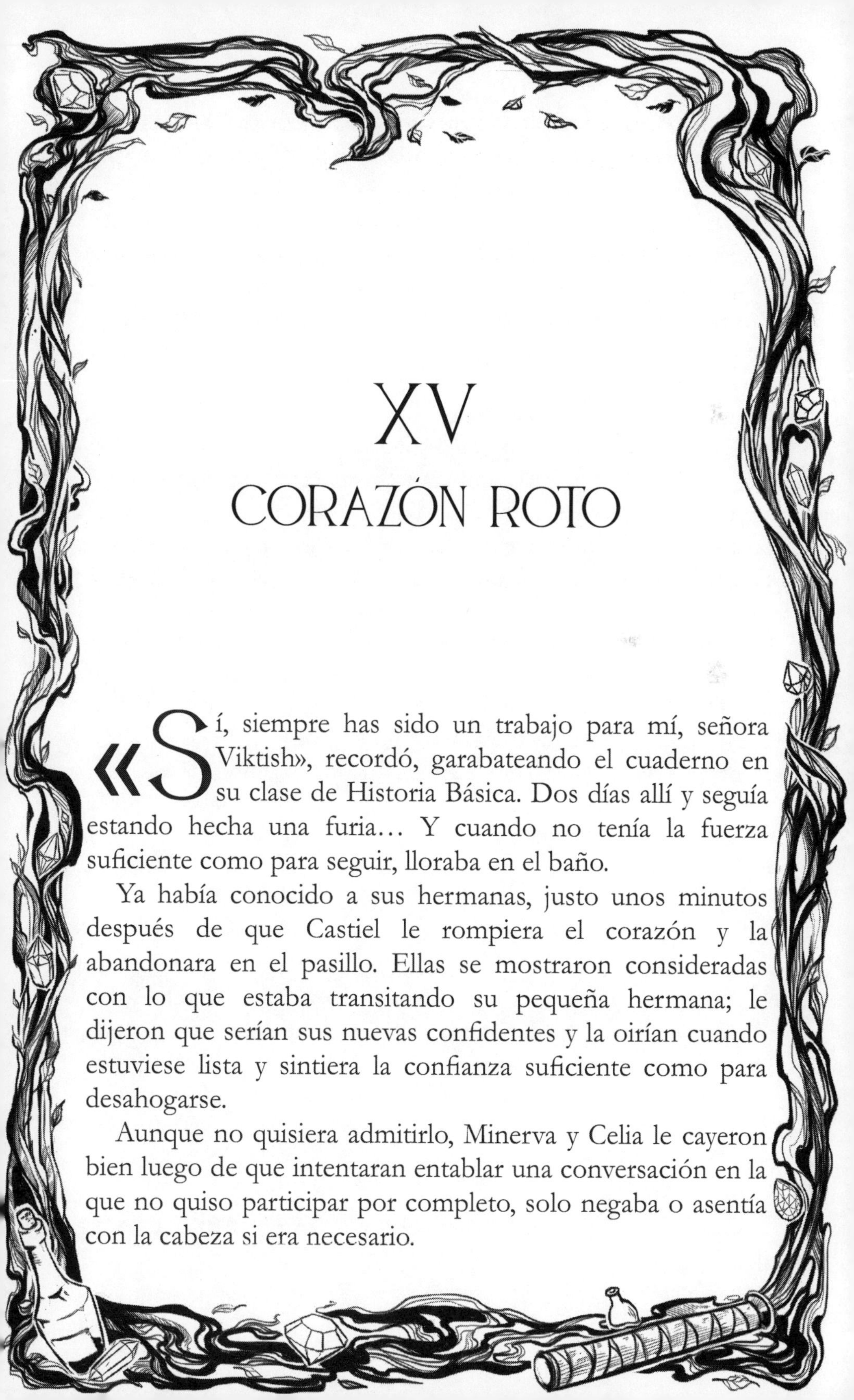

XV
CORAZÓN ROTO

«Sí, siempre has sido un trabajo para mí, señora Viktish», recordó, garabateando el cuaderno en su clase de Historia Básica. Dos días allí y seguía estando hecha una furia... Y cuando no tenía la fuerza suficiente como para seguir, lloraba en el baño.

Ya había conocido a sus hermanas, justo unos minutos después de que Castiel le rompiera el corazón y la abandonara en el pasillo. Ellas se mostraron consideradas con lo que estaba transitando su pequeña hermana; le dijeron que serían sus nuevas confidentes y la oirían cuando estuviese lista y sintiera la confianza suficiente como para desahogarse.

Aunque no quisiera admitirlo, Minerva y Celia le cayeron bien luego de que intentaran entablar una conversación en la que no quiso participar por completo, solo negaba o asentía con la cabeza si era necesario.

Y es que, ¿cómo debía afrontar toda esa situación? Huyó de su padre para adentrarse en un mundo desconocido y lleno de magia. Lo que quizás significaría que jamás lo volvería a ver.

Pasó las páginas de su cuaderno hasta donde tenía sus apuntes y miró a la pizarra, que estaba a unos metros, llena de punta a punta. La profesora, enana y regordeta, se había dormido después de sentarse a revisar su portafolio. Shayza pensó que si tuviese su móvil le tomaría una foto a la pizarra y asunto arreglado; pero una de las cosas que decía allí era que ningún aparato electrónico humano funcionaba: interferían con la magia.

Al haber más de cinco mil brujos en un mismo lugar, esto afectaba los aparatos, obligándolos a vivir como en la era medieval: con velas, hornos de carbón y el hecho de conservar la carne gracias a la sal. También aprendió que La Plaza era un lugar en el Mundo Mágico donde vivían todas las criaturas que se dedicaban a la venta de comida, forja, ropa y mascotas; eso le recordó a uno de los tantos libros de fantasía que había leído. Tampoco era de sorprenderse, pues le explicaron que muchos escritores fueron brujos exiliados y que usaban la pizca de magia que les dejaban para sobrevivir entre los humanos.

Shayza volvió a ver a su maestra cuando terminó de escribir. Caminó hasta ella una vez recogió sus cosas, ya que la parte superior del reloj de arena sobre el escritorio estaba vacía.

—Profesora, ya he terminado —dijo ella, y vio cómo esta babeaba la manga de su camisa—. ¿Profesora?

Al ver que no respondía, tocó su hombro con un dedo.

La mujer despertó sobresaltada. Shayza retorció y arrugó el gesto al ver el hilo de baba que colgaba de su boca. Sin embargo, los ojos de esta se posaron en el reloj de arena, haciendo que soltase una maldición.

—Me he quedado dormida —murmuró; se limpió la boca con ambas mangas de la camisa—. ¿Escribió todo? En dos semanas tendrá su examen para comprobar que haya aprendido todo sobre el Mundo Mágico.

«Dudo aprender todo en unas semanas», comentó para sí misma. Asintió como respuesta y le mostró el cuaderno.

—¡Uy, pero qué letra tan fea, niña! —exclamó, y arregló sus lentes, igual de grandes que dos culos de botella—. Oh, solo es lenguaje mundano. —Giró a ver la pizarra y asintió, como si empezara a entender dónde estaba parada—. Lo siento, han pasado siglos desde que le di clases a un brujo de las afueras.

—¿De las afueras?

—Como usted, jovencita; una extraviada.

—¿Secuestrada cuando era un bebé?

—No, no, niña… son pocos los secuestrados. La mayoría es porque sus padres escapan del Mundo Mágico (o los dejan morir allí) y, al final, de quien sea que estuvieran huyendo, los matan y el hijo debe regresar cuando se detecta que sus poderes han despertado. Es peligroso que un brujo esté en un mundo que no sea el suyo —explicó la mujer—. Ya, ya váyase. —Hizo un ademán con la mano al tiempo que con la otra trataba de amortiguar un bostezo.

Mientras Shayza vagaba por los pasillos, oyendo el cuchicheo de sus futuros compañeros –por lo menos no hablaban de ella. Aún no había llegado a ser la sensación del momento– y los gritos divertidos entre sus grupos de amigos, vio de lejos a Castiel hablando con un joven brujo. Él asentía ante lo que el otro decía, pero su expresión era tan diferente a la que ponía cuando hablaba con ella que Shayza sintió que aquel hombre no era Castiel. Era como si alguien le quitase un manto de la cara y la hiciera ver un mundo sombrío en vez del que a veces se cubría de colores al pasar tiempo con su protector.

Curvó los labios en una mueca de asco, pero no se movió. Cuando ya no quiso verlo, dio media vuelta y, sin querer, tropezó con una alta figura… otra de las tantas que andaban en el colegio.

—¡Qué coñazo! —masculló Shayza al ver que sus libros cayeron, aunque tuvo suerte de que con eso no llamara la atención.

—Oh, idioma mundano —comentó un hombre de ojos oscuros y cabello castaño muy corto. Este recogió los libros y se los regresó—. Una extraviada.

¿A qué se refería con mundano? Hasta entonces, cada brujo que se topaba hablaba español. ¿Quizá lo decía por sus expresiones?

Shayza no dijo nada, solo se limitó a verlo; notó que de sus labios se asomaban la punta de dos colmillos blancos. En el pasado hubiera chillado como loca, pero teniendo en cuenta lo que corría por sus venas y el lugar donde estaba, no era necesario asustarse.

«Solo esto faltaba», se dijo; retrocedió y puso mala cara. Si los brujos ya eran un problema –pues apenas empezaba a entenderlos–, ahora tocaba imaginar que a eso se le agregaba un vampiro.

—¿Una extraviada muda? —inquirió él—. No nos han presentado.

Él le extendió la mano con una sonrisa. Shayza miró su mano canela pero pálida y abrazó los libros. No quería hacerlo, pero según lo que le enseñaron, eso era ser maleducada.

—Soy Shayza Viktish.

Al decirlo, el vampiro pareció palidecer más y apartó la mano igual que si lo hubiera tocado algo hirviendo.

—Un gus-gusto —titubeó—. Yo tengo que... Olvidé que... Estudia mucho, adiós.

Tras eso, el chico salió dando tumbos y antes de desaparecer la vio de soslayo. Shayza notó que el vampiro estaba muy asustado. Lo que le faltaba: ahora era una especie de cruz gigante por culpa de su nombre.

—No lo tomes a mal, Shaycita —dijo Celia, pasando su brazo sobre los hombros de ella—. Es normal que espantemos a los chicos. ¿Por qué crees que nadie te hace caso? No es porque no les interese que seas la nueva, es que encima de serlo también eres una extraviada e hija de la reina. Ha pasado tiempo desde la última vez que hubo una extraviada.

—¿Qué sucedió con ella? —preguntó Shayza, y giró hacia ella.

Celia veía hacia al frente y mascaba un pedazo de papel. Esta le tamborileó los dedos en el brazo antes de responder:

—Se dice que murió. Ven, vayamos a comer. —Le dio una palmada en la espalda cuando quiso alejarse, y Shayza tuvo que avanzar unos pasos para no caerse con tal fuerza.

¿A comer, después de que le dijera eso como si no fuera nada? Shayza negó con la cabeza, puso los ojos en blanco y fue tras ella. Celia iba dando saltitos, parecía una persona muy feliz para llevar viva varios milenios. Shayza creía que si ella llegase a cumplir tal edad terminaría siendo como una anciana malhumorada, o mucho más antisocial de lo que ya era. Seguro le gustaría vivir en una cueva difícil de encontrar en el fin del mundo. Claro, de haber pensado eso cuando todavía creía ser humana, todo lo asumiría si el mundo no acababa por culpa de la sobrepoblación y el maltrato a la Tierra. Casi le gustaba la idea de vivir en el espacio.

Celia la contempló y notó que Shayza parecía estar sumergida en sus pensamientos, por lo que no quiso sacarla de allí; levitó ambas bandejas con un enorme filete de cordero en salsa de zetas. Shayza la seguía en piloto automático, pero al final despertó al tropezar con una mesa. Alarmada, miró a todos lados. Algo así la hubiera hecho resaltar en su antigua escuela, y lo más probable es que comenzaran a reírse.

Celia no le dijo nada, ya que Minerva apareció con una bandeja flotando a su lado y un libro frente a sus ojos. Esta los dejó sobre la mesa y observó a sus hermanas.

—Shayza, ya no estás con mundanos. Tenemos nuestros propios problemas como para burlarnos de otra persona — comentó Celia a la vez que Minerva se proponía a decir algo.

Shayza suspiró y tomó asiento. Recordó pasaba su tiempo con los gemelos en su escondite secreto, donde a veces no escuchaban la campana y llegaban a saltar una clase… o dos. Los extrañaba y sentía que debía buscar una manera de comunicarse con ellos, así fuese con señales de humo.

—Y dime, ¿cómo te ha ido en Historia Básica? —preguntó Minerva.

Puso los codos sobre la mesa y apoyó el mentón en el puente que hizo con las manos. Mientras Celia siempre tenía una mirada llena de malicia y una sonrisa burlona, Minerva permanecía seria pero con los ojos tristes.

Shayza se encogió de hombros.

—Bien, supongo —respondió, con la boca llena cubriéndola—. La profesora babeaba el escritorio.

—Babeadora de escritorios... —comentó Celia, pensativa—. ¿Esa enana sigue viva? Juraba por Lilith que ya la habían matado.

—Estaba retirada y mamá la obligó a venir —explicó Minerva, con su peculiar voz rasposa—. Ya lo dijo Zabinsky, el vampiro con el que tropezaste —dijo a Shayza—, lo de ser una extraviada.

¿Cómo sabía eso si no estuvo allí? ¿Había usado magia? Casi abrumada, Shayza decidió restarle importancia.

—No me sorprende. Además, parece que soy la elegida. Ya sabéis, como en los libros.

Ambas la observaron.

—¿Es que los ves como una guía mágica? —inquirió Minerva, sin alterar su expresión a diferencia de Celia, que estaba a punto de reír.

Shayza volvió a encogerse de hombros sin saber qué decir. ¿Es que también estaban prohibidos? Si era así, para la próxima no diría nada.

—Enfócate en el mes de historia, será lo más fácil. A partir de allí, siguen muchos años de clases. Entre ellas el combate, pócimas, hechizos, criaturas del Mundo Mágico, rituales... —Suspiró.

Desde el instante en que volvió a verla en el colegio, Minerva le parecía la típica estudiante que pasaba la noche en vela mejorando sus notas, así tuviese el mejor promedio. Pero verla suspirar agobiada y pasarse una mano por el cabello, la hizo creer que en realidad intentaba llenar las expectativas de su madre.

—¿Es... complicado? —curioseó Shayza, tímida.

—Minerva es de las mejores brujas en la Magia Melódica —dijo Celia, orgullosa, dirigiendo su atención a su hermana mayor.

—Me ha tomado medio milenio poder cantar sus hechizos a la perfección. Aunque...

—Tiene una rival: Indila. Ella es tan joven como tú, Shaycita. Y lo hace a la perfección, como si hubiera nacido para ello. No es solo porque su abuelo fue uno de los profesores más antiguos y que superaba a muchas brujas. Eso no lo garantiza. —La señaló con un dedo y enarcó ambas cejas.

—¿Qué sucedió con su abuelo? —quiso saber Shayza al darse cuenta de que hablaban en pasado. Si ellas pensaban que la profesora de historia estaba muerta, no conseguía imaginar lo que le sucedió a ese hombre.

—Nadie lo sabe con exactitud, pero él es por quien preguntaste, en la entrada del comedor. Indila nunca ha estudiado aquí, él le enseñó todo. Ha sido algo extraño, pero cada uno con sus cosas —dijo Minerva.

—No quiero ser cotilla, pero muchos dicen que es la bastarda de uno de los esposos de las reinas. Se sabe por su piel —susurró Celia.

—Vaya… —expresó. Shayza, con una ceja alzada ante el dato. Luego, como quien no quiere problemas, desvió la conversación—. ¿Un extraviado?

—Sí. Pero con el tiempo se fue, quiso cambiar de aires, supongo. Indila vive en un bosque en… —Minerva miró a su hermana en busca de la respuesta—. ¿Celi, sabes dónde? Por lo general eres quien conoce todos los melodramas.

—Estados Unidos, creo. O en alguna parte de Latinoamérica… ¡Oh, oh! Lo he olvidado —exclamó de golpe—. Castiel dijo que fueras a verlo —avisó a Shayza.

Shayza casi se atraganta con el trozo de filete, así que se golpeó el pecho hasta que dejó de toser. La tomó desprevenida que mencionara a Castiel. La conversación había hecho que se olvidara de su existencia, y ahora comenzaba a sentir que la sangre le hervía por el enojo.

—¿Estás bien? —preguntó Minerva, y apoyó la mano sobre la de Shayza, preocupada.

—Es que no lo he visto desde mi llegada. Pensé que Lay… mamá no quería que me acercara a él.

—Puedes decirle Layla —aseguró Celia—. Yo lo hago todo el tiempo.

—Eres la única que lo hace, Celi —replicó Minerva—. Es una falta de respeto. Y bueno, Shayza, puedes verlo siempre que sea con motivos estudiantiles o que él te llame.

Shayza pasó la lengua sobre los dientes, pensándolo. No estaba lista para contarles la razón en concreto de por qué había llorado tanto, y menos si Castiel estaba involucrado. Ellas ya debían hacerse una idea, pero tal vez pensaban otra cosa.

—¿Dijo una hora en específico?

Celia negó con la cabeza, aunque la vio con malicia.

—No me veas así, por favor —pidió Shayza.

—No lo aplaces, porque a veces nos llama y desaparece para hacer otra cosa. Suerte si das con él a la primera —dijo Minerva, y se puso de pie a la vez que Celia y Shayza.

—¿Dónde está su… oficina?

—En el quinto piso. Hay un letrero bastante grande con su nombre: Castiel Muya.

Shayza se tensó y parpadeó repetidas veces. Aunque vivieran tanto tiempo juntos, Castiel nunca mencionó su apellido, y ella no lo preguntó porque ya era tarde cuando se dio cuenta del detalle. Al final, asintió. Depositó la bandeja donde el resto de los brujos la dejaban sin necesidad de acercarse y salió de allí, con un paso tan lento que era evidente que no quería verlo.

Una vez ante la puerta de Castiel, se quedó inmóvil viendo las letras doradas con su nombre. Estaba temblando y prefería que fuese por el frío, pero eso era imposible; pues las criaturas como ella vivían en bajas temperaturas. Respiró hondo antes de dar un paso y llamar a la puerta con los nudillos.

Nadie respondió.

Volvió a llamar, y esa vez la puerta se abrió con un chirrido. Shayza entornó los ojos al maldecir en su mente, asomó la cabeza y no vio nada ni a nadie. El cuarto parecía una pequeña tienda con sus góndolas en fila llenas de tarros con líquidos fosforescentes. ¿O era la luz que los hacía ver así? Sin embargo, del techo caían enredaderas con hojas medianas y violáceas, musgo en las paredes;

y más que un lugar descuidado, lucia como un jardín personal. Miró a ambos lados, buscándolo, solo que ni siquiera había alguien que se viese tras las góndolas.

Pudo irse al ver que Castiel no estaba, pero los frascos acapararon su atención y la hicieron a avanzar hasta ellos; los analizó sin tocarlos. Aunque le intrigaba mirar aquellas sustancias burbujeantes, brillosas y en todos los colores, la inquietaba ver animales embalsamados. Si encontraba eso en la habitación de los gemelos, los hubiera tachado como morbosos y no habría vuelto a hablar con ellos. Pero… ahora estaba con brujos, y eso debía ser más que normal.

Acarició una jarra con la punta del dedo y contempló las burbujas que reventaban en su interior, como si su contenido estuviera realmente caliente. Trató de leer su etiqueta, pero estaba en otro idioma, unas letras muy extrañas que ni siquiera podía asimilar con un lenguaje humano.

«¿Qué demonios es esto?», se preguntó.

No obstante, no le quedó tiempo para descifrarlo, pues alguien abrió del todo la puerta a su espalda.

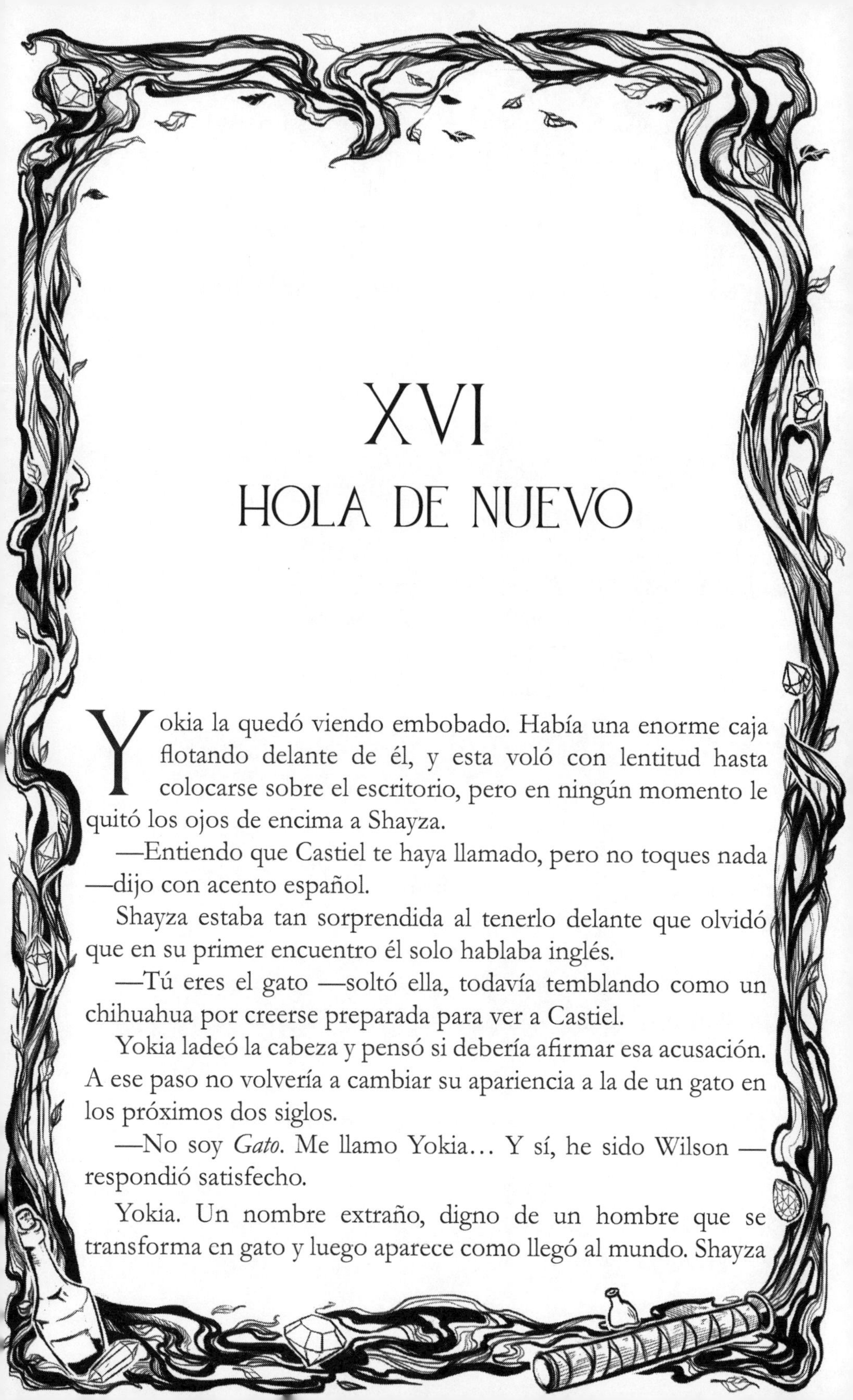

XVI
HOLA DE NUEVO

Yokia la quedó viendo embobado. Había una enorme caja flotando delante de él, y esta voló con lentitud hasta colocarse sobre el escritorio, pero en ningún momento le quitó los ojos de encima a Shayza.

—Entiendo que Castiel te haya llamado, pero no toques nada —dijo con acento español.

Shayza estaba tan sorprendida al tenerlo delante que olvidó que en su primer encuentro él solo hablaba inglés.

—Tú eres el gato —soltó ella, todavía temblando como un chihuahua por creerse preparada para ver a Castiel.

Yokia ladeó la cabeza y pensó si debería afirmar esa acusación. A ese paso no volvería a cambiar su apariencia a la de un gato en los próximos dos siglos.

—No soy *Gato*. Me llamo Yokia… Y sí, he sido Wilson —respondió satisfecho.

Yokia. Un nombre extraño, digno de un hombre que se transforma en gato y luego aparece como llegó al mundo. Shayza aguardó en silencio, su nombre le recordaba a una marca de móviles que existía en el Mundo Humano. No los llegó a ver, pero sí oyó muchas bromas al respecto.

—Como sea —murmuró él mientras sacaba más frascos de la caja y los colocaba en el escritorio—, Castiel vendrá pronto. Como ves, estamos abasteciendo las reservas, pero me tengo que ir —avisó; desapareció la caja vacía y se acercó a la salida—. Seguro quiere hablar contigo. Y tranquila, soy una tumba. —Hizo un gesto como si sus labios fuesen un cierre, esfumándose con un chasquido de dedos y un hechizo.

«¿Hablar conmigo?», repitió, con un tic en el labio. Buscó un lugar donde sentarse para esperarlo. Se engañó diciendo que en realidad no quería verlo; pero muy en el fundo moría por intercambiar así fueran dos palabras con él. Deseaba volver a ver su sonrisa bajo aquella capa de barba, sus ojos azules como los zafiros más brillantes que hubiera visto jamás.

Jugueteó con los dedos, se preguntó por qué no aprovechaba ese momento para salir corriendo y decir que se le había presentado una emergencia. Claro, si lo hacía debía inventar otra, luego otra y otra, y así hasta que no supiera cuáles fueron las primeras.

Shayza ya tenía la mirada perdida en el techo cuando Castiel entró, seguido de una caja, y la puerta se cerró. Ella salió de su ensimismamiento, pero él todavía no se percataba de su presencia; estaba muy metido en sus asuntos. Shayza carraspeó y vio el aspecto de Castiel: su cabello en una cola de caballo mal hecha y tenía la barba desalineada.

—Oh, está aquí… Perdóneme —dijo, y se frotó el rostro con una mano, dando media vuelta para mirar las góndolas—. ¿Dónde lo dejé?

Libros, cajas y un caldero levitaron, para después volver a su lugar. Shayza seguía sentada. Mientras, Castiel comenzó a angustiarse buscando quién sabe qué. Shayza caminó hasta su lado y, callada, lo miró igual que un perrito regañado.

—¿Cómo es lo que buscas?

—Puedo encontrarlo, no se preocupe —aseguró él—. ¿Cómo le va con Historia básica? —preguntó, sin mirarla y con un tono distante.

Shayza bajó la cabeza y llevó ambas manos tras la espalda; balanceó el cuerpo sin la intención de responder. Aunque Castiel no la viera, sabía lo que estaba haciendo; después de todo, solo fingía que buscaba una pócima. La verdad era que la tenía en el bolsillo, envuelta en un pedazo de tela para no romperla por accidente; solo quería pasar más tiempo con ella.

—Bien. Hay… hay cosas interesantes.

—¿Sí? ¿Como qué?

—Que parte de los escritores que tanto me gustan son brujos exiliados, que seamos dirigidos por reinas y no reyes… Esas cosas.

—Viktish, ¿ya le dijeron que, cuando termine Historia básica, deberá presentarse en La Central Mágica? —inquirió de golpe, girando hacia ella.

Shayza asintió con cierta duda, no recodaba si su madre le había mencionado algo por el estilo.

—Yo seré quien la lleve —avisó—. Es solo para registrarla y pasar unas cuantas pruebas, no debe asustarse. Aunque debo avisarle que es un lugar saturado de energía; puede sentirse mareada al llegar.

—¿Más que aquí?

Castiel apretó los labios para no reír.

—Sí —afirmó—. Mucho más, de hecho.

—¿Después de eso voy a ser tu alumna?... ¿Puedo preguntar a qué más te dedicas?

Empezaba a dejarse llevar por la corriente, estaba claro que su cariño hacia Castiel era mayor que las ganas de seguir molesta por romperle el corazón: él solo hacía su deber. Giró en su lugar para ver los alrededores.

—Me gusta hacer pócimas… —murmuró, y metió la mano en el bolsillo—. Esto es para usted. Podrá dormir mejor por el día y estar atenta en clase. Hice todo lo posible para quitarle el mal sabor.

Shayza vio el tubo de cristal con un corcho y lo tomó. La pócima parecía como una lámpara de lava cuando la movía de un lado a otro. Mascullό un «Gracias» y agarró sus cosas.

—Que le vaya bien y procure no meterse en problemas —dijo Castiel, y se le escapó una nota alta, delatando su alegría al verla.

No obstante Shayza solo le sonrió incómoda.

Castiel apoyó ambas manos sobre el escritorio. Desde el día en que volvió, había sufrido de un sinfín de pesadillas. Y aunque bebía todas las pócimas que conocía, seguía padeciéndolas. A ese paso solo conseguiría intoxicarse, morir a lo imbécil. Sabía lo que lo tenía así, solo que no quería hacer nada al respecto; ya había metido la pata y le costaba remediarlo. Fácil era pensar que al tener a Shayza en un lugar privado le podía decir la verdad, que no siempre la vio como un trabajo, que la consideraba como una buena amiga, una de las pocas chicas en las que confiaba y quería.

Tomó asiento donde estuvo Shayza; todavía estaba caliente. Se rascó un brazo, con la mirada perdida en el suelo, y después desató su larga melena, dejándola caer sobre los hombros. Estaba muy cansado, y el tener que golpear, esquivar y bloquear ataques unas ocho horas al día no terminaba de ayudarlo. Parpadeó varias veces y comenzó a ver todo borroso mientras cabeceaba.

Al final, se quedó dormido en la silla.

Sin embargo, cuando despertó, lo hizo desorientado. Como en el castillo no había más ventanas que la de Layla y las habitaciones, no supo si la mañana estaba por llegar. Aguzó el oído para ver si conseguía oír el griterío de los alumnos. Pero nada. Todo estaba tan calmado como una playa vacía en medio de la noche. Se puso de pie a tropezones.

¿Qué importaba? No iría a su habitación para cerciorarse, mejor era quedarse allí y terminar todo su trabajo pendiente.

Rehízo su peinado y utilizó un hechizo en ruso para que todo sobre su escritorio se acomodara en sus respectivos lugares en la oficina. Solo se oían tintineos contra cristales, golpes secos por los libros y en el fondo un burbujeo. Castiel, mientras organizaba, preparaba una pócima para mantenerse despierto. A la vez que varias cosas viajaban de izquierda a derecha, sobre su cabeza y tras su espalda, buscó en el librero algo con lo que pudiera despertar la magia de Shayza.

Poco antes de que Shayza cumpliera quince años, Castiel y Aitor le dijeron que sufría de hipotiroidismo como excusa para suprimir sus poderes sin que se diera cuenta. Lo malo de haber hecho eso es que no tuvo su despertar para defenderse de los tres humanos que abusaron sexualmente de ella.

Entre la rabia hacia sí y los humanos, Castiel acabó con la vida de esos tres jóvenes como si nunca hubieran sido más que miserables pedazos de carne y huesos. Los desmembró y mostró su aspecto más salvaje comiendo parte de las entrañas. Por el odio se convirtió en un monstruo. No. Según él, nació como un monstruo con apariencia de humano. Estaba condenado desde el día en que su madre quedó embarazada; desde que nació siendo hombre.

Y aunque Castiel vengó lo que le hicieron a Shayza, las represalias cayeron sobre él, pues era quien se suponía que la vigilaba. Desde entonces, en la medida de lo posible, nunca dejaba sola a la joven en sus huidas. Si no lo hacía de forma física, era con sus poderes, pero el punto era estar cerca.

Agarró un viejo libro, lleno de polvo y con la cubierta gastada. Lo hojeó con detenimiento, hasta que alguien llamó a la puerta e hizo que dirigiera su atención hacia ella.

—*Castiel, soy yo* —anunció Layla, y no esperó que la permitiera pasar—. *Ah. A eso venía* —dijo al ver el libro que Castiel traía en manos—. *Quiero saber si es posible recuperar los poderes de mi hija.*

—*Lo es. Aunque, tras los años que estuvimos conteniéndolos, se ha complicado.*

Layla afirmó con la cabeza lentamente. No lucía muy convencida, pero al final fue quien le ordenó que hiciera lo que fuera para devolverla a su hogar.

—*Se acerca su cumpleaños, ¿sabes?* —preguntó, sin embargo, no quería una respuesta—. *Claro que lo sabes; por desgracia la conoces mejor que yo. ¿Piensas que sería muy extremo hacer un ritual a su nombre?*

—*Se ha criado como mundana, mi señora* —recordó—. *Claro que lo es, pero de todas formas lo hará, ¿me equivoco?*

—*Deberías descansar* —comentó ella. Castiel usó un tono que no le gustó nada—. *Te noto... muy cansado. Quedan cinco horas para tu primera clase. Ve.*

Layla alzó la palma abierta y la cerró tras usar un hechizo, esto hizo que el trabajo de Castiel terminase en menos de un segundo. Cerró la puerta al irse, y Castiel permaneció inmóvil en su lugar, todavía con el libro en mano. De verdad metió la pata. Debía hacerle caso sí o sí si al final no quería ser castigado.

Al sol esconderse, Castiel salió en dirección al Salón de Prácticas, donde desde el exterior se oían los cuchicheos del grupo de alumnos. En su gran mayoría eran mujeres, pues muy pocos hombres conseguían una oportunidad para estudiar en Enchanted, pero eso solo era durante un par de años. Si querían aprender más, debían hacerlo por su cuenta. Abrió la puerta con estrépito, haciéndolos callar. Los repasó con una mirada fría y penetrante; sin necesidad de hablar, los estudiantes formaron parejas para comenzar la clase. No obstante, uno siempre se quedaba sin compañero, por lo que este tembló al ver que Castiel sería el suyo.

Castiel notó que quien le tocaba era una joven escuálida a punto de desmayarse por la idea de luchar contra él, entonces la cambió por Zabinsky, quien estaba bromeando con su pareja de combate.

Zabinsky levantó la mirada y dejó de parlotear; su expresión se ensombreció y alzó el mentón, decidido a dar lo mejor de sí. Mientras, Castiel estaba sumergido en sus pensamientos; en todo lo relacionado con Shayza. No lograba sacársela de la cabeza y temía que se hubiera vuelto una obsesión.

Continuó acomodando su equipo a la vez que detrás de él los cuchillos de caza, lanzas y toda arma de cuerpo a cuerpo viajaban por el aire para acabar en las manos de los jóvenes brujos.

Castiel dio la vuelta con el puñal en mano. Los chicos comenzaron a atacarse entre sí, a bloquear patadas, rodillazos y hojas afiladas. Zabinsky saltó y alzó su machete tras la cabeza. Castiel solo giró el rostro y levantó su arma, bloqueándolo sin ni siquiera usar una pizca de su fuerza. Ese era el problema de Zabinsky: veloz pero carente de fuerza. Castiel lo golpeó en el pecho con la palma abierta y el vampiro cayó al otro lado del salón. Este se quedó un rato tendido en el suelo, aturdido, mientras que su profesor paseaba entre las parejas para comprobar cómo les iba.

A una que otra les dio un consejo de cómo sujetar su arma, procurando que esta no fuese a resbalarse en pleno combate y resultara herido, o peor, muerto. A otros les dijo cómo debían mejorar su pose para que no perdiesen el equilibrio o para mantenerse firmes sobre cualquier tipo de superficie.

—No estamos preparando soldados para una guerra —anunció Castiel—, pero tampoco es motivo para que sean tan flojos. ¿Qué tal si vagan por los alrededores y aparece un senemi? Un senemi con cinco púas sobre la cabeza. —Imitó los supuestos pinchos con los dedos. Los jóvenes se tensaron—. Deberán defenderse para encontrar la manera de huir, sino estarán muertos. Ni siquiera las reinas son capaces de destruir uno de ellos, a no ser que formen un equipo.

Aquello no era considerado una ofensa, porque era cierto. Los senemi eran criaturas espantosas. Su cola de serpiente era capaz de rebanar lo que fuera con solo un latigazo; sus más de tres metros ponía a temblar hasta a la criatura más valiente, y sus siete máscaras con expresiones de burla, decepción y orgullo podían aturdir cualquier ser con sus gritos.

—A nadie le importa si mueren por culpa de un monstruo. Recuerden que en esta vida llegan solos y se marchan solos —sentenció Castiel.

Sus palabras eran toscas y firmes, pero era la manera de educarlos y enseñarles que no habría nadie dispuesto a salvarles el pellejo.

Zabinsky volvió a la carga. Silencioso como una sombra, pasó entre sus compañeros igual que una ráfaga, saltó y rodó en el aire; extendió los brazos y buscó apuñalar a Castiel. Sin embargo, este le hizo una llave al tomarlo del uniforme y lo estrelló contra el suelo.

—¿Vieron la técnica de Zabisnky? —les preguntó—. Es veloz. Es como una sombra. Pero no termina de desaparecer ante su oponente.

—Soy Zabinsky, señor —lo corrigió, todavía con la cara pegada al suelo.

—¿Corregirás a un enemigo? En combate ustedes no son nadie: solo una esencia, un pedazo de carne insignificante. —Se puso de pie—. Es una buena técnica si su contrincante los ha perdido de vista, pero… ¿cómo estarán seguros de ello? Por su desesperación, por el miedo que irradian. Deben aprender a percibirlo.

»Por lo general, un ser asustado comienza a sudar bajo la ropa, suponiendo que la traiga, luego por el cuello y al final en el rostro. Esto lo obliga a limpiarse la frente y a aumentar el olor del terror. Y ahí, ahí es donde ustedes atacan.

Zabinsky arrojó su machete, y este surcó el aire dando vueltas. Castiel, sin mirarlo, consiguió tomarlo de la empuñadura.

—Nunca hagan algo como esto. Muerte asegurada, se los garantizo.

Se teletransportó hasta Zabinsky y usó su arma para inmovilizarlo. El vampiro levantó el mentón para que su garganta no tocase el filo del machete, pero de todos modos este le hizo un sutil corte que a los segundos se curó. Castiel lo apartó y dejó caer el machete; este tintineó. Hizo una señal –una vez le dio la espalda a su compañero de combate– para que las parejas volvieran a combatir, y estos pusieron en práctica sus consejos.

El vampiro fue corriendo hasta Castiel, se abalanzó sobre su espalda, rodeándole el cuello con ambos brazos en una llave, y posó la suela de sus zapatos en los riñones de su profesor.

Esperaba que con eso pudiera hacerlo caer. Aunque Castiel lo sujetó de los brazos y dio un salto hacia atrás al usar el peso a su favor. Ahora el pobre de Zabinsky parecía una uva exprimida. Tirado en el suelo, masculló buscando que sus costillas se renovaran, pues el impacto las quebró todas.

Castiel se acuclilló a su lado y esperó, inexpresivo. Por más que supiera que él se estaba recuperando, no podía bajar la guardia. Era Zabinsky, no iba a rendirse tan fácil. Y en parte por eso lo escogió.

Él lo haría olvidar a Shayza durante aquellas primeras dos horas.

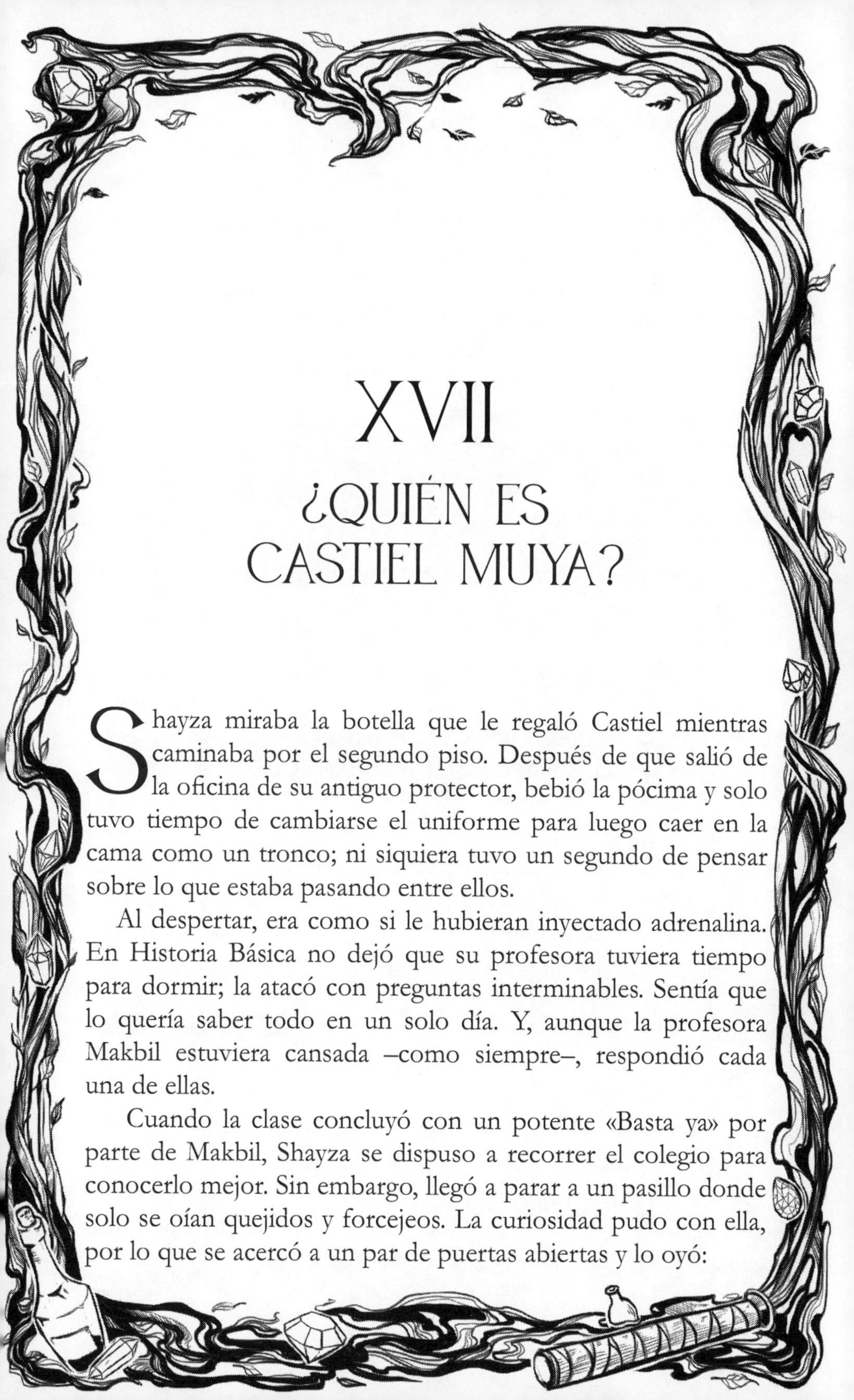

XVII
¿QUIÉN ES CASTIEL MUYA?

Shayza miraba la botella que le regaló Castiel mientras caminaba por el segundo piso. Después de que salió de la oficina de su antiguo protector, bebió la pócima y solo tuvo tiempo de cambiarse el uniforme para luego caer en la cama como un tronco; ni siquiera tuvo un segundo de pensar sobre lo que estaba pasando entre ellos.

Al despertar, era como si le hubieran inyectado adrenalina. En Historia Básica no dejó que su profesora tuviera tiempo para dormir; la atacó con preguntas interminables. Sentía que lo quería saber todo en un solo día. Y, aunque la profesora Makbil estuviera cansada –como siempre–, respondió cada una de ellas.

Cuando la clase concluyó con un potente «Basta ya» por parte de Makbil, Shayza se dispuso a recorrer el colegio para conocerlo mejor. Sin embargo, llegó a parar a un pasillo donde solo se oían quejidos y forcejeos. La curiosidad pudo con ella, por lo que se acercó a un par de puertas abiertas y lo oyó:

«A nadie le importa si morís por culpa de un monstruo. Recordad que en esta vida llegáis solos y os vais solos», era Castiel, sin dudas. Ese acento lo reconocería en cualquier lugar aunque pasaran diez años; pero aquellas palabras sonaban igual que otra persona. Le costaba demasiado pensar que de su boca podía salir algo así…

¿Quién demonios era Castiel Muya?

En cuanto vio cómo el vampiro que antes había huido de ella atacó a Castiel, se cubrió la boca; aquello fue un salto descomunal. No estaba segura de que algún día ella pudiera hacer lo mismo, pero igual la sorprendió. Siempre recreaba extasiada las escenas de acción en su cabeza y de vez en cuando se imaginaba a sí misma participando con un enemigo inexistente. Pero aquella idea se quebró en miles de pedazos al ver el contraataque de Castiel; el golpe hizo temblar el suelo bajo sus pies. El vampiro quedó en el suelo con todas sus extremidades estiradas. Castiel estaba a su lado sin hacer nada, solo viéndolo.

El primer instinto de Shayza fue querer gritar que lo ayudara, pues, antes sus ojos, parecía que moriría en cualquier momento, pero se quedó en su escondite. Era estúpido hacer una escena así, y más si las leyó en un libro y no siempre terminaban bien.

A los minutos Zabinsky se acostó de lado y maldijo. Cuando sintió que tenía la fuerza suficiente para volver al combate, dio un salto que lo dejó cara a cara con su profesor. Desde donde estaba Shayza, no lograba verle el rostro, pero sí el de Castiel. Este tenía la misma mirada de su madre: vacía. O estaba muy concentrado en su trabajo, o al regresar al castillo le habían extraído el alma. Trató de recordar si ya había visto ese vacío en sus ojos en la oficina, pero no se percató de ello. En ese momento solo buscó la forma de no dar con sus zafiros y llegó a pensar que hizo bien.

Suspiró y bajó la cabeza.

Una nueva vida. Una nueva familia. Un nuevo Castiel.

Volvió a prestarle atención, notando que Castiel la miraba embobado. Poseía un destello antinatural en sus ojos azules, en comparación a unos minutos atrás. Shayza contuvo la respiración, sorprendida. ¿A qué se debía ese cambio tan abrupto en su ser? Se sentía avergonzada, como si en realidad la hubiera pillado espiándolo y no solo curioseando los alrededores. Ella estaba ruborizada hasta las orejas, mientras que la mirada de Castiel subía y bajaba por su cuerpo.

Castiel comenzó a ponerse pálido; parecía que estaba viendo un fantasma. Shayza entró en pánico sin motivo aparente. Y cuando quiso escapar de allí, tropezó con una alta y esbelta figura: su madre. Cubrió su nariz, dar con ella fue igual que golpearse con un poste de luz.

Layla puso la mano sobre el hombro de su hija y pronunció un hechizo para curarle la nariz. Por otro lado, Castiel esquivó casi por los pelos un nuevo ataque de Zabinsky. Layla lo examinaba con la mirada a la vez que Shayza la veía de reojo. La chica no sabía si estar cerca de su padre era peor que estarlo de su madre. Layla estiró el cuello, contemplando la extensa pelea que tenía Castiel contra el vampiro.

Las parejas que estaban combatieron pararon para verlos. Todos estaban boquiabiertos al ver que Zabinsky había sacado fuerzas de sabe quién dónde para atacar. Los movimientos de ambos eran tan rápidos que era igual que ver volar dos colibríes.

Castiel le atinó una patada en la rodilla y lo hizo caer. Zabinsky la aprovechó para girar sobre ella y bloquear con una mano el cuchillazo directo a al cuello. La sangre se desparramó de ella igual que un chorro y manchó el suelo de mármol. Nada de eso bastó para que Zabinsky soltara un quejido o hiciera un gesto de dolor, por lo que apretó la hoja y la hizo volar al otro lado del salón. El cuchillo atravesó la pared hasta la empuñadura.

Castiel se descuidó unos segundos, estos fueron suficientes para que Zabinsky le diera un certero puñetazo en la quijada. El resto de los alumnos suspiraron, asombrados, y comenzaron a cuchichear: habían pasado milenios desde que alguien consiguió tocar al profesor. Este se quedó inmóvil, y al bajar la mirada fue igual que decir «Lilith, ven a mí». Los ojos le chispeaban con aquella tonalidad rojiza que rodeó su iris igual que cuando estalla un globo con agua.

Layla sonrió. Castiel lanzó un golpe tras otro, mientras su contrincante los esquivaba a duras penas.

—El odio y la avaricia es lo que nos guía —comentó Layla en voz baja—. Y Castiel parecía haberlo olvidado. En este lugar a nadie le gusta perder. ¿Lo has visto, hija mía? —dijo, sin apartar la mirada de Castiel y Zabinsky—. Muchas veces terminan aceptando un empate a regañadientes. Y en casos extremos, la muerte.

Shayza terminó por girar el rostro hacia ella. Su labio superior temblaba por causa de un tic; no podía estar de acuerdo con esas creencias, aunque las respetaba. Eran algo que ella no terminaba de comprender, pero llamaban su atención al ver lo diferentes que eran el Mundo Mágico y el Humano. Curiosidad, al fin y al cabo.

Mientras, Castiel le rozó el contorno del cuerpo a Zabinsky con puñetazos tan rápidos y letales como una bala. Giró sobre su propio eje, doblando la rodilla con la intensión de pegarle en el centro del pecho. Sin embargo, el vampiro lo esquivó al dar un descomunal salto hacia atrás; aunque ahora, literalmente, se halla entre la espada y la pared. Castiel avanzó hasta él, decidido a acabar con todo.

—¿No piensa detenerlo? —preguntó Shayza; escondió su espanto a tropezones.

Layla intercambió miradas entre la lucha y su hija.

—¿Por qué debería?

Shayza se dispuso a detenerlos por su cuenta, pero Layla la paró en seco colocando el brazo ante ella. Negó con la cabeza y la agarró de la muñeca. Algo le advirtió que su hija sería demasiado testaruda como para acatar una simple orden.

Zabinsky consiguió escabullirse y esquivó otro golpe. Rodó por el suelo y terminó de pie en medio del salón. Shayza podía ver en lo que se había transformado Castiel: dientes puntiagudos se asomaban sobre sus labios, y las uñas ahora eran largas garras negras. Shayza retrocedió. Castiel se puso a cuatro patas y barrió el suelo con ambos brazos.

Shayza se aferró al vestido de su madre, y esta la vio con cierta distancia y le quitó la tela de mala gana.

—Castiel, Zabinsky, calmaos, ¿vale? —intervino Yokia; había emergido de un remolino y extendía las palmas—. Aquí todos sois amigos.

Yokia se interpuso entre ambos seres, ayudándolos a razonar. El vampiro no le quitaba la mirada a su contrincante. Castiel hacía lo mismo, pero mientras más pasaban los segundos e intentaba controlar la respiración, sus ojos volvieron al azul habitual en un pestañeo.

—La clase ha terminado —anunció Yokia, todavía sin moverse de su lugar. Le hizo un ademán a los alumnos para que se fueran, y estos, entre cuchicheos, salieron—. Joven Viktish, usted también. Lo tengo controlado.

Shayza esperó que las brujas salieran –Layla desapareció entre todo aquel caos– al tiempo que las oía decir: «¿Viste cómo estuvo a punto de liberar el alma de brujo? ¡Por el señor oscuro, quería verlo matar a Zabinsky!», «Creo que me cagué», «Mi bisabuela era una niña la última vez que consiguieron pegarle en la cara…». No era la primera vez que se daba cuenta de la gran cantidad de mujeres, pero… fácilmente podría decir que apenas conocía a cuatro hombres en todo aquel instituto. Tras no querer darle cuerda en ese momento a la extraña situación, se paró de puntillas para saber lo que hacía Yokia; sin embargo, solo logró visualizar sus cabelleras, y el ruido de los demás brujos no la dejaba aguzar el oído con precisión. Sí lo intentó, pero lo que consiguió fue oír estática. Eso le erizó el vello de la nuca y la obligó a marcharse, quedándose con la duda. Pero a los minutos, se le prendió el bombillo: sus hermanas podrían decirle qué había ocurrido con Castiel.

Así lo hizo, solo que, cuando sus hermanas llegaron, ya amanecía y los alumnos regresaban a sus habitaciones sin poder saber el cotilleo.

—¿Qu-qué sucedió con Castiel? —preguntó Shayza, somnolienta.

Celia, mientras se quitaba su uniforme, suspiró.

—Nada. Sigue durmiendo.

Shayza se sentó en la cama y se estrujó el ojo. Con aquel gesto parecía una niña que despierta en mitad de Nochebuena. Fijó la mirada en Minerva, y esta hizo lo mismo a la vez que se quitaba las botas.

—No fue nada —aseguró Minerva, y Celia bufó—. Es un... acto reflejo que tenemos todos los brujos.

—¿El luchar a matar? —soltó Shayza, pero recordó las palabras de su madre—. Lay... Mamá me dijo algo sobre el odio y la avaricia.

—Castiel es un brujo con muchos años de experiencia en combate. Creo que habrá practicado todos los años que estuvo contigo para no perder la rutina —dijo Celia, y saltó para quedar en la cama arriba de Shayza—. Y eso hace difícil que alguien lo golpee o simplemente roce su piel con un arma. ¡Castiel es una máquina de matar!

—¡Chist! —la mandó a callar Minerva, y se acostó en su cama individual y apagó la vela.

Celia asomó la cabeza, cayéndole el cabello como cascada, y, aunque ella pudiera verla, Shayza no.

—Entonces —continuó, esta vez susurrando—, Castiel deja en evidencia su alma de brujo. Han pasado milenios desde el último que le acertó un golpe.

—¿Quién lo hizo?

—Demetrio, nuestro tío. Lo conocerás en La Central Mágica o cuando comiences las clases. Es esposo de Lisandra Macknobal, la tercera reina. —Hizo un ademán como si Shayza pudiera verla—. Es un imbécil, aunque no lo parezca, que antes buscaba la manera de sacar de sus casillas a Layla... Desde muy jóvenes tienen sus riñas, pero como ahora está casado, respeta a nuestra madre. Como sea... Castiel solo tuvo eso: un acto reflejo. Pero cuando la furia loca le bajó, felicitó a Zabinsky. Tocar a Castiel te garantiza una nota excepcional, pero puedes morir en el intento. —Volvió a acomodarse en su lugar—. Bueno, Shaycita, recuerda nunca golpear a Castiel en un entrenamiento si no te sientes segura de sobrevivir a lo que sigue.

Shayza quiso decirle: «No te preocupes, no tengo instintos suicidas», pero calló y trató de dormir. Aunque se revolvió en su cama, sintiéndose como en *La Princesa y el Guisante*, solo que su guisante en realidad era una emoción de miedo y angustia. Imaginarse peleando con Castiel en el próximo mes no la dejó bien parada. Estaría allí durante milenios y eso haría que en algún momento tuviera la fuerza suficiente para enfrentarse en un duelo contra él. ¿Qué le iba a hacer? ¿La trataría igual de tosco que a sus alumnos?

Maldición…

¡Esa idea le estremeció los sesos! Claro, ella siempre había sido un trabajo. Y el recordar sus palabras la hizo sentir una estaca en el pecho.

«¿Por qué soy tan estúpida? —se preguntó, y frunció el ceño. Se cubrió hasta las orejas con la manta y apretó los ojos. La estaca en el pecho comenzaba a deslizarse hacia su corazón—. Idiota».

Al no poder pegar un ojo, se levantó. Buscó a ciegas entre sus cosas el tubo con la pócima que la hacía dormir, y en vez de beberlo, lo apretó. Quería romperlo entre los dedos, pero o era demasiado débil todavía o la botellita era irrompible. Alzó la mano con la intención de estrellar contra el suelo dicho frasquito, aunque las lágrimas se deslizaron por sus mejillas.

Jamás había estado entre tanto drama, y menos por un chico. ¿Por qué no sentía lo mismo con Aitor? ¿Con Alan o Alex? ¿Es que aquellas relaciones no fueron tan estrechas como imaginó? ¿Era por culpa de la mentira sobre su identidad? Todos eran columnas de una mentira que no tardaría en derrumbarse, pero Castiel solo fue un espectador. Un topo de Layla. Y el resto del grupo, seguidores de Gideon.

A ese paso no podría adaptarse igual de fácil que en la mansión, allí solo mantenían una venda en sus ojos, y en el colegio de su madre se encargaron de arrebatársela con todo lo que se adhería a ella.

Estaba retrocediendo.

Salió de la habitación con el pijama, que la cubría por completo, y, arrastrando los pies, dio un pequeño paseo por el octavo piso mientras miraba la pócima.

—¿No puedes dormir?

Shayza se sobre saltó, buscando la voz. Pero no vio a nadie.

—Mira abajo, vuelvo a ser Wilson —comentó Yokia—. Sigo siendo tu confidente, si es lo que necesitas.

—Estoy mejor si guardo lo que siento. Pero gracias —aseguró ella, y puso ojos en blanco y volvió a avanzar.

—La boca puede decir una cosa, pero el corazón otra —comentó él, y trotó tras ella—. O eso dicen los humanos, ¿no?

—Algunos son muy filosóficos —replicó Shayza.

—No vayas a arrojar esa pócima —sentenció el gato—. No es para nada barata, y sé que eres impulsiva. —Entornó los ojos—. Me lanzaste una lámpara.

—¡Y tú me...! —Contuvo el grito antes de que fuera tarde—. Me engañaste.

—Te protegíamos. Aaah... ¿no puedes enojarte menos? Sí eres una Viktish. ¡Demonios! Si en el clan nos dejamos llevar por el odio y la avaricia, vosotros sois los más complicados de tratar. —Frunció el hocico.

—Espera un momento —dijo Shayza, parándose en seco—, si tú y Castiel se apellidan Muya, ¿qué hacen en este clan? —Shayza arrugó el rostro y pensó lo peor—. ¿También sois mis hermanos?

—¡¿Qué?! ¡No! —chilló Yokia—. Es complicado, ¿vale? Nuestros padres dejaron tirado a Castiel, como si fuera basura, en Rusia cuando era solo un bebé. Conmigo hicieron lo mismo, pero aquí, en el Mundo Mágico. A ninguno nos fue mejor que al otro, lo dejo claro.

—Pero ¿por qué harían eso?

—Es lo que suele pasar con los hijos varones. Nos echan a la basura, mientras que a las mujeres os visten con oro. Lo mismo que pasa en el mundo donde te criaron, pero al revés. —Si estuviera en su forma humana, se habría encogido de hombros—. Layla nos acogió cuando más lo necesitábamos, pero eso fue hace mucho tiempo. Cuando Layla todavía tenía corazón. O... puede que siga teniéndolo, pero esté demasiado quemado como para que lo notemos. Hummm… ¿no sabes nada sobre mi hermano?

Shayza negó con la cabeza.

—Lo conozco desde que tengo memoria, pero no sé quién es Castiel Muya, solo conozco a Castiel. —Se encogió de hombros a la vez que levantaba un poco las manos y hacia un puchero—. Sería raro que le preguntara después de diecisiete años, ¿no crees?

—Son quince años los que estuvo contigo. Si no contamos la eternidad que pasó aquí —dijo lo último casi en un susurro—. Y sí, te entiendo. Ya es cosa del pasado. Mejor céntrate en Historia Básica y pasa la materia. Te espera un largo primer año. Pero no te abrumes, pronto los años te parecerán semanas.

«No lo creo», agregó para sí cuando vio que Yokia se alejaba dando trotes.

»Ah, antes de que lo olvide —dijo, y dio la vuelta—. Tienes que olvidar todo el asunto con tu padre. Layla se asegurará de que no lo vuelvas a ver.

Vaciló al recordar que no terminó de contarle su historia y la de Castiel y no estar tan segura de su afirmación. Con lo poco que conocía a Gideon, presentía que era un hombre testarudo. Dio unos pasos con la mano levantada, procurando llamar la atención del felino. Pero Yokia ya había desaparecido entre las sombras que creaba la lámpara sobre el techo del patio.

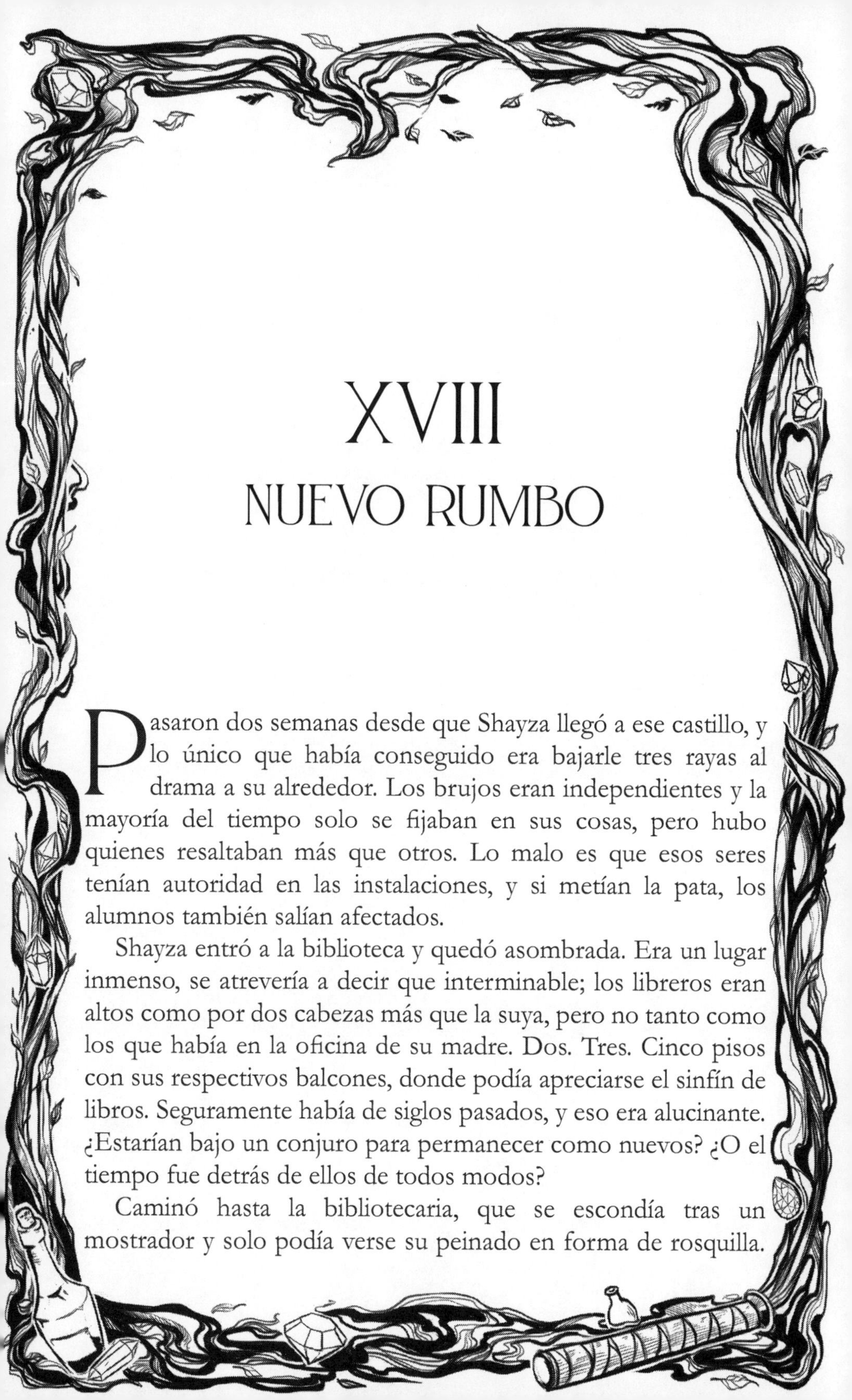

XVIII
NUEVO RUMBO

Pasaron dos semanas desde que Shayza llegó a ese castillo, y lo único que había conseguido era bajarle tres rayas al drama a su alrededor. Los brujos eran independientes y la mayoría del tiempo solo se fijaban en sus cosas, pero hubo quienes resaltaban más que otros. Lo malo es que esos seres tenían autoridad en las instalaciones, y si metían la pata, los alumnos también salían afectados.

Shayza entró a la biblioteca y quedó asombrada. Era un lugar inmenso, se atrevería a decir que interminable; los libreros eran altos como por dos cabezas más que la suya, pero no tanto como los que había en la oficina de su madre. Dos. Tres. Cinco pisos con sus respectivos balcones, donde podía apreciarse el sinfín de libros. Seguramente había de siglos pasados, y eso era alucinante. ¿Estarían bajo un conjuro para permanecer como nuevos? ¿O el tiempo fue detrás de ellos de todos modos?

Caminó hasta la bibliotecaria, que se escondía tras un mostrador y solo podía verse su peinado en forma de rosquilla.

Al Shayza pararse de puntillas, la mujer vio dos ojitos heterocromáticos y creyó que se trataba de una niña. Enarcó las cejas que se escondían detrás de los lentes.

—Buenas noches. ¿Podría decirme dónde encontrar el libro *Las Cuatro reinas*?

A la bibliotecaria le estuvo raro el tono de voz, por lo que se puso de pie, acomodó sus lentes y vio por completo a Shayza. Sin decir nada, la analizó de arriba abajo.

—¿Qué edad tienes, jovencita? —preguntó la mujer.

—Diecisiete… —titubeó; por algún motivo la incomodaba. Sin embargo, al ver que la bibliotecaria no decía nada más, agregó—: Soy una extraviada.

Y con eso todo estuvo resuelto. La bibliotecaria, o mejor dicho, Sanker –según lo que decía su gafete– hizo un movimiento de cabeza, volvió a acomodarse los lentes y le pidió que la siguiera. Shayza esperó a que saliera tras el mostrador; pero no tuvo presente la idea de que aquella mujer podía ser un ser antinatural, hasta que vio su enorme cuerpo de babosa y oyó el ruido al avanzar sobre la alfombra; al seguirla era como escuchar a un gato lamer un sillón de cuero. Shayza se quedó mirando la baba en el suelo y cómo esta desaparecida por arte de magia antes de poder esquivarla.

Sanker media máximo tres metros y la mitad humana era delgada; si se quedara tras el mostrador, nadie sabría que tendría ese cuerpo. Menos mal que Shayza ya había llegado a ver otras criaturas como ella. Al principio sí se asustó, pero Celia le dijo que escondiera esa emoción, pues era considerado una ofensa.

Shayza vio a varias alumnas, que parecían aisladas de cualquier otra cosa que no fuese el libro que tuvieran delante.

—Cuidado con los escalones —avisó Sanker; usó el pasamanos y miró sobre su hombro.

La joven asintió, embobada al ver un poco de lo que estaba en el segundo piso. Pasaron varios libreros hasta que Sanker giró a la derecha entre dos de ellos.

—Si lo quiere en español, dígalo en voz alta antes de abrirlo —informó Sanker.

—Pero mis poderes no están… despiertos.

—No importa. Si sí, ni tú ni otros alumnos de muy lejos podríais leerlos.

Tomó un libro de la última repisa y se lo entregó a Shayza. Esta le agradeció y siguió hasta unos escritorios más al fondo. Cuando estuvo sola, jadeó extasiada. Nunca tuvo la oportunidad de ir a un lugar así en la isla donde vivió por tanto tiempo, y todos sus libros eran los que conseguía gracias a donaciones; la gran parte de ellos carecían de portada o las primeras páginas, pero de igual manera los leía e imaginaba el resto.

Sonrió con melancolía al tomar asiento. Suspiró e hizo lo que Sanker le dijo.

El libro se abrió por sí solo, soltó un destello y las letras se volvieron doradas y saltaron de las páginas, para luego volver a colocarse en su lugar. Shayza se acercó, boquiabierta. Su profesora no le había pedido uno hasta ahora y nunca creyó que pudieran hacer algo así.

La historia del Mundo Mágico era aún más extraña cuando leía de ella. Existían cuatro clanes –si no se tenía en cuenta a los mantha, quienes se encargaban de cualquier criatura que no fuera un brujo o brujo híbrido– por orden de importancia: Viktish, Muya, Macknobal y Kiyo. Al leer el apellido de Castiel y Yokia, lo repitió en voz alta sin darse cuenta y siguió leyendo.

Las futuras reinas deben, por obligación, engendrar tres hijas, no importa si son de diferentes padres. Pero si hay un varón, por lo general, este es dado en adopción, o en el peor de los casos (y el más común), abandonado en cualquier lugar con la intención de que muera, aunque siempre terminan por saber cuál es su clan correspondiente, lo que los hace dignos de casarse.

¿Qué era eso? ¿La época medieval con un cambio de roles? Shayza arrugó el rostro. Ella siempre había creído en la igualdad de género sin llegar a los extremos, pero que la historia de los mundanos se repitiera, aunque al revés, era impactante. También leyó una parte que hablaba sobre las elecciones para la próxima reina. Primero que nada, la bruja debía tener 25 años o más para matar a su madre y así tomar su lugar.

Por un momento, ella pensó en que lucharía contra sus hermanas para hacerlo, pero al leer que se debía de tener un buen conocimiento sobre los hechizos, sus esperanzas cayeron en picada. Minerva y Celia le llevaban varios milenios de ventaja. Y tampoco tenía fe de que, por obra del destino, ella tuviera buenas calificaciones en un tema del que no conocía nada. Ahí entraba su lado que luchaba por la justicia e igualdad, haciéndola recostarse en la silla por recordar su futuro en una universidad a la que jamás iría.

Ahora comprendía por qué Castiel tenía un fuerte acento ruso, mientras que el de Yokia era distinto, como todos los que vivían allí. Sin embargo, recordó el tema de los tres hijos, lo que la llevó a revivir su conversación con Yokia. Habló dolido, como si ambos hubieran sido echados de lado por culpa de una hermana. Y ante todo eso, ¿quién era esa tercera o tercer hermano?

Buscó entre las páginas, tratando de dar con un árbol genealógico, con la esperanza de que al ser un libro mágico este se actualizara con el tiempo. Lo agarró con ambas manos por lo grueso que era y le dio vuelta. Siguió rebuscando, pero no encontró nada. Relamió sus dientes y miró sus alrededores, por si daba con alguien que pudiera ayudarla. Al encontrarse totalmente sola, se puso de pie y caminó al librero donde Sanker tomó el libro. No conseguía leer los lomos, pero sacó uno por uno para ojearlos.

—¿Necesita ayuda? —preguntó un chico, con cierto temor en la voz.

Shayza se giró hacia él; era un joven rubio. Entornó los ojos y recordó que era el mismo que hablaba con Castiel el día siguiente a su llegada. ¿O fue el mismo día en que llegó? Era casi lo mismo.

—Estoy buscando el árbol genealógico de los clanes.

—Hummm. —Al ser alto solo le bastó con estirar un poco la mano para alcanzar otro grueso volumen—. Solo diga en alto el idioma en que lo quiere leer.

—Muchas gracias —respondió ella, sonriente—. ¿Cómo te llamas?

Él lo dudó un poco antes de estrecharle la mano.

—Korak Kiyo.

Y dicho eso, se apartó. Shayza, como hasta el momento, se quedó boquiabierta y vio cómo Korak se teletransportaba a quién sabe dónde. Al volver en sí, agitó la cabeza. Frunció el ceño y volvió a su lugar, para abrir el libro después de traducirlo.

¿Es que Layla protegía a los niños que sus padres no quisieron? ¿Habría más hombres abandonados? Y si Shayza hubiera sido varón, ¿habría vivido lo mismo o Layla tomaría su responsabilidad como madre?

Aquello la hizo tener un mal sabor de boca. No llegaba a imaginar del todo las vicisitudes que debieron vivir antes de que Layla los acogiera en su clan. Sintió lástima por ellos. Ella solo estaba comportándose como una niña berrinchuda y pensando en ella misma. Notó una punzada en el pecho, y lo estrujó para apaciguarla y se dispuso a buscar ese árbol genealógico.

Al encontrarlo, puso mala cara. Las imágenes de Castiel, Yokia y Korak y unos cuantos más estaban tachadas con una X. Sin embargo, no dejó que el enfado la controlara y encontró, en parte, lo que quería: Igal Muya, la hermana menor. Había otra imagen tachada –la de una chica– y bajo ella decía: «Murió a los 8 años por culpa de Bram Loffom». Rubí, la hermana menor de Layla y Demetrio. Su tía.

Pero siguió leyendo y conectando sus parentescos. Yokia y Minerva eran medios hermanos al ser hijos de Bram Loffom. Así que, de alguna manera, Castiel y Shayza también podían ser familia; primos o algo de ese estilo, ya que Minerva era su hermana mayor. Pensar en la endogamia la hizo sentir enferma. ¿Cómo no lo vio antes? Al ser tan pocas familias, era obvio que tarde o temprano se casaran con un primo o tío…

Se le erizó el cabello de la nuca.

Su familia y esos clanes eran un misterio inimaginable, por lo que decidió darle más importancia a la decisión de competir con sus hermanas para poder ser la próxima reina. Iba a dar lo mejor, aunque la idea de matar a su madre no le agradara. Tenía emociones encontradas. Layla era espantosa, pero a la vez terminaba siendo una… ¿buena persona? Era extraño. Ella era como un rompecabezas al que le faltaban piezas, igual que el resto de los seres a los que conocía.

De pronto, sintió que alguien le sopló la oreja, espantándola. Celia la miró embozando una sonrisa cuando la volteó a ver ceñuda.

—¿Qué haces, Shaycita? —Vio ambos libros sobre la mesa y formó una O con la boca—. Andas curioseando… y estudiando, espero.

—Es extraño que aquí ocurra casi lo mismo que con los humanos, pero al revés —comentó, y volvió a ver los libros.

—¿Qué se le puede hacer? Han pasado milenios y milenios con las mismas reglas…

—¿Y a nadie se le ha ocurrido cambiar de idea? —la interrumpió, molesta.

Celia borró su sonrisa juguetona y su expresión cambió a una de curiosidad.

—Hay quienes lo han intentado. —Señaló otras equis de generaciones pasadas; hombres y mujeres—. Han muerto y los han borrado del árbol. ¿Por qué? ¿Quieres intentarlo?

Shayza apretó la mandíbula.

—Tal vez.

A Celia se le dibujó una nueva sonrisa.

—Bueno, no soy nadie para impedirlo. Adelante. Pero no tendrás mi voto —aseguró ella, pero algo en su mirada hizo que Shayza no la creyera.

—¿Piensas igual que ellos?

—Me mantengo neutral, Shaycita. Ahora, preocuparte por tus exámenes si quieres ser mejor que Minerva, que te lleva mucha ventaja. —Al ver que no replicaba nada, suspiró—. Tampoco te preocupes por mí. Tengo buenas calificaciones y soy buena con los hechizos, pero… es algo que no me importa, ¿sabes? No tengo el porte de líder. Prefiero acatar órdenes.

«Pero si ni sigues las básicas», quiso decirle, pero lo pensó mejor.

—Sé lo que estás pensando —aseguró riendo. Shayza todavía no sabía si eso, literalmente, era posible—. *¿Cómo Celia puede decir algo así si ni siquiera le dice mamá a su madre?* Aunque parezca que soy una bruja maleducada, es solo mi forma de ser, pero te aseguro que, cuando debo ponerme a las pilas, lo hago. ¿Necesitas ayuda para memorizar eso de un modo más sencillo? —dijo, y tomó asiento a su lado.

Shayza volvió a ver a Zabinsky desde una distancia considerable. Él estaba colocando carteles, y estos volaban por todas partes, adhiriéndose a las paredes, puertas y pilares. No obstante, uno voló hasta quedar ante sus ojos; ella lo tomó y, aunque no podía entender los extraños símbolos, intentó descifrar lo que decía basándose en el dibujo de una bailarina rodeada de hilos coloridos –magia, sin duda–. ¿Era una especie de campeonato? Quería preguntarle a alguien para estar segura de lo que había entendido, pero por lo general se la pasaba sola luego de clases. Y veía a sus hermanas muy de vez en cuando fuera de la habitación; seguro tendrían sus problemas por resolver.

Relamió sus dientes y volvió a avanzar hacia la biblioteca, donde comenzaba a pasar gran parte del tiempo. Sin embargo, por estar ensimismada, tropezó con una enorme figura.

—Viktish, tenga más cuidado —dijo Castiel, e hizo levitar los papeles caídos.

Shayza no pudo decir nada. Había pasado tiempo desde la última vez que se topó con él, mas la fecha de ser su nueva alumna se aproximaba. Castiel tampoco cooperó, pues se veía tenso. Vio el cartel en la mano de su antigua protegida y la volvió a mirar, esta vez serio.

—Es un campeonato de magia —aclaró, señalándolo—. Es útil si lo que quiere es subir las calificaciones. —Al Shayza volver la vista al papel, Castiel titubeó—: No le recomiendo hacerlo en sus primeros años.

Shayza tragó grueso; luego abrió la boca, avergonzada. Estar investigando sobre quién era él, que podían ser familia y lo que escondía su pasado para después encontrándoselo de frente era pura mala suerte.

—¿En qué consiste? —se atrevió a preguntar.

Castiel suspiró un poco fastidiado. Se rascó el puente de la nariz y parpadeó. No fue porque Shayza lo molestara, solo que comenzó a sentirse dolido por lo que sucedía entre ellos.

—Gimnasia rítmica es lo que más se asemeja. Debe sincronizar sus pasos con los hechizos y cosas como esas. —Examinó los alrededores con cierta incomodidad—. No soy quien se encarga de ello, la verdad. Puede hablar con la profesora Gloyoti. La encuentra en el piso siete. Ahora, si me disculpa, estoy realmente ajetreado. Pero me alegro de saber que se encuentra bien.

Shayza masculló un gracias mientras lo veía alejarse. Le pareció raro que en ese momento volviera a parecer que era agradable con ella. El día en el que estuvo en su oficina también lo notó, pero creyó que era una invención de su alterada cabeza.

Varios alumnos saludaron a Castiel, y él solo les daba un intento absurdo de hola y adiós. Al final, optó por lo más fácil: teletransportarse.

«Ese tío está muy raro», pensó Shayza, todavía viendo el punto en que se había ido Castiel. Entornó los ojos y quiso retomar su camino, pero Zabinsky se interpuso. Este sonrió mostrándole los colmillos.

—Oí lo que dijo el profesor Muya. —Frotó sus manos y su sonrisa tembló—. Sé que ambos han tenido una relación estrecha, y yo no debería meterme en esto, pero el profesor es así. Ajetreado, quiero decir… y un poco antipático.

Aquello la tomó por sorpresa, aunque no quería seguir hablando de él.

—¿Querías decirme algo en concreto, Zabinsky? —Pasó todo su peso a un solo pie.

—Puedes participar en Danza y Magia cuando entres al primer siglo. Yo participo desde hace dos décadas. Me ofrecería a ayudarte, pero ya sabes.

—Tranquilo —intentó ser lo más amable que pudo; que un varón le hablara para decirle algo como aquello ya resultaba extraño—. Pero lo agradezco. Ahora, si me disculpas, debo ir a la biblioteca.

Antes de que el vampiro pudiera replicar, Shayza ya se había alejado con trotes hacia su destino. Ahí sí que deseó poder teletransportarse como todos los brujos, o híbridos como Zabinsky y Yokia, según lo que aseguraron sus hermanas cuando preguntó por qué ellos estaban allí.

No obstante, al llegar a la biblioteca, su madre estaba esperándola con la misma expresión vacía en los ojos. Pero esta vez hizo algo diferente: la saludó y sonrió. Eso no podía ser nada bueno, y Shayza lo supo cuando su cuerpo se estremeció ante ese gesto.

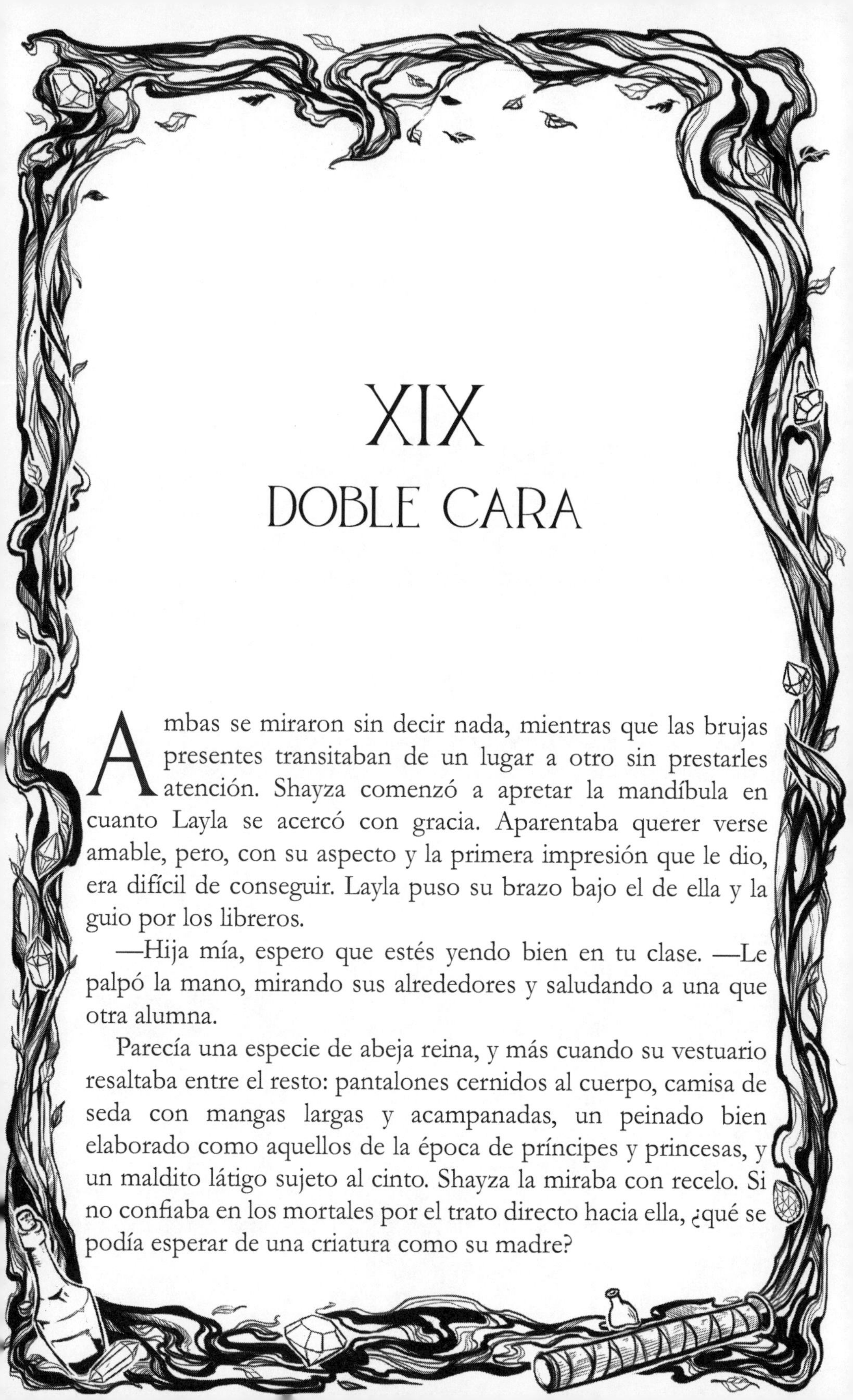

XIX
DOBLE CARA

Ambas se miraron sin decir nada, mientras que las brujas presentes transitaban de un lugar a otro sin prestarles atención. Shayza comenzó a apretar la mandíbula en cuanto Layla se acercó con gracia. Aparentaba querer verse amable, pero, con su aspecto y la primera impresión que le dio, era difícil de conseguir. Layla puso su brazo bajo el de ella y la guio por los libreros.

—Hija mía, espero que estés yendo bien en tu clase. —Le palpó la mano, mirando sus alrededores y saludando a una que otra alumna.

Parecía una especie de abeja reina, y más cuando su vestuario resaltaba entre el resto: pantalones cernidos al cuerpo, camisa de seda con mangas largas y acampanadas, un peinado bien elaborado como aquellos de la época de príncipes y princesas, y un maldito látigo sujeto al cinto. Shayza la miraba con recelo. Si no confiaba en los mortales por el trato directo hacia ella, ¿qué se podía esperar de una criatura como su madre?

—Pronto cumplirás dieciocho años y es un honor para mí por fin hacer un ritual a tu nombre —dijo alegre, tomándola de ambas manos al tiempo que hacía levitar los libros de su hija—. Puede ser que no te guste, lo entiendo, pero me hace mucha ilusión.

Shayza no sabía de qué demonios estaba hablando. Claramente todavía no llegaba a esa parte en Historia Básica; sin embargo, temió preguntar en qué consistía, por lo que se limitó a verle la frente, o cualquier lugar, con la intención de no hacer contacto visual.

—Serás una gran bruja como tus antepasados, hija mía. Solo deberás esforzarte y hacer lo que esté a tu alcance para pasar sobre los obstáculos... Sabes de lo que hablo.

Shayza contuvo las ganas de entornar los ojos. Pudo estarle diciendo que matara a sus hermanas, pero no quería irse por esos lares. Prefería pensar que, de cierta forma, la estaba apoyando para que fuera una gran bruja como sus hermanas. Al final, Layla parecía una mujer confiable, pero en realidad sería capaz de atravesar a cualquiera con un puñal.

Su vista se posó sobre ese oscuro látigo en el cinto de su madre y revivió el día en que la conoció. Apartó sus manos de las de Layla; por un momento pensó que las vio manchadas de sangre. Hizo una señal de alto y negó con la cabeza.

—Creo que estás esperando mucho de mí, madre —titubeó.

—No me defraudes —ordenó; borró la falsa sonrisa y aflojó las facciones, lo que la hizo retomar su habitual expresión, y desapareció sin más.

Shayza miró de un lado a otro; había olvidado que a nadie le importaba lo que ambas estuvieran haciendo, por ser las principales del clan. Y era algo a lo que todavía no se acostumbraba.

Relamió los dientes y se dispuso a estudiar e indagar sobre los hijos no queridos de las reinas. Debía aprender todo sobre ellas y sus hijos, quiénes eran y quiénes fueron, si llegaron a quebrantar una de sus propias leyes. Seguía con la intención de buscarse un hueco por el cual ascender a reina, pero la idea de matar a su madre continuaba dándole pinchazos en su moral.

Se vio las manos e imaginó un futuro en donde aquel pensamiento no le parecía retorcido; se estremeció. Tenía que haber otra forma de derrocar a la reina del clan sin necesidad de derramar sangre. Pero esos seres parecían amar la matanza y la tortura. ¡En los libros solo hablaban de eso! Si lo pensaba bien, los humanos solían actuar de la misma manera.

Por un momento pensó que su padre la mantuvo lejos de la magia para que, ahora que vivía con su madre, todo le pareciera inaguantable y no pudiera llegar a acostumbrarse. De ser así, fue una buena jugada por su parte. Pero, si lo que quería era enfadar a Layla, pues al él creer que Shayza era su hija, lo que hubiera sido más factible era que le enseñara a matar desde niña y a no temerle a nada.

Aunque lo más que quisiera fuera comprender a sus padres, ambos era un acertijo diferente. No había manera de saber qué pasaba por sus cabezas. Y deseaba no tener ningún signo de curiosidad, pero aquello era como decirle que dejase de vivir.

Siguió buscando entre pilares y pilares de libros. Quería hacer tantas cosas a la vez que en cierto punto le costaba concentrarse. En ocasiones, allí, en la biblioteca, se quedaba con la mirada perdida y, al despertar, se percataba de que había pasado más tiempo del que quisiera. Al final decidió irse, pues no iba a perder su tiempo si la cabeza estaba en otro lugar. Y como no tenía nada más que hacer, aprovechó las horas restantes para salir a pasear por los corredores.

Castiel le había dicho dónde hallar a la profesora de Danza y Magia, pero… le costaba creer que pudiera entrar. Aunque uno nunca sabe.

Al estar delante de la oficina de la señora Gloyoti (sí, así sin más), llamó a la puerta, y esta se abrió, lanzándole un fuerte olor a pelaje de caballo. Shayza contuvo la respiración y se presentó ante aquella mujer mitad humana y… Vaya cosa. Era una mujer centauro que apenas cabía en ese lugar.

—Oh, eres la hija de nuestra señora Layla —dijo, y trató de darse la vuelta para presentarse. Con sus patas traseras golpeó una repisa, haciendo que esta cayera junto a unos cuantos libros y un pequeño tiesto—. No te preocupes por eso. —Rio.

Era una centauro muy guapa. Su piel canela y ojos castaños resaltaban bajo aquel cabello negro y ondulado. Sonreía de oreja a oreja y sus ojos destellaban amabilidad.

—Quisiera información sobre Danza y Magia —dijo Shayza. Quizás el hecho de saber que allí podía encontrarse de todo no la hizo titubear como hubiera hecho con un profesor mortal—. Sé que todavía me falta tomar los exámenes de Historia Básica, pero…

—No te preocupes por eso. ¿Te queda una semana? Puedo darte un folleto, pero por desgracia no tengo ninguno en español. —Al ver que la esperanzas se apagaban en los ojos de Shayza, levantó las manos para calmarla—. No, no. Niña, en esta vida no todo es negro o blanco. Puedo hacerte uno en un santiamén.

Y así fue. Entre sus manos se formó un pequeño panfleto con ilustraciones de personas bailando y con destellos a sus alrededores.

Al Shayza tenerlo, lo ojeó maravillada. Al final, no todo era malo en ese mundo, también tenía sus cosas color de rosa.

—¿Aquí no hay que matar a nadie? —preguntó ella, sin poder despegar la vista de la información.

A Gloyoti le pareció extraña su pregunta, pero no la juzgó. Soltó una risita tintineante.

—No, joven. En estas instalaciones hay dos equipos, y tú decides a cuál unirte. Hay campeonato de lucha y de Danza y Magia. Es cierto que el combate es una asignatura obligatoria, pero fuera de ello, puedes elegir una clase extracurricular. Si lo tuyo es crear un baile lleno de magia, emociones y contar una historia, regístrate. Debo tener un formulario por aquí… solo deja que lo traduzca.

Una sonrisa se dibujó en el rostro de la joven. Mientras más leía sobre Danza y Magia, más quería esforzarse en aprender a recitar los hechizos. Aquello la hizo dejar de pensar en todo lo complicado que estaba viviendo, y era lindo. En el momento sintió que le iba a explotar el pecho por la emoción, pues por dentro estaba saltando.

Gloyoti le dio un formulario, y Shayza no dudó un segundo en llenarlo.

—Bueno, Viktish, bienvenida a Danza y Magia. —Sonrió ampliamente—. Espero que disfrutes tu estadía aquí con todos tus compañeros. —Le palpó la nariz con un dedo como si en realidad estuviera hablando con una niña de preescolar.

¿O es que sí se veía como tal?

Por otro lado, Castiel escuchaba la conversación entre Shayza y Gloyoti. No fue su intención en un inicio, claro, pero sabía que había sido un poco imbécil con la joven cuando tropezaron en el pasillo. Él debía aparentar la actitud que había adoptado durante los años que estuvo en ese colegio, pero todavía tenía las malas costumbres del tiempo que fue el protector de Shayza. Y para evitar un mal trago, trataba de no topársela siempre que tuviera la ocasión, y aun así ella se las ingeniaba para aparecerse de frente.

Durante ese tiempo estuvo armándose de valor para tomarla desprevenida, llevarla a su oficina y asegurarle que lo dicho no era lo que sentía. Pero la posibilidad de que Layla los atrapara lo asustaba más que enfrentarse solo a un senemi.

Shayza salió de la oficina, atenta al folleto de Danza y Magia. Castiel usó un hechizo para volverse invisible, y Shayza miró detrás de ella, buscando de dónde vino aquel murmullo.

Sin embargo, al Castiel verla, supo que esa era su oportunidad para decirle la verdad. Examinó el perímetro, procuró que el único ser fuera la profesora de Danza y Magia y caminó hasta Shayza. Le cubrió la boca a la vez que la tomó de la cintura con el brazo y la arrastró hasta un lugar más privado. Shayza, al no comprender nada, soltaba patadas y quejidos para liberarse.

—Soy yo —susurró Castiel, con la idea de que eso la calmaría.

Aunque en realidad obtuvo la reacción contraria. Shayza se estremecía con mucha más fuerza, lo que daba a entender que el tiempo allí hacía que sus habilidades salieran a la luz. No era tan fuerte como él, pero sí lo suficiente para asustarlo y soltarla en uno de los pasillos desérticos.

—¿Qué demonios crees que haces? —siseó ella en voz baja. Todavía no podía verlo, pero solo se dejó guiar por el ruido de su respiración.

—Necesito hablar con usted.

—Señor Muya, no hay nada de lo que debamos hablar —replicó ella con sorna—. Si viene a impedir que escoja una clase extracurricular, llega tarde.

—Sabe que jamás haría algo como eso. Usted es libre de tomar sus propias decisiones.

Bueno, aquello sí era algo del Castiel con el que había vivido. Shayza se tragó sus palabras y esperó a que reapareciera o dijese algo.

—Ya. ¿Entonces qué quieres?

Castiel no respondió y la tomó de la mano, teletransportándola a su oficina. Aseguró la puerta, deshizo el hechizo de invisibilidad y la miró con vergüenza. Shayza sostuvo su cabeza al marearse. El teletransporte era menos genial de lo que recordaba.

—Déjeme, la ayudo —se ofreció, pero ella levantó la mano para detenerlo y por su cuenta tomó asiento en una silla junto a la pared—. Pido disculpas por cómo me comporté.

—¿Por qué? Ya dijiste lo que tenías que decir.

—Si en realidad cree eso, ¿por qué sigue aquí? —Suspiró cansado. Seguía sin poder llevar una vida normal, aquello lo estaba consumiendo desde el interior.

—«Porque no tengo cómo defenderme de ti» —dijeron al unisonó.

—Conozco lo suficiente de usted como para saber qué respondería ante eso. Por favor, Viktish, le pido que guarde silencio y me deje darle una explicación.

Shayza lo vio ceñuda, aunque al rato cedió su petición.

—Gracias —dijo él, pero ahora tocaba lo que más le costaba decir—. Vuelvo a pedirle una disculpa. —No obstante, esta vez se arrodilló ante ella—. He sido un imbécil, pero siempre me he comportado como tal, hasta que me mandaron a protegerla.

—Esto parece sacado de un libro. Me voy. —Se puso de pie, pero Castiel la sujetó de la muñeca, y ella pudo ver cómo este se quebraba ante sus ojos.

Las lágrimas le corrían por las mejillas. Estaba igual que ella cuando él le rompió el corazón.

Al final, no pudo irse. Se arrodilló a su lado y lo abrazó con fuerza. Él la aferró entre sus brazos como si su vida dependiera de ello, respiró y comenzó a contarle sobre las noches que bebía pócimas para conciliar el sueño, que lloraba hasta quedarse dormido, que buscaba formas de evitarla y mantener la cabeza ocupada, pero que el recuerdo del día en que fue cruel con ella siempre aparecía.

Shayza tampoco pudo seguir haciéndose la fuerte y empezó a llorar.

—Eres demasiado correcto para mi gusto, Cass. No debes hacer eso. O sea, poner primero las decisiones de otra persona antes que las tuyas —dijo Shayza con dificultad. Lo golpeó en la espalda varias veces con la mano abierta y luego aferró su camisa—. Yo hubiera aceptado el vernos a escondidas o... o... no sé. Cualquier cosa con tal de no romper nuestra amistad.

—Es por la profecía, Viktish. Ni siquiera deberíamos estar abrazados. Yo... —se apartó y se limpió el rostro—... temo que Layla me castigue a latigazos. Ya ha visto cómo es. El día en que usted llegó, supe que la encontraría torturando a Minerva, pero no pude hacer nada para evitar que usted lo viese.

—Llegué a odiarte —lo empujó—, a maldecir tu existencia, a llamarte mentiroso, pero al final lo entiendo. También me incomoda mi mamá. Y me da miedo hacer algo mal como para que me castigue de una manera retorcida.

Ella volvió a abalanzarse sobre sus brazos. Ambos se tenían un inmenso cariño y fueron demasiado estúpidos como para querer arrancar de raíz una relación tan larga. Él la abrazó todavía más fuerte; creía que si la soltaba esta desaparecería, haciéndolo ver que todo era un sueño. Introdujo los dedos dentro de su cabellera como nido de pájaros y respiró su olor. Shayza olía a caramelos.

—Sería un buen momento para sacar unas paletas del bolsillo… ¿Seguro que no hay un hechizo para eso? —Castiel negó con la cabeza—. Puff, qué decepción, deberíamos crear uno.

Parecían retomar su rumbo habitual, igual que el día en que la llamó para darle una pócima y hacer su primer intento de contarle la verdad. Como si ella hubiera olvidado que tenían que estar lejos el uno del otro.

—Viktish, debo hacerla llegar a su habitación para no levantar sospechas.

—Cinco minutos más, Cass.

Cinco minutos más. Por lo que Castiel había aprendido, esos minutos podían hacer la diferencia. Tal y como la vez en que Shayza tardó en regresar a casa y él tuvo que ir a buscarla.

Una cosa era cierta, si cedía, corrían el riesgo de que los descubrieran. Pero quizás pasaría un tiempo para poder volver a abrazarse o si quiera hablar igual que antes.

—Bueno, sí. Ya me voy, porque no quiero meternos en problemas. —Shayza rio con amargura—. Tenemos los suficientes como para conseguir más, ¿verdad? —Se puso de pie a la vez que Castiel y lo miró sonriente—. Debo admitir que estoy demasiado feliz y que te extrañé mucho mucho.

Castiel se sonrojó y se rascó la nuca; asintió dándole la razón.

—¿Y cómo vuelvo a mi habitación sin que sepan que estuve aquí? —inquirió ella.

—Le abriré un portal hasta allí, nada más. Tenga buenas noches y espero que apruebe los exámenes.

Ambos tenían una sonrisa tonta. Sin embargo, Castiel avanzó para abrir un portal, y ella, luego de dudarlo por un instante, lo atravesó.

Y al volver a estar solo, Castiel se apoyó en el escritorio, suspirando. Sentía que el corazón le iba a mil por ahora, las manos le temblaban y las piernas apenas lo mantenían de pie. Pero no tardó en tener un pensamiento retorcido: ya era mayor como para cuestionarse lo que realmente querían decir esa emoción al estar con ella y la sonrisa que siempre le sacaba. Se lo preguntaba cada vez que su mente se iba por ese camino. Se engañaba a sí mismo diciendo que ella le recodaba a su yo de joven, que le parecía muy divertida, inteligente, creativa, de un carácter complejo, pero que aun así le era tierna.

Decidió calmarse dentro de lo posible, pues aquellas podían ser dudas precipitadas. Si en realidad quería saber la verdad y estar seguro de que no solo estaba divagando, debía pensarlo con la mente fría.

Estar enamorado de una joven a la que vio crecer era algo turbio, o al menos, para él. Shayza lo máximo que podía ser era su hermana menor, ya que tenía la misma edad que Igal. Para otros brujos eso no sería un problema… pero Castiel no era así. Él, por lo general, prefería estar alejado de los amoríos desde la muerte de su esposa.

Levantó unos cuantos papeles sobre su escritorio y los organizó en el aire; pero de pronto cayeron con estrépito. Apoyó ambas manos sobre la superficie y dejó caer la cabeza: no podía deshacerse de aquella idea. Para su forma de ser, creer estar enamorado de Shayza le revolvía el estómago. Y, por obvias razones, no era porque la chica no le pareciera bonita, sino por su moral, aquella que desarrolló al vivir en el Mundo Humano y después de haber visto tantos matrimonios arreglados.

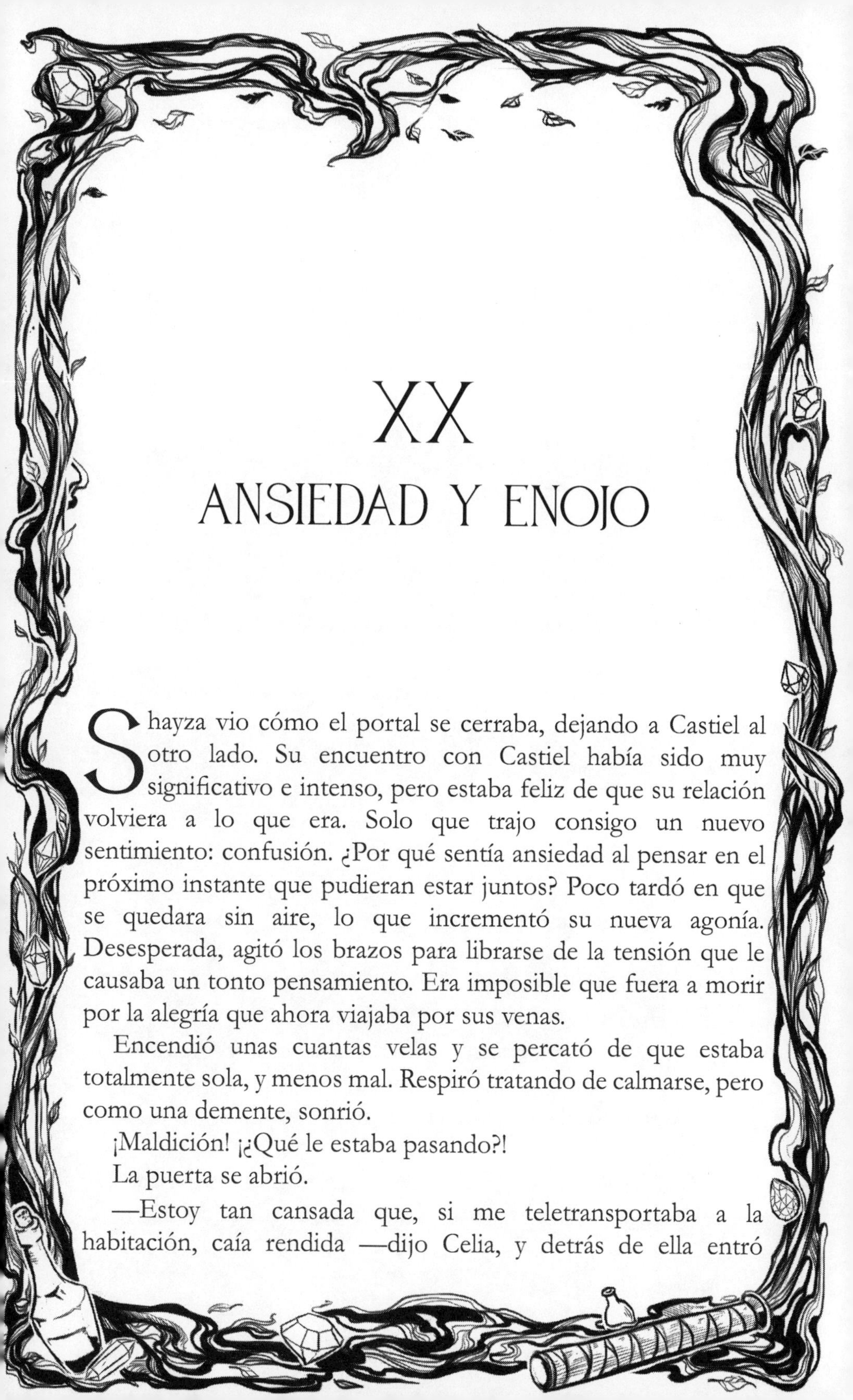

XX
ANSIEDAD Y ENOJO

Shayza vio cómo el portal se cerraba, dejando a Castiel al otro lado. Su encuentro con Castiel había sido muy significativo e intenso, pero estaba feliz de que su relación volviera a lo que era. Solo que trajo consigo un nuevo sentimiento: confusión. ¿Por qué sentía ansiedad al pensar en el próximo instante que pudieran estar juntos? Poco tardó en que se quedara sin aire, lo que incrementó su nueva agonía. Desesperada, agitó los brazos para librarse de la tensión que le causaba un tonto pensamiento. Era imposible que fuera a morir por la alegría que ahora viajaba por sus venas.

Encendió unas cuantas velas y se percató de que estaba totalmente sola, y menos mal. Respiró tratando de calmarse, pero como una demente, sonrió.

¡Maldición! ¡¿Qué le estaba pasando?!

La puerta se abrió.

—Estoy tan cansada que, si me teletransportaba a la habitación, caía rendida —dijo Celia, y detrás de ella entró

Minerva—. Ah, Shaycita, ¿qué tal? —La analizó de pies a cabeza y sonrió con malicia.

—No pienses cosas que no son —dijo Shayza, asustada.

—Yo no he dicho nada —se defendió Celia, y levantó las manos.

—Si no es un problema que nos envuelva a las tres, no hay inconvenientes —replicó Minerva.

Shayza no respondió, pero pensó en lo que su madre le había dicho.

—Mamá quiere hacer un ritual a mi nombre. —Si comenzaba a hablar de otra cosa, seguramente esa extraña ansiedad se iría.

Celia y Minerva dirigieron su atención a Shayza, casi como la chica de *El Exorcista.*

Celia abrió y cerró la boca, buscando qué responder, mientras que Minerva frunció el ceño.

—¿Qué quiere decir? —indagó Shayza al ver la reacción de ambas chicas.

—Sucede que nos pasa lo mismo que a los humanos —aclaró Celia con desdén—. Tenemos una diosa, pero ella no se ha presentado desde que Aquel-que-no-se-puede-nombrar la echó del Edén. —Shayza giró un poco el rostro, como si Celia hubiera enloquecido—. ¡No me veas así! ¿Qué esperabas? Somos seres oscuros, después de todo. Como decía: Lilith no se ha presentado ante nosotros desde hace mucho, mucho tiempo. Y bueno, pasa lo mismo, hay quienes creen en ella y otros a los que les da igual. Sin embargo, nuestra querida madre siempre hace un ritual cuando una de sus bellas hijas cumple años. O hay un eclipse, o algún acontecimiento así.

—Entonces, ¿Layla realizará un ritual satánico el día de mi cumpleaños? —preguntó Shayza; apenas podía creer que de vivir en una ciudad donde todos eran religiosos cayera a una donde alababan al contrario. Sonrió perpleja.

—Ajá. Solo se sacrifica una cabra, hay música más vieja que nuestra bisabuela y recitan palabritas en latín o cualquier lengua muerta.

—La verdad es que Celia nunca se presenta en los suyos y madre ya se ha dado por vencida —intervino Minerva, y acomodó la almohada bajo su cabeza.

—¿Por qué no podemos ser como los humanos? —se quejó Celia—. Poner unas cuantas velas de números sobre un pastel, comida y una bolsita con dulces, no estar encerrados durante horas en una mazmorra que apesta al aliento de un muerto y a orín de ratas.

Shayza se revolvió bajo las sábanas. Una de sus opciones para estudiar en la universidad era ser veterinaria, y oírlas hablar de sacrificar cabras le revolvía el estómago.

—Puede que esta vez Madre no sacrifique una cabra —dijo Minerva al ver la reacción de su hermana menor—. Acabas de llegar y has vivido como una humana...

—Humana y pobre. Todavía no lo entiendo. Es decir, Gideon siempre ha tenido una fortuna, entonces, ¿por qué tenerla en un lugar donde siempre la miraban sobre el hombro? —habló Celia, pensativa.

—Para esconderme de vosotras. Estar bajo perfil —respondió Shayza—. Tal vez. A mí tampoco me cuadra... Tanto él como mamá son muy difíciles de entender.

—Lo dices y llevas muy poco de conocerlos. Míranos, llevamos milenios conociendo a nuestra madre y lo único que tenemos seguro es que a veces no se puede confiar en ella. Pero por más que nos azote, lo hace por nuestro bien. Es su manera de demostrarnos que por una mala decisión podemos poner en riesgo nuestras vidas y al clan.

A Shayza no le agradó aquel razonamiento, pero al final eran sus creencias.

—No es tan malo como parece —aseguró Minerva—. Te lo digo yo, que he recibido más latigazos que Celia. En el instante el dolor es infernal, pero cuando se detiene, nuestra piel se recupera y al final es como una picadura de mosquito.

Eso no la calmó para nada. Terminó por frotarse los brazos para después irse a la cama, dejando por concluida la incómoda conversación. Pero había logrado olvidar lo que Castiel la hizo sentir.

Shayza suspiró nerviosa. Al día siguiente tendría los exámenes de Historia Básica, y si conseguía aprobarlos, tendría que hacer una visita a La Central Mágica junto con Castiel. La idea de ir con él comenzaba a molestarla y a hacerla sentir ansiosa. Solo debían comportarse como profesor y alumna en presencia de otros seres, mientras que en privado podían seguir comportándose como buenos amigos.

¡Shayza se sentía tan confundida!

Si el Mundo Mágico no la terminaba enloqueciendo, sería por ese corazón irracional que tenía.

En cuanto se dio cuenta, sonreía de nuevo. Se cubrió la boca e insistió en aprender lo único que le faltaba: la religión de los seres oscuros. Como había dicho Celia, en ese bajo mundo creían en Lilith. Unos les daban ofrendas, otros le rezaban día y noche o le daban las gracias, como a Aquel-que-no-puede-ser-nombrado. Pero con el pasar de los siglos, los nuevos brujos y otras criaturas fueron creyendo que pensar en un ser que los había creado de cero y nunca se presentaba era absurdo. Aunque absurdo era que seres como ellos lo creyeran así.

El libro también mencionaba rumores sobre que la mayoría de las criaturas fueron humanas en el pasado, solo que hicieron un pacto con Lilith y ella lo concedió con el precio de transformarlos y adoptarlos como sus hijos. Por lo tanto, era posible que de ellos naciera un humano, pero de todas formas tendría ciertas características que no lo terminaban haciendo ver como un mortal de los que Shayza conocía.

Todo el libro era una ida de olla tremenda pero atrapante, era igual que si las páginas le pidieran leer más y más. Al darse cuenta, ya iba por la mitad del segundo volumen. Ni siquiera recordaba el momento en que lo agarró. Y eso que solo se detuvo para pestañear.

—Debes tener cuidado —avisó una voz masculina—. Los libros satánicos consumen tu energía mientras los lees. Y estás por acabar ese volumen... Mejor dejarlo hasta que tengas, como mínimo, treinta años humanos.

Shayza se giró hacia él. Era Korak, el hijo no deseado de los Kiyo.

—¿Trabajas aquí? —preguntó ella.

—¿No se nota? Siempre paso por su lado, pero usted parece ida y no me gusta molestar.

—Agradezco tu advertencia... —Iba a decir algo más, pero de seguro que no le interesaría saber sus problemas.

Él hizo un gesto, parecía dispuesto a irse, pero Shayza lo detuvo.

—¿Por qué no menciona nada sobre rituales de cumpleaños?

Korak frunció el ceño y trató de comprender a qué se refería.

—¿Puede ser más específica, Viktish?

—Mis hermanas me hablaron sobre sacrificar una cabra en mi cumpleaños... —explicó casi en un hilo de voz mientras jugueteaba con los dedos.

—¡Ah, esos rituales! No tienen que ver mucho con el satanismo, la verdad. Aunque quieran hacer ver que sí, es más una costumbre de las reinas para agradecerle a Lilith por concebir a sus hijas. —Por más que fuese un hijo no deseado y estuviera allí por ello, no parecía importarle. O al menos, Shayza no notó un tono de resentimiento o dolor en la voz de Korak.

Ella asintió y cerró el libro.

—Bueno, muchas gracias —dijo al fin—. Otra pregunta: ¿no hay un libro que hable sobre Lilith?

Korak abrió los ojos de par en par, luego trató de disimularlo.

—No. Te puedo asegurar que la religión es mucho más compleja de lo que parece. —Parecía que iba a decir algo, pero calló y se despidió sin darle tiempo de responder.

«Sí, menos mal no existe», dijo para sí con sarcasmo.

Aunque Korak actuó extraño, Shayza comenzó a repasar lo que había aprendido, pero eso no duró mucho; se sentía pesada y sus ojos se cerraban sin su consentimiento.

Al despertar, se dio cuenta de que todas las velas estaban apagadas, lo que significaba que en exterior del castillo ya era de día y ella debería estar durmiendo en su habitación. Apenas alcazaba a distinguir algo que no fuese el escritorio ante ella y los libros sobre él.

—¿Hola? —dijo con intención de llamar la atención de Korak—. ¿Estás aquí, Korak?

Trató de pararse, olvidándose de los libros, y tanteó la nada para orientarse. Aquel día el escritorio que usaba de forma regular estuvo ocupado, por lo que se sentó en otro y desde ese no recordaba cómo llegar a las escaleras.

Pudieron haberla despertado, pero con su enseñanza de no hacerles mucho caso a las Viktish, ahora ella estaba allí sin nada con lo que protegerse. Aunque se suponía que no debía preocuparse por nada, puesto que el castillo era impenetrable, pero había aprendido de los libros que eso era una vil mentira. Siempre existía un hueco por el cual entrar. Y quizás Gideon lo sabía.

Se estremeció al recordar la petición de Yokia. Sí, Layla era poderosa y todo eso, pero Gideon consiguió ocultar a su hija por muchísimos años... Pensar en eso la hacía sentir ansiosa.

Tropezó y cayó de bruces, enredada con una silla. Después de quejarse del dolor, la pateó hasta que la oyó chocar con el balcón del otro extremo. Se acostó boca arriba y sintió unas patitas sobre el vientre.

—Vaya, vaya, ¿qué tenemos aquí? Shayza contra una silla —bromeó Yokia.

—Ya comenzaba a asustarme —comentó Shayza, y lo hizo a un lado—. ¿No conoces un hechizo para que haya luz?

—¿Quieres luz o poder ver en la oscuridad?

—Cualquiera estaría fenomenal.

—*Iluminar* —dijo Yokia, con un tono ni muy alto ni muy bajo.

Se oyó un chasquido y Shayza pudo visualizar a Yokia en su forma gatuna; sin embargo, la fuente de luz era una llama sobre la punta de su cola.

—No te vi ir a las duchas —dijo él—, así que pensé que habrías ido a explorar.

Shayza suspiró.

—No quiero imaginar si me hubiera dormido a mitad de pasillo —replicó—. Pero… eso de que vosotros no os metáis en los asuntos de nosotras… No sé, me molesta. Alguien pudo levantarme.

Yokia movió los bigotes.

—Son órdenes de Layla. Así que, estando aquí, eres responsable de ti misma.

—¿Entonces tú solo eres un acosador?

—Soy un vigilante nocturno —aclaró orgulloso de tener un puesto poco frecuente en hombres, y levantó el mentón.

—Todos tienen una labor, ¿eh?

—Claro. No somos vagos como muchos humanos. —Volvió a verla—. Has vivido en una burbuja y te costará salir de ella así Layla la destruya. Pero bueno, no estoy aquí para recordártelo; has roto las reglas. Y por lo visto, Viktish te ha dado un pase libre por un año, pero de todas formas debo escoltarte hasta tu habitación.

—¿Hablas del toque de queda?

—Sí, toque de queda. Ahora, vamos. Muévete, muévete.

Shayza hizo una señal para calmarlo, pero Yokia parecía muy serio en lo que estaba haciendo. Su delgada cola daba bandazos sin apagar la llama.

Mientras bajaban las escaleras, sus sombras subían y bajaban en el fondo de la estancia. Shayza no sabía si era común que el lugar fuese tan terrorífico a esa hora del día, o si solo tenía que ver con la única llama que los guiaba, pero terminó por abrazarse a sí misma y vio a todos lados como si alguien los espiara. Por un momento juró que algo suspiró en su oreja, así que dio la vuelta y enfrentó a Yokia; sin embargo, él seguía en su forma felina y entornando los ojos. Luego los abrió demasiado.

—¿Has sentido algo? —preguntó él.

—¿Tú no?

Yokia dio una vuelta sobre sí, aguzando la vista para ver si daba con una anormalidad. Dirigió su atención a Shayza y la examinó.

—No hay anda —aseguró él—. Además, el colegio es impenetrable.

—Ya. Eso es lo que dicen en todos los libros y en realidad no es así. —Shayza retorció las manos entre ellas y bajó la cabeza—. ¿Y si ha sido mi padre? Te aseguro que sentí una respiración en mi oreja.

—Tu madre es la primera reina y… tu padre es un plebeyo. Ni siquiera tiene apellido.

—¿No es hijo de ningún clan? —inquirió ella, y levantó la mirada.

Yokia negó con la cabeza.

—¿Entonces es como ese tal Bram? Tampoco he leído mucho sobre él.

—Bram es padre de Minerva y mío, por si no te diste cuenta; también es un asesino de su propia sangre, como Gideon. Ambos son seres odiados por las reinas; han matado durante años a algunos de los nuestros, así que no hay necesidad de mencionarlo en los libros.

—¿Qué hay de Rubí, mi tía?

—¡Chist! —expresó Yokia—. No la menciones. Puedo hablarte de ella, pero no digas su nombre. —Shayza asintió y retomó su camino, y Yokia se posicionó ante ella—. Pasó un poco antes de que Viktish supiera que estaba embarazada. Él la convenció de hacer un ritual a sus padres en vez de matarlos antes de que cumplieran los 60 años humanos. Los tomó con la guardia baja (mientras dormían) y quemó la habitación luego de degollarlos. Aun así, esto hizo que pudiera conservar sus almas en dos reliquias y las escondió junto al resto (hasta la fecha hay cinco reliquias de las que nadie sabe su paradero, y puede que hayan más). Entonces Bram enloqueció cuando vio que Viktish estaba en el poder.

Tuvieron una pelea donde ella no pudo ganar por falta de magia y habilidades, y Demetrio, al ser tan joven como su hermana mayor, tampoco pudo hacer nada. Bram mató a Rubí ante ambos hermanos, y, desde entonces, tu tío no puede permanecer en una habitación donde esté Layla. Aunque las brujas tengan gran poder y sean intocables, Demetrio se atreve a fulminarla con la mirada; le da igual si su esposa lo castiga por tal falta de respeto.

»Rubí era del uno por ciento de mortales que nacen de una pareja de brujos, así que fue fácil matarla cuando solo era una chiquilla de 8 años…

Shayza arrugó la frente. Por lo visto, Gideon y Bram habían hecho un pacto para secuestrarla al tener dos días de nacida, porque pensaron que ella sería la chica de la profecía. Chilló dándose cuenta de algo.

—Me criaron como una humana para que cuando la profecía estuviera por cumplirse, yo no lo supiera hasta tener ese hijo —balbuceó—. Y ahora que estoy con mi madre, soy una inútil y esto no le conviene a Gideon, pero sí a ella. Vaya, sí que le salió mal la jugada.

Miró de soslayo el lado oscuro que habían recorrido.

—No me sorprendería que haya encontrado la forma de vigilarme —comentó en un hilo de voz—. Son brujos unidos, ¿no?

Ella se estremeció. El miedo se colaba por los huesos y la sensación de ser observada aumentó. ¿Y si era cierto? Antes se veía como una posibilidad, pero Gideon tenía el dinero suficiente como para contratar cualquier servicio de Bram. No sería una locura que estuvieran uniendo fuerzas para burlar la protección del colegio. Shayza no terminaba de juntar los cabos sueltos, pero examinaba sus alrededores porque insistía en que debían ser ellos. Si tuviera algún conocimiento sobre la magia, lo usaría para camuflarse como hizo Castiel el día en que la interceptó en el pasillo. El punto sería despistarlos. Y si Yokia no terminaba de creerla, ella le diría a sus hermanas, quienes sin duda la obligarían a contárselo a su madre.

—Es… es una posibilidad, yo no la descartaría. Debes notificarle esto a Viktish, Shayza —dijo, dando la vuelta y sentándose sobre su cuarto trasero—. Te he traído a su habitación.

Toca dos veces, pero nunca una tercera. Si no responde, susurra que tienes noticias de Gideon, con eso no puede decir que no. —Aquello último lo dijo con un deje de burla.

Shayza giró hacia la puerta. Una antorcha se encendió, sobresaltándola. La verdad es que estaba demasiado tensa como para hablar con su madre, pero no quedaba de otra: Yokia había desaparecido. Vaciló con la mano a centímetros de la puerta. La dos veces que habló con Layla no fueron del todo bien… Es decir, en la primera, el odio interior de Shayza salió a flote, disgustado por la profecía, y la segunda fue para decirle que harían un ritual por su cumpleaños. Pensar en esas conversaciones la hacían querer salir corriendo a ciegas.

Sin embargo, los dos golpeteos retumbaron en el pasillo. Shayza se asustó y se encogió en su lugar, esperando que Layla abriera. Un espeluznante chirrido la hizo ver hacia la puerta. Su madre estaba de pie, con un camisón blanco, con cara de pocos amigos y con su largo cabello rizado suelto.

—Estas no son horas de molestar, Shayza. Deberías estar durmiendo.

—Lo-lo sé —titubeó: tenía miedo de que aquel odio característico saliera a flote en momento como ese—, pero debo hablarte de… Gideon.

Layla frunció el ceño; hubo un destello en sus ojos púrpuras. Dio un paso atrás y dejó que pasara. Shayza seguía encogida en su lugar; sin embargo, apretó los labios al ver el látigo colgando de un gancho con la forma de una serpiente dispuesta a atacar y al esposo de su madre acostado en otra cama. Aunque Layla hablaba lo suficientemente fuerte para perturbar el sueño, aquel hombre permaneció inerte.

—¿Y bueno? —Layla se cruzó de brazos.

Shayza suspiró y apretó los parpados. Y al cabo de unos segundos, soltó cada una de sus sospechas. Mientras ella se expresaba haciendo señas con las manos, caminando de un lugar a otro, Layla estaba serena, y llegó un punto donde Shayza creyó que esta se había convertido en una estatua.

No obstante, Shayza dejó de hablar. Layla, sin moverse, observó cómo su hija se frotaba nerviosa los brazos.

—No me sorprende —graznó Layla, luego tosió—. Perdón. Hummm, si dos brujos juntan sus fuerzas para espiarte... ¿Sigues sintiéndolos? —Shayza negó con la cabeza. Cuando pasó por la puerta, sintió un ligero tirón, como si algo se desprendiera de sus hombros—. ¿Segura? —Ella asintió—. Agradezco que vinieras tan pronto lo sentiste.

Y la invitó a irse. Sin embargo, cuando estaba cerrando la puerta, Shayza la oyó mascullar: «Los hombres solo traen problemas». Eso la hizo apretar los puños. Y es que la frase podría tener razón en su vida, pero no era motivo para echarlos a todos en el mismo saco, tacharlos como malvadas bestias.

La antorcha junto a ella se apagó y dejó el pasillo a oscuras. Pero eso no fue nada, ahora Shayza estaba molesta, y el enojo le corría por las venas, lo que le dio el valor suficiente para volver sola a su habitación.

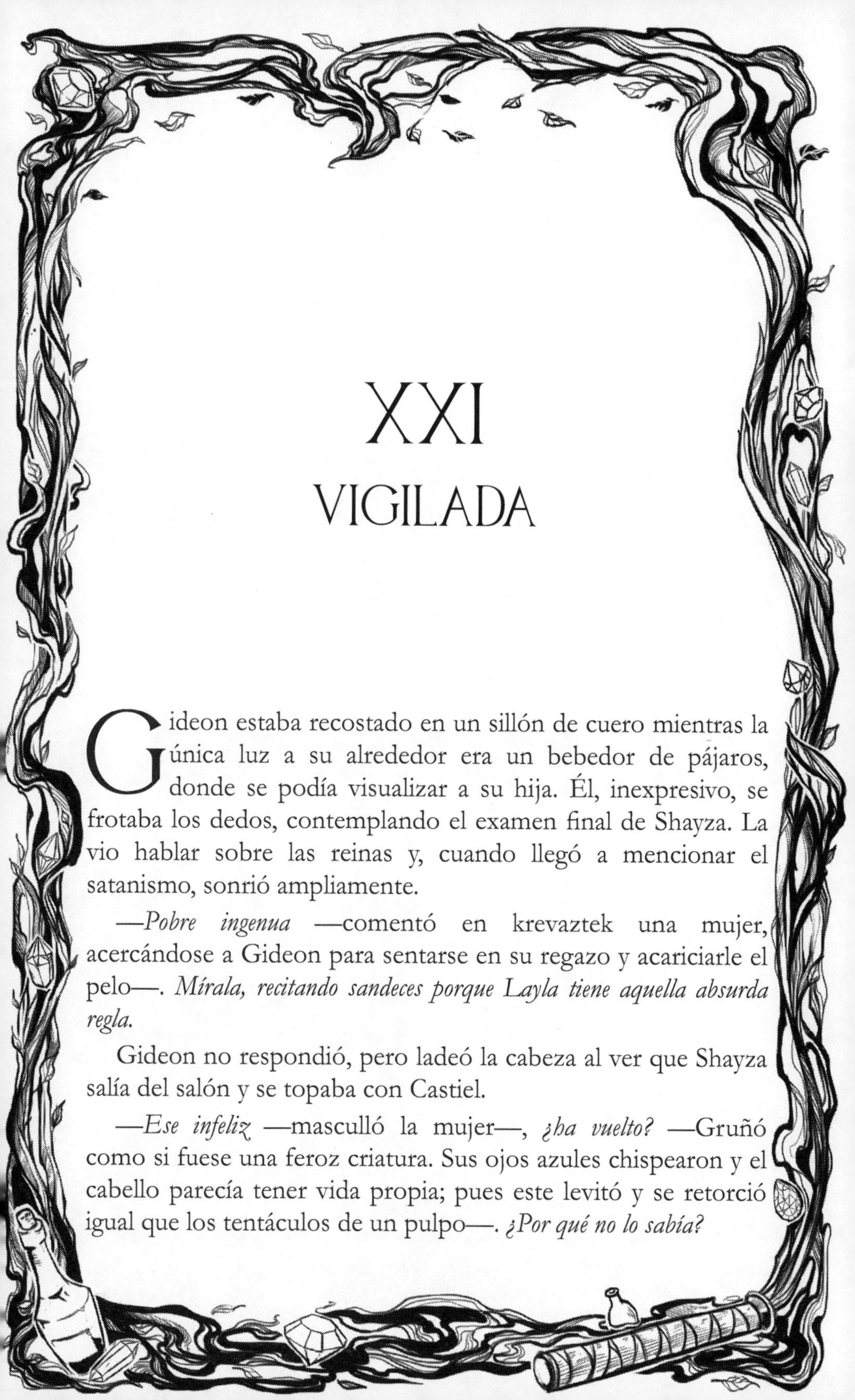

XXI
VIGILADA

Gideon estaba recostado en un sillón de cuero mientras la única luz a su alrededor era un bebedor de pájaros, donde se podía visualizar a su hija. Él, inexpresivo, se frotaba los dedos, contemplando el examen final de Shayza. La vio hablar sobre las reinas y, cuando llegó a mencionar el satanismo, sonrió ampliamente.

—*Pobre ingenua* —comentó en krevaztek una mujer, acercándose a Gideon para sentarse en su regazo y acariciarle el pelo—. *Mírala, recitando sandeces porque Layla tiene aquella absurda regla.*

Gideon no respondió, pero ladeó la cabeza al ver que Shayza salía del salón y se topaba con Castiel.

—*Ese infeliz* —masculló la mujer—, *¿ha vuelto?* —Gruñó como si fuese una feroz criatura. Sus ojos azules chispearon y el cabello parecía tener vida propia; pues este levitó y se retorció igual que los tentáculos de un pulpo—. *¿Por qué no lo sabía?*

Gideon la ignoró y se incorporó. Notó los gestos de Castiel hacia su querida hija. Agrandó la imagen como si fuese un móvil y buscó en el más mínimo temblor de su voz. Quería asegurarse si él era parte de la profecía. Gideon ya sabía que Castiel era un aliado de Layla, pero también estaba seguro de que sería quien tuviese un desliz por Shayza. El deseo entre ambos pelirrojos era obvio, y aquello enfurecía a la mujer junto a él: Lotto.

Lotto continuó viendo la imagen, hasta que Gideon la deshizo con pasar la palma sobre ella. Lotto pestañeó y, con los dientes creciendo, desfigurado su hermoso rostro, bramó. Su apariencia era muy parecida a Medusa, pero sin la posibilidad de transformar en piedra a quien la viera a los ojos.

—*Él es mío, Gideon* —aseguró ella. Ahora Gideon le prestaba parte de su atención viéndola de reojo—. *Se me escabulló de las manos.* —Apretó el puño, en dirección al bebedero.

— *You have to calm down, witch* —dijo Eliot, entrando en la habitación.

«Bruja». Lotto odiaba la forma en que el cazador se dirigía a ella, pero, por más que quisiera quebrarle el cuello, Eliot defenderse de ella.

Gideon seguía callado mirando el bebedero y volvió a hacer aparecer la imagen de su hija. Ahora ella saltaba y sus cosas estaban desperdigadas en el suelo. En la pizarra al lado de ambos pelirrojos había una calificación del cien por ciento. Gideon enarcó una ceja, sonriente. En ocasiones la vio batallar en la escuela mortal, pero que sacase tal excelencia era conveniente para él: seguía siendo una niña ignorante y fácil de manejar.

—*Have you heard he wants to fight for men's rights?* —preguntó Eliot.

—*I think it's a good idea* —aseguró Gideon con voz rasposa—. *That'll distract her.*

Lotto soltó una risita irónica.

—*Dime eso a mí, la reina de los burdeles masculinos* —siguió hablando en su idioma natal con sorna, y examinó sus largas garras—. *Y claramente no me importa.*

Eliot la vio sin decir nada, luego volteó hacia su jefe y pidió retirarse. Gideon hizo un ademán con la mano, como si diese igual.

Gideon volvió a dirigir la mirada al bebedero: ahora Shayza caminaba sola por los pasillos; parecía dirigirse a la oficina de la señora Gloyoti.

—*¿Y esa qué cree que hace?* —masculló Lotto. Aunque el enojo se estaba dispersando, se notaba todavía su descontento hacia Shayza—. *Oh, va a participar en Danza y Magia.*

Se puso de pie, comenzó a dar vueltas por la habitación a medida que esta se iluminaba con el destello que lanzaba su magia al recitar hechizos. Lotto carcajeó.

—*Si solo supiera lo que se avecina* —comentó ella.

Mientras, Gideon alzó una mano para que guardara silencio, se levantó y salió de la habitación, perdiéndose en las sombras de su castillo bajo el mar.

Solo tenía que esperar para poner en marcha la otra parte de su plan.

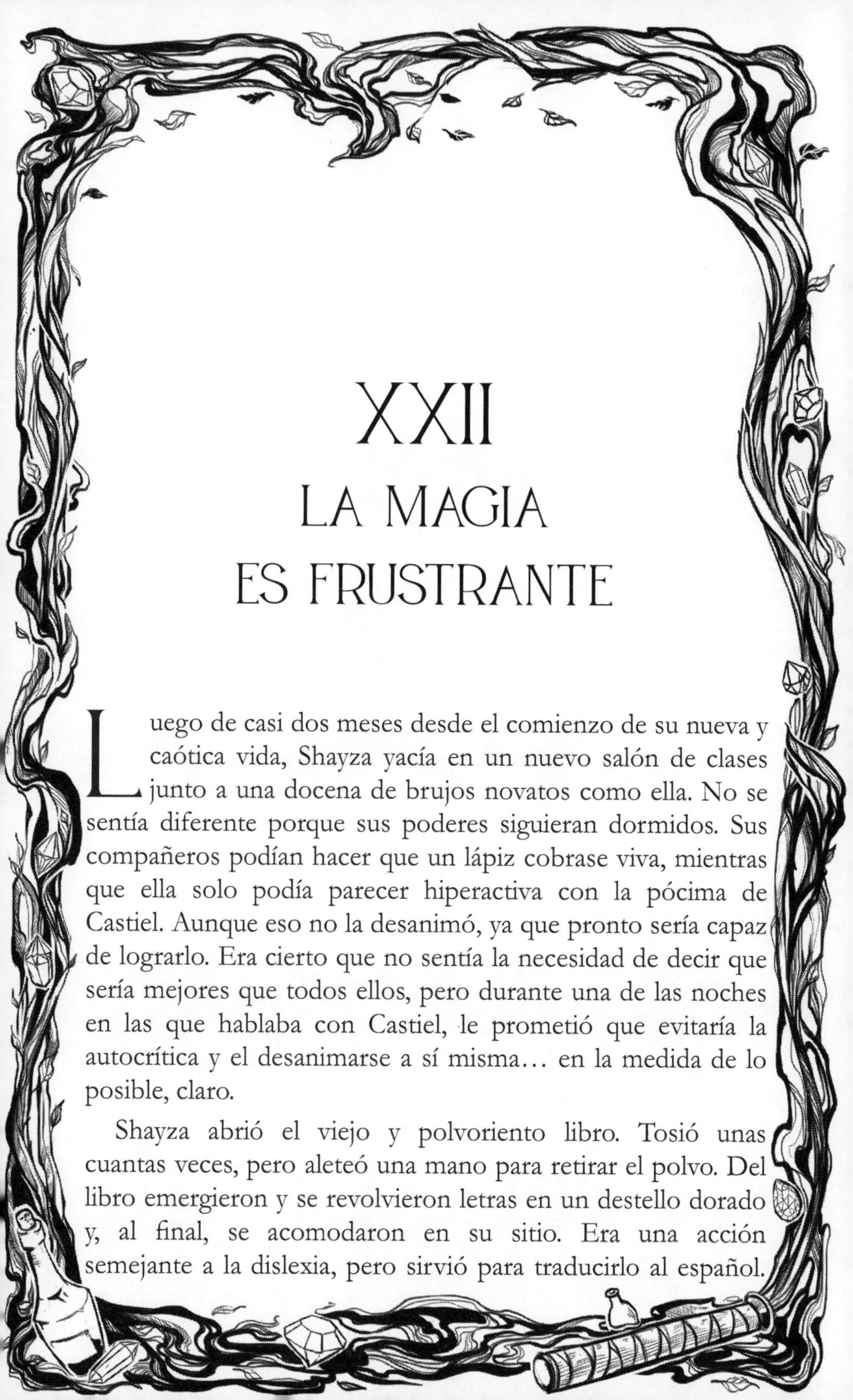

XXII
LA MAGIA ES FRUSTRANTE

Luego de casi dos meses desde el comienzo de su nueva y caótica vida, Shayza yacía en un nuevo salón de clases junto a una docena de brujos novatos como ella. No se sentía diferente porque sus poderes siguieran dormidos. Sus compañeros podían hacer que un lápiz cobrase viva, mientras que ella solo podía parecer hiperactiva con la pócima de Castiel. Aunque eso no la desanimó, ya que pronto sería capaz de lograrlo. Era cierto que no sentía la necesidad de decir que sería mejores que todos ellos, pero durante una de las noches en las que hablaba con Castiel, le prometió que evitaría la autocrítica y el desanimarse a sí misma… en la medida de lo posible, claro.

Shayza abrió el viejo y polvoriento libro. Tosió unas cuantas veces, pero aleteó una mano para retirar el polvo. Del libro emergieron y se revolvieron letras en un destello dorado y, al final, se acomodaron en su sitio. Era una acción semejante a la dislexia, pero sirvió para traducirlo al español.

Sus páginas estaban llenas de hechizos e imágenes para dar una idea de en qué consistía cada uno.

Sus ojos heterocromáticos brillaron de emoción mientras sonreía. Aquello era mágico (nunca mejor dicho) y embriagante. Pasó las páginas de un lado a otro igual que si fuesen una cascada, luego miró a su profesor de Hechicería. Un hombre con ojos rasgados de reptil, con escamas azules, verdes y amarillas, y cabello rizado de color castaño. Según oyó de sus hermanas, el Profesor Lagarto, como lo llamaban ellas, había llegado muy lejos para ser un hombre y Layla lo aceptó por ser el único profesor disponible en dicha materia. Sin embargo, tras unos meses en el colegio, confundió dos potentes hechizos y adoptó ese irreversible aspecto. Y tras ese incidente, de haber una profesora apta para la clase, Layla lo hubiera reemplazado.

Minerva, quien no demostraba interés en nada que no fueran sus estudios, aseguró que él había sido muy apuesto. En cuanto Shayza lo vio, lo dudó por mucho, pero no estaba allí para juzgar el físico de su profesor, o el de cualquier otro ser vivo.

El Profesor Lagarto escribía en la pizarra con su cola a una velocidad envidiable al tiempo que les daba la cara a sus alumnos. Parecía sonreír, amistoso, aunque a Shayza le costaba diferenciar un gesto en concreto. Hasta podía estar molesto y no darse cuenta de ello.

Mientras el profesor hablaba, Shayza miró tras ella: volvía a sentirse vigilada. Pero no había nada allí, solo una bruja que estaba jugando con su lápiz.

—Esto es sencillo, jóvenes —dijo el profesor—. Es probable que algunos ya lo sepáis por vuestros padres, pero nunca está demás mejorar la táctica, ¿cierto? —Dejó la tiza sobre el escritorio y dio unos cuantos pasos hasta quedar en medio de su área—. Está claro que existen una infinidad de hechizos y que la mayoría son creados según la necesidad del brujo y su capacidad, así que pondremos en práctica algunos para que entendáis la manera en que se utilizan en sus vidas cotidianas. Repitan conmigo mientras ven su cuaderno: *levitar*.

Shayza lo pronunció en un susurro al tiempo que el resto de los brujos lo hacían en voz alta. Su cuaderno se quedó inmóvil, pero el de algunos de sus compañeros levitaba al primer o segundo intento. Ella se esforzó, apretó los párpados y trató de concentrar su energía, o como sea que se hiciera eso.

Nada.

Incluso aguantó la respiración.

Colocó las manos sobre el cuaderno y volvió a intentarlo, esta vez diciendo el hechizo un poco más alto.

—¿Tiene algún problema, Viktish? —preguntó el profesor, viéndola desde su lugar.

Shayza meneó la cabeza y abrió los ojos, suspirando. Le dio un sutil golpe a la mesa por debajo y el cuaderno saltó; fue su versión de levitación. Volvió a intentarlo cuando el Profesor Lagarto dirigió su atención a la pizarra a la vez que explicaba la creación de hechizos y cómo ponerlos en práctica con el tono adecuado de voz.

Shayza hizo la vista al frente, buscando una formula o guía para intentar el hechizo por tercera vez. Pero nada. Ahora entendía cómo utilizar los hechizos, pero no tenía la magia para llevarlos a cabo. Una bruja sin poderes, ¡increíble! Sería la próxima reina, claro que sí. Aunque el resto de la pizarra eran frases sin sentido y los dibujos de Cokran parecían los de un niño que comienza a usar un crayón, Shayza no quería darse por vencida. Su labio superior tuvo un tic al sentir que alguien se sentaba tras ella. De repente miró hacia atrás, sobresaltada. No había nadie aparte de la bruja que seguía ignorando la clase. Sin embargo, cuando vio a su lado, se removió en su asiento, con el corazón en la mano y un chillido. Yokia estaba allí en su forma gatuna.

—¿Todo bien, Viktish? —preguntó Cokran, y entrecerró los ojos. Su larga cola en degradado se agitó, silbando como un látigo.

Shayza asintió rotundamente. Y cuando el profesor Cokran se dio la vuelta, ella vio a Yokia con la mandíbula apretada.

—¿Qué haces aquí? —susurró ella.

—Viendo tu progreso. —Analizó el pupitre—. *Levitar*, ¿eh?

—Yokia, ¿no se supone que los brujos no se meten en los asuntos de los demás?

Yokia agitó las orejas, pensativo.

—Sí. Pero no soy del todo un brujo, así que la regla no aplica del todo para mí —respondió.

Shayza embozó una sonrisa y le rascó el lomo. Este se contrajo, comenzó a rascarse con su pata trasera y a menear la cabeza y a lamerse los bigotes. Luego, cuando tuvo la oportunidad, quiso morderla, pero ella apartó la mano.

—No me trates como a una mascota —siseó Yokia.

—¿No lo has sido mientras estaba con mi padre? —Palpó su nariz, y este volvió a tratar de morder su mano—. Ya, en serio. Me van a regañar por tu culpa.

—Igualmente me quedaré, pero tengo algo que decirte: mi hermano quiere verte luego de que termines las clases.

—¿No dijo para qué? —Trató de fingir que se tensaba. A saber qué revuelo ocurriría si alguien llegaba a enterarse de su *reconciliación*. Hizo lo que su voz interna dictó: bajar la cabeza, poner expresión de dolor y juguetear con los dedos.

—Querrá saber cómo ha ido tu primer día, supongo.

—No tengo poderes, Yokia —objetó—. Pero quiero dar lo mejor de mí.

—Supongo que también quiere remediar eso. Le gustan esas cosas por su padre vacío. El adoptivo, quiero decir —se corrigió al ver que Shayza alzaba la cabeza, curiosa.

Todavía le interesaba saber más sobre el pasado de ambos hombres, pero no quería parecer una chismosa al preguntarle a sus hermanas o directamente a ellos.

—Me voy antes de que quieras disfrazarme para Halloween.

Y con eso, Yokia saltó a una repisa y desapareció en una estela de humo. Shayza sonrió, pero no solo por imaginar a Yokia con un sombrero de bruja y una varita entre los dientes, también estaba el hecho de que volvería a ver y hablar con Castiel. Podrían pasar más tiempo juntos buscando formas de devolverle su magia.

Al salir de clases, Shayza se encontraba dando saltos en pleno pasillo y tarareando. No se dio cuenta hasta que un grupo de brujas pasó ante ella riendo y bromeando. Eso la hizo despertar de su transe y, por millonésima vez, agradeció que nadie comentara sobre su actitud. Sin embargo, también le sirvió para que se percatara de que algo la volvía a observar desde algún lado. Dio la vuelta, esta vez con temor; recordó los ojos de gato, pero no era del todo un alivio saber que fue culpa de Minerva. Ahora comenzaba a sentir que su estómago se estremecía, la piel le hormigueaba y su respiración se descontrolaba. Posó la mirada en las pinturas de las paredes, en los rincones con mesas y jarrones, hasta en las antorchas.

Avanzó unos cuantos pasos sin dejar de ver hacia atrás. Su cuerpo se tensó de pies a cabeza y caminaba con la espalda encorvada y los brazos pegados al torso. Apuró el paso, pero sus pies se enredaban entre sí, haciéndola apoyarse de las paredes.

Al final del pasillo estaba Zabinsky, un poco distraído por el libro que flotaba ante sus ojos. Pero una brisa le envió el aroma de Shayza a unos metros de él y lo obligó a ver los alrededores para dar con ella. Notó que casi fallecía contra la pared, podía oler el sudor frío que bajaba por su espalda y escuchar el tiritar de sus dientes, como si en realidad estuviera bajo el agua del Polo Norte. Corrió hasta ella, con aquella típica supervelocidad de los vampiros, y quedó a su lado. Shayza se sobresaltó y pegó la frente contra la pared.

—Casi me matas —comento ella, creyendo que quien la seguía era él desde un inicio. Aunque ya tuviera ese pensamiento en su cabeza, le costó calmarse—. ¿Necesitas algo?

—Por mí no se preocupes.

—Esto está desolado, Zabinsky —advirtió—. Mi madre podría castigarte por creer que…

—Tranquila —dijo, y entrecerró los ojos—. ¿Está… bien?

Ella asintió y se despidió. Ya tenía suficiente con tener la sensación de ser vigilada como para que su madre la agarrase a latigazos por malinterpretar una simple conversación.

Llegando a la oficina de Castiel, llamó a la puerta. Esperó. Esperó. Y volvió a llamar. Suspiró desganada, pero menos mal que el susto ya se había pasado. La puerta se abrió con un chirrido y la hizo girar para ver su interior. Dentro, puso sus cosas sobre el escritorio y se recogió el cabello con una liga que encontró entre las cosas de Celia; seguramente no le importaría. Sin embargo, esta se rompió al dar una segunda vuelta, dejando que sus gruesos rizos cayeran sobre la cara.

Ojeó sus apuntes, se vio la palma e intentó recitar el hechizo con una mejor –a su criterio– pronunciación. Chasqueó los dedos y repitió «Levitar» una y otra vez. Y cuando se disponía a darse por vencida ese mismo día, un jarro de la última repisa tras ella cayó con estrépito al suelo, sobresaltándola.

—¿Castiel?

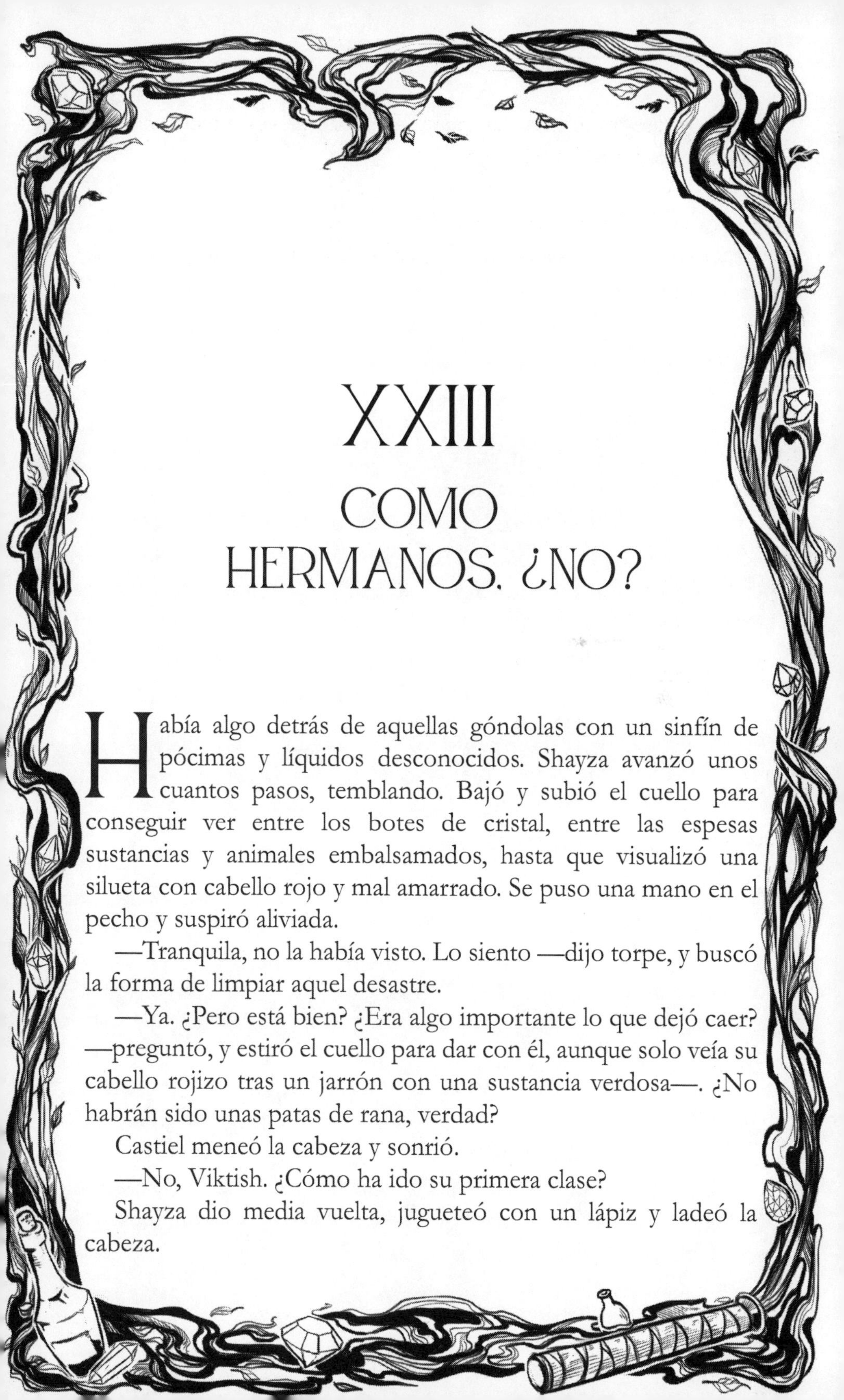

XXIII

COMO HERMANOS, ¿NO?

Había algo detrás de aquellas góndolas con un sinfín de pócimas y líquidos desconocidos. Shayza avanzó unos cuantos pasos, temblando. Bajó y subió el cuello para conseguir ver entre los botes de cristal, entre las espesas sustancias y animales embalsamados, hasta que visualizó una silueta con cabello rojo y mal amarrado. Se puso una mano en el pecho y suspiró aliviada.

—Tranquila, no la había visto. Lo siento —dijo torpe, y buscó la forma de limpiar aquel desastre.

—Ya. ¿Pero está bien? ¿Era algo importante lo que dejó caer? —preguntó, y estiró el cuello para dar con él, aunque solo veía su cabello rojizo tras un jarrón con una sustancia verdosa—. ¿No habrán sido unas patas de rana, verdad?

Castiel meneó la cabeza y sonrió.

—No, Viktish. ¿Cómo ha ido su primera clase?

Shayza dio media vuelta, jugueteó con un lápiz y ladeó la cabeza.

—Bien, dentro de lo que cabe. Ya sabe que no puedo usar mi magia, pero… ¿sabe por qué?

Castiel se golpeó la cabeza con una repisa y tuvo que ser veloz para tomar un bote que iba directo al suelo.

—Un suero. Debíamos mantener sus poderes en secreto; es lo que quería su padre.

—Vale…

—¿Puedo hacerle un comentario? —Ella asintió como respuesta y se dirigió a él, que seguía limpiando el suelo con trapos que se movían por sí solos—. La noto distinta, pero para bien. A veces la veo por el pasillo y usted sonríe como cuando nos hacíamos bromas. ¿Es feliz aquí?

Ella enarcó ambas cejas; apenas se detuvo a pensar en ello; es decir, en que había dejado de estar tan a la defensiva. Y cuando lo pensó mejor, Castiel tenía razón. En otro momento le hubiera respondido a Zabinsky con frases cortantes y distantes, pero trató de ser lo más amable con él, con Yokia y sus hermanas. Movió la cabeza de un lado a otro y, sonriente, dijo:

—Supongo que esa sería la palabra correcta. —Tomó un lápiz y entrelazó los dedos con él—. ¿Puedo saber qué ha pasado con Alan y Alex?

Esa pregunta consiguió que Castiel dejase de prestarle atención a los trapos que tallaban el suelo. Se quedó viendo a la nada y, con la boca entreabierta, no supo qué responder.

—¿Quiere la verdad o… una mentira piadosa?

Shayza pestañeaba mientras veía parte de su rostro. La expresión de Castiel se ensombreció.

—La verdad. Toda la verdad, Cass —respondió al fin, con dureza.

Castiel suspiró y se puso de pie. Le dificultaba el hecho de hablarse frente a frente y por ello estuvo tras las góndolas aprovechando que tiró la jarra.

—La verdad es que ellos solo fueron una mentira… —Apartó la mirada de Shayza e hizo gestos extraños con las manos—. Son… no-vivientes a los que su padre creó como fieles siervos.

La cara de Shayza se frunció, sus labios se torcieron en una mueca de disgusto. Después embozó una sonrisa amarga a la vez que sus ojos se cristalizaron.

—Debería no… —carraspeó la garganta—… sorprenderme.

Shayza pasó la lengua sobre los dientes y giró para ver a Castiel. Abrió los ojos con sorpresa al notar la apariencia que poseía. Ya lo había visto andrajoso, pero aquello pasó los límites de lo normal. Tenía medias lunas moradas bajo los ojos, el cabello enredado y parecía haber envejecido un par de años.

—Bueno, pero ¿está bien? —Sus piernas la llevaron hasta Castiel y estiró la mano para tocarle la mejilla.

Castiel la tomó y apartó enseguida.

—Estoy… bien. Solo tengo mucho trabajo.

—Mientes —aseguró ella—. También tenías trabajo con mi padre y nunca llegaste a verte así. Pareciera que estás deprimido o algo te perturba.

Algo lo perturbaba, sí. Pero no podía decirle que era ella, el pensamiento de quererla como mujer. Permanecieron viéndose a los ojos. La chica tenía el ceño fruncido, los labios separados y sus ojos seguían cristalinos. En su interior, Shayza comenzó a preguntarse qué sería de ella si Castiel no hubiera decidido volver a acercarse. En ese momento estaría yendo al comedor con sus hermanas, o vagaría por los pasillos para pasar el rato o estudiaría con la intención de averiguar cómo hacer aparecer su magia.

—Le aseguro que solo es cuestión de trabajo. —Se alejó, escondiendo el temblor de sus manos, y trató de alisarse el cabello. Para la próxima tendría más cuidado con su aspecto físico, así evitaría que Shayza sospechara—. Como sus poderes han estado sometidos por casi tres años, es complicado esperar que vuelvan por su cuenta. Hay que despertarlos. —Dio la vuelta con un tubo de cristal en la mano—. Bébalo y veamos.

—¿Experimentas conmigo? —Enarcó una ceja—. Ya. ¿Por qué me sometieron los poderes a los quince años?

Castiel calló, pensativo.

—Porque es la edad en que suelen despertar los poderes.

—¿No los tengo desde que nací?

—Esos son los hechiceros, y... solían ser problemáticos desde recién nacidos. Se extinguieron hace mucho tiempo, por culpa de los cazadores y la iglesia.

—Cosas de humanos, imagino —replicó Shayza, inquieta.

Agarró la pócima. Dudó unos segundos, formó una mueca con los labios y la bebió diciendo para sí misma: «Que sea lo que el destino quiera». Saboreó el gusto a chicle mezclado con tierra y se limpió la barbilla. Castiel la miró a la espera de que algo cambiase.

Uno. Tres. Cinco minutos pasaron.

—Veo que... —Shayza eructó, interrumpiéndolo—... no ha servido de nada —concluyó, y reprimió una sonrisa.

No era la primera vez que ella hacía algo como eso delante de él. La confianza lo es todo.

—¿No hay algo peor que esto?

—Oh, créame que sí hay peores. He tenido que probarlos para pruebas.

Shayza le lanzó una mirada fingiendo lástima, pero ya sabía que esa cuestión de pócimas, sanación y combate le gustaban. Por un momento contempló la forma en que su cabello le caía por la espalda, mientras estaba atento a algo en su escritorio, y recordó que Yokia dijo que Castiel tuvo un padre adoptivo.

—¿Quién es Castiel Muya? —La pregunta salió mucho más rápido de lo que hubiera querido. Se cubrió la boca y abrió los ojos con sorpresa—. Perdón, no quiero ser cotilla. Pero he crecido contigo a mí lado y apenas sé algo sobre ti. Además... según nuestros... —Calló en el momento justo—. Eh, hummm...

Aunque ella no lograra verlo, Castiel sonrió. Ya estaba acostumbrado a su infinita curiosidad, por lo que no dudó que hubiera buscado información sobre su familia y el extraño y dudoso parentesco entre ellos; aunque el tema de la sangre familiar era similar a la de los dioses griegos. Negó con la cabeza y siguió trabajando en una nueva pócima.

—Tranquila. ¿Castiel Muya? Es un brujo. Un profesor. Un guerrero. Un... —Calló cuando quería añadir que también había sido un hombre de la noche. O en palabras menos bonitas: un prostituto—. El protector y mejor amigo de una joven muy curiosa.

Shayza sonrió.

—No eres mi mejor amigo, Cass, eres mi hermano.

Oh, vaya. Eso fue una buena apuñalada al corazón. Casi sintió que las piernas le fallaron y tuvo que rascarse la barba para no sonreír con amargura.

—El hermano de una joven muy curiosa —se corrigió, y trató de seguir con el agradable ambiente—. Como ya lo habrá estudiado: soy un hijo no deseado, como Yokia.

—Y Korak —agregó ella.

—Y como Korak —reafirmó—. Soy de los pocos que conservan un acento después de tanto tiempo. Me dejaron en Rusia con la intensión de morir de hambre, pero Lilith —hizo un gesto como si se atravesara el corazón con un cuchillo— tenía otro destino para mí: un vacío, Vladimir Kozlov, me sacó de las calles siendo yo solo un bebé. Aunque a veces quiero pensar que mis padres no fueron tan… viles conmigo, más bien que me dejaron ante su puerta porque sabían que me cuidaría bien. —Sonaba triste, y esa misma emoción se abrió paso por la oficina, inundándola.

—¿Estás bien? No tienes que seguir contándomelo si te incomoda —habló Shayza, después de que permanecieron en silencio.

—¿Eh?, no. Eso pasó hace mucho tiempo, Viktish. —Quería sonar inmutable, pero un nudo en la garganta lo dificultaba—. Mi hermano fue botado aquí, en el Mundo Mágico. Mi hermana… —Se encogió de hombros—. Ella tiene un puesto entre el jurado de La Central Mágica. No la conozco lo suficiente como para hablarle a usted de ella, pero… es todo lo que puedo decir.

Shayza asintió lentamente mientras procesaba sus palabras. No sabía cómo, pero quería hacerlo sentir bien. ¿En el Mundo Mágico existiría alguna tienda de regalos donde pudiera comprarle una esfera de nieve o un chocolate?

Mientras Shayza comía junto a sus hermanas, ajena a su conversación, Celia no dejaba de mirarla a la vez que conversaba con Minerva. Dio golpecitos sobre la bandeja con su cubierto.

—Shaycita, por favor, respóndeme una pregunta que está perturbándome.

Shayza levantó la mirada de golpe. ¿Es que se habían dado cuenta de que no estaba prestando atención por pensar en un buen regalo para Castiel?

—¿Qué?

—¿Por qué el idioma principal en Rose White es el español?

Shayza la miró pensativa. No debía estar pensando en Castiel para que nadie se diese cuenta, y, aunque no quisiera, él estaba en todos lados. La pregunta le recordó a cuando la ayudaba con sus clases y la forma en que se emocionaba al hacerlo.

—Un español, durante la colonización de Cristóbal Colón en el Caribe, viajó por querer ser alguien reconocido; Aleixo Riobó era un pescador cualquiera. —Se encogió de hombros—. Robó un barco y empezó a navegar sin una ubicación, hasta que dio con Rose White. Vio que era una isla virgen, y, aunque estuviera cerca de Canadá, nadie le prestaba atención. Como si nunca hubiera existido y le hubiera abierto las puertas a Riobó en su viaje. La nombró Rosa Blanca, pero su esposa, que era una americana, le pidió en su lecho de muerte que lo tradujera al inglés, de esa forma Riobó y sus hijos tendrían un eterno recuerdo de ella, de Elizabeth.

Celia la vio con su distintiva mirada maliciosa.

—Parece que Castiel hizo bien su trabajo como tutor —dijo Celia, embozando una sonrisa.

Shayza parecía sonrojarse, y era el peor momento para hacerlo.

—¿Y qué más? —intervino Minerva.

—Nadie le creyó, pero sí su esposa y unos cuantos amigos —respondió Shayza—. Pasó el tiempo y la segunda generación volvió a España asegurando que llevaban viviendo allí desde que eran niños. Lo mismo de siempre. —Encogió los hombros.

—Lo he buscado —anunció Minerva, con los ojos cerrados—. Aleixo Riobó fue un extraviado. Eso explica el porqué pudo abrir las puertas de Rose White para todos. Rose White —abrió los ojos y miro fijamente a Shayza— es una isla perdida. Bueno, era.

—¿Como en los cuentos? —preguntó Shayza.

—Desde luego.

—Y vosotras, ¿cómo habláis tan bien el español?

Minerva y Celia se miraron con los ceños fruncidos.

—Nosotras estamos hablando en nuestra lengua, Shaycita. Aunque claro, yo puedo hablar español y un poco de inglés; Minerva solo habla inglés, al igual que Yokia. Nuestra madre no promueve los idiomas.

La joven pestañeó varias veces, tratando de comprenderla. ¿Se había perdido algo en Historia Básica o alguna otra materia? Y eso último dicho por Celia explicaba por qué de la nada Yokia hablaba español la primera vez que se encontraron luego del *rescate*.

—Nuestra lengua real se llama krevaztek. Comenzó con el indoeuropeo, que fue la lengua de El Inicio. Luego de la creación de nuestro mundo, brujos y otros seres vinieron de muchas partes del Mundo Humano, por lo que nuestro idioma fue mezclándose y mezclándose hasta crear lo que conocemos hoy —explicó Celia, muy orgullosa de su sabiduría.

—Entonces —continuó Minerva—, al ser una lengua que solo la pueden hablar los nacidos aquí, en el Mundo Mágico, hemos creado un pequeño broche —señaló la manga del uniforme de Shayza, donde había un pequeño punto fácil de confundir con un botón— para que los extraviados nos escuchéis en vuestro idioma natal. No importa si es inglés americano o británico, francés o mandarín, o, como nuestro caso, español castellano. Vosotros, al broche traduciros, habláis nuestro idioma.

Shayza lo procesó, y en efecto, tenía sentido; además de que era una locura. ¡Era tan extraño y loco todo el sistema de comunicación! En ese instante no lo demostró, pero sus ojitos brillaron con fascinación.

Asintió como si la conversación hubiera terminado allí. Pero al cabo de unos minutos, abrió la boca, mirando a su hermana mayor, quien hablaba con Celia.

—Minerva, ¿puedo preguntarte algo?

Minerva la miró y asintió.

—¿Cómo es que entraste a Carnation si se supone que Castiel no podía salir?

—Fácil. Aproveché una grieta, y Yokia también. Pero él llegó mucho después. Te vigilé durante meses, Shayza, para estar segura de que fueras tú, pues te comportas como una humana de pies a cabeza. Pero ese momento, en el bosque, supe que Castiel te revelaría la verdad de tu padre, y decidí que me vieras. Lamento haberte asustado, pero fue necesario. Yokia te guio hasta mi escondite, pues Ezequiel —dijo siseando su nombre— me atrapó junto al cazador de cuarta una noche antes.

Shayza abrió los ojos sorprendida. Entonces sí había visto a Eliot actuando de forma extraña. Se frotó la frente y negó con la cabeza. Comenzaba a recordar con exactitud el momento en que cayó por el tobogán tras la trampilla. Le dolía la cabeza a tal punto que la sujetó.

—Debe estar recordando —comentó Minerva.

Celia lo reafirmó al asentir.

—Y… ¿Y por qué mamá no entró después?

—¿Sí sabes que Gideon estaba fuera de Rose White? Ese fue el momento en que logré colarme; estuve pendiente hasta que lo conseguí. Celia solo podía estar allí con su alma. Consiguió traernos noticias de Castiel y de ti.

—Fue una misión secreta… secreta para nuestra madre. Pero, cuando estuvimos seguros de que funcionaria, le contamos. Tuvimos suerte de que el único golpe recibido fue uno en el hombro —dijo Celia, jugando con sus restos de comida para minimizar y normalizar los castigos con latigazos sin darse cuenta.

—Es peligroso que permanezcamos alejadas de este reino. Hasta nos han hecho renunciar al hecho de casarnos con los abandonados de otros clanes.

Shayza puso los ojos en blanco.

—¿Matrimonios arreglados? —inquirió ella, incrédula.

—Así es. Aunque la diferencia es que la mujer escoge con quien casarse —respondió Minerva.

—¿Castiel es una opción? —Shayza casi grita la pregunta.

Minerva la miró como si estuviera bromeando, pero al final lo confirmó. Shayza se recostó contra el asiento. Imaginar que Castiel fuese a casarse con una mujer de otro clan, que ella lo fuese a maltratar –cosa que le parecía posible por sus costumbres–, le revolvió las tripas y algo se movió en su pecho. Tragó saliva. Sentía que el pecho le apretaba, que la garganta se cerraba y los dedos le hormigueaban. Simplemente no podía imaginar que Castiel tuviera que vivir un matrimonio forzado e infeliz. ¡Imposible!

Se levantó de la silla y salió del comedor mientras sus hermanas la veían confundidas. Shayza quería hablar con Castiel, quería saber si una bruja de los otros clanes ya lo había reclamado. Pero, en realidad, deseaba en lo más profundo de su ser que, al él ser profesor, eso fuese imposible y que sus hermanas solo se hubieran equivocado.

Pero aquello solo quedó como una idea, pues a mitad de camino, Shayza se encontró al susodicho. Y aunque iba muy decidida, su mente quedó en blanco al ver que Castiel tenía mejor aspecto. Ya no poseía enormes manchas violáceas bajo los ojos ni parecía haber envejecido. Estaba como ella lo conocía: joven y feliz.

Verlo de esa forma le robó el aliento. Peor fue cuando él dio la vuelta y sonrió y sus orbes de color lapislázuli destellaron a su encuentro.

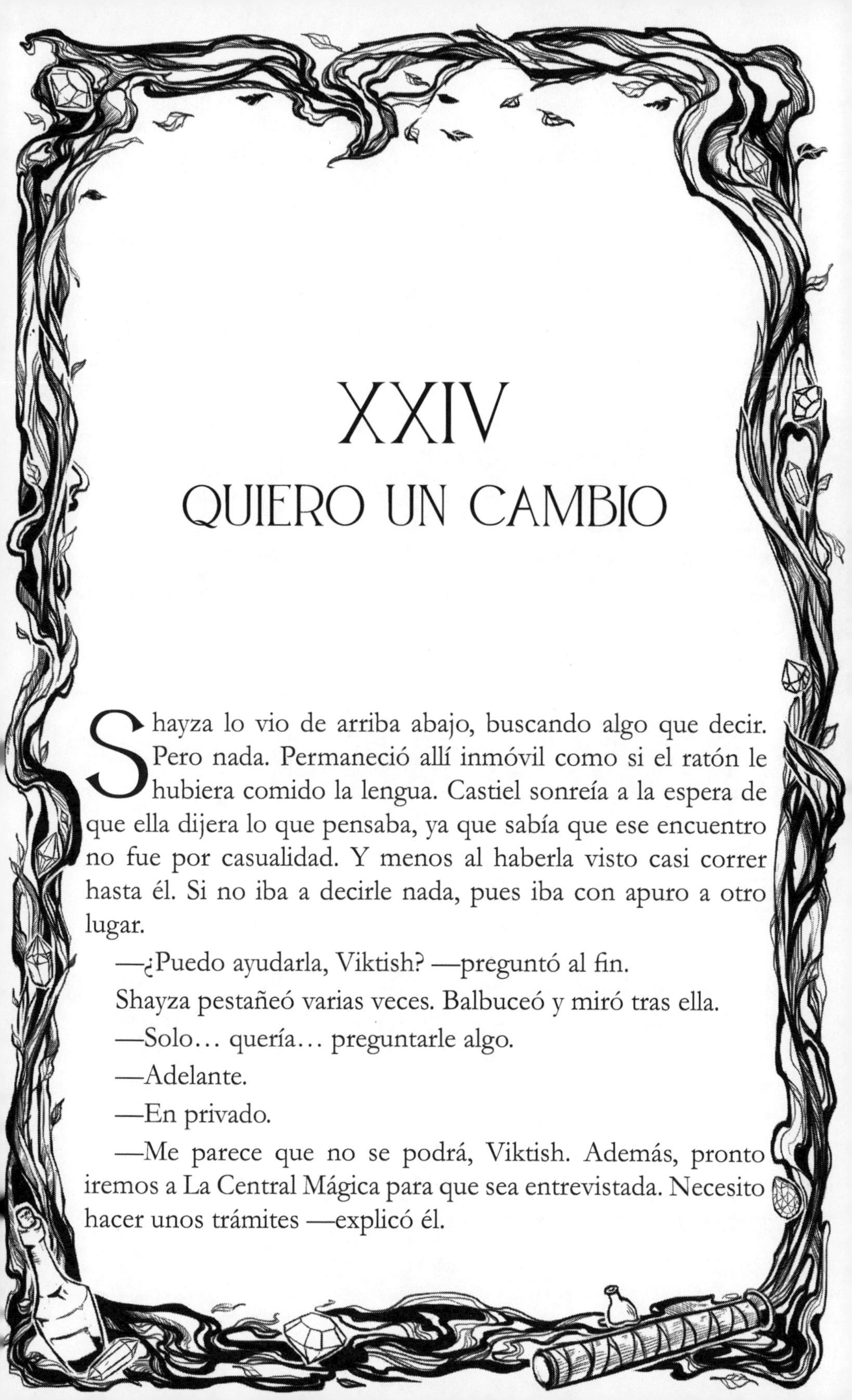

XXIV
QUIERO UN CAMBIO

Shayza lo vio de arriba abajo, buscando algo que decir. Pero nada. Permaneció allí inmóvil como si el ratón le hubiera comido la lengua. Castiel sonreía a la espera de que ella dijera lo que pensaba, ya que sabía que ese encuentro no fue por casualidad. Y menos al haberla visto casi correr hasta él. Si no iba a decirle nada, pues iba con apuro a otro lugar.

—¿Puedo ayudarla, Viktish? —preguntó al fin.

Shayza pestañeó varias veces. Balbuceó y miró tras ella.

—Solo… quería… preguntarle algo.

—Adelante.

—En privado.

—Me parece que no se podrá, Viktish. Además, pronto iremos a La Central Mágica para que sea entrevistada. Necesito hacer unos trámites —explicó él.

Shayza raspaba el suelo con la punta de su zapato y jugueteaba con los dedos, mirando a otro lado. Ahora ya no era capaz de asimilar la idea de que Castiel se casaría en un futuro y eso lo mantendría aún más lejos.

—Mire, sea lo que sea, ¿puede esperar? Volveré a las tres de la mañana, entonces podrá encontrarme en mi oficina, ¿le parece?

Ella apretó los labios y cedió. No notó cómo la sonrisa de Castiel se esfumaba por lo expuestos que se hallaban en ese momento. Castiel asintió antes de irse. Ella lo vio alejarse y entendió que mientras más tiempo pasara menos valor tendría para escuchar la respuesta.

Retrocedió unos cuantos pasos. Después se echó a correr devuelta al comedor con sus hermanas, como si en toda su vida hubiera participado en maratones.

En el comedor, sus hermanas seguían allí, pero ahora estudiando. O mejor dicho, Minerva estudiando y Celia balanceándose con las patas traseras de su silla. Tomó asiento y Celia abrió los ojos.

—¿Has ido corriendo al baño? —inquirió Celia.

—¿No se supone que los brujos no se interponen en la vida de los demás? —replicó Shayza.

—Si no eres de nuestra familia o alguien cercano, no nos interesa lo que hagas. Pero tú pareces trastornada —dijo Minerva, sin apartar la mirada de su libro.

—Llevo como dos meses en este lugar. He cambiado un poco, me siento a gusto —trató de explicarse—, pero las leyes y el… ni siquiera sé si llamarlo hembrismo… En mi mundo…

Celia la miró con un deje de curiosidad. Minerva vio a Celia de reojo, y esta no tardó en sentir sus ojos sobre ella, por lo que adoptó una mirada distinta, de indiferencia forzada, y se frotó la nariz.

—En el Mundo Humano —la corrigió Minerva.

—Lo que sea —siseó Shayza—. El feminismo es un movimiento para sacar a las mujeres de situaciones que viven los hombres de este mundo.

—La sumisión. El maltrato. Y los masculinicidios —explicó Minerva—. Pero al revés. Sí, lo sabemos.

En ese instante, Shayza entendió el porqué Ezequiel había estado feliz por la noticia del periódico que leía cuando estaban en la cabaña. En el Mundo Humano él dejaba de ser el oprimido y pasaba a ser el opresor, podía saciar su odio hacia las brujas.

—Y yo te lo dije una vez: hubo quienes lo intentaron, pero fracasaron —habló Celia en voz baja, como si hubiera tenido una experiencia cercana al respecto. Aunque Shayza no le puso la atención necesaria, en el rostro de Celia había una pizca de tristeza.

—Así pasó con los humanos —objetó Shayza— durante muchos años, pero hoy en día las voces de esas mujeres son alzadas para ser escuchadas. Y hay cambios. Ha habido cambios.

—Solo te deseo suerte con ello —dijo Minerva—. Eres la menor.

—¡Créeme que lo sé! Y estoy decidida a dar lo mejor de mí para pasar sobre vosotras, si es necesario.

Minerva y Celia la miraron perplejas. Shayza había sonado muy convencida de sus propias palabras, pero ¿en realidad conseguiría pasar sobre sus hermanas para traer un cambio a ese mundo? ¿Lograría un equilibrio en la balanza que tantos siglos llevaba inclinada?

—Parece difícil, pero si no lo hago, ¿quién lo hará?

—Una suicida diferente —espetó Yokia, trepándose sobre la mesa con su forma gatuna—. Pero admiro que quieras hacer algo por nosotros. —Miró con desdén a las otras dos hermanas—. Deberíais apoyarla en vez de tener la cola entre las patas.

—El único con cola aquí eres tú —observó Celia—. Bájate de la mesa, es asqueroso cuando dejas tus pelos en todos lados.

—Pero no el único con pene, ¿entiendes? —inquirió él. Conjuró un hechizo simple de cambio de apariencia, el cual avanzó por su cola y salió disparado de la punta hacia Celia. A la joven le salió una enorme cola de zorro color naranja—. Ya me dirás si quieres la trompa entre las piernas.

Celia usó un contrahechizo para quitarse la cola y lo vio con severidad.

—Estoy bien así.

—¿Segura? —Movió los bigotes y meneó la cola, malicioso.

Celia parecía ignorarlo, pero también cohibida; algo extraño en ella. Shayza los observó mientras notaba que Celia murmuraba para sí misma. Yokia seguía con aquellos ojos chispeantes de malicia sin dejar de menear la cola. Esta parecía que fuese su varita mágica, pues de ella emergía un destello de magia con cada hechizo recitado.

—¿Piensas que deberíamos darles un mejor lugar a los hombres? —preguntó Minerva.

—¡Efectivamente! —ronroneó Yokia, irguiendo el cuerpo.

De pronto, Minerva se giró a ver con intensidad a Shayza.

—Suerte, Shayza. El camino está lleno de hoyos y seres sumergidos en odio, así como nuestra madre.

Y con eso, Minerva desapareció. Celia masculló unas cuantas palabras e hizo lo mismo, dejándola a solas con Yokia.

—No creí que se lo fueran a tomar tan… personal —dijo Yokia.

—¿Ser tratado como un igual te haría feliz?

Yokia la miró inexpresivo. Agitó la cola y levantó la cabeza hacia el techo.

—Llevo unos cuantos de miles de años en este mundo, y puedo decir que me han tratado un poco mejor que a mi hermano, pero quisiera que la siguiente generación no tuviese que pasar por nada de esto. Tú no has visto nada, Shayza. Viktish es la bruja con el clan más inclusivo que existe, y te has dado cuenta de que sigue siendo… de cierta forma, discriminatoria con nosotros.

Shayza no agregó nada más y le acarició la cabeza con una sonrisa. Y Yokia, juguetón, intentó morderla como el día en que fue a su primera clase.

Castiel y Shayza se hallaban encerrados en la oficina, mirándose a los ojos y sin articular palabra. Ella era quien quiso estar allí para decirle que, si era cierto lo del matrimonio, pero a la hora de la verdad solo pudo decir:

—Quiero despertar mis poderes para ser una bruja mejor y traer la igualdad a este mundo.

Castiel enarcó ambas cejas.

—Me parece algo ambicioso y peligroso, Viktish.

—Peligroso me parece que tengáis que casaros por obligación y bajo las condiciones de una persona que os ve como un pedazo de carne.

Castiel sonrió al notar el tono de aquellas palabras en comparación a la primera frase que salió de su boca.

—Entonces eso era lo que deseaba decirme en realidad —observó él. Shayza dio un leve brinco en su sitio al darse cuenta de que lo notó—. No puedo casarme, si eso la preocupa.

—¿Por qué?

—Porque ya lo estuve, pero con una humana. Y estoy *sucio*, por así decirlo.

Sucio.

Ella pestañeó varias veces, pensando en una razón congruente para ser categorizado así. Hizo la cabeza a un lado, todavía sin comprenderlo del todo.

—¿Es como la virginidad? —soltó ella.

Castiel se puso rojo hasta las orejas. Asintió, dándose la vuelta.

—Algo como eso, Viktish. Según en el pasado, con los humanos, la mujer no tenía valor si ya había estado con un hombre. Y en mi caso, fue por haberme enamorado de una humana. Así que perdí el *privilegio* de casarme con la bruja de otro clan.

—Privilegio… —repitió Shayza, como si esa palabra la hiciera reír.

¿Por qué la molestaba y le dolía tanto? Era estúpido ponerse de esa manera por una simple conversación que ella inició. O eso pensaba. Se arregló el cuello del uniforme porque sentía que la asfixiaba. Cerró los ojos y se concentró en ese sentimiento extraño en el pecho, como un doloroso apretón de manos. Era algo nuevo para ella, algo incomprensible hasta el momento.

«A veces eres tan estúpida», se dijo.

—¿Qué pasó con ella? ¿Quién era? —curioseó. Después de todo, quién quiera que haya sido debió amarla con intensidad como para casarse.

Castiel tragó seco. Acomodó un mechón de su cabello tras la oreja y la miró con suspicacia. Sus ojos decían «Pídame cualquier otra cosa». Ella entendió que no quería hablar sobre ello y no lo molestó más.

—Espero que con esto —habló Castiel, después de un largo silencio en el que solo se oían las sustancias burbujeantes tras ellos— sus poderes despierten.

Shayza gimoteó al tomar la pócima. Esta era mucho peor que cualquier otra que hubiera probado.

Espesa.

Viscosa.

Difícil de tragar.

Tuvo arcadas al conseguir pasarla por la garganta, y el tubo de cristal se le resbaló de la mano, estrellándose contra el suelo. Shayza tosió, casi parecía perder el aliento. Castiel se alarmó al verla caer arrodillada, cómo acercaba sus rodillas al pecho y doblaba los brazos. Los ojos de la joven lucían igual que una neblina rojiza; de la boca le salía luz cual linterna; su cabello levitó con vida propia. Las enredaderas de la oficina empezaron a crecer, a enrollarse por más rincones, y tumbó unos cuantos frascos. De entre las piedras del suelo y paredes emergieron más enredaderas, rompiendo todo a su paso.

Castiel estaba asustado, era obvio que su magia surgiría sin control y con una fuerza brutal; después de todo, Shayza era una princesa.

Debía avisar a Layla, pero no podía dejar sola a Shayza. ¿Y si volvía a dormir sus poderes? ¿Eso era posible?

Shayza sentía que todo su cuerpo ardía. Que una especie de soga se enrollaba por el interior de sus huesos, exprimiéndola como si quisiera incrustarse en ella. Apenas podía pedirle a sus extremidades que se movieran, pues estas se apretaban contra su torso. El cabello le cayó sobre la cara y cubrió lo poco que lograba ver.

El dolor era tan tormentoso que olvidó lo que estaba haciendo antes de sentirlo. Y cuando Castiel se dispuso a buscar a Layla, ella no se percató. La cabeza empezó a darle vueltas; sus ojos, aunque era imposible ver sus colores naturales, ella sentía que los movía de un lado a otro.

Al final, los cerró. Las enredaderas, cual látigos, volvieron por donde vinieron, tumbando más jarros y frascos de las góndolas. Y mientras oía el lejano estruendo de un frasco rompiéndose, cayó dormida.

Al despertar, Shayza pestañeó como si la poca iluminación por las velas danzarinas le escociesen los ojos. Balbuceó incoherencias y movió la cabeza de un lado a otro tratando de saber dónde estaba. Sentía un peso muerto sobre las piernas y otro en su mano derecha, pero solo veía manchas de muchos colores y borrones.

Batalló para apretar la mano que sostenía la suya, pero lo consiguió. Después trató de mover las piernas, aunque estas no respondieron.

Castiel, quien era el que tomaba su mano mientras ella babeaba la sábana de la camilla, tardó en percibir el apretón. Y cuando lo hizo, levantó la cabeza de golpe. Sintió que un ligamento se tensaba, pero no le prestó atención al dolor, más bien, se dedicó a apartar la mano.

—Yokia, ya despertó —avisó Castiel, y meneó el lomo del felino. Este se estiró y clavó las garras en la sábana—. ¿Puede escucharme?

Shayza miró el tubo de la intravenosa que subía de su antebrazo hasta un costado de la cabeza. La bolsita contenía una sustancia azul que burbujeaba como si estuviese a cien grados. Y luego bajó la mirada hacia Castiel; o a las manchas que le daban a entender que era él. Sentía que algo golpeaba sus oídos cuando en realidad era Castiel tratando de comunicarse.

Se llevó una mano a la cabeza e intentó hablar otra vez:

—Shhh, no se esfuerce por hablar —sugirió Castiel, y se levantó para disminuir el suero y que de esa forma ella pudiera dejar de sentirse adormilada y desorientada.

—No siento las piernas, Cass… —dijo con voz rasposa.

Castiel miró a su hermano e hizo un gesto con la cabeza para que se bajara.

—Ya me bajo, ya me bajo. —Si hubiera estado con su aspecto de brujo, habría levantado ambas manos en señal de calma ante la mirada severa de Castiel.

Castiel levantó el extremo de la sábana que cubría los pies de la joven y los examinó: nada anormal. Luego verificó su temperatura y que los ojos no tuvieran la neblina roja.

—¿Ya las sientes? —preguntó Yokia, estirándose para hacerle cosquillas en la planta del pie. Los dedos de Shayza se movieron y, por auto reflejo lo aparto de él; casi golpeó su hocico—. ¡Eh, pero con cuidado!

—Busca a su madre —pidió Castiel.

Yokia entrecerró los ojos, pero no replicó ante el mandato.

Castiel le acomodó el cabello a Shayza. Le puso una mano en la frente y sintió el calor usual en ella, luego juntó sus frentes, al borde del llanto.

—De veras que me asustaste, Shayza.

Y con ello, una lágrima rodó por su mejilla hasta caer sobre la de ella.

—¿Por qué lloras? —quiso saber Shayza, y trató de incorporarse sin darle importancia a las palabras que él había usado—. Estoy bien… Perdón por asustarte —habló como una niña que acababa de ser atrapada con las manos en la masa, y eso lo hizo reír.

—Sí, ya está bien. —Giró el rostro para que ella no lo viese llorar y se limpió las lágrimas.

Otra vez la miró, pero con una sonrisa. Shayza se dio cuenta de que algo, lo que fuera que le pasara a Castiel, comenzaba a golpear, con deseos de salir, una trampilla invisible. Y evidentemente, cuando lo consiguiera, aquello traería el caos.

Ella parecía estar bien, pero Castiel estaba corrompiéndose desde lo más profundo de su corazón.

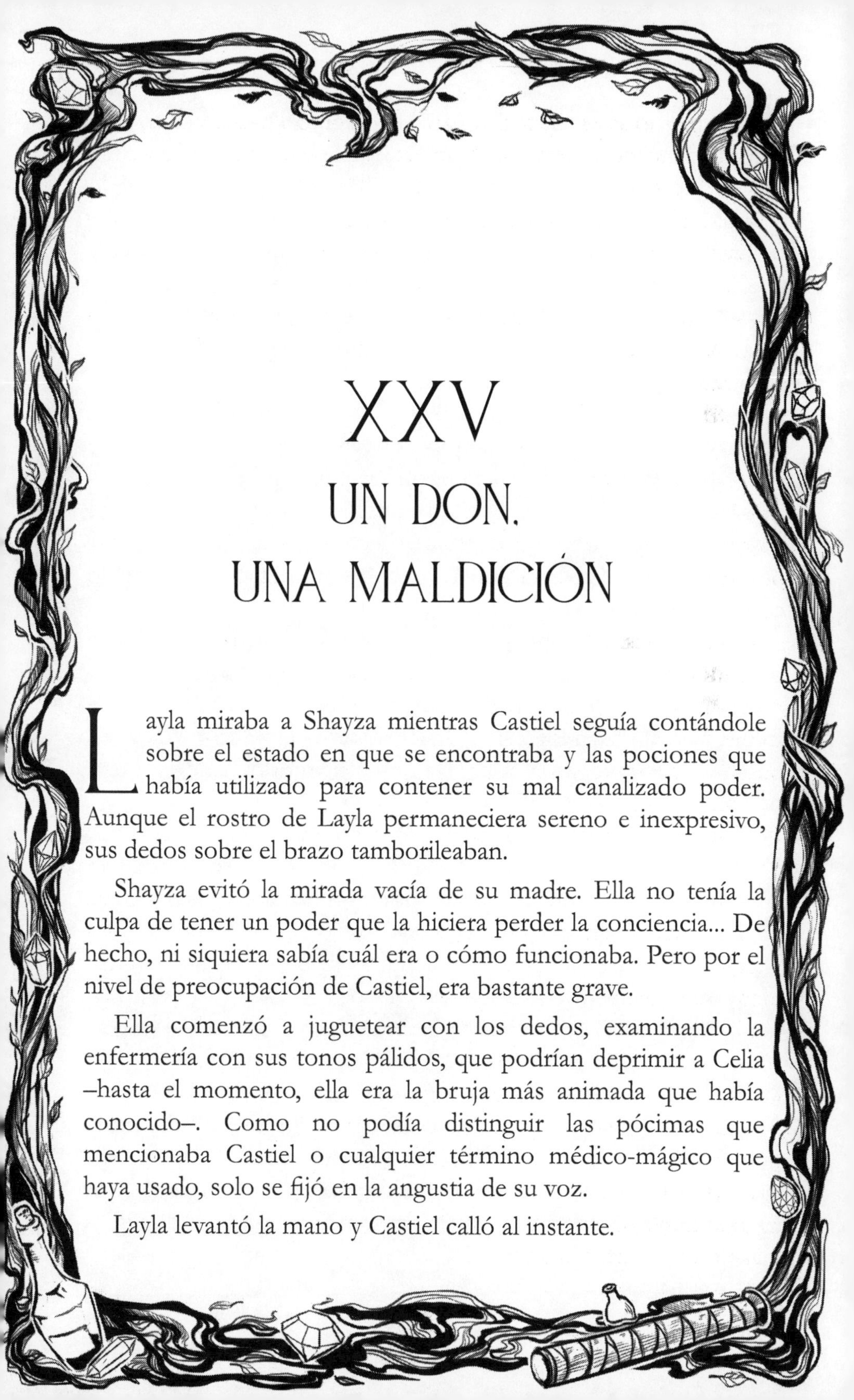

XXV
UN DON. UNA MALDICIÓN

Layla miraba a Shayza mientras Castiel seguía contándole sobre el estado en que se encontraba y las pociones que había utilizado para contener su mal canalizado poder. Aunque el rostro de Layla permaneciera sereno e inexpresivo, sus dedos sobre el brazo tamborileaban.

Shayza evitó la mirada vacía de su madre. Ella no tenía la culpa de tener un poder que la hiciera perder la conciencia... De hecho, ni siquiera sabía cuál era o cómo funcionaba. Pero por el nivel de preocupación de Castiel, era bastante grave.

Ella comenzó a juguetear con los dedos, examinando la enfermería con sus tonos pálidos, que podrían deprimir a Celia –hasta el momento, ella era la bruja más animada que había conocido–. Como no podía distinguir las pócimas que mencionaba Castiel o cualquier término médico-mágico que haya usado, solo se fijó en la angustia de su voz.

Layla levantó la mano y Castiel calló al instante.

—Debes abandonar la Danza y Magia. Es un peligro tanto para ti como para todos nosotros. —Shayza le prestó toda su atención, frunciendo el ceño sin darse cuenta—. Tienes que enfocarte en tu destreza para luchar, para defenderte. Y también en cómo controlar ese poder.

—¿Qué poder? No tuve tiempo de ver cuál es —dijo Shayza.

—No se trata de una habilidad en particular, sino en su incapacidad de controlarlo por lo años que lo suprimieron.

—Y la mayor debilidad de un brujo que no sea de nuestro linaje es el flix —agregó Layla.

Shayza arrugó el rostro: no sabía qué era el flix.

—¿Y eso es raro? —Enarcó una ceja. Era evidente que los poderes más increíbles en los libros no eran comunes en la vida real—. Pensé que en algún momento me enseñarían a controlar el agua o el fuego.

Layla vio al techo y murmuró algo sobre que debió haber matado a los exiliados.

—No, joven Viktish. Aquí es muy común usar nuestra energía para producir la magia. Es decir, si no duerme, no come bien o no practica su aguante, puede desmayarse en plena clase. Olvídese de lo que haya visto en los libros. Su situación es de mucho cuidado.

—¿Y es lo que pasó?, ¿estuve a punto de morir cuando tomé la pócima?

Castiel cerró los ojos, apenado. Asintió lenta y dolorosamente. Shayza sabía que no fue su culpa, él solo cumplía órdenes. Además, ella quería saber cómo sería poder hacer un hechizo básico sin que se notara que era la extraviada de la clase.

Shayza se cruzó de brazos, teniendo cuidado con el suero. Miró a una mesa metálica con utensilios usados.

—Ahora debo ser toda una karateca para controlar algo que, supongo, ninguno de vosotros sabéis cómo manejar.

Palabras mal escogidas. Fue igual que llamarlos imbéciles en sus propias caras. Castiel entendía que no lo hizo con aquella intensión, pero Layla no vivió con su hija hasta ese año como para verlo de esa forma. La había ofendido y estaba dispuesta a darle unos cuantos latigazos en la espalda si es que no le hubiera dicho que haría de la vista gorda su primer año.

—Tenemos que enseñarle a controlarlo poco a poco. Es muy parecido a usar nuestra energía para recitar hechizos, solo que... desde el primer momento, sí puede formar un caos. Los brujos jóvenes van incrementando su magia, en cambio usted… ¿lo comprende, cierto?

Shayza parpadeó, sintiéndose un poco mal. Primero había vivido engañada en una ciudad donde todos la trataban como la peste, luego su padre había sido un sinvergüenza que la secuestró para dejar cumplir una profecía y traer consigo el fin del mundo. Tuvo que huir y caer en ese mundo fantástico del que sabía lo suficiente para no meter la pata. Apretó las sábanas sobre sus piernas, vio mover sus dedos de los pies y suspiró. Muy en el fondo estaba harta de estar en cualquier lugar y que le dijeran qué hacer o qué no. También tenía la insistente cuestión de que si de verdad todo era real. No se fijaba mucho en ella después de tantos golpes en el dedo pequeño del pie o en los codos... Pero ahí seguía la inseguridad, en el fondo de su cabeza, molestando y molestando.

Layla, al ver que perdía el tiempo, desapareció sin avisar. Shayza miró a Castiel conteniendo las lágrimas.

—¿Puedo dormir un rato?

Castiel le dio una amable sonrisa y respondió que sí, que ese día no iría a las clases de magia o pociones, pero al día siguiente retomaría todas sus obligaciones.

Shayza despertó al cabo de unas horas, aturdida. Se estiró, bostezó y miró los al redores iluminados con velas danzarinas. Una de ellas hizo que su sombra se elevara hasta el techo, mientras esta salía de la camilla poco deseosa de tocar el frío suelo con los pies descalzos. Sin embargo, allí aguardó por un rato. Se vio las manos esperando notar alguna línea fluorescente que le diera por sentado que por sus venas corría la magia. Pero no poseía nada más que blancura y pecas.

Chasqueó los dedos alzándolos en el aire, aunque de ellos no salió ni una chispa. Al segundo recordó un hechizo que no causaría tantos problemas si lo ponía en práctica, por lo que murmuró «Levitar» mientras veía a su lado un vaso de agua sobre una bandeja. Este no hizo nada hasta el séptimo intento. El vaso se hizo a un lado, como si una mano temblorosa lo tomase, se levantó en el aire dejando caer una parte del contenido y se acercó tambaleante. Incrédula por lo que estaba haciendo, lo tomó antes de que hiciera un desastre y bebió de él.

No obstante, ese gesto la hizo percatarse de que la puerta estaba entreabierta y que al otro lado reinaba la oscuridad. Eso significaba que a las afueras del castillo era de día. En otras palabras, podría usar ese tiempo para curiosear por el colegio. Dudaba que encontrase algo indebido o una reliquia de las que le habían hablado, pero sí hallaría habitaciones fuera de lo común como otras veces. Una vez encontró una llena de escaleras que no llevaban a ningún lado. Otra parecía un cubículo lleno de agua donde los muebles flotaban, y por raro que fuese, el agua no salió disparada como la de una manguera de incendios al abrir la puerta. Hubo otra que estaba totalmente cubierta de nieve y, al ella no estar tan abrigada como en Carnation, volvió a cerrar la puerta de golpe.

¿Qué aportaban habitaciones como esas en un colegio de magia? No lo sabía con exactitud, pero seguro eran hechizos fallidos por brujos torpes como ella. Con su nuevo poder, seguro que tarde o temprano habría un cuarto ilógico en su honor.

Se deslizó con sigilo por los pasillos, huyendo de las antorchas cuando se encendían a su paso. Una ventaja fue dejar los zapatos en la enfermería, quizás daban una falsa pista de donde estaba en realidad; además de que sin ellos no hacía tanto ruido. Procuró pasar desapercibida de Yokia, quien correteaba la instalación en su búsqueda.

Lo vio quedarse a cuatro patas en su forma gatuna a mitad del camino, olfateando el aire a su alrededor. Burlar a Castiel siempre fue fácil, entonces, ¿por qué no lo sería con el hermano menor de este?

Corrió de puntillas hasta la otra esquina al ver que Yokia había desaparecido por la derecha. Observó con cautela de un lado a otro, y cuando se dispuso a avanzar…

—Creo que usted no debe estar fuera de la enfermería —susurró Castiel, en la oreja de Shayza, sobresaltándola y haciendo que diese la vuelta de un salto con la mano sobre los labios.

Su corazón iba a mil por hora mientras lo veía de pies a cabeza. Tenía puesta el pijama y el cabello recogido en una coleta mal hecha, pero aquello no evitaba que se viese mejor que nunca. Shayza suspiró y se enderezó.

—No hagas eso —murmuró ella, abatida.

En serio la había asustado, y recordar que en el pasado se sintió observada, no terminaba de ayudar.

—Supongo que se cree muy escurridiza, ¿cierto? —inquirió él. Shayza lo miró sonriendo de lado—. Siempre estuve con usted en sus huidas, pero nunca me notó.

Ella ahora veía a otro lado y mascullaba palabras incomprensibles. «¿Cómo es que...? —trató de preguntarse—. ¡Ugh!».

—Ya, bueno —siseó—. Volveré a la enfermería —aseguró, arrastrando los pies.

Castiel la acompañó. Por un segundo Shayza alcanzó a oír pisadas extras, no eran las de Yokia o Castiel, claro; eran un par que se encontraban, al menos, a dos pasillos más al fondo. Ella aguardó a que abriesen una puerta y no tardó en ver a una alta figura con ropa oscura, pero en ningún momento pudo verle la cara.

—Vamos, Viktish —insistió Castiel al ver que ella no avanzaba.

Shayza lo vio por un segundo y luego volvió la vista hacia donde estaba la alta figura. Ya no había nadie. Apretó los labios y no tardó en restarle importancia: pudo ser uno de los profesores.

—¿El castillo solo es esto? —preguntó de pronto la joven, con un gesto que acaparaba lo que los rodeaba.

—No, Viktish. Hay más. Mucho más. Pero no lo verá hasta el día en que se muestre ante las cuatro reinas.

—Ese día veré cómo son las cosas tras estas paredes... ¿Y la puerta principal, en todo caso? —dijo buscándola.

No se percató en todo ese tiempo de que no había nada parecido a una salida. Tampoco volvió a ver la entrada por la que llegaron en su primer día. Su mente, tan ágil para las preguntas, no tardó en llenarse de ellas, por lo que puso los ojos en blanco.

—La puerta se muestra cuando hay que usarla o si alguien autorizado la invoca —respondió Castiel muy serio, pues estaban pasando por la habitación de Layla—. Y no debe preocuparse de nada —Shayza notó el cambio repentino en él e hizo un gesto de entender la razón cuando vio la puerta decorada con joyas—, puede vivir tranquilamente en el interior por el resto de su vida.

—Necesito ver el sol —señaló el techo—, las nubes, o cualquier cosa que haya en este mundo. ¿Quieren que me vuelva loca con solo estudiar, verles las caras y controlar mis poderes? —Negó con la cabeza de forma dramática, luego hizo lo mismo con el dedo.

—Así es como cada bruja y brujo se ha criado en esta instalación —explicó Castiel.

—Anticuado a mi parecer. 180 días en el exterior es un año aquí, ¿no? —Él asintió—. Entonces, ya debería haber naves espaciales en este lugar. —Y por un momento imaginó lo dicho, pero no por mucho: la idea colapsó al recordar que la magia estropeaba la tecnología—. Fue un mal ejemplo, pero me entiendes.

Shayza se cruzó de brazos y se sintió decaída cuando llegaron a la enfermería.

—Descanse esta noche, pronto nos veremos para ir a La Central Mágica. Buenas noches, Viktish.

Ella entró, pero de pronto aferró la muñeca de Castiel, deteniéndolo. Lo miró triste.

—¿Puedes acompañarme un rato? No tengo sueño... Y... Y... —Calló de golpe—. Olvídalo.

—No, no, puedo estar media hora más con usted. —Entró, dejó la puerta entreabierta y tomó asiento junto a la camilla, donde Shayza ya comenzaba a balancear los pies—. ¿Tiene algo que decirme?

Hubo silencio entre ambos, y Shayza solo miraba al suelo. Mientras, Castiel notó que en el suelo había un charco de agua, luego reparó en el vaso que le había dejado sobre la mesa.

—¿Lo-lo ha movido? —quiso saber, señalándolo—. Es peligroso.

Shayza por fin le hizo caso, miró el vaso y asintió.

—Me costó un poco, pero lo hice —comentó en voz baja—. ¿Qué pasa si no soy capaz de controlarlo?

—Vamos, Viktish, no sea negativa. Muestre esa sonrisa que siempre tiene cuando está con sus hermanas.

Volvió a haber silencio, pero más por parte de Castiel. Su rostro borró la sonrisa amable por darse cuenta de que aquello sonaba comprometedor. Sus palabras demostraron que él la observaba en sus horas laborables o libres.

Shayza sonrió a medias y entornó los ojos.

—¿Tanto me vigilas como para darte cuenta de eso? —inquirió ella—. Eres un friki.

—¿Soy...? —Él hizo un extraño ruido con la garganta, como si riera—. Fueron catorce años en los que mi deber era vigilarla, encuentro normal que siga acostumbrado a hacerlo.

—Ajá —dijo para molestarlo, pero ignoraba que sus palabras se prestaban para que su madre las malinterpretara—, como tú digas.

Por un momento, Shayza hizo ademán de acostarse, pero luego se giró hacia Castiel.

—¿Puedo preguntar sobre tu esposa? —La pregunta tomó desprevenido a Castiel y lo hizo abrir los ojos con sorpresa—. Creo que debo dejar de buscar información sobre vosotros, tú y Yokia, o preguntarles a mis hermanas… —Bajó el tono de voz a medida que hablaba mientras jugueteaba con los dedos—. Quiero conocer más sobre los hombres que arriesgaron sus vidas para proteger la mía.

Castiel relajó el rostro, otorgándole una sonrisa tranquilizadora. Frotó las manos sobre las rodillas y bajó la mirada. Las palabras de la joven también le parecieron conmovedoras; llevaba años –si no milenios– guardando las cosas para sí mismo, sufriendo en silencio la muerte de su esposa.

—No es algo que le cuente a todo el mundo, Viktish… y mucho menos tan a la ligera.

—Si no te sientes bien haciéndolo, lo entiendo. —Soltó una risa nerviosa—. Estuvo fuera de lugar.

—Sin embargo, le puedo contar sobre mi niñez. Adolescencia. Cómo me convertí en profesor y… —Iba dispuesto a agregar «Cómo conocí a su madre», pero aquello no era necesario decirlo en voz alta. No por el momento.

¿Qué pasaría si Shayza supiera que el hombre ante ella trabajó como sexo servidor en una etapa de su vida, que gracias a ello hay una bruja que lo odia y Layla está dispuesta a matarla si se acerca? ¿Se alejaría de él? En el Mundo Mágico se consideraba un trabajo como cualquier otro, lo contrario al Humano, pero traía sus mismos problemas cuando se quiere apartar de aquella forma de vida. No obstante, Castiel llegó hasta su límite y tuvo la suerte de toparse con la líder de las cuatro reinas. Y no solo eso, también tuvo suerte de que ella tuviera misericordia y decidiera responder por su bienestar, así fuese un hombre.

Castiel, tras siglos de conocer a Layla y de cumplir cualquiera de sus órdenes, seguía sintiéndose en deuda con la mujer que le brindó vida al borde de la muerte.

—Mejor intente dormir, ¿de acuerdo? Tenemos una vida entera para hablar sobre mí y quién soy. —Ocultó el remolino de emociones dentro de su pecho con una brillante sonrisa—. Estaré aquí hasta que se quede dormida.

Shayza no estuvo del todo de acuerdo, pero asintió. Dio la vuelta y llevó las sábanas hasta la altura de las orejas.

Y así Castiel borró su sonrisa con un lento gesto de tristeza.

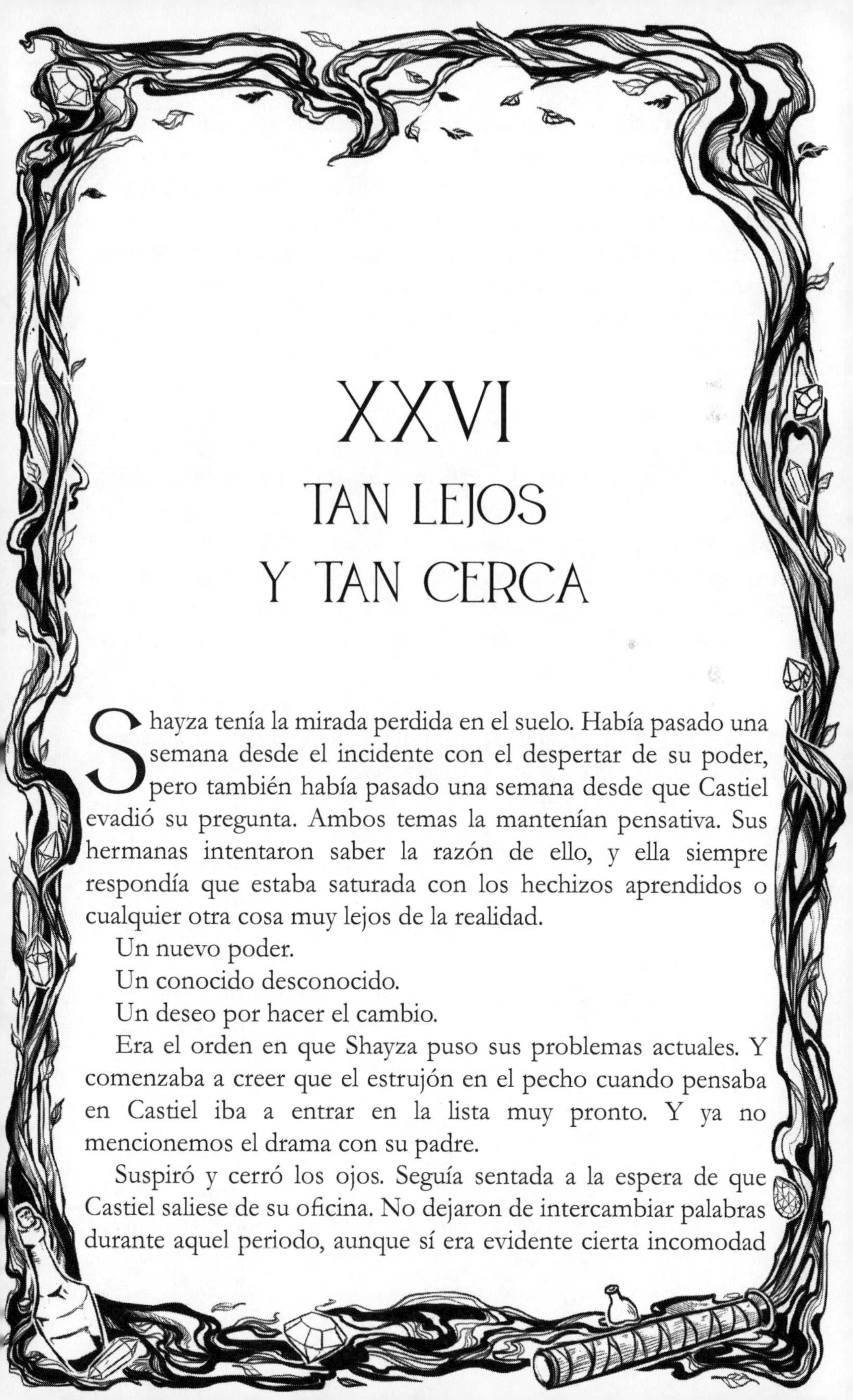

XXVI
TAN LEJOS Y TAN CERCA

Shayza tenía la mirada perdida en el suelo. Había pasado una semana desde el incidente con el despertar de su poder, pero también había pasado una semana desde que Castiel evadió su pregunta. Ambos temas la mantenían pensativa. Sus hermanas intentaron saber la razón de ello, y ella siempre respondía que estaba saturada con los hechizos aprendidos o cualquier otra cosa muy lejos de la realidad.

Un nuevo poder.

Un conocido desconocido.

Un deseo por hacer el cambio.

Era el orden en que Shayza puso sus problemas actuales. Y comenzaba a creer que el estrujón en el pecho cuando pensaba en Castiel iba a entrar en la lista muy pronto. Y ya no mencionemos el drama con su padre.

Suspiró y cerró los ojos. Seguía sentada a la espera de que Castiel saliese de su oficina. No dejaron de intercambiar palabras durante aquel periodo, aunque sí era evidente cierta incomodad entre ambos. Silencios donde antes hubo bromas, muecas donde antes estaban las sonrisas.

Estrujó sus ojos con una mano y se dio varios golpes sobre el pecho con el puño, ahí donde comenzaba a doler. De pronto, la puerta a su lado se abrió y apareció Castiel bien vestido y peinado, mucho más de lo habitual. Shayza, al oírlo se puso de pie, inconscientemente, con una pose de soldado.

Castiel lo notó, por lo que enarcó ambas cejas.

—No debe estar tan tensa. Relájese y deje que me encargue de todo —comentó él, y pasó junto a ella—. Hoy conocerá el mundo tras las puertas.

Luego de esas palabras, callaron. Shayza se mantenía cohibida, parecía como si temiese que en cualquier momento una feroz criatura fuese a saltarle desde un rincón. Sin embargo, eso no tenía nada que ver. En realidad estaba dándole vueltas y vueltas y más vueltas a sus nuevos problemas. Observó la espalda ancha de su guía y vio cómo la ropa se cernía sobre su piel igual que si estuviese hecha a la medida. Quería hablarle, preguntar sobre su vida. ¿De quién había heredado el color de su cabello y el color de sus ojos? ¿Qué vivió antes de conocer el clan Viktish? Por doloroso que fuera, ya conocía las respuestas evasivas.

En su momento pensó atacarlo durante las clases de combate, pues debían ser privadas para no correr el riesgo de heridos. También creyó que esa insistencia no estaba haciéndole bien a ninguno de los dos. Si él no abría la boca para contarle su vida, tendría sus razones. Y eso debía respetarlo, aunque la curiosidad la carcomiera.

Shayza pasó la lengua sobre sus dientes. Mientras, ante ellos aparecieron dos figuras –como si un manto invisible los hubiera cubierto– resguardando una puerta doble que antes no estaba allí. Ambos guardias eran iguales a los que vio cuando llegó: cabezas de jabalí, cuerpos humanoides y fornidos.

Los hombres jabalí abrieron las puertas, y Shayza, no muy entusiasmada, miró hacia al frente. Sus ojos se abrieron de par en par al ver el montón de brujos de todas las edades y apariencias, a los niños corriendo y a sus perros –si así se les podía llamar a esas criaturas– de orejas cortas, con tres colas terminadas en una punta de fuego, con colmillos hasta la altura de sus patas y largas garras que raspaban la piedra del suelo. Aunque su apariencia fuese grotesca, se notaban amistosos al agitar las colas y dejar colgando una larga y bífida lengua. Shayza los quedó viendo mientras Castiel la obligaba a avanzar. Ella se cubrió la boca luego de que un grito ahogado se le escapase al ver que a uno de los *perro*s le salía un tercer ojo del vientre.

Estudió sobre algunas criaturas que vivían allí, pero nunca mencionaron algo como aquello. Seguro era porque daban por sentado que ella ya las conocía. Sabía sobre bestias gracias a los libros humanos que leyó en su momento, pero ese animal los superaba.

—Son nuestros perros —confirmó Castiel—. Tienen un nombre muy difícil de pronunciar y cuya traducción no existe.

Los niños seguían corriendo entre risas y chillidos al tiempo que los *perros* iban tras ellos. Los ojos de la joven pasaron de un lado a otro en esa especie de plaza llena de tiendas y casas de madera o piedra, tan torcidas y en ángulos anormales que era imposible creer que alguien viviera allí cómodamente. Había alfombras sacudiéndose por sí solas en algunos balcones, escobas limpiando el polvo sobre el suelo empedrado o propinando un golpe con sus hebras a quien osara interponerse; también había carteles con sus imágenes en movimiento. Uno de ellos llamó su atención: hablaba sobre una *molesta* revolución de especies que estaba causando estragos en La Plaza. Cuando se acercó para leerlo con detenimiento, se percató de que se referían a esos seres como criaturas sin cerebro y pobres idiotas. La joven contuvo un gran impuso por arrancar aquel cartel y hacerlo una bolita que no tardaría en quemar. Para evitar ser castigada, dio la vuelta y miró a Castiel.

—¿Perros? —repitió Shayza, y carraspeó —. ¿Y cómo son los gatos?

Castiel desvió la mirada, incómodo. Shayza no insistió, pero sí continuó viendo sus alrededores sin percatarse de que a sus pies yacía una diminuta criatura de color rojo, robusta como una cría de cerdo, peluda, con un cuerno sobre su único ojo y orejas tan largas como las de un conejo. La joven dio un paso hacia adelante para ver mejor la mascota que sostenía un brujo sobre el hombro. «¿Es un dragón?», se preguntó justo en el momento en que pisó al animal a sus pies. Con un chillido, los dos retrocedieron. Castiel miró a Shayza y frunció el ceño, tratando de comprender lo ocurrido.

Shayza y Castiel bajaron la mirada hacia donde estaba la pequeña criatura rojiza. Esta intentó morder la punta del zapato de Shayza sin mucho éxito por su boca tan diminuta, incluso la envistió con su cuerno. La joven se mantuvo inmóvil. Mientras, Castiel se acercó para tomar al animalejo y ponerlo cerca de la muchacha para que lo contemplase.

—Es un gato —explicó Castiel, acariciándole la cabeza—. Debe ser de algún niño.

Shayza quiso apartar el rostro, no sabía si era capaz de escupir una bola de fuego o ácido. El *gato* seguía viéndola con el ojo entornado.

—No se cohíba, Viktish. ¿No es amante de los animales?

—De los mundanos —se defendió ella—, porque estoy acostumbrada. —Se colocó una mano en la frente—. No asumas que es imposible que yo actúe de esta forma con algo que nunca haya visto.

—Acarícielo. —Le extendió el animal mientras sonreía, y ella se cubrió el rostro—. No le hará daño: es un bebé. Un ejemplar adulto podría herirla si su dueño lo ordena.

«Qué tranquilizador», se dijo Shayza.

Vacilante, buscó en su memoria si antes había leído sobre un animal con esas características. Pero nada. Shayza extendió la mano para acariciar a la criatura. Este se estremeció ante la caricia, agitándose hasta quedar despeinado. Hizo un extraño sonido con la boca, y Shayza no dudó en alejarse.

Una niña, apresurada, llegó hasta ellos.

—¡Lo habéis encontrado! —exclamó esta. De pronto, calló al ver el escudo en el uniforme de Shayza y Castiel: una flor con un llamativo color azul y rojo; tiempo atrás Shayza la había reconocido como las que vio cuando todavía no sabía que su vida iba a dar un giro. La niña hizo una reverencia—. Honor al clan Viktish.

Shayza no entendió a qué venían dichas palabras y el aspecto asustado del niño. Sin embargo, no dijo nada, tomó al *gato* y se lo entregó, sonriente.

—No lo pierdas de vista, jovencita. Tampoco tienes que hacer una reverencia cada vez que me veas.

La niña levantó la mirada a la vez que las manos, para agarrar a su mascota, y asintió.

—¡Muchas gracias! —dijo antes de irse corriendo donde su padre.

Shayza dirigió la mirada al escudo sobre su uniforme y luego vio a Castiel, en busca de respuestas.

—¿Una costumbre? —indagó la muchacha.

—Es por su linaje, señora —respondió Castiel—. Sus antepasados y su madre.

Y con aquellas palabras, dio la vuelta para quedarse erguido, igual que si esperase algo o a alguien. Shayza lo notó, por lo que vio a todos lados y trató de identificar alguna anomalía. Pero solo veía a más y más brujos caminar de un lado a otro y algunas parejas con los brazos entrelazados, todos vestidos de colores fríos, con túnicas, botas hasta la rodilla, con faldas, vestidos largos o cortos, o pantalones; en resumen, no existía un código de vestimenta.

Tuvo el impulso de preguntar a Castiel qué ocurría, de alzar la mano para tocar su brazo. Con la mano en alto, se detuvo.

En ese instante, envuelta en su silencio, ajena al ruido de los demás seres, Shayza sintió un estremecimiento en la boca del estómago. Sentía que sus jugos gástricos comenzaban a quemar las paredes de sus entrañas, que las puntas de los dedos le cosquilleaban al tiempo que un ligero peso se posaba sobre su espalda. Bajó la mirada, y con ello, el muro invisible que se había formado creció de nuevo.

Castiel trataba de mantener la calma, de aparentar que nada lo estaba perturbando. Pero la realidad era que, desde la noche en la enfermería, Shayza abrió una de sus más profundas heridas. Esa misma mañana, luego de oír el susurro de su respiración, fue directo a su habitación. Allí caminó de un lado a otro y se dio cuenta de que lo mejor que podría hacer, así ya lo hubiera intentado, era poner una enorme barrera entre ellos.

Sí, sí. No funcionó en el pasado, pero en su mente se detuvo el típico dicho de los humanos: «La tercera es la vencida».

Estuvo dando frutos, hasta que llegó el día de llevarla a La Central Mágica. Al verla esperándolo, pensó en el entrenamiento que se aproximaba. Resultaría extraño decirle a Layla que no podía hacerse cargo. Primero, porque él era el único que se dedicaba a ello; segundo, porque despertaría sospechas, y eso podía traerle una sanción pública, o tener a Layla siempre sobre sus talones.

De pronto, un fuerte traqueteo y bufidos lo hicieron salir de su ensimismamiento. Buscó a la joven detrás de él, quien ahora miraba al carruaje dragón con asombro mezclado con horror. Vio cómo retrocedió dos pasos cuando el carruaje descendió del cielo para detenerse ante ellos con un fuerte golpe que hizo temblar la tierra y voló sombreros, faldas y cabellos que antes estaban bien arreglados; hubo quejidos de sorpresa, manifestación de enojo e insultos.

No era una gran idea pedir un carruaje dragón con tantos brujos presentes, pero era la manera más eficaz de salir de allí y llegar a tiempo. Después de todo, La Central Mágica estaba situada en una plaza mucho más alborotada y concurrida, pues era el centro del Mundo Mágico. Desde ella se podía llegar a los otros clanes, a los bosques, cementerios, la playa y mucho más.

Castiel extendió la mano en dirección de la joven cuando el carruaje abrió una de sus puertas mientras una de las cabezas del dragón se sacudía a la vez que estiraba las alas y la cola.

Shayza no podía creer lo que estaba viendo. ¿Un carruaje con dos cabezas negras de dragón? ¿A quién o cómo se les habría ocurrido algo así?

Ella siguió estupefacta, aun y cuando el carruaje dragón le revoloteó el cabello y la ropa con una ráfaga caliente. Ni siquiera notó que Castiel extendía su mano para invitarla a entrar en la bestia descomunal. La joven solo no conseguía quitarle los ojos de encima al dragón y sus decoraciones en oro y madera.

De pronto, oyó muy cerca la voz de su guía. Se sobresaltó al notar su rostro a centímetros del suyo. Por un momento lo quedó viendo a sus zafiros, pero después dio con la mano. Shayza no se había dado cuenta de que estaba casi abrazándose a sí misma. Intentó calmarse suspirando. Tomó la mano de Castiel y sintió un ligero choque de electricidad, pero contuvo el reflejo de alejar de golpe su mano; al contrario, apretó con firmeza y cerró los ojos.

El estremecimiento en su estómago y el cosquilleo de sus dedos se intensificó durante aquellos segundos de piel contra piel que parecieron una eternidad. Acarició con la mano libre el asiento, percibiéndolo caliente y palpitante…

«Es como si estuviera dentro de su cuerpo», gimoteó. Temerosa de abrir los ojos, volvió a abrazarse a sí misma, con la insistencia de mantenerse inmóvil para no tocar nada. Oyó que la puerta se cerraba. Abrió un ojo y miró una ventanilla ante ellos que dejaba ver parte del cuello de ambos dragones.

—Sujétese bien —advirtió Cass.

Sin embargo, la advertencia debió ser emitida unos segundos antes, pues el carruaje se alzó con bestialidad. Shayza cayó hacia adelante, junto a su propio grito. Castiel se precipitó a ayudarla, pero solo logró sostenerla bajo las axilas.

Shayza, con todo el cabello sobre la cara, resopló para apartarlo de su boca. Trató de incorporarse con la ayuda de Castiel y consiguió volver a su sitio.

—Tampoco tiene cinturones de seguridad —comentó Shayza, mirando los alrededores mientras se sostenía de la ventana a su lado. Sus ojos se posaron sobre Castiel, quien parecía inmutable—. ¿Usas magia para no caerte?

Él asintió.

—*Inmovibles* —conjuró Castiel. Y Shayza sintió que una fuerza la mantenía pegada al asiento, incapaz de moverse—. Si lo usa usted, existe la posibilidad de que también inmovilice el carruaje dragón.

—Tiene sentido para mí —murmuró Shayza, y vio a Castiel de reojo.

¿Cuánto tiempo estarían tan cerca sin hablar? ¿Cuánto tardaría el silencio en volverse incómodo y sofocante?

Shayza puso los ojos en blanco. No soportaba estar así con él, y era consciente de que en ese nuevo mundo Castiel temía dar un primer paso. Todavía tenía el vivo recuerdo de cuando lloraron abrazados. De pronto, Shayza sintió que el peso del *inmovibles* se liberó de sus hombros y pudo apoyar la espalda en el siento. Y con ello deslizó la mano sobre el espacio que los dividía, sin darse cuenta de que él había hecho lo mismo.

Sus dedos quedaron a milímetros, un poco más y podrían llegar a tocarse o sobresaltarse por el calor de sus pieles.

Inconscientemente, ella deseaba volver a acercarse como el día en que se abrazaron en la oficina. Necesitaba tocar su piel para saber que estaba vivo, que él era material y no solo un producto de su marginación. La distancia le provocaba un evidente cambio de humor y falta de productividad. Pero, en un mundo donde su apellido valía algo, o mejor dicho, su apellido estaba atado a una profecía, sus decisiones eran nulas. Se sentía como cuando estuvo viviendo en la cabaña.

Suspiró y giró el rostro hacia Castiel, quien permanecía con los ojos cerrados. A comparación de cuando salieron del colegio, ahora lucía cansado. El rostro de la joven adoptó compasión, hasta que notó lo cerca que estaba su mano de la suya.

Se quedó observándola con cierta curiosidad. Movió los dedos, pero no llegó a tocar los de Castiel, y volvió a sentir ese apretujón en el pecho, en el corazón. Entornó los ojos y quiso disminuir esa lejanía, la única física. ¿Y qué tal si con un roce rompía la muralla entre ellos?

Negó con la cabeza, apartándose, y se enderezó para ver por la ventana. Aquello habría estado fuera de lugar. Una cosa era decirle que lo sentía si la pregunta sobre su esposa lo había incomodado, y otra muy distinta tomarlo de la mano sin darle una razón.

«Vaya adolescencia de mierda», comentó para sí misma, y vio cómo pasaban las nubes a una velocidad de vértigo, sintiendo el frío soplido del viento sobre su piel y cabello.

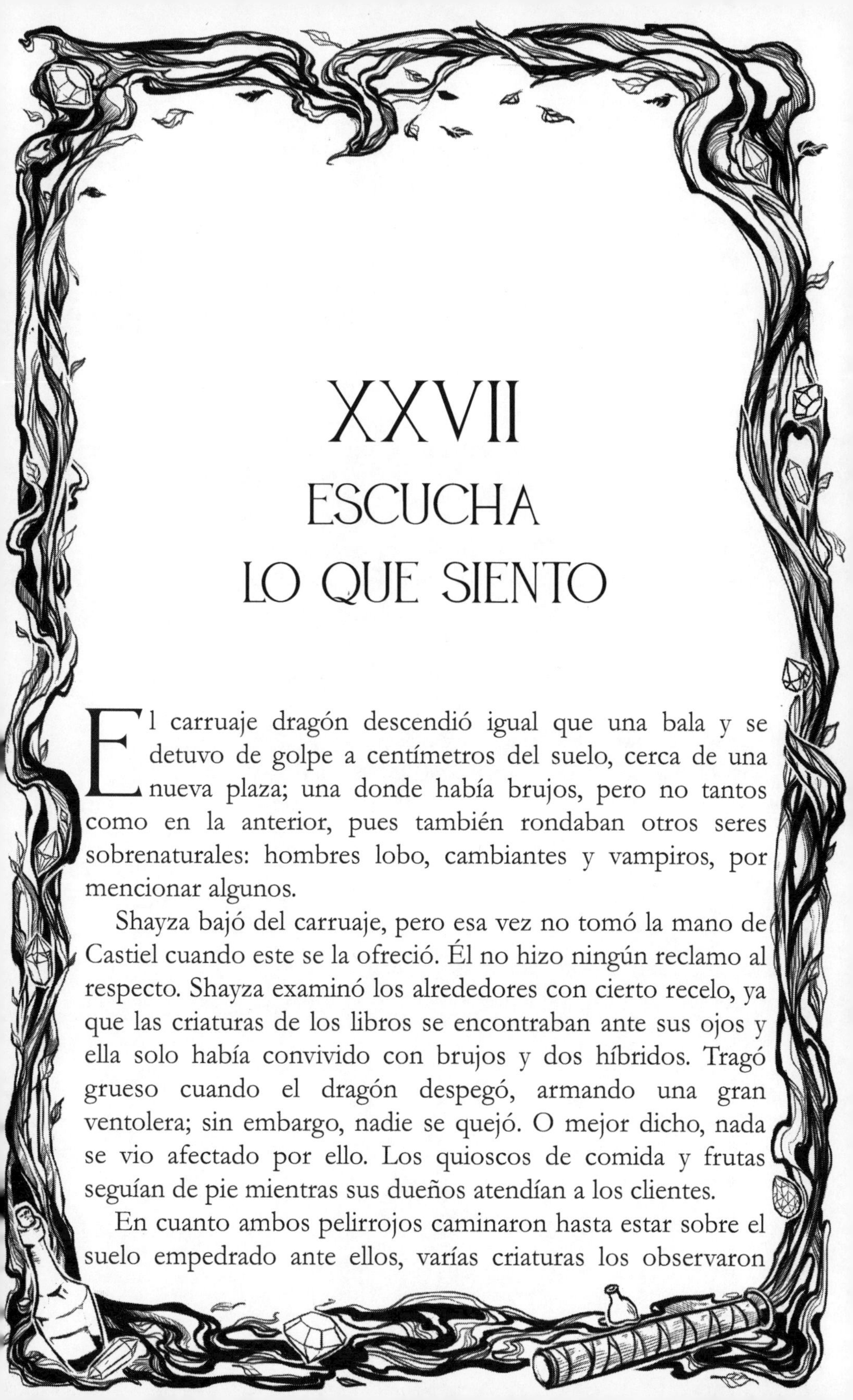

XXVII
ESCUCHA LO QUE SIENTO

El carruaje dragón descendió igual que una bala y se detuvo de golpe a centímetros del suelo, cerca de una nueva plaza; una donde había brujos, pero no tantos como en la anterior, pues también rondaban otros seres sobrenaturales: hombres lobo, cambiantes y vampiros, por mencionar algunos.

Shayza bajó del carruaje, pero esa vez no tomó la mano de Castiel cuando este se la ofreció. Él no hizo ningún reclamo al respecto. Shayza examinó los alrededores con cierto recelo, ya que las criaturas de los libros se encontraban ante sus ojos y ella solo había convivido con brujos y dos híbridos. Tragó grueso cuando el dragón despegó, armando una gran ventolera; sin embargo, nadie se quejó. O mejor dicho, nada se vio afectado por ello. Los quioscos de comida y frutas seguían de pie mientras sus dueños atendían a los clientes.

En cuanto ambos pelirrojos caminaron hasta estar sobre el suelo empedrado ante ellos, varías criaturas los observaron con asombro, recelo u odio. Pero por un segundo eso fue lo de menos: Shayza sintió un ligero mareo por la alta concentración de magia en el lugar.

Así como algunas criaturas solo pasaban por su lado con diferentes reacciones, otras, al ver el escudo que portaba la joven, se arrodillaron e inclinaron la cabeza en una reverencia. La incomodaba que en el interior del colegio nadie pareciera prestarle importancia –a excepción de sus hermanas y… amigos, si es que se podían considerar así–, y de un momento a otro, cientos de seres del Mundo Mágico demostraran ese tipo de atención y respeto.

Castiel la hizo avanzar a su lado, pero ella no podía dejar de ver a las criaturas de sus alrededores y oír el *tac-tac* de sus zapatos sobre el suelo. Además de incomodarla, le trajo un sentimiento de temor, pues recordó que por un segundo vio a su madre con las manos llenas de sangre. ¿El respeto se debía al temor de que Layla los sancionaran? ¿Los otros clanes tendrían la misma costumbre?

—Esto no me gusta —susurró, sin querer que Castiel la oyera.

—Le aseguro que en La Central Mágica nadie nos tendrá en cuenta de esta manera —respondió en voz baja, inclinándose un poco sobre ella—. Es común estar alertas en La Plaza.

Si aquello era cierto, ¿por qué en el colegio a nadie parecía importarle lo que fuese de los demás? ¿Es que acaso después de ser brujos mayores e experimentados también se volvían paranoicos?

Sus ojos se encontraron con los suyos, y Castiel hizo un intento de sonrisa para tranquilizarla. Pero él, leyéndole la mente, añadió:

—En el colegio se maneja un ambiente relajado para los estudios, mientras que en La Plaza acechan todo tipo de peligros. En el colegio todos tienen sus propios asuntos. Aquí, es una vida un poco salvaje.

Consiguió aclararle las dudas, pero no supo si esa respuesta fue debido a una expresión o por todos los años que se conocían.

A medida que avanzaban hacia La Central Mágica, los seres se ponían de pie para seguir con sus asuntos y aparentar que nada de eso había pasado. Shayza no pudo evitar mirar sobre su hombro para percatarse de ello y volvió a pensar que era un lugar muy extraño.

Por intervalos deseaba tomarle el brazo a Castiel para sentirse más protegida. Pero se suponía que ya no era una niña, ya no debía temer por monstruos bajo la cama o escondidos en el armario. Así que irguió la espalda y levantó el mentón.

Y aunque intentara parecer decidida y valiente, un gesto en su rostro dejaba en evidencia su malestar por la concentración mágica, la cual incrementaba tras cada paso.

Al tiempo que se acercaban las altas y gruesas puertas de La Central Mágica, la cabeza de Shayza comenzaba a darle vueltas y sentía fuertes ganas de vomitar. En sus dedos sentía electricidad, como si hubiera tocado un interruptor de luz defectuoso con la mano mojada. De pronto sintió que alguien la golpeó directo en el estómago. Retrocedió con un quejido de dolor que alertó a Castiel. Pero, al recuperarse, Shayza no vio a nadie que no fuesen ellos dos y el resto de los seres, que actuaban como si nada.

—Viktish… ¿se encuentra bien? —preguntó Castiel, acercándose por si necesitaba apoyarse de su brazo.

Shayza no respondió. Observó su mano esperando que tuviese una mancha de sangre, pero solo estaba temblando.

—Sentí que alguien me dio un puñetazo —musitó ella.

—Creo que olvidé mencionar que hay ciertas… pruebas.

Shayza frunció el ceño.

—Creo que sí lo mencionaste. Pero ¿son para ver si soy lo suficientemente valiente para llegar ante las reinas, para ver si llego viva donde ellas? —replicó la joven, con cierto deje de molestia.

—No. Más bien para saber la magnitud de su poder. —Shayza se enderezó mientras Castiel hablaba—. Ya le he comentado de su situación. Por lo general, quienes vienen se desploman en el suelo... y hay despertarlos. Usted solo ha sentido un golpe. ¿Le da en qué pensar?

Ella apretó los labios. Sí le daba mucho para pensar, pero no era como que si su cabeza pudiera funcionar muy bien luego de ese golpe y los malestares. Aunque una pregunta vaga rondó por su cabeza: ¿Minerva o Celia se habrían desplomado?

Castiel le ofreció su brazo, y Shayza lo dudó.

—No se preocupe, no hay inconvenientes si lo hace luego de esta primera prueba.

—¿Es un privilegio? —inquirió ella con sorna, dispuesta a dar un paso sin ayuda. Pero, en realidad, estuvo a punto de caer de bruces, por lo que Castiel la ayudó gracias a sus reflejos.

—No sea terca —susurró Castiel en la oreja de la joven, revolviéndole todo el interior.

Sin saberlo, ese sutil murmullo fue una diminuta llama de dragón que comenzó a consumir el muro entre ellos. Tenía la piel de gallina ante aquella voz gruesa y con acento ruso.

Shayza cedió a obtener su ayuda y, estando delante de La Central Mágica, pensó: «¿Por qué te alejas tanto de mí?». Castiel la vio de reojo, como si hubiera escuchado su pregunta, y ella apartó la mirada, avergonzada.

Él sí la había oído. De hecho, desde el momento en que salieron del colegio, Castiel utilizó un complicado hechizo para ello, así no la perdería de vista; tenía suerte de que ella no lo hubiera escuchado conjurarlo. Lo bueno de eso era que Shayza no podía saber la respuesta de su acompañante: «Porque me estoy acercando más de lo debido».

Y era cierto, cada segundo, cada minuto, cada hora que pasaba junto a ella su anhelo por más incrementaba. No importó cuánto se obligara a no pensar así, siempre era lo mismo.

Jamás podría tener algo con Shayza, por lo tanto, se volvería loco si pasaban tanto tiempo juntos.

«Basta —se dijo Castiel. No había querido volver a pensar en el entrenamiento privado y la oportunidad que se presentaba—. Ahora parezco un degenerado». Quiso golpearse la frente y mejillas y revolverse el cabello, pero eso solo lo hacía cuando estaba totalmente solo en su habitación u oficina.

—¿Está lista? —preguntó Castiel, manteniendo la compostura.

Shayza observó cómo Castiel intercambiaba palabras con las porteras, que eran dos elfas de cabello largo y plateado y bien vestidas con colores fríos. Las enormes puertas doradas abrieron con un chirrido de las bisagras y el arrastrar sobre el mármol color oro. La joven tragó saliva al sentir una fuerte oleada de energía, al escuchar golpes secos sobre los cientos de escritorios y el rápido andar de las criaturas mágicas.

—Estoy lista —aseguró, y dio un paso. No prosiguió porque no tenía la mínima idea de adónde ir.

Se acercaron a una señora diminuta, con rostro y manos arrugados, de largas uñas blanquecinas, y su cabello en punta parecía consecuencia de un choque eléctrico. La señora golpeaba pergaminos con un enorme sello y los deshacía en una llama verde. Junto a ella la ayudaba una especie de ratón con orejas más grandes que su cuerpecito en forma de bola y enormes ojos negros con miles de puntos blancos.

Al Castiel abrir la boca, la anciana levantó la vista, arrugando el ceño y apretando los labios.

—¿Otra vez tú? —inquirió despectiva la anciana tras el escritorio.

Shayza, con el mareo por la inmensa carga de energía en La Central, comenzaba a sentirse en su límite de tolerancia. ¿O era culpa del odio por el que se guiaba el clan? Fuera lo que fuera, esa reacción hacia Castiel la había molestado.

Castiel sonrió como si la anciana no lo hubiera visto con tanto repudio.

—Ella es Shayza Viktish, la hija menor de nuestra señora Layla —la presentó.

La bruja se acomodó los lentes y entornó los ojos, examinándola. Shayza se sostuvo la cabeza, mientras el estómago quería salírsele por la boca, y la miró de mala manera.

—La extraviada —dijo al fin—. Encantada de conocerla, Viktish.

—Tiene cita hoy a la una con las cuatro reinas, señora Woly —añadió Castiel.

«¿Mi madre también estará presente? —se preguntó—. No tiene sentido». Quiso hacer una mueca de disgusto, pero la consiguió reprimir.

Woly no tenía ningún problema en demostrar que Castiel le caía como la patada. Ella tocó una pluma y utilizó un hechizo para que esta bañara su punta en tinta y garabateara sobre tres pergaminos; luego, los tres papeles volaron hacia Castiel.

—Ya sabes dónde es… ¿O tengo que llevarte? —preguntó Woly, esta vez sin mirar a ninguno de los dos.

—Estamos bien así, gracias. Venga, Viktish.

Estando lo bastante lejos para que Woly no les prestara atención, Shayza le dio un último vistazo, queriéndole mostrar la lengua. Era algo infantil, pero mucho mejor que discutir hasta comenzar a atacarse con hechizos. Al final, se percató de que no solo le hablaban así a Castiel, sino que llegó a oír conversaciones con otros hombres que iban a sus citatorios; sin embargo, con las mujeres eran todo risas y cuchicheos, o saludos formales como el que le dio a ella.

—Ugh. Me dan un asco que ni te imaginas —comentó Shayza en voz baja.

Volteó el rosto hacia al frente, esquivando al resto de seres que caminaban apurados de un lugar a otro.

—Guárdese sus comentarios, por favor —pidió Castiel, incómodo.

—No soporto ver un trato como este hacia las mujeres, imagina con los hombres. —Dejó de sujetarse la cabeza y apretó los puños—. Ahora mismo me siento... incompetente.

—¿No querrá decir *impotente*? —dijo Castiel, mientras unas enormes puertas dobles se abrían de par en par, dándoles paso a la segunda sala.

Shayza miró al techo, que parecía no tener fin, pensativa.

—Sí, creo que sí es esa. ¡El punto es que me enfurece!

—Así me siento cuando recuerdo Rose White —reveló él—. Ahora, le pido que no se aparte de mí.

—¿Te agarro la mano o qué? —Abrió los ojos al ver la cara de Castiel, luego suspiró—. Fue la costumbre, perdón.

—Viktish —murmuró, y se abrió paso entre el sinfín de brujos y otras criaturas para llegar a una esquina—, tiene que comportarse. Usted no es cualquier bruja. Sobre sus hombros cae una profecía.

—Y si mi madre nos encuentra con actitudes sospechosas, nos castigará. Lo sé. —Se cubrió el rostro, luego pasó ambas manos por su cabello—. Me lo hacen saber cada maldito segundo con eso de ser *extraviada.* Realmente lo siento, pero —miró a su alrededor e intentó decirlo lo más bajo posible— odio que estemos distanciados. Eres uno de mis mejores amigos… o el único que me queda. —Sus propias palabras la hicieron sentir un amargo sabor en la boca y bajó la mirada hasta una enorme columna blanca a su lado.

Castiel tuvo que suspirar antes de hablar. Lo dicho le había dolido, pues se sentía repugnante por verla de una manera… Se estremeció.

—Me halaga. Pero no es el momento. Y...

—Y nos sentamos hasta que tus pecas vuelvan a verse, si quieres —bromeó al quedarse viendo el rostro de su guía.

Tuvo la intención de sacarle en cara la distancia que ponía entre ellos cada dos por tres, pero había conseguido sonrojarlo como tantas veces en el pasado.

—Por Lilith… —mascculló él, y se rascó la barba con la palma—. Esto no está bien, Viktish…

Shayza notó que Castiel comenzaba a perder los estribos, cosa que no era normal en él, según lo que ella entendía, por lo que pensó en cambiar abruptamente de tema:

—Una pregunta, ahora que lo recuerdo: ¿por qué sufriste como un ataque cuando te pedí que juraras algo por mí?

Castiel la miró frunciendo el ceño. Tardó unos segundos en comprender lo que ella trataba de hacer, y lo agradeció en el interior. Por un momento balbuceó sin conseguir sacar una respuesta entendible.

—Es un castigo de Usted-sabe-quien. En nuestro caso, no podemos hacer eso... lo tenemos rotundamente prohibido.

—¿Todos?

—Todos —afirmó, y asintió como si aquello fuese una regla incapaz de romperse.

—¿Hasta la enana que va por ahí? —preguntó Shayza, buscando que Castiel se calmase.

Castiel buscó a quien ella señalaba con la cabeza y sonrió.

—Hasta ella. —Negó con la cabeza y escondió una sonrisa.

Shayza sonrió de lado. No esperó que su sinceridad la ayudase a abrirse por el muro que rato antes sentía entre ellos. Pero eso se sentía bien; tanto que la hacía querer retorcerse en el banco con una risilla de niña traviesa.

«Deja de hacer eso», deseaba decir Castiel. Pero no tenía la valentía de hacerlo, pues su egoísmo impedía alejarla con tal brutalidad. Vio la cercanía de su rodilla con la suya con cierto dolor: la quería así fuese a centímetros de él. Conjuró el contrahechizo para deshacerse de la conexión mental. Lo enloquecía oír cada duda que tenía la joven, estaba claro que no sabía lo que era estar enamorada. Era un nuevo sentimiento que debería experimentar con un hombre que ella eligiera y con el que pudiera estar, con alguien de su edad.

—Entiendo que nuestra amistad pueda traerte... traernos problemas —expresó comprensiva y a la vez molesta, pues apretaba los puños sobre las rodillas—. Pero es solo eso: amistad. Como la que tengo con tu hermano, con mis hermanas.

Castiel trataba de pensar que la inocencia de Shayza en ese aspecto era linda, pero en realidad solo era un saco de problemas. Si ella no se daba cuenta, otro sí podía hacerlo y delatarlos por sospechas. Y Castiel estaba cien por ciento seguro de que, si Layla se disponía a herirla, aceptaría el castigo por ambos, aunque a ella eso le daría igual porque significaría que Shayza no aprendería de su error.

—No es lo que verá su madre. Layla sancionó a Minerva, Celia y Yokia por querer traerla con su madre. ¿Comprende que eso fue un gesto de amor hacia Layla y ella solo los castigó porque cometieron errores que les pudo costar la vida? Layla solo ve lo que quiere ver, y sé que sus hermanas se lo han dicho: que no es de fiar.

»Y yo, sabiendo que ella me salvó de una vida llena de miseria, le puedo decir lo mismo. El problema es que Layla cambió, se volvió igual de monstruosa que las otras tres reinas.

El cuerpo le temblaba al ver la expresión de espanto de Shayza. Sin lugar a duda, se le fue la mano con la advertencia, o, mejor dicho, habló de más y en el peor lugar de todos.

—Eso no evitará que yo siga queriendo ser tu amiga, así sea en secreto, como estábamos haciendo. Iba bien, Castiel, ¿qué pasó? —Lo miró con sospecha.

Él no soportaba verla sin responder, pero tuvo la suerte de oír que era su turno de ver a las reinas.

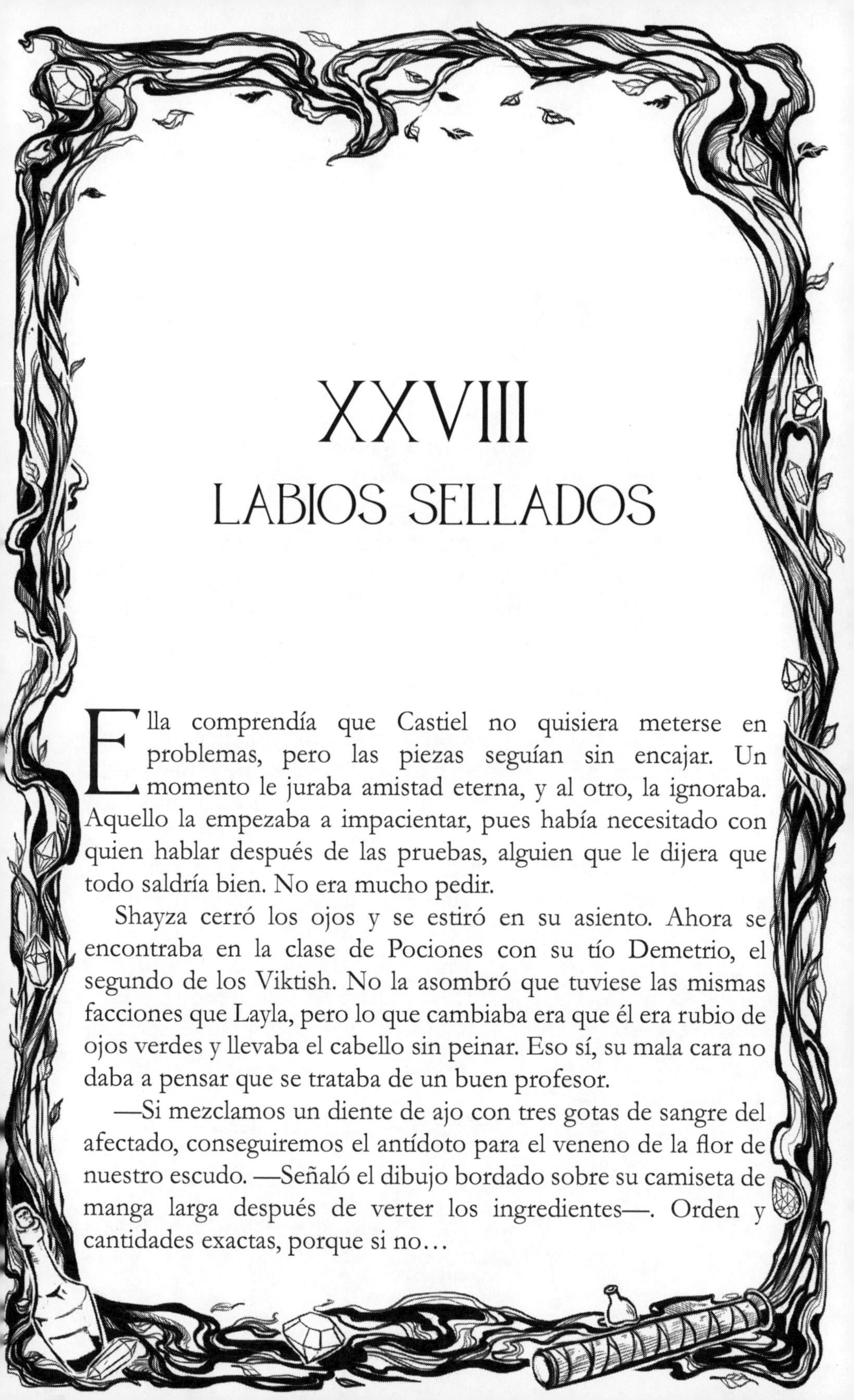

XXVIII
LABIOS SELLADOS

Ella comprendía que Castiel no quisiera meterse en problemas, pero las piezas seguían sin encajar. Un momento le juraba amistad eterna, y al otro, la ignoraba. Aquello la empezaba a impacientar, pues había necesitado con quien hablar después de las pruebas, alguien que le dijera que todo saldría bien. No era mucho pedir.

Shayza cerró los ojos y se estiró en su asiento. Ahora se encontraba en la clase de Pociones con su tío Demetrio, el segundo de los Viktish. No la asombró que tuviese las mismas facciones que Layla, pero lo que cambiaba era que él era rubio de ojos verdes y llevaba el cabello sin peinar. Eso sí, su mala cara no daba a pensar que se trataba de un buen profesor.

—Si mezclamos un diente de ajo con tres gotas de sangre del afectado, conseguiremos el antídoto para el veneno de la flor de nuestro escudo. —Señaló el dibujo bordado sobre su camiseta de manga larga después de verter los ingredientes—. Orden y cantidades exactas, porque si no…

¡BOOM!

Una joven hizo estallar el contenido de su caldero, provocando que una sustancia pegajosa se le adhiriera al rostro. Con las manos intentó quitársela, pero solo logró pegarlas en sus mejillas y forcejear consigo misma. Demetrio lo observó desde su escritorio, con rostro impasible.

—Gracias por la demostración, señora Rofal —dijo con desdén, y, sin verla, le quitó la sustancia de la cara y manos con un hechizo—. Espero que jamás debáis preparar algo como esto, puesto que no todos llevamos ajo encima. Y porque tendríais un minuto para hacer el antídoto cuando este se prepara en tres. Los únicos que tienen el don de sobrevivir a dicho veneno son la familia Viktish. Muchas lo sabréis, supongo.

Shayza se mostró curiosa ante aquel dato, acomodándose en su asiento y viendo el escudo sobre su uniforme. Observó con detenimiento las venas de su brazo izquierdo mientras pasaba los dedos sobre ellas. ¿Por su sangre corría el mayor veneno para los brujos?

«Claro que sí», se dijo. Y por un momento, la idea de que Castiel corriera peligro por dicho veneno la atormentó. Pero después pensó que él era muy listo e ingenioso para cuidar de sí mismo.

—Viktish, pase al frente y ponga en práctica lo que acabo de explicar.

La joven giró el cuello tan rápido para mirar a Demetrio que una capa de cabello le cayó en el rostro, haciéndola ver como un fosforo. Ella, con el antebrazo, se lo apartó. No estaba segura de si Demetrio se refería al antídoto u otra cosa, pero de igual forma bajó los escalones hasta llegar al gran caldero ante la pizarra.

«No puede ser el antídoto —intentó controlarse al tiempo que bajaba los escalones—. O sea, según lo que dice, soy inmune... Joder, debí escucharlo».

—¿Le teme a las agujas, Viktish? —preguntó Demetrio.

—¿Eh? —expresó ella, y lo vio de pronto a los ojos, confundida.

Demetrio agitó la mano que sujetaba una diminuta y afilada aguja. Shayza juró que la punta brilló a la luz de las velas sobre ellos. La joven contuvo la respiración sin darse cuenta, inclinó el cuerpo hacia atrás y dejó los ojos clavados en la aguja. Comenzaba a sentir que la espalda le sudaba, igual que bajo los brazos.

Negó con la cabeza, pues no conseguía fuerzas para decirlo en voz alta, o mejor dicho, era un mal momento como para mentir.

Demetrio tomó la mano de su sobrina, mientras esta le cedía su índice y volteaba la cara. Shayza cerró los ojos; sentía que los oídos le zumbaban. Por un instante recordó la noche en que huyó de su padre junto a Castiel. El momento fue amargo, como muchas otras cosas, pero se aferró a él para no estar al pendiente del futuro pinchazo.

Giraron su mano, y Shayza oyó el sonido de una gota sobre el cristal. Ella dejó su fobia a las agujas y miró lo que estaba haciendo Demetrio. Una vez que él tuvo la gota en su poder, tomó un frasco lleno de un líquido verde brillante y burbujeante. Vertió un chorrito en la copa de cristal, y, al hacer contacto con la sangre, este comenzó a mezclarse. Shayza estaba sorprendida y apenas podía procesar lo que ocurría con su sangre. Aquella simple gota se había multiplicado, convirtiendo –lo que suponía que era el veneno de la planta de su escudo– en sangre. La sangre con la que un brujo, en el pasado, creó la planta a la que tanto temían.

Demetrio sostuvo la copa en el aire y la giró para que el resto de los alumnos, sorprendidos y boquiabiertos, vieran el resultado.

—Vaya —susurró Shayza.

—Esto es lo que sucede cuando el veneno de la flix hace contacto con la sangre de un Viktish —explicó Demetrio—. Por cuestiones mágicas, las primeras cuatro familias tienen un don peculiar en cada uno de sus descendientes. No importa si su padre es de un apellido insignificante o poco conocido, la niña o el niño tendrá tal habilidad.

»La clase ha concluido. Podéis iros —avisó Demetrio, que veía el reloj de arena sobre el escritorio.

El ruido de los brujos recogiendo sus cosas y poniéndose de pie no se hizo esperar. Mientras, Shayza seguía callada y junto a su tío, pensativa. Debía ir a la biblioteca y buscar a Korak. Recordaba vagamente los inicios de la existencia de los brujos, pero si quería llegar a ser la sucesora de su clan, debía conocer todo sobre los demás clanes.

—Viktish, tome sus cosas y salga —pidió Demetrio.

Shayza sacudió la cabeza y agarró la mochila que venía flotando hacia ella. Hizo una inclinación de cabeza, luego salió de allí a paso ligero.

—Eso no dolió —dijo para sí, mirando su dedo. Este no tenía ningún indicio de que hubiera sido pinchado, y, al apretarlo contra el pulgar, tampoco sintió dolor. Era claro que hubo magia. Y ella no renegó en ello, más bien fue rumbo a la biblioteca, con la nariz fruncida y palpando el dedo contra la pared a su lado.

Mientras la cabeza le daba vueltas sobre sus incógnitas actuales, escuchó ruidos extraños. Se detuvo de golpe, con solo el talón izquierdo apoyado en el suelo. Su dedo índice, que en ningún momento se había alejado de la pared, se deslizó por ella.

De repente, Shayza enarcó una ceja, pensativa ante el quejido de alguien. No necesitó aguzar el oído para oírlos con claridad: parecía como si alguien hubiera sufrido algún daño. La garganta se le secó, obligándola a que tragase con fuerza. Vio a ambos lados del pasillo, donde se encontraba completamente sola.

«¿Yokia no se encarga de cosas como estas?», se preguntó.

Temía que no pudiera ser de gran ayuda para el brujo que estuviera herido, ya fuera por uno al discutir con otro (cosa que sucedía más de lo que se esperaba) o por culpa de la mala fabricación de una poción. Cualquiera que fuera el problema, era claro que se necesitaba la ayuda de Yokia, un profesor, o, incluso, de Layla, así le diese miedo ir donde ella.

Se armó de valor para entrar en dicha intercesión, donde no había iluminación, pero sí muchas puertas que nadie utilizaba.

Ese tipo de puertas eran muy comunes, por lo que Shayza estuvo un rato curioseando dentro de ellas.

Paró en seco cuando oyó que algo cayó al suelo, sobresaltada.

—Oh, vaya… —dijo en un hilo de voz, justo ante la puerta de donde provenía el ruido.

¿Estaba bien lo que hacía o era preferible ir corriendo donde el adulto responsable más cercano? Aguardó ante la puerta, con la mano en la perilla. Tragó en seco y cerró los ojos al escuchar el *clic* de la cerradura. Y entonces…

Minerva.

Oh, Mine, me encantas.

Mine. Mine. ¡Mine!

Cada palabra venía junto a un jadeo o algo parecido a un gruñido. Los ojos de Shayza se abrieron de par en par, igual que su boca. Estuvo a punto de dejar caer su bolso, pero consiguió atraparlo con la pierna en el aire.

«¿Cómo coño se distinguen los gemidos de los quejidos?», se reprochó, sabiendo que ya no había vuelta atrás.

Era difícil de creer que su hermana, la mejor del colegio, la que no se metía en ningún problema, la de pocas palabras, estuviera teniendo sexo con un hombre. En ese momento, Shayza sí dejó caer sus cosas. Aquello enfrentaría una sanción por parte de Layla. Pero una vocecita se alzaba sobre sus pensamientos, persuadiéndola para que delatara a su hermana y así quitarla de su camino aunque eso era fuera una sucia jugada.

Al abrir los ojos, se encontró con Minerva sobre una vieja mesa. Su largo cabello negro estaba pegado a la frente, el cuerpo le temblaba y estaba bañada de sudor. Su expresión estaba llena de éxtasis mezclada con confusión. Parpadeó y tardó en oír el ruido de las cosas de Shayza desparramadas en el suelo. El hombre que seguía abrazado a Minerva, mientras ella lo rodeaba con ambas piernas por las caderas, no era nada más y nada menos que el Profesor Lagarto. Este alejó su rostro del cuello de Minerva para ver a Shayza, quien seguía en la puerta, sorprendida.

Los ojos del profesor se abrieron por la sorpresa y el terror. Rápidamente usó su magia para vestirse, y Minerva no tardó en hacer lo mismo. Pero nada importó, pues Shayza salió corriendo, levantando sus cosas con el primer hechizo que recordó.

«La puta madre. La puta madre. Laputamadre», repetía una y otra vez al tiempo que tomaba las cosas del aire para meterlas en su bolso.

No sabía qué hacer. Es decir, no iba a ir de topo con un profesor, Yokia o su madre. Primero, porque estar junto a Layla era escalofriante. Segundo, ¿qué ocurriría si se llegaba a saber? Al no estar atenta de lo que tenía en frente, le pisó una pata a Yokia. Este chilló, erizándose hasta la cola y asustando a la joven. Shayza dejó caer el brazo que sostenía su bolso, se puso una mano en el pecho y trató de controlar su respiración.

—¡Ten más cuidado! —gritó Yokia, y sacudió la pata para disminuir el dolor—. ¿Qué haces aquí?

Shayza se cubrió los ojos y apoyó el codo en la pared a su lado. En el fondo no volvía a escucharse nada, ni un suspiro. Pero, de todos modos, Shayza no sabía cómo engañar a Yokia: no era lo mismo que mentirle a Castiel cuando estuvieron en la mansión de Gideon.

—¿Tienes problemas? —insistió Yokia al ver que ella continuaba en silencio.

Shayza negó con la cabeza.

—Me topé con una puerta que no fue del todo mi agrado, eso pasó —dijo.

No mentía del todo.

Yokia parecía no creerla, pues entrecerró los ojos felinos y aplastó las orejas sobre la cabeza. Caminó de manera extraña sobre sus tres patas, rodeando a la joven. Shayza seguía con los ojos cubiertos, pues era consciente de que debía callar lo que había visto y negarlo todo.

—¡Nos vemos! —dijo ella—. ¡Tengo que ir a la biblioteca, gracias por tu comprensión!

Y así fue cómo dejó a Yokia con una oreja parada y una duda en la cabeza. Él sabía que la chica era un poco rara, pero ese día lo fue aún más.

En la biblioteca, Shayza subió las escaleras al segundo piso como si estuviera en un maratón. La bibliotecaria la regañó por el ruido que hizo al subir, viéndose obligada a aminorar sus pasos. Una vez sentada al escritorio, suspiró. Encontrar a su hermana con un profesor en la intimidad fue igual de intenso que andar en un carruaje dragón. Ni las pruebas en La Central Mágica habían sido tan… eso. Se removió con un mal presentimiento.

—¿Cómo te fue en La Central Mágica? —preguntó Zabinsky, con una tímida sonrisa y cargando varios libros.

—¿Por qué me preguntas si ya sabes cómo son? —Arrugó el ceño y sonrió de lado.

—Porque hace unos cuantos siglos que pasé esa etapa —respondió Zabinsky, y le devolvió la sonrisa.

Shayza quería despejarse de lo recién visto, pero tampoco quería revivir un recuerdo que no aportaba nada en su día a día. Además, hablar de La Central Mágica la haría mencionar a Castiel, y, por el momento, era mejor evitarlo.

—¿Cómo es que eres vampiro y brujo?

Zabinsky agrandó la sonrisa, y esto dejó a la vista sus colmillos.

—Creí que era obvio. —Frotó las manos con nerviosismo—. Estuve en el callejón equivocado a la hora equivocada. Una vampira me mordió hace diez años.

Él sobó su cuello, recordando el incidente. Shayza arrugó la frente y formó una O con los labios.

—Bien… —respondió Shayza, y recuperó el aliento—. Pasé la primera prueba sin desmayarme —dijo. Al final, era mejor que hacerle pasar un mal rato al chico cuando lo único que quería era ser amable.

—Eso oí decir a Castiel.

«Ah, Castiel». Shayza alzó el mentón para luego asentir. Sus dilemas estaban formando fila, evidentemente.

—La segunda tampoco estuvo mal…

»Recuerdo que estaba sentada junto a Castiel. Nos llamaron, y en el momento en que me levanté del banco, todo se puso negro. Créeme, tardé en entender lo que estaba pasando, y hasta creí que aquello era estar desmayada.

»Me sentí desorientada y un poco asustada. Llamaba a Castiel y solo respondía mi eco. Recordé el hechizo para crear una llama y con eso avancé hacia la nada. Y no pasó gran cosa: una criatura encapuchada se apareció ante mí, y, después de que casi me hiciera en la falda, le respondí lo que había aprendido en Historia Básica, o como sea que se llame. —Hizo un ademán con la mano—. Los mandamientos del satanismo y ya. La tercera sí que la pasé fatal. Ahí debía defenderme de los hechizos, pero no esquivé ninguno.

—¿Y qué tal estuvo el viaje en el carruaje dragón? —preguntó él.

Shayza suspiró con pesadez y bufó.

—No quisiera volver a subirme en uno, la verdad.

—Pero te habrá parecido increíble, ¿no?

Ella ladeó la cabeza, con un puchero. Todo ese mundo era magnífico, pero de una forma oscura. Y aunque a ella le gustaran las cosas de ese estilo, era muy diferente vivirlas.

—Admito que sí —afirmó la joven, y bajó la cabeza. Durante ese viaje, solo recordaba el muro entre ella y Castiel. Y gracias a que recientemente encontró a su hermana en una situación comprometedora, ahora lo único que quería era darse cabezazos contra el escritorio.

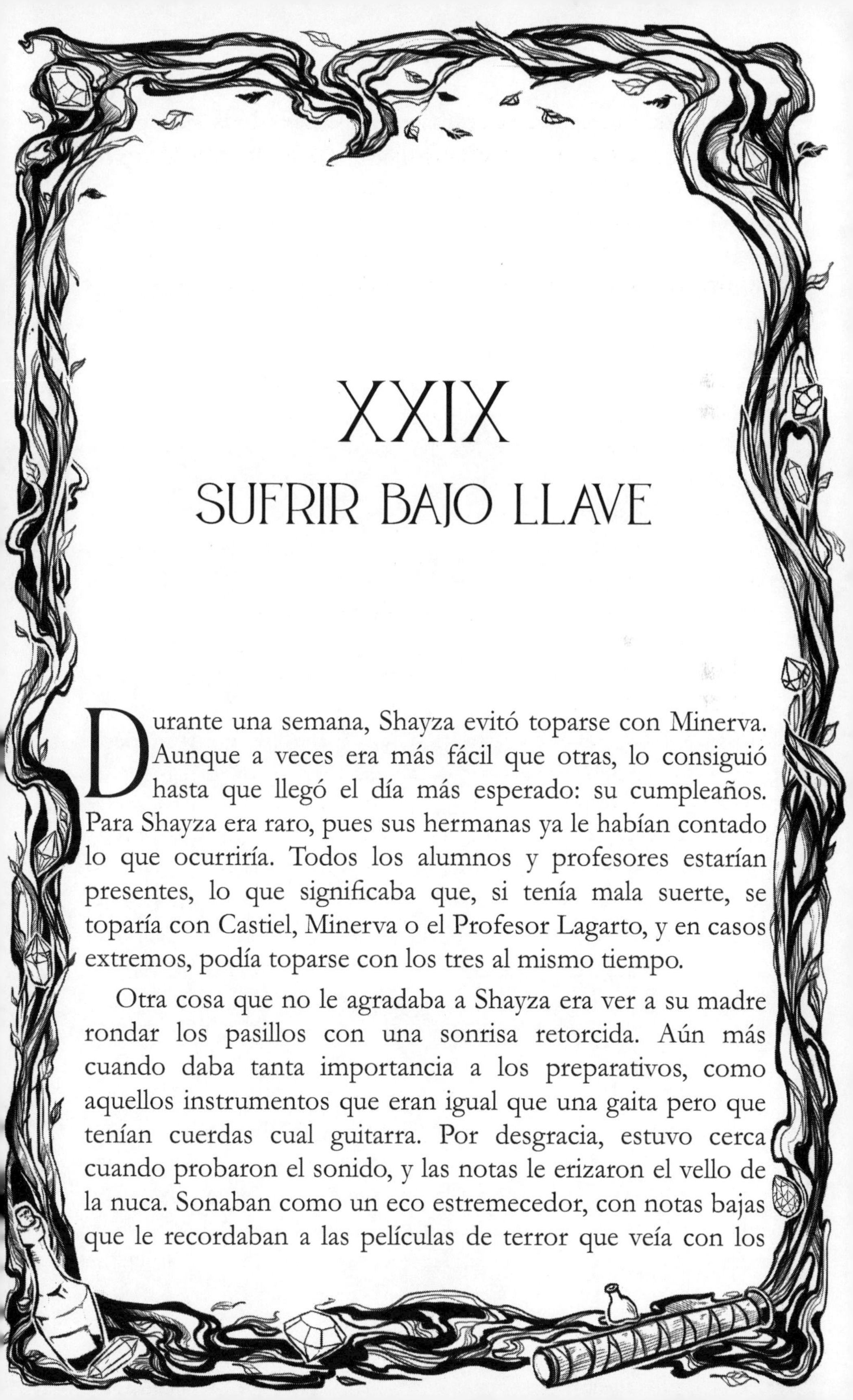

XXIX
SUFRIR BAJO LLAVE

Durante una semana, Shayza evitó toparse con Minerva. Aunque a veces era más fácil que otras, lo consiguió hasta que llegó el día más esperado: su cumpleaños. Para Shayza era raro, pues sus hermanas ya le habían contado lo que ocurriría. Todos los alumnos y profesores estarían presentes, lo que significaba que, si tenía mala suerte, se toparía con Castiel, Minerva o el Profesor Lagarto, y en casos extremos, podía toparse con los tres al mismo tiempo.

Otra cosa que no le agradaba a Shayza era ver a su madre rondar los pasillos con una sonrisa retorcida. Aún más cuando daba tanta importancia a los preparativos, como aquellos instrumentos que eran igual que una gaita pero que tenían cuerdas cual guitarra. Por desgracia, estuvo cerca cuando probaron el sonido, y las notas le erizaron el vello de la nuca. Sonaban como un eco estremecedor, con notas bajas que le recordaban a las películas de terror que veía con los gemelos. En su momento se apartó el cabello de la cara y con los dedos se cubrió los oídos, huyendo a la biblioteca, el único lugar del todo silencioso.

Mientras pasaba las páginas de un gran libro con hojas amarillas y marrones, oyó pasos a su derecha. Aguardó en silencio, aguzando el oído y con una página entre los dedos. Del pasillo emergió un hombre altísimo y de cabellera roja. Shayza se puso de pie lo más rápido que pudo y quedó boquiabierta. Castiel parecía perturbado, pero aun así llevaba en manos un pequeño obsequio.

—En una hora dará comienzo su entrenamiento, Viktish —anunció con dureza, como si ella solo fuese una alumna más. Extendió el presente en su dirección y esperó a que ella saliera de su ensimismamiento.

—No sé qué decir. O sea, has estado evitándome, ¿y ahora apareces con esto?

—He estado ocupado —aseguró, queriendo restarle importancia.

—Me cuesta entenderte, Muya —escupió Shayza, y desenvolvió el regalo en cuanto vio que él no respondió.

Castiel frunció el ceño cuando Shayza apretó los labios sin decir nada. La tapa del regalo cayó al suelo. Ella tomó la foto en el interior de la caja y trató de cubrirse el rostro; contenía las ganas de llorar. Era una fotografía de su cuarto cumpleaños, donde tenía la cara llena de pastel de chocolate y ambos tenían un gorro de fiesta y una amplia sonrisa. Castiel guardó silencio, rodeado por los sollozos. Quiso sostener la otra parte de la caja al creer que esta caería, sin embargo, lo que consiguió fue rozar sus dedos con los de Shayza, recibiendo una carga eléctrica que lo obligó a dejar caer la caja.

Shayza, sin entender nada, se limpió las lágrimas.

—Perdón, es que todo era un poco más fácil que ahora. —Ladeó la imagen—. Aun así, es un lindo regalo. La guardaré.

Ella tuvo que sostenerse las manos una con otra, pues comenzaron a temblar al sentir la piel de Castiel. Fue la primera en tomar sus cosas para casi salir corriendo. El corazón le daba tumbos contra el pecho y le cortaba la respiración. De no sujetarse del barandal de las escaleras, se habría caído rodando. Y como si fuera poco, Layla venía en su dirección. Por reflejo le miró las manos para cerciorarse de que no estuvieran bañadas de sangre.

—No sabía que te interesaba tanto nuestras costumbres e historia, o siquiera el reinado… —La miró a profundidad, notando la fotografía en su mano—. Espero que nada retrase tu horario de clases, Shayza.

Layla vio hacia el segundo piso. Como no notó nada fuera de lo normal, volvió la vista hacia su hija.

—Tengo ojos en todos lados. —Estiró uno de los bucles de Shayza y se fue.

Agradeció que solo tocara su cabello, pues aun así eso la hizo estremecerse, y no quería imaginar si volvía a tocar su piel. Tragó grueso y giró hacia los estantes en que hacía poco estaba escondida.

Castiel se secó el rostro con un pañuelo. Estaba al borde del desequilibrio mental. Sudaba de pies a cabeza, se había tenido que amarrar el cabello en una coleta alta con su distintiva trenza en la coronilla. Pasó el pañuelo por la nuca, mientras que con la mano libre ordenaba las armas que usaría en el entrenamiento. De solo pensarlo, comenzaba a sentir que la ansiedad crecía desde la boca de su estómago.

Estiró las extremidades, sacudiéndolas y dando saltos. Sin querer, con la cadera golpeó la empuñadura de un machete. Este cayó con un simple tintineo que hizo eco en toda la sala. Como si aquello no bastara, la puerta tras él se abrió lentamente. Castiel vio sobre su hombro una mata de cabello rojizo, como la suya, y una mirada asustadiza.

Con la advertencia de Layla, Shayza empezaba a sentirse insegura. ¿Y si atrapó a Minerva con su novio? Ella no quería causarle problemas a Castiel con algo que se pudiera malinterpretar, pero su madre era quien le dijo que las clases debían ser privadas. Por lo tanto, Layla confiaba en que él no haría nada fuera de lugar... Quizás solo se estaba carcomiendo la cabeza por nada.

Agitó la mano con timidez, ya que no sabía qué más hacer. Castiel dio un respingo casi imperceptible para los ojos de la joven. Ella ya era consciente de que no valía de nada preguntarle, él no respondería.

—Tome el arma con la que más cómoda se sienta —habló él, pasando la palma sobre una espada, dos machetes, un puñal pequeño, un cuchillo de caza, una lanza y un arco.

—¿Ninguna? —bromeó. Castiel hizo caso omiso así le hubiera hecho gracia—. ¿No? Está bien.

Se acercó a la mesa, ojeó cada una de las armas y se quedó viendo la larga lanza con punta en forma de diamante invertido. La acarició, sintiendo algo extraño en la punta de los dedos. Algo la invitaba a tomarla, eso era seguro. ¿Pero lo era para ella, si tenía en cuenta todo lo que estuvo viviendo hasta ese momento?

Al tomarla, era ligera como una pluma. La balanceó en la mano, subió y bajó para comprobar que no estaba perdiendo la cabeza al no sentirla pesada. Con ambas manos sostuvo gran parte del extremo largo y seguro; la madera estaba pulida y las diminutas protuberancias eran piedras preciosas.

Castiel la observaba con curiosidad y, de vez en cuando, buscaba detrás de ella para comprobar que nadie más pudiera notar sus sentimientos hacia la joven.

—¿Tienes miedo de mí? —preguntó ella al percatarse de la tensión de Castiel.

Él negó con la cabeza.

—Mi deber es ayudarla a no ser un peligro para sí misma.

—Lo sé, pero eso no quita el hecho de que todavía me siento un poquito fuera de lugar. Estoy con un pie aquí y uno con los humanos...

Ciertamente, empezaba a sentirse así por recordar el último secreto que debía de llevarse a la tumba. Se maldijo por ser tan curiosa y meter las narices donde no era bienvenida.

—Sé que a veces tiene problemas para concentrarse, pero créame, debe intentarlo lo mejor que pueda. Usted vio los alrededores de La Plaza. Por más magia que haya, no todas las criaturas que habitan en El Bosque de los Malditos se combaten con nuestro poder.

Shayza separó los labios para preguntar cuáles serían esas, pero calló al instante. Suspiró y levantó la lanza.

—Creo que es esta.

—¿La siente como suya?

Sentirla como suya… Una frase curiosa, sin embargo, explicaba hasta cierto punto. Shayza asintió. Castiel sonrió de lado; pareciera que se dio cuenta de que ella guardaba las ganas de saber qué arma él *sentía como suya.*

—Me gustan los cuchillos y puñales por ser rápidos, de cuerpo a cuerpo, o a distancia si se tiene buena puntería. Pero me entrené para usar cualquiera de ellas. Y, en ocasiones, mi fuerza.

Castiel era sacado de un libro, sin lugar a dudas. Solo faltaba que cualquier persona lo viese atractivo. Ella lo hacía, aunque no lo veía como hombre, sino como un hermano mayor; su mejor amigo. O eso quería pensar.

—Parece en el centro —ordenó—, imite mi posición de ataque y sostenga con fuerza la lanza. Aunque no lo crea, toda arma se vuelve resbaladiza por culpa del sudor de las manos.

Dicho y hecho: las manos de la joven comenzaron a sudar como si hubieran activado un interruptor. No obstante, flexionó los dedos para sujetar con firmeza la lanza. No tenía muy claro cómo se sostendría, pero lo hizo cual bate de béisbol.

Castiel sacó de su cinto un puñal lo bastante grande y afilado como para rebanar cualquier cosa con un corte limpio. Le dio vueltas en la mano y extendió la otra.

—Intente atacarme, Viktish.

Shayza vaciló en el primer movimiento, consiguiendo que él lo bloqueara con el antebrazo. Ella esquivó la mano izquierda que tenía el puñal, pero tropezó con sus propios pies y, al tratar de no caer, soltó la lanza. Trató de recogerla, aunque Castiel lo impidió al patear la lanza lejos. Shayza se mantuvo inmóvil un segundo y procesó lo que acababa de pasar.

—Pero ¿qué haces? —quiso saber ella, y volvió a tratar de tomar su arma. Castiel rápidamente golpeó la lanza con su pie, mientras Shayza se quedaba quieta viéndolo a los ojos, molesta—. Entonces busco otra…

Él la detuvo al colocar su puñal entre ella y la mesa con los machetes.

—En un combate real no podrá buscar otra arma si no la lleva consigo. Y a veces eso les cuesta la vida a muchos.

—¿Te escupo para defenderme o qué?

Al decir eso, recordó que por su sangre corría el veneno mortal para los brujos. No lo usaría contra Castiel, claro estaba, pero le dio curiosidad saber qué habilidad especial tendrían los Muya.

—Trate con su poder.

Shayza soltó una carcajada.

—¿Cómo coño hago eso?

Castiel reprimió las ganas de reír; rompió su pose de combate y se irguió tan alto cual era.

—Usted dijo que pudo mover un vaso, y ha estado practicando ciertos hechizos. Inténtelo.

—Ay, gracias, crees en mí —dijo, y se llevó una mano al pecho, con evidente sarcasmo.

Cuando recitaba los hechizos, sentía que la energía se acumulaba en la boca de su estómago y la punta de los dedos, creando un hormigueo. En un comienzo aquello la molestaba, pero con el tiempo y las clases, se hizo ameno. Además, practicaba en lugares escondidos.

—Ven a mí —dijo a la lanza, y se sintió en el mundo de Harry Potter. En ese instante recordó lo feliz que fue al saber que los brujos no usaban escobas, pues estaba totalmente segura de que, si lo intentaba, caería desde el cielo y moriría de la manera más estúpida posible.

Volvió a intentarlo, pero nada. Castiel la observaba con seriedad y una mano en el mentón.

—Intente poniéndole un nombre, Viktish.

«Claro, ¿qué le pongo? ¿Aguja o qué?», pensó la joven, y lo vio de reojo. Negó con la cabeza. Se cruzó de brazos, recordando todos los nombres que conocía o algún que otro inventado.

—¡Aitor, ven a mí! —gritó, con el brazo apuntando hacia la lanza. Esta tintineó en el suelo, luego, sin previo aviso, saltó hasta su mano. Por la potencia del golpe, se le cayó—. Es más de lo que podía esperar de mí misma.

—¿Por qué el nombre de Aitor?

—No importa que haya sido un aliado de Gideon, pero para mí ha sido más padre que él. Y ya que no lo puedo ver... es mejor tenerlo vivo de esta forma, ¿no crees?

—Si usted lo cree conveniente, me parece bien.

Repitió el nuevo nombre de su lanza y consiguió que esta volviera a saltar hacia ella. Casi estuvo por caerse de lado cuando la lanza aterrizó sobre su pecho, aunque eso no importó. Castiel le dio unos minutos de gracia mientras ella trataba de golpearlo, o como mínimo, rozarlo con el extremo trasero del arma. Castiel era tan rápido como un león. Shayza llegó a creer que la conocía tan bien que lograba adivinar sus movimientos.

Ella rogó que descansaran, pues sentía que el cuero cabelludo la quemaba por el sudor y apenas podía contener el aliento. Se dejó caer en el suelo con los brazos extendidos, cual niña sobre nieve haciendo un ángel.

—¿Aquí no existe el aire acondicionado? —preguntó ella, y agitó el cuello de la blusa para abanicarse. Se sentó cruzando las piernas y comenzó a enrollar hasta el codo las mangas del uniforme y se quitó la cinta del cuello. Hubiera ido con pantalones, botas de cuero y una camisa de lino, pero no tuvo tiempo para cambiarse, solo había dejado en una esquina su chaleco—. Me siento en el infierno.

—Créame, no es un lugar agradable, pero es inevitable —comentó Castiel sin mirarla, y acomodó las cosas en su lugar.

Lo cierto era que él había vivido infiernos metafóricos de todo tipo, así que se podía decir que sabía de lo que hablaba. Sin embargo, del infierno de su religión no conocía nada. Nunca lo visitó, aunque de vez en cuando le presentaban un demonio que era usado como esclavo para que este pagara su sentencia. Al fin y al cabo, los brujos estaban en la punta de la pirámide.

—Se dice que cada uno lucha con su propio infierno —dijo Shayza, y se puso de pie—. O eso oía decir a los profesores antes de que huyeran al verme.

—¿Qué opina de ello?

Por fin la vio. Temía dirigir la mirada hacia ella por creer que eso delataría sus sentimientos. Los ojos de la joven se quedaron viendo a otro lado y de vez en cuando parpadeaba, pensativa. De repente, Shayza volteó el rostro hacia él.

—Que tienen razón. —Hizo una mueca al procesar sus propias palabras—. No sé, lo único que tenemos diferente a los humanos es que poseemos poderes y vivimos entre las sombras. Pero más allá de eso, somos muy parecidos. Algunos son despreciables, otros bondadosos. Crueles. Ya sabes. Aunque se supone que los humanos hicieron un pacto con Lilith, ¿no? Es normal que nos quede un poco de lo que hemos sido en generaciones pasadas. —Se encogió de hombros.

—A veces los humanos son mucho más poéticos que nosotros. Ellos usan el arte para expresarse y nosotros solemos reprimirlo casi todo. —Dicho esto, Castiel se dio cuenta de que eso era lo que llevaba haciendo todo ese tiempo.

—Y por vuestra situación, imagino que lo tienen peor —expresó Shayza con un deje de dolor.

Castiel lo percibió. Por más viejo que fuera, sus sentimientos solo servían para que su juicio resbalara igual que cuando fue a un río congelado para aprender a patinar.

—Creo que es suficiente por hoy, Viktish. —Revolvió unas cuantas cosas sobre la mesa de las armas, tratando de calmar el temblor de sus manos—. Le deseo un feliz cumpleaños.

Shayza sonrió y murmuró un desanimado «Gracias» y fue rumbo a la salida. No obstante, delante de la puerta, apoyó una mano sobre el marco y giró hacia Castiel.

—No sé cuál sea tu propio infierno. Digo, tengo una idea, pero eres demasiado bueno como para sufrir por eso, Muya.

«Mi infierno eres tú», quiso decirle. Ella no se había dado cuenta de sus sentimientos, y seguro que malinterpretaría sus palabras creyendo que lo estaba obligando a tener una amistad que él no quería. Aunque, si ella quería solo eso, Castiel estaba dispuesto a sufrir bajo llave.

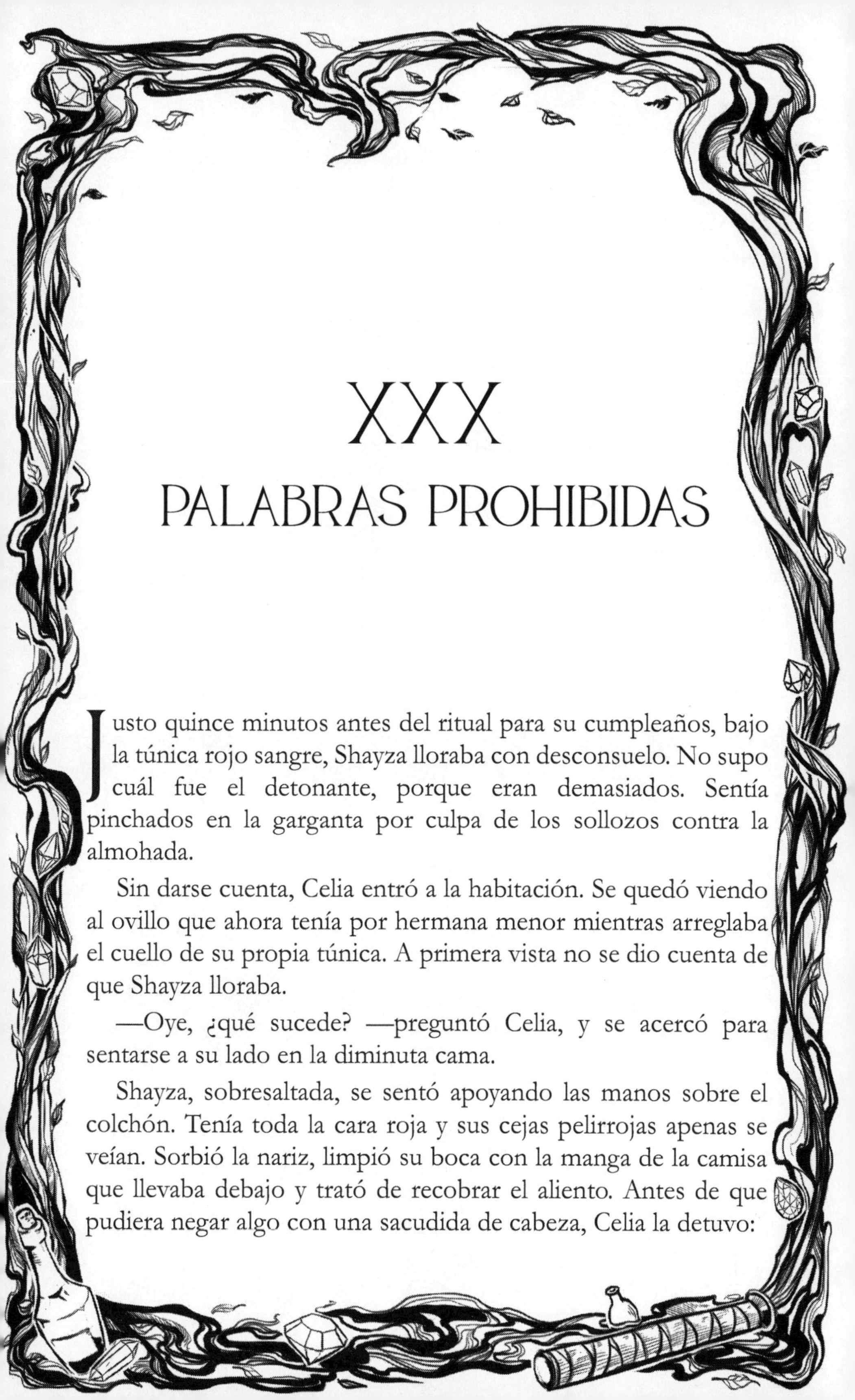

XXX
PALABRAS PROHIBIDAS

Justo quince minutos antes del ritual para su cumpleaños, bajo la túnica rojo sangre, Shayza lloraba con desconsuelo. No supo cuál fue el detonante, porque eran demasiados. Sentía pinchados en la garganta por culpa de los sollozos contra la almohada.

Sin darse cuenta, Celia entró a la habitación. Se quedó viendo al ovillo que ahora tenía por hermana menor mientras arreglaba el cuello de su propia túnica. A primera vista no se dio cuenta de que Shayza lloraba.

—Oye, ¿qué sucede? —preguntó Celia, y se acercó para sentarse a su lado en la diminuta cama.

Shayza, sobresaltada, se sentó apoyando las manos sobre el colchón. Tenía toda la cara roja y sus cejas pelirrojas apenas se veían. Sorbió la nariz, limpió su boca con la manga de la camisa que llevaba debajo y trató de recobrar el aliento. Antes de que pudiera negar algo con una sacudida de cabeza, Celia la detuvo:

—No mientas… —susurró con voz cálida, igual que una madre—. Y espero que no creas que llorar es de débiles —la señaló con el dedo— o gente sin carácter. Yo siempre lloro por culpa de las materias mágicas. Si crees que ahora es horrible, solo espera unos siglos más.

Shayza rio amargamente.

—No… Las clases están bien hasta ahora… Pero esto es nuevo para mí, todavía no me acoplo. —Abrazó sus piernas y colocó el mentón en las rodillas.

—Bueno, es difícil, lo entiendo. —Le frotó el brazo para darle ánimos—. Pero todo se resuelve, ya sea con una muerte de por medio o no.

Shayza frunció el entrecejo e hizo una mueca.

—Ah, ¿creías que aquí todo se resuelve con platica? Eso es con suerte, Shaycita. Aquí muchos se dan de collejas antes de que el otro resople.

No sabía por qué, pero sus palabras hicieron que riera de nuevo.

—Hay… hay algo más: Castiel actúa muy raro conmigo. Debo admitir, y espero que con suerte nuestra madre jamás oiga lo que voy a decir: adoro a Castiel. Es… mi único mejor amigo y me duele que un día me hable y al otro construya una fortaleza entre los dos.

Ahora era Celia quien reía, tintineante.

—¡Vosotros sois como uña y mugre! ¡Como un senemi y sus máscaras!... Pero sí es raro que Castielito actúe así… Es decir, siempre tiene un acercamiento básico con sus alumnos, aunque tú eres un caso aparte. —Puso un dedo en la barbilla, pensativa.

Shayza buscó la forma de que su capucha le cubriera el rostro. Callaron por unos segundos, mientras Celia continuó analizando la situación.

—Aún hay más —aseguró Shayza, casi quería que la tierra se la tragara. Celia la vio con curiosidad—. He visto a Minerva con un profesor…

Celia rio con picardía y sus ojos resplandecieron con malicia.

—¿Así que ya te has enterado?

—¡Los he visto! —chilló entre dientes, roja por la vergüenza.

Cubrió su rostro con ambas manos y tembló ante el incómodo recuerdo.

—Bueno, yo los he pillado varias veces, si eso te reconforta. A veces el calor del momento no los hace pensar y por eso han estado muy cerca de que Layla los atrape.

—¿No se supone que eso está mal por todo esto de la profecía?

—Ay, Shaycita, ¿pero tu género literario favorito no es la fantasía? —dijo con burla ante tal cosa—. Las profecías siempre se cumplen, hagas lo que hagas; por eso son profecías. Layla siempre ha asumido que las tres grandes brujas somos nosotras porque, obvio, ¿quién en su sano juicio diría que las tres hijas de otro clan son las mejores? En su sano juicio no, sino qué brujo de este clan lo diría.

—Lo sé… pero ¿no temen ser azotados? —preguntó, y levantó la cabeza con lentitud.

—Los humanos, incluso algunos de nosotros, pensamos que el amor lo puede todo. Yo era una adolescente, entre comillas, cuando Minerva se enamoró perdidamente de Elias; el Profesor Lagarto. No me lo podía creer, la verdad… —Calló al revivir dicho tiempo—. Ah, ¿quieres saber más?

Shayza se encogió de hombros.

—No es de mi incumbencia.

Celia entornó los ojos en su dirección.

—Por favor —dijo, y puso los ojos en blanco—. Bueno, todo es como un enorme cliché. Minerva nunca le ha quitado los ojos a sus libros, ni siquiera cuando hubo una explosión en la clase de pociones. Sin embargo, un día estábamos en el comedor, ella debía tener unos cuantos milenios, y vio al nuevo profesor. El Profesor Lagarto era todo lo que le hubiera podido gustar a nuestra hermana. Y cuando digo todo, es todo, Shaycita.

»Ni siquiera noté cuando llegó el profesor, ¿pero Minerva? ¡Uff! Su libro casi cae en el plato de sopa caliente. Por supuesto, yo no entendí nada hasta que seguí su mirada. Ahí estaba el profesor Elias con su piel oscura y ojos amarillos.

»Mine explica que cada vez que lo veía le dolía el pecho y se sentía mal si imaginaba que él pudiera tener a otra persona…

—¿Por qué habláis de mí a mis espaldas? —inquirió Minerva, y cerró la puerta y mantuvo la mano sobre ella.

Sus ojos brillaban amenazantes. También traía puesta su túnica roja y el cabello le caía por los hombros cual cascada de petróleo.

Shayza se avergonzó tanto que no pudo ver a su otra hermana mayor. No fue porque creyera que Minerva por fin le diría algo además de su diminuta conversación en la biblioteca –donde simplemente le dijo, con los ojos llorosos, que no dijera nada de lo que vio aquella noche–, más bien fue por lo que dijo Celia. «Cada vez que lo veía, le dolía el pecho…». Shayza sabía lo que significaba. Cada vez que se daba cuenta de que Castiel estaba cerca, y cuando hablaron en sus clases privadas, el corazón parecía a punto de salir de su lugar junto con un fuerte dolor.

—No es nada, solo hablábamos de tu romance prohibido con Profesor Lagarto —dijo Celia, restándole importancia—. Shaycita no es capaz de decirle nada a nadie. —Se puso de pie y le murmuró algo a Minerva antes de aproximarse a la salida—. ¡Vayamos a celebrar el cumpleaños de nuestra hermanita! ¡Yuju!

La charla con Celia había hecho que Shayza tuviera la cabeza en otro lugar que no fuera su fiesta de cumpleaños. Llegó a tener pensamientos que consideró absurdos; aquello no era precisamente una historia y sería estúpido si le pasara algo como en una de ellas. Pero… ¿sí era amor?, ¿o solo confusión ante su ignorancia con el tema?

«¿Por qué nunca me habré enamorado? Uff, siendo como soy, ni siquiera me hubiera dado cuenta de esto. —Lamió sus dientes—. Tía, ¿por qué te metes en más problemas?».

La mazmorra estaba repleta de brujos, con suerte había encontrado un lugar junto a sus hermanas y unas cuantas profesoras. Pero lo gracioso de todo eso era que, incluso las brujas más jóvenes, median muchísimo más que ella. No se sentía igual que una hormiga, pero tampoco ayudaba a sentirse acogida entre su *gente*.

Desde su perspectiva, a través del mar de túnicas rojas, solo podía ver espaldas y uno que otro rostro encapuchado a sus espaldas. Tan siquiera alcanzó a ver a su madre hablar junto a la música con los extraños instrumentos musicales. ¿Pero qué demonios hacía allí? Bien pudo no haber asistido y nadie se hubiera dado cuenta.

No comprendía la letra, sabía que era el idioma natal y no existía manera de que lo pudiera traducir con su artefacto, pues este solo traducía a la gente que hablaba. De toda aquella palabrería, solo entendió su nombre. Estaba segura de que el japonés le sentaría mejor que esa extraña y confusa lengua.

Mientras Layla bailaba al son de la melodía, Shayza buscó con la mirada a Castiel. Había docenas y docenas de cabezas encapuchadas murmurando. No obstante, al persistir, vio que Castiel levantó la cabeza de malhumor.

Notó que este apretaba la mandíbula a la vez que se rascaba la pierna. La joven no pudo evitar reprimir una sonrisa curiosa. Aunque aquello no duró mucho; ambos cruzaron miradas y entreabrieron las bocas.

Era cierto que él fue libre durante su misión de protegerla, pero aun así quería estar con ella. Algo lo hacía desearla como mujer, y eso lo aterraba. ¿Y si ella no lo veía de la misma forma? ¡Ella fue criada como humana! Estaba seguro de que, si Shayza sabía su verdadera edad, corría el riesgo de que cualquier posibilidad de estar juntos se esfumara. Castiel sufrió mucho por no estrecharla entre sus brazos, acariciarla y besar sus pecas, sentir el latir de su corazón, su aliento caliente sobre sus labios cuando estaban solos en la práctica.

Castiel apartó la mirada hasta sus pies. «Asqueroso», se repitió repetidas veces en ruso. Al final, no aguantó más estando allí y huyó.

Shayza no dudó en ir detrás, lo persiguió entre largos pasillos con poca luz, gritó su nombre y suplicó que se diera la vuelta. Pero él no cedió. Ella se quedó de pie a mitad de camino, viendo cómo trataba de quitarse la túnica y se alejaba al dar la vuelta en una esquina. Shayza se quitó la capucha, confundida.

«¿Qué le pasa? —se preguntó—. Gilipollas».

Otra vez no se dio por vencida. Apretó los puños y apuró el paso, inconscientemente, usando un hechizo que había leído por curiosidad. En cuestión de segundos, vio cómo él luchaba enfurecido para quitarse la túnica. Hubiera sido más fácil con magia, pero parecía que, lo que fuera que estuviera pasando por su cabeza, le impedía que pensara con claridad.

Shayza consiguió agarrarlo del antebrazo y lo haló hasta una intersección vacía. Pero con las fuertes pisadas de Celia retumbando contra las paredes, Castiel estrechó a Shayza entre sus brazos y le cubrió la boca, hablando en ruso. Celia pasó junto a ellos sin voltear en su dirección. Volvió a pasar refunfuñando en voz baja y desapareció. Shayza y Castiel relajaron sus cuerpos.

—¿Por qué te has ido? ¿Qué te molesta tanto para que no quieras estar cerca de mí? —inquirió. Sus palabras le dolían mucho más fuera que adentro, y, sin darse cuenta, la garganta se le cerró.

—No llore, *katyonak* —dijo con dulzura al tiempo que le limpiaba una lágrima.

Acarició la suave mejilla de Shayza, sintiendo que se encogía su corazón. Luego, le apretó el hombro con suavidad.

—Odio esto —expresó ella, dolida—. Odio este dolor que siento al verte, al imaginarte con otra persona que no sea yo. Y lo que más odio es que no lo entiendo.

—Tranquila —la abrazó con tanta fuerza que pudo sentir el latir de su corazón—, pronto será capaz de comprenderlo.

Al sentir su calor, Castiel la apretó de los brazos y su dulce aroma lo embriagó. Quería besarla. Marcar como suyo cada centímetro de su piel. Suspiró, alejando cada uno de sus impuros pensamientos.

—¿Y si te digo que tengo miedo de entenderlo? ¿O de aceptar la verdad?

Castiel introdujo los dedos entre el cabello de la chica y suspiró. Shayza estiró los brazos para rodearle la espalda. Estar así le dio una escasa sensación de paz. Sería muy apresurado asumir que era amor o algo de eso solo por lo que Celia dijo sobre Minerva; aunque era cierto que se trataba de una coincidencia abrumadora. Quizá Shayza necesitaba que Castiel diera una señal, algún gesto o palabra que la ayudara a saber qué hacer. Sin embargo, ante toda esa confusión, una vocecita le gritaba que lo besara, lo cual era todavía peor al tener en cuenta que podía existir un vínculo familiar entre ellos. Cerró los ojos por un instante y apretó la camisa de él. Era mejor esconder ese dato muy en el fondo de su memoria.

—Dime qué te atormenta tanto, Cass —susurró, sin intención de alejarse.

Castiel calló por un largo rato mientras mecía sus cuerpos y tarareaba. Shayza reconocía la canción: fue la misma que canturreó cuando despertó en el apartamento de Gideon.

«¿Qué canta?», quiso saber ella.

—Esto es peligroso, Shayza —dijo al fin, y se obligó a separarse.

Shayza no podía creer lo que oyó. Perpleja, con el rostro lleno de lágrimas y la boca abierta, lo miró. Parpadeó. Las palabras estaban estancadas en su garganta y el corazón le dolía. Castiel no comprendía del todo la cara que estaba haciendo la joven, por lo que se preocupó.

—¿Está bien? ¿Necesita que la lleve a la enfermería?

—Cass… —Agarró su camisa y lo mantuvo cerca—. Cass, responde mis preguntas.

Él relajó su expresión, le acarició la mejilla con el dorso de la mano y colocó un mechón detrás de su oreja. Vio su propio reflejo en los ojos particulares de la chica, notando más lágrimas en su rostro. Volvió a limpiarlas con el pulgar.

—Hace un rato hablamos de nuestros infiernos. —Dejó caer los brazos, zafándose del agarre—. Tú eres mi infierno, Shayza.

Lo quedó viendo a los ojos. Ambos lloraban. Y sea lo que fuese a hacer ella, tal vez lo haría de forma impulsiva.

Ahora fue ella quien se alejó del todo. Castiel no pudo reprimir un quejido, creía que era la respuesta de su rechazo y juró por Lilith que escuchó cómo su corazón hizo *crac*.

—Esto es muy extraño —dijo Shayza—. Creo que nos veremos después.

—No... No, no, no. Shayza, dime que no lo has malentendido.

—¿Malentendido? —repitió ella—. ¿Qué malentendido? O sea, eh... —Se encogió de brazos y negó con la cabeza—. Tampoco es fácil de entender. Yo no entiendo qué es esto que siento y mucho menos a lo que te refieres con que soy tu infierno. ¿Te caigo mal o qué?

Justo al decir eso, se reprendió mentalmente. ¡Tonta! Sí sabía lo que sentía, solo que no quería aceptarlo. ¿Quién en su sano juicio estaría enamorado de alguien que podía tener su propia sangre?

—¿Cómo me vas a caer mal? —Una luz de esperanza iluminó su interior.

—Es lo que digo: no entiendo. El infierno se supone que es algo horrible. ¿Acaso soy horrible? ¿Una carga constante?

«Idiota, no sigas hablando. Cállate. Cállate. Cállatecállatecállate».

Castiel respiró para armarse de valor. Miró a todos lados, para comprobar que siguieran solos.

Shayza vio que él se movía en cámara lenta hacia ella, casi arrebatándole la respiración.

—Soy un cobarde en este mundo, porque eso me enseñaron, pero hoy me atrevo a revelarte mis más profundos y prohibidos sentimientos. Quizás me arrepienta de ello, pero es mejor un castigo de mil azotes, o la muerte, a callar lo que siento cada vez que te tengo cerca. —De ser escuchado por la persona incorrecta, habría cavado su propia tumba. Pero no le bastó con liberar su corazón: la tomó de ambas manos y, con un largo beso en los nudillos, le reafirmó sus palabras.

Castiel había perdido la cabeza por la mujer ante sus ojos. Aquella enana, explosiva y pecosa criatura torturaba su triste corazón.

La chica tragó grueso. ¿Qué fue eso? El corazón le latió con mucha más fuerza. Un volcán de emociones hizo erupción ante esa muestra de afecto. Por años leyó que cuando un hombre está profundamente enamorado besaba la frente, las manos, las sienes. La cabeza le comenzaba a dar vueltas cual montaña rusa, hasta sintió náuseas.

Respiró hondo para disipar dicha sensación, miró a otro lado y trató de calmar la vergüenza sobre su cara.

—Me siento como las personas que le piden matrimonio a su pareja en público…

Cerró los ojos. «Somos familia, Cass… No debo sentir esto… No está bien», se repitió.

Castiel se asustó y alzó ambas cejas, con los ojos bien abiertos. Shayza había guardado silencio por demasiado tiempo.

—¿Incómoda? ¿Te he incomodado?

—No, para nada. Solo que ahora no sé qué hacer aparte de llorar… y, quizás, por difícil que sea, no puedo huir de mis sentimientos.

Con esas palabras, su corazón latió todavía más. Su relación desde un inicio estaba mal, era prohibida, pero como lo había dicho, no podía huir de lo que su corazón anhelaba, por más inmoral que fuese.

Agradecido, Castiel la abrazó con los ojos cerrados. Cuando volvió a abrirlos, vio a Yokia levantando el pulgar como aprobación y con un gesto de felicidad muy parecido a los de Celia. En realidad, Yokia llevaba rato observándolos desde un escondite, esperando que por fin ocurriera algo entre ellos dos. Su hermano ya le había contado todo lo que sentía por aquella muchacha. Obviamente, no comprendía por qué, pero tampoco lo juzgaba, y lo apoyó durante las veces que se sintió como la criatura más desagradable de todo el Mundo Mágico.

Ahora los veía como su pareja favorita en una serie, incluso cuando él no sabía lo que eran.

De pronto, los dos se quedaron tiesos como estatuas al oír otra vez la voz de Celia. Shayza se apartó de golpe y corrió hacia su hermana, dándole así tiempo a Castiel para que huyera.

Si Shayza le fuese a decir a Celia lo que había pasado con Castiel, no sería en ese preciso momento.

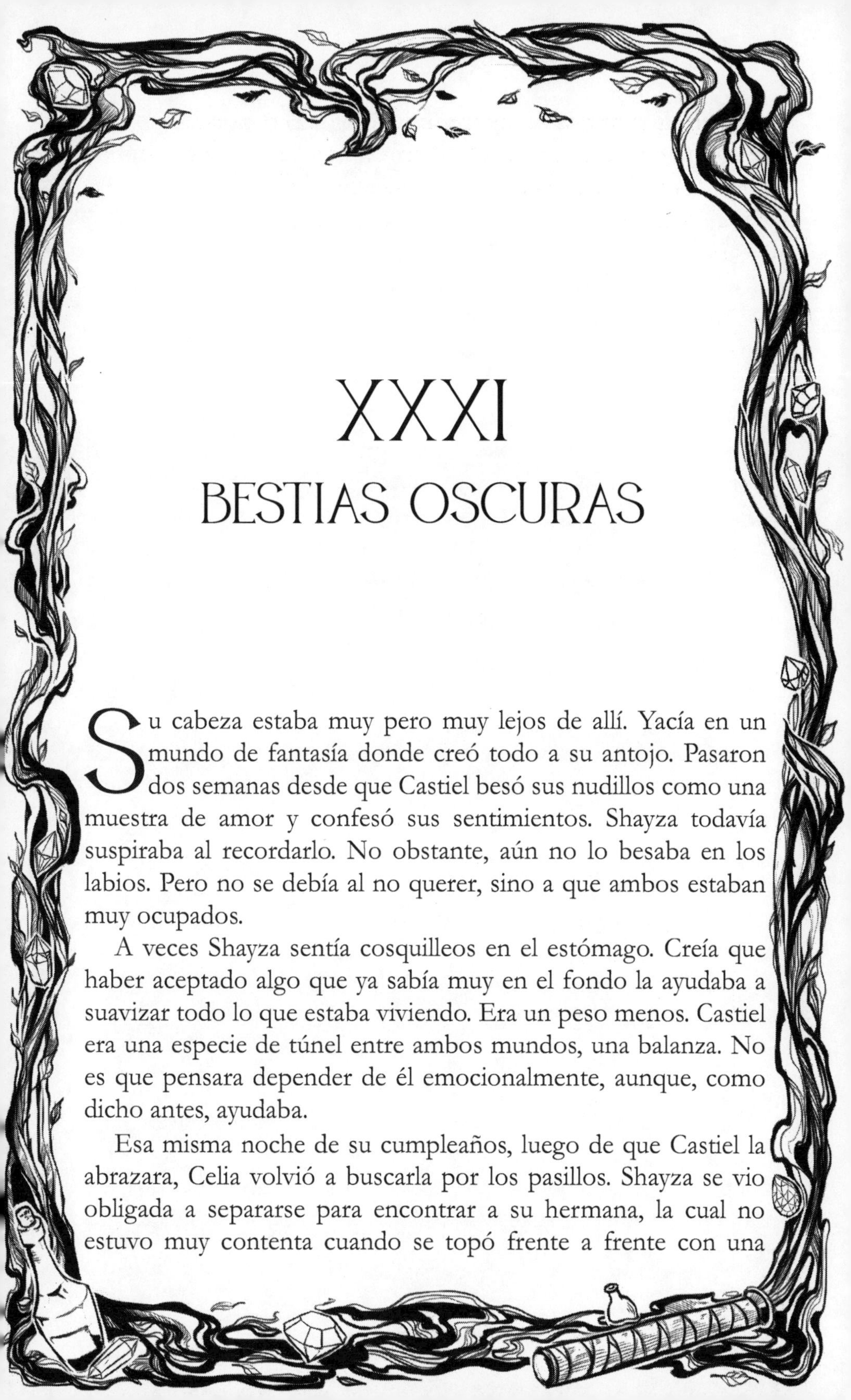

XXXI
BESTIAS OSCURAS

Su cabeza estaba muy pero muy lejos de allí. Yacía en un mundo de fantasía donde creó todo a su antojo. Pasaron dos semanas desde que Castiel besó sus nudillos como una muestra de amor y confesó sus sentimientos. Shayza todavía suspiraba al recordarlo. No obstante, aún no lo besaba en los labios. Pero no se debía al no querer, sino a que ambos estaban muy ocupados.

A veces Shayza sentía cosquilleos en el estómago. Creía que haber aceptado algo que ya sabía muy en el fondo la ayudaba a suavizar todo lo que estaba viviendo. Era un peso menos. Castiel era una especie de túnel entre ambos mundos, una balanza. No es que pensara depender de él emocionalmente, aunque, como dicho antes, ayudaba.

Esa misma noche de su cumpleaños, luego de que Castiel la abrazara, Celia volvió a buscarla por los pasillos. Shayza se vio obligada a separarse para encontrar a su hermana, la cual no estuvo muy contenta cuando se topó frente a frente con una

Shayza muy nerviosa y sonrojada. Había dicho algo como que Layla estaba a segundos de matar la cabra a su nombre mientras hacía un gesto con la mano para exagerar el tiempo que mencionó.

Suspiró volviendo a la realidad. Esperaba a la nueva profesora de Criaturas; antes se encargaba la diminuta Makbil, pero Layla la consideró muy vieja como para seguir teniéndola allí –ya era hora de invertir un poco en su instituto–. Sin embargo, la nueva profesora llevaba diez minutos de retraso, y si hubiera sido hombre, ya lo habrían echado, o peor.

Zabinsky entró por la puerta y provocó que todo brujo presente alzara la cabeza para ver quién era, esperando un rostro nuevo. Al reconocerlo, cada uno volvió a lo suyo. El vampiro se sentó junto a Shayza y colocó todas sus cosas sobre la mesa compartida, aliviado de que su tardanza no tendría consecuencias.

—¿Puedo? —se apresuró a decir, pues lo había olvidado.

—Ya qué. No te sacaré de ahí —bromeó, y alzó una ceja.

Zabinsky sonrió mostrando los colmillos.

—No sabía que teníamos esta clase juntos —comentó ella, y llevó la mirada a su libro ilustrado.

—Me inscribí porque quiero saber todo sobre las criaturas de El Bosque de los Malditos. ¿Sabías que nosotros también somos considerados como seres oscuros, si se habla mágicamente?

Shayza lo pensó un poco, había escuchado a alguien decir algo por el estilo, pero no recordaba quién fue.

—Como con los humanos. Somos… Son animales que pueden razonar y dañar todo lo que toquen —dijo Shayza.

—De eso estoy de acuerdo... —Su sonrisa se borró y apretó los labios.

—¿Por qué la cara?

—Pues...

Daba igual lo que fuese a responder, pues una mujer esbelta, alta y con un larguísimo cabello negro entró al salón. Dejó caer con estrépito los viejos libros en el escritorio, revolcando el polvo en ellos. Giró para ver a sus alumnos y el cabello se onduló a un lado como si tuviera vida propia.

—Soy su profesora Levite Moluty, y os enseñaré sobre las criaturas que habitan en el Mundo Mágico y sus peligros. Sus puntos fuertes y puntos débiles. —Su expresión fue dura, casi como la de una militar con largos años de servicio. Su rostro, aunque hermoso y con piel de porcelana, tenía una enorme cicatriz sobre la nariz, que bajaba por el mentón y terminaba detrás de la oreja. Entornó los ojos color bronce y colocó las manos sobre la cintura cual jarra—. ¿Sois niños aún con el seno de vuestra madre en la boca? Poned atención a mis palabras, no a mi cicatriz.

Rápidamente dio la vuelta. Una tiza cobró vida y comenzó a dibujar un enorme espécimen con apariencia de madera. Tenía cuencas vacías y llamas desde su interior, largas ramas puntiagudas que sobresalían de su espalda y carabelas sobre el pecho. La madera alrededor de su boca parecía piel desgarrada dejando pliegues por los cuales alimentarse. El dibujo, a primera vista, daba la sensación de ser una especie de marioneta con un creador fuera de sus cabales. Sus largos y finos dedos estaban curvados cual garras, y las piernas eran igual que dos enormes troncos, con todo y sus raíces.

—¿Alguien decidió estudiar para saber qué monstruo es? —preguntó Levite, poniendo su atención hacia los alumnos.

Shayza recordó haberlo visto cuando le daba ojeadas a su libro. Trató de recordar su respetivo nombre, pero a lo único que llegó a su mente fue que lo asociaba con el nombre de un queso mundano.

—Korthazch —respondió una bruja del fondo, luego de levantar la mano—, el carcelero.

—¡Efectivamente! El korthazch resguarda las mazmorras de La Centra Mágica. En ocasiones parece una criatura torpe de la que se podría huir con facilidad, pero eso, chicos, es una vil mentira. Esta criatura permanece en el puesto uno cuando se habla de peligros. Aunque, por suerte, solo existe uno y permanece bajo tierra desde su creación.

Una bruja sentada dos mesas delante de Shayza levantó la mano. Levite asintió para que hablara.

—¿Se encarga de matar a los brujos condenados si intentan escapar?

—Así es —aseguró Levite—. Es cierto que en este dibujo he puesto unas cuantas calaveras de sus víctimas, pero, si van a la página 816 de su libro, verán una ilustración mucho más compleja y cercana a la realidad.

Shayza no dudó en hacer lo que pidió. Ella también estaba intrigada ante dicha bestia y empezaba a comprender el entusiasmo de Zabinsky. Acarició el dibujo en su libro, trazando los contornos.

—Es tan hermoso… —susurró Zabinsky.

—Sí, el dibujo lo es. Ya estar delante de él… lo dudo mucho —ironizó Shayza.

—No lo entenderías.

—Y no lo dudo —afirmó.

Sin embargo, la imagen de esa criatura la hacía sentir algo que no podía explicarse a sí misma. ¿Por qué? No era un escalofrío, tampoco un mal presentimiento, pero algo se descolocaba dentro de ella.

La clase concluyó con un simple examen para saber qué recordaban de dicha criatura y una investigación sobre los senemi y los cambiantes para la próxima semana. Lo último no sería tan difícil. Tenía a Yokia para entrevistarlo… si lo encontraba por la mañana a mitad de pasillo, claro.

Guardó sus cosas y corrió hacia su lugar favorito: la biblioteca.

Durante toda la noche no se topó ni con Yokia ni con Castiel, cosa que la obligó a salir por la mañana en su busca. Visitó la mayoría de los pasillos donde antes se había encontrado a Yokia en su forma gatuna. Pero nada.

A mitad de camino, tomó un minuto para descansar los pies; había recorrido mucho más de lo normal sin siquiera sentarse o beber un trago de agua. Abrió su cuaderno y repasó las preguntas que le haría a Yokia si daba con él. No obstante, mientras iba por la octava, vio a Castiel por el rabillo del ojo. Este no pasó de largo, se quedó viéndola desde el otro extremo del instituto.

Shayza, un poco temerosa, levantó la mano para saludarlo y sonrió de lado. Castiel respondió de igual manera, aunque sí se acercó.

—Debería estar en su habitación, Viktish —dijo tratando de sonar serio.

En realidad, fue una tortura no tomar las pequeñas manos de Shayza y aprovechar que no había nadie por los alrededores. No quería volver a arriesgarse

—Lo sé, pero la profesora Levite nos dejó como tarea hacer una investigación sobre los cambiantes. Quería hacerle unas preguntas a Yokia.

—¿Por qué no se las hace a Minerva?

«Gracias», le agradeció en su mente, y apretó los labios.

Minerva era una cambiante, pero no creía que fuese del tipo al que la profesora Levite se refiriera. La hermana de Shayza tenía por sus venas la capacidad de transformarse en cualquier animal, en cualquier humano o brujo que conociera o crear una identidad nueva, como su padre; Bram Loffom. Aunque era cierto que Layla le había prohibido usarlas de no ser necesario.

—¿Estáis peleadas?

—Eh… no creo que esa sea la palabra, pero digamos que sí.

—Si desea hablarlo… —ladeó la cabeza, como buscando las palabras adecuadas—, podemos ir a mi oficina.

—Nah, no tiene importancia. ¿Has visto a Yokia?

—No en realidad. Le diré que lo está buscando.

Shayza asintió como un gesto de gracias. Ambos callaron por unos segundos y luego caminaron por rumbos separados.

«Estúpida —se dijo—. Estábamos solos… Aunque sea pude tomarle la mano o rozarla con los dedos». Frotó ambas palmas sudadas contra la falda de su uniforme. Era mejor que fuese a dormir, ya hallaría el tiempo para hacer su tarea y para estar con Castiel.

Al día siguiente, en busca de Yokia, encontró a Castiel, aunque él estaba acompañado de Korak. No quiso interrumpirlos, por lo que dio media vuelta y se fue con pasos apurados.

¿Era ridículo que, de cierta forma, Shayza huyera de Castiel? Sí. Sin embargo también lo estaba cuidando. En un momento, cuando trataba de dormir, su cabeza se llenó de horribles escenarios donde ambos estaban involucrados. La noche en que Castiel le declaró sus sentimientos, abriéndole los ojos, fue significativamente peligroso. Si Layla no hubiera estado en medio de miles de brujos, bailando y recitando palabras en su idioma natal, existía la posibilidad de que los hubiera pillado en una situación incapaz de negar. Aquello le revolvió el estómago. No sabía qué pensaría de sí misma si por su culpa Castiel era lastimado de alguna manera.

Minerva llevaba años con una relación prohibida y no había pasado nada, pero ¿qué le aseguraba a Shayza que fuese a pasar lo mismo con ella y Castiel? De tan solo pensarlo, el estómago le dio un vuelco, por lo que se puso una mano sobre él.

Aunque, gracias a Lilith, por su mente no pasó la posibilidad de alejarlo. Estaba hecho y así seguiría si dependía de ella. Daba igual si Castiel comenzaba a tener sus deslices, Shayza se encargaría de volver a hacerlo entrar en razón, en asegurarle que era riesgoso pero valdría la pena si era lo que ambos más deseaban.

—Alguien dijo que me buscabas —comentó Yokia detrás de ella, sobresaltándola.

Shayza, por costumbre, miró al suelo y se topó con zapatos de vestir. Lentamente subió los ojos a través de aquellas largas piernas y delgaducho cuerpo; distinguió el uniforme de los profesores: mangas largas, cuello alto y pantalones cernidos al cuerpo, todo con apariencia victoriana. Más de una vez, ella se había dado cuenta de que a Layla le gustaba dicha época (tampoco es como si fuese muy discreta).

Yokia tenía una mano en la cintura, marcándola. Su rostro estaba hecho un espanto.

—Estás fatal. ¿Cómo te sientes? —preguntó Shayza, preocupada.

—Como un cadáver después de ser derrotado por un guardián del Bosque de los Malditos. —Suspiró—. Tengo quebrantahuesos. En otras palabras, debo estar en absoluto reposo para, literalmente, no romperme un hueso.

Shayza puso mala cara. Estaba preocupada por su salud. Apenas había conocido las enfermedades de aquel mundo, solo tenía la advertencia de Castiel volando por su cabeza.

Respiró hondo y sacó el cuaderno de notas.

—Necesito hacerte unas cuantas preguntas…

—Dame eso —pidió con sutileza. Sus ojos se movieron a una velocidad de vértigo y pasó la mano sobre las hojas a la vez que conjuraba un hechizo de escritura—. Espero que Levite no te cause problemas. Nos vemos luego.

Shayza se quedó pasmada y vio cómo Yokia se alejaba con pasos temerosos. Vaya, había perdido una gran parte de su tiempo buscándolo para que la ayudara en menos de un cuarto de segundo.

Ahora, con un peso menos encima, caminó rumbo a la clase de Castiel para esperar que comenzara su entrenamiento privado.

Mientras estaba sentada al fondo del aula, sintió húmedas las manos. Frotó ambas palmas sobre los pantalones que sustituían su falda habitual y miró a las parejas que entrenaban. Algunas veces se oía el ruido seco de un cuerpo contra el suelo y un quejido de dolor; otras, gruñidos o el tintineo de sus armas al chocar con las del contrincante. También había sangre, pues usar una espada no era como lo leyó o vio en las películas; a veces debían de sujetar el filo con la mano descubierta, y eso provocaba una gran herida que Castiel debía atender. Sin embargo, en una batalla real… eso era muy diferente. Allí no habría ninguna cura si el herido no tenía conocimientos básicos.

Shayza, ahora con dieciocho años, seguía asustándola el dolor físico. Evidentemente, estaba más que acostumbrada al emocional, pero ese estaba con ella desde que tenía memoria. Pensar en eso la transportó devuelta a sus quince años, una época que hubiera preferido olvidar si no fuese por el día del que no recuerda nada. Castiel debía saber algo de ello, porque, después de que esa venda que cubría los ojos de la joven cayera, todo era posible. De seguro eso obligó a Castiel y los secuaces de Gideon a que durmieran sus poderes. Quizás ellos mismos la temían o así sería más fácil darle la ubicación exacta a Layla para encontrarla en Rose White.

Llevó una mano a la frente y sacudió la cabeza para alejar cada uno de esos pensamientos. Aunque no podía evitar querer saber todo de golpe, mucho menos cuando su lista de problemas iba disminuyendo.

—Shayza —dijo Castiel con ternura.

Apoyó un pie sobre el asiento de las gradas, colocó el brazo sobre la rodilla y le tomó la mano para acariciar el dorso con el pulgar.

Ella sonrió y sintió cómo se ruborizaba hasta las orejas. A Castiel le pasaba igual, pero Shayza no lo notó, pues a este lo cubría su lacio cabello.

—¿Se siente preparada para la lección de hoy?

Shayza asintió y apartó la mano para ponerse de pie. Castiel cerró la suya como queriendo mantener por siempre el tacto de la chica en su piel. Este deseaba besarla, pero no lo haría sin su permiso, incluso esperaría a que ella diese el primer paso. No pensaba volver a dañar nada de lo que ya tenían y fueran a tener; iba a comportarse como el viejo brujo que era: darle lo mejor de sí mismo como hizo con su primera mujer, darle cada centímetro que lo componía hasta el día en que llegara su fin.

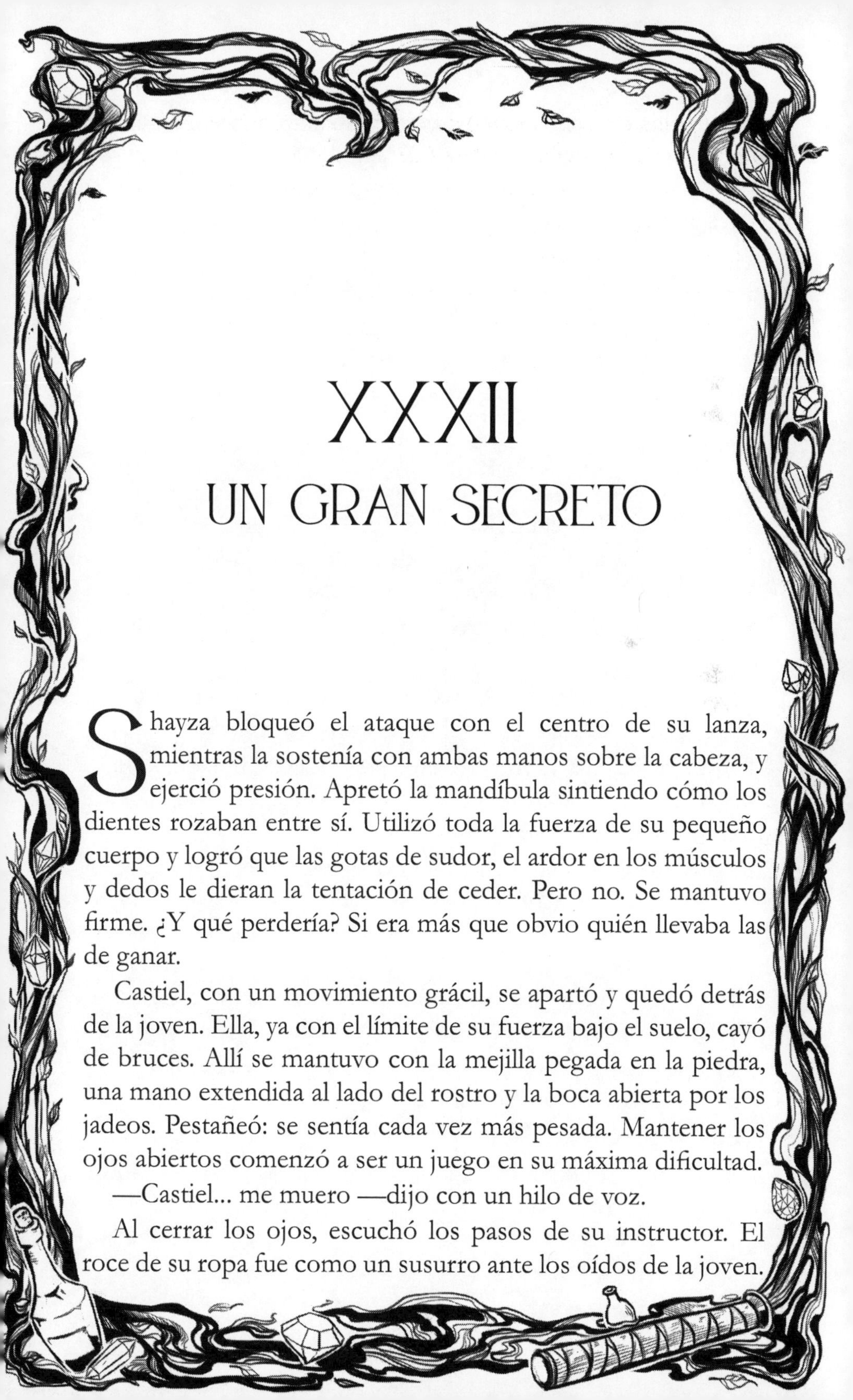

XXXII
UN GRAN SECRETO

Shayza bloqueó el ataque con el centro de su lanza, mientras la sostenía con ambas manos sobre la cabeza, y ejerció presión. Apretó la mandíbula sintiendo cómo los dientes rozaban entre sí. Utilizó toda la fuerza de su pequeño cuerpo y logró que las gotas de sudor, el ardor en los músculos y dedos le dieran la tentación de ceder. Pero no. Se mantuvo firme. ¿Y qué perdería? Si era más que obvio quién llevaba las de ganar.

Castiel, con un movimiento grácil, se apartó y quedó detrás de la joven. Ella, ya con el límite de su fuerza bajo el suelo, cayó de bruces. Allí se mantuvo con la mejilla pegada en la piedra, una mano extendida al lado del rostro y la boca abierta por los jadeos. Pestañeó: se sentía cada vez más pesada. Mantener los ojos abiertos comenzó a ser un juego en su máxima dificultad.

—Castiel... me muero —dijo con un hilo de voz.

Al cerrar los ojos, escuchó los pasos de su instructor. El roce de su ropa fue como un susurro ante los oídos de la joven.

Casi cayendo en la inconciencia, movió una mano para buscar, así fuera, la punta del zapato de Castiel.

—No estás muriendo, *katyonak* —aclaró con un deje de gracia.

Le dio la vuelta y ayudó a que se sentara. La cabeza de Shayza ladeaba como si se hubiese roto el cuello; no obstante, ella sabía –muy en el fondo– que sus huesos seguían intactos, que solo era la energía escabulléndose. De pronto sintió que algo tibio se abría paso por sus labios. ¿Era agua a temperatura ambiente? ¿Una pócima para ayudarla a despertar? Sea lo que fuese, empezó a devolverle lo que había perdido.

El calor le recorría las piernas, los brazos y dedos. Volvió a parpadear, con el cabello sobre los ojos y el cuello sujeto por el brazo de Castiel. En algún punto la vista se había nublado, pero no tardó en recobrarla. Respiró profundamente, atrapando el perfume de su profesor: olía a bosque y tierra húmeda.

Él le apartó el pelo del rostro y la vio con ternura y profundidad. Sonrió con plenitud.

—Si Lilith lo permite, *katyonak*, deseo ser quien muera primero. —Le pasó el pulgar sobre los labios resecos de la chica.

Shayza contuvo el aliento. Todavía no creía que hubiera llegado el momento en que daría su primer beso; seguía en una nube fantasiosa de la cual no quería bajar nunca.

Castiel entreabrió la boca y admiró las facciones físicas que lo cautivaron en el momento menos oportuno de su vida. Se percató de que estaba acariciando sus labios, deseándolos. Notaba que Shayza respiraba con irregularidad, temblaba y su corazón latía a mil por hora. ¿Pedía que la besara? No quería equivocarse en lo más mínimo. Pero de todas formas se armó de valor.

Cerró lentamente los ojos y empezó a acercarse a sus labios. Él se detendrá si así lo quisiera ella.

Pero no hubo resistencia, lucha o reproche.

Su boca fue la gloria, como para los humanos pisar el cielo de forma física y consciente con el permiso de volver a la Tierra y contar su experiencia.

En un principio el beso fue tímido, de a picos y pocos segundos. Sin embargo, Castiel se apartó para poder ocultar el temblor de sus manos. Mientras, Shayza se incorporó y lo miró.

—¿M-me das otro? —preguntó ella, tímida.

Shayza le sostuvo la mirada. Castiel buscó la manera de ver a otro lugar sin sentirse intimidado por ella. Pero Shayza lo tomó de ambas mejillas y lo obligó a verla. Él se fijó en los carnosos labios de la chica, luego la vio a los ojos y no fue capaz de prevenir lo que pasó. Ella acercó su boca a la suya lentamente. Cuando al fin se unieron, Castiel se tensó y dejó las manos a una distancia considerable del cuerpo de Shayza.

El tiempo corría y Shayza comprendió que nada de eso era un sueño. Se habían besado. Estaban besándose por tercera vez.

Poco a poco Castiel colocó las manos alrededor de la cintura de Shayza. Cuando ella se disponía a alejarse, él la atrajo todavía más y acarició su espalda y saboreó sus labios. Los besaba con lentitud, dulzura y anhelo. No quería alejarse por nada del mundo. El Mundo Mágico podría estar bajo ataque, pero ellos permanecerían allí experimentando uno de los pequeños placeres que les otorgaban.

Esperaron demasiado para eso y sería una tortura tener solo un bocado.

Al ser el primer beso francés de Shayza, Castiel marcó el ritmo, y ella se sintió torpe e intentó imitarlo. Él la besaba despacio. Había querido hacerlo desde hacía mucho tiempo, tanto que ni él mismo sabía la cantidad exacta o cuándo fue el momento preciso en que el destino los llevó al primer deseo.

Ella le recordaba su juventud, y según él, no había nada más. ¿Cómo era que la deseaba de esa manera tan intensa? Le ardía el pecho al acariciarle la mejilla con el pulgar, al poder tocar aquella piel tan suave como la seda, sin temer las consecuencias.

Por otro lado, Shayza sentía cosquillas gracias a la barba que adornaba el rostro Castiel, aquella que lo hacía ver como todo un adulto, aunque no lo suficiente como para pensar que se trataba de un hombre llegando a los treinta. Shayza se alejó, con la cara más roja que su propio cabello. El corazón le latía deprisa, y más cuando notó que Castiel abría los ojos con lentitud, dejando ver sus preciosos lapislázulis, que tenían un aspecto inocente. Castiel bajó el pulgar hasta los labios de la chica y los contempló. Si por él fuera, jamás se apartaría de ellos. Él le sonrió avergonzado y juntó su frente con la de ella en un gesto cariñoso.

—Se supone que la roja como tomate sea yo, no los dos —bromeó ella; bajó la cabeza para ocultar su sonrisa juguetona.

Él solo rio, aumentado el colorete en su rostro. Se sobó la nuca y relamió los labios; todavía estaban húmedos por culpa de Shayza. Ahora no sabía qué decir, por dentro saltaba y bailaba de felicidad, aunque por fuera se mantenía encogido y parecía menos grande de lo que en realidad era.

—Sé que está mal. Soy consciente de que no debimos dejarnos llevar por el impulso, y mucho menos en un lugar como este —se apresuró a disculparse, pero Castiel la calló dándole un casto beso.

—Jamás vuelvas a sentirte culpable por algo como esto —dijo él, y apoyó una mano sobre el hombro de ella.

—¿Y si por un impulso llego a matar una persona? —inquirió; quería relajarse.

Su cuerpo temblaba y eso él lo percibió.

Castiel embozó una sonrisa.

—No pasará, tranquila. Deberías irte antes de que Layla nos encuentre, *katyonak*.

Shayza asintió y eso la ayudó a espabilarse. Una vez de pie, agarró sus pertenencias, casi con el corazón en la garganta y las piernas temblorosas.

Aún en el pasillo, de camino a su habitación, se tocó los labios. Estos seguían temblando, tanto que no tardó en esconderlos bajo la chaqueta del uniforme. Sin embargo, no pasaron más de dos minutos y Shayza ya se encontraba con las piernas cual gelatina y apoyada en una pared, sin aire en sus pulmones.

Si aquel hormigueo en su espalda era adrenalina, le gustaba y a la misma vez no, pues apenas podía actuar normal. De la nada sonrió como tonta, luego rio a secas. Tantas cosas en apenas unos meses desde su llegada. Aunque se haya quejado alguna vez, llorado o desanimado, había vivido mucho más que en su antigua vida, y muy en el fondo comenzaba a agradecerlo.

—¿Puedes dejar de temblar? —susurró para sí.

Necesitaba llegar a la biblioteca, y si Yokia –a quien comenzaba a considerar como un buen amigo– la veía, seguro no podría callárselo. Así el beso le haya movido hasta la tierra bajo los pies, debía guardarlo como si fuera un secreto que traería la desgracia.

La joven alisó su vestimenta y se propuso retomar su camino, todavía con los pies tropezando entre sí. No obstante, cayó arrodillada al ver a su madre a unos metros. Si hubiera mantenido la compostura, tal vez Layla no hubiera notado su presencia.

Layla la examinó con aquella mirada sombría y su látigo en mano. El extremo delgado de su arma colgaba y de la punta caían gotas de sangre. Shayza abrió los ojos sorprendida, y la garganta se le secó. Su mente no tardó en bombardearla y asustarla al creer que esa podía ser la sangre de su amado. Pero no era posible. Después de salir casi corriendo de su entrenamiento, se aseguró de que no hubiera moros en las costas.

¿Y si atraparon a Minerva con el Profesor Lagarto? Aquello era igual de malo que el beso de hacía unos minutos.

Shayza estaba sudando frío y deseaba que fuese por el beso, no por entender que su madre acababa de sancionar a alguien. Era cierto que los brujos se curaban rápido cuando se hablaba de heridas, pero no los volvía inmunes al dolor del momento. Saber que sus espaldas eran desgarradas con un instrumento de castigo y tortura como aquel, que debía callar en todo el tiempo que durara, era igual que ir al infierno. O eso aseguraba Shayza, teniendo en cuenta que a ese lugar iría si muriera.

—¡Layla! —gritó Celia, y llegó al lado de su madre—. Siento que se ha sobrepasado. No es justo que se castigue por algo tan insignificante. —En su rostro, así intentase ocultarlo, se veía reflejada la angustia.

Al tiempo que Shayza fue testigo de su conversación, colocó la cabeza sobre las piernas y ambas manos en el suelo, como si hiciera una reverencia. Estaba mareada y el nudo en el estómago no se hizo esperar. No podía seguir allí tirada en mitad del pasillo mientras su madre y hermana discutían.

Llegó al barandal que daba al patio. Con un nudo en la garganta, miró abajo y esperó ver una multitud presenciando el cuerpo débil de su hermana mayor y el profesor. Porque sí, el castigo traía consigo una humillación pública. Eso le esperaría si ella y Castiel eran atrapados en plena muestra de amor.

Pero nada. Solo vio unos cuantos brujos yendo a la biblioteca, duchas y a sus habitaciones. Otra vez vio a Layla y a Celia y notó que la expresión de su hermana aumentaba tras cada segundo. Layla continuó con rostro inexpresivo y falto de interés.

—A los hombres hay que corregirlos antes de que crean que pueden hacer lo que les venga en gana —zanjó Layla—. No vuelvas a llamarme por mi nombre, porque la próxima sanción será para ti.

Y con ello dio por terminada la conversación. Cerró la puerta de la oficina en sus narices y Celia tuvo que contener el arrebate de ira apretando los puños.

—Celia… —murmuró Shayza, una vez lo suficientemente cerca para que la escuchase.

Celia dio la vuelta y notó el mal estado de su hermana menor. Al ver que apenas podía mantenerse de pie, se apresuró a ayudarla.

—¿Qué sucede contigo? —dijo preocupada.

—¿De quién es la sangre, Celia? La sangre del látigo. ¿Del Profesor Lagarto? —Celia no respondió, solo apretaba los labios—. Necesito saber en qué puedo ayudar a nuestra hermana.

—Lo que necesitas es ir a la enfermería, Shaycita. —Su tono fue dulce y amigable, lo cual no daba buena espina.

Quizás volver a ver a su amado la ayudaría a estabilizarse, así que no luchó para evitarlo.

—Cuéntame lo que ha pasado.

Celia suspiró.

—He dicho que soy neutral cuando se trata de la sanción a hombres o cualquier cosa que los incumba, pero esta vez Layla ha perdido los estribos.

—¿Pero quién ha sido?

—No lo sé. He oído balbucear a Minerva sobre algo de venenos, un hombre y latigazos. Lo que me ha llevado a creer que Layla sancionó a otro hombre con la flor de nuestro escudo —explicó Celia; sujetó firmemente a Shayza y la hizo ver que esta parecía una inocente gacela al lado de su metro noventa y cinco.

—¿Castigo con el veneno de flix? ¿Y si lo hubiera matado? —Se detuvo y sintió que volvía de poco a poco a la normalidad.

Consciente creía que su estado había sido producto de creer que el secreto de su hermana y el Profesor Lagarto fue descubierto. Sin embargo, en el fondo, la realidad era otra. Su real temor fue creer que ese hombre era Castiel. De igual forma se sentía mal por la víctima, lo que la hacía tener un impulso de justicia.

—No entiendo por qué los tratan de esa forma —dijo Shayza entre dientes, y apretó los puños—. Hombres y mujeres somos iguales.

—Quizás los human…

Shayza sabía por dónde iría, así que la detuvo:

—Ni siquiera allí. Con los humanos es al revés. A nosotras nos tratan como seres inferiores, y hasta nos matan por ser mujeres. Lo mismo que ocurre aquí.

—Si me lo hubieras permitido —la cortó—, sabrías que diría que quizás los humanos, en especial las mujeres, están siendo fuente de inspiración para muchos brujos y unas cuantas brujas. —Torció la boca—. Creo que este hombre fue uno de los que estaban al otro lado de las puertas. Una huelga.

—¿Por qué solo él?

—Asumió el castigo de todos los presentes. —Esa vez, Celia suspiró dolida. Los labios le temblaron, y dio a entender que estaba quebrándose.

Celia había dicho que llorar no era de cobardes, y Shayza entendería si ella, una de las mujeres más fuertes que conocía, necesitaba hacerlo. No la juzgaría. Celia sostuvo a Shayza por los hombros, y esta le sujetó los codos. Su hermana jadeó y, finalmente, se quebró.

—Sí sé quién ha sido la víctima, Shay —reveló.

Shayza la abrazó y Celia la apretó contra su cuerpo, poniendo el mentón sobre su cabeza.

—Tranquila, no hay mal que dure cien años, ni cuerpo que lo aguante —intentó consolarla con uno de los tantos refranes que había aprendido.

—Sabias palabras, hermanita; pero en este momento me duele demasiado.

Shayza no quería seguir metiendo el dedo en la herida, aunque no quedaba de otra. Celia conocía al hombre, así que ella también y seguro serían cercanos. No obstante, si estaba en una manifestación, juntos llegarían a derrocar el reinado matriarcal que se había llevado durante años castigando e hiriendo criaturas inocentes.

—Es Yokia —soltó al fin.

Su nombre viajó en el aire hasta que se esfumó. Shayza apretó los labios, pues no tardó en sentir el mismo sufrimiento que su hermana. Yokia siempre había sido bueno con ellas, y, que fuese castigado por pedir un respeto que se merecía la entristeció y enfureció.

Shayza, incapaz de pronunciar palabra, se apartó con brusquedad de Celia. La miró a los ojos sin aflojar su expresión de ceño fruncido y los labios en línea. Puso ambas manos en los hombros de su hermana, decidida.

—Vamos a verlo. Ya acabaremos con este sistema —dijo Shayza.

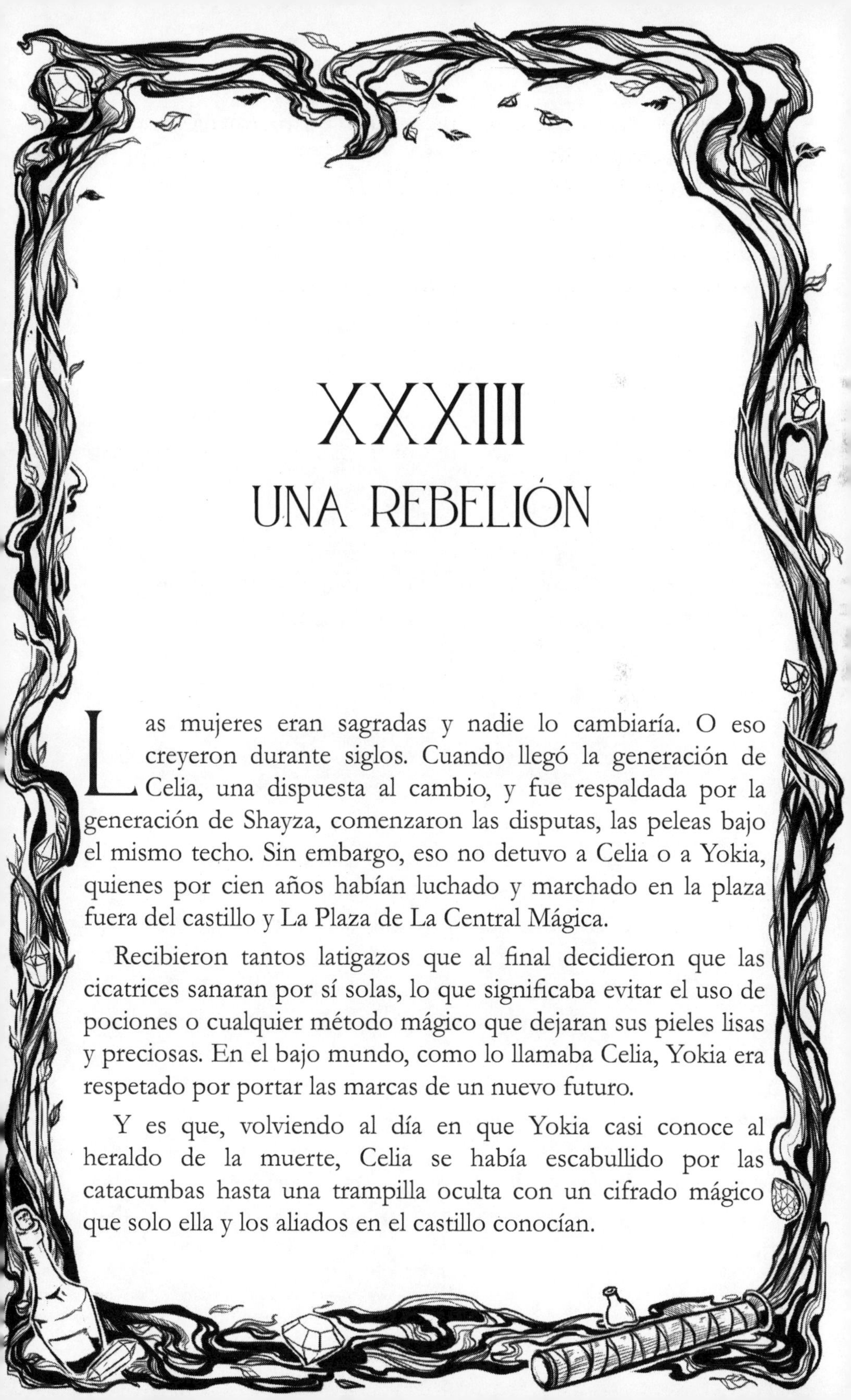

XXXIII
UNA REBELIÓN

Las mujeres eran sagradas y nadie lo cambiaría. O eso creyeron durante siglos. Cuando llegó la generación de Celia, una dispuesta al cambio, y fue respaldada por la generación de Shayza, comenzaron las disputas, las peleas bajo el mismo techo. Sin embargo, eso no detuvo a Celia o a Yokia, quienes por cien años habían luchado y marchado en la plaza fuera del castillo y La Plaza de La Central Mágica.

Recibieron tantos latigazos que al final decidieron que las cicatrices sanaran por sí solas, lo que significaba evitar el uso de pociones o cualquier método mágico que dejaran sus pieles lisas y preciosas. En el bajo mundo, como lo llamaba Celia, Yokia era respetado por portar las marcas de un nuevo futuro.

Y es que, volviendo al día en que Yokia casi conoce al heraldo de la muerte, Celia se había escabullido por las catacumbas hasta una trampilla oculta con un cifrado mágico que solo ella y los aliados en el castillo conocían.

Se despojó de su túnica, mostrando la espalda marcada con cicatrices que parecían enredaderas; le sujetaban los hombros como garras y rodeaban sus costillas igual que alambres de púas.

Su vestido rozó el suelo una vez que avanzó por el frío y amplio pasillo. Estaba repleto de hermosos elfos con sus túnicas blancas o azules que ayudaban a identificarlos como médicos; hombres lobos con su forma entre bestia y humana trabajaban en armas, pues la mayoría eran herreros; ninfas del bosque repartiendo ropas para quienes ya no tenían un hogar arriba; y unos pocos brujos que no tenían pensamientos arcaicos. Al instante que sintieron una nueva presencia entre ellos, hincaron una rodilla en el suelo desnivelado. Celia los saludó con una sonrisa.

Ella llevaba demasiado tiempo con ese tipo de afecto y respeto por sus acciones, pero aún no conseguía acostumbrarse. Era extraño que bajo una máscara, como la que portaba delante de su madre y hermanas, nadie la respetara tanto como allí abajo.

Arriba solo era la segunda hija de una reina despiadada y cegada por errores del pasado. Bajo tierra, Celia era la líder de una revolución con más de mil aliados.

Lo que no sabía era que muchos de esas criaturas no aprobaban su puesto como líder, ya que Celia no era un hombre o una criatura discriminada. Ella nació en una cuna de oro. No tenía derecho de estar liderando una guerra que no era la suya. Podía ser una aliada, sí, pues sus conexiones ayudarían a Yokia, pero nada más.

Después de ser bienvenida y saludar a cada criatura que caminaba por los corredores, encontró a Yokia al final del tercer pasillo. Para Celia, Yokia había sido su primer amor. Y el último. Muchos años atrás, cuando sus cuerpos les pedían explorar lo que era el amor y la sexualidad, tuvieron un tiempo en que lo único en sus manos era la piel del otro. Tristemente, Yokia entendió que la pasaba bien cuando estaba con ella, pero que las mujeres no le gustaban; Celia entendió que el sexo no era de su agrado, aunque su corazón sí era capaz de latir por alguien. Decidieron cortar por lo sano, pero poco a poco fueron alejándose, solo hablaban cuando tenían que hacerlo. Y aquella fue una de esas veces.

—*Estamos listos* —avisó él. Dio la vuelta para llamar a alguien en otro pastillo—. *Hemos conseguido estas bolas que al romperse manchan lo que sea. Pensé lanzarlas en la estatua y las puertas de La Central.*

Celia curioseó las esferas de colores con ojo crítico. No existía algún problema con lanzarlas, pues la pintura sería fácil de quitar con unos cuantos hechizos de limpieza. Sin embargo, lo que sí la preocupaba era que descubrieran las caras de sus aliados.

—*¿Y las máscaras?* —quiso saber ella.

—*Están listas. ¿Aún desconfías de mí?* —Enarcó una ceja, bromista.

—*No desconfío de ti, pero son mucho más importantes que cualquier otra cosa. Layla ha dado un ultimátum de castigaros usando el veneno de flix. Claro que a mí no me haría ni cosquillas, pero a ustedes…* —Torció el gesto, angustiada de solo pensarlo. De imaginar que alguien a quien todavía amaba fuera herido.

—*Puedes estar tranquila* —aseguró, dándole un golpecito en el hombro—. *Todos sabemos teletransportarnos y hacerlo en grupos. Si las cosas salen mal, solo hay que huir.*

—*Esas huidas no me gustan. ¿Y qué tal si uno de los súbditos consigue irse con uno de nuestros grupos? Las reinas sabrán de este espacio que creó Lilith. Nos sacarán como cucarachas. Los hombres serán ejecutados, en el peor de los casos. Hay que pensar en otra estrategia. Insistirle a Minerva que haga un cambio cuando pase a ser reina.*

—*Has dicho que Minerva no está de ningún lado. Su novio sí, pero eso no ha servido de nada.*

—*No quiero que les pase nada, es todo. Deseo ya no perder a mi gente* —dijo con dureza. Apretó el puño, frustrada—. *Esta será la última vez que salga en una marcha con ustedes. Me rindo.*

—*Pero… Está bien. Entremos* —dijo, y la empujó hacia una puerta.

Dentro de la habitación, con sus paredes incoloras y sillones de cuero sin elegancia alguna como los que había en el castillo, Celia tomó asiento. No cambiaría de idea. Llevaban un siglo sin haber hecho un mísero cambio.

—*Las reinas no cederán jamás, Yokia. Ni teniendo a Igal de nuestro lado. Y ella es una gran influencia entre las otras princesas. Todo lo que hace es imitado.* —Gruñó por la frustración.

—*Lo sé. De hecho, he pensado en esto durante mucho tiempo…* —La miró a los ojos y calló por unos segundos—. *No es que no te considere una aliada, Celia, pero ¿qué haces aquí? Es decir, no eres hombre y tampoco has sufrido las consecuencias de no haber sido bruja.*

Celia se quedó de piedra. Él tenía razón, claro, pero Yokia fue quien la metió en toda esa revolución.

—*¿Me estás echando?* —preguntó, y pestañeó, incrédula.

—*Celia, sé que he sido quien comenzó todo esto de la revolución, pero… me he dado cuenta, y varios hombres han venido a decirme lo mismo, que no deberías estar aquí. ¿Por qué peleas?*

—*No me jodas, Yokia. También eres de una familia principal.*

—*Sí, pero soy hombre. Mi madre me dejó desamparado siendo solo un bebé… Mi padre cuidó de mí hasta que Layla aceptó hacerse cargo. Ya sabes, cuando ella no estaba cegada por el poder.*

—*De acuerdo, me voy por mi cuenta y porque me echan. Ja, me alegro de hacerlo, sinceramente. Esto no está yendo hacia ningún lado* —dijo mientras caminaba por la habitación—. *Esto es un movimiento que solo mata a quienes participan en él. ¿Eso es lo que quieres para* tu *gente?*

—*Esto es un movimiento que ha durado mucho, sí. Pero no tiraría la toalla,* aún no —dijo Yokia con firmeza.

—*¿Y qué esperas?* —Celia, con los ojos rojos de la rabia, se acercó amenazante—. *¿Que te maten y yo tenga que cargar con tu muerte? ¡¿Eh?! ¡Pues no! No aceptaré nada de eso. Si también quieres morir, hazlo cuando ya me haya ido, ¿entendido?*

Al decirlo, tragó grueso. Retomó la compostura y se alisó el vestido por la parte del vientre. Los ojos de Celia dejaron de verse rojos para darle paso a su habitual color púrpura. Evitaba hablar con él, pues siempre existió la posibilidad de dejar que sus sentimientos salieran a flote.

Observó toda la habitación; sus paredes agrietadas y pisos manchados por el tiempo y la humedad. Movió el pie como si estuviese aplastando una cucaracha; agitó la cabeza e hizo mover sus rizos y vio a Yokia directo a los ojos.

—*Que Lilith esté de tu lado.*

—*Que Lilith esté de tu lado* —replicó Yokia, y vio cómo Celia se marchaba.

Yokia entendía sus motivos, pero no los compartía. Él luchó durante años, ¿para ahora rendirse a sabiendas de que su lucha no concluiría de la noche a la mañana? Era un compromiso, si acaso, de por vida, y valdría cada maldito segundo que invirtió en ello.

Entre las sombras, con una capucha cubriendo gran parte de la máscara con dibujos esféricos, Yokia observaba a sus seguidores. Ellos gritaron, en su idioma natal, y exigieron derechos por ser criaturas iguales a las brujas. Pedían no volver a ser discriminados. Asesinados. Maltratados. Incluso, violados. Y eso era solo la punta del iceberg, pues Yokia tenía un sinfín de archivos robados sobre todas las injusticias hacia ellos. Tampoco había que ir muy lejos: Layla, la primera reina, maltrataba a su marido, llegando a dejarlo ciego de un ojo en pleno acto de ira.

Yokia sentía compasión por cada uno de esos maridos mutilados, abusados física y mentalmente. Y por ello agradeció que sus padres lo dejasen en medio de un bosque, con la esperanza de morir bajo las poderosas manos de los Guardianes.

De pronto, Yokia sintió una presencia a su lado; el aroma a rosas y césped lo envolvió. Al mirar, se topó con Lyara: una de las guerreras. Lyara se quitó la capucha y dejó expuesto su cabello color ciruela. No traía máscara, por lo que sonrió a Yokia.

—*¿Y tú máscara?*

—*La perdí en el camino, gatico. ¡Estoy tan feliz de verte!* —Pellizcó el brazo de Yokia.

Este apretó los ojos y le apartó la mano con suavidad.

—*Zorro blanco estará muy molesta cuando te vea sin ella.*

—*Oh, bueno, ¿para qué sirve la magia si no es para usarla?* —expresó con encanto tendiéndole la palma—. *Échame una mano, gatico.*

Yokia vio hacia otro lado e hizo aparecer una de las máscaras al menear los dedos en el aire y utilizar un hechizo de aparición.

—*¡No sé qué haría sin ti!* —Lyara ocultó su rostro y, esta vez, vio la estatua en medio de la plaza—. *No creo que esa pintura sirva de algo.*

—*Solo es para llamar la atención.*

—*Sí, veo que lo están logrando; pero se han olvidado de algo: la pintura es fácil de quitar. Tienen suerte de ser los líderes, porque yo ya hubiera tirado la casa por la ventana. O me escuchan, o no quiero nada, así de sencillo.*

—*Te conozco y sé que lo tuyo sería entrar a La Central y destruir todo a tu paso. Eres una experta en escurrirte tanto en el viento como entre las sombras.* —Yokia, de reconstruir sus palabras en una escena bastante vívida, negó con la cabeza—. *Las reinas nos matarían y...*

—*Pero los han atrapado y ustedes han aceptado el castigo de miles de latigazos. Layla conoce tu rostro y el de Celia, sabe que los masculinistas existen y no hace nada porque cree que no llegaremos a ningún lado. ¿En serio eres incapaz de darte cuenta? De haber causado un impacto enorme, Celia estuviera prófuga. ¿Y tú? Mejor ni lo digo en voz alta. No me sorprende que ella quiera salirse de esto. De la manera en que van no llegarán a ningún lado. No pueden querer un resultado diferente cuando repiten la misma fórmula. ¡Hay que hacer algo distinto! ¡Algo que haga ver que esto no son solo cuentos de niños y berrinches de las nuevas generaciones!*

»*Layla no puede enojarse por lo que hagamos, porque ella en un pasado alteró un ritual que muchos consideraban sagrado. Han pasado unos cuantos milenios desde aquello, pero en el ambiente se siente cómo todavía la recriminan por ello. Se arrodillarán ante ella, la alabarán y cumplirán sus órdenes, pero solo están siendo hipócritas. A la primera que vean la oportunidad de sacarle los ojos, lo harán sin dudarlo. Layla lo sabe y por eso nos mantiene a raya con los castigos públicos.*

—*¿Nos estuviste espiando?* —Yokia abrió los ojos, sorprendido.

—*¡Claro! Lo sé todo de todos. De esa manera sabré cuándo estén en problemas. ¿Me dirás que es una mala idea?*

—*No del todo: eres de confianza.*

—*Eso pensé.* —Lyara le guiñó el ojo.

Mientras Lyara observaba a través de la máscara los ojos felinos de Yokia, el suelo se estremeció junto a un rugido como si estuvieran en presencia de un terremoto. Ella se sostuvo de la chimenea a su lado, y Yokia se transformó en un águila y buscó qué provocaba aquel ruido.

En cuanto vio cómo la puerta de La Central era chamuscada por las llamas, supo que eso les traería muchísimos problemas. Sin embargo, aquella puerta hecha pedazos era mejor que ver a Celia huyendo atemorizada. Yokia regresó a su aspecto natural y negó con la cabeza. Ahora solo estaba él para recibir el castigo por los suyos. Y todo se había salido de las manos sin razón aparente.

—*Quien haya sido tuvo una buena idea, pero en mal momento…* —murmuró Lyara—. *¿Habrá sido Celia? ¿Por qué huye?*

—*Ella nunca hubiera hecho algo así* —replicó Yokia, enojado—. *Ella no puede traicionarnos así.*

Algunas criaturas aliadas de Yokia aprovecharon segundos antes de que las guardias de La Central Mágica aparecieran dispuestos a usar la fuerza bruta. Otros, fueron detenidos.

Yokia bajó del lugar, quitándose la máscara al tiempo que alzaba las manos en señal de rendición.

—*Recibiré el castigo de cada uno, pero déjenlos ir.*

—*Yokia Muya, ¿así le pagas a la única mujer que te quiso ver con vida?* —dijo Carryn: su madre. La cabellera oscura de la mujer le caía como cascada por los hombros, adornada con rubíes. Una cadena negra descendía por su frente hasta el cuello y conectaba con otras dos que caían de sus orejas, sujetándose con una corona de espinas. Traía un largo y tradicional vestido negro con perlas del mismo color—. *Nunca debiste haber nacido.* —Sus ojos azules eran fríos, tanto que Yokia sintió cómo se helaba su sangre.

Pero todo empeoró cuando a la escena llegó Layla, callada y sin emoción alguna en el rostro. Ella no era de las que gastaban saliva como lo hacía Carryn, la segunda reina; Layla solo aguardaba en silencio, pues quien es digno de respeto no necesita abrir la boca para sembrar el temor.

Yokia temía a su madre porque ella vivía en una cultura hembrista dispuesta a dejar morir los hijos varones –aunque esto fuese para decidir quién era digno de casarse en un futuro–, pero ¿Layla?, ¿luego de ver cómo trataba a todo aquel que no hiciera lo que quisiera?

Daba igual cuantas veces Layla lo hubiera castigado por su comportamiento, Yokia seguía sintiendo horror hacia ella como la primera vez que lo atrapó.

Desde ese día, Yokia quiso terminar con esa desigualdad de una vez por todas.

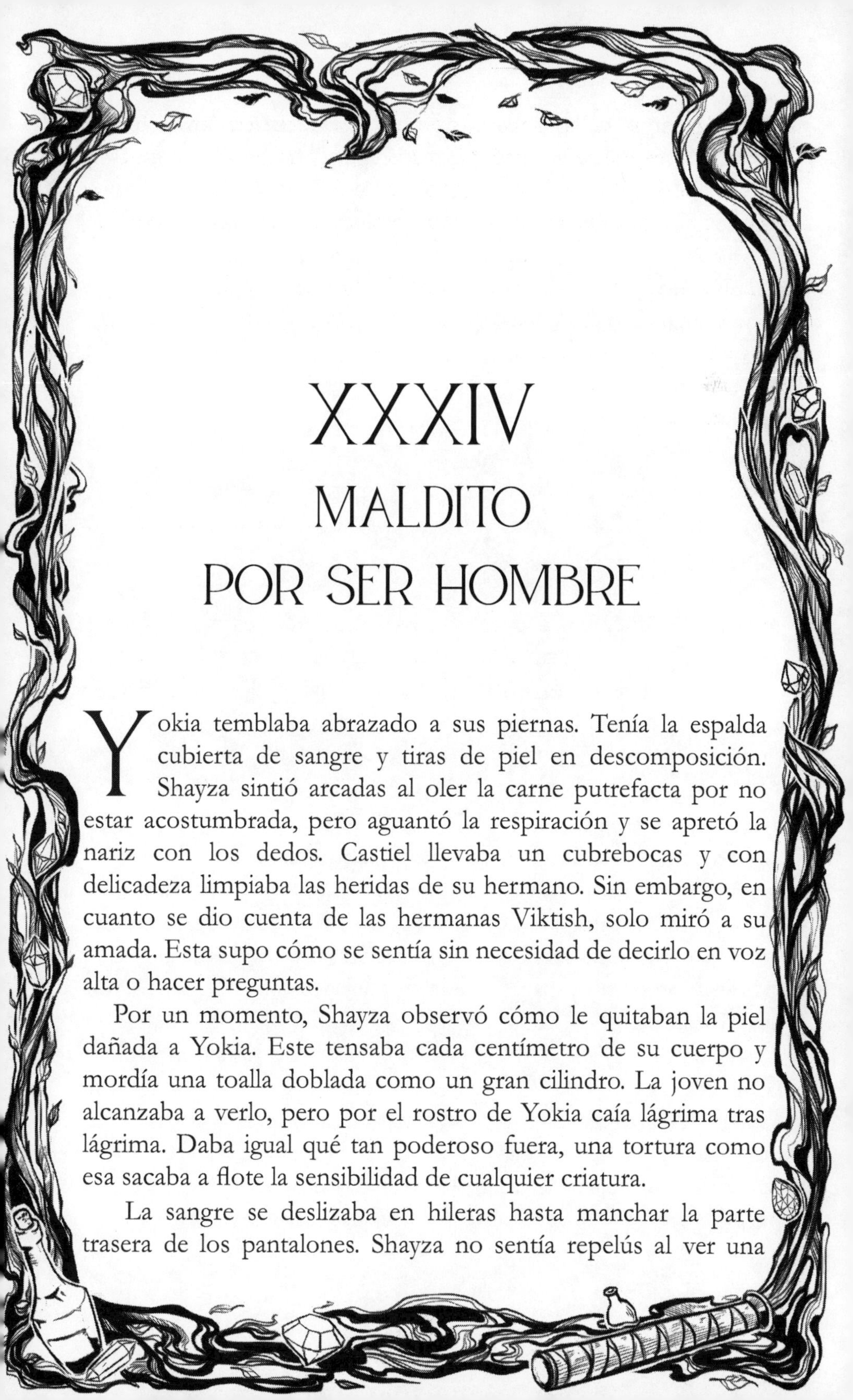

XXXIV
MALDITO POR SER HOMBRE

Yokia temblaba abrazado a sus piernas. Tenía la espalda cubierta de sangre y tiras de piel en descomposición. Shayza sintió arcadas al oler la carne putrefacta por no estar acostumbrada, pero aguantó la respiración y se apretó la nariz con los dedos. Castiel llevaba un cubrebocas y con delicadeza limpiaba las heridas de su hermano. Sin embargo, en cuanto se dio cuenta de las hermanas Viktish, solo miró a su amada. Esta supo cómo se sentía sin necesidad de decirlo en voz alta o hacer preguntas.

Por un momento, Shayza observó cómo le quitaban la piel dañada a Yokia. Este tensaba cada centímetro de su cuerpo y mordía una toalla doblada como un gran cilindro. La joven no alcanzaba a verlo, pero por el rostro de Yokia caía lágrima tras lágrima. Daba igual qué tan poderoso fuera, una tortura como esa sacaba a flote la sensibilidad de cualquier criatura.

La sangre se deslizaba en hileras hasta manchar la parte trasera de los pantalones. Shayza no sentía repelús al ver una escena como aquella, pues sabía que, si hubiera elegido estudiar veterinaria, podía llegar a tener que bregar con una herida a carne viva. Era el olor a carne dañada lo que le daba la sensación de que en cualquier momento una mosca revolotearía junto a su oreja.

Shayza giró hacia su hermana, quien tenía los ojos cristalizados por el llanto.

—Tomarás un descanso, ¿vale? —dijo Castiel a Yokia—. Apenas te has recuperado de la fiebre quebrantahuesos. —Negó con la cabeza.

—Esa bruja no tiene compasión —expresó Minerva, que estaba sentada en un rincón.

Shayza no la había notado, por lo que volteó a verla. Al hacerlo, no supo quién estaba peor: si Celia, Castiel, Minerva, Yokia, ella, o iba igual para todos los presentes.

No.

Agitó sutilmente la cabeza. El pensamiento fue estúpido, ya que Yokia era la víctima principal y el resto afectados por su dolor.

—No perdáis los estribos —observó Castiel, demostrando ser el adulto capacitado para lidiar con la situación—. Sentaos y calmaros.

—¿Que me calme, dices? —inquirió Minerva entre dientes.

Si Castiel se había asombrado por la reacción de Minerva, nadie lo notó, pues este todavía llevaba el cubrebocas. Una vez sin él, suspiró y tomó asiento en un taburete.

—Entiendo que para vosotras Layla se haya convertido en una perra maléfica, una hija de nuestra señora, o cualquier apodo que inventéis. Pero no podemos ir a por ella sin consecuencias por nuestros actos.

—Siempre habrá heridos en estos casos de rebelión. Debéis conocer la historia de las mujeres humanas —comentó Shayza—. Muchas cayeron ante el puño del patriarcado, pero ¿sabéis qué?, nunca se rindieron; siguieron alzando sus espadas y estacas. Es lo que debemos hacer. Durará años, incluso siglos, pero hay que hacerlo. De no ser así, habrá más hombres lastimados. Muchos más.

—¿Tienes alguna idea? —esta vez habló Yokia. Apenas podía moverse en la camilla; sin embargo, eso no sería un impedimento para incluirse en la conversación—. Derrocar a la cabeza del clan no es una opción. Tampoco esperar que Minerva se convierta en la siguiente.

—Yokia tiene razón —comunicó Celia—, y Shaycita. He estado leyendo sobre los mundanos, sobre todo las manifestaciones feministas. Desde cómo en el 1934 obtuvieron el derecho al voto, cómo en la actualidad luchan por el derecho al aborto.

—También luchan por los crímenes de feminicidio y abusos inconclusos —agregó Shayza—. Todos merecemos ser tratados con respeto e igualdad… menos unos cuantos especímenes —dijo refiriéndose a Layla y cierto tipo de humanos—. Esos deben pudrirse en la cárcel.

—Deben morir y ser juzgados por Lilith —espetó Minerva.

Shayza vio a su hermana y supuso que estaba de ese modo al imaginar que al Profesor Lagarto le ocurriera lo mismo. Para la joven fue impactante ver que todos a quienes conocían estaban devastados al herir a un allegado. Quizás comenzaban a entender que no eran ningún personaje de una historia. Que corrían el mismo riesgo. Que nunca estuvo bien hacer de la vista gorda.

—Buscad la manera de derrocar a Layla —dijo Shayza—. Ella mató a nuestros abuelos antes de tiempo, ¿no? Entonces hagamos lo mismo.

—Vaya, eh, Shaycita, tranquila —pidió Celia—. Todos estamos afectados, pero no es fácil; si fallamos, Layla se encargará de arruinar nuestras vidas. Hay que pensarlo con la mente fría. —Se colocó un dedo sobre la barbilla, pensando.

—Nuestra madre la aborrece —dijo Castiel, y todos lo miraron. Jamás hubieran esperado que él volviese a hablar de sus padres. Hasta Yokia quedó consternado y olvidó por un segundo su dolor—. Sé lo que pensáis, pero es cierto. Ella y nuestra hermana. Pero nuestra hermana lo hace por otras razones.

—Sí. Tu madre la odia por aceptarnos en su clan como hijos biológicos y darnos el derecho a la vida —dijo Yokia—. También las Kiyo.

—Y las Macknobal —agregó Minerva.

—¿Y si se enteraran de que Layla ha hecho algo como para jugarse su puesto? —preguntó Shayza.

—Somos Viktish, hermana; la primera familia —dijo Minerva, recuperando su compostura y seriedad. Sin embargo, llevaba el puño tan apretado que los nudillos se le pusieron blancos—. Layla no haría nada para perder su liderazgo.

—Bram... —comenzó a decir Shayza, e intentó recordar su nombre—... ¿Bram Lofo?

—Bram Loffom —la corrigió Celia—. El padre de Minerva.

—Sí, sí. No le pagaría para que volviera a la vida de nuestra madre —dijo Shayza—, pero él podría... ¿perturbarla un poco?

—Tal vez —dijo Celia—, aunque en este momento él está del lado de Gideon.

—Cualquier cosa que vayáis a hacer —Castiel se levantó y se colocó el cubrebocas—, no lo digáis en los pasillos. Hablad en vuestra habitación, luego venid y decidme cuál es vuestro plan, después veré si hay un cabo suelto.

Todo estaba fuera de lugar, por decirlo de alguna manera, pues Castiel dio el lado bueno para derrocar a quien le debía la vida. Tal vez su fidelidad se vio afectada por lo ocurrido con su hermano. Si alguien lastimaba a su familia, en algún momento haría lo mismo con él.

A Shayza no le importó sus motivos para apoyar la idea. Era necesario estar unidos en algo tan grande como tener el coraje de levantarse contra Layla y todos sus seguidores, y luego vendrían las demás reinas.

En este tablero no había caballos, alfiles ni torres, tan siquiera un rey, solo peones y reinas que lucharían a capa y espada.

—¿En realidad lo haremos? —preguntó Shayza, una vez en su habitación junto a sus hermanas.

—He dicho muchas cosas mientras estaba enfadada —comentó Minerva, y se acomodó bajo las sábanas—, pero estoy segura de que sí lo haré. Ver a Yokia siendo torturado… —cerró los ojos y suspiró—… me hizo pensar que es algo que le podría pasar a cualquiera de nosotros.

—Has pensado en el profesor —afirmó Celia—. Él también estaba en la manifestación —explicó a Shayza.

«Ahora empiezo a entender su actitud, y la comprendo», pensó Shayza, y apretó los labios.

—Minerva, ¿el profesor iba a ser castigado? —inquirió Shayza.

—Y Yokia se sacrificó por todos los presentes —replicó Minerva—. Sé que muchos estarán agradecidos por ello, y que ahora lo verán como una imagen a la cual seguir, pero no quiero que Elias vuelva a correr el mismo riesgo. Prefiero ser yo a quien torturen.

Shayza apretó la sábana y bajó la cabeza. Celia se abrió para decirles que estuvo con Yokia cuando era más joven y que por eso estaba tan afectada. Por un momento Shayza sintió que debía contarles su relación con Castiel, pues, al final, un amor prohibido las unía además de ser hermanas por parte materna.

Suspiró, lo que hizo que Celia la voltease a ver.

—No le des más vueltas —dijo su hermana, creyendo que se trataba del plan por armar—. Duerme y mañana…

—No se trata de eso, Celia. Yo… debo confesaros algo… —Salió de la cama y se abrazó a sí misma mientras caminaba de un lado a otro.

Celia tomó asiento sobre su cama y la observó con la boca entreabierta, a la vez que Minerva se apoyó en sus brazos para prestarle atención.

Fuese normal o no, Shayza no conseguía las palabras adecuadas para comunicarles algo tan importante para ella. Pasaron minutos que parecieron décadas, hasta que por fin se dignó a hablar:

—Estoy saliendo con Castiel —musitó, más roja que su cabello—. Lo he besado esta noche. Le he dado mi primer beso.

Celia relajó su expresión y miró a Minerva. Ambas permanecieron así por unos segundos, hasta que Celia extendió una mano e hizo un ademán exagerado con la cabeza.

—¡Tía, que te lo he dicho! —dijo Celia—. Tarde o temprano estos tortolitos terminarían juntos. —De repente, ella se volteó hacia Shayza—. ¿Os habéis visto en tu ritual de cumpleaños?

Minerva gruñó y volvió a meterse bajo las mantas. Shayza asintió y se sentó sobre su cama sin poder ver a Celia.

—Es maravilloso, Shaycita. Es decir, vaya, me habéis dejado sin palabras, porque habéis tardado una eternidad.

—¿Desde cuándo lo sospecháis? —preguntó Shayza, asustada, viendo a sus hermanas.

Celia hizo una trompetilla y agitó la mano para restarle importancia.

—Desde el momento en que ambos os deprimisteis por no poder seguir juntos como uña y mugre. —Exhaló exageradamente—. Es una buena noticia en una noche de desgracia como esta.

—¿No lo vais a decir, verdad?

—¿Por qué lo haríamos? Esto es lealtad como hermanas, Shaycita. Aquí cada una cuida de las demás.

Celia sopló las velas del candelabro. Mientras, Shayza permaneció inmóvil en su lugar, sonriendo. Cerró los ojos al tiempo que buscó el frasco, ahora vacío, que Castiel le había dado con una pócima para poder dormir. Todas las noches, luego de que sus hermanas apagasen las velas y estuviera segura de que ya dormían, metía la mano bajo el colchón hasta encontrarlo y abrazarlo, para luego quedarse dormida.

Deseaba que el calor que transmitían sus manos al pequeño tubo fuera hacia las de Castiel. Quería que él la abrazara o la besara. Anheló tenerlo allí rodeándole la cintura y escondiendo la nariz en el espacio de su cuello. No pudo evitar suspirar ante su ausencia. Ella quería vivir de nuevo la tranquilidad que él le dio sin pedir nada a cambio.

Y así, con ayuda de su ausente amor, se quedó dormida.

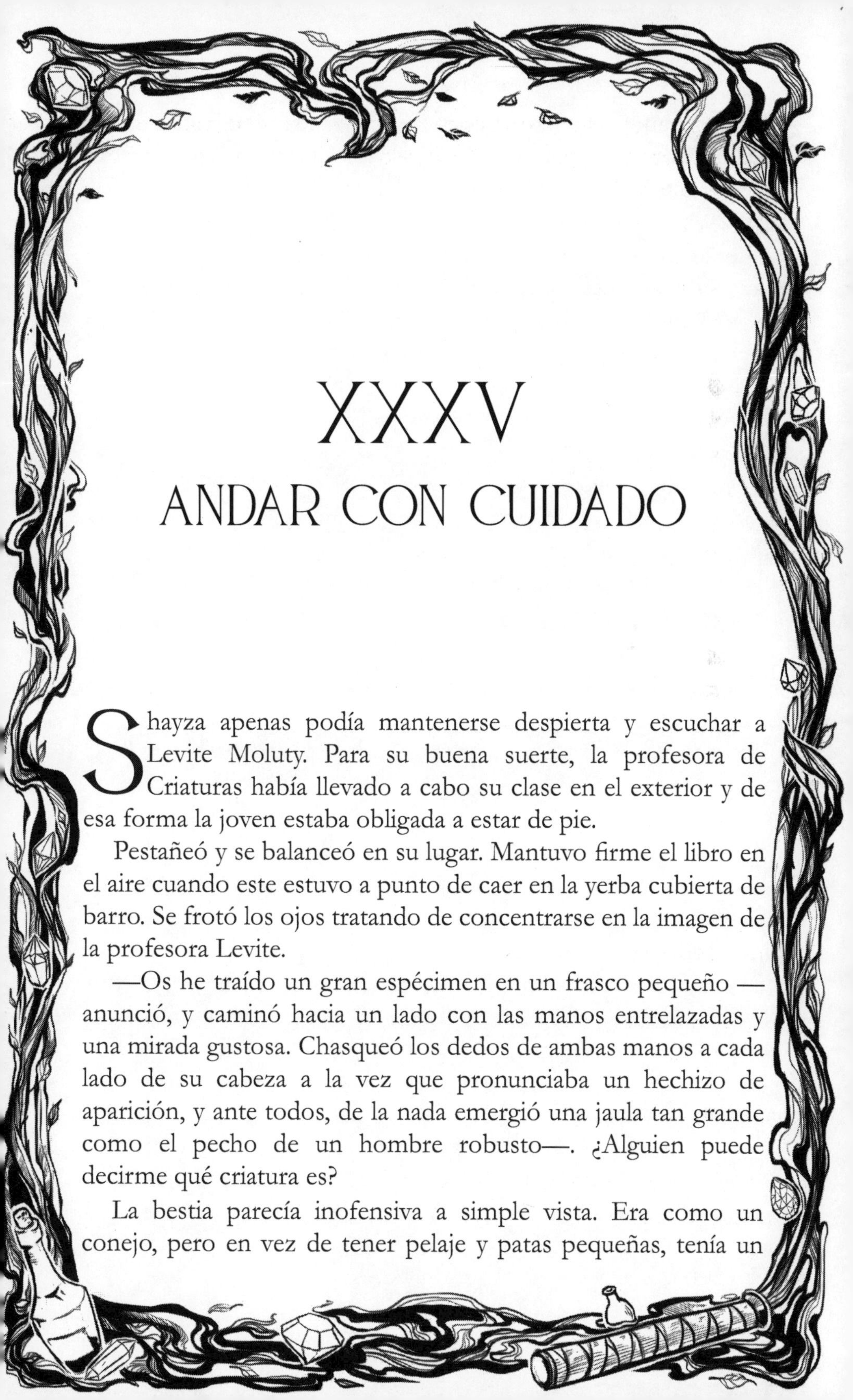

XXXV
ANDAR CON CUIDADO

Shayza apenas podía mantenerse despierta y escuchar a Levite Moluty. Para su buena suerte, la profesora de Criaturas había llevado a cabo su clase en el exterior y de esa forma la joven estaba obligada a estar de pie.

Pestañeó y se balanceó en su lugar. Mantuvo firme el libro en el aire cuando este estuvo a punto de caer en la yerba cubierta de barro. Se frotó los ojos tratando de concentrarse en la imagen de la profesora Levite.

—Os he traído un gran espécimen en un frasco pequeño —anunció, y caminó hacia un lado con las manos entrelazadas y una mirada gustosa. Chasqueó los dedos de ambas manos a cada lado de su cabeza a la vez que pronunciaba un hechizo de aparición, y ante todos, de la nada emergió una jaula tan grande como el pecho de un hombre robusto—. ¿Alguien puede decirme qué criatura es?

La bestia parecía inofensiva a simple vista. Era como un conejo, pero en vez de tener pelaje y patas pequeñas, tenía un cuerpo redondo y viscoso. Sus orejas eran largas y temblaban como gelatina; sus ojos eran diminutos puntos negros, al igual que su nariz; y sus dientecitos parecían dos rectángulos de goma de mascar.

Los jóvenes brujos se miraron entre sí. Los que nunca aceptaban no saber la respuesta a escondidas la buscaron. Levite lo notó, así que usó un hechizo para cerrarles sus libros de texto. Más de uno recibió un fuerte golpe en la punta de la nariz que los hizo maldecir por lo bajo.

—Por lo que veo, habéis holgazaneado desde mi última clase —comentó arrogante.

Zabinsky y Shayza sabían la respuesta, por lo que, asustados, alzaron el brazo a la vez. Shayza, al ver que su amigo lo había hecho, rápidamente bajó el suyo. Este gesto le extrañó a la profesora.

—Viktish, ¿puede decírmelo?

Shayza abrió los ojos con sorpresa.

—Aunque su nombre suene obvio, es un gelatinoso. Tiene la apariencia del conejo que habita entre los mundanos y sirve como comida o mascota —respondió, sintiendo las manos sudadas y las piernas flojas—. Pero en nuestro mundo solo es una bestia de la cual temer.

—Dígame por qué su peligro sobrepasa al senemi y korthazch. —Analizó sus uñas en busca de alguna imperfección.

—Porque hace poco se ha descubierto. Hasta el momento se conoce que es capaz de agrandar su tamaño cuando se siente amenazado. Ahora no tendrá patas ni una cola, pero en cuanto siente temor, crece. De su piel viscosa emergen largas y fuertes patas con diez dedos que usa para sostenerse y ser mucho más ágil que en su forma original… —Tomó aire para tranquilizarse—. Sus orejas también se alargan y las utiliza como enormes cuchillos capaces de rebanar un árbol de un tajo.

—Veréis que son muchos datos, pero nuestros cazadores aseguran que hay mucho más por descubrir, que, si teméis al senemi, sois unos ilusos. El gelatinoso puede volverse la bestia más despiadada después de él, convirtiéndose en el ser oscuro más peligroso desde los últimos seis mil años.

«Sería genial que uno me rebanara ahora mismo», pensó Shayza.

—Y dígame, Viktish, ¿quién le ha dicho todo eso? —preguntó Levite.

Shayza miró a la profesora, sobresaltada.

—El señor Zabinsky pasa horas en la biblioteca estudiando a los seres oscuros, profesora Moluty. De vez en cuando hemos intercambiado palabras y, casualmente, una de esas conversaciones ha sido del gelatinoso. —Vio de reojo al vampiro, que ahora estaba mucho más pálido (si es que eso era posible).

—Bien, quiero un ensayo de lo que crean que el gelatinoso es capaz de hacer y nuestros cazadores todavía no descubren. Sean como los mundanos —abrió los ojos, junto a una amplia sonrisa, y estiró cada uno de sus dedos al lado de sus mejillas para darle emoción a sus palabras—: usen la imaginación. Y quien esté encargado de los informes sobre los pegasos y caballos esqueletos esta semana haga su informe habitual. Recuerda: consiste en anotar el peso de cada uno, el color y textura de los pegasos y si consideras que están en buena salud o no.

Shayza apretó los labios. Era ella quien se encargaba del establo.

El establo estaría en silencio si no fuese por las fuertes mandíbulas de las criaturas masticando heno o manzanas. Era la primera vez que la ponían a cargo de una tarea como esa. En un principio creyó que le caería mal a los pegasos o a los esqueletos, pero para su sorpresa, eran bastante mansos. Se entretuvo acariciando sus suaves pelajes y el frío tacto de los huesos. Volvía a sentirse encerrada en uno de sus libros favoritos, y eso la hizo sonreír.

Shayza tuvo el impulso de poner su mejilla contra la del pegaso que analizaba. Este, con su apariencia de oro derretido, agitó la cola como un gesto cariñoso. Sin duda, la idea de ser veterinaria volvía a tener un buen peso sobre la balanza. Pero ¿habría veterinarios en el mundo mágico? ¿O brujos común y corrientes los curaban con magia? ¿O simplemente estaba destinada a cumplir su papel como una princesa, vivir y morir solo para el mundo mágico?

Eso la hizo tener un bajón, aunque no lo suficiente para llegar a sentirse del todo mal.

—Yo sé que puedo hacer algo para mejorar este mundo, Nolta —dijo a la pegaso.

Nolta sacudió la cabeza.

—Creo en ti —aseguró Castiel detrás de Shayza.

Shayza se sobresaltó, pues en ningún momento oyó sus pasos sobre el heno. Con una mano en el pecho, dio la vuelta para recibirlo, sonriente.

—No sabía que también andabas por estos lares —comentó ella.

—Imagino —dijo, acercándose a ella— que en tus primeros días te habrán dicho que apenas estoy en mi oficina. —Vio el panorama—. Este es mi escondite secreto —susurró, y le dio una manzana a Nolta—. No se lo vayas a decir a nadie.

Ella negó con la cabeza. De pronto, Castiel le acaricio la mejilla con el pulgar. Shayza sintió que el calor le subía desde el cuello hasta las orejas.

—¿Cómo has estado? —preguntó Castiel con voz preocupada.

Muchos la conocían, pero pocos le hacían dicha pregunta por un motivo en particular.

Ella apartó la mejilla de sus suaves dedos y apartó la mirada. No sabía qué hacer con el golpe a la corona –como lo había definido–, lo cual la llevaba a sentir que estaba quedando mal con sus hermanas y con los dos hombres a los que quería.

Castiel notó el mal en los ojos de la chica antes de que diera la vuelta. Ignoró que se hubiese apartado y la abrazó como llevaba una vida entera haciéndolo: frotándole la espalda en círculos.

—Me siento mejor cuando pienso en ti —respondió la joven—. No tengo idea de lo que haremos con… ya sabes.

—Tranquila, ya lo han resuelto.

Shayza levantó la cabeza sin separarse de él. Lo observó por unos segundos antes de decir:

—¿Lo dices en serio?

Él asintió.

—Pero ya os he dicho que no podemos hablar de eso estando fuera de nuestras habitaciones. —Esta vez fue Castiel quien se apartó para sujetarla de los hombros y verla con precaución—. Si esto sale mal y sobrevivimos a la furia de Layla, el castigo será… No quiero que te metas, ¿vale? Es muy peligroso.

Shayza guardó silencio.

—Te quiero y no volvería a ser el mismo si por mi culpa salieras lastimada. Jamás me han castigado a latigazos, pero dejaría que destrozaran cada centímetro de mi cuerpo con tal de que no te tocaran.

Palabras muy bonitas. Preciosas, de hecho. Pero no bastaban para una personalidad como la de Shayza. En su momento imaginó lo que ocurriría si todo se venía abajo, aunque no importó. Estaría dispuesta a pagar el precio como las grandes mujeres humanas.

—No. Caemos todos o ninguno. No seré una cobarde aquí también. —Apretó los puños a los lados de sus piernas. Al decir cobarde se refería a temerle a su madre, a los castigos—. Esto no es cualquier cosa, Castiel, esto será un evento histórico para nosotros. Y me he esforzado demasiado como para luego salir corriendo, ¿comprendes? Y si fuese el caso, también estaría en mi derecho a pedirte lo mismo, pero ya que aseguras que estarás con nosotros, te pido con todo mi corazón que lo des todo.

Castiel abrió la boca, pero ella lo detuvo.

—Y si todo se va al caño, prométeme que huirás del colegio. Tú y Yokia. Y cualquiera al que quieran lastimar. No merecéis ser tratados así.

—Shay, eso es imposible.

—Imposible sería vivir sabiendo que te han herido por mi culpa. —Tomó sus manos y las apretó—. ¿Ves cómo se siente que quien te quiere digas cosas así?

Castiel comprendió que no podría hacerla cambiar de opinión.

—¿En qué consiste el plan? —indagó Shayza, luego de un rato.

Él frunció las cejas y bajó la mirada. Hizo una mueca con la boca y apartó las manos para limpiar su propio sudor sobre los pantalones. No tuvo el valor de mirarla por lo menos dos minutos. Aligeró los hombros.

—Por nuestra parte, que yo te entrene horas extras.

Shayza soltó un gruñido. De por sí sus clases comunes consumían la mayoría de su tiempo, y cuando tenía entrenamiento, terminaba molida. Aguardó unos segundos con los ojos cerrados, todo su cuerpo relajado y un poco encorvado hacia al frente.

—Me alegro no haber entrado a Danza y Magia —comentó ella, enderezándose.

—Como tu instructor, puedo decirte que no tienes cuerpo para eso. —Shayza lo vio y fingió estar ofendida—. No me malinterpretes. Eres pequeña a comparación de cualquier bruja, pero estoy seguro de que en unos años alcanzarás los dos metros. —La sujetó de los hombros para darle la vuelta.

»Tu espalda es ancha. Brazos que con más entrenamiento se harán musculosos, al igual que las piernas.

Mientras Castiel acariciaba sus hombros y alzaba su brazo, Shayza sintió que la piel se le ponía de gallina. El calor de sus manos, acompañados de la suave palma, eran la gloria en aquel castillo tan sombrío y helado.

—Bésame. —Más que una petición parecía un ruego por parte de la chica.

Cerró los ojos y esperó.

Castiel le apartó el cabello del cuello y besó su piel.

Aquello fue como encender una cerilla. Una nueva sensación. Un nuevo deseo.

Los labios de Castiel eran suaves al tacto, tanto que, cuando se deslizaron para seguir hacia el hombro, Shayza suspiró y se mordió el labio. Esto la ayudó a salir de su propio trance.

—Esto no es bueno —dijo ella, y recobró la compostura—. Pueden atraparnos.

Ambos examinaron sus alrededores.

—Perdóname, me dejé llevar —expresó Castiel, avergonzado—. Es mejor que me vaya. El sábado a las nueve de la noche, ¿vale?

Shayza asintió, todavía de espaldas. Tenía toda la cara roja como su cabello y casi aseguraba que se estaba quemando. De pronto, el establo dejó de parecerle un lugar frío.

Agarró su tabla con anotaciones, la mochila y salió de allí. Necesitaba encontrar un lugar donde mantener la cabeza ocupada. Una de las mil *habitaciones secretas*, como las llamaba, podía ayudar.

A lo lejos cantaban los pájaros y los rayos del sol caían sobre su cara pálida y llena de pecas. A un lado estaban tiradas sus pertenencias, junto a todo el estrés de las clases.

El césped acariciaba sus pies descalzos y manos, sirviendo como un enorme colchón. Le tomó minutos, inclusive horas, mantener la mente tan despejada. En un inicio todo era una cinta en bucle del beso que Castiel le había dado y lo que sintió con ello. Terror por la posibilidad de ser vistos por algún cotilla o la mismísima Layla Viktish.

Ahora había conseguido paz luego de la tormenta. Y lo mejor, allí nadie la encontraría

—¿Sí sabes que este lugar puede llegar a consumirte? —preguntó una voz.

A Shayza le pesaban los ojos, por lo que tardó en darse cuenta de que el peso sobre su abdomen era Yokia en su forma felina. Este se mantuvo recto sobre sus cuatro patas, como si bajo él no hubiese un vientre subiendo y bajando. Agitó la cola cual látigo y no tardó en clavar una de las garras en la piel de la chica.

Ella se levantó abruptamente e hizo a un lado a Yokia. Shayza observó lo que la rodeaba, confundida.

—Casi pareciera que me espías —dijo ella.

Yokia negó con la cabeza. Trazó una línea sobre el césped e hizo aparecer una especie de mapa con bordes púrpura neón y de varios pisos. En él había dos figuras humanoides verdes con sus respectivos nombres y muchos más en el piso inferior y superior; todos moviéndose en grupos de tres o cuatro.

—Es mi trabajo arrear las ovejas —asumió con orgullo.

—Ni que fueses un pastor australiano.

—No me gusta transformarme en perro. —Imitó una arcada—. Y ese no es el punto. Debes irte de aquí —ordenó.

—Lo entendí a la primera, Yokia —replicó, y tomó sus cosas a duras penas.

Sin embargo, cuando estaba a unos cuantos metros, Yokia le aferró el calcetín con una garra. Ella dio la vuelta con la mirada confundida.

—Anda con cuidado —advirtió, con las orejas bajas.

Fue una frase simple para todo lo que estaba pasando y estaba por venir. Pero, de todos modos, ella aseguró que lo haría.

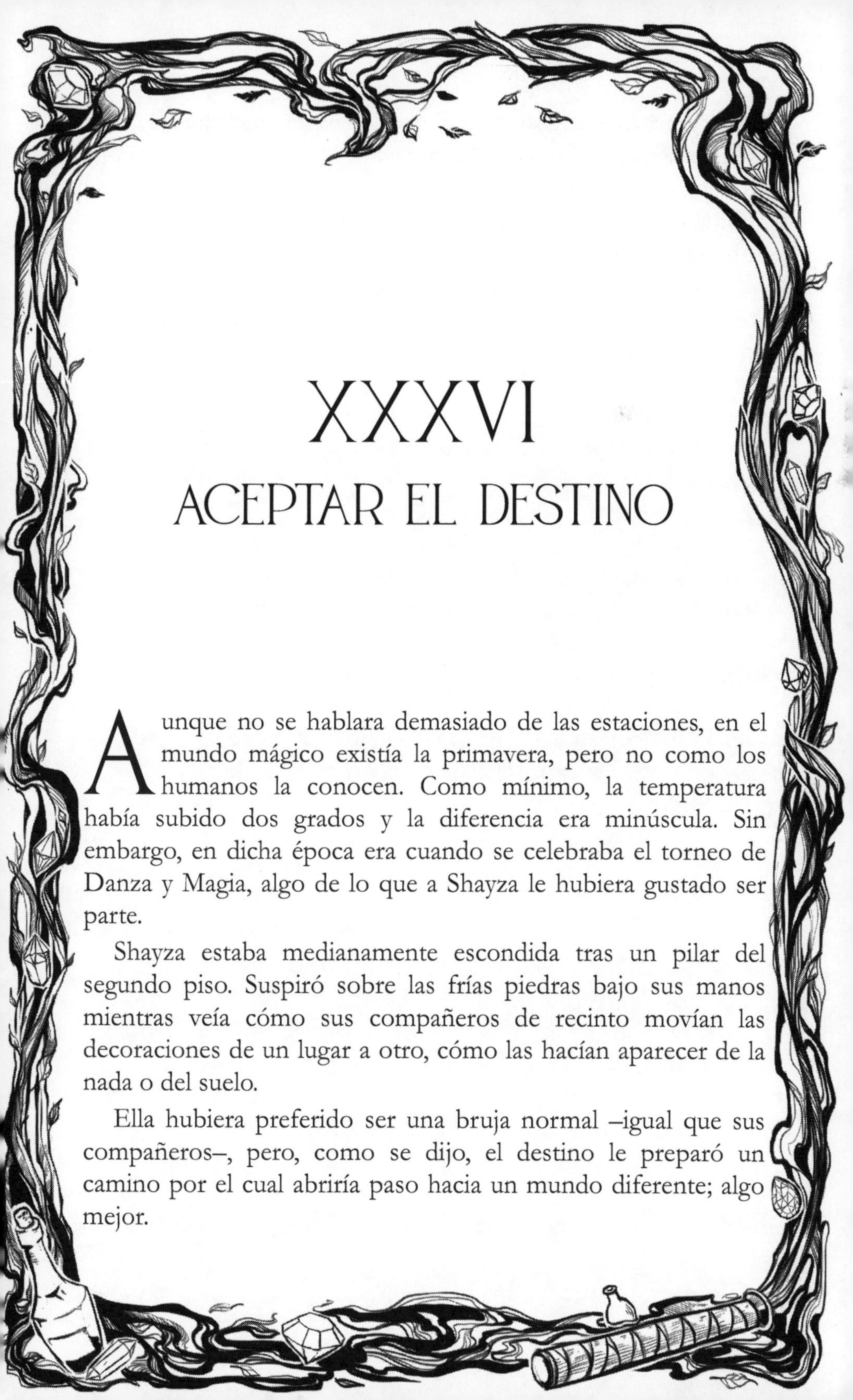

XXXVI
ACEPTAR EL DESTINO

Aunque no se hablara demasiado de las estaciones, en el mundo mágico existía la primavera, pero no como los humanos la conocen. Como mínimo, la temperatura había subido dos grados y la diferencia era minúscula. Sin embargo, en dicha época era cuando se celebraba el torneo de Danza y Magia, algo de lo que a Shayza le hubiera gustado ser parte.

Shayza estaba medianamente escondida tras un pilar del segundo piso. Suspiró sobre las frías piedras bajo sus manos mientras veía cómo sus compañeros de recinto movían las decoraciones de un lugar a otro, cómo las hacían aparecer de la nada o del suelo.

Ella hubiera preferido ser una bruja normal –igual que sus compañeros–, pero, como se dijo, el destino le preparó un camino por el cual abriría paso hacia un mundo diferente; algo mejor.

«Es mejor que sea así», pensó. Y tenía razón en lo que decía. Si Castiel nunca hubiera dado con ella, ¿seguiría viviendo en Carnation con su padre falso o de todas formas tenía que estar allí? El destino es tan incierto como un juego de azar: de un momento a otro este podría colocarte en primer lugar cuando ibas perdiendo.

Un poco disgustada con lo que quería hacer y lo que debería hacer, dio media vuelta para escapar de allí. Durante un paseo con la mente viajando muy lejos de su cuerpo y una mano siguiendo las grietas de las paredes, encontró la puerta entreabierta del gimnasio. Por un momento su corazón quiso salirse de su órbita al creer que ahí estaría Castiel, pero al ver que era Zabinsky, pudo respirar con regularidad.

Zabinsky estaba practicando Danza y Magia. Lo hacía con gracia y agilidad. Era lo mismo que ver a un bailarín de ballet: ligero como una pluma. Alrededor de él explotaban chispas de mil colores como fuegos artificiales. Lo seguían hileras rojas, doradas y blancas iguales a cintas que revoloteaban con el viento. El vampiro se movía en círculos alrededor del cuarto, casi parecía que estuviera cien por cierto seguro de que estaba solo. Se llevó ambas manos a los costados de su gruesa cintura y meneó las caderas, igual que si tomara el papel de la chica en un baile de parejas.

Shayza se acercó sigilosamente hasta la entrada. Aquello, sin duda, había llamado su atención por completo. Desde lejos se le veían pequeños brillos en los ojos y las pupilas dilatadas. No podía apartar la vista de su amigo.

El vampiro pasó una mano entre su cabello para apartarlo del rostro, estiró el brazo y con el otro lo recorrió desde el antebrazo hasta el hombro. Comenzó a levitar y dio un paso tras otro sobre la nada. Los fuegos artificiales y las cintas seguían rodeándolo y bailando con su cuerpo. De pronto, las cintas se dispararon al tiempo que Zabinsky danzó con más velocidad, inclusive con piruetas que la joven entrometida consideró mortales.

Cuando el espectáculo terminó, Shayza sin querer aplaudió, boquiabierta. Zabinsky se tropezó con sus propios pies al notar la presencia de la muchacha y cubrió el pequeño espacio donde podía apreciarse su pecho.

—¡Eso estuvo increíble!... —exclamó Shayza, acercándose, pero se detuvo de golpe—. Perdón. No debí mirar sin tu permiso. Pero eres increíble.

Zabinsky, un poco aliviado, sonrió mostrando los colmillos.

—No tengo problemas con que me observes, pero sí me asustaste.

—Una vez te enfrentaste a la muerte, pensé que nada te asustaría —bromeó ella, y se cruzó de brazos. Creía que Zabinsky se sentía incómodo al verla allí y era mejor aligerar el ambiente.

—Tienes razón. Aunque no eres cualquier mujer. Eres la hija menor de la reina —respondió con cierto aire de recelo.

«Y aun así conseguí hacerme novia de su mano derecha», bromeó para sí misma, y apartó la mirada.

—Es lo de menos. Lo nuestro es una amistad obvia, Zabinsky. —Se encogió de hombros. Cortó la distancia y levantó el puño hacia él. Zabinsky frunció el entrecejo—. ¡Hombre, que es un golpe de puños! —explicó ella—. Haz lo mismo.

Y lo hizo, inseguro.

—Es aquí donde te escondes... —dijo Layla desde la puerta. Ambos estudiantes voltearon sus rostros hacia ella, asustados—. Shayza, acompáñame a mi oficina.

¿Era el fin? Shayza sabía muy bien que debía andarse con cuidado cuando se dirigía a algún hombre, daba igual su raza. Ella bajó lentamente el puño, mientras que Layla daba media vuelta para que la siguiera. Eso olía muy pero muy mal.

Durante la travesía hasta la oficina de Layla, Shayza sentía gotas de sudor bajando por las sientes y espalda. La piel le picaba como si estuviera ardiendo y el pánico poco a poco se alojaba en cada parte de su cuerpo.

Pensándolo bien, Layla no parecía molesta por la muestra de amistad en el gimnasio, sino por algo exterior. ¿Se habría enterado sobre lo suyo con Castiel? No. Eso no podía ser; Shayza estaba segura de que jamás actuaría tan tranquila. ¿O es que Layla podía ser demasiado cínica?

Shayza no creía en religiones, pero en ese momento se planteó seriamente rezarle a Lilith para que la sacase de su aprieto.

—Toma asiento y un pañuelo —ordenó Layla—. No debes asustarte. Estás segura conmigo.

Shayza asintió, pero no estaba convencida de eso. La incomodidad por estar a solas con su madre era tal que volvió a imaginar las manos de Layla llenas de sangre. La historia de su madre tenía mucha sangre derramada y en gran parte por ella misma.

Su hermana menor y sus padres habían muerto por involucrarse con el brujo que no debía. Pero aquello no era un tema del que Shayza quisiera informarse. Si ya temía a su madre y apenas conseguía mantenerse erguida en el asiento conociéndola por la superficie, ¿qué sería de ella si conociera toda la historia de su pasado?

—Como ya deberías saber, ha pasado poco más de un año desde que comenzaste a estudiar aquí. Casi parece ayer cuando cumpliste los dieciocho, y apenas hace unas semanas que cumpliste los diecinueve —dijo con cierto tono de burla—. Como sea, según recuerdo, te di inmunidad ante cualquier problema que crearas, ¿cierto?

—Así es —respondió Shayza—. Espero no haber ocasionado ninguno.

—Ese es el problema —cortó Layla, y se recostó en su silla—: te has paseado por el castillo y revisado habitaciones prohibidas y has reprobado hechicería. Esta última la comprendo, no comenzaste a usar tus poderes cuando debías y estuvieron muchos años dormidos. Pero… —apoyó los codos sobre el escritorio y se frotó una ceja—… lo demás sí es algo por lo que recibirás una sanción.

—¿Qué? —dijo en un hilo de voz.

Layla se levantó y posó la mano sobre el látigo en su cadera.

—Siempre he tenido que ver por el bien de este clan —dijo Layla, examinando su látigo—. Tomar las medidas necesarias para que cada brujo siga su camino designado. Y si alguno se desvía, un pequeño recordatorio para que no haya una próxima vez.

Las piernas de Shayza se movieron sin su permiso, trató de escapar como un animal incapaz de superar a su depredador. El asiento se volteó con su reacción. Shayza también se cayó, pero no dejó de huir. Una vez en el pomo de la puerta, Layla usó su látigo para sujetarla del cuello y traerla hacia ella.

—Me dijeron que eres muy escurridiza —comentó Layla—. Aunque dudo que consigas escapar de mí.

De pronto, el cuerpo de Shayza, ahora de espaldas hacia el suelo y con las manos sosteniendo el extremo de lo que la ahorcaba, se movió contra su voluntad. Arrodillada, sudorosa y con las manos clavadas en la alfombra, miró a su madre. Sabía que de ella no podía obtener piedad. Sin embargo, no dejó de agitarse con la idea de que así, tarde o temprano, podría librarse.

Layla era una mujer muy poderosa, por eso mismo pudo deshacerse de sus padres siendo muy joven. Pero la esperanza es lo último que se pierde. O eso pensó un segundo antes de que el látigo tocara su piel. Hubo dos. Tres. Cinco. Diez. Catorce. Llegó un momento donde perdió la cuenta y la sensibilidad en las manos. La espalda le hormigueaba a la vez que quemaba y sentía cómo las hileras de sangre se escurrían por su ropa desgarrada y pegada al cuerpo.

La sangre de Shayza recorría el cabello y rostro de su madre. Pero ante esto, en la mirada hubo un extraño destello: ¿dolor?

Una vez la reina hubo terminado, la fuerza que mantenía a Shayza arrodillada se desvaneció. La puerta se abrió y dejó ver a un Castiel inexpresivo. Este poco a poco fue bajando su mirada hacia la joven adolorida. Por dentro tenía todas sus emociones alborotadas, quería estrangular a la mujer que lo había ayudado en aquella vida cuando esta le cerraba las puertas en sus narices, pero no era posible. Lo único que hizo fue esperar órdenes.

—Puedes llevártela —dijo Layla mientras limpiaba el látigo con un pañuelo.

Castiel tomó a Shayza, y ella se hizo una bola y sollozó por lo bajo. Él salió de la oficina con los ojos rojos. Su expresión era tosca, como si diese a entender que golpearía a quien se interpusiese en su camino. Por suerte, no había ni un alma por los alrededores.

La situación era complicada. Estaba a punto de hacer una escena y aquello sacaría a la luz su relación, llevándose consigo su carrera y su vida. Si de alguna forma quisiera desahogarse, sería golpeando una pared o árbol hasta destruirlo.

En la enfermería, Castiel la acomodó con cuidado sobre una camilla. Shayza iba y venía por culpa del inmenso dolor. Si Yokia había sido azotado con el látigo bañado en flix, ella no comprendía cómo pudo soportarlo todo el tiempo que estuvieron discutiendo el día de su castigo.

Era irreal que Shayza terminara ahí, al borde del desmayo. Ella solo concluyó sus clases para esperar a Yokia, pues Celia organizó una reunión para dar a conocer el plan que llevarían a cabo dentro de dos meses, en el fin de curso.

—Te pondrás bien, ¿oíste? Cuidaré de ti —susurró Castiel, luego plantó un beso en su sien—. Debes ser fuerte, amor mío. No mentiré, la cura suele ser peor que la herida.

Al instante que Castiel posó un algodón sobre la piel lacerada, Shayza ahogó un grito. Por momentos, cerraba los ojos y despertaba con los besos cariñosos que Castiel dejaba sobre su sien.

—Cas…tiel —dijo a duras penas—, no me dejes morir.

Él no pudo aguantar una carcajada a la vez que lloraba.

—No te vas a morir, tonta —aseguró con firmeza—. Agradezcamos a Lilith que Layla nunca usa el veneno flix para esto y que los Viktish sois inmunes.

Shayza lo oyó ponerse de pie, sin embargo, permaneció inmóvil. Tenía miedo de hacer algún movimiento torpe que pudiese lastimarla. Comenzaba a sentirse menos adolorida, pero nunca está de más ser precavida.

—Me dio un año de inmunidad —comentó Shayza—. Parece que la pasó mal mientras me veía romper las reglas y no poder darme de hostias. Estoy segura de que lo disfrutó… —Se le quebró la voz—. Hubo veces que quise saber lo que era tener una madre, pero en ningún momento pensé que la mía sería tan hija de puta.

Castiel, sin dejar de mezclar la pócima que preparaba, vio a Shayza de soslayo. Luego volvió la mirada a su trabajo.

—Todos tenemos una madre como dices. —Suspiró con pesadez—. Mi madre me abandonó en la casa de un granjero que también fue curandero. Sí, él era un brujo, pero no como tú o yo. Era más bien como tu tía Rubí: un vacío. Un brujo sin poderes, pero con conocimientos de la magia.

»En realidad, creo que era mi tío, aunque siempre se portó como un padre. Supongo que era porque comprendía mejor que yo lo que era crecer solo en un lugar que no es el tuyo.

Shayza trató de verlo. Por fin le contaba sobre su vida, quién era. Guardó silencio, aun cuando, todavía echa una bola, quería bombardearlo con preguntas.

—Creo que ya habrás leído sobre cómo las brujas tratan a sus hijos varones. —Shayza notó que esta vez el acento ruso de Castiel hacia destacar las R más que otras veces—. Agradezco que me hubiera abandonado con los humanos, pues en la granja todos fueron muchos más amables conmigo que cualquier bruja (y brujos, la verdad) de aquí. A excepción de la antigua Layla.

»El punto es que, aunque mi padre, Vladimir, fuese un brujo poco convencional, olvidó contarme cosas pequeñas pero importantes. Por ejemplo, que yo era hijo de la segunda familia fundada por Lilith, que tenía un hermano, que un brujo no puede estar íntimamente con una humana. No importa cuánto se amen, es un amor imposible y prohibido.

—¿Por eso te han negado el derecho a casarte? ¿Porque te enamoraste de una humana? —inquirió Shayza, acomodándose para beber la poción que Castiel le ofrecía.

—No es un derecho, Shay, es una obligación como hombre. —Se sentó delante de ella—. Tú lo has visto: nos tratan como un pedazo de carne. —Sacudió la cabeza y se retractó de sus palabras—. Un trozo de carne tiene más valor que nosotros.

»Esto es una sociedad matriarcal. Admiro a los hombres que alzan la voz por nuestros derechos sin importar las consecuencias. —Suspiró apenado—. He sido un miedoso durante mucho tiempo.

Shayza lo miró con consuelo. Le tomó la enorme mano y puso su mejor cara para darle a entender que no creía que fuese un miedoso.

—Estoy segura de que los revolucionistas estarán orgullosos de que los apoyes, así sea desde lejos. Y entiendo tu posición.

—¿Revolucionistas?

—Bueno, creo que necesitan un nombre, ¿no? —Alzó las cejas.

Castiel asintió.

—El punto es que estaré con vosotros —aseguró Castiel—. Ya lo tengo todo, así que solo me queda ayudar a quien quiera llegar a su meta.

—¿Seguirás aquí después de todo? —dijo sorprendida.

—Layla me dio lo que quería: poner en práctica lo que mi padre me enseñó —dijo, e hizo un gesto para abarcar la enfermería—, y más, pues también soy profesor (lo que todavía me aterra, pues, ya que ella ha cambiado, podría cobrarme cada uno de mis *lujos*). Dejando eso de lado, me encanta ayudar a mis estudiantes. Y a cualquiera que me lo pida. Sin embargo… hay una última cosa que me gustaría cumplir.

—¿Qué?

—En un futuro, hacerte mi esposa —reveló con una sonrisa.

Ella nunca pensó en casarse, pero por él haría cualquier cosa.

Las mejillas de ambos comenzaban a ponerse rojas. Pero Castiel se levantó.

—Ya estás mejor, ¿cierto? Bueno, Celia nos espera en el exterior —avisó; desapareció por la puerta y dejó sin palabras a Shayza.

Ahora no solo estaba sorprendida por lo que Castiel dijo, sino porque irían al exterior. Shayza había comprendido que ese beneficio se otorgaba a partir de los diez años en el Colegio de Magia y que la única vez que salió fue para La Central Mágica.

Entonces, ¿cómo la sacarían de allí una segunda vez?

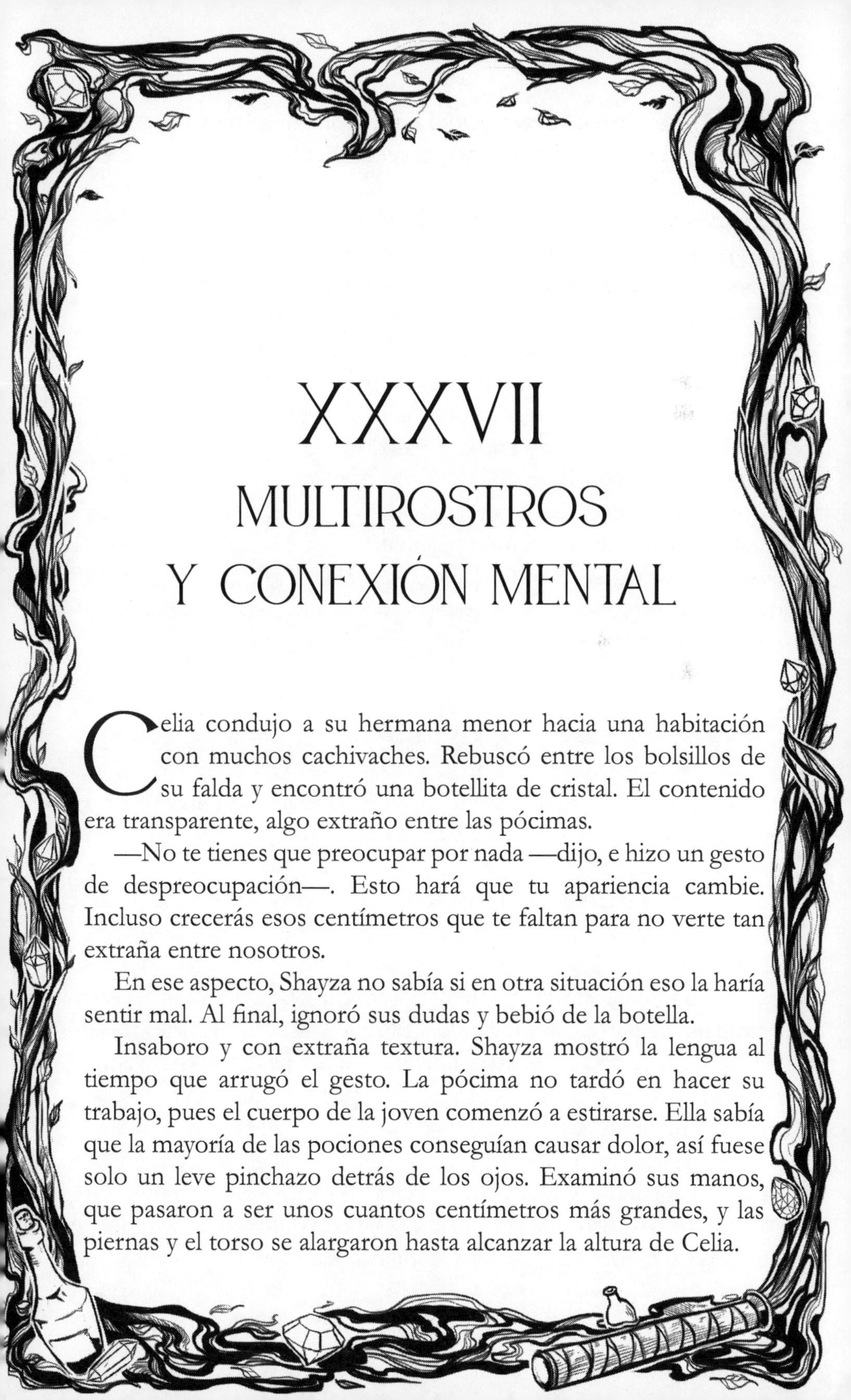

XXXVII
MULTIROSTROS Y CONEXIÓN MENTAL

Celia condujo a su hermana menor hacia una habitación con muchos cachivaches. Rebuscó entre los bolsillos de su falda y encontró una botellita de cristal. El contenido era transparente, algo extraño entre las pócimas.

—No te tienes que preocupar por nada —dijo, e hizo un gesto de despreocupación—. Esto hará que tu apariencia cambie. Incluso crecerás esos centímetros que te faltan para no verte tan extraña entre nosotros.

En ese aspecto, Shayza no sabía si en otra situación eso la haría sentir mal. Al final, ignoró sus dudas y bebió de la botella.

Insaboro y con extraña textura. Shayza mostró la lengua al tiempo que arrugó el gesto. La pócima no tardó en hacer su trabajo, pues el cuerpo de la joven comenzó a estirarse. Ella sabía que la mayoría de las pociones conseguían causar dolor, así fuese solo un leve pinchazo detrás de los ojos. Examinó sus manos, que pasaron a ser unos cuantos centímetros más grandes, y las piernas y el torso se alargaron hasta alcanzar la altura de Celia.

Celia, con una sonrisa triunfal y un hechizo, hizo aparecer un espejo en el aire. Shayza no pudo creer lo que veía. Temerosa, tocó su piel. ¿O debía decir su otra piel? La chica del espejo definitivamente no era ella; tenía el cabello negro y lacio hasta los hombros y ojos oscuros. No reconocerse ante su reflejo fue chocante. Permaneció sin habla por unos segundos, quizás minutos.

—Sé que puede causarte conmoción ver una cara que no es la tuya —aseguró Celia, calmándola—, pero es la única manera de sacarte sin que los guardias se den cuenta de quién eres en realidad.

—¿Cómo? Este rostro no es de nadie que estudie aquí… ¿o sí? —Inclinó el rostro, desconfiada.

—Multirostros, la pócima, crea apariencias al azar. No hay dos iguales, pero puedes adoptar cuantas veces la que más te haya gustado. Y es muy fácil burlar a los guardias así. Ellos son solo músculos. Después que huelas como bruja, les da igual qué apariencia tengas. —Celia salió del cuartito—. Se nos hace tarde.

Celia se detuvo ante una pared vacía. De la nada aparecieron dos guardias con cabeza de jabalí y dos enormes puertas de madera oscura y con espirales en hierro negro. Ellos no movieron ni un musculo al verlas, pero luego golpearon fuertemente la lanza contra el suelo. Las enormes puertas abrieron con lentitud, chirriando.

La luna en cuarto creciente caía sobre la plaza, pero su luz no iluminaba nada. Las casas y los caminos estaban rodeados de lámparas con aceite. Shayza apenas recordaba cómo se sentía caminar sobre el suelo empedrado, por lo que avanzó con satisfacción al oír el traqueteo bajo sus pies.

Las brujas que transitaban, en su mayoría, llevaban pantalones cernidos al cuerpo y blusas de mangas en campana y con muchos hilos de oro y plata; la otra parte usaba vestidos entre la época medieval y el año en que Shayza dejó atrás su vida humana. En cambio, los brujos llevaban túnicas pesadas que los cubrían casi por completo o corsés tan apretados que los hacían caminar completamente rectos.

—No lo recordaba así —comentó Shayza.

—Si vienes una vez al año, no esperes que todo se quede igual —replicó Celia.

—Entonces, ¿cómo explicas que siga pareciendo que viven en la época medieval?

Celia calló por un momento, sonriente.

—Todo es original, Shaycita. ¿Ves todas estas casas? Están en pie desde que los primeros clanes decidieron crear el Mundo Mágico. Aquí nada envejece al ritmo de los humanos, debes saberlo.

—Sí. 180 días humanos son un año para… nosotros. —Le pareció extraño referirse a sí misma como bruja.

—Veo que alguien es aplicada —comenta Yokia, juntándose con las hermanas—. Siempre he preferido aprender las cosas con verlas, no por teoría.

Celia entrecerró los ojos. Shayza notó cómo se encogía y trataba de alejarse de Yokia. La actitud de Celia hacia él era absurda e incoherente, pero Shayza no era nadie para decir algo al respecto. Según le dio a entender, en el pasado hubo algo entre ellos, y aunque Yokia siguiera tratándola como amigos cercanos, Celia parecía querer olvidar lo vivido.

La joven torció la boca. No podía entenderlos, pues sus gustos eran diferentes. Con las etiquetas que tenían los humanos para calificar a las personas con gustos distintos, Celia caía en la de asexual y Yokia en la homosexual. Y Shayza, bueno, ella no sabría definir su etiqueta. Le gustaba Castiel, pero antes nadie le había gustado. Aunque tampoco descartaba la idea de estar con una chica, ya que todo era posible.

—Según los humanos, podrías ser demisexual —dijo Yokia.

Shayza se detuvo de golpe.

—¡No uses magia para leer mi mente! —exclamó fastidiada.

—No me dejas de otra si también guardas silencio. —Yokia se puso serio y se detuvo. Celia los imitó—. Si algún día sabes lo que ocurrió entre nosotros —señaló a Celia y luego a sí mismo—, será por ella. No tengo inconveniente con que lo sepas, claro, pero desconozco la opinión de…

—¡Ay, por favor! —expresó Celia—. No es nada importante. —Aunque lo haya dicho con cierto desinterés y fastidio, en sus ojos se notaba que le dolieron sus palabras.

Yokia apretó los labios, igual que Shayza. Y con eso, los tres brujos siguieron el camino hasta una taberna llamada La Cueva de Bo. En el interior había muchas brujas bebiendo cerveza y brujos degustando enormes platos de filetes y sándwiches. Eso no era nada raro, pues desde que Shayza llegó comió igual que lo haría en el Mundo Humano.

Los tres tomaron asiento en una mesa de la esquina. La campanilla de la puerta volvió a sonar. Minerva, Elias, Castiel y otra chica, que Shayza no conocía, entraron.

—Viktish —dijo Castiel al acercarse—, le presento a mi hermana menor, Igal.

La chica debía tener la misma edad que Shayza, pero era casi tan alta como Castiel.

—Es un placer, señora Viktish. —Igal hizo una reverencia con la cabeza—. Nos decimos señoras ya que *señorita* es una burda manera en que los humanos llaman a una mujer virgen o sin esposo —explicó, y tomó asiento al lado de Shayza.

Shayza frunció el ceño y miró de reojo a Castiel. Él la había llamado «señorita» durante un largo tiempo, y una vez en aquel mundo, reemplazó esa palabra. Si analizaba la situación, no dudaba que lo hizo para pasar desapercibido en el Mundo Humano.

—¿Es estúpido preguntar cómo sabe quién soy? —preguntó Shayza.

Castiel abrió la boca para contestar, pero Igal fue mucho más veloz.

—En absoluto. Pero se le perdona al ser una *bebé* en este nuevo mundo.

»Bueno, entiendo que odias a Layla por su poco ortodoxo método de corrección hacia los hombres —prosiguió Igal—. No es un secreto que las reinas también tengan cierto desprecio a

Viktish. Sin embargo, mi único aporte para ayudaros es sacar una tarjetita bajo la manga. —Agradeció al mesero por la tarra de cerveza que trajo y bebió—. Os preguntáis de qué se trata, lo sé.

»Desde hace dos meses llevan desapareciendo brujos del mundo bajo… Nadie sabe qué o quién los mató. Se corre el rumor de que cierto brujo con métodos poco ortodoxos (Gideon) ha estado intercambiando información con cazadores de brujas. Obviamente, esto no lo sabe nadie aparte de vosotros. Layla intenta que no salga de La Central, pero está más que claro que nos va a explotar en la cara. Lo preocupante de esto es que nadie le tomará importancia hasta que maten a una bruja o alguien cuya identidad no puedan pasar por alto.

Era cierto que nadie conocía tan bien a Gideon para saber qué ganaría con causar tantos problemas. Pero no dejaba de ser curioso. A Shayza le hubiera gustado poder ser más inteligente para comprender a su padre.

—Por eso Igal recomienda que ataquemos a la vez que los cazadores —completó Minerva.

—Eso es correcto —dijo Igal, y se limpió la comisura de los labios.

—Pero eso es arriesgado —aseguró Celia—. Podríamos salir heridos, o peor.

Igal se encogió de hombros.

—Lo he estudiado más que vosotros, desde que Castiel habló conmigo. Y todos los caminos han llegado a lo mismo: la muerte de los varones. En el peor de los casos, vosotras iréis a las mazmorras a tallar suelos. Sin embargo a ellos los matarán. Si os mezcláis con los cazadores y fingís que no sabéis absolutamente nada sobre lo que intentan hacer, el plan saldrá de maravilla. No le echarán la culpa a los hombres y las mujeres simplemente serán peones que protegen a Layla.

»Por desgracia, tendréis que fingir muy bien. Layla no es estúpida. Y ahora mismo, estoy arriesgando mi pellejo por vosotros. Si para mañana sigo viva, podréis seguir mi consejo. Si no, preparaos para huir al Mundo Humano y esconderos entre ellos. Layla los buscará hasta debajo de las rocas.

Shayza rio a medias.

—¿Cómo se supone que nos mezclemos con desquiciados que quieren matarnos? —inquirió Shayza—. ¿Diréis que con magia? Son cazadores, algún utensilio especial tendrán para detectarnos entre ellos.

—Por lo visto, no ha entendido. Una vez que Gideon abra un portal directo a este mundo, los cazadores serán peor que las ratas. Habrá explosiones por doquier. Todos pelearemos para sobrevivir. Será una locura y nadie sabrá quién es quién entre tanto mar de sangre. Y Layla estará muy ocupada peleando como para notar que alguien la apuñalará por la espalda como ella hizo con sus padres.

»Además, entiendo que poseéis a alguien muy especial en ese castillo… Alguien muy antiguo y con bastantes conocimientos tecnológicos. —Igal apoyó el codo sobre la mesa y colocó el mentón sobre la mano.

Celia se rascó la mejilla, ansiosa.

—¿Quién es ese alguien? —preguntó Shayza.

—Lilith —respondió Minerva.

—¿Lilith? ¿Vuestra diosa? —Shayza abrió los ojos con sorpresa. Aquello parecía absurdo.

—No esa Lilith. Lilith, la única híbrida entre senemi y vampiro. Una vez que vio los avances tecnológicos de los humanos y su posible poder hacia nosotros, corrió a esconderse en su madriguera —dijo Igal—. Nadie la ha visto desde hace… milenios. Tampoco es como si antes se viese con regularidad. Layla la protege, hasta hacerla ver como un mito, por ser un gran peligro.

Shayza enfocó los ojos en la mesa, pensativa. Había leído sobre Lilith, la madre de los demonios, aunque no lo suficiente como para conocerla. Korak reaccionó con sorpresa al preguntarle de ella, seguramente pensó que lo hacía por esa híbrida.

—¿Y si ella no quiere salir de su madriguera? —preguntó Shayza. Algo debía haber en la biblioteca y lo hallaría en cuanto tuviera la oportunidad.

—Solo es por si algo sale mal, lo que dudo —aseguró Igal—. Layla podrá ser muchas cosas, pero siempre ha sido fiel y protectora con su clan. Ella dará todo con tal de mantener de pie a su gente. Solo que no espera que parte se revele contra ella, ya que somos una nueva generación con otros ideales.

—Digamos que conseguimos derrocar a Layla, entonces, ¿qué pasará después? —Shayza seguía sin creer en el plan. Era demasiado arriesgado y sin sentido.

—Seré quien la mate —dijo Minerva—, así me convertiré en la nueva reina Viktish. Luego vosotras —señaló a sus hermanas con el mentón— podréis hacer lo que queráis. Cambiad las reglas y yo os daré mi aprobación. Actualizaremos los libros de historia y cambiaremos por fin este odio hacia los hombres desde lo alto.

—Nadie podrá oponerse, porque lo dictará una reina —habló Celia.

—Reina y rey —la corrigió Minerva—. No pienso dejar de lado a Elias como ha hecho Layla con su esposo.

Shayza volvió a abrir los ojos con sorpresa. Aquella conversación había sacado más trapos sucios de los que esperaba.

—Mi padre es el esposo de Layla —reveló Celia—. Minerva es hija de Bram Loffom, igual que Yokia.

Yokia bajó la cabeza, incómodo. Por otro lado, Minerva no mostró nada respecto a la mención de su progenitor. Shayza apartó sus pensamientos sobre la endogamia lo más rápido posible.

—Nuestro padre tiene muchos hijos desperdigados —dijo Yokia.

—Porque usa su magia para cambiar de apariencia —agregó Minerva—. De hecho, es la razón por la que no lo han atrapado para ejecutarlo.

—Entiendo… —murmuró Shayza.

—Es hora de que me vaya —avisó Igal—. Toma asiento, Cassy. Un gusto conocerla, señora Viktish.

Shayza asintió, sonriéndole. Su confianza estaba al cien por ciento con Yokia, pero Igal era dura y lucía como si estuviese poniendo un muro entre las dos. Además de que, por cómo hablaba, Igal no tenía reparos en ser sincera. Eso estaba más que bien, aunque obligaba a que Shayza cuidara cualquier cosa que fuera a decir.

Castiel se acercó a Shayza con una sonrisa.

—Todo saldrá bien —dijo Castiel, sabiendo que Shayza estaba preocupada.

Ella lo miró y suavizó su expresión y deseó más que nada poder tomarle la mano allí, delante de los presentes. Daba igual si lo hacía, al final, el resto de los brujos ya estaban tan borrachos que apenas recordarían lo que hicieron aquella noche. Y no solo eso, Shayza seguía con un rostro que no era el suyo.

Por otro lado, Castiel temía darle alguna muestra de amor en público... o simplemente delante de las hermanas Viktish. Su mundo giraba en torno a la magia y existían un sinfín de hechizos, cualquiera podría usar alguno para destapar su relación prohibida entre profesor y alumna, princesa y deshonrado.

—Tengo una sorpresa para ti —susurró Castiel—. No es mucho, pero...

—Sabes muy bien que ella apreciaría hasta una piedra que le regalases —interrumpió Yokia, bromeando.

Celia trazó tres círculos consecutivos en el aire, y al segundo, seis platos de comida aparecieron de la nada ante ellos gracias al camarero que recitó un hechizo desde el otro extremo del lugar. Ella no tardó en beber su tarra de cerveza, balanceándose en su lugar. Yokia no pasó por alto su comportamiento. La conocía lo suficiente como para saber que no estaba bien y que la bebida no mejoraría su situación. Minerva también lo notó, por lo que la sujetó del brazo.

—Come antes de beber así —pidió Minerva.

Shayza posó su mirada en cada uno de ellos sin comprender. Había un secreto que no conocía, y no querían revelarlo, pero ella podía imaginárselo.

Castiel, como si de nuevo estuviese leyendo su mente, asintió. Shayza ya no tenía dudas al respecto.

En algún momento de sus vidas, Yokia y Celia habían estado juntos. Y aquello, cuando llegó a su fin, dejó devastada a Celia. Sin embargo, ¿hace cuánto terminaron? De pronto Shayza frunció la frente. ¿Ocurriría lo mismo con ella y Castiel? Celia y Yokia tenían todo para poder ser felices, pero lo único que lo impedía era un pasado lleno de exploración y curiosidad por lo desconocido. El descubrimiento de sus gustos.

«Su caso es muy distinto al nuestro», susurró Castiel. Shayza se volteó abruptamente hacia él. Escuchó su voz dentro de su cabeza. Estaba tan sumergida en sus indagaciones que no lo oyó usar un hechizo de conexión mental, de esos tan elaborados que necesitaban más que palabras para realizarse.

—Se enfriará la comida. —Castiel señaló el plato con el mentón mientras cortaba su filete.

Volvía a sentir que todo era una especie de sueño. Algo que, sin importar cómo pudiera tocarlo, seguía dando una sensación de irrealidad. Una especie de farsa que su cabeza construía a medida que avanzaba en ese mundo fantástico.

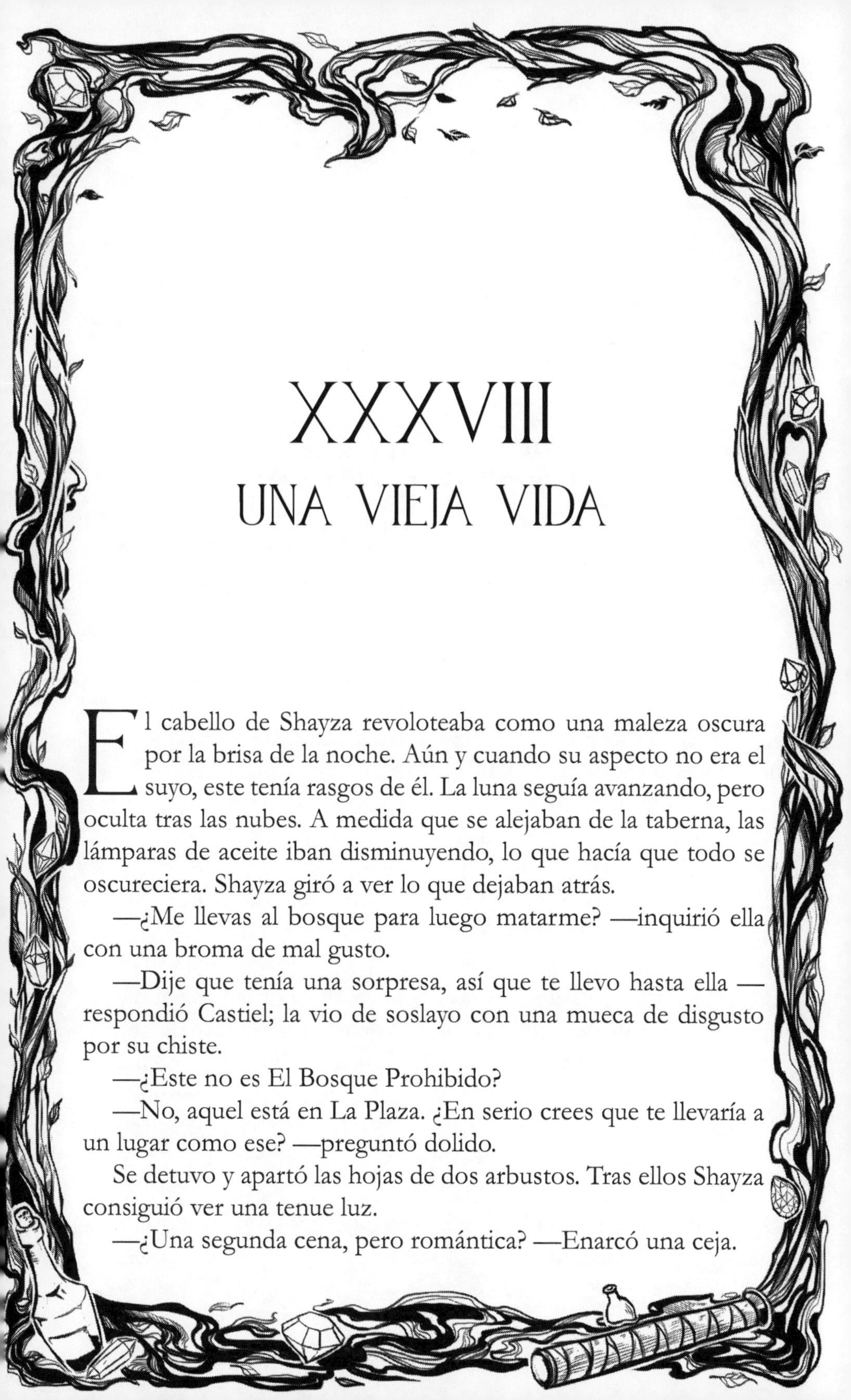

XXXVIII
UNA VIEJA VIDA

El cabello de Shayza revoloteaba como una maleza oscura por la brisa de la noche. Aún y cuando su aspecto no era el suyo, este tenía rasgos de él. La luna seguía avanzando, pero oculta tras las nubes. A medida que se alejaban de la taberna, las lámparas de aceite iban disminuyendo, lo que hacía que todo se oscureciera. Shayza giró a ver lo que dejaban atrás.

—¿Me llevas al bosque para luego matarme? —inquirió ella con una broma de mal gusto.

—Dije que tenía una sorpresa, así que te llevo hasta ella —respondió Castiel; la vio de soslayo con una mueca de disgusto por su chiste.

—¿Este no es El Bosque Prohibido?

—No, aquel está en La Plaza. ¿En serio crees que te llevaría a un lugar como ese? —preguntó dolido.

Se detuvo y apartó las hojas de dos arbustos. Tras ellos Shayza consiguió ver una tenue luz.

—¿Una segunda cena, pero romántica? —Enarcó una ceja.

—Puede que sea mejor que eso. —Él cerró los ojos e hizo un ademán para que pasara. En cuanto Shayza cruzó los arbustos, las olas de la playa le dieron la bienvenida. Ella dio media vuelta, asombrada.

—¿Esto es parte del Mundo Mágico? —quiso saber, pero no tardó en descartar la idea. Desde muy lejos podía escuchar música; no como la que escuchaban los brujos, más bien música humana. Rio—. ¿Dónde estamos?

—En el caribe. —Caminó hasta ella y la tomó de la mano, llevándola consigo—. Solo tenemos un rato, pero quisiera poder ver tu rostro real, mi amor. —La tomó de la barbilla dispuesto a darle un beso—. ¿Me permites quitarte este hechizo?

Shayza, bajo el encanto de su voz, ojos y labios, aceptó. Castiel movió su mano sobre el rostro de la chica, y, con un contrahechizo, hizo que su falsa imagen desapareciera como cenizas que se lleva el viento.

—Si quieres darme un beso, tienes mi permiso —tonteó Shayza, a sabiendas de que Castiel lo preguntaría.

La noche era hermosa, tan oscura como una perla negra. No había estrellas por culpa de la contaminación lumínica, pero las olas eran suficientes. Una canción de bachata sonaba desde el otro extremo de la playa, donde había quioscos de bebidas y frituras. Desde su lugar, los humanos parecían hormigas bailando.

Castiel sonrió delante de sus labios antes de juntarlos en un casto beso. Su mano se introdujo en el cabello de Shayza, impidiendo que esta se apartara. Con la otra bajó por su espalda y sintió cómo ella se encorvó y aprovechó para abrirse paso con la lengua entre aquella dulce boca. El calor subía por sus mejillas y las manos le hormigueaban. Tantos años para por fin tenerla en sus brazos y bajo el manto de la noche. Siglos sin buscar a nadie para que una joven a quien pusieron a su cuidado consiguiera robarle el corazón. Un corazón que había dejado de saber lo que era el amor desde aquella vez en que vio cómo la luz se esfumaba de los ojos de Irina; su difunta esposa.

El recuerdo oculto de Irina emergió de lo más profundo de su mente. Unas cuantas lágrimas se deslizaron por sus mejillas.

Teniendo que apartarse, Castiel cubrió su boca con el dorso de la mano. No es que haya visto a Shayza como su difunta esposa. Nada de eso. Solo que el ver morir a una persona que amaba por su culpa era un recuerdo que no se supera fácilmente, y menos cuando se es una criatura longeva.

—¿Castiel? —dijo Shayza, viendo que daba la vuelta para que no lo viera llorar.

—Estoy bien. Tranquila —gimoteó sin querer.

—¿Quieres hablarlo? —Acarició su espalda.

Él cerró los ojos y comenzó a caminar hasta un árbol. Tomó asiento sobre la arena y se limpió las lágrimas. Shayza se sentó a su lado y puso su mano sobre la de él. Lo miraba con preocupación, algo que Castiel no notaba pero percibía. Así estuvieron por un lago rato: oían las olas y, luego, cómo la música iba apaciguándose, pues lo único importante eran ellos.

—Sentimentalmente, no he estado con nadie luego de mi esposa Irina —reveló Castiel. Shayza enarcó las cejas. Quería saber más, pero algo le decía que no era un tema para tomarse a la ligera—. Hay algo que no te he dicho, Shayza. Tampoco sé cómo vayas a verme después de hacerlo.

La miró con ojos cristalinos. Sus mirada brillaba como dos piezas de lapislázuli. Shayza nunca lo había visto de esa manera, por lo que sintió que su corazón se encogía. Intentó pasar saliva al sentir seca la garganta.

—Puedes contarme lo que sea que hayas vivido, pero la persona que me importa es quién eres hoy —aseguró Shayza, tras volver a recuperar el habla—. Que esto sea como un desahogo. ¿Qué opinas? —Posó su mano en el hombro de Castiel—. No estás obligado.

—No tenía planeado decirlo esta noche —reveló—, pero besarte de esa manera me hizo recordar parte de mi pasado. Creí haber superado esas vivencias, y resulta que no. —Volvió a cerrar los ojos.

»Eres la segunda mujer de la que me enamoro, Shayza. Sabes que estuve casado, pero no que eso apenas duró apenas unas horas. Todavía recuerdo con exactitud la celebración… y los gritos de sus padres. Yo apenas tenía veinte años; ella dieciocho. Parte de esa historia la conoces. Te dije que mi padre olvidó decirme algo muy importante de nosotros los brujos, ¿no es así? Bueno, resulta que ningún brujo o criatura mágica puede tener sexo con un humano. Mi padre murió antes de contármelo, eso y muchas cosas más; y justamente, su muerte me obligó a vivir con un sobrino suyo (no lo era en realidad) que quiso cuidarme como buen cristiano. —Carcajeó con ironía.

»Pasaron dos años y comencé a ver a Irina con otros ojos. Siempre la cuidé, pues consideré que era lo único que me quedaba. Un día nos escondimos de la lluvia en el granero y allí no pude contenerme más: la besé (incluso un beso entre nosotros y los humanos es peligroso). Desde ese momento, comenzamos nuestra relación. Para entonces había que llegar vírgenes hasta el matrimonio por su religión. Estuve de acuerdo, claro. Nunca quise hacer algo en contra de sus deseos. Durante tres años nos besamos, hicimos otras cosas que llevaban a lo prohibido por... ya sabes quién (otro riesgo que corrí sin saberlo) —dijo esto último con dolor, pues un brujo no tiene permitido hablar de Dios o siquiera pensar en él.

Shayza sintió lo mismo, por lo que arrugó la nariz. Antes podía referirse a Dios sin problemas, pero desde que entró al Mundo Mágico y sus poderes emergieron, tenía la misma reacción que cualquier otra criatura.

—Sus padres nunca se opusieron a nuestro amor, ya sabían que eso pasaría tarde o temprano. El día de nuestra boda todo fue mágico. Irina con su vestido blanco de novia, el que había usado su madre, y yo con un traje viejo que usó su padre. Ahora que lo digo, yo era tan delgado como una rama, pero siempre he sido el más fuerte. Lo siento, eso no viene al caso.

»El punto es que en nuestra luna de miel debíamos perder la virginidad, ¿vale? Lo conseguimos, aunque no como se esperaría. Al minuto de hacerlo, Irina comenzó a convulsionar y botar sangre por la boca, oídos y lagrimales. —Castiel calló. Las imágenes volvían a su memoria como un salvaje huracán.

»Sus padres y algunos vecinos tumbaron la puerta al escuchar que la llamaba con voz ronca y llorosa. Me acusaron de asesinato y quisieron atacarme. Me defendí usando mis habilidades. Siempre oculté mis poderes. Hasta de Irina. Pero esa noche no tuve opción: cinco gigantescos hombres se abalanzaron sobre mí; yo los hice salir disparados del techo de la cabaña. Hui sin saber adónde. Salí de Rusia sin un centavo, sin ropa o comida, pero con un precio por mi cabeza.

»Mi padre siempre dijo que en cualquier momento podría ir al Mundo Mágico, que mi madre me daría mi apellido, pero que como hombre correría muchos riesgos, así que no fue una opción. Sin embargo, cuando tuve que usar mis poderes para dejar inconscientes a los humanos y robarles sus pocas pertenencias, decidí ir al mundo del que vine. Allí también robé, aunque un día eso acabó. Me propinaron tal paliza que creí que moriría en un callejón mugriento (eso era imposible) cuando de la nada apareció una unimante (brujo o bruja capaz de cambiar su apariencia a un solo animal) llamada Lotto. Al principio ella fue muy agradable conmigo; me llevó a su casa, alimentó y cuidó de mí. Cuando estuve recuperado y dispuesto a marcharme, Lotto me detuvo diciendo que estaba en deuda con ella. Que, si no hubiera sido por su nobleza, yo no habría sobrevivido. Seguía sin conocer la verdadera forma de matar a un brujo, por lo que pensaba que podía morir desangrado como los humanos. Ella se aprovechó de mi ignorancia a la parte que no conocía de mí mismo. Ese tiempo que permanecí en su hogar sirvió para cavar mi tumba.

»Lotto es una madame, ¿de acuerdo? Siempre se ha dedicado a tomar hombres de la calle sin un futuro por su propia mano para encerrarlos en un burdel. Todavía no sé cómo pude pasar por tantas camas sin terminar quitándome la vida. He sido obligado a hacer cosas que no quería. A acostarme con hombres y mujeres de distintas razas. Y si alzábamos la voz para quejarnos, éramos castigados.

»Un día volví a ese callejón donde pensé que moriría, pero con una daga en el cuello y el veneno flix corriendo por mis venas. Hay varias formas de matarnos: una alta dosis del veneno flix o cortándonos la cabeza tres segundos después de que algo nos atraviese el corazón. En esta última, esos tres segundos son importantes, ya que es el momento en que el alma de brujo se libera y saca nuestra apariencia real. Apenas estamos en transición, así que somos vulnerables durante ese tiempo.

»El punto es que, en ese momento, conocí a Layla. La antigua Layla, la que lucía dispuesta a hacer la diferencia. Luché con temor de correr la misma mala suerte, sin embargo, acabé perdiendo la conciencia. Al despertar, dos días después, Layla estaba allí. Quiso saber quién era yo y si tenía algo que ver con Lotto Lejutin. Le dije todo lo que sabía, incluyendo el paradero del hermano de Korak; Nikola. Por desgracia, Nikola murió antes de que Layla pudiera ayudarlo como hizo con Korak y conmigo. Nikola y yo habíamos sido buenos amigos en ese momento. Creo que fui como un pilar para él, pero no lo suficientemente fuerte para evitar que se suicidara —reveló al ver la duda en los ojos de Shayza—. Layla decidió ponerme bajo su protección, por lo que, si Lotto quería ir detrás de mí, ella podría usar su influencia para encarcelarla. Desde entonces vivo en el clan Viktish, pero con las características de los Muya: leales y racionales.

Shayza no dijo nada. Apretó los labios al igual que la mano que sostenía la de él. No sabía qué decir. Y no tenía que hacerlo: Castiel no quería su lástima o compasión.

—Te acepto tal como eres, ¿vale? Lo que hayas hecho en el pasado no cambiará lo que siento por ti —se apresuró a decir, y se quitó las lágrimas de ambas mejillas.

Castiel, por primera vez, se abrió completamente ante Shayza. ¿A caso no existía un mundo donde reinara el bien? Muchas criaturas mágicas se quejaban de los humanos, como si ellos no se parecieran en nada, como si no fuesen egoístas y codiciosos, o crueles y traicioneros.

Shayza apretó los puños, se enjuagó los ojos y, decidida, lo miró. Así estuvo por un tiempo, buscando las palabras adecuadas.

—Te quiero. Te quiero tanto que anhelo ayudaros. Quiero que viváis una vida normal y que los demás no os discriminen. Que las nuevas generaciones aprendan a trataros como iguales. Porque eso sois: nuestros iguales. —Ella se puso de lado y tomó a Castiel del rostro—. Desde que tengo memoria, me has cuidado, así que nunca me interesó lo que ocurriese conmigo, porque sabía que estarías ahí para ayudarme, pero tú siempre me has importado. Te cuidaré, ¿vale? Lucharé a tu lado para que tengáis una vida justa.

Él acortó su distancia dándole un beso en la frente. Luego las juntó y cerró los ojos.

—Creo que es hora de irnos —avisó Castiel, sonriente.

A Shayza le temblaron los ojos. No tenía conciencia del tiempo, así que existía la posibilidad de que ya estuvieran buscándolos. Pero habían disfrutado la compañía, el abrirse y desahogarse.

Ambos, tomados de las manos, volvieron por donde vinieron y dejaron atrás el ruido de los humanos y el mar.

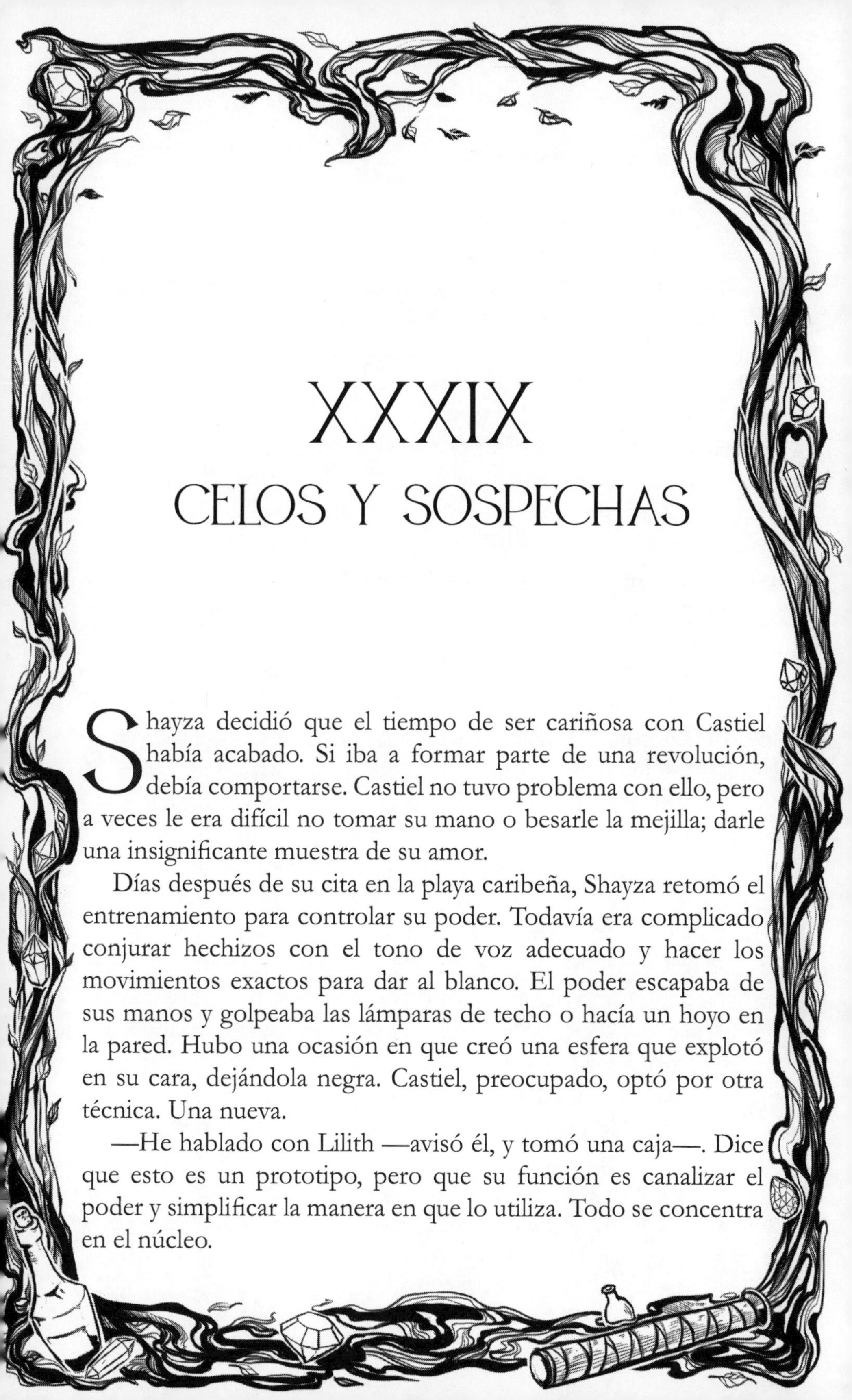

XXXIX
CELOS Y SOSPECHAS

Shayza decidió que el tiempo de ser cariñosa con Castiel había acabado. Si iba a formar parte de una revolución, debía comportarse. Castiel no tuvo problema con ello, pero a veces le era difícil no tomar su mano o besarle la mejilla; darle una insignificante muestra de su amor.

Días después de su cita en la playa caribeña, Shayza retomó el entrenamiento para controlar su poder. Todavía era complicado conjurar hechizos con el tono de voz adecuado y hacer los movimientos exactos para dar al blanco. El poder escapaba de sus manos y golpeaba las lámparas de techo o hacía un hoyo en la pared. Hubo una ocasión en que creó una esfera que explotó en su cara, dejándola negra. Castiel, preocupado, optó por otra técnica. Una nueva.

—He hablado con Lilith —avisó él, y tomó una caja—. Dice que esto es un prototipo, pero que su función es canalizar el poder y simplificar la manera en que lo utiliza. Todo se concentra en el núcleo.

Shayza se acercó curiosa al ver que él abría la caja. Dentro había una varita de porcelana con efecto de marmoleado rojo. Ella rio, incrédula.

—¿Me tomas el pelo? —dijo—. En el tiempo que llevo aquí no he visto a un solo brujo que tenga una varita.

—Porque no es necesaria si aprende a controlar la manera en que pronuncia sus hechizos, Viktish. Algo que no pasaría si su padre le hubiera permitido criarse aquí. De todas maneras, esto es un avance para nosotros. Sé que usted lo ha leído en libros, pero hasta ahora no existía la posibilidad de hacer algo como esto. Gracias a Lilith y su empeño por traer la tecnología a nosotros es que usted está delante de este avance. —Le entregó la varita—. Úsela, por favor.

Ella acarició lo suave y frío de la porcelana. No tenía la más mínima idea de cómo llegaría a funcionar, casi se sentía como el Hombre Araña cuando trató de usar sus poderes de forma consciente.

Castiel dio unos pasos hacia atrás para prevenir cualquier accidente. Sin embargo Shayza continuaba admirando la varita. No sintió nada como cuando agarró una lanza por primera vez; se sentía distante.

—No me siento muy cómoda con esto —comentó Shayza—. Sé que sería como ponerle ruedas de apoyo a una bicicleta, pero…

—Deje de quejarse e inténtelo —cortó él, e hizo aparecer un maniquí.

El maniquí se abalanzó sobre ella. Shayza recordó su experiencia leyendo y agitó el brazo como si este fuese un torbellino al mismo tiempo que gritó «Levitar». Aquel había sido el primer hechizo que le llegó a la mente, por lo que, al pronunciarlo con tanta brutalidad, el maniquí salió disparado hacia el techo. Este estalló en pedazos y las sobras cayeron cual costal de harina.

Shayza vio de soslayo a Castiel. Alzó la ceja y con sus ojos preguntó qué tan bien lo hizo.

—Para ser su primera vez utilizándola, lo ha hecho bien —la felicitó—. Me ha gustado cómo ha movido el brazo con tanta torpeza y aun así no perdió su objetivo.

—¿Qué puedo decir? —replicó ella, y se encogió de hombros—. Lanzar cojines y lámparas era mi especialidad.

Castiel entendió la referencia, así que sonrió. Ladeó la cabeza y juzgó sus acciones.

—Según lo que recuerdo, esquivé esa almohada. Mi hermano también esquivó la lámpara. Le recomiendo que sea todavía más eficaz antes de enfrentarse a un enemigo de carne y hueso. Esto sin contar que deberá lanzar hechizos mientras ambos saltan como las pulgas.

—¿No hay un hechizo para cerrarte la boca? —bromeó ella.

—Lo hay, pero por el momento está prohibido —contraatacó; deseaba reírse.

Shayza bufó. Volvió la vista al maniquí que se regeneraba. «Unos intentos más y voy a la biblioteca», planeó para sí. Toqueteó la punta de la varita y chilló al sentir electricidad.

—¿No que la energía se concentraba en el núcleo? —se quejó.

—Es un prototipo, Viktish.

—¿Ya la has probado? —Le extendió la varita.

—Sí. ¿Cómo sabría explicarle su uso sin yo haberlo aprendido antes? —La tomó—. Vea, es entendible que en una batalla será imposible mover el brazo o la muñeca con la gracia necesaria, así que le recomiendo nunca quitarle los ojos a su objetivo y usar la fuerza de su voz. Mientras más grite o vibren sus cuerdas vocales, afectará el hechizo. Podrá rebotar contra usted, dar con cualquier otra cosa. Imagine un arma de fuego, esta tiene retroceso, ¿no es así? Bueno, su tono de voz es la que decidirá si habrá o no ese retroceso. Si su voz tiembla, la varita también. Pero si la consigue mantener a raya, esta disparará recta y limpiamente.

—No me jodas —murmuró—. Esto es casi como la magia melódica. ¿Escuchas mi voz? Esta no sirve para cantar: es demasiado gruesa y a veces rasposa. Muya, mi voz es una mierda.

Castiel cerró los ojos y suspiró. Él no creía eso. Luego, le regresó la varita.

—Está siendo demasiado autocrítica.

—¿Autocrítica? ¡Pero sí es cierto! —zanjó ella.

—Mire, a nosotros también se nos dificulta llevar acabo un buen hechizo. Sin embargo los años ayudan en la práctica. ¿Por qué cree que no estudiáis ocho años, sino milenios? Para tener una buena experiencia en la magia. Saber qué hacer y qué no.

»Usted ha sido testigo de cómo nos observaron la primera vez que salimos del castillo. Muchos brujos de La Plaza giraron hacia nosotros. ¿Por qué? Porque no confían ni en su propia sombra. Aquí también existen los actos terroristas, Viktish. Ha habido varios a nombre de Lilith. Seres fanáticos. Desquiciados que creen oírla en la oscuridad. Su madre es una de ellos —susurró.

Shayza alzó las manos en señal de alto.

—Vale, lo he entendido. —Guardó silencio—. ¿Puedo pedirte un favor, Muya? —Dejó colgando el brazo con la varita al costado de su cuerpo—. Luego de esta clase tengo pensado en ir a la biblioteca y he visto que eres cercano a Korak, el ayudante.

Él comenzó a negar con la cabeza.

—Sé lo que trama, Viktish. —La señaló duramente con un dedo y bajó la voz—: No puedo hacerle ningún tipo de favor que conlleve meter en problemas a otro estudiante, ¿vale?

—Nadie tiene que…

—Los secretos siempre salen a la luz, Viktish.

Shayza frunció el ceño. No lo hacía por la negación rotunda, más bien porque ambos eran conscientes de que lo suyo podría durar muy poco.

Ella se enderezó. Golpeó su palma con la varita, pensativa.

—Quiero saber sobre Lilith, ¿vale? La Lilith que te ha dado esto. —Agitó la varita. La volvió a contemplar, acariciándola—. Ha pasado mucho tiempo desde que estoy aquí y todavía siento que estoy dentro de una burbuja. Hay noches en las que pienso que estoy en coma y todo esto es un sueño que me hace seguir en esa cama de hospital sin poder respirar por mi cuenta.

—No creo que estuviese tan consciente de ello si fuese así, Viktish.

—Sí, también lo creo. —Meneó la cabeza, espantando toda las ideas descabelladas, y estrujó su frente con la mano—. ¿Puedo irme antes? Necesito estudiar más hechizos. Y…

—Tranquila, vaya adonde tenga que ir. Solo la aviso de que estaré muy ocupado con los preparativos del campeonato. Veo que por fin conocerá a la competencia de Minerva: Indila.

—He leído sobre Indila, y admito que me gustaría ser tan superdotada como ella. Claro, aunque lo fuera, me quedaría Minerva. —Hizo una mueca y movió el rostro—. No me gustaría ser su competencia, la verdad.

Castiel sonrió y asintió.

—Estoy seguro de que usted conseguirá cualquier cosa que se proponga. Y… eso me recuerda, ¿no le parecería interesante estudiar para ser cuidadora de criaturas mágicas? Como una veterinaria, pero en nuestro mundo.

Shayza rio con ironía.

—¿Acaso podría escoger eso?

—Claro. Usted y Celia son las más jóvenes, tienen más posibilidades de construir su propios caminos.

—¿Y qué quiere Minerva? —inquirió Shayza.

Castiel guardó silencio, pues, aunque la conocía desde hacía mucho tiempo, no lo sabía. Más bien, todos en la vida de Minerva habían supuesto que ella solo quería estar bien preparada para el cargo que tomaría a futuro. Después de todo, ese era su deber como la hija mayor.

Shayza entró al comedor en busca de sus hermanas. Ya era hora de un descanso entre clases, por lo que la mayoría de los brujos se reunían allí. Por un momento odió su metro sesenta y cuatro ante tantos brujos de metro noventa o dos metros. Ni parándose de puntillas alcanzaría a visualizar a Celia o a Minerva. Tampoco conocía un método con el que ubicarlas fácilmente. Podría pedirle ayuda a Yokia, pero él siempre la encontraba a ella. Zabinsky hubiera sido el más indicado, aunque él estaba con una muchacha que Shayza jamás había visto. Y si lo hubiera hecho, la recordaría con facilidad por su vitíligo.

Giró el rostro y se percató de una cabellera larga y rubia. Su mano se estiró antes de poder pedírselo a su cerebro.

—Korak, ¿podrías ayudarme?

Korak abrió los ojos con sorpresa por tal atrevimiento. Él apenas había notado a Shayza, pues su mente estaba enfocada en el gruñido de su estómago.

—¿En qué podría ayudarla?

—Sobre todas estas cabezas, ¿puedes dar con Celia y Minerva?

Korak frunció el ceño y no tardó en hacer lo pedido. A los segundos, señaló hacia una esquina del comedor. Shayza volvió a tratar de verlas al pararse de puntillas, pero como era obvio, no pudo. Le dio las gracias y avanzó a ciegas.

Entre los empujones, pudo ver a lo lejos cómo la profesora Levite coqueteaba abiertamente con Castiel. Aquello hizo que se detuviera para observarlos con más detenimiento. En el comedor reinaba un pequeño bullicio, pero Shayza había aguzado los oídos para oír la conversación de ambos profesores. Su acción estaba mal vista en ese colegio, porque los jóvenes brujos solo debían enfocarse en sus estudios para no morir al otro lado de las enormes puertas. Pero ver a Levite con Castiel despertó algo en la joven. Celos, claro, y sospechas. Levite de por sí no le dio buena espina cuando la conoció; en ese momento aquel sentimiento incrementó.

Apretó los ojos y retomó su camino. Castiel no era ningún tonto para no darse cuenta de lo mismo, así que puso toda su confianza en él.

—Por fin doy con vosotras —dijo, una vez dejó caer sus cosas sobre la mesa.

Minerva y Celia se miraron. Celia sonrió con malicia.

—Creo que alguien tiene celos de cierta bruja —comentó Celia—. Hablando por Minerva, si quieres que lo vuestro dure y nadie se dé cuenta, deja que coquetee con él. Castiel no es imbécil, eso te lo aseguro. Ese hombre sabe detectar a la gente que no le conviene. Tiene un don para eso.

—¿Un don? —repitió Shayza.

—Sí. Fue Castiel quien le advirtió a Layla sobre Bram. Castiel confiaba demasiado en nuestra madre, así que, con solo ver a Bram unas cuantas veces, le dijo que no debía estar bajo el mismo techo que nuestros abuelos. Layla no lo creyó porque estaba cegada por Bram y, aun con su advertencia, ella los mató sin remordimiento —relató Minerva—. Entiendo que su odio repentino hacia los hombres se debe a Bram. Él la engañó. Milenios después, secuestró a su última hija.

—¿No se supone que Layla cambió a partir de mi secuestro?

—Ahí fue cuando el asunto empeoró, Shaycita. A mi padre lo golpeaba por solo respirar —reveló Celia con amargura—. Ahora él pasa su tiempo en una de las torres. Siempre escondido como si realmente hubiera hecho algo malo. Todo lo que está pasando ahora me hace ver que he sido una pésima hija por no apoyarlo en su momento.

Shayza la consoló sobándole el brazo.

—El maltrato hacia los hombres es una conducta aprendida y normalizada. Es común que no lo hayas notado antes —dice Shayza—. Aunque suene mal, gracias a que nuestra madre dio de latigazos a Yokia, estamos aquí. Conscientes de lo que está mal. Decidme, ¿vosotras habrían seguido pensando igual si Yokia no hubiera sido sancionado a tal extremo?

Minerva y Celia callaron. La respuesta era sí.

—A veces nos damos cuenta del mal ante nuestras narices cuando un evento que nos podría ocurrir le pasa a alguien cercano. Ahí sabemos que no somos protagonistas de una historia y somos vulnerables como cualquier otro —continuó Shayza.

—¿Qué edad tienes? ¿Diecinueve? —habló Minerva.

—Habla como una Antigua Sabia —añadió Celia, sonriente.

—¿Antigua sabia? —preguntó Shayza, confundida.

—Son mujeres que aconsejaban a las primeras, primeras reinas. Siguen vivas, pero ahora su única función es ser como una enciclopedia de todas las guerras o sucesos entre brujos y humanos. Lo saben todo y saben todo de cada uno de nosotros. ¿Recuerdas cuando estuviste en La Central Mágica? Esos datos son para las Sabias.

—Aunque disfrute de nuestras conversaciones con temas variados, me parece que Shayza nos buscaba por una razón en concreto.

—Ah, sí… —Shayza miró a Castiel y Levite por última vez—. Castiel me ha dado una varita que ha fabricado Lilith. Quisiera conocerla.

—¿Por curiosidad? —indagó Celia.

—Esta varita promete muchísimo. Y sería mejor para quienes tienen más conocimiento de la magia que yo. Os simplificaría el trabajo. Deberíais probarla.

—Shayza, no es por ser maleducada, pero no llevo tantos años estudiando para terminar usando una varita ante una lucha —dijo Minerva.

—¿Sabéis algo? No encuentro motivo para negarme. Lo que se aproxima es algo sensible, algo que se puede arruinar con solo respirar en el momento equivocado. Además, dudo que nuestra hermanita solo vaya a hablarle de esto a Lilith —dijo Celia.

—Soy muy transparente —murmuró Shayza, asintiendo—. De todos modos, Minerva, quiero saber algo. —Observó a su hermana con firmeza; Minerva hizo lo mismo—. Sé que como hermana mayor debes tomar el lugar de nuestra madre por obligación, pero ¿es lo que realmente quieres?

La expresión de Minerva no cambió en lo más mínimo. Celia intercambió miradas con cada hermana a la espera de una respuesta. Y sin que nadie la escuchara, pronunció un hechizo para que no pudiesen oír su conversación. Este hacía que cualquier posible oído entrometido escuchase estática. Se podía saber que un brujo lo estaba utilizando, pero no quién.

—Antes de nacer ya había una pila de libros por estudiar al lado de mi cuna. Es lo único que conozco y a lo que he aspirado. Tampoco puedo decir que sería una molestia liderar un colegio y el Mundo Mágico. Después de todo, obtendría el respeto de un mundo completo; no como nuestra madre, quien empezó con el pie izquierdo y sigue por el mismo camino.

—Ella mató a nuestros abuelos antes de tiempo, ¿cierto? —inquirió Shayza.

—Así es —aseguró Minerva—. Como te gusta leer, en la biblioteca debe haber algún volumen con esa anécdota. Supondré que en el área prohibida… Puedo tomarlo y prestártelo.

—¿También podrías conseguir uno sobre Lilith? —dudó Shayza.

Celia rio por lo bajo.

—Te llevaré a su escondite —dijo Celia.

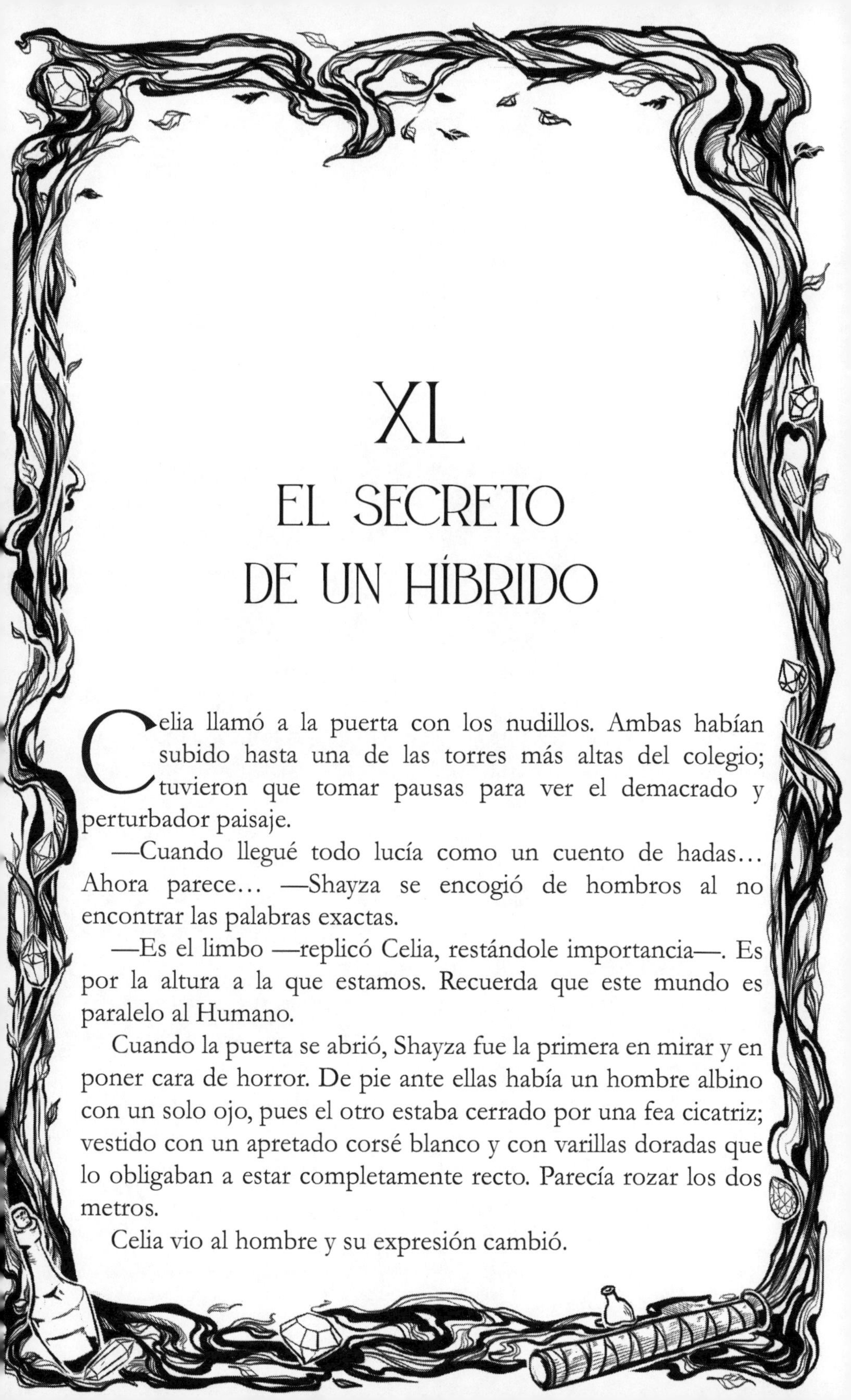

XL
EL SECRETO DE UN HÍBRIDO

Celia llamó a la puerta con los nudillos. Ambas habían subido hasta una de las torres más altas del colegio; tuvieron que tomar pausas para ver el demacrado y perturbador paisaje.

—Cuando llegué todo lucía como un cuento de hadas… Ahora parece… —Shayza se encogió de hombros al no encontrar las palabras exactas.

—Es el limbo —replicó Celia, restándole importancia—. Es por la altura a la que estamos. Recuerda que este mundo es paralelo al Humano.

Cuando la puerta se abrió, Shayza fue la primera en mirar y en poner cara de horror. De pie ante ellas había un hombre albino con un solo ojo, pues el otro estaba cerrado por una fea cicatriz; vestido con un apretado corsé blanco y con varillas doradas que lo obligaban a estar completamente recto. Parecía rozar los dos metros.

Celia vio al hombre y su expresión cambió.

—¡Padre! ¡No tenía idea de que estarías aquí! —exclamó Celia.

—He venido a traerle unos libros a Lilith. Parece que la varita obtuvo resultados alentadores —dijo él, y vio a Shayza. Le dio la mano como saludo—. Encantado de conocerte, querida. No os seguiré molestando, buenos días.

Ya en el interior de la habitación, entre miles de libros y papeles en el suelo y piezas rotas que parecían de artículos electrónicos, Shayza susurró:

—¿Layla lo hizo? —Shayza todavía tenía la horripilante cicatriz del padre de Celia en la memoria.

Celia asintió.

—Para causar una herida que cicatrice tan horrible se necesita usar el veneno flix o nuestra sangre. Y créeme, hermanita, esto es mucho más normal de lo que crees. Castiel es un suertudo por no haberse casado con una mujer criada en este mundo.

—¡Ah! Por fin la tercera hermana ha venido a verme —las interrumpió Lilith—. Es un honor, menor Viktish.

Shayza estaba confundida. Al oír el nombre de Lilith creyó que se trataría de una mujer, pero en realidad era un hombre alto, rubio y delgado; usaba una falda negra, la camisa del uniforme y una especie de abrigo transparente con estampado de flores. Aunque, cuando este dejó de hacer la reverencia, notó que traía una máscara con luces led que dibujaban una expresión de felicidad. Lilith, con una sonrisa de luces celestes, las invitó a acercarse a su escritorio.

—Y dígame, Shayza, ¿qué le ha parecido la varita? ¿Cómoda? ¿Fácil de usar? ¡Cuéntemelo todo, por favor!

Lilith la invitó a tomar asiento mientras Celia escapaba lentamente de ahí. Ella sabía que de haber más de dos criaturas mágicas juntas haría que hubiera fallas en cualquiera de los aparatos que Lilith creaba. Sin embargo, al Celia estar por salir, cables de colores y un ventilador en una caja comenzaron a lanzar diminutas chispas.

—No se preocupe, estaremos bien. Que haya pasado tanto tiempo sin que algo hiciera eso significa que estoy mejorando. Pero cuénteme, cuénteme. Castiel solo dijo que la varita funcionó adecuadamente; pero él rara vez dice algo más de la cuenta. —Hizo un ademán con la mano, restándole importancia.

—No sé qué decir, la verdad. Pero me ha facilitado lanzar los hechizos. Siguen explotándome en la cara, pero bueno. —Se encogió de hombros al tiempo que al lado de Lilith un lápiz tomaba notas por sí solo.

—¿Sintió que la varita no hacía lo que ordenaba?

Shayza negó con la cabeza.

—Pero sí recuerdo haberme electrocutado con ella.

La sonrisa virtual se borró y en su lugar dejó una cara triste. Lilith suspiró, lo que hizo que en su máscara apareciera una nube a la altura de la boca. De pronto se la quitó. Pasó una mano por su cabeza, con angustia, y giró a ver a Shayza, dejando al descubierto la mitad de su rostro humano y el otro con la máscara de un senemi.

Shayza abrió los ojos con sorpresa. Aunque quiso indagar para conocer mejor a la criatura ante ella, calló y comenzó a contarle toda la sección de practica que tuvo con Castiel.

Al cabo de un tiempo, como era de esperarse, su curiosidad pudo más con ella, y dijo lo que tanto quería evitar:

—Lilith, le diré que usted es una criatura muy confusa para mí —reveló Shayza, tomándole por sorpresa—. Antes de venir aquí, hubiera querido leer sobre usted.

Lilith se sintió halagade. Si hubiera tenido su máscara, esta se habría sonrojado.

—No me hable de usted. No merezco tal trato de su parte. ¿Qué desea saber de mí? Le puedo decir que soy une mestize. El hije de un senemi y una vampira. Sí, sí. ¿Cómo es eso posible? Bueno, los senemi no conocen lo que es el consentimiento; y los embarazos vampíricos son… pocos comunes.

»Según las otras reinas, soy una criatura peligrose. Tengo más poder que cualquiera de ellas estando unidas.

—Entonces, ¿qué haces aquí… —Shayza lo dudó por un segundo, pues no tardó en notar que Lilith se diría a sí misme con la vocal E—… encerrade?

—Sobrevivir. Verás, los mundanos saben de nuestra existencia. No todos, claro, pero los de mayor rango: presidentes, gobernadores, militares. En la milicia de cada país hay criaturas desterradas. No me mire así, le cuento esto porque sé que es de fiar y porque conozco lo que tratáis de hacer. Adonde quiero llegar es que su padre, señora Viktish, me busca. Lo hace para tenerme en contra de Layla. Lo que no sabe es que ya lo estoy, pero usaremos su desconocimiento a nuestro favor.

Shayza asintió en silencio y memorizó cada palabra. No supo cómo no vio venir que los humanos conocieran de su existencia si bien tenían bases vigiladas y muchas veces callaban a las personas desapareciéndolas. Si bien con los humanos había criaturas con un poder limitado, juntas seguían teniendo el suficiente para acabar con ciudades enteras si hiciera falta. ¿Pero una criatura con su poder completamente funcional y mucho más poderosa que las reinas? De verdad que Lilith era una de las bestias más maravilloses y horripilantes que existían. Sin lugar a duda, convenía tenerle de su lado.

—¿Qué cualidades tienes, Lilith? —inquirió Shayza.

Se acomodó en la silla con la intención de ocultar su emoción. Si tomó como posibilidad el hecho de ser veterinaria en el Mundo Humano, no descartaría ser una especie de investigadora o cuidadora de criaturas tanto conocidas como desconocidas. Claro, suponiendo que todo saliese como esperaban.

—Tengo un libro que habla sobre mí, pero soy más que un mito para muchas criaturas o culturas —dijo Lilith, y se levantó para buscar en sus estantes—. Claramente este tomo te tomará menos tiempo leerlo que escucharme hablar sobre mí. —Le entregó un libro igual de grueso que un ladrillo—. Que no te asuste su tamaño, tiene muchos dibujos y teorías de cómo soy. Te recomiendo las últimas cien páginas. Las escribí yo misme —susurró orgullose.

—Muchas gracias, Lilith. Después de cada clase vendré a contarte qué tal me ha ido con la varita. Ahora mismo tengo asuntos pendientes y debo irme lo más rápido posible.

Lilith le restó importancia con un ademán y le sonrió como despedida. A Shayza le había gustado poder hablar con elle, cosa que no evitó ocultar desde que bajó de la torre hacia la oficina de Castiel.

Mientras esperaba delante de la puerta, hojeó el libro de Lilith.

Un hibrido entre senemi y vampiro es una abominación, pero no es imposible. Lilith es un ejemplo vivo de ello, o eso se cree, pues no se conoce su paradero. Algunos seres dicen que ella en realidad es solo una creación para atormentar a los niños (como lo es el Cuco). Sin embargo, de existir, mágicamente hablando, ella sería capaz de crear nuevas áreas en el espacio y tiempo que no interferirían con el Mundo Mágico, el Humano o el Limbo. Esto hubiera servido para cuando todas las criaturas mágicas comenzaron a ser cazadas y las reinas tuvieron que crear lo que hoy se conoce como el Mundo Mágico. Además de estas cualidades, este ser altamente peligroso puede crear físicos inexistentes del sexo que desee; así como uno de los brujos más viles que sigue a la fuga: Bram Loffom.

Se desconoce la razón de por qué, siendo una mestiza entre dos criaturas sin poderes más allá de la fuerza, tiene dichas habilidades.

Entonces Shayza pasó a las últimas cien páginas y vio un notable cambio de escritura.

Como se sabe, los senemi son criaturas que ya estaban en el plano que las reinas crearon para el Mundo Mágico, permanecían entre el Limbo y el Mundo Humano. Seguro hay una explicación científica al respecto, pero nadie le ha mencionado esto a un humano (y sería interesante tener una conversación sobre mundos paralelos revelando la existencia de los senemi). Volviendo al caso, como los senemi se consideran sumamente peligrosos, nuestros cuidadores de criaturas han sido incapaces de encontrar más información a excepción de las teorías de que son capaces de crear mundos alternos. Y respecto a la parte de que Lilith es capaz de adoptar varios aspectos, se tiene la teoría de que la vampira fue parte del linaje Loffom (del cual tampoco se conoce mucho).

En resumidas cuentas, Lilith era peligrose por solo haber teorías sobre elle.

Cerró el libro al igual que sus ojos. Aquel mundo era magnifico. Tenía tantas cosas sin descubrir que agradeció poder vivir más de cien años. Sin embargo, estaba segura de que ni de esa forma conseguiría conocer el Mundo Mágico al cien por ciento.

—¿Necesita algo, Viktish? —preguntó Castiel, acercándose—. Le pido una disculpa por hacerla esperar.

—No, no, todo está bien. Solo quisiera contarle algo. —Agitó el grueso libro ante la mirada azul de Castiel.

Este, que fingía no se morirse por saber con qué locura vendría su amada, entró a la oficina y cerró la puerta detrás de ambos.

—Castiel, estoy extasiada. Maravillada. Alucinada. Y todo lo que termine en *ada* —expresó sonoramente, y agitó la mano a media que hablaba—. Sabes que quise ser veterinaria, ¿no? Joder, este mundo es increíble con su sinfín de criaturas y bestias. Sé que muchas son tan peligrosas como los leones, tigres o hipopótamos. ¡Pero…! ¡Vaya!

Cuando Shayza se tranquilizó, abrazó el libro de Lilith. Castiel la observaba, con una sonrisa, sentado sobre el escritorio. Ella se volteó hacia él, con los ojos brillantes.

—Veo que esas ojeras se han hecho más oscuras. Alguien apenas duerme —bromeó él. Acortó la distancia entre ellos y la tomó del rostro para besar sus marcas violáceas. Si fuese posible, Shayza se habría derretido entre sus dedos. Ella, sin perder el tiempo, buscó los labios de Castiel y lo acercó todavía más al hacer presión en su nuca—. También estoy feliz de verte, *katyonak*.

Al decir eso se apartó, pues tenía trabajo que hacer y tampoco lo molestaba si ella decidía quedarse. Shayza, junto al escritorio, acarició sus labios con la mirada perdida en el suelo. Cerró los ojos y en su mente revivió el encuentro en el establo. La piel se le puso de gallina al recordar los dedos y boca de Castiel sobre su piel. No solo su cuerpo sentía un cosquilleo, también su corazón. Durante muchas noches imaginó tener ese momento tan especial e íntimo donde se volvían uno en un vaivén de caderas.

Suspiró. Estaban solos y parecía que nadie vendría a molestarlos.

Cada maldita vez que lo veía a los ojos recordaba sus deseos de tenerlo junto a ella en la cama, las veces que una mano imaginaria trazó una línea desde su cuello hasta el ombligo. No llegó a más, pues en su mente ella era quien rompía la barrera y llegaba hasta su punto sensible. Cuando entraba a la regadera y enjabonaba su cuerpo, imaginaba que lo tenía ahí, detrás de ella, que la tocaba con sus enormes manos y le mordía el lóbulo de la oreja. Todas esas fantasías la hacían sentir que el vello de los brazos y la nuca se erizaban, trayendo consigo una ráfaga de calor que subía por su vientre y secaba su garganta.

Sin darse cuenta apretó los muslos. Un escalofrío recorrió su espalda, por lo que se acarició el brazo para calmar la piel de gallina. Sus pensamientos se nublaban lentamente, y eso no significaba nada bueno. ¿Cómo es que ahora no podía contenerse como en el establo? Y no solo eso, en los entrenamientos también lo había conseguido.

Era su límite quebrándose.

Volteó a ver la ancha espalda de Castiel y se mordió el labio. Lo deseaba más que a nada.

—¿Y qué más? —dijo sin verla—. No te cortes.

«Ni idea de lo que te decía», quiso responder, pero solo lo miró.

—Cass, quiero algo de ti. Solo si quieres, claro —dijo Shayza, tímida.

Castiel, al oírla, dio la vuelta y esperó a que hablara. Sin embargo, Shayza comenzó a caminar de un lado a otro, nerviosa y sin saber cómo pedirle que hicieran el amor y que se sentía lista para experimental ese acto tan íntimo. ¿Y si él no quería debido al pasado que vivió? Lo conocía desde que tenía memoria y nunca lo había visto con una mujer o salir de la casa con excusas para encontrarse con una.

—¿Hace cuánto no estás con una mujer? —dijo al fin, y lo vio a los ojos.

Shayza no lo sabía, pero en los ojos de ella había un brillo peculiar, un brillo que Castiel sabía su significado: deseo. Los brujos mostraban su excitación en la mirada. Y el cuerpo de Castiel no tardó en responder al de ella.

Claro, lo había tomado por sorpresa, y teniendo en cuenta de lo que le mostraba momentos antes, la pregunta fue un cambio de tema muy brusco.

—¿Por qué preguntas eso? —dijo él, y se resguardó tras el escritorio, para así evitar que Shayza viera la erección que iba en aumento por culpa de su imaginación—. Sabes que virgen no soy.

—Pero ¿cómo crees que lo pregunto por eso, tonto? —bromeó ella; quería aligerar el ambiente—. Solo tengo... curiosidad. ¿No me llamas *katyonak* por ser así, como un gato?

—Por curiosa y escurridiza —se burló él. Aunque había contraatacado con una sonrisa, esta fue disminuyendo poco a poco—. La verdad, no lo sé. Ha pasado mucho desde que salí de las calles gracias a Layla.

Shayza apretó los labios, pensativa; luego se lamió los dientes.

—Teniendo en cuenta la sociedad matriarcal, ¿tú nunca... con...?

—No. No, no, no —la interrumpió él—. Layla es... o era, una amiga. La respeto mucho, aunque las cosas hayan cambiado entre nosotros. —Castiel suspiró; claro que sabía adónde quería llegar Shayza—. ¿Quieres que... hagamos el amor, verdad?

Shayza quedó muda y miró sus zapatos, como si aquello fuera mejor que ver lo que consideraba hermoso: el rostro de su novio. Los minutos pasaron y lo único que hizo ruido en la oficina fue Castiel al tomar asiento, a la espera de que Shayza saliera corriendo por la vergüenza o dijera algo.

«¿Para qué me meto en esto si luego voy a quedarme sin palabras? —pensó Shayza, jugueteando con los dedos—. Si no ha dicho nada, ¿es porque no quiere? Sé que no debo sentirme mal si en este instante no lo quiere hacer... pero…».

De pronto, Castiel suspiró y se levantó, incómodo por lo que estaba despierto bajo sus pantalones. Caminó hasta ella y la hizo verlo a la cara. Ninguno dijo nada, solo se miraron a los ojos, y en ocasiones se desviaban a los labios del otro, deseosos por sentirlos.

—Dame tu consentimiento —dijo él—, porque el mío ya lo tienes.

Ella abrió los ojos, sorprendida, pero continuó sin poder hablar. Sentía la garganta seca. Tardó unos segundos y, al final, asintió.

—Te doy mi consentimiento —expresó con un hilo de voz mientras veía los labios de Castiel.

Sentía el cuerpo caliente y la respiración entrecortada. Acarició el contorno del musculoso brazo de Castiel, apreciando lo duro de su piel y lo suave de la camisa de lino. Castiel pasó una mano por el cabello de ella y esperó a que lo mirara. Sabía lo que estaba por ocurrir, y eso lo aterró. Hacía muchos años que no tenía un encuentro con una mujer, muchos menos con una que amara. Poseía experiencia de más en el hábito sexual, pero Shayza era alguien a quien amaba. Si la lastimaba de algún modo, no se lo perdonaría incluso y cuando ella sí.

—¿Está bien si lo hacemos? —preguntó, tomándolo por sorpresa—. He podido soportarlo otras veces, pero creo que estoy en mi límite.

Castiel, después de un rato, asintió con la cabeza.

—Pero no lo haremos aquí; sería incómodo para ambos. —Rio—. Ya habrás visto que ni siquiera hay un sillón.

Shayza observó la oficina: grande pero llena de libros y frascos para preparar pócimas; con el suelo de madera y pilares de piedra; con un escritorio y una silla común y corriente.

Mientras él le acariciaba la cintura y con la mano libre enredaba un mechón de cabello en el dedo, Shayza se apretó más a Castiel y recostó la cabeza en su pecho.

—Entonces, ¿qué sugieres? Comparto habitación con Celia y Minerva.

Castiel rio por lo bajo.

—Y yo soy un adulto hecho y derecho. —Al ver que ella lo miraba sin comprender qué quería decir, dijo—: Tengo habitación propia. No es muy grande, pero bastará para hacerte el amor como se debe.

Dicho eso, tomó su mano y la besó. Shayza lo veía asustada.

¿Y cómo iría allí sin que Layla se diera cuenta?

Castiel pareció leer su mente, por lo que sonrió para calmarla.

—Por la mañana haré un portal que conecte nuestras habitaciones, ¿vale? Sé que Celia tiene el sueño pesado y que

Minerva se mantiene despierta hasta muy tarde, pero no creo que diga nada.

Shayza hizo una mueca y recordó la vez que interrumpió el encuentro sexual de Minerva.

—Tampoco creo que sea una bocazas —estuvo de acuerdo Shayza.

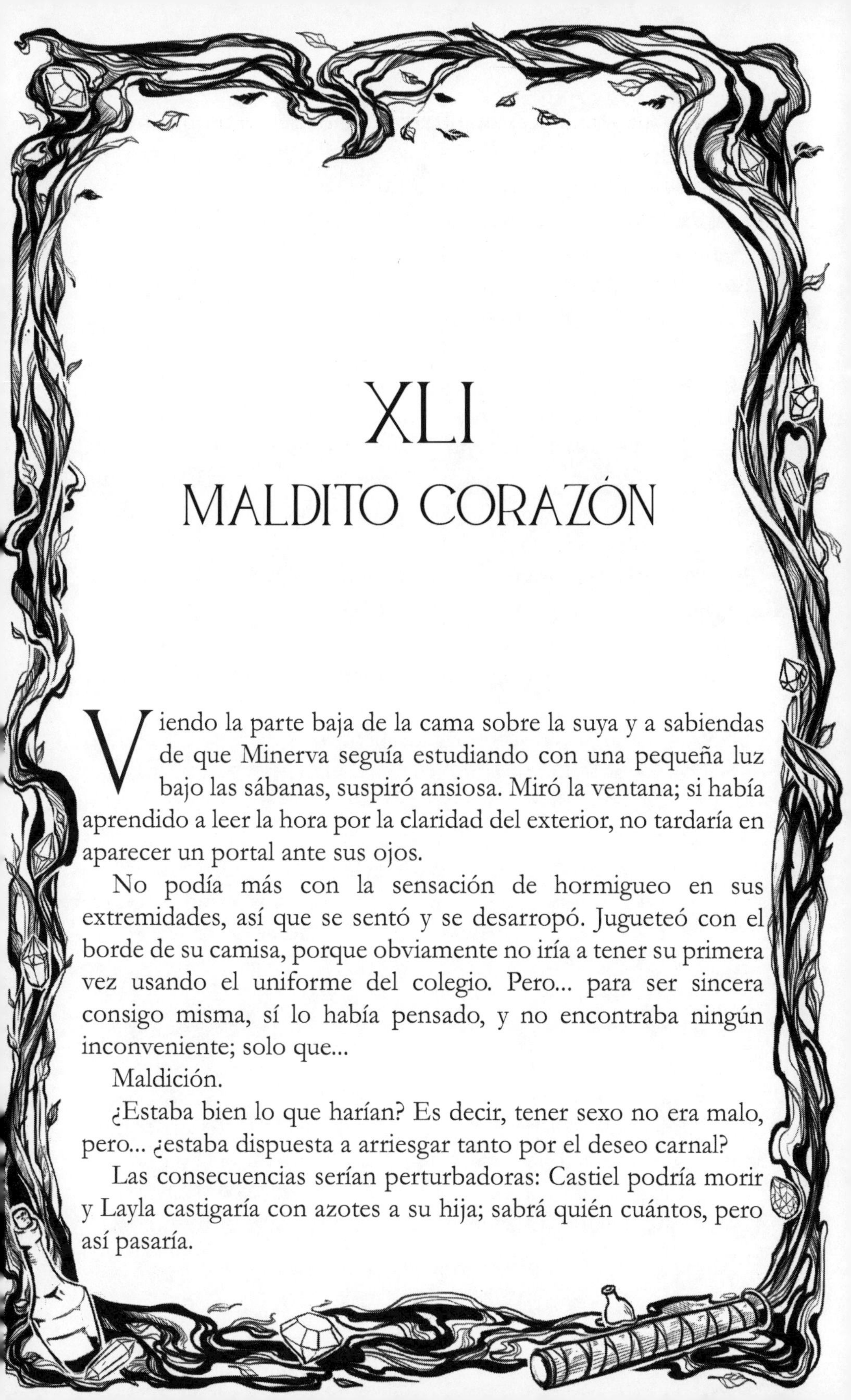

XLI
MALDITO CORAZÓN

Viendo la parte baja de la cama sobre la suya y a sabiendas de que Minerva seguía estudiando con una pequeña luz bajo las sábanas, suspiró ansiosa. Miró la ventana; si había aprendido a leer la hora por la claridad del exterior, no tardaría en aparecer un portal ante sus ojos.

No podía más con la sensación de hormigueo en sus extremidades, así que se sentó y se desarropó. Jugueteó con el borde de su camisa, porque obviamente no iría a tener su primera vez usando el uniforme del colegio. Pero... para ser sincera consigo misma, sí lo había pensado, y no encontraba ningún inconveniente; solo que...

Maldición.

¿Estaba bien lo que harían? Es decir, tener sexo no era malo, pero... ¿estaba dispuesta a arriesgar tanto por el deseo carnal?

Las consecuencias serían perturbadoras: Castiel podría morir y Layla castigaría con azotes a su hija; sabrá quién cuántos, pero así pasaría.

Volvió a maldecir a sus padres, así no tuvieran la culpa de su vida descabellada y llena de reglas extrañas. Estaba harta de pensarlo una y otra vez, pero deseaba una vida normal. Sin embargo... podía tenerla, solo que debía ayudar con el cambio que querían Celia y Yokia.

Otro peligro, claro.

Tener sexo era muy riesgoso y podría acabar con la vida de Castiel, pero la revolución podía acabar con miles de criaturas. Aunque doliera, tendría que perder el temor y vivir a su antojo; eso demostraría que estaba, así fuera un poco, tomando las riendas de su vida. Aunque… también quedaba el hecho de que no se había topado con Gideon. Lo agradecía, solo que había una parte que seguía preguntándose por qué la había empujado a ese mundo si luego no iba a dar la cara.

Entre tantos pensamientos de miedo y del futuro, ante ella se abrió el tan esperado portal. Al otro lado se veía una habitación tan pequeña como la suya, con una cama poco más grande que la que compartía con Celia y una mesa de noche, donde una lámpara de aceite iluminaba el rostro de Castiel.

Shayza suspiró y se puso de pie; luego sonrió, cuando pasó al otro lado del portal. Ya había leído de ellos, pero tendrían que pasar varios años para que pudiera hacer uno cómo era debido. Así que, tras ver el portar cerrarse, pensó en lo increíble que sería crear uno. Y gracias a estos divagues, pudo relajarse.

—*Katyonak* —dijo Castiel, apretándola contra su cuerpo con un abrazo lleno de cariño—. ¿Estás segura de querer hacerlo?

Ella sonrió. ¿Cómo era que la conocía tan bien?

—Existe algún hechizo para leer la mente, ¿no? —quiso saber ella. Y estaba demás preguntarlo, pues Yokia había usado uno con ella.

Castiel guardó silencio y recordó la vez que Layla le pidió que utilizara uno para no perder de vista a Shayza. Hizo un sonido afirmativo y se apartó lo suficiente para verle la cara.

—Una vez Layla me pidió que lo usara... —reveló disgustado—. Y tuve que hacerlo, porque fue la vez que tú y yo fuimos a La Central.

—Entiendo... —dijo sonrojada—. Entonces, supiste mis sentimientos antes que yo...

—Odio admitirlo, pero así fue. —Suspiró—. Jamás volvería a usar un hechizo como ese sin tu consentimiento.

—¿Acaso Layla no lo sabe todo de su gente?

—Sabe lo que Yokia y otros guardias le comunican. También está el hecho de que ella puede entrar a nuestras mentes, pero no es tan fácil; necesita tener una verdadera conexión con quien quiera hechizar. De lo contrario, un hechizo como ese necesitaría una conexión directa, y por lo general, la mente rechazará el hechizo y provocará que el interrogado sufra daños cerebrales, que por más magia que sepamos, son irreversibles.

—Por eso Celia y Minerva no son tan cercanas a Layla... —aclaró casi para sí misma—. Entonces, como tú y yo hemos sido muy unidos, aprovechó esa oportunidad. Pero...

—Si preguntas si me leyó la mente, no, no lo hizo. Esa fue la vez que entendió que mi conexión con ella se había hecho muy débil.

Shayza hizo una mueca, desencantada porque su madre cada vez parecía ser peor de lo que podía imaginar. Tomó asiento en la cama, y Castiel hizo lo mismo y le acarició la espalda.

—Podemos esperar... —trató de decir él, pero Shayza lo calló con un beso.

Metió los dedos en el cabello de Castiel sin dejar de besarlo y le dio a entender que estaba decidida a hacer el amor. Poco a poco se acomodó en su regazo y apoyó las rodillas a cada lado sobre el colchón. Lo acarició apenas permitiendo que sus labios se separaran para tomar aire. Sintió las hendiduras de los músculos ejercitados, el calor que provocaba tocarlo de esa manera. Aunque sonara feo, él era suyo, podía notarlo en cómo él le acariciaba la espalda y con timidez la tomaba del trasero.

No pasó mucho tiempo para que Castiel tuviera la confianza suficiente para tocar a Shayza como ella lo estaba haciendo con él. La apretó contra su cuerpo y sintió sus enormes senos contra el pecho. Habían pasado muchísimos años desde la última vez que tuvo un encuentro sexual, y se sentía un poco torpe, novato, pero su deseo no tardó en ayudarlo a recordar cómo era causarle placer a su pareja. Amaba a Shayza, claro, y quería hacerle el amor, pero también quería ser rudo con ella. Sus sentimientos le pedían que la besara y acariciara con dulzura, que la saboreara y sintiera como si tuvieran todo el tiempo del mundo; sin embargo, su cuerpo y su instinto gritaban que le rompiera la blusa, que jugara con aquellos pechos y la tuviera saltando sobre su miembro mientras la tomaba del cuello.

Castiel gimió cuando ella se apartó de su boca; se sentía acalorado y con las mejillas rojas, y sin lugar a duda, sus ojos brillaban como los de Shayza: con un deje de la lujuria tan característica de los brujos.

Mientras recuperaban el aliento, Castiel pasó peligrosamente sus dientes contra el cuello de ella, esparciendo su aliento cálido en aquella piel ardiente que lo reclamaba. Tomó el lóbulo de su oreja con los labios, y Shayza gimió bajo, casi ahogada con su propia voz, y se inclinó sobre la boca de él. Metió una mano bajo su blusa y tanteó hasta encontrar el pezón duro de su amante; lo acarició y luego apretó todo el seno con la enorme mano. Cuando la chica echó la cabeza hacia atrás, dándole permiso para que hiciera con ella lo que quisiera, poco a poco se deshizo de la blusa. Ante él quedó un sujetador grande, de encaje blanco.

—Viniste con todo, ¿eh? —comentó Castiel.

Shayza no llegó a escuchar lo que dijo, por lo que mascullo un débil «¿Hum?». Castiel negó con la cabeza y mordió la suave piel del seno derecho y siguió acariciando el pezón izquierdo.

Shayza había leído sobre mujeres que llegaban al orgasmo con solo estimularles los pezones, y por un tiempo lo dudó, porque intentó hacerlo en una de esas noches cuando no podía dormir, solo que no resultó como hubiera querido. Pero Castiel... él definitivamente consiguió volverla loca con la lengua rodeándole los pezones y apretándole los senos. Estaba embriagada por el dulce deseo carnal. Ansiosa de que él continuara provocando aquella sensación de entumecimiento en su cuerpo y mente. Estaba bajo su merced, sin lugar a dudas. Y no tardó en mover las caderas sobre el miembro erecto que permanecía oculto bajo la ropa.

Él gimió al sentir que sus ropas se rozaban en un punto ardiente que jugaba con su cordura, así que la agarró del trasero y la hizo quedar bajo él. Ante sus ojos ahora tenía el rostro sonrojado de una mujer que lo amaba con locura, una mujer que lo ayudaba a dejar de lado sus miedos y a ser un hombre que sabía lo que valía. Le acarició la mejilla con el dorso de los dedos, sintiendo el calor que emanaba de ella. Trazó una línea con el pulgar desde sus carnosos labios, el cuello, entre sus senos, el abdomen y ombligo hasta llegar al pantalón.

Shayza se revolvía entre las sábanas y lo miraba ansiosa y mordiéndose el labio inferior. Entonces él metió los dedos dentro de su ropa; ella estaba más que húmeda. Y si antes su miembro dolía por la necesidad, ahora eso era el mismísimo infierno. Quería follarla como una bestia. Algo en su interior luchaba con sus sentimientos y su instinto animal. Era extraño, porque nunca había experimentado una lucha interna como esa.

La acarició mientras cerraba los ojos, tenía que calmar sus deseos más oscuros, de lo contrario, no podía imaginar lo que ocurriría. Pero es que Shayza no se lo ponía fácil, pues sus gemidos y movimientos desesperados alimentaban a la bestia en su interior.

—Shayza... ¿puedes calmarte un poco?

—¿Por qué? —gimió ella, con la cara a un lado y sin dejar de moverse.

—Porque quiero hacerte el amor, no follarte como un animal.

Shayza giró el rostro hacia él, con el ceño fruncido, y sonrió maliciosa.

—¿Y cuándo dije que quería hacer el amor?

Castiel abrió los ojos, sorprendido, y dejó de masturbarla. Ella hizo un puchero, pero se quitó los pantalones, junto a las bragas, y el sostén. Él relajó su expresión, embriagado por la belleza del cuerpo de Shayza.

No. No podría hacerle el amor. Era imposible.

Desesperado, terminó de desvestirse y se acomodó entre las piernas de Shayza. Ella le recolocó un mechón tras la oreja y le sonrió.

—¿Por qué me harás el amor si ya me duele el pecho por lo inmenso que es mi amor por ti? —dijo ella—. Además, no creo en los cuentos de hadas. Vaya ironía, ¿no? —Le dio un casto beso en los labios—. Lo que quiero es que cumplas mis fantasías contigo.

Si Shayza iba a decir algo más, él lo impidió al besarla y abrirse pasó en su interior lentamente, robándole un alarido. Sabía que era incapaz de lastimarla al poseerla, pues las brujas no tenían los mismos problemas que una humana en su primera vez: las brujas se abrían y amoldaban como si ya hubieran tenido relaciones sexuales; pero los brujos... eso era otra historia. Una muy dolorosa, a decir verdad.

La embistió repetidas veces, y ella se aferró a él con todas sus fuerzas y se movió junto a su cuerpo, lo que creó una danza de caderas y golpeteos. Ambos gimieron desesperados y aferrados al cuerpo del otro; sentían que el calor crecía y crecía en su interior, dispuesto a salir y abrasar el castillo entero.

Shayza lo obligó a verla y lo besó, porque debía buscar la manera de callar su propia voz. Estaba al borde del abismo y sentía que en cualquier momento podría gritar y dar aviso de lo que ocurría entre aquellas cuatro paredes. Era su primera vez con un hombre y no se parecía a nada de lo que hubiera imaginado.

¡Maldición!, qué rico se sentía tener a un enorme y sexi hombre penetrándola y acariciando sus puntos sensibles, besándola y mordiéndola, quemando su piel y el interior de su cuerpo. Lo tenía bien sujeto de la nuca, con las frentes unidas, mientras gemían boca contra boca.

No supo qué se apoderó de ella, pero le dio la fuerza suficiente para cambiar de posición; ella arriba y él abajo. Estando así, Shayza subió y bajó sobre el miembro erecto de Castiel, quien la tomaba de las nalgas. Su cabello se pegó a la espalda y frente, y el calor de su cuerpo estaba por hacerla enloquecer. Lo que estaba viviendo con su amado eran sensaciones nuevas, deliciosas y peligrosas.

¡Oh, qué realidad aquella al decir que todo es mejor cuando huele a peligro!

Agarró sus senos y jugó con ellos, sin dejar de moverse y apretar entre los dientes el labio inferior. Castiel había estado acostado cuan largo era, pero al verla disfrutar tanto de su dureza, se sentó y comenzó a mover la caderas, tomándola de la cintura.

Shayza gemía al roce del clímax, y Castiel no tardó en imitarla. Él besó y lamió su cuello; sintió el ligero sabor salado de aquella piel blanca y pecosa. La agarró del cabello y, mientras más él se acercaba al orgasmo, más buscaba la forma de tocar el fondo de ella.

Pero recordó la profecía.

Cuando ya sentía que el orgasmo lo llamaba, salió del interior de Shayza y acabó en su muslo. Ella todavía no había terminado, le faltó muy poco para acariciar el infierno. Castiel buscó un pañuelo y la limpió.

—No te preocupes, no te voy a dejar insatisfecha —dijo, y besó su frente. La acomodó de nuevo sobre el colchón como si fuera un delicado pétalo de rosa—. Les di mucha atención a tus pechos, ahora les toca a tus maravillosas piernas.

Y con esto, él comenzó a besarle el interior de los muslos, a acariciar toda la extensión de sus piernas. Recorrió aquella piel como si fuera la primera vez que tocaba algo frágil y maravilloso. La majaseó hasta que las piernas comenzaron a temblar, rogándole que la ayudara a llegar al clímax.

Castiel estaba torturándola de una manera gloriosa. La tenía más húmeda que nunca, la había penetrado y acariciado mejor que en sus más sucias fantasías. Aunque su mente estaba muy lejos de aquella habitación, Shayza deslizó la mano hasta su sexo y empezó a masturbarse.

Castiel sonrió y acercó la cara al sexo de ella. Observó con admiración cómo Shayza se tocaba sin ninguna pisca de vergüenza. Estaba desesperada por llegar al orgasmo, claramente, así que él apartó la mano de ella y hundió la boca entre sus piernas.

Shayza gritó el nombre de Castiel y al instante agarró la almohada y se cubrió el rostro con ella. Estaba del todo dispuesta para él, con las piernas bien abiertas y con el sexo en su boca. ¡Y se sentía abrumador! No sabía qué hacer con el temblor en las piernas y los sonidos que salían de su boca sin parar. Lo estaba disfrutando como el mayor pecado que hubiera cometido. Si iba a ser castigada por el goce de un evento como ese, aceptaría el castigo sin reparos.

—Castiel... Castiel... —gimoteó—. Ya no puedo más...

—Entonces no aguantes más —dijo él, y metió dos dedos en su interior sin dejar de lamer su punto sensible; la hizo gritar y arquear la espalda.

Al ver cómo Shayza chorreaba, la limpió con la lengua. Ella se estremeció, porque su sexo estaba sensible luego del orgasmo, y cerró las piernas y rodó hacia un lado. Castiel se colocó detrás de ella y la abrazó. Besó su hombro y pegó la oreja en su espalda para escuchar los latidos de su corazón.

—Eres hermosa, amor mío.

—Y tú un guarro.

—¿Un guarro? —repitió él, y acarició su trasero—. No, amor mío, solo disfruté de mi novia. De tu sabor, de tus sonidos y de tu dulce voz al decir mi nombre —dijo con voz mimosa.

Ella apartó la almohada y lo tomó de la mano. Sonrió aunque él no pudiera verla. Había sido intenso y ahora se sentía tan adormilada que se desvaneció al cerrar los ojos. Castiel guardó silencio hasta oír la suave respiración de Shayza. Alzó la cabeza y la vio dormida, calmada, y sonrió.

Pasaron muchos años desde que hubo alguien que lo quisiera, por lo que no podía negar que se sentía inmensamente feliz por tenerla allí, en su cama. Por amarla con todo el corazón. Sin embargo, la felicidad siempre tiene su fin, solo que él no quería pensar en las consecuencias que arrastraría por satisfacer a su amada.

No es que se estuviera arrepintiendo, porque sería un gran mentiroso pensar que no lo había disfrutado, solo que ahora volvía a tener la mente clara.

Y comenzaba a temer al futuro que incluía a los padre de esa joven pelirroja.

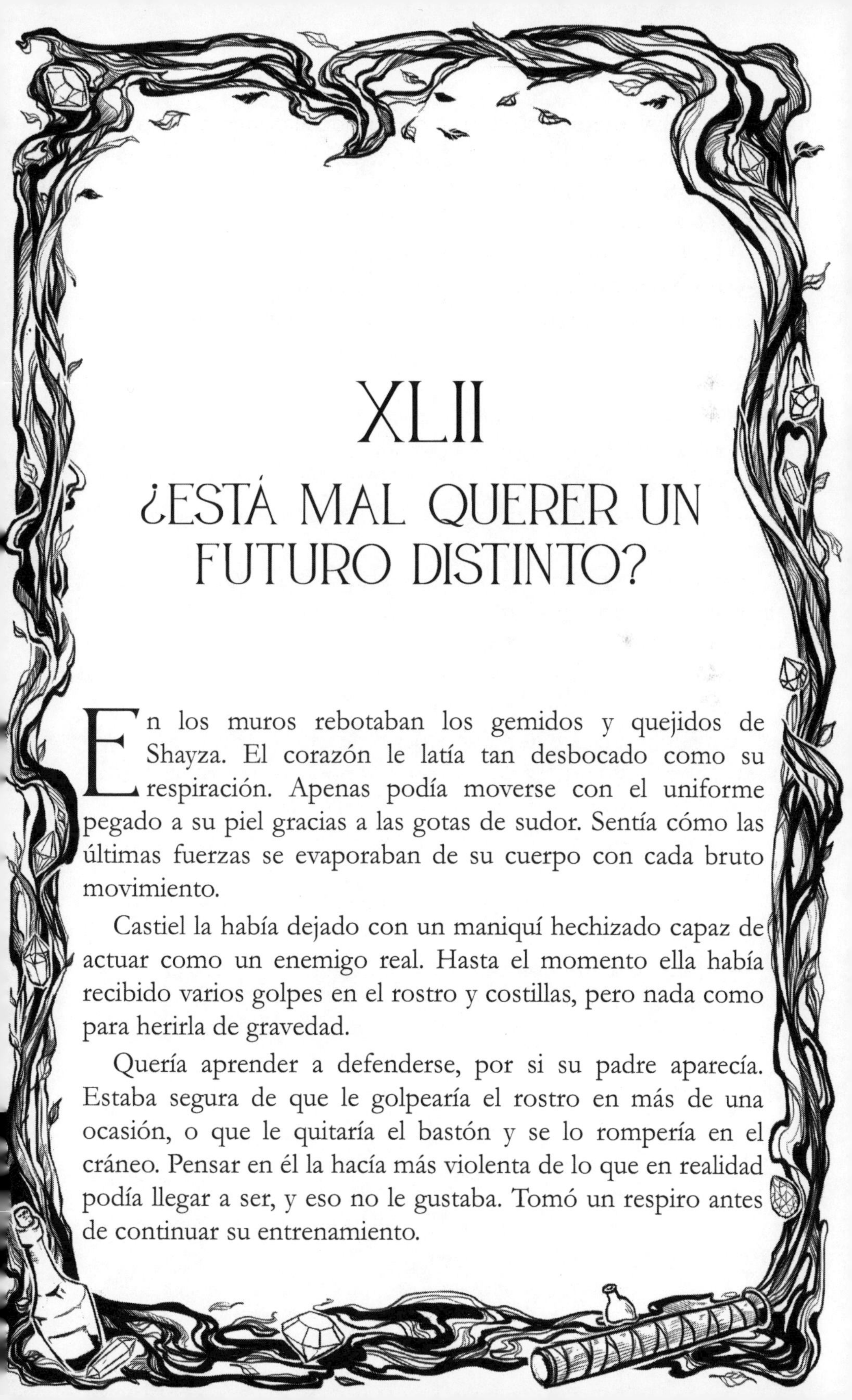

XLII

¿ESTÁ MAL QUERER UN FUTURO DISTINTO?

En los muros rebotaban los gemidos y quejidos de Shayza. El corazón le latía tan desbocado como su respiración. Apenas podía moverse con el uniforme pegado a su piel gracias a las gotas de sudor. Sentía cómo las últimas fuerzas se evaporaban de su cuerpo con cada bruto movimiento.

Castiel la había dejado con un maniquí hechizado capaz de actuar como un enemigo real. Hasta el momento ella había recibido varios golpes en el rostro y costillas, pero nada como para herirla de gravedad.

Quería aprender a defenderse, por si su padre aparecía. Estaba segura de que le golpearía el rostro en más de una ocasión, o que le quitaría el bastón y se lo rompería en el cráneo. Pensar en él la hacía más violenta de lo que en realidad podía llegar a ser, y eso no le gustaba. Tomó un respiro antes de continuar su entrenamiento.

Bloqueó y esquivó ataques con la lanza y contraatacó con todas sus fuerzas. Debía usar su poder para manejarlo, pero temía herirse, sin importar que Castiel hubiese tomado una importante decisión: creer en ella.

El maniquí hechizado le dio un manotazo. La lanza voló por los aires e hizo círculos hasta caer al otro lado de la habitación. Por Shayza ver el trayecto de su arma, el maniquí le propinó un puñetazo en la mejilla. Ella cayó de bruces, aturdida. Por un momento sintió que el suelo bajo sus manos se movía como un terremoto de baja magnitud. Sacudió la cabeza para aclararla e intentó recomponerse. Pero el maniquí volvió a golpearla, esta vez, en el estómago.

«Usa tu poder, imbécil, que para algo lo tienes —pensó—. Imagina que es tu padre».

Mientras el maniquí la atacaba, Shayza consiguió agarrar el poste que servía para mantenerlo de pie y conjuró un hechizo. Fue solo un susurro rasposo y débil, por lo que de su mano salieron chispas sin efecto. Volvió a tomar aire y, con una voz más rasposa que contundente, repitió el hechizo. La tonalidad no fue la adecuada, porque el maniquí sí se detuvo, pero por explotar, lo que pudo haberle costado la vida si alguien no hubiese conjurado un hechizo protector y formado un escudo alrededor de Shayza.

—¿Está bien, Viktish? —dijo Zabinsky—. No soy nadie para juzgarla, pero…

—Lo sé, Zabinsky. Lo sé. ¿Puedes ayudarme? ¿Buscar a Ca… el profesor Muya?

—Sí, sí, claro. Puedo llevarla a la enfermería y buscarlo —dijo, moviendo las manos y alterado.

En la enfermería, ambos estaban sentados a la par. Ella se sostuvo la cabeza, mientras que él jugueteaba nervioso con sus propios dedos. Shayza no lo sabía y tampoco se había dado cuenta, pero era evidente que el nervioso vampiro estaba colado por ella.

No importaba cuantas veces Zabinsky hubiera intentado declarar sus sentimientos, siempre encontraba la manera de echarse para atrás. Durante sus años en el colegio, había tenido un total de dos parejas, pero ninguna fue una princesa como Shayza; mucho menos la hija de una reina cruel y despiadada.

Zabinsky suspiró y vio las camillas a su lado. Siempre había sido un vampiro muy nervioso, por lo que tener a su lado una chica que le gustaba –y por la que le podían cortar la cabeza– lo estaba llevando a su límite. De pronto, él se puso de pie y comenzó a caminar de un lado a otro.

—¿Será que el profesor Muya está muy ocupado? —preguntó Zabinsky, hablándole a la nada.

Shayza lo vio y comprendió en segundos lo que le ocurría a su amigo.

—No sabía que los vampiros también podíais ser nerviosos. Según yo, vosotros sois muy tranquilos. Al fin de cuentas, estáis muertos... sin ofender.

Zabinsky se miró las manos mientras le daba la espalda a Shayza.

—Tranquilo, Zabinsky, no te matarán por estar conmigo en la enfermería —dijo ella, e hizo un ademán para obligarlo a sentarse.

Zabinsky se volteó rápidamente. Pudo ver cómo la blanquecina y pecosa mano de Shayza se acercaba a cámara lenta. Se apartó con su habilidad de rapidez y, a unos metros de ella, todavía jugueteando con sus dedos, dijo:

—Me llamo Yerik Zabinsky... pero todos me llaman por mi apellido. Aunque creo que no importa... —Se encogió de hombros y miró a otro lado.

—¿Quieres que me dirija a ti como Yerik? —preguntó Shayza, y dejó la cabeza colgada entre sus piernas y colocó los brazos frente al pecho. El golpe la había aturdido lo suficiente como para sentirse bien en una posición tan extraña.

—No es lo que quise decir... Es que yo... Usted... Hummm...

—Hombre, ¿qué te tiene tan ansioso? Parece que tienes hormigas en los pantalones.

—¿Hormigas en los pantalones? —repitió confundido.

—Es un decir. —Hizo un ademán para restarle importancia—. Olvidé que no has ido al Mundo Humano. Lo que quiero decir es que no dejas de moverte, ¿vale? Es metafórico —explicó al ver la cara de su amigo.

—Eh… vale. Hummm… Señora… Usted… —Suspiró y apretó los puños—. ¡Usted es muy hermosa, princesa Shayza!

—¿Hermosa, yo? —Comenzó a reírse—. O sea, no sé si puedo considerarme así, pero gracias. ¿Es eso lo que te tiene tan nervioso, que te parezco guapa?

—No me entiende… Usted me gusta como mujer, princesa Shayza.

—No me digas princesa, por favor. De hecho, creo que has sido el único en llamarme así —bromeó. Sin embargo, aquello la hizo recordar cuando le dijo lo mismo a Castiel por decir *emparedado*.

—Pero usted es una princesa…

—Evita las formalidades, Yerik. No soy mayor que tú.

—De hecho, creo que sí lo es, Viktish. Si me dejo llevar por el conteo que usamos en el Mundo Mágico, usted tendría 3,420 años. Zabinsky tiene 2,160.

—Pero también soy brujo, profesor…

Castiel se puso el dedo sobre los labios, mandándolo a callar.

—Es un menor de edad, Viktish —aclaró Castiel.

Shayza lo quedo viendo con una ceja alzada. Luego, con la boca, hizo un gesto muy similar al de los peces fuera del agua.

—¿Qué edad se supone que tiene? —quiso saber Shayza.

—Alrededor de doce años.

Shayza se quedó viendo a Zabinsky con la cabeza ladeada. No lo estaba juzgando por si ella le parecía guapa, más bien porque no lo vio venir.

—Zabinsky, tu apariencia de hombre…

—Dejé de crecer a los veinte años de nacido —dijo Zabinsky—. Me creo muy capaz, sin importar el absurdo conteo de edades para nosotros los brujos.

—Yerik, escúchame. No puedo negar que tu apariencia de hombre adulto es bastante… mona. Pero mi corazón ya le pertenece a alguien más. Alguien con quien no puedo estar, ¿vale?

Y aunque no existiera ese alguien, tú y yo tampoco podríamos estar juntos. —Al ver que el pobre vampiro tenía una mirada de derrota, posó la mano sobre el dorso de la suya—. Si digo que encontrarás a tu chica especial estaría soltando una frase muy usada. Pero si digo que nunca dejes de amar luego de un rechazo, suena un poco mejor, ¿no?

Zabinsky sonrió mostrando los colmillos. Fue una sonrisa tímida y triste, pero real. Aguardó unos segundos mientras veía al suelo con la mirada perdida. Luego, se dispuso a salir sin despedirse.

Castiel y Shayza lo vieron hasta que este cerró la puerta. Ambos se miraron, y Castiel cruzó los brazos sobre el pecho.

—¿No te he dicho que debías usar tus poderes?

—¿Me lo dices como novio o como profesor?

—Ambos, Shayza. Esto no es un juego. Te dejo sola diez minutos, regresas herida y sin usar tu poder. ¿A qué le temes tanto?

Shayza, con dificultad, se levantó y paseó por la habitación. Trataba de olvidar que cada parte de su cuerpo dolía, pero Castiel continuaba regañándola a sus espaldas.

—¡¿Qué quieres que haga?! —gritó ella de repente, y dio la vuelta—. Soy una niñata que por alguna razón debe hacerse cargo de un movimiento de igualdad entre especies y géneros mientras va a clases durante toda la maldita noche. ¡Soy solo una cría tratando de tomar decisiones de adulta! Esperan muchas cosas de mí cuando yo no creo en mí misma o si quiera sé qué quiero para mi futuro en este lugar. Yo solo quería una vida normal, ir a la universidad… Pero mi padre me metió en este mundo.

»Me siento presionada desde que llegué. Me siento bien recibida, sí, pero cada maldito segundo tengo una voz en mi oreja dando órdenes o pidiendo cosas: «No puedes tener sexo con nadie porque traerás un hijo que nos pondrá en riesgo a todos», «No puedes respirar así, no me gusta. Recibirás un castigo por tu mala respiración», «No debes andar por el colegio y cotillear habitaciones que no son de tu interés».

»Siempre quise tener una madre, pero a Layla le queda muy grande ese título. —Se abrazó a sí misma—. Me hubiera conformado con la pintura de mi madre inexistente.

Shayza se apretó los ojos con ambas manos. Al darse cuenta, volvía a llorar como tantas veces.

—Odio llorar por sentirme así, ¿vale? Esto no ayudará en nada, pero sí me hace sentir mejor por un tiempo, hasta que caigo de nuevo en el mismo ciclo. Una y otra vez. Me siento miserable, pero a la vez siento que este es mi lugar… Pero…

—Es tu lugar, pero no es como quisieras, ¿verdad?

Castiel se acercó a ella. La abrazó y tarareó mientras Shayza sollozaba contra su pecho.

—Temo usar mi poder porque puedo hacerme daño. Puedo herirme de gravedad y no ayudar en lo que me piden ser aliada. Morir y no ser parte del cambio. O enfrentar a mis padres. Si muero, me perderías para siempre.

—No vas a morir, porque, siempre que te hagas daño, estaré ahí para curar tus heridas. No importa si son físicas o emocionales. ¿Me oyes?

»Comprendo que seas una bruja joven, y que, por desgracia, tu padre te haya mantenido alejada de tu mundo y te haya obligado a vivir una vida que jamás debió ser para ti. Es cierto que emprendes un papel muy importante en este lugar, mi querida *katyonak*, pero estaré contigo en cada paso que des para llevarlo a cabo. Odio ver cómo tus padres te tienen, por decirlo de alguna manera, atada.

»*Ya lyublyu tyebya fsyei dushoj*. Pero ahora mi deber es caminar a tu lado. No importa adónde nos lleve el destino y las guerras que se aproximen, ¿vale? Mírame a la cara. Todo estará bien, pero debes usar tu poder para defenderte en esta batalla. No vas a morir. Y si por algo te he dejado sola, es porque confío en tu habilidad y ya no veo que seas un riesgo para ti misma.

Él besó su frente. Era doloroso verla llorar, ver llorar a quien amaba, pero fue su momento de animarla, como ella había hecho cuando le contó su oscuro pasado. Aquella noche no solo sirvió para que Castiel viera que Shayza no lo juzgaría o lo amaba incondicionalmente, sino que, sin importar lo poco que creyera en sí misma, había mostrado que era lo suficiente madura para enfrentarse a las exigencias del Mundo Mágico, su nuevo cambio y a sus padres.

El Mundo Mágico necesitaba seres como las hermanas Viktish. Criaturas capaces de ver más allá de sus narices e intolerantes a un régimen y tradiciones tan cuadradas como las que llevaban siguiendo tanto tiempo. Era hora de luchar, alzar la voz y exigir algo más acorde a las necesidades de cada ser oscuro.

—Lo mejor que he encontrado en este mundo no ha sido solo la magia que tanto anhelaba cuando leía de niña, sino tú, Celia, Minerva y Yokia. Vosotros sois mi única familia. Tengo miedo, mucho miedo, pero aun así quiero que tengáis una vida plena donde podáis hacer lo que queráis.

»¿Está mal pensar en un día, cuando todo esto acabe, donde los cinco estemos en un valle comiendo, riendo y disfrutando del agradable ambiente? ¿Está mal fantasear con que nada saldrá mal y todos seguiremos vivos para entonces? ¿Está mal que os ame tanto?

Sentía algo tirando de su corazón. Un mal presentimiento que la acechaba desde la noche en la cantina y provocaba cosquilleos en sus dedos, piernas y pecho.

Castiel estaba siendo su pilar, pero no debía ser así. No podía depender de él en situaciones como esas… ¿o sí? Al fin de cuentas, él era su primer novio y se suponía que las parejas se apoyaran en las buenas y en las malas. Pero su situación no era que ella se había quedado sin empleo o no tuviese dinero para pagar su carrera universitaria. El problema tenía sujetas cada una de sus vidas. Las pasaba entre sus dedos como una moneda, esperando que cayera y revelara la cara de su primera víctima.

—¿Está mal querer crecer y aprender ruso para saber qué me has dicho anteriormente? —preguntó luego de un rato, un poco más calmada.

Castiel sonrió, le gustó aquel gesto.

—«Te quiero con toda mi alma», eso fue lo que dije.

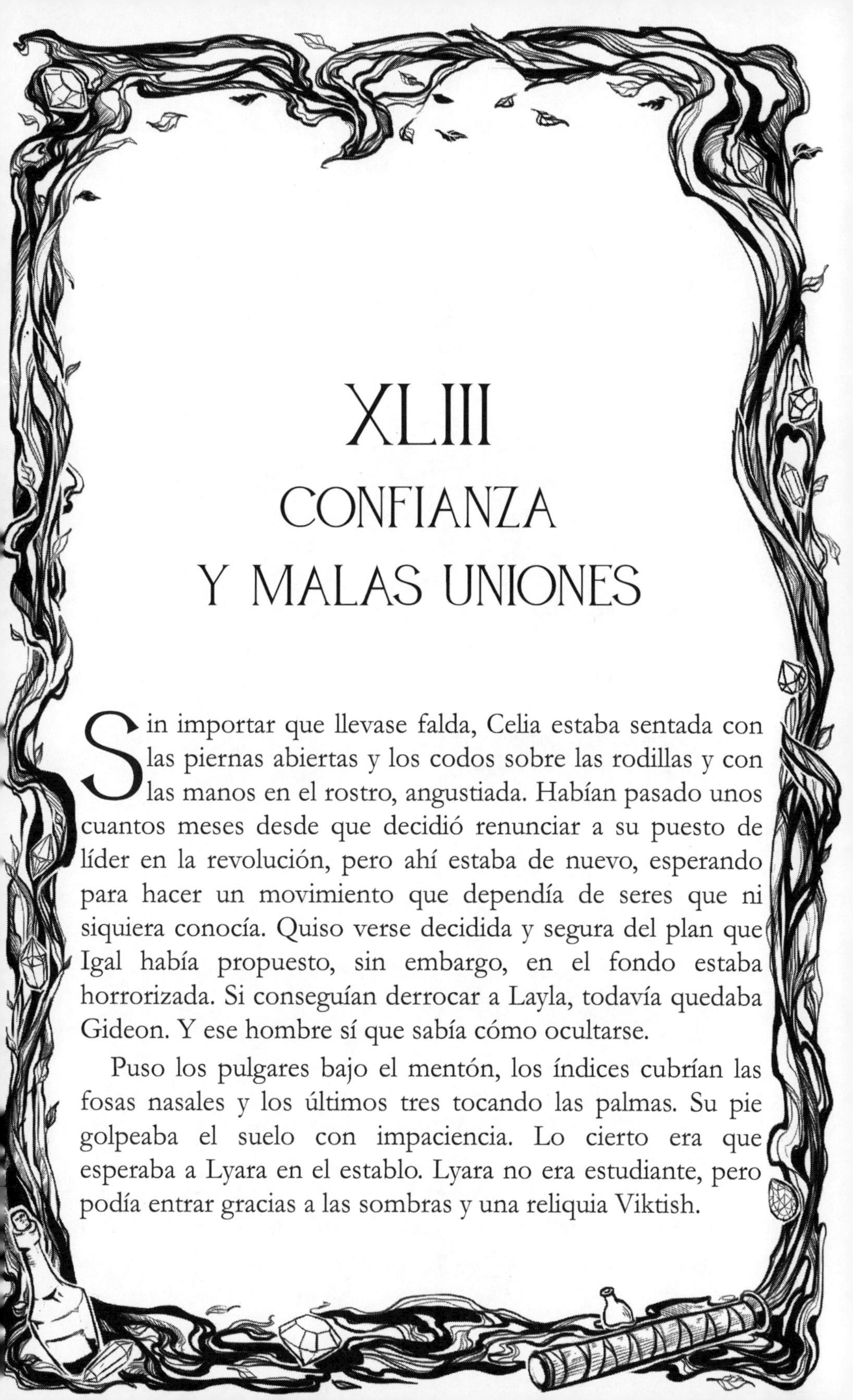

XLIII
CONFIANZA Y MALAS UNIONES

Sin importar que llevase falda, Celia estaba sentada con las piernas abiertas y los codos sobre las rodillas y con las manos en el rostro, angustiada. Habían pasado unos cuantos meses desde que decidió renunciar a su puesto de líder en la revolución, pero ahí estaba de nuevo, esperando para hacer un movimiento que dependía de seres que ni siquiera conocía. Quiso verse decidida y segura del plan que Igal había propuesto, sin embargo, en el fondo estaba horrorizada. Si conseguían derrocar a Layla, todavía quedaba Gideon. Y ese hombre sí que sabía cómo ocultarse.

Puso los pulgares bajo el mentón, los índices cubrían las fosas nasales y los últimos tres tocando las palmas. Su pie golpeaba el suelo con impaciencia. Lo cierto era que esperaba a Lyara en el establo. Lyara no era estudiante, pero podía entrar gracias a las sombras y una reliquia Viktish.

—Ay, mi vida, cálmate un poco —dijo Lyara detrás de Celia—. La situación está un poco turbia... lo sé. Pero verás que saldrá como lo queréis.

—Lyara, cállate por un momento y dime la verdad. Dime todo lo que sabes.

Lyara la vio con las palabras a punto de salir de su boca; luego cerró los labios en una fina línea, cruzándose de brazos.

—Esta vez sé lo mismo que tú. He estado buscando a Gideon y a su gente, pero son difíciles de hallar... Celia, no sé qué traman, pero ese hombre no me da confianza. Según como lo veo, él no es quien dice ser. No es Gideon Abryelety, de eso estoy segura. No le encuentro lógica a entrar en este mundo con cazadores. ¿Quiere extinguir a su propia raza? —Suspiró indignada—. Lo que sí encontré es que hay un infiltrado suyo. Y esa infiltrada es la madame para la que trabajaba Castiel.

Celia parpadeó, confundida. ¿Qué acababa de decir? Por un segundo desvío la mirada hacia el suelo, procesando esas palabras. ¿Castiel trabajando en un prostíbulo? Peor aún, ¿su antigua madame estaba bajo el mismo techo y nadie lo sabía hasta ahora? Celia se colocó una mano en la frente.

«No puede ser cierto», pensó.

Ya tenía muchos problemas con los cuales lidiar, pero que Castiel, que era uno de sus mejores amigos y parte de su familia, no le hubiera contado algo como eso la hacía creer que él no la veía igual... Bueno, en realidad fue un pensamiento momentáneo, pues a los segundos recobró su autoestima y cayó en la cuenta de que era un tema personal. Seguro Layla lo sabría... incluso Shayza.

—¿Sabes quién es esa mujer?

Lyara sonrió ampliamente.

—¿Has notado a una mujer adulta muy interesada en él? No me preocuparía de ella, siendo sincera. Lotto debe ser parte del plan de Gideon para entrar aquí. ¿Ahora comprendes por qué creo que él miente sobre quién es en realidad? Layla usa su increíble poder para saber quién entra y sale de este lugar. Podéis hacerla creer que ha salido otra alumna cuando en realidad ha sido Shayza, pero eso es porque el poder de Minerva puede compararse con el suyo, y lo sabes. Tú sabes quién es el padre de tu hermana mayor. Y por eso me habéis dado el amuleto para que Layla no sospeche.

—Ese amuleto es de Grace, mi abuela. Es una de las reliquias familiares.

Celia puso mala cara con ese tema que no aportaba nada.

—Bueno, ya que veo tu cara de agobio, te diré lo que pienso: Lotto debe ser quien abrirá una brecha para que Gideon entre con sus seguidores desde otro lugar. Tal vez quiera a su hija devuelta. Así que deberás cuidarla. O Castiel podría hacerlo. O Lilith.

—Vale, se los diré —dijo Celia—. Necesito que me digas algo más: ¿sabes quién hizo estallar las puertas de La Central?

Lyara la quedó viendo. No parpadeó en un largo rato, y eso hizo que una espina de duda quedara en Celia. Sin embargo, al cabo de unos minutos, donde parecían que Lyara había ido a otro plano astral o, si no fuese una guerrera hofta, casi parecía un robot restaurando su sistema.

—Lo siento, pero tampoco lo sé... Podría investigarlo si así lo quieres.

—¿Estás segura?

Lyara levantó la mano, escondiendo el dedo anular e índice.

—Te doy mi palabra, Celia.

»También, recuerda que Gideon no tiene seguidores jóvenes o cualquier criatura inofensiva. El hombre que cuidaba a Shayza es de mi gente, es un hofta. Y aunque no me hayas visto luchar, puedo asegurarte de que no se compara a un brujo con bastante práctica. Somos muy violentos, más que vosotros.

—¿Entonces podremos contar con tu ayuda para que te deshagas de él?

—Claro. Es un hofta que por su cuenta decidió abandonar a los suyos, como yo. Le haría un favor si lo mato, porque nos buscan.

»Aunque, gracias al amuleto, ninguno puede verme —dijo, y lo alzó frente a sus ojos. El dije violáceo brilló bajo la luz de la luna creciente—. No sabes el alivio que me habéis dado gracias a él.

Celia suspiró con los brazos como jarras; luego tomó la mano de Lyara.

—Lyara, confío en ti, y sé que cumplirás nuestro propósito, pero hay algo más de lo que quisiera hablar contigo. —Cerró los ojos y, al cabo de unos segundos, los volvió a abrir—. Durante años he liderado un grupo al que no pertenezco. Siempre debí estar detrás viendo cómo avanzabais. Así que hoy, bajo esta luna creciente, te pido que seas tú quien tome mi lugar. Tú eres una criatura sin privilegios y una fuerte alma para la justicia.

Lyara hizo una mueca, sorprendida. Todo lo que Celia dijo era cierto, y por una parte a Lyara le había parecido extraño que ella representara un grupo al que no pertenecía. Sin embargo, lo que le estaban pidiendo era un mayor compromiso, porque, si era capturada, debía aceptar el castigo de todos.

—¿Estás segura de lo que pides? Es decir... entiendo tu error, ¿vale? Pero... no soy nadie como para representar a un grupo.

—Claro que eres alguien para representaros: tú eres una guerrera hofta que escapó de un sistema retrograda donde matan a los hombres cuando ya no os sirven y que matan a las mujeres que os opongáis a ese mundo. Tú eres una desterrada... Sin mencionar que a tu especie la tienen infravalorada. ¡Por un demonio, Lyara, manejáis dragones y viajáis entre las sombras! Sois discriminados por miedo. Si las reinas hubieran podido, os habrían extinguido como a los hechiceros.

Lyara era hermosa por ser familia de los elfos, era alta, tenía piel blanca como la leche, sin líneas o texturas, además de su largo y lacio cabello color ciruela y sus ojos azul pálido. Por un momento apretó el puño, olvidando quién era en realidad.

—Tienes razón, Celia —dijo, aunque no muy convencida de dicha responsabilidad—. Tengo… que irme, pero volveré pronto.

Antes de que Celia pudiera responder, Lyara ya había desaparecido. Por un momento se percató de aquella extraña reacción por parte de la chica, pero era comprensible. Lyara siempre fue una especie de informante, y que ahora Celia llegase con una idea tan disparatada, la había dejado sin saber qué pensar. Quizás no debió pedírselo tan de repente.

Mientras Celia tenía una cerveza en mano, miraba al infinito al tiempo que sus amigos bromeaban entre ellos. Habían decidido convivir juntos porque hacía unas cuantas semanas todos andaban muy nerviosos. El fin de un reinado estaba por llegar y, para que todo saliera bien, debían tener la mente despejada. Pero eso no estaba funcionando para Celia. De hecho, Yokia no apareció en todo el día, por lo que ella estaba entre dos parejas que se daban mimos. Los humanos decían que no se debía comer delante del hambriento, pero ellos estaban teniendo un festín ante sus narices, así que Celia entró en una especie de limbo para ignorarlos y no sentirse devastada por su único y fallido amor.

Sin embargo… ellos se veían muy felices. No los juzgaba, pero ¿qué pasaría si perdían a su pareja como ella perdió a Yokia? Aunque esa ruptura llevaba años, ella seguía sintiendo un agujero en su corazón, y que le pidieran dejar su puesto como líder le había dejado otro vacío. Sí, no encajaba, pero… era una forma de estar bajo el mismo techo que Yokia; después de todo, él le pidió su apoyo en un inicio.

Cerró los ojos y reprimió las lágrimas. Ya había pasado mucho tiempo, debía aceptar que él no la veía de esa forma, puesto que no era sano. Lo suyo podría estar rozando la obsesión, y no quería eso. Como muchos, anhelaba el amor. Pero era muy difícil para una bruja asexual como ella. Bebió lo que le quedaba de cerveza y agitó la mano en el aire para llamar la atención del camarero.

Con una cuarta ronda de cervezas, Shayza la vio de reojo, borrando la sonrisa que Castiel le había sacado. Notó que su hermana estaba fatal. Durante el tiempo que la llevaba conociendo, no la había visto de aquella manera. Celia era muy animada, casi nada podía hacerla borrar su sonrisa o evitar que hiciera bromas. Quiso tomarle la mano, pero estaba al otro lado de la mesa, a un metro.

De pronto, Castiel se acercó mucho a Shayza.

—Te tengo una sorpresa —le susurró al oído.

Shayza reprimió un sobresalto y lo vio sobre el hombro.

—¿Y por qué me tienes una sorpresa? —dijo ella, juguetona. Se enroscó un mechón oscuro de su falsa imagen y sonrió.

—Porque, si Lilith me lo permite, quiero consentirte cada instante de mis días. —Le apretó el muslo, luego besó su hombro.

Shayza se quedó sin palabras. Sí, él siempre había sido muy dulce con ella, pero estar juntos seguía pareciendo una ilusión. Tomó su mano y acarició el anillo que se había puesto Castiel. Lo quedó viendo mientras pensaba en su hermana. Quería hablarle, pero sin ser indiscreta. Así que decidió irse con Castiel y comentarle sobre Celia: él la aconsejaría.

Ambos se pusieron de pie y se despidieron. Avanzaron por la plaza, entre las otras criaturas, y disfrutaron de las farolas. Aunque Shayza hubiera bebido una pócima reversible, ningún ser que no fuera el creador podía quitársela, ya sea con magia o con otra pócima. Y si alguien se preguntaba quién era la chica con la que andaba el profesor de Combate, nadie sabría qué responder, pues eran miles de miles de seres en el Mundo Mágico. Pero si esas dudas llegaban a oídos de Layla… no sabría qué hacer. Sin embargo, Celia y Minerva aseguraban que a nadie le importaría la relación que Castiel tuviera si no era con una de sus hijas (por cuestión de costumbres, ya se sabía que Castiel era inelegible para casarse, por lo que ninguna mujer se acercaría a él).

En cuanto estuvieron a solas, cerca de la playa donde ya habían estado, Shayza se detuvo de golpe. Abrió los ojos con sorpresa y, boquiabierta, detuvo a Castiel. La música volvía a escucharse a lo lejos, pero para ella esta disminuyó a medida que aclaraba sus pensamientos y ataba cabos.

—¿Pasa algo? ¿Te sientes bien? —preguntó Castiel.

—Castiel… Castiel, no es por ofenderte, pero si es imposible que te cases con alguna bruja, ¿por qué la profesora Levite se ha mostrado muy interesada en ti? —Inclinó la cabeza, maquinando las razones.

—Creo que te habías tardado en sacar el tema. Sí, está interesada en mí como lo estás tú, pero no le he prestado atención más allá de una cuestión profesional.

—¡Exacto! ¿Qué quiere de ti?

Castiel pestañeó, confundido.

—¿De mí? No lo sé. Siempre he sido consciente de que las mujeres no debían buscarme por nada bueno. Ya sabes mi situación.

—¡Por eso, Cass!... ¿Será… ayudante de mi padre? Igal mencionó que Gideon quería entrar al castillo.

—Eso quiere decir que por alguna razón Gideon es mucho más poderoso que Layla —dijo Castiel—. Pero él no es de una de las cuatro familias.

—Entonces, ¿qué es él? ¿Quién soy? ¡Esto es absurdo!

Y para su mala suerte, en ese mismo instante, un enorme portal se abrió en el cielo de la isla tropical.

Si tan solo Shayza hubiera hablado con Celia y ambas atado cabos unas horas antes, estarían advirtiéndole a los demás del ataque.

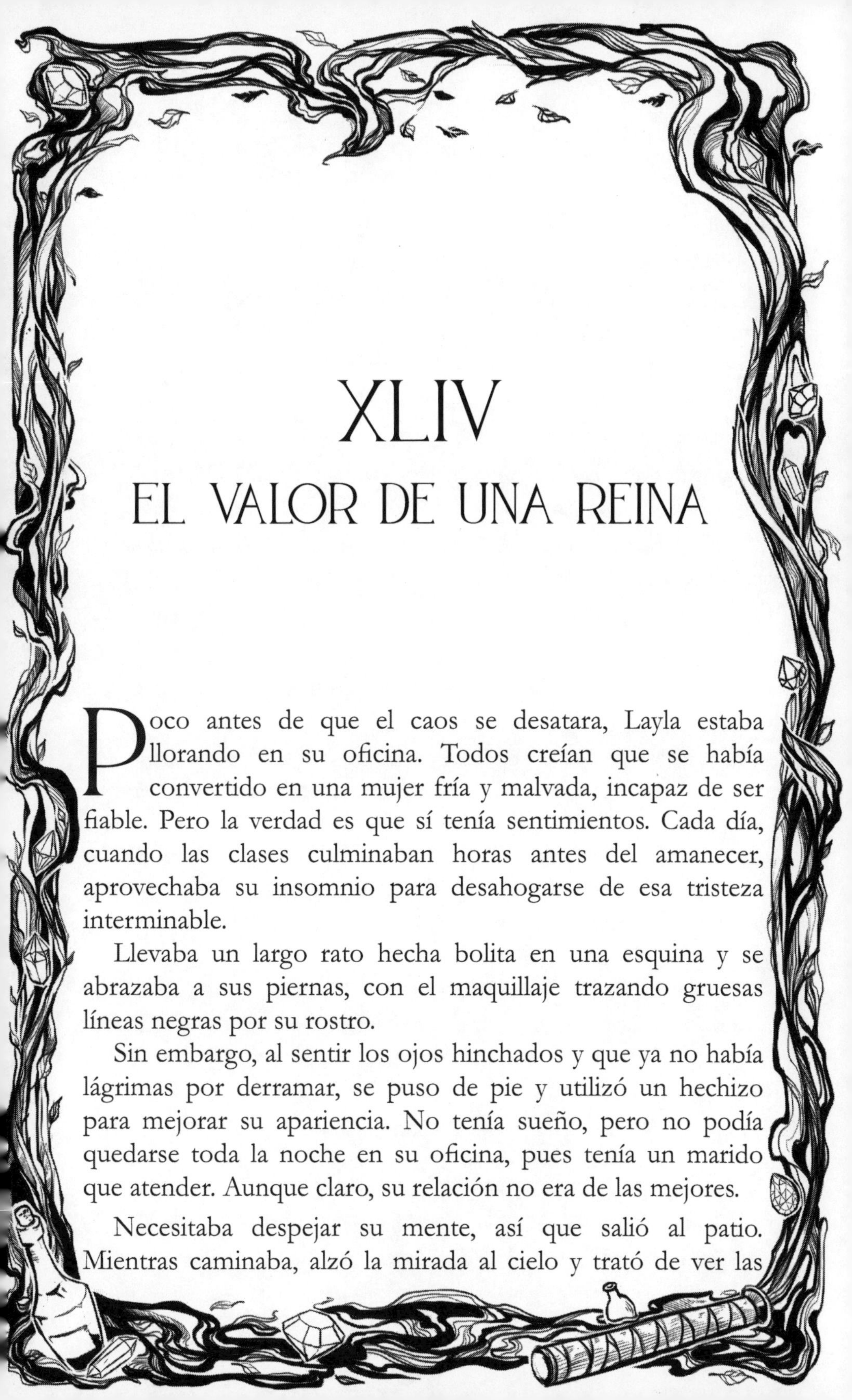

XLIV
EL VALOR DE UNA REINA

Poco antes de que el caos se desatara, Layla estaba llorando en su oficina. Todos creían que se había convertido en una mujer fría y malvada, incapaz de ser fiable. Pero la verdad es que sí tenía sentimientos. Cada día, cuando las clases culminaban horas antes del amanecer, aprovechaba su insomnio para desahogarse de esa tristeza interminable.

Llevaba un largo rato hecha bolita en una esquina y se abrazaba a sus piernas, con el maquillaje trazando gruesas líneas negras por su rostro.

Sin embargo, al sentir los ojos hinchados y que ya no había lágrimas por derramar, se puso de pie y utilizó un hechizo para mejorar su apariencia. No tenía sueño, pero no podía quedarse toda la noche en su oficina, pues tenía un marido que atender. Aunque claro, su relación no era de las mejores.

Necesitaba despejar su mente, así que salió al patio. Mientras caminaba, alzó la mirada al cielo y trató de ver las estrellas. Pero no había ninguna, porque el campo de protección se estaba deshaciendo como si le hubieran echado ácido.

Layla no podía creer que eso estuviera sucediendo, que alguien más poderoso que una reina estuviera entrando en su territorio.

—*Madre...* —dijo Minerva en un hilo de voz.

Layla dirigió su mirada hacia ella, con enfado. Los ojos de Minerva parecían dos orbes flotando en la oscuridad, pero cuando avanzó hacia la luz de las velas, su madre abrió los ojos con sorpresa.

—*¿Sigue llorando en su oficina?* —quiso saber Minerva en krevaztek—. *Porque, según lo que usted me ha enseñado, eso es debilidad.*

—*¿Por qué tienes la apariencia de Bram? ¡Ya te había dicho que no puedes usar sus poderes!* —ladró Layla.

—*¿Por qué?* —La miró seriamente con aquellos ojos felinos—. *Madre, ¿me teme?*

Minerva avanzó varios pasos, y Layla retrocedió, con evidente temor en los ojos.

Su hija era casi una réplica exacta de su padre. Aquellos ojos amarillos podían penetrar en lo más profundo del alma o enloquecer a cualquiera. Así que, Layla, retomando la compostura, conjuró un hechizo para formar un rayo de energía que le bajó por todo el brazo hasta que salió por la palma e impactó en el pecho de Minerva. La espalda de la joven se estrelló contra uno de los pilares en el jardín, y la lámpara del techo se tambaleó.

De pronto, una fuerte ráfaga apagó todas las velas de los pasillos y la enorme lámpara que colgaba del techo. Ahora ambas mujeres estaban a oscuras, por lo que no tardarían en usar un hechizo para tener visión nocturna.

Layla se teletransportó para tomar distancia de su hija y poder abrir un portal hasta La Plaza. Sin embargo, al Minerva estar tan enfadada y haber sido reprimida durante tantos años, en vez de tomar un segundo para aliviarse del golpe, apoyó un pie en el pilar y se impulsó hasta su madre, destruyéndolo por completo.

Minerva atrapó a Layla haciendo una llave en su cuello; por el impulsó dio una vuelta en el aire y usó su peso para hacerla caer y golpearse la cara contra el suelo.

Layla no tardó en sangrar por la nariz, pero ignoró el aturdimiento que venía con ello. Volteó a ver a su hija y se limpió la sangre de la cara. Esa chica era tan idéntica a Bram que le causaba escalofríos.

Bram y Layla no habían acabado bien, ni siquiera después de milenios sin verse. Él la había manipulado para que matara a su padres antes del tiempo estipulado, lo que trajo consigo el caos y rechazo del clan. La gota que colmó el vaso fue cuando secuestró a Shayza siendo una recién nacida. En ese entonces, Layla pensaba diferente a las otras reinas. Pero Bram la hizo perder la esperanza del nuevo mundo que tenía en mente.

Minerva, sin previo aviso, alzó el puño rodeado de rayos violáceos. Layla consiguió esquivar ese golpe, pero no el siguiente, que impactó en su estómago y la dejó sin aire.

—*¡Eres una traidora como tu padre!* —escupió Layla. Conjuró un hechizo y más hilos de luz bajaron por sus brazos hasta las palmas—. *¡Nunca debieron haber nacido!*

Dicho eso, miles de rayos salieron disparados por las puntas de sus dedos.

Minerva abrió los ojos con sorpresa y cruzó los brazos delante de sí, utilizando un hechizo de protección. Un escudo transparente la protegió de los rayos; pero golpe tras golpe, la hicieron retroceder y dejar marcas sobre la hierba.

De pronto, comenzó a poner en práctica todo lo que había leído durante su larga vida. Rompió el escudo y usó un hechizo de velocidad para esquivar los próximos ataques; trepó las paredes y tomó impulso de los pilares antes de que estallaran por el impacto del ataque.

Nunca tuvo la intención de contradecir o enfrentar a su madre, pero si Elias corría peligro viviendo bajo un sistema tan retorcido como aquel, ella haría lo que fuera para protegerlo; protegerlo a él y a sus amigos.

Desde que tenía uso de razón, le habían dicho lo que tenía que hacer, lo que debía leer y cómo debía expresarse. Cuando conoció a Elias, sintió una sensación de libertar muy pequeña. Su corazón latió sin pedirle permiso a nadie, ni siquiera a ella misma.

Shayza le había preguntado qué quería hacer si no tuviera que convertirse en reina. Ella no lo supo entonces, pero ahora tenía una idea de ello: quería ser reina. Sí, *quería.* Ya no iba a ser una obligación, sino un sueño.

Debido a la reputación de su madre, podría tener problemas para tomar aquel liderazgo, solo que, con el tiempo, haría que los del clan y las otras reinas confiaran en ella y la respetaran por decisión, no por miedo.

Uno de los golpes de Layla la alcanzó y cayó revotando varias veces sobre la tierra. Su madre no tardó en acortar las distancias y poner un pie sobre el pecho de Minerva.

—*Parece que nunca hubieras tenido nada* —dijo Layla, con calma—. *Eres una malagradecida. ¡Te he dado todo, y decides apuñalarme por la espalda! ¿Qué clase de hija hace eso?*

—*Una que odia a su madre opresora* —respondió entre dientes Minerva—. *Sabe que jamás ha tenido el respeto de nuestra gente. No sé con qué derecho me habla sobre los malagradecidos.*

»*Mató a mis abuelos antes de tiempo por culpa de un hombre que la utilizó y deshizo a su antojo. Después de milenios, sigue pensando en él y arrepentida de lo que usted provocó, pero aun así no mueve ni un dedo para cambiar algo.*

De pronto, antes de que Layla pudiera replicar, alguien la golpeó en la cabeza. Cayó al lado de Minerva, y esta consiguió ponerse de pie y alejarse unos cuantos pasos, con la intención de proteger a Elias de la ira de Layla.

Elias, aunque unos centímetros más alto que Minerva, se quedó inmóvil detrás de ella y dejó caer la piedra que utilizó para salvar a su amada. Sin embargo, eso no quitaba el hecho de que había agredido a una reina, lo que instantáneamente lo condenaba a muerte.

—*No permitiré que te toque, Elias* —aseguró Minerva.

—*Puedo defenderme solo, Minerva. Pero más me aterran las consecuencias de mis recientes y próximos actos.*

Layla se puso de pie, tambaleante. No entendía cómo una simple piedra la había debilitado tanto. Agarró un poco de la sangre que se escurría por su claro cabello y la olfateó; carcajeó.

—*Maldito fenómeno, ¿has usado un debilitante contra una reina? ¿En serio eres así de imbécil?*

Aunque odiara admitirlo, Layla debía buscar la manera de sacar esa pócima de su cuerpo. Por lo tanto, sin darle más vueltas al asunto, invocó a los guardias con rostro de jabalí.

Los guardias emergieron de la tierra bajo sus pies y tomaron posición de ataque. Ellos eran inmortales e inmunes a cualquier herida, así que no tardarían en someter a Minerva y a Elias. De esta manera, Layla podía ir en busca de los causantes de que el escudo protector del instituto cayera.

Sin embargo, parecía que aquella noche Lilith no estaba de su lado. Mientras intentaba expulsar la poción debilitante con su magia, Minerva la tomó del cabello e hizo que su rostro diera fuertemente contra el suelo de piedra, agrietándolo y lanzando pequeños pedazos al aire. Luego, la volvió a halar y acercó el rostro al suyo.

—*No creas que podrás salir de esta* —escupió Minerva.

Layla usó un hechizo de velocidad, y se movió tan rápido debajo de Minerva que esta no se dio cuenta de que su madre hacía algún movimiento hasta que ya la tenía sometida contra el suelo y sentada sobre su espalda.

—*¿Crees que es tan fácil deshacerte de una reina?* —respondió Layla en, y apartó con un soplido un mechón de su cabello—. *No tengo permitido matarte. Pero si esa ley no existiera, ¡lo hubiera hecho desde el día que supe que estabas formándote en mi vientre!* —gritó con un tono tan áspero que tuvo que aclarar la garganta.

Se puso de pie y se sacudió la ropa.

—*Minerva Viktish y Elias Lefúa, están acusados de alta traición a la primera reina. Sus sentencias serán la muerte y la privación de la libertad.*

Y dicho eso, Layla golpeó en el rostro a Minerva, con el puño canalizando su magia, e invocó unas cadenas doradas para esposarla.

No había dicho para quién era cada sentencia, pero sintió un ligero dolor en el pecho por la miseria que caería sobre aquellos dos brujos.

Con los guardias encargándose de aquellos dos traidores, Layla pasó una uña sobre su antebrazo y la sangre brotó como una delgada línea oscura; estaba recuperándose para enfrentarse al caos.

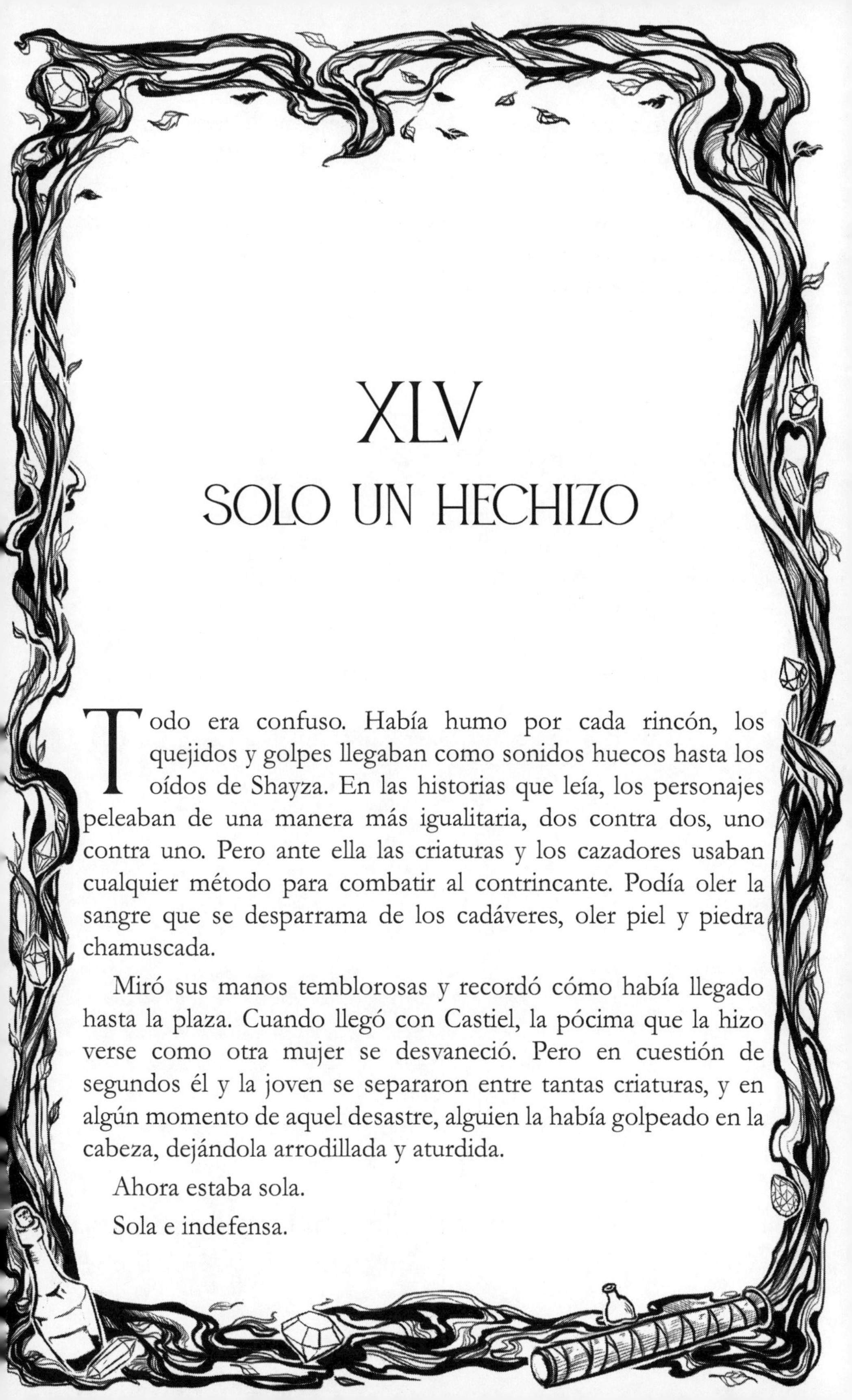

XLV
SOLO UN HECHIZO

Todo era confuso. Había humo por cada rincón, los quejidos y golpes llegaban como sonidos huecos hasta los oídos de Shayza. En las historias que leía, los personajes peleaban de una manera más igualitaria, dos contra dos, uno contra uno. Pero ante ella las criaturas y los cazadores usaban cualquier método para combatir al contrincante. Podía oler la sangre que se desparrama de los cadáveres, oler piel y piedra chamuscada.

Miró sus manos temblorosas y recordó cómo había llegado hasta la plaza. Cuando llegó con Castiel, la pócima que la hizo verse como otra mujer se desvaneció. Pero en cuestión de segundos él y la joven se separaron entre tantas criaturas, y en algún momento de aquel desastre, alguien la había golpeado en la cabeza, dejándola arrodillada y aturdida.

Ahora estaba sola.

Sola e indefensa.

Vio de un lado a otro que nadie se percataba de su estado, que a nadie le importaba su título. No los culpaba, estaban salvando sus vidas. Ella hubiera hecho lo mismo. Sin embargo, ahora le tocaba crecer –por decirlo de alguna manera–, defenderse con los hechizos y las técnicas de combate que había aprendido.

Pero… era peligroso. Mucho más que la guerra a su alrededor. La primera vez que sus poderes despertaron, casi destruye la oficina de Castiel. ¿Las cosas podían seguir empeorando?

Al levantar la mirada, se percató de que un cazador que iba directo a ella con un mazo al aire. Shayza abrió los ojos, asustada. Su cuerpo reaccionó gracia a la adrenalina, por lo que no tardó en ponerse de pie y esquivar el mazo. Pero seguido de eso llegó un segundo golpe, que detuvo con los brazos. Sintió que el impacto recorría cada uno de sus huesos hasta detenerse en los hombros. Jadeó por el dolor momentáneo y no dejó de esquivar cada ataque.

Existía un hechizo bastante efectivo para una situación como esa, pero implicaba matar al cazador. Shayza con suerte había matado una mosca o cucaracha en su corta vida. ¿Cómo iba a quitarle la vida a una persona?

—¡Por favor, detente, no quiero hacerte daño! —gritó ella, ilusa.

Y como era de esperar, el cazador siguió tajando el aire con el mazo. Shayza gritaba luego de cada golpe y su mente iba nublándose más y más por el dolor, hasta que tropezó con un cadáver. Cayó sobre su trasero y volvió a pedir piedad, pero solo pasaron dos segundos para cuando dijo:

—Lo siento…

Cerró el puño a la vez que concentraba la energía en las palmas y recitaba el hechizo. Shayza exprimió el cuello del cazador sin siquiera tocarlo, lo que provocó que la sangre la salpicara en el rostro, pelo y ropa. El cuerpo del cazador cayó como un saco de patatas. Shayza sollozó mientras temblaba y apartaba la mirada de aquel hombre.

Volvió a verse las manos, temblorosas y bañadas en la sangre de un desconocido. Comenzó a llorar como una niña que se pierde en el centro comercial. Se acurrucó en una esquina mientras la guerra iba dejando más y más muertos a su alrededor. Odiaba que la adrenalina le diera la capacidad de seguir de pie, pues estaría mucho mejor inconsciente.

Por otro lado, en el centro de la batalla, Castiel lanzaba cazadores en todas las direcciones. Estaba descontrolado, con los ojos rojos, y nadie podía contra él: era tan fuerte como un gran gorila adulto. El no saber dónde estaba Shayza lo hizo perder la razón. ¡Por un demonio!, Shayza estaba junto a él cuando entraron a la plaza. ¿Cómo pudo perderla de vista?

Castiel sabía que llegaría el día en que ella tuviera que matar, pero le pedía a la poderosa Lilith que no fuera ese. Shayza era una mujer que todavía no estaba corrompida; es decir, no había matado. Y él sí que lo hizo en más de una ocasión. De hecho, mientras combatía con el enemigo, recordó su primer asesinado: Irina.

El dolor emocional se apoderó de él e hizo que buscara a Shayza. Jadeaba por el esfuerzo y sentía que el corazón le dolía. Había cuidado de ella casi toda su vida y seguiría haciéndolo hasta que él diera su último aliento. Joder, gracias a ella comenzó a dejar de ser un miedoso. Ella lo ayudaba a ser alguien distinto, y no había mejor manera de pagárselo que estando el resto de sus días a su lado.

Un cazador apareció de la nada y tomó a Castiel del cuello al rodearle el brazo. Giró en el aire usando el cuerpo del brujo y logró derribarlo con el peso de su cuerpo. Pero el combate duró poco, porque Castiel no dudó ni por un segundo en usar su fuerza sobrehumana para clavarle los dedos en la piel y desgarrarla hasta el hueso, con un grito espantoso de furia. Otro cazador se abalanzó sobre él para vengar la muerte de su aliado, y el brujo descontrolado lo tomó del cuello con una mano y con la otra le haló los cabellos hasta separar la cabeza del cuerpo.

Detrás de él, un tercer cazador llegó corriendo con una hacha en la mano, pero Igal fue quien lo derribó y acabó con él.

—*¿Qué te ocurre?*—preguntó ella en krevaztek, pero el broche de Castiel tradujo todo al ruso.

Era cierto que creció sin la presencia de su hermano mayor, pero incluso ella se sentía intimidada por el aura que emanaba de él.

—*¿Has visto a Shayza?*

Igal negó con la cabeza. Ante sus ojos, la imagen de Castiel centelleaba entre la suya y el alma de brujo.

—*Tienes que calmarte, Castiel.*

—*¡¿Cómo quieres que me calme si no sé dónde está Shayza?!*—rugió él, y mostró los dientes afilados del alma de brujo.

Igal suspiró y trató de calmar el espanto. Haló a Castiel hasta una casa cercana, la cual tenía el techo chamuscado. Mientras él caminaba con angustia de un lado a otro, ella utilizó un hechizo de hallazgo; con esto encontró las velas que necesitaba para poner en práctica un ritual de búsqueda.

—*Cúbreme mientras la busco, ¿de acuerdo?*—pidió Igal, cerrando los ojos.

—*No quiero que sufra… Ella no es alguien que merezca dolor alguno*—dijo Castiel con un hilo de voz—. *Ella…*

Igal se detuvo y lo quiso ver, a la espera de que dijese más, pero solo se topó con un hermano mayor al borde del llanto. Igal nació mientras sus dos hermanos estaban lejos del clan, y eso no quitaba el hecho de que sentía una enorme empatía hacia ambos. Pronto, ella entendió el dolor que sentía Castiel.

Castiel articuló con las manos palabras que el nudo en la garganta le impedía decir. Las lágrimas ahora caían por sus mejillas manchadas de hollín y sangre, y abría y cerraba la boca.

—*Por mi culpa, a Shayza le ocurrió algo muy… muy malo, Igal. Y… Maldita sea mi vida.*

Igal no sabía qué pensar, así que levantó una silla del suelo y se sentó junto a su hermano. Vaya momento para desahogarse, pero de cierto modo comprendía lo que era guardar un secreto durante años.

—*Viol... Vi... Por favor, no me hagas decirlo. El punto es que, cuando eso sucedió ella no tenía sus poderes, (y sabes que eso sería ser vulnerable para los humanos), hice que le borraran los recuerdos y no hay manera de que los recupere. Por lo menos ella viviría una vida normal y sin tormentos... una vida que yo no pude tener.*

»*Mis manos, Igal, están manchadas con sangre de jóvenes humanos.* —Se las mostró, temblorosas, como si aún pudiera sentir la caliente y viscosidad de la sangre—. *¡Maté a cuatro chicos de quince años! Y... me acosté con Shayza. Disfruté esa intimidad, sí, pero cuando ella se fue... sentí remordimiento. Ella cree que fui su primer hombre, y no es así... Siento que he hecho algo muy malo y siempre me ha atemorizado la idea de que ese infierno que vivió pueda resurgir en otro aspecto.*

Igal soltó el aire de sus pulmones y buscó la forma de responder. De cierta manera comprendía a Castiel, porque es normal querer proteger a quien se ama. Pero seguía siendo un problema que él debía hablar con Shayza, si es que el secreto podía más que su fuerza de voluntad.

—*No quiero involucrarme en vuestros asuntos, pero no es momento para desahogarse* —dijo Lyara, apareciendo de entre las sombras—. *He oído que buscan a la pelirroja.*

Castiel se limpió las lágrimas y se puso de pie.

—*¿La has visto?* —quiso saber él.

Lyara hizo una mueca y ladeó la cabeza.

—*Algo así. Vi cuando exprimió el cuello de un cazador.* —Imitó el estallido—. *Muy buen hechizo oral; le enseñaste bien, Muya. Ya que te veo tan angustiado por ella, puedo llevarte por las sombras... Pero dudo que te guste el viaje. Ustedes suelen vomitar.*

—*¿Te refieres a los que no somos de tu raza o a los hombres?* —preguntó Igal.

—*Igal... ¿no deberías saberlo?, después de todo, trabajas en La Central.*

Igal entrecerró los ojos, no le agradaba aquella mujer. Y no precisamente por su raza –porque sí sabía cuál era–, por eso preguntó, para asegurarse de que no fuera una impostora. Igal vio a su hermano, que tenía una mirada de alivio, y sintió que no podía dejarlo solo.

—*Yo también voy* —avisó Igal—. *Y espero que no me pongas peros, hofta.*

Lyara sonrió.

—*Prefiero Lyara. Y no, no te pondré peros.* —Le tendió las manos, una para cada uno—. *Pero sí una condición: no se suelten.*

Igal y Castiel se miraron por un segundo, luego tomaron las manos de Lyara. En segundos los tres estaban sumergidos en la negrura absoluta y la única luz disponible eran dos puntos azules: los ojos de Lyara.

—*Agarren cualquier parte de mi cuerpo o ropa,* pero por nada del mundo la suelten. *De hacerlo, se quedarán en la nada. No van a ver lo que yo, pero puedo explicarles qué ocurre a nuestro alrededor.*

Al no percibir ninguna pregunta, Lyara avanzó en la negrura y vio cómo los brujos y cazadores seguían en una lucha que parecía no tener final. Sin embargo, Celia lo había dicho con anterioridad: Lyara podía domar dragones. Gracias a que ahora ambos hermanos la sujetaban de las mangas de su vestimenta, sacó una pieza que a simple vista parecía de ajedrez; la lanzó a un costado y en el exterior apareció un gigantesco dragón rojo escupiendo fuego a los cazadores. Si la batalla no acababa al haber dos dragones involucrados (pues Yokia estaba dando guerra), aquello iba a terminar peor de lo que se pudiera imaginar.

La batalla terminaría como la revuelta que hubo cuando Layla tomó su lugar como la nueva reina. Y eso sí que no fue para nada agradable. El Mundo Mágico volvía a estar en guerra, y Gideon aprovecharía cada maldito instante para conseguir su cometido.

De la nada, Castiel e Igal sintieron que algo los golpeaba por la espalda y estómago. Cuando se dieron cuenta de sus alrededores, vomitaron en el suelo.

A unos metros de ellos, Shayza dejó de llorar y los observó con asombro y preocupación. Por un momento pensó en limpiarse las lágrimas, pero recordó que estaba cubierta de la sangre del cazador. Se sorbió los mocos y avanzó hasta Castiel e Igal.

—¿De dónde habéis salido? —preguntó Shayza—. ¿Estáis bien?

Castiel no tardó en recuperarse, así que solo la miró con los ojos abiertos.

—¿Tú estás bien? —dijo Castiel—. ¿Esa es tu sangre?

—No hablemos de sangre, por favor —pidió Shayza, y cerró los ojos—. Y tranquilo, que no es mía.

—La hofta dijo que exprimió el cuello de un cazador, Castiel. —Igal miró a Shayza—. Creo que Shayza es capaz de cuidarse por sí sola. —Igal se puso de pie, todavía con el estómago revuelto, y ayudó a su hermano.

Shayza vio a Castiel y comprendió que su pregunta no iba dirigida a una cuestión física, sino mental. Así que, por los nervios, se puso a juguetear con las manos y esquivó los ojos lapislázulis. De no haberlo hecho, estaría llorando por segunda vez. Y ya que había tomado un descanso para dejar de hacerlo…

Oh, vaya, no pudo evitar derramar otro par de lágrimas.

Castiel se acercó e intentó buscar la manera de reconfortarla. Él también estaba cubierto de sangre; no tanta como Shayza, pero le daba igual. Sin embargo, le costó mucho darse cuenta de que el área estaba muy tranquila. Así que dio un vistazo y se percató de todos los cadáveres que los rodeaban. Él la volvió a mirar, preguntándole si había sido ella quien los combatió.

—¡Usar mis poderes era un peligro, Cass, te lo dije!

—Sí, pero arrasaste con gran parte de los cazadores… y un par de brujos.

—¡Si hubierais estado aquí, también os habría matado! —Alzó la cabeza—. Solo quería defenderme de un gilipollas, no de cientos. Y ni siquiera quería matarlo. Cualquier cosa menos eso.

Shayza jadeó por el llanto. Trató de articular con las manos las palabras que no conseguía decir, pero se rindió.

—Ven, vamos a buscar algo para limpiarte —dijo Igal, viendo que ninguno decía o hacía algo—. Ya nos encargaremos de lo demás.

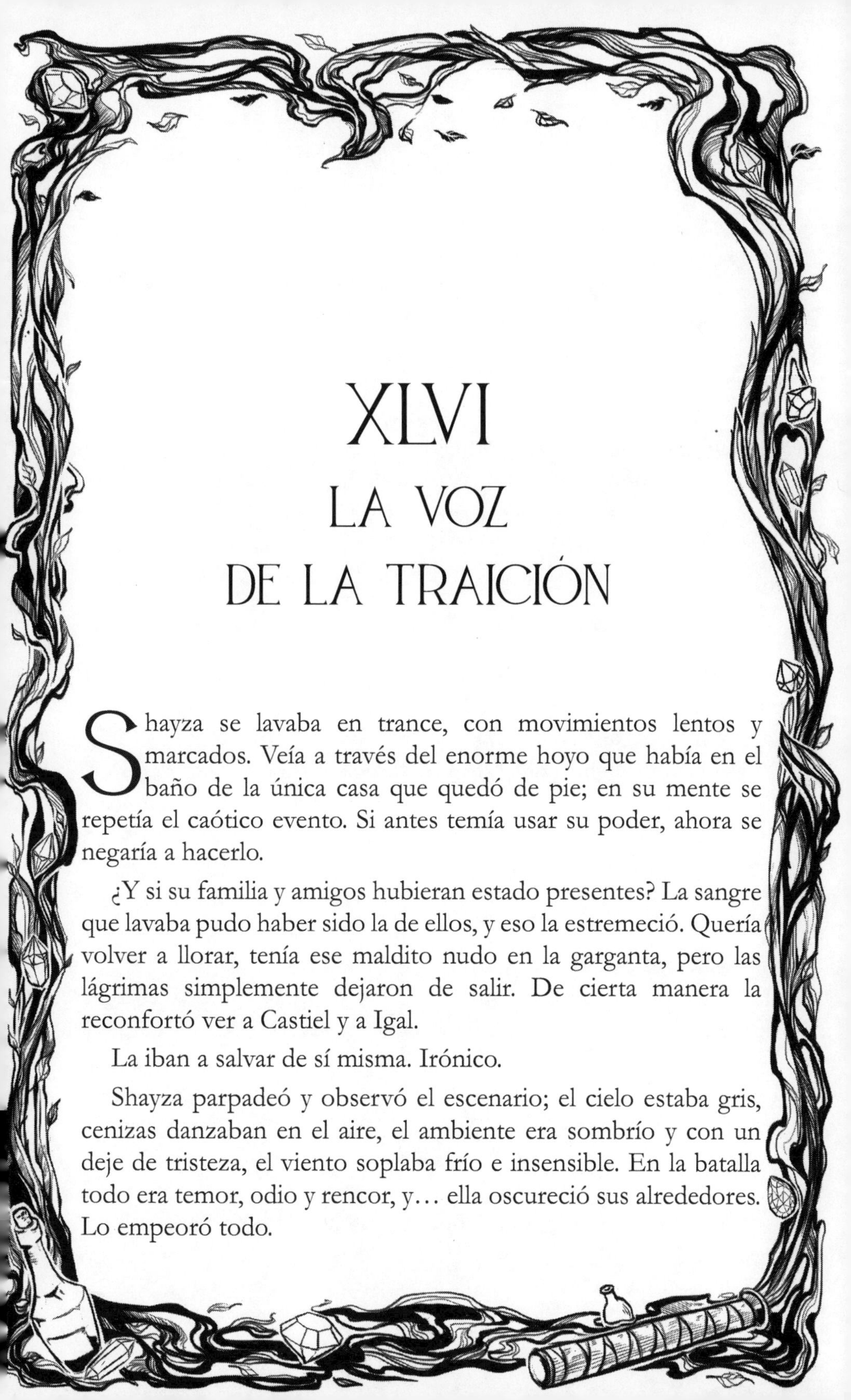

XLVI
LA VOZ DE LA TRAICIÓN

Shayza se lavaba en trance, con movimientos lentos y marcados. Veía a través del enorme hoyo que había en el baño de la única casa que quedó de pie; en su mente se repetía el caótico evento. Si antes temía usar su poder, ahora se negaría a hacerlo.

¿Y si su familia y amigos hubieran estado presentes? La sangre que lavaba pudo haber sido la de ellos, y eso la estremeció. Quería volver a llorar, tenía ese maldito nudo en la garganta, pero las lágrimas simplemente dejaron de salir. De cierta manera la reconfortó ver a Castiel y a Igal.

La iban a salvar de sí misma. Irónico.

Shayza parpadeó y observó el escenario; el cielo estaba gris, cenizas danzaban en el aire, el ambiente era sombrío y con un deje de tristeza, el viento soplaba frío e insensible. En la batalla todo era temor, odio y rencor, y… ella oscureció sus alrededores. Lo empeoró todo.

Se abrazó a sí misma y tuvo un escalofrío. Miró sus manos todavía con la ligera capa de sangre que había tratado de quitarse. Quizás en su piel el recuerdo de la masacre duraría unas horas, un día, pero lo tendría bien grabado en la cabeza. Cerró los ojos, apretándose la piel de los brazos, y soltó aire.

—Prometo que no quise hacerlo —le decía a aquella entidad que no podía alabar de forma directa—. Nunca hubiera imaginado que… Esto es horrible. Casi dieciocho años de mentiras, un año en un mundo nuevo para mí y que todavía no comprendo. Los humanos dicen que la vida es difícil, pero ¿sus vidas son tan complejas como la mía? Quisiera tener sus problemas. —Recostó la cabeza contra una de las paredes de la habitación—. Además, ahora no solo debo preocuparme por mí…

—También quisiera tener dilemas mundanos —dijo Castiel, entrando—, pero no cambiaría lo que soy. Hace muchos años lo acepté.

Shayza lo miró triste.

—¿Soy una tonta, cierto? Estoy quejándome de mi vida por matar… y… —Apretó los labios. Mal momento para que las lágrimas resurgieran.

—Batallé mucho para retrasar la llegada de este día, *katyonak*. Pero, por mal que parezca, iba a pasar. Todos hemos pasado por esto. Con la edad que tengo todavía no he conocido a un ser oscuro que no haya matado.

—Lo haces ver normal y que solo estoy llorando por una tontería…

Castiel rio por lo bajo y negó con la cabeza.

—No. Quiero decir que todos hemos pasado por eso. Lloré durante muchos meses la muerte de Irina, porque fue mi culpa, y eso nadie podrá borrarlo de mi memoria. Pero hay seres que crecieron con el pensamiento de que matar está bien y es normal, que no se debería llorar por eso. Aunque… no descarto la posibilidad de que hayan sentido un cambio dentro de ellos, en el corazón.

Castiel se acercó con el cubo de agua limpia y un paño nuevo. Una vez de cuclillas al lado de Shayza, le sonrió y tomó su mano.

—Tienes una vida entera para superar este evento desafortunado. Pero, por nada del mundo, cambies quién y cómo eres. —La vio a los ojos, transmitiendo su petición—. Eres hermosa, Shayza. Nunca cambies, lo digo en serio.

—¿Me quieres hacer llorar? —bromeó. Andaba con tantos sentimientos encontrados que pasaba de una emoción a otra con gran facilidad. Sintió algunas lágrimas, así que las limpió—. Y lo has conseguido, te felicito. A veces me abres tu corazón de una manera tan especial que no sé cómo contestar. Me siento muy inmadura como para responder con algo romántico y adecuado.

—No te subestimes, *katyonak*. Das más de lo que crees.

Shayza lo quedó viendo y, tras unos segundos, se acercó y lo besó lentamente. Primero tomó su labio superior, luego el inferior; al apartarse, dijo algo que nunca creyó que diría:

—Te amo, Castiel. —Lo miró triste porque quería decirle algo muy importante.

Él sonrió como si ya lo supiera.

—Estaría de más que yo dijera lo mismo. No haría esto por cualquiera —dijo, refiriéndose a ayudarla a lavarse la sangre.

—Muy mala elección de palabras, ¿no crees?

—Lo dice quien hace bromas morbosas. —Entre cerró los ojos—. ¿Olvidas las veces que insinuabas que yo te acosaba?

—¿Admites que me equivoqué? —atacó ella—. Porque, por cómo lo recuerdo, te contrataron para cuidarme. Y eso significa…

Justo con esas palabras Castiel borró su sonrisa. Su único deber fue cuidarla; Layla y Gideon le habían pedido lo mismo, y él fracasó.

—Tengo que hablarte sobre algo —dijo al fin Castiel—. Y te pido mil disculpas por mi mala elección.

Shayza ladeó la cabeza y se preguntó qué lo estaba haciendo envejecer en tan poco tiempo: sus ojos se hundieron y la piel palideció.

—¿Estás bien? —preguntó ella—. Nada ocurrió antes de que llegarais, ¿cierto?

Él negó con la cabeza y se alejó. Puso el paño húmedo sobre el lavamanos y se frotó el rostro, angustiado por lo próximo a decir.

Ya lo había hablado con Igal, pero como ella dijo: solo él podía decidir. Entrelazó los dedos y vio tras el hoyo en la pared. Tenía que verla a los ojos, hacerse cargo de las consecuencias y de la mirada llena de odio que sin dudas recibiría. Pronto las lágrimas se acumularon, por lo que exhaló para aliviarse de la tensión.

—Eh, Cass, ¿puedo saber qué ocurre? —dijo Shayza, rompiendo el espantoso silencio que se había formado.

Tras pasar los minutos, la apariencia de Castiel empeoraba, y el fondo no era el mejor de todos. Cuando él la vio de soslayo, Shayza juraría que ese hombre solo era una sombra del que alguna vez amó. Tenía la apariencia de un cadáver.

Al Castiel tener el valor de relatar la historia que tantos años había callado, se dejó caer sobre el suelo sucio y con losas rotas. Mientras hablaba, acercó la frente al suelo: de rodillas y llorando, le pedía perdón. Estaba humillándose y admitiendo que era una completa basura, un ser que no merecía la confianza que tanto le tenían.

Cuando calló y solo se oían sus sollozos en aquel escenario tan árido, Shayza, con la boca abierta, se tambaleó hasta tomar una tolla para cubrirse. No podía creer ese suceso del que nunca supo nada, absolutamente nada. Quiso buscar entre sus recuerdos, en lo más profundo, y deseó saber un hechizo que la ayudase; pero eso también era imposible. Comenzó a resoplar por la nariz y con una mano se apoyó de la pared, trazando una línea roja por haberse cortado, aunque ese dolor solo la hizo enfadar. Se sentía traicionada. Y estúpida. Y confundida.

—¡De verdad que lo siento!

Shayza lo miró, todavía pasmada, y lo mandó a callar llevando un dedo sobre los labios.

—¡No digas nada, que ya tengo suficiente! Entiendo tus motivos, pero ¿por qué ahora? ¿Por qué después de tantos años? ¡Creí que habías sido el primero! —Y con esa última palabra su voz se quebró y dio paso a las lágrimas. Luego, tras varios intentos, dijo—: Lárgate… Por ahora no quiero verte.

Se sostuvo el vientre, sentía náuseas.

Castiel abrió y cerró la boca, buscaba algo para decir. Pero al ver que nada serviría en una situación como esa, solo salió de la habitación, cabizbajo. Tras su partida, Shayza estuvo de pie por un largo rato viendo a la nada. No sabía si hacerles caso a sus emociones o buscar un hechizo que acabase con su vida.

Tentada, miró los trozos de losa.

«He vivido en un laberinto cuyas paredes están formadas de mentiras. Mentiras que están colmando mi salud mental y física. De tantos padres e historias por haber, ¿por qué tuvo que tocarme esta? ¿Por qué debo ser traicionada incluso por el hombre que amo? Nadie me ha protegido, pero me han obligado a comportarme como una adulta cuando me criaron como si fuese una niña tonta e incapaz de hacer algo por mi cuenta —pensó llorosa—. Me siento dividida entre la chica que era antes y la que soy hoy. Algo me falta».

—Quisiera acabar con mi sufrimiento y tener una vida normal. Y aunque esté muy tentada de cortarme las venas, no lo haré —Miró por el enorme agujero de la pared.—. No sé qué hacer en este momento, pero intentaré ser mejor.

Poco a poco se puso de pie.

—Me voy a vestir y saldré a derrocar a mi madre. Ya lo demás lo resolveré después. ¿Con quién me tengo que desahogar si no puedo con el más común? —Puso los ojos en blanco y resopló por la nariz.

—Pues conmigo —dijo una voz al otro lado de la habitación.

Por reflejo, Shayza sujetó con fuerza la toalla que la cubría. Gideon había aparecido de la nada apoyado de su bastón.

—Es un placer reencontrarnos, hija mía. Aunque, según recuerdo, la última vez te dejé ir con tu querido *protector*.

Shayza frunció el ceño y volteó por completo hacia él. La primera vez que lo vio, Gideon aparentaba ser exageradamente joven, pero ahora aparentaba tener más de sesenta, y muy mal llevados. Volver a verlo fue un trago amargo. Pensó que lograría atacarlo, pero la realidad es que se quedó inmóvil.

—¿Qué haces aquí? —fue lo único que pudo decir—. ¡Por tu culpa me encuentro en esta situación!

Las lágrimas se acumularon y poco a poco cayeron. De pronto, tuvo ganas de vomitar y no las pudo contener.

—No seas tan exagerada. Tú tenías que estar aquí, incluso si yo no te hubiera empujado. ¿Sabías que estás embarazada? —Señaló el charco de vomito. Ella volteó a verlo con espanto—. Claro que no sabías…

—Eso es imposible —susurró—. Él nunca…

—Por eso tuve que completar su trabajo.

Por eso tuve que completar su trabajo.

Shayza se puso más pálida. ¿Había entendido bien? De pronto se sintió mareada, por lo que intentó sostenerse de una pared. Su padre… ¿Cómo? ¿Cuándo? Cada vez que lo pensaba y buscaba la forma de entender, se sentía enferma.

—No te preocupes, sigue siendo de *Castiel Muya.*

Se sentía fatal ante tal revelación, pero quería abalanzarse sobre él y matarlo a golpes. Por lo cual, sin saber cómo se recuperó por unos segundos, consiguió estamparle un puñetazo en la mejilla. Pero él no se inmutó, solo que, al ver que ella daría un segundo golpe, la tomó del cuello y la pegó contra la pared.

—Créeme, no te tuve por gusto. No siento deseo sexual por nada ni nadie. Nadie es digno de mí. Pero me está desquiciando un poco que no hagas las cosas como las he planeado desde el día en que comenzaste a crecer en el vientre de tu madre.

»Este absurdo juego de la rebelión no llegará a nada, pues no importa. *No es tu problema ni tu destino.*

Shayza apretó los dientes.

—¿Qué destino? Yo tomaré las riendas de mi vida cuando consiga deshacerme de ustedes dos.

Gideon sonrió.

—De verdad solo eres una niñata.

La soltó, y ella se deslizó por la pared, tosiendo.

—Las cosas se hacen a mi modo. —A medida que retrocedía, detrás de él se estiraba una sombra con cuernos y una larga cola con el final en punta—. Si no, tendrás que soportar las consecuencias.

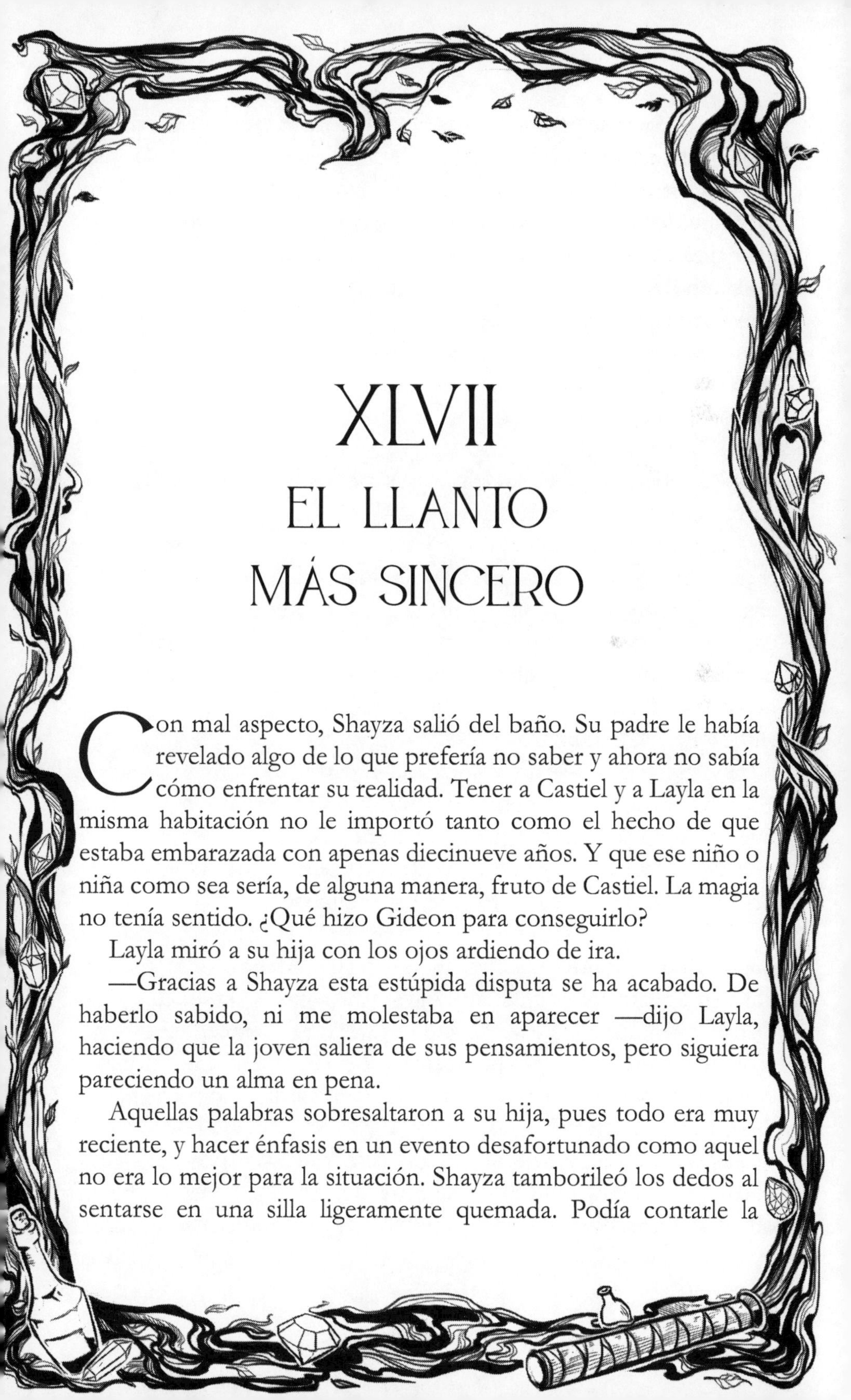

XLVII
EL LLANTO MÁS SINCERO

Con mal aspecto, Shayza salió del baño. Su padre le había revelado algo de lo que prefería no saber y ahora no sabía cómo enfrentar su realidad. Tener a Castiel y a Layla en la misma habitación no le importó tanto como el hecho de que estaba embarazada con apenas diecinueve años. Y que ese niño o niña como sea sería, de alguna manera, fruto de Castiel. La magia no tenía sentido. ¿Qué hizo Gideon para conseguirlo?

Layla miró a su hija con los ojos ardiendo de ira.

—Gracias a Shayza esta estúpida disputa se ha acabado. De haberlo sabido, ni me molestaba en aparecer —dijo Layla, haciendo que la joven saliera de sus pensamientos, pero siguiera pareciendo un alma en pena.

Aquellas palabras sobresaltaron a su hija, pues todo era muy reciente, y hacer énfasis en un evento desafortunado como aquel no era lo mejor para la situación. Shayza tamborileó los dedos al sentarse en una silla ligeramente quemada. Podía contarle la conversación que tuvo con Gideon, pero de pensarlo sus ojos se cristalizaban. Tenía que tragarse todo lo que sentía.

—Sin embargo —continuó Layla tras ver a Igal—, como muchos de vosotros sabréis, hay traidores envueltos en este incidente. Y para mi desgracia, son criaturas que no creí que pudieran llegar tan... bajo. Pero mantened la calma, que no todos estáis implicados. Maka, trae a los traidores.

Y tras la orden, uno de los guardias con rostro de jabalí empujó ante ellos a Minerva y el Profesor Lagarto, quienes estaban esposados con cadenas doradas, con golpes en el rostro y sangre seca.

—Como es sabido, las princesas no tendrán un castigo tan severo como los hombres, pero… —Vio a Castiel.

Shayza notó la mirada oscura que Layla puso sobre él y comprendió lo que sucedería. Así que, sin pensarlo un segundo, gritó y se abalanzó sobre Castiel para protegerlo. Pero no lo consiguió, pues el guardia la sostuvo por los brazos y los apretó contra la espalda. Mientras Shayza pataleteaba y rogaba que los perdonara, las lágrimas consiguieron deslizarse por sus mejillas, y sintió que la consumían.

Layla se acercó a ella y la tomó de la barbilla.

—A veces el amor duele, hija mía. —También miró a Minerva, que abrazaba al profesor, para asegurarle que sus palabras también iban dirigidas a ella—. Pero te aseguro que lo superarás con el tiempo. Después de todo, tendrás una larga vida.

Y dicho eso, Maka le cubrió la boca a Shayza para que así no pudiera desatar otro hechizo incontrolable. La joven estaba tan enfurecida que sus ojos se volvieron rojos y su imagen se distorsionaba con la de su alma de bruja. Llegó a morder la mano monstruosa del guardia, pero este no se inmutó; la aprisionaba como una enorme cobra a la espera de engullirla. ¿Cómo se podía tener tan mala suerte?

Layla volvió a salir de esa casa maltrecha y su marido la siguió igual que un perrito bien domesticado. Si antes Shayza había odiado a Layla por no haber cumplido su papel como madre, ahora la detestaba con la fuerza de su alma. En ese instante le habría arrancado la yugular. Pero, como si hubiera oído sus pensamientos, Layla dio media vuelta y sonrió con maldad.

Era malvada y despiadada, en aquel rostro no había ni una pizca de bondad. «Imposible —se repetía Shayza—. Es imposible que en el pasado ella hubiera pensado y actuado como yo. Es imposible que en algún momento nos hubiéramos parecido».

Sin embargo, por más que fuese prisionera de un guardia, algo en su interior la alertó de algo importante: seguía teniendo energías para luchar, incluso después del desastre. Por un momento se detuvo, tramando una estrategia. Otro guardia entró y arrastró al Profesor Lagarto y a Castiel fuera de la casa. Minerva gritó e intentó usar sus poderes.

—*Silencio* —conjuró Layla, con voz fuerte y clara.

Minerva gimió y tocó el área donde se suponía que tuviera la boca, buscándola.

Cuando Shayza vio a su hermana sin boca, cualquier estrategia que estuviera imaginando se esfumó.

—No vuelvas a alzarme la voz —vociferó Layla, señalando a Minerva. Luego miró a Shayza y le lanzó el mismo hechizo—. Mejor no me arriesgo con ninguna, que bastantes problemas me habéis causado.

Había pasado media hora entre las preparaciones para la ejecución de los traidores. Sin embargo, Shayza estaba en el centro de La Plaza, atada de manos y piernas, junto a su hermana. Layla había ordenado encontrar a Celia, pero ella y Yokia desaparecieron del Mundo Mágico; y teniendo en cuenta que el Mundo Humano es muchísimo más grande y que seguro habrían usado un hechizo para camuflarse, detuvieron la búsqueda.

Castiel parecía que aceptaba su destino, porque, después de todo, Shayza no quería saber más de él por culpa de su error. Así que, cabizbajo, esperaba la hora de su muerte. Pero en ningún momento se atrevió a ver a su amada, pues no era digno, era una rata de alcantarilla. Sentía que el dolor cada vez se hacía más grande, como devorándolo desde sus entrañas.

Shayza notó esas vibras de decadencia y culpa, pero había aceptado que, con su poca experiencia sobre la magia, no existía manera alguna de escapar de los hechizos de su madre. Solo le quedaba gastar su energía en llantos y ver cómo esa maldita mujer le arrebataba la vida a su amado y se unía arruinarle la existencia como Gideon había hecho. Odiaba que los últimos momentos con Castiel hubieran ido por mal camino, pues estaban peleados y ya no habría una reconciliación. Aquello le desgarró el alma.

Detestaba que horas antes hubiera acabado con cientos de criaturas mágicas mucho más poderosas que ella, pero que en el momento menos oportuno solo fuera una miserable chica de diecinueve años. Una chica que quería cambiar ese mundo tan deteriorado para tener una vida pacífica, y que su intento solo consiguió que la realidad golpeara de lleno su cara. Era agonizante.

¡Ella era testigo de un mundo carcomido por el odio sin sentido y la víctima de sus padres!

Las lágrimas se deslizaron sigilosamente por su rostro. Tenía la garganta cerrada y las uñas incrustadas en la piel de sus palmas. Quiso idear un plan para poder evitar la masacre que Layla y Gideon anhelaban. Shayza sabía que su madre mataría a esos dos hombres así sus pecados no significaran mucho; su liderazgo estaba deteriorándose y creía que el temor ayudaría a recomponerlo. Pero la verdad es que las criaturas de ese mundo oscuro eran iguales que los humanos, sin importar cuantas veces quisieran asegurar lo contrario. Y cuando los humanos le temen a algo, el terror los obliga a actuar sin pensar. Así que, tarde o temprano, si Shayza no podía acabar con ese reinado junto a sus hermanas, Layla se encargaría de hacerlo sin darse cuenta.

De pronto, los murmullos de las criaturas mágicas cesaron. El viento sopló frío y lento, como si el tiempo acabase de notar lo que estaba por ocurrir.

Layla caminó hasta el Profesor Lagarto. Por un momento lo miró con desagrado y luego dirigió su atención hacia Minerva, que la veía con lágrimas y los ojos rojos. Sin lugar a duda, esa mirada rogaba piedad.

Aunque en el interior de Layla algo se conmovió, sabía que estaba a punto de cagarla igual que cuando mató a sus padres en vez de esperar el tiempo adecuado. Tomó aire y levantó la hoja de la espada. Esta brilló con la luz de las farolas, y todos los presentes contuvieron el aliento, angustiados.

Cada criatura mágica estaba llena de sangre, tierra, cenizas y sudor, y por más que hacía poco estuvieron en una batalla contra los aliados de un enemigo de la reina, estaban nerviosos. ¿Es que acaso la vida de Layla Viktish era tan aburrida como para no detener su crueldad por un momento? ¿No podían descansar? Habían perdido amigos y familiares por una guerra que no era suya pero que debían pelear para no terminar como los dos hombres en el centro de la plaza. Si en ese momento uno de esos seres se dio cuenta de lo lamentable que era la situación y su futuro cercano, no lo hizo notar.

La espada cortó el aire y la piel del profesor. Shayza, todavía con los ojos cerrados, se sobresaltó al oír cómo la cabeza se separaba del cuerpo. Fue un sonido desagradable y perturbador. Ella solo había visto masacres en las películas y series, hasta ese día, donde todo era real.

Maldijo a sus padres por hacerla presenciar todo eso.

Hizo un sonido parecido al jadeo de sorpresa, abrió los ojos lentamente y vio ante ella la sangre manchar la piedra del suelo. Por instinto, arrodillada, se hizo hacia tras mientras el líquido creaba un camino incierto.

A su lado Minerva lloraba desconsolada junto al cadáver de su novio. Ella no tenía boca para poder expresar los gritos de odio y rencor hacia su madre. Las mil y un maldiciones que le hubiera dicho.

Shayza se puso de pie, retando a Layla.

—Vamos, ilumínanos con lo que tienes que decir, hija mía —dijo Layla con sorna.

Shayza, quien sí tenía el coraje para confrontarla, asintió con la cabeza. Y su madre se deshizo de su hechizo. Pero no hicieron falta las palabras, porque Layla bajó los ojos hasta el vientre de su hija y lo comprendió todo.

—Gideon ha cumplido tu mayor pesadilla —reveló—. Estuvo aquí y nos arruinó la vida a las dos.

Apenas podía contener las lágrimas por tal humillación.

—Ustedes me han jodido la vida. —Dio un paso al frente—. No voy a descansar hasta saber que habéis muerto por mis propias manos.

Todo sería más fácil si en el Mundo Mágico existiera el aborto.

Minerva vio a su hermana menor y no tardó en comprender lo que quería decir; abrió los ojos con sorpresa. Ella no la estaba viendo, pero de todos modos Minerva le preguntó con la mirada: «¿Estás segura?».

Layla dejó caer la espada y caminó hasta Shayza, temblorosa. ¿Acaso la reina todopoderosa estaba trastabillando? ¡Qué ironía! Tanto alardear para que su ex le viera la cara de idiota a través de su hija.

Sin que Shayza pudiera imaginarlo, su madre la abofeteó tan fuerte que la hizo caer al suelo. Shayza solo era una víctima, pero Layla era un monstruo. Por un momento sintió que su rostro se entumecía por el inmenso dolor, pero solo escupió la sangre del corte en el interior de su mejilla y levantó la mirada hacia Layla. Con dificultad volvió a levantarse, retándola de nuevo.

Layla no podía dejar de temblar por la rabia, quería golpearla hasta matarla; de hacerlo, se metería en un gran aprieto con las otras reinas. Una reina podía hacer lo que le viniera en gana, pero jamás matar a sus hijos. Así que, con toda la ira subiendo por sus venas, agarró a Shayza de las mejillas, levantándola del suelo varios centímetros.

—¿Cómo te atreves a desafiarme?

—Serás mi madre, pero no serás quien controle mi vida. Ni tú ni mi padre. Ambos podéis iros al infierno y arder en él.

Ante todo lo malo, Layla sonrió por la ignorancia de su hija.

—Solo eres una niñata, Shayza. Y haré lo que esté en mis manos para que lleves una vida miserable. —La veía enloquecida, con los ojos temblorosos—. Y seré quien crie a esa niña… o niño que traerás a este mundo; porque tú no eres nadie, y jamás lo serás.

—Sonrió ampliamente—. Igual que Castiel. Nació siendo nadie y morirá sin serlo.

Los ojos de Shayza brillaron por la rabia. Sin tener poder de su propio cuerpo, se abalanzó sobre su madre y le arrancó la nariz con los dientes. Layla retrocedió y sujetó el área mutilada, pero no dudó en atinarle un puñetazo con todo su poder a su hija, dejándola inconsciente.

Castiel, que había estado callado viendo el destino que le esperaba, por fin levantó la cabeza y vio a Shayza tendida en el suelo. No sabía si su mente le estaba jugando una mala broma, pero ¿de verdad escuchó bien las palabras de Layla?

¿Shayza tenía en su vientre un hijo suyo por culpa de Gideon?

Era un mal momento para enterarse de tal locura, pues siempre se cuidaron. Nada de eso tenía sentido.

Parpadeó varias veces y se puso de pie, pero se quedó inmóvil. Ante él, Layla estaba jadeando sin dejar de ver a su hija en el suelo, aunque no tardó en recomponerse y volver la vista hacia Castiel.

—¡Tú! —rugió Layla. Avanzó dos zancadas y acercó su cara a centímetros de la de él—. Siempre confié en ti, basura. Te di un techo y te alimenté. ¿Qué tienes que decir ante esto? ¡Jamás la cuidaste como te lo pedí! ¡Eres un asqueroso bueno para nada!

Cada palabra se llenaba de más odio hacia Castiel, y este no era capaz de decir nada. Bajó la cabeza, asustado. No importaba lo que tuviera que decir o cuantas veces se disculpara, ella lo mataría de igual manera. Si tenía suerte, su enfado haría que fuese una muerte rápida e indolora; pues para Layla era muy fácil dejarse llevar por sus impulsos.

—Dime, escoria. ¡Habla, maldito seas!

Como Castiel ya sabía, Layla nunca había tenido que levantar la voz para intimidar a alguien. Así que, en ese entonces, ella estaba al borde de la locura. Si la miraba a la cara, que seguía sangrando y sin nariz, no dudaría en levantar la espada y cortarle la cabeza de un solo tajo.

Sin esperarlo, ella lo tomó del cuello y lo sometió contra el suelo.

—Fui una idiota por creer en un hombre. Todos sois iguales —susurró con un nudo en la garganta. Era sorprendente lo mucho que había hablado en tan poco tiempo.

Por un momento aflojó el agarre en la empuñadura, viendo cómo Castiel, a quien había considerado un amigo, lloraba. Se sentía traicionada y estúpida. Furiosa y enloquecida. Apenas podía contener sus emociones, que eran una mezcla inimaginable.

¿Cómo era posible querer matar a alguien y a la vez salvarle la vida y perdonarle todos sus pecados?

El hombre ante ella traicionó su confianza al enamorarse de su hija menor y al permitir que Gideon la embarazara a sabiendas de que existía una profecía.

—Y-y-yo —trató de decir Castiel— de verdad amo a su hija, Viktish. Pero no era mi intensión que esto pasara.

Layla relajó los brazos, todavía sobre Castiel. Las criaturas a su alrededor los veían preguntándose qué estaba ocurriendo y de qué estaban hablando.

—No importa lo que haga, sé que me estaré arrepintiendo de ello durante toda mi vida —dijo Layla con un hilo de voz.

Y así, volvió a alzar la hoja ensangrentada.

Los testigos solo oyeron el golpe del metal contra el suelo empedrado y el llanto más sincero que alguna vez expresó su reina.

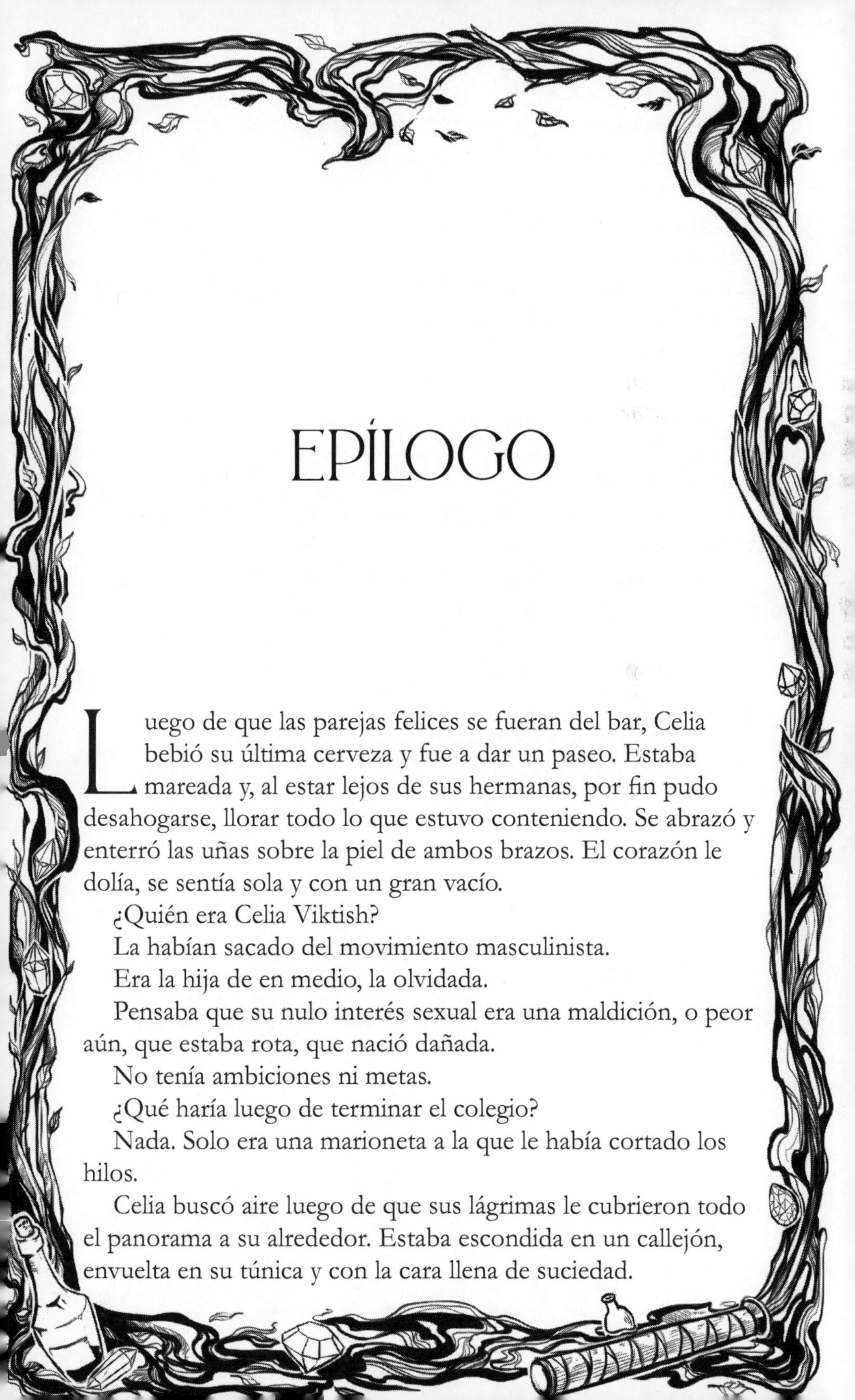

EPÍLOGO

Luego de que las parejas felices se fueran del bar, Celia bebió su última cerveza y fue a dar un paseo. Estaba mareada y, al estar lejos de sus hermanas, por fin pudo desahogarse, llorar todo lo que estuvo conteniendo. Se abrazó y enterró las uñas sobre la piel de ambos brazos. El corazón le dolía, se sentía sola y con un gran vacío.

¿Quién era Celia Viktish?

La habían sacado del movimiento masculinista.

Era la hija de en medio, la olvidada.

Pensaba que su nulo interés sexual era una maldición, o peor aún, que estaba rota, que nació dañada.

No tenía ambiciones ni metas.

¿Qué haría luego de terminar el colegio?

Nada. Solo era una marioneta a la que le había cortado los hilos.

Celia buscó aire luego de que sus lágrimas le cubrieron todo el panorama a su alrededor. Estaba escondida en un callejón, envuelta en su túnica y con la cara llena de suciedad.

Sin embargo, entre tanto ruido, alcanzó a distinguir unos pasos que se acercaban a ella. Al levantar la mirada, vio a Yokia con una expresión de lástima.

—*Sé que...* —Suspiró—. *¿Quieres hablar de ello?* —preguntó él.

Celia apartó la mirada y la fijó en un punto cualquiera sobre el suelo. De todas las personas que podían aparecer, tenía que ser él, ¿no? ¿Qué clase de broma enfermiza era esa?

—*Lárgate* —susurró Celia—. *Me echaste de tu vida como si yo no fuera nada.* —Se puso de pie, tambaleante—. *Y quizás tuvieras razón: no soy nada. Ni para ti ni para mí.*

Lo empujó por el pecho y comenzó a golpearlo. Yokia no se movió ni un milímetro; dejó que se desahogara contra él. Cuando Celia se detuvo, la abrazó por la cintura, acercándola más, y sujetó sus muñecas con un cariño y cercanía inusuales.

Ella no podía verlo desde su posición, pero los ojos de Yokia no eran amarillos, sino del todo oscuros.

No era el hombre al que amaba.

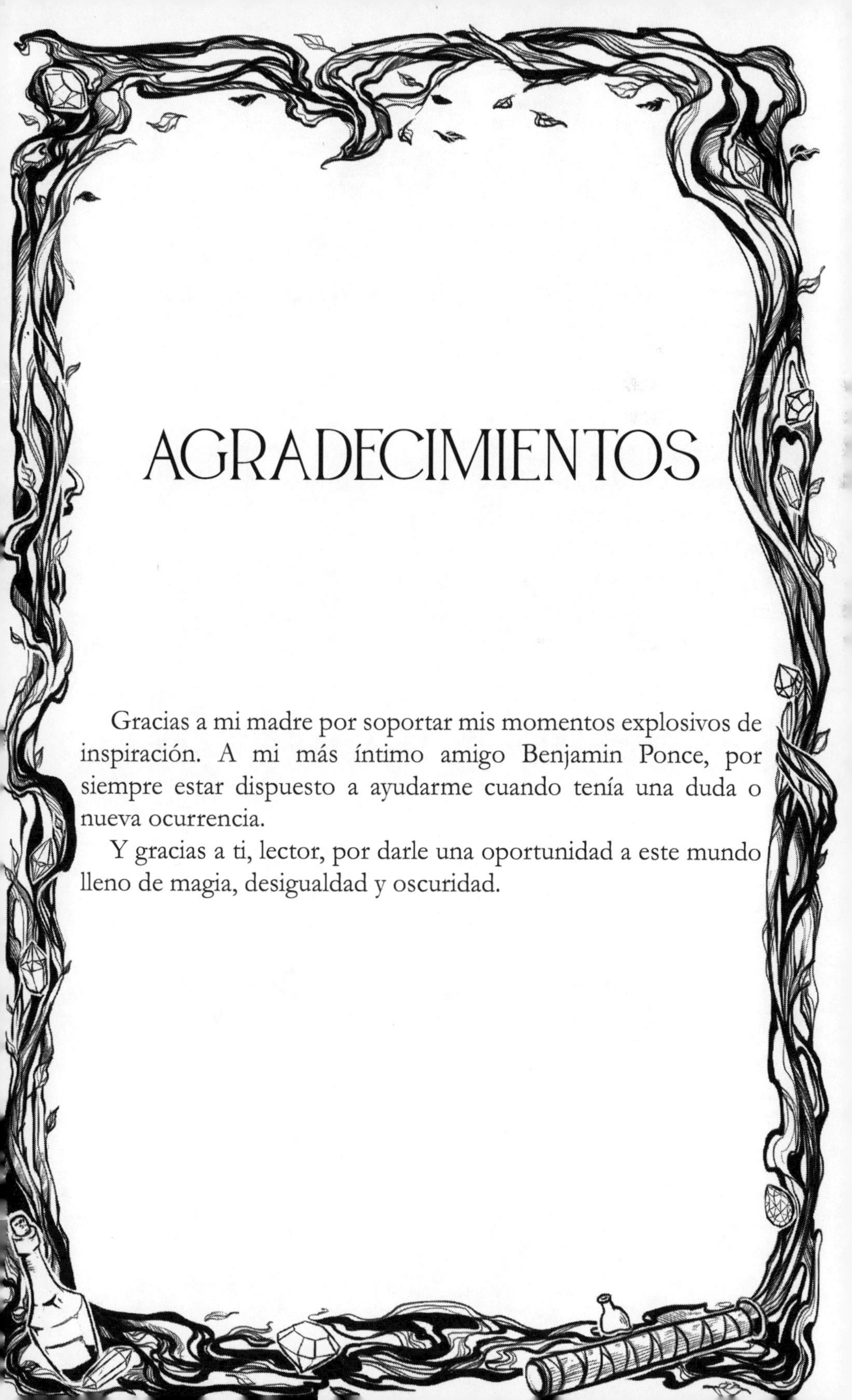

AGRADECIMIENTOS

Gracias a mi madre por soportar mis momentos explosivos de inspiración. A mi más íntimo amigo Benjamin Ponce, por siempre estar dispuesto a ayudarme cuando tenía una duda o nueva ocurrencia.

Y gracias a ti, lector, por darle una oportunidad a este mundo lleno de magia, desigualdad y oscuridad.

Made in the USA
Middletown, DE
07 January 2023